U0899474

不安之书

THE
BOOK
OF
DISQUIET

[葡] 费尔南多·佩索阿　著
刘勇军　译

中国友谊出版公司

一个现代主义的试金石……没人曾利用佩索阿的决心与放弃构成的混合物探索出另类自我……在一个崇尚名气、成功、愚昧，追求便利和嘈杂的时代里，这本书堪称一服完美的良药，是一首对默默无闻、失败、智慧、困难和沉默的赞美诗。

——约翰·兰彻斯特

《每日邮报》

他的散文杰作……理查德·泽尼斯翻译的英译本十分出色，是我们很长时间以来见过的最佳版本。

——尼古拉斯·雷萨德

《卫报》

《不安之书》被放置在一个很可能永远都不会被打开的箱子里。谢天谢地，这个箱子被开启了。我十分钟爱这部虚构的怪异作品，十分钟爱那个默默无闻写出这部作品的人，他别出心裁，嗜酒成瘾，从不虚饰浮夸。

——保罗·贝利

《独立报》

令人神魂颠倒，甚至扣人心弦……有些怪异，令人着迷，读起来乐趣无穷。

——凯文·杰克逊

《星期日泰晤士报》

这必然是对现代欧洲文坛的作者发动的最高袭击……泽尼斯英译本的读者发现，凭借其细腻的风格、严谨的治学态度以及对佩索阿破碎情感的同情，这个版本超越了所有其他译本……一个迷失方向且濒于崩溃的灵魂的自我启示，这更加吸人眼球，因为作者本人就是一个虚构人物……在后现代主义成为学术产业很久之前，佩索阿就已经恪守反传统结构观点了。

——约翰·格雷

《观察家》

葡萄牙最伟大的现代诗人……论述的是世界上唯一重要的问题，这个问题的重要性不会因其无从回答而减少一丝一毫：我是谁?

——安东尼·伯吉斯

《观察家》

佩索阿的散文节奏明快，瞬间便能抓住人心，充满了令人不安的提示，始终萦绕心头，往往令人吃惊，如同触摸到了一条振动的弦，难以捉摸，久久难以忘怀，一如诗歌……他无人能及。

——W.S. 默温

《纽约》

作者简介

费尔南多·佩索阿（葡萄牙语：Fernando Pessoa，1888年6月13日—1935年11月30日），生于里斯本，是葡萄牙诗人、作家、文学评论家、哲学家。

父亲在他不满6岁时病逝，母亲再嫁葡萄牙驻南非德班领事，佩索阿随母亲来到南非，在那儿读小学、中学和商业学校。在开普敦大学就读时，他的英语散文获得了维多利亚女王奖。1905年他回到里斯本，之后考入里斯本大学文学院，攻读哲学、拉丁语和外交课程。

佩索阿生前不得志，但是在20世纪80年代，他却变成了西方文学的旗帜性人物。他以诗集《使命》闻名于世，被认为是继卡蒙斯之后最伟大的葡语作家。美国著名文评家哈洛·卜伦在他的作品《西方正典》里形容佩索阿与诺贝尔奖得主巴勃罗·聂鲁达是最能够代表20世纪的诗人。

我的爱啊，我在不安的静寂之中，在风景变成“生”的光环而梦只是梦的这个时辰，举起这本奇怪的书，像空房子敞开的大门。

我搜集每一朵花的灵魂去写它，用每一只鸟唱的每一个流逝的旋律织出永恒和静止。

请你读它，那就是为我祈祷；请你爱它，那就是为我祝福；然后忘记它，像今天的太阳忘记昨天的太阳……

— 费尔南多·佩索阿 —

英文译本译者序

每次完成一篇作品，我都会觉得震惊且沮丧。我的完美主义天性妨碍我去完成作品，甚至从一开始就在妨碍我写作。然而，我竟然分了神，并开始写作。我能完成，并不是意志力在起作用，而是由于意志力缴械投降了。我动手去写，是因为我没有力量去思想，我写完是因为没有勇气放弃。这本书代表着我的怯懦。

费尔南多·安东尼奥·诺格伊拉·佩索阿（1888—1935）生于里斯本。成年后，佩索阿很少离开过这座城市，直至去世。佩索阿不满 6 岁时，他的生父死于肺结核。他曾在英属的南非德班城度过 9 年的童年生活。他的继父是葡萄牙派驻此地的外交官。佩索阿小时候是一名羞涩、想象力极为丰富的男孩，入学后是一名才华横溢的学生。17 岁生日刚过，佩索阿回国进入里斯本大学文学院。但不到两年后，他便辍学了。在校期间，他从未参加过任何考试，而是更喜欢在国家图书馆自学。在图书馆，他系统地阅读了哲学、历史、社会学、文学（特别是葡萄牙文）领域的主要作品，补充和扩展了他在南非所受的传统的英文教育。在这期间，他创作了大量的英文诗和散文。到 1910 年为止，他也用葡萄牙文创作了大量作品。1912 年，他发表了第一篇文学评论随笔。1913 年，他的第一篇富有创造力的散文（《不安之书》的一段文章）发表。1914 年，他的第一组诗歌发表。

佩索阿有时和亲戚们住在一起，有时租房子住。他偶尔做翻译，用英文和法文为有海外生意的葡萄牙公司草拟书信，以此来维持生活。尽管他天性孤僻，很少与人交往，几乎没谈过恋爱，可他仍是20世纪头10年中葡萄牙现代主义运动的活跃领袖。他创立了数个观点，例如“感觉主义”和受立体主义启发的“交叉主义”。尽管佩索阿不受关注，但通过作品和与诸多较为出名的文学人物的对话，他也有了自己的影响力。在里斯本，他是一名受人尊敬的知识分子和诗人，经常在杂志上发表作品。他还帮忙创建和管理了其中几本杂志。可在很大程度上，他的文学天赋是在他去世后才为人所知的。然而，佩索阿很清楚他自己天赋异禀，他甚至觉得自己为写作而活。他有着宏大的计划，想要出版葡萄牙文和英文版本的全集，为此，他似乎保留了他的大部分作品。

佩索阿的遗稿包括一大箱诗歌、散文、戏剧、哲学、文学评论、翻译作品、语言理论、政治评论、占星术图表以及其他作品，有的是打字机打出来的，有的是手写的，还有的是潦草的涂鸦。他的作品有葡萄牙文的、英文的、法文的等。他的作品写在笔记本上、活页纸上、信纸上、广告和传单的背面、他谋职的公司以及经常光顾的咖啡馆的信笺上、信封上、碎纸屑上、他自己早期作品的空白处。他还使用了几十个笔名，因此更是乱上加乱。这是他童年时开始养成的一种习惯——或者是强迫症。他把最重要的人物角色称作“异名者”，让他们有自己的传记、身材、个性、政治观点、宗教态度和文学追求（见《异名表》）。

佩索阿最著名的葡萄牙文作品都是以三个异名（阿尔伯特·卡埃罗、里卡多·雷斯和阿尔瓦罗·德·坎普斯）以及半异名贝尔纳多·索阿雷斯的名义创作的，而他的大量英文诗歌和散文主要由异名者亚历山大·舍奇和查尔斯·罗伯特·安农所写，他的法文作品则是以孤独的让·瑟尔的名义所写的。他的其他异名者还包括翻译家、短篇小说作家、英国文学评论家、占星家、哲学家和自杀的忧郁贵族。他的众多异名者中，甚至还有一个女性：饱受相思之苦、驼背无助的玛丽亚·何塞。世纪之交，佩索阿去世65年后，研究者们仍然没能完全廓清他的浩瀚文字世界，他的很多重要作品仍然有待进一步出版。

“严格地说，费尔南多·佩索阿并不存在。”阿尔瓦罗·德·坎普斯这样说道。佩索阿为了避免给现实生活带来麻烦，虚构了坎普斯这个人物。为了避免在整理和出版他的大部分散文时出现麻烦，佩索阿虚构了《不安之书》。其实它从来就不存在，严格地说，永远也不会存在。我们在此读到的不是这本书，而是对它的颠覆和否定：这就像一本书的作料，而这本书的食谱在不断变化；又像是一本书的胚芽突变，长出奇怪的繁茂分枝；又像是创造一本书，有房间和窗户，却没有平面图和地板；又像是一本纲要，里面许多书可能存在，其他的书则已毁坏。这些纸页里记载的是一种反文学、一种原创，是对一个痛苦灵魂的文字断层的扫描。

在解构主义者开始猛烈抨击观念的大厦（它庇护着我们信奉的笛卡尔哲学"感觉的人格同一性"）之前，佩索阿就已进行了自我解构，并且没有做出任何抨击。佩索阿从不打算毁灭自我或其他任何事物。他没有像雅克·德里达[1]一样，抨击语言具有解释力的假设，也没有像米歇尔·福柯[2]一样，区分历史和我们的思维系统。他只是对镜自视，去看我们所有人：

> 我们每一个人都有几面，有很多面，有很多自我。所以，那个鄙视周遭的自我，不同于那个在周遭中受难或自得其乐的自我。我们的存在犹如一块辽阔的殖民地，在其中，有不同种类的人，他们以不同的方式思考和感知。（第393篇）

对于佩索阿而言，"我思故我在"的问题并非出在哲学原理上，而出在语法上。"我思考了什么？我想到我有很多自我！"异名者阿尔瓦罗·德·坎普斯在《烟草店》里这样喊道。那些数不清的想法和各种潜在的自我并没有暗示一个一元化的我。异名不仅是一种文学手法，还是佩索阿——在缺乏稳定和中心的自我里——存在的方式。实际上，"我思故我在"也正如佩索阿所说。就连这种自

[1]雅克·德里达（1930—2004），当代法国哲学家、符号学家、文艺理论家和美学家，解构主义思潮创始人。——中译者注

[2]米歇尔·福柯（1926—1984），法国哲学家和"思想系统的历史学家"。他对文学评论及其理论、哲学（尤其在法语国家中）、批评理论、历史学、科学史（尤其是医学史）、批评教育学和知识社会学有很大的影响。他被认为是一个后现代主义者和后结构主义者。——中译者注

我肯定的方式也变化不定，因为在满怀疑问和客观超然的时刻，佩索阿内省时不无惊恐地默念："他们思，故他们在。"

疑惑和犹豫是一对荒谬的双能量，支配着佩索阿的内心世界，为《不安之书》提供了素材，是它的零碎地图。佩索阿在写给一位名叫阿尔曼多·科尔特斯·罗德里格斯的诗人朋友的一封信（1914年11月19日）里，解释了他和他的书中存在的问题："我的精神状态迫使我在违背意愿的情况下奋力写作《不安之书》，可全都是些片段、片段、片段。"而在之前的一个月里，他在写给那位诗人的另一封信里提到，深切而平静的忧愁使他只能写一些"不值一提的文章"和"《不安之书》中支离破碎、并不连贯的文章"。就这一点来说，由于总是写些片段，作者和他的书永远忠实于他们的法则。如果佩索阿将自己分裂成几十个文学角色，这些角色互相矛盾，甚至自相矛盾，那么《不安之书》同样是一本无限裂变下去的书，一本接着一本，以各种异名的名义，一切纷乱繁杂、变幻无常，像佩索阿坐在咖啡馆或窗边观看生活的流逝时，指间升腾起的缭绕香烟。

1914年，佩索阿的三个最重要的异名——禅宗信徒牧羊人阿尔伯特·卡埃罗、古典学者里卡多·雷斯和世界旅行者阿尔瓦罗·德·坎普斯——突然同时出现在佩索阿的人生舞台上。《不安之书》写于1913年，当时佩索阿的第一篇创造性作品《隔离的森林》发表，在这篇作品中，"半醒半睡"的叙述者停滞在"一种清醒的、沉重的无形麻木中"，讲述了他在想象中与一个虚幻女性一起漫步的情形：

多么新鲜、愉快，令人惊诧，那里什么人也没有！甚至在那里漫步的我们也不在那里……因为我们并不存在。我们根本就什么也不是……我们没有生命可供死神掳去。我们太过纤细脆弱，风都能将我们吹倒。时间的流动爱抚我们，就像微风拂过棕榈树顶。

他以自己的名义写下了这篇慵懒的长篇散文，作为筹划中的《不安之书》的摘要发表在一本文学刊物上。佩索阿余生都在致力于这本书的写作，但他"准备”得越多就越难完成。未完成也无法完成，没有情节，没有计划，尽一部文学作品所具有的不安之处，这本书的界限越发变得模糊不清，它作为一本书的存在也变得不那么可行——就像费尔南多·佩索阿作为世界公民的存在一样。

20世纪20年代初，这本失去方向的书似乎不知不觉地陷入一种停滞状态，但到了20年代末——当人们几乎听不到阿尔伯特·卡埃罗（或者他的鬼魂，因为据说这个牧羊人于1915年死于肺结核）的声音，也完全没有了里卡多·雷斯（他扮演着葡萄牙的“希腊诗人贺拉斯”角色）的消息时——佩索阿创造了贝尔纳多·索阿雷斯这个异名，为这部作品带来了新生命。这个异名也就是《不安之书》最后一个虚构的作者。在《不安之书》中，超过一半的篇幅写于佩索阿去世前的7年间，角逐他的注意力。我们甚至可以说，佩索阿对这个狂放不羁的阿尔瓦罗·德·坎普斯情有独钟。这个诗人角色和佩索阿相伴到老，在他这个创造者的心目中占有重要的地位。助理会计索阿雷斯和造船工程师坎普斯在佩索阿用异名创作的戏剧中从未谋面，他们常常互相竞争，却是精神上的兄弟，即便他们在现实中的职业相去甚远。坎普斯写散文和诗歌，有一些都像是出自索阿雷斯之手。佩索阿在写作时常常不确定是谁在写作，令人好奇的是，在里斯本国家图书馆佩索阿档案馆保存的2.5万篇文章中，第一篇的标题就是阿尔瓦罗·德·坎普斯或者《不安之书》（或者别的名字）。

贝尔纳多·索阿雷斯与佩索阿如此接近——甚至比坎普斯更接近佩索阿——以至于不能将他看作独立的异名。“他是一个半异名，”佩索阿在生命的最后一年里写道，“因为他有他的个性，我有我的个性，但我们的个性并无不同，他的个性不过是我的个性的残缺版本。”佩索阿如果写自传的话，那索阿雷斯很多对美学和存在主义的反思无疑将成为其中的一部分，但我们不应当将创造者和被创造出来的异名混淆起来。索阿雷斯不是佩索阿的复制品，甚至也不是缩影，而是残缺的佩索阿，缺少了某些部分。索阿雷斯爱讽刺，但幽默感不强。佩索阿天生二者兼具。尽管羞怯、孤僻，但佩索阿不会说：“我感到自己就像一块清洁房屋的潮湿抹布，被人放到窗户上晾干，却被忘在了脑后。后来，抹布落到了窗台上，被揉成一团，慢慢地在窗台上留下了一片污渍。”（第29篇）就像他的“半异名者”一样，佩索阿是一名办公室职员，在里斯本老商业区拜沙上班，他有段时间经常去道拉多雷斯大街的一家餐馆吃饭，而那里正是索阿雷斯的出租屋和他工作的维斯奎兹商行的所在地。然而，索阿雷斯做的是将售出织物的价格和数量入账的苦差事，而佩索阿有一份相对体面的工作，也就是用英文和法文为有海外生意的公司书写商业信函。他来去相当自由，从来没有固定的办公时间。

至于他们各自的内心生活，索阿雷斯将创造他的人视为模范："我在内心创造了各种不同的个性……我将内心的东西外在化，我的外在才是我的存在。我是一个空空的舞台，等着各种演员登台做各种表演。"（第296篇）从索阿雷斯的角度来看，这是一种奇怪的宣言。我们是否应该相信，那个助理会计，也就是在佩索阿的生活舞台上演戏的演员，也有自己的异名？如果是这样，我们是否应该进一步设想，这些子异名之外还有子异名？异名无穷无尽这个想法或许让佩索阿觉得十分有意思，但他创造代表其个性另一面的异名，目的是解释和表达自己，或许也是为了给自己提供一个可供反思的友伴。根据前面引用的片段，索阿雷斯是在描述佩索阿自己颇具戏剧性的求生办法。无论索阿雷斯怎么描述自己，在写于20世纪30年代的那篇文章（第232篇）的开头一段，他说"我曾真正被人爱过一次"，他显然是代表佩索阿在说话——这之前没多久，佩索阿和他一生唯一的情人奥菲莉娅·奎罗斯分手了。无疑就是佩索阿相信或是愿意相信，"文学是忽略生活的最佳办法"（第114篇）。而且，难道不是他有一天碰巧抬头看邻居家的窗户，看到了一块被丢在窗台上皱巴巴的抹布？

小说家的角色常常以朋友或家庭成员为基础，但是，佩索阿的所有人物角色都是根据他的灵魂创造出来的——那些角色正是他自己（如索阿雷斯）或者他渴望自己成为的样子（如早期出现的爱冒险的坎普斯）。当我们读到索阿雷斯或坎普斯时，我们会迷失在他们的世界里，忘了他们的作者，但他们就是佩索阿本人或佩索阿的一部分，是佩索阿的表演。佩索阿把自己缩小至虚无，以便能成为一切事、一切人。佩索阿是第一个忘记佩索阿的人。

如果贝尔纳多·索阿雷斯和佩索阿不完全一样，那么他的反思和梦想都不能构成《不安之书》的全部内容。因为对这本书来说，他终究是个迟来的人。

在那个会计带来他精心制作的感情充沛、言辞直接的散文前，《不安之书》的文章已经经过了反复排列调整。随着时间的逝去，甚至“不安”这个词的含义都改变了。

起初那段时间，《不安之书》被认为是佩索阿自己所作，大部分象征主义的文章都带有《隔离的森林》那种精妙深奥的特点，通常没有精彩的结尾，有些甚至都没写完。这并未影响它们的美感，却让它们的作者挫败不已，而这是可以理解的。“片段、片段、片段。”佩索阿写信给他的朋友科尔特斯·罗德里格斯时这样说道。因为有些文章还空着很多地方没写，等着以后将词语、短语或整段话补充进来（但从未得到补充）；还有些“文章”只是草拟了梗概或注释，从来就没有成形。《不安之书》一直都是一部等待完成的作品，就好像这是它存在的条件，还需要进行大量的补充，部分需要重写，进行调整，使它前后连贯，或者整本书都需要重新思考一番。佩索阿对此也从来不确定。

对《不安之书》，最初的设想是每篇都有标题，为此，他留下各种清单。有些标题，像《悲伤的间奏》和《雨景》成了通用的名称，应用到有共同主题或氛围但保持独立的各类文章里。而有些标题，像《我们的静默夫人》指明了有待酝酿、发展的雄心，由写于不同时期的短文组成，各篇长短不一，有的是几句涂鸦，有的是填满了小字母的几页纸。还有些只有标题没有正文，这些文章或许从来就没有写出来过。（佩索阿的档案里包含了许多标题列表，这些标题是从未写出来的诗歌、故事、论文和整本书的。他的所有写作计划，哪怕完成了一半，那些书都能将一个不小的图书馆装满。《不安之书》，不存在的图书馆里一本不存在的书，象征了反复无常的作者所遭遇的困境。）这些早期作品试图刻意使用一种哥特式的和浪漫情怀的古体手法，来阐明一种心理状态或心境。对宫廷生活、不够性感的女性、古怪天气和虚构风景的大量描写占据了主导地位。这种潜在的灵魂属于佩索阿，但又从他身上剥离出来了。这部作品不带个人色彩，叙述的声音虚无缥缈，那些事物和给事物命名的文字就好像盘旋在微黄的空间里。“不安”这个词指的不是关于人类存在的烦恼，而是无处不在的不安宁和不确定性，由夸张的叙述者进行提炼。但是，不安的其他形式影响着作品，带来了意想不到的转变。

或许，理论和说教出现在书里也在预料之中，因为佩索阿的作品中几乎随处可见这种内容。《不安之书》中关于梦的文章可以看作说明文（提出了为什么做梦和怎么做梦），也是自然的事情，甚至是一种必然的结果。比如，关于“有效做梦的技巧”的四篇文章，是名副其实的手册，是针对从初级到高级的各个层次的做梦者而写的。《情感教育》以大致一样的方式充当了许多“感觉论者”的初级读本。

本着同样的说教精神，佩索阿所写的《对不幸的已婚妇女的忠告》却有着相当匪夷所思的结果。他建议失落的妻子在想象中避免对丈夫不忠，而且“做这些事情的最佳时间是在生理期前的那些日子”。

按照佩索阿自己的说法，他的禁欲（他去世时可能是处男，尽管没有得到证实）是一种有意识的选择，他显然在《不安之书》中对此做出了解释。他在文章里坚称，我们不可能占有别人的身体，在二维空间里的爱具有优越性（为画里、彩绘玻璃和中国茶杯上的情侣所喜欢），他还鼓吹人们放弃情爱，宣扬禁欲主义美德。诚然，这本书里充斥着宗教词汇。尽管佩索阿宣扬神秘主义，但他也许除了信奉自己之外，什么神也不信奉。

但最重要的是，这是一种针对广泛层面和个人层面的存在主义的关怀，它颠覆了《不安之书》的最初计划。在广泛层面，由于《不安之书》的作者“属于这样一代人，继承了对基督教的不信仰，从而也不信仰其他宗教”，“因此，我们离开了。每个人对他自己而言，在孤寂中感觉到自己还活着”，这一代人的迷惘感很快就转变成对身份和意义的个人追求（第303篇）。佩索阿的内心生活——记录在《一本自传的片段》《世界末日的感觉》和有标题或没标题的类似文章里——在这本书中占了不少篇幅。这本书一开始就是一本与众不同的书。佩索阿发现，这个计划从他手中滑落（如果他曾紧紧抓住过它的话）。因为在另一封写给科尔特斯·罗德里格斯的书信中，他写到，《不安之书》这本“病态的著作”在“复杂与曲折基础上充实起来”，仿佛这符合这本书自己的意愿。

因此，佩索阿继续写下去，在各类文章的开头随手加上“不安之书”的标记——有时是写完加上的，或者添加一个问号以表示疑惑。《不安之书》——永远处在踟蹰、不确定和过渡中——十分罕见，它的印版和字体彼此映照出对方。佩索阿总是打算将各类手稿和打印的书稿润色定稿，却从来没有勇气或耐心去做这个工作。佩索阿不断添进材料，本就数量极大的稿件不断增加。除了象征主义的天马行空和日记体的感言，佩索阿将格言、社会学观察、美学信条、神学反思和文化分析都加入书中。他甚至在给母亲的书信副本上也加上“不安之书”的标记。

尽管佩索阿有很多写作出版计划，但他只在去世的前一年出版了一部作品《音讯》（他自费出版过几部英文诗集，发表过一些散文、随笔）。佩索阿如此沉迷于写作和制订计划——这些计划包括希望渺茫的商业投资和作品出版——以至于他没有时间和精力将这些作品整理成书出版。或许因为整理出版太过烦闷，他才没有付诸行动。没有什么比《不安之书》——从这本书的混乱程度就可以看出佩索阿的整体作品世界有多乱了——更能阐明这个问题了。但是，正是这种至高的无序使这本书显得独特、伟大。这本书就像一座宝库，里面装满了未打磨和雕琢的宝石。这本书有无限的排列可能，而这恰恰是因为没有预设的秩序。

佩索阿的其他作品都不如这本书，能与他的文学世界有如此紧密的联系。如果贝尔纳多·索阿雷斯说他的“心灵之水无助地流尽”，“像一个坏掉的水桶”（第152篇），或者他的精神生活像“被掀翻的桶”（第439篇），那么阿尔瓦罗·德·坎普斯则宣称“我的心灵是往外倒水的桶”（在《烟草店》里），而把他的思想比作“翻倒的桶”（在写于1934年8月16日的一首诗里）。如果索阿雷斯认为“没有什么比他人的爱更令人痛苦”（第345篇），那么里卡多·雷斯的颂歌（写于1930年11月1日）则坚称“爱我们的爱，同样用欲求压迫我们”。当那个助理会计渴望“第一次注意到所有的事物……而是现实的直接表现”，我们不由得会想起阿尔伯特·卡埃罗，他频频写诗赞美事物的直观景象。

我们可以翻阅《不安之书》，就像翻阅一本通过不同异名展现自己的艺术家的终身随笔录。或者，我们可以把它看作一本旅行札记，一本“关于随机印象的书”（第439篇），而贯穿佩索阿文学史诗始终的忠实友伴从未离开过里斯本。或者我们可以把它看作一本“没有材料的自传”（第12篇），这个人终其一生都不去生活，他“像培育温室的花朵一样培育仇恨行为”（第101篇）。

《不安之书》有不同的形式，也有不同的异名作者。只要《不安之书》只是一本书，包含后梦呓般的象征主义的标题文章，那它对外公布的作者就是费尔南多·佩索阿。但是，当它突变成日记体手记时，就必然变得更私密，也更具有启发性。佩索阿习惯于将自己隐藏在其他名字下面，最早选用的名字是文森特·格德斯。事实上，最初只有那些日记是以格德斯的名义写的，而这些日记也是《不安之书》的一部分。在佩索阿的一篇用作序文的短文中，佩索阿用“一个从不存在之人的自传”来描述格德斯这本“措辞温和的书”。这在另一篇日记中也有所提及，就好像这是它的真实书名。按照佩索阿的出版计划，他最早用文森特·格德斯作为《不安之书》的虚构作者，这意味着这本书和“温和”的日记是同一本书。另外，文档集还包含写于1914年8月22日的《文森特·格德斯日记》的片段，里面对一位二流的葡萄牙作家进行了嘲讽，这当然不属于《不安之书》的内容。日记通常都写有日期，但是，1929年以前，《不安之书》几乎没有将注明日期的材料收录进去。当时，文森特·格德斯这个异名已被弃用。不管佩索阿出于什么样的目的，他绝不会将早期的《不安之书》归结为一本日记，尽管书中收录了“杂乱无章的日记”和“清醒的日记”（或者以日记命名的简单记录），还有《一本自传的片段》。

文森特·格德斯是佩索阿最有才华的伙伴之一。除了写日记，格德斯还做翻译，或者被认为翻译了像埃斯库罗斯[1]、雪莱[2]和拜伦[3]这类诗人的戏剧和诗歌，以及亚历山大·舍奇（佩索阿最多产的英文异名者）的怪诞小说《一顿十分奇

---

[1]埃斯库罗斯，公元前525年出生于希腊阿提卡的埃琉西斯。——中译者注

[2]雪莱（1792—1822），英国文学史上最有才华的抒情诗人之一，被誉为“诗人中的诗人”。——中译者注

[3]拜伦（1788—1824），英国19世纪初期伟大的浪漫主义诗人，其代表作品有《恰尔德·哈罗德游记》《唐璜》等。——中译者注

特的午餐》。尽管格德斯推掉了他的翻译职务，但他“的确”写了一些诗歌、若干短篇小说和几篇神话故事。在其中一则故事《禁欲者》中，剧名角色告诉他的对话者，天堂和涅槃是“幻觉中的幻觉。如果你梦见你在做梦，你梦见的梦是不是没有你在梦里梦见的梦真实呢”。这类沉思令人隐约联想起《不安之书》的诞生阶段，这便是佩索阿决定委托格德斯来完成创作的原因——后者的博学多识使他有潜力成为这部巨作的管理作者。

作为《日记》的作者，文森特·格德斯的手稿还被认为是《不安之书》的早期部分作品。它还包括一篇题为《纸牌游戏》的短文（第348篇），叙述者描绘了小时候和老伯母一起在乡村住宅度过的夜晚。这篇短文前面被标记上：

不安之书

标题为：纸牌游戏（是否包括《隔离的森林》？）

就语言和语气来说，《隔离的森林》和那篇短文（关于老伯母玩单人纸牌游戏、女仆在泡茶时打瞌睡的那篇）毫无相同之处。或许这篇短文不过是被当作某个章节的一个开头，而《纸牌游戏》和《隔离的森林》这样的白日梦散文，就是一种练习，佩索阿写它们和我们玩纸牌有着同样的理由：打发时间。无论是哪种情况，这本书都遇到了麻烦。佩索阿不知道如何处理这些飘浮在被迷雾笼罩的古怪森林里的早期作品，他或许打算把它们都剔除出去。它们在日记中位于什么位置？或许，它们与日记并列呢。

十几年以后，贝尔纳多·索阿雷斯修订了《纸牌游戏》，改名为《我钩织无望的生活》（第12篇）：

我将我所感绘成风景，我用感觉创造出假日……我那上了年纪的伯母玩单人纸牌，借此打发漫长的夜晚。我的这些自我感觉的自白便是我的单人纸牌。我不会像那些用纸牌占卜未来的人一样去阐释它们。我不去研究它们，因为单人纸牌里没有蕴含任何特殊的意义。

在同一篇文章里，索阿雷斯把他的心理活动和文学活动比作另一种家庭消遣：钩织。正如阿尔瓦罗·德·坎普斯1934年8月9日在一首诗里写到的那样：

我也在钩织
在我开始思考时动工
一针一针钩出没有完整的完整……
一件衣服，我不知道是为钩织衣服还是什么也不为
一个灵魂，我不知道是感觉还是生活

这个助理会计做钩织的最大意义是，象牙钩针一钩一挑间，白马王子们漫步于花园里。若不是针对那些王室梦想和遐思（它们在早期的《不安之书》中占有大量篇幅），这种评论似乎有些奇怪，或者十分荒诞。在索阿雷斯笔下，正如我们看到的，佩索阿设法在早期的《不安之书》中，在华丽的皇室梦想和20世纪的卑微小职员之间做出某种调和（尽管不甚满意）。文森特·格德斯也是一名助理会计，他似乎更胜任这样的协调工作。他作为《不安之书》的总作者长达5年之久，但在1920年，他陷入了永久的沉默，《不安之书》彻底陷入了僵局。尽管有这样那样的情节——围绕着一个人是否能够完全自给自足地生活，仅仅依靠他的梦想、想象力和写作——但格德斯的性格还没有得到充分的发展，不足以维持真正的作者费尔南多·佩索阿的兴趣。

在9年后的1929年，佩索阿使用贝尔纳多·索阿雷斯这个异名，继续撰写《不安之书》，将其变成了一本日记，带有明显的个人色彩，同时也具有客观性——就好像日记作者的外在世界和内心世界重合成一部影片，他心无旁骛地凝视着它，偶尔倾听，但从未被感动。许多文章都写有日期，但这种惯例不成体系，似乎只是渐渐地被他接受了。奇怪的是，写于这个时期（1929年3月22日）的第一篇文章带有象征主义的特点，有鼓声和号角声，还有“其他人梦境里的公主们”，但没有提及那位助理会计，因为他的虚构或许太过朦胧，有待被具体

化。到了 1930 年，佩索阿才开始给为《不安之书》而写的大量文章标明日期，并最终把地点锁定在道拉多雷斯大街——索阿雷斯在那里的一间办公室里上班，住在那里的简陋的出租屋里，用写作来打发时间。而索阿雷斯说："艺术与生活同在一条街上驻留，但不在同一个地方……是的，对我而言，道拉多雷斯大街包含了一切事物的意义和一切谜语的谜底，只是弄不明白这个谜题为何存在这个问题——这永远都没有答案。"（第 9 篇）

对于贝尔纳多·索阿雷斯在搬到道拉多雷斯大街前的生活，我们一无所知。佩索阿的一本记事本里，有 10 篇小说是以索阿雷斯的名字写的，在那里，我们还能找到数量很大的出版计划（出版佩索阿的作品），但索阿雷斯仅仅被当作一个短篇小说作家。而那时，被列在同一个出版计划里的《不安之书》还没有任何作者。文森特·格德斯已被弃用了吗？或许还没有。但是，一旦索阿雷斯获得《不安之书》的作者身份，他就或多或少承接了作者的个人经历。更确切地说，文森特·格德斯早逝（佩索阿打算将手稿出版，呈献给公众），显然投胎转世成了索阿雷斯，做相同的职业，也住在里斯本拜沙区五楼的一个房间里（只是街名变了），也是一个积极性很高的日记作者。通过他的老伯母玩纸牌打发漫长的夜晚可以判断，索阿雷斯的童年甚至也与格德斯的童年一样。

尽管和格德斯有所不同，索阿雷斯还是替代了他。因为佩索阿可以前后调整他的兵卒，而这种替换能够带来反馈作用。从 1929 年到 1934 年，《不安之书》的 11 篇摘录在杂志上发表，自然被认为是索阿雷斯写的。而且，佩索阿还将先前唯一发表过的一篇摘录（早在索阿雷斯被虚构出来以前，此文就已发表），即《隔离的森林》，当作索阿雷斯所为，并记录在索阿雷斯的文学创作的详细目录中。从 20 世纪 30 年代开始，佩索阿在注释和大量信件里详细讨论异名的创立，绝少提及格德斯。《不安之书》中的十几篇短文里，提到佩索阿的那三篇被遗落在一个大信封里，佩索阿在去世前将它们搜集起来，以备本书出版之用。那个信封里还装有一篇用打字机写的"注释"（见附录三），解释称要修订早期文章，以便使它们符合索阿雷斯的"真实心理"。有人可能认为，由于佩索阿从未真正将这种修订付诸实践，因而他的早期作品保持着文森特·格德斯的风格和口吻——和索阿雷斯相比，分析性更强，情感表达更少一些——从而保持着他的作者身份。但是，后来发生的事情超过了佩索阿的控制。事实上到底发生了什么呢？叙述者——无论他的名字是格德斯还是索阿雷斯——的年龄是富有创造力和鼓舞精神的佩索阿的年龄，而声音自然有所改变，但不如阿尔瓦罗·德·坎普斯的声音引人注目，后者写于20世纪30年代的忧郁短诗和1910年的颂歌《感觉论者》大为不同。

另一个不安人物特伊夫男爵与《不安之书》存在着模糊或潜在的关系，他不是该书的作者，而是它的投稿者。佩索阿1928年创造了贵族特伊夫。不到一年后，贝尔纳多·索阿雷斯从一个失败的短篇小说家变成佩索阿主要散文作品的作者。和索阿雷斯一样，特伊夫也过着烦闷的生活（烦闷是书中出现频率最高的词），也发现生活无聊乏味、毫无意义，对无回报和无救赎的观点也心存怀疑。他写于自杀前的“唯一手稿”《禁欲主义者的教育》在旅馆抽屉里被人发现，据推测作者是佩索阿。佩索阿在一篇文章片段中对特伊夫男爵和那个会计进行了比较（见附录三）。佩索阿写到，他们的葡萄牙语相当，然而，贵族男爵思路清晰，文笔明快，能控制情绪，却对感情不能自持；而会计索阿雷斯对情绪和感情都不能控制，他的所想取决于他的所感。对于这种微妙差异，佩索阿自己也并不总是有把握。他给一篇短文标上“不安之书”（或者“特伊夫”），还有少量其他短文明确标上特伊夫的名字，随后将它们放进装有《不安之书》素材的大信封里。难道他要夺走男爵的“唯一手稿”的部分内容，归到贝尔纳多·索阿雷斯名下吗？很可能是这样，因为特伊夫的作品如果很多，就违背了“唯一”这个称号，而他的作品是一堆相互没有关联的片段拼接成的大杂烩，佩索阿或许已经没有信心将它们整理分类。《不安之书》的内容更广、更无序，但佩索阿太热爱这本书，所以不会放弃。

除了威胁到男爵的著作成果外，外表谦逊的会计索阿雷斯还借用了大量署名为佩索阿的诗歌。上面提到的贝尔纳多·索阿雷斯的文学作品的详细目录不仅包括早期的诗、散文，还包括《斜雨》（写于1914年，发表于1915年）、《十字路口的车站》（写于1914年至1915年，发表于1916年）和其他佩索阿基于“极端感觉主义体验”而写的诗歌。这些诗歌几乎和《隔离的森林》写于同一时期，共饮象征主义之水，因此，佩索阿有段时间认为，不妨将它们拉到同一个屋檐下，也就是详细目录开头提到的道拉多雷斯大街。事实上，这个详细目录可能既是索阿雷斯的摘要信息，又是《不安之书》的目录表。在那一页的底部，我们发现这样一句奇怪的话：“索阿雷斯不是诗人。他的诗歌不符合标准，它不像散文那样给人力量。他的诗歌是对散文的一种抵触，是他的一流作品的败笔。”

20 世纪 20 年代后期，佩索阿对过去 15 年里以自己的名义写作的“交叉主义”和“极端感觉主义”诗歌产生一种矛盾感。将它们重新纳入《不安之书》中，不仅能把佩索阿的名字从一时的尴尬中解救出来（他因作为这些作品的作者而感到尴尬），还能通过对上下文语境的强化来进行补救。但这只是一时之念。在和详细目录一样被打出来的增补注释中（见附录三），我们读到：

后来，我曾经误认为应收录进《不安之书》的多首诗作，已另外编撰成书。这本诗集应该选取一个合适的标题，从而说明该诗集中收录了如同废物一般的诗作，或应该加旁注——可以使人联想到超然的文字。

佩索阿和他的“半异名者”一样总是犹豫不决，他又回归到自己的原计划中：一篇用优雅甚至有诗意的葡萄牙语撰写的散文，但仍然且始终是散文。是什么使他产生了将诗歌融入其中的想法呢？

《不安之书》已经成为佩索阿最钟爱的计划之一，他很有谋略地试图将书中不同的部分整合在一起。考虑到早在 20 世纪头 10 年被编入《不安之书》的散文如此多样，他突然想到，聚合它们的新作者贝尔纳多·索阿雷斯的职责要远远大于一个日记作者的职责。为了把索阿雷斯打造成一个可信的多面手作者，佩索阿决定彻底拓宽他的文学领域，甚至使他成了一个诗人。如果阿尔瓦罗·德·坎普斯和里卡多·雷斯这样的诗人也写散文，为什么贝尔纳多·索阿雷斯就不能写诗呢？但是，这只会把事情搞复杂。佩索阿意识到这一点，便放弃了之前的想法，重新收回安在索阿雷斯名下的诗作。从一封写于1935年的书信中，我们可以推知这一点——他在信里称《斜雨》是一篇“本名”作品（属于佩索阿本人的作品）。然而，索阿雷斯保留了已继承的诗、散文，并通过自己的实践使这种继承合理化。他在写于1932年11月28日的那段节选（第383篇）中令人钦佩地证明了这一点，那篇文章显然是《隔离的森林》的续篇。在另一篇文章里（第417篇），索阿雷斯巧妙地将《巴伐利亚国王路德维希二世的丧礼进行曲》带到了道拉多雷斯大街。在与自己的创造性和理智上不可救药的混乱倾向做斗争时，佩索阿至少为《不安之书》找到了一种相对统一，但没有放弃其深刻表达方式所具有的梦幻状态和逻辑上的支离破碎特点（见附录三的“说明”）。

至于贝尔纳多·索阿雷斯——写诗的散文家，思考的梦想家，没有信仰的神秘主义者，不放纵的颓废者——他是佩索阿创造出的最合适的作者（贝尔纳多·索阿雷斯正是佩索阿的残缺复制品），为这本书提供了一种统一性。就其根本而言，这本书本来不可能具有统一性。贝尔纳多·索阿雷斯这个半虚构人物使这本纷杂散乱的书变得更正当合理，或者说，他的出现也是最好的解决办法。对于那些难以适应现实、常态和日常生活的人而言，他是一个意味深长的典范。在这个世界生存下去的唯一办法就是继续做梦，因为梦的实现永远也达不到我们想象的程度，我们永远也无法使梦实现——这是佩索阿留给我们的最接近启示的东西，他通过贝尔纳多·索阿雷斯告诉我们怎么存活于世。

怎么存活于世？通过无为，通过不断地做梦，通过履行日常职责的同时活在想象中。在心灵的版图中自由漫步。像恺撒一样去征服，沉浸在幻想的响亮号角声里。在幻想的隐秘处体验激情的愉悦。以一切方式感受一切，要在想象中感受，不要用身体去感受，因为那样会很累。

比方说，梦见自己同时、分别而又各自成为在河边散步的一男一女，看见自己同时以同一种方式、同样精准而又互不重叠、相等而又彼此分开地融入两个事物中——比如南太平洋的一艘意识之船和一本旧书里的一页。这似乎是多么荒谬的事情！然而，一切皆荒谬，唯有做梦不荒谬。（第155篇）

让我们梦见自己的生活，在梦里生活，热情地去感受梦想和生活，使得两者之间的差别变得毫无意义——这个信条几乎贯穿佩索阿世界的每一个角落。索阿雷斯是最好的实例。当其他异名者谈论梦和感觉时，索阿雷斯对他在道拉多雷斯大街日常生活的点点滴滴真正产生了，并做了绚丽多彩的梦。象征主义文章中，雾气缭绕的森林、湖泊、国王和宫殿至关重要，因为它们是虚构的物质，而索阿雷斯就将他的奇异梦境用语言表达出来。不同的《雨景》对雷雨狂风极尽描述，使我们真正感受到天气，并引申开来，感受到自然和周围的生活。

佩索阿敏锐地意识到“自然是没有整体的部分”（摘自卡埃罗的《牧羊人》），统一的概念总是一种幻觉。其实，并非完全如此。一种相对的、暂时的、转瞬即逝的统一，没有假装流畅、绝对或者假装具有含糊的单一性，这种统一围绕着想象、一篇小说、一种写作手段而建立——这就是费尔南多·佩索阿归于贝尔纳多·索阿雷斯的统一。而且，他赌赢了。《不安之书》的最终目标是反映人心中参差不齐的思想和支离破碎的情感，实现这种适度但真实的统一。在20世纪，或许没有一本书像这本书一样坦诚，可以说绝无仅有。

坦诚，到现在才被提起。坦诚是《不安之书》最突出的特点。坦诚是伟大作家的优秀美德，这样说可能并不为过，因为对他们而言，通过真理炼金术，最私人的东西会变成通用的东西。不管奇怪与否，这恰恰是他的掩饰，他的自我他者化——一种深度的个体过程——佩索阿对自己表现出令人吃惊的真实和坦诚。他先是他自己，再是葡萄牙人。他成功地变成了最具外国特点、最具有普遍性的作家。“我的母语是葡萄牙语。”他通过贝尔纳多·索阿雷斯这样宣布。（第255篇）但他还说：“我不是用葡萄牙文写作。我用我自身的全部来写作。”这句话的前面，他喊道：“在我的内心，有着何等的地狱、炼狱和天堂啊！可谁看到过我做过与生活相悖的事——我，是如此平静、如此安详！”（第440篇）

贝尔纳多·索阿雷斯的散文清晰明快，在他的散文中，佩索阿写他自己，写他的世纪，写我们——一直写到地狱和天堂，即便我们像佩索阿一样，也是无信仰者。佩索阿把这本不真实的书称作他的“自白”，但那些自白和宗教或文学多样性毫无关系。在这些纸页里，我们看不到宽恕或拯救的希望，甚至欲念。

书里也没有自怜自艾，以及对叙述者无可救药的人类处境所做的美化的尝试。贝尔纳多·索阿雷斯没有做自白，在某种意义上说，这是一种“承认”，而他“承认”的对象并不重要。他描述他自己，因为那里的风景离他最近、最真实，他能够最好地将其描述出来。因此，血肉之躯跃然纸上。下面是这位助理会计的自白：

在很大程度上，我与自己写下的散文几乎一致……我使自己成为书里的角色，我把自己的生活写出来供人阅读。无论我的感觉是什么（哪怕是违背我的意愿），我都能写下我的感受。我的一切所思都立刻化为词语，混入扰乱思想的意象，铸成韵律，成为另一种东西。经过这么多的自我修改，我毁掉了我自己。经过这么多的自我思考，我不再是我，而是我的思想。我探测自己的深度，并放弃这种探测。我终其一生想知道自己是否深刻，我没有什么可供探测的了，唯有用肉眼来探测——像井底幽暗而生动的倒影，映出我那张对自己的观察进行观察的脸。

（第190篇，1931年9月2日）

没有一个作家能如此直接地将自我化作笔下的文字。《不安之书》是世上最奇特的画像，由文字组成，而只有用文字，才能捕捉到灵魂深处的一切。

理查德·泽尼斯，2001年

（《不安之书》英文译本译者）

目　录

自　序

里斯本有一定数量的餐馆，在其中一家外观体面的餐馆的二楼，有一间普通的餐室，它有着不通铁路的小镇上的饭馆所特有的实在感和家常风味。在这间餐室里，除了星期天，其余时间顾客寥寥，你总能遇到一些相貌平平的怪人，他们都是生活舞台上的配角。

有一段时间，我手头拮据，又想图个清静，便成了这间餐室的常客。每次我 7 点左右去那儿用餐时，几乎总能看到一个人。起初他并未引起我的注意，但我渐渐对他产生了兴趣。

他个头很高，身材瘦削，约莫 30 岁。他坐着时背弓得厉害，但站着时没那么明显。他衣着随便，但不完全算是不修边幅。他那苍白且毫无特色的脸上带着痛苦的表情，看不到任何趣味，也很难说那种表情代表着什么样的磨难。它似乎暗示着各种状态：贫穷、焦虑和饱经沧桑后的波澜不惊。

他总是吃得很少，饭后卷烟抽。他很明显在观察其他顾客，谈不上有什么疑惑，但又不像是只对别人感兴趣。他并未细细打量他们，似乎只是兴致使然，无意要分析他们的外在行为或记住他们的外貌体态。正是因为这一点，我才对他产生了兴趣。

我开始更仔细地观察他。我注意到，他像是才气超群，而这以某种模糊的方式使他的容貌变得生动起来。但沮丧——冷淡、苦楚的郁积——始终笼罩在他的脸上，所以很难再从他脸上看到什么别的特征。

我偶尔从餐馆的一个侍者那里得知，他在附近一家商号工作。

有一天，楼下的街上出了一点意外——两个人在互相殴打。二楼餐室的每个人都跑到窗户边看热闹，我和我说过的这个人也去了。我和他闲聊了几句，他也同样附和了几句。他的声音迟疑不决，不带任何感情色彩。那些觉得抱希望也没用便不抱希望的人才会这样说话。然而，从这个与我一同用餐的人身上看到这一点，或许有些荒谬。

不知道为什么，从那以后，我们就互相打招呼了。后来有一天，或许因为可笑的巧合，我们都9点半才去吃晚餐，竟因此而随便聊了起来。聊着聊着，他问我是否写作，我说是的。我提到了最近刚刚出版的文学评论杂志《奥菲欧》[1]。他对这本杂志大加称赞，这令我大为吃惊。我告诉他我很吃惊，因为这本杂志的撰稿人有诀窍，只能与少数人产生共鸣。他说或许他就属于少数人中的一个。此外，他又说，这种诀窍对他来说并不新奇。他羞怯地说，由于没有地方可去，没有事情可做，没有朋友可供拜访，也没有兴趣去看书，他通常晚上待在家里，也就是在他的出租屋里，写点东西来打发时间。

他的两个房间里放置着相似的奢华家具，无疑，要放开这些家具，就不能不牺牲某些基本物件。扶手椅都是他费心挑选出来的，铺着坐垫，坐起来柔软舒适。他同样精选了窗帘和地毯。他解释说，这样的室内设计使他能够“保留单调的尊严”。在现代风格装饰的屋子里，单调变成了一种令人不安且实实在在的痛苦。

没有什么东西驱使他去做任何事情。他在孤独中度过了童年，从未参加过任何团体，也没有修过什么学科，从不属于任何群体。他的生活环境有一种奇怪但又普遍的现象——事实上，或许所有人的生活环境都是如此——按照天性来雕琢外表和形象，往往具有惰性和逃避倾向。

[1]《奥菲欧》于1915年3月首次在里斯本发行，同年7月，发行了第二期，也是最后一期。——英译者注

他从来不必面对社会或国家的需要。他甚至逃避自己本能的需要。他从来没有动力去交朋友或谈恋爱。在某种意义上，我算得上是他唯一的知己。即便我总是假设自己与他有什么关系，他也未必真正拿我当作他的朋友。从一开始我就知道，他需要找人托付他的书。起初，我感到很麻烦，但我现在很高兴能够从心理学者的角度来看这件事，尽可能做他的朋友，致力于完成他与我结交的目标——出版这本书。

即便在这方面，他的运气也是异常地好，因为正是运气使然，我这样的人才会走进他的生活，并且对他很有用处。

没有材料的自传

在这些随意的印象中，除了随意，没有欲求，我冷漠地叙述我这没有材料的自传，无趣的历史。这是我的自白，如果我言之无物，那是因为我没有什么可说的。

——第 12 篇

1. 信仰的背离

在我出生的那个时代，大多数年轻人不再信仰上帝，和他们的前辈信仰上帝一样，同样出于未知的原因。由于人类精神生性倾向于凭感觉而非理性做出判断，大多数年轻人选择人代替上帝。然而，我这种人总是处在所属群体的边缘，不仅看到了自己所属的群体，而且看到了群体周围的那片广阔空间。出于这个原因，我才不像他们那样彻底放弃信仰上帝，但也绝不接受人。我相信，上帝虽然未必可信，但也可能存在，在某种情况下应当被崇拜。然而，人类只是一个生物学概念，仅仅指明了我们所属的动物物种和其他动物物种一样不值得被崇拜。崇拜人类，崇拜人的自由平等，在我看来就像古代一些教派复兴，他们的神长得与兽类无异，或有着兽类的头。

同样，因为不知道如何信仰上帝，且无法去信仰诸兽，我和其他边缘人一样，对一切事物保持着距离，这种距离通常被称作“颓废”。“颓废”是无意识的，而无意识是颓废的生命基础。颓废一旦有了思想，心脏就会停止跳动。

对于像我这样活着却不懂得如何生活的少数人来说，除了将“放弃”作为生活方式以及将“沉思”当成命运外，还能做些什么？我们既不知道也无法知道宗教生活是什么样的，因为无法通过理性思考获得信仰，又不能相信乃至反对“人”这个抽象概念，而只能对生活进行审美沉思，以此来表明我们拥有灵魂。我们对整个世界的严肃事物漠不关心，对神灵毫无兴趣，鄙夷人类。我们徒劳地向毫无意义的感觉缴械投降，这种感觉经受过享乐主义的提炼和教化，适合我们的脑神经。

我们仅从科学中获得基本定律——万物皆遵从于宿命法则，我们无法任意影响这些法则，因为它们支配着所有反应——看到这些法则与更为古老的万物宿命论相一致，我们便放弃一切努力，就像身体虚弱者放弃体育训练一样。我们埋头阅读关于感觉的书籍，就像谨小慎微、钻研感觉的学者一样。

我们不看重任何事物，我们视感觉为唯一确凿的真实，我们躲避在感觉里，探索感觉，就像探索辽阔而陌生的国度。倘若我们不仅孜孜不倦地进行审美沉思，还要表现出美学的研究方法和研究结果，那是因为我们所写的诗歌和散文——并非意在改变任何人的意愿或影响任何人的理解——就像一位读者大声朗诵，仅仅为了将阅读的主观愉悦完全地客观化而已。

我们清楚地知道，一切创作都是不完美的，我们所写下来的正是最令我们难以把握的审美沉思。然而一切皆不完美。日落虽美，但下一次的日落会更美。在微风的吹拂下，我们沉沉睡去，但下一次在微风下睡着，我们会睡得更加香甜。因此，雕像与高山的沉思者不无二致，无不从书籍和流逝的岁月中汲取乐趣，做各式各样的梦，以便将它们转化为我们自己的实质。我们还将所做的描述和分析写下来，完成这一切后，它们便成为可供我们欣赏的外在之物，就好像它们是某一天突然发生的事情一样。

像阿尔弗雷德·德·维尼[1]这样的悲观主义者就不这样认为，在维尼眼中，生活是一座监狱，他置身于其中，编织稻草以打发时间和忘却自我。做悲观主义者就是要用悲观的视角看待一切，这种姿态既有些过头，又令人不适。诚然，我们所写下的文章并无任何价值，我们写作也不过是为了打发时间，但与编织稻草以打发时间、忘记命运的囚徒不同，我们就像为打发时间而在枕头上绣花的姑娘一样。

我将生活看作一座路边客栈，我不得不待在那里，直到马车从深渊开来。我不知道它将把我带向何处，因为我对一切都一无所知。我可以将这座客栈看成一座监狱，因为我不得不静候在那里；我也可以将它看作一个社交中心，因

[1] 阿尔弗雷德·德·维尼（1797—1863），法国浪漫主义诗人，主要作品有历史小说《桑－马尔斯》、中篇小说集《军人的荣誉与屈辱》、剧本《夏特东》等。——英译者注

为在那里我结交了其他人。我既非缺乏耐心，也不是不会社交。我既远离那些闭门躺在床上、彻夜无眠等待的人，也远离那些在大厅高谈阔论、欢歌笑语飘然入耳的人。我坐在门边，耳目尽享声色景致，轻声吟唱——只有我自己能听见——作于漫长等待之中的缥缈歌曲。

夜幕即将降临，马车也即将来到。我享受着为我而吹的微风，感受着为享受微风而被给予的灵魂。我不再有疑问或索求。我写在旅行者日志上的东西，有朝一日若被人读到并能给他们的旅途带来愉悦，那自然很好。但倘若他们不读，或者没有从中得到愉悦，那也没关系。

2. 做梦或行动

我不得不去选择，哪怕是我所憎恶的——无论是我的智慧所憎恶的做梦，还是我的感觉所厌烦的行动，都是如此。要么是行动，我生来就不是行动派；要么是做梦，没人生来爱做梦。

两者皆为我所憎恶，我都不选择。不过，既然我不得不偶尔做梦或行动，我便将两者混在一起。

3. 黄昏的倦怠

我喜欢初夏黄昏笼罩下的闹市的那份寂静，尤其是在白日的喧嚣对比之下，更添几分宁静。阿尔塞纳尔大街、阿尔范德加大街，这些幽暗的街道向东延伸，沿着静静的码头伸展开来——在这些傍晚，我走进它们的孤寂之中，它们用忧伤将我抚慰。我仿佛远离现在，回到遥远的过去，那个更早的时代。我乐于想象自己是当代的西萨里奥・韦尔德，在我心中流淌的不是他的诗句，而是与他的诗句不无二致的本质，而这也是他的本质。

漫步于这些街道，直到夜幕降临，我的生活与街道的生活并无什么差别。白天，街道上充斥着毫无意义的活动；夜晚，街上没有了任何活动，这同样是没有意义的。白天我什么都不是，晚上我是我。我和这些街道并无什么差别，除了它们是街道，我有一颗人类的灵魂。然而，当我们看到事物的本质时，这一点或许便显得无关紧要。人与物同样拥有一个抽象的命运：在世界之谜的代数学里同样成为一个中性值。

但是还有一些其他的东西……在这些倦怠而空虚的日子里，一种忧伤从心灵产生，传递至大脑，传遍整个自我——因为我痛苦地意识到，万物既是我的感觉，又存在于我的感觉之外，不为我所左右。啊，梦境曾多少次变成实物出现在我面前，它们并非要替代现实，而只是要宣称它们和现实一样，只要我表示轻蔑，它们便脱离我而存在。就像电车在街道尽头转弯，抑或傍晚街头的叫喊声，尽管我不知道他们叫喊的是什么，但那种声音很突出——那是一首阿拉伯歌曲，像是喷泉突然喷涌——映衬着黄昏的单调。

即将结婚的夫妇走了过去。女缝工们聊着天走了过去。年轻小伙子们匆匆走过，去找乐子。退休了的人像往常一样抽着烟漫步而过。有些店主像无所事事的流浪汉一样站在店门口，对周围的事情毫不留神。一些新兵——有的身强力壮，有的弱不禁风——组成一支嘈杂抑或更糟的队伍缓缓走过。偶尔也会有普通人走过。这个时间，过往车辆稀少，车声悦耳。在我心里，有一个宁静的苦痛，顺从构筑我的平静。

这些走过的人和我毫不相干。他们和我的命运乃至整个世界的命运毫无关联。这只是无意识的行为，是碰巧投出的石子在水面上引起的涟漪，是未知的声音发出的回响，是生活的大杂烩。

4. 落差

……在最崇高的梦境里，我是里斯本市的一个助理会计师。

但这种落差并没有压垮我，反而解放了我。它的讽刺渗进我的血液里。理应让我感到羞辱的东西，却成了我扬起的旗帜，而我应当用于自嘲的笑声，却成了我吹响的号角，用来宣告——和创造——我即将变成的黎明。

夜间化身伟大和虚无的荣耀！不为人知的阴郁的威严显赫……我突然体验到一种荒野僧侣或幽居隐士的崇高感觉，对远离尘世的沙漠中和洞穴里的基督徒的实质有了某种认识。

在这个荒唐的房间里，我这个卑微的无名小职员在桌边写着似乎可以救赎灵魂的字句。我用远处崇山峻岭上那不存在的日落将自己镀成金色，用我收到的披肩换取生活的乐趣，用我强烈鄙夷的俗世珍饰——我布道指头上的出家戒指来装饰自己。

5. 记账

我面前这张旧书桌的桌面有些倾斜，上面摆放着两大页账簿。我抬起疲惫的双眼，心灵更是疲惫不堪。除了无关紧要的账簿，货栈里是清一色的架子、清一色的职员，人类秩序和毫无风浪的平庸——这一切延伸至位于道拉多雷斯大街正面的那面墙上。透过窗户传来的，是不同的声音，这异样的声音平淡无奇，就像笼罩着架子的平静氛围。

我目光低垂，重新回到那两页白纸上，那是我小心翼翼记录下来的公司业绩数字。我自嘲之余，想起我的生活包含了这些记录着面料种类、价格和销量，有着空白间隔、字母和通栏画线的东西，还包含了伟大的航海家、圣人和每一个时代的诗人，然而没有一个人被载入史册——被那些决定世界价值的人放逐的子孙后裔。

正当我将一个不大熟悉的布料名称记录下来时，印度河和撒马尔罕的大门豁然打开，波斯诗歌（这些诗歌也是从别的地方发展过来的）的四行诗（第三行不押韵）在我的不安中成了远方的一个锚。但毫无疑问：我在写，在添加记录，这间办公室里的职员一直都是这样记账的。

6. 我用忧伤去写作

我对生活要求很少，而这点微小的要求都无法实现。一片并不大的旷野，一缕阳光，一点点宁静，外加一小片面包，不因为自己存在而压抑，对人无所求，别人也对我无所求——这几点要求也无法实现。就像我们拒绝给乞丐施舍零钱，并不是因为我们吝啬，而是因为懒得解开外衣纽扣掏钱。

我在寂静的房间里忧伤地写作，过去是这样，将来也是。我在想，我那显然微不足道的声音里是否包含成千上万个声音的本质，那成千上万个生命对自我表现的渴望，那数百万个灵魂像我一样安于对日常命运的坚忍，以及他们失落的梦想和无望的希望。在这样的时刻，我的心跳因意识到这一切而加速。我因为站在高处而活得更充实。我的内心涌起一股宗教的力量，一种祈祷，一种发自公众的呼声，但理智迅速将我拉回到我本来的位置……

我才想起我身处道拉多雷斯大街一幢房子的五楼，我觉得昏昏欲睡，我看着我那只并不好看的右手放在这张只写了一半的纸上，又看着我的左手拿着廉价香烟，停在磨损的吸墨纸上方。我在这间位于五楼的房间里拷问生活，叙述灵魂的感觉，像天才或著名作家一样写散文。我，在这里，天才！

7. 被上帝剥削

今天，在我的那些毫无意义而又缺乏价值的白日梦里（我的很大一部分内心生活都由这些白日梦构筑），我想象自己永远摆脱了道拉多雷斯大街，摆脱了我的老板维斯奎兹先生，摆脱了主管会计莫雷拉，摆脱了其他所有职员，摆脱了送报员，摆脱了勤杂工和那只猫。在梦里，我所体验到的自由，就像南太平洋赐予我的一些风景奇特的岛屿，让我去探索和发现。自由意味着平静，意味着艺术成果，意味着我的智慧能得到完满。

然而，尽管我在小餐馆里用这个短暂的午休时间去想象这些事情，但是一种不悦之感侵袭了我的梦：我意识到我应当感到后悔。是的，我这样说，就好像真实境遇就是如此：我应当感到后悔。我的老板维斯奎兹、主管会计莫雷拉、出纳员博格斯、其他所有职员、那个将信送到邮局的快乐小伙子、那个送报员，还有那只温顺的猫——这一切都成为我生活的一部分。我无法做到在离开这一切时不哭泣、毫无感觉——不管我是否愿意——我的某一部分将与这一切共存，与他们分离将意味着一部分的我死亡了。

此外，如果明天我与他们道别，然后脱下我的这身道拉多雷斯的西装，那么我还能做什么呢（因为我总得做点什么事）？又或者我终将穿上其他什么样的套装呢（因为我总得穿某种套装）？

我们都有一个维斯奎兹这样的老板，对我们来说，老板维斯奎兹是有形的；对其他人而言，他是无影无形的。我的老板维斯奎兹有名有姓，他身强体壮，和蔼可亲，偶尔脾气暴躁，但绝不两面三刀。他自私，但总体上公道、有正义感，而这正是许多伟大天才、人类文明的奇迹（无论左翼、右翼）所缺乏的。其他人被虚荣、财富、荣誉和永垂不朽所控制。我情愿让维斯奎兹这样的人做我的老板，在某些困难时刻，他比这个世界上的任何其他抽象的老板更容易打交道。

我的一位朋友认为我薪水太少，他是一家商号的合伙人，那家商行生意很好，与政府有很多生意往来。有一天，他对我说："索阿雷斯，你被剥削了。"我进而想起的确如此。但是在生活中，我们人人都被剥削。我在想，被维斯奎兹和他们的纺织品公司剥削，是否会比被虚荣、荣誉、愤恨、嫉妒或无望剥削要来得更糟糕呢?

先知和圣徒行走于虚无的世界，他们被上帝剥削。

我用其他人回家的方式回到这个不属于我的家：道拉多雷斯大街上的那间大办公室。我来到我的办公桌边，就像回到抵御生活的堡垒。我的内心一阵痛楚，痛楚到想要哭泣——为我那为他人记账的账本，为我使用的旧墨水瓶，为在我附近弓着背草拟发票的塞尔吉奥的背影。我爱这一切，或许因为我没有别的东西可以去爱，或许因为没有什么东西值得人类的灵魂去爱。无论它渺小到区区一个墨水瓶，还是大到冷漠星空，爱什么都是一样的——如果我们不得不给予爱。

8. 象征

维斯奎兹——我的老板。有时，我不可思议地被维斯奎兹先生催眠。这个人除了偶尔是个障碍，还主宰着我的时间，主宰着我白天的时间，他对于我到底意味着什么？他待我不错，对我说话时很客气，发脾气时除外，当时他因某事而烦躁，对每个人都不客气。但为什么他能占据我的思想？他是一个象征，还是一个理由？他到底是什么？

维斯奎兹——我的老板。我已在未来带着某种怀旧之情去回忆他，我知道我必将有这样的感觉。我将平静地安坐在郊区的一间小屋里，享受这种宁静，不去写如今也没有去写的作品，而且继续不写，我还会想出比我今天为了逃避自我所想的更好的借口。我将待在贫民窟里，为我彻底的失败而高兴，与自称是天才的乌合之众厮混在一起，他们充其量不过是拥有梦想的乞丐。我被扔进一群无名之辈中，他们既无力取胜，又无法彻底放弃不靠竞争而取胜。无论我走到哪里，我都会怀念维斯奎兹先生和道拉多雷斯大街的这间办公室，我千篇一律的日常生活会像我对从未遇到过的爱情的回忆和从不属于我的胜利一样。

维斯奎兹——我的老板。我在未来看到的他和我在此时看到的他并无二致：中等身材，健壮结实，有点粗鲁但重感情，性格直率，通情达理，和蔼可亲。不仅仅在处理金钱上，从他慢条斯理的手势，青筋暴起而多毛的手上，粗壮但不肥胖的脖子，以及胡须总是刮得很干净的结实红润的脸颊，就能看出他是一个老板。我看着他，看着他精力充沛地做着从容的手势，他的眼里折射着洞察世事的神情。当我莫名其妙让他不高兴时，我也会不高兴；当他咧开嘴笑时，富有人情味的笑容像正在鼓掌的人群，使我的灵魂也感到欢欣。

或许在我周围的世界里缺乏更加与众不同的人物，所以维斯奎兹先生这个普通甚至有些粗俗的人，有时占据了我的思想，使我忘记了自己。我相信，这里存在一种象征。我相信，或者说几乎相信，在未来的某个地方，这个人对我的重要性，要胜过今天的他对我的重要性。

9. 艺术与生活

啊，我总算恍然大悟！我的老板维斯奎兹先生就是生活——单调而必不可少，专横而不可测知。这个平庸的人代表着平庸的生活。从外部来说，他对我而言意味着一切，因为从表面看来，对我来说，生活就是外部的。

如果道拉多雷斯大街的那间办公室对我而言代表了生活，那么在同一条街上我所居住的五楼的那个房间对我而言代表了艺术。是的，艺术与生活同在一条街上驻留，但不在同一个地方。艺术减轻了生活带给我的压力，但我依然生活着。艺术和生活一样单调，只是以不同的方式表现出来。是的，对我而言，道拉多雷斯大街包含了一切事物的意义和一切谜语的谜底，只是弄不明白这个谜题为何存在这个问题——这永远都没有答案。

10. 两个自我

我会很暴力，也会有强烈的冲动，有时缺乏斗志，有时敏感，时好时坏，时而高贵时而卑贱，可从没有一种情绪能够持久，从没有一种情感能经久不衰，能够融入我的灵魂。我的内心变成了另外一个样子。我的灵魂对它自身很不耐烦，仿佛和一个讨人嫌的孩子在一起；灵魂越来越不安宁，且始终如一。我对一切兴致盎然，却不会受到任何控制。我留心万物，始终在做梦。与我交谈之人，我会注意到他最细微的面部动作，亦会记录他说话时语调的细微变化；我在听，却没有听进去，心中在思索其他，谈话时所谈内容的意义是我最不为之所动之处，无论这话出自我之口还是那人之口。因此，我总在重复已经重复多次的话，向那人问早已给出答案的问题。我可以用四个词准确描述他说话时的面部肌肉变化，就如同给他拍了照片一般，却不记得他说了什么话，或者准确地讲出他双眼圆睁、听我讲那些我不记得自己告诉过他的话时的样子。我有两个自我，两个自我距离遥远，如同一对并不连体的连体婴。

11. 祷文

我们从不知实现自我是何情景。

我们是两个深渊，是举目凝视天空的深井。

12. 我钩织无望的生活

我嫉妒——但不确定我是否真的嫉妒——那些可以让别人写自己的传记或自己写自传的人。在这些随意的印象中，除了随意，没有欲求，我冷漠地叙述我这没有材料的自传，无趣的历史。这是我的自白，如果我言之无物，那是因为我没有什么可说的。

有哪些有价值抑或有用的东西是值得去坦白的呢？有些发生在我们身上的事情也发生在了其他所有人身上，或只发生在我们身上。如果发生在其他所有人身上，便无新奇之处；但如果只发生在我们身上，便不被人理解。如果我写我所感，便是为感觉的热度降温。我坦白的内容无关紧要，因为一切都无关紧要。我将我所感绘成风景，我用感觉创造出假日。我很容易理解那些用刺绣忘掉悲伤或用钩织打发生活的妇女。我那上了年纪的伯母玩单人纸牌，借此打发漫长的夜晚。我的这些自我感觉的自白便是我的单人纸牌。我不会像那些用纸牌占卜未来的人一样去阐释它们。我不去研究它们，因为单人纸牌里没有蕴含任何特殊的意义。我剖析自我，就像解开一卷多彩的毛线；或者玩翻绳游戏，伸直手指头去勾翻绳图案，从一个孩子手上传到另一个孩子手上。我所关心的只是我的拇指不要从线圈里滑出来，我手指一翻，图案改变了。然后，我重新开始。

生活是按照既定的图案钩织的。当我们钩织时，思绪自由自在，象牙钩针一钩一挑间，白马王子们漫步于花园里。钩织品……间歇……无关紧要……

此外，我还能指望自己怎么样呢？我的感官敏感到了可怕的地步，我对情感的意识是如此深刻……我的敏锐思想将我毁灭，一种惊人的做梦能力使我快乐……一种不复存在的意志，沉思像抚育婴儿一样抚育着这种意志……是的，钩织……

13. 梦境

我境况凄惨，渐渐地，丝毫不受那些我有份参与写出之言的影响，也就是我那偶尔写成的沉思之书的影响。我那毫无价值的自我生活在每一次表达的底部，如同位于玻璃杯底部不能溶解的残渣，只能用杯喝水。我进行文学创作，仿佛是在记账——小心翼翼却满不在乎。比起布满星辰的浩瀚夜空和那神秘莫测的诸多灵魂，夜晚的未知深渊和混沌虚无似乎更合乎情理——相比这一切，我所记下的账目和我在这篇文章里写下的内容，都表明我的灵魂只能在道拉多雷斯大街里游荡；在浩瀚无际的宇宙面前，我只是一粒微尘，渺小又可悲。

所有这一切乃是梦境，乃是千变万化的幻境。至于是记账的梦境，还是精心写成散文的梦境，都无关紧要。梦到了公主比梦到了通往办公室的前门作用更大吗？我们所知道的一切都是我们自己的印象，而我们所存在的一切都是一种外在的印象，与我们无关。既然我们感觉到了自己，那在市政厅的许可下，我们就是自己的积极观众、自己的神。

14. 成为自己

我们或许明白，我们一直拖延不做工作是件糟糕的事情。然而，更糟的是，我们永远也不去做。完成了的工作，至少它被完成了。尽管有可能做得不好，但那项工作至少是存在的，就像我那个跛脚邻居的唯一一个花盆里那株可悲的植物。那株植物是她的幸福，有时甚至也是我的幸福。我所写下的东西，尽管写得很糟糕，但它能为受过伤或悲惨的灵魂提供喘息之机，从更糟的东西中分出心来。这对我来说就已足够，或者说，尽管不够，但它起到了一些作用，这就是生活的全部。

在烦闷中，我们预料会更加烦闷；在遗憾中，我在明天会为今天感到遗憾——一种无边的混乱，没有意义，没有真理，只是无边的混乱……

我的轻蔑蜷缩在火车站的长凳上，裹着沮丧这件披风，在打瞌睡……

梦中的世界是我的知识和生活的总和……

我并不担心现状，或是不会为其一直担心下去。我渴望时光能够为我驻留，我想毫无保留地成为我自己。

15. 裂变

我一寸一寸地征服了我与生俱来的精神领域。我一点一点地开垦着将我困住的沼泽。我创造了最佳的我，但我不得不用镊子把我从自我中夹出来。

16. 往返途中

我在卡斯凯什[1]和里斯本之间做着白日梦。我去卡斯凯什替我的老板维斯奎兹先生为他名下的地处埃斯托里尔的房产付财产税。我对这次来回各花一个小时的旅途满怀欣喜，期待见到那条总在改变的宽阔河流及其流入大西洋的入海口。但实际上我在去往卡斯凯什的途中，一直沉溺于抽象沉思，看到了我一直神往的河景，却并未认真欣赏。而回来的路上我又沉溺于厘清这些感觉。我无法描述出旅途中最微不足道的细节以及沿途可供观赏的微小风景。从这次旅途中我只得到了这几页文字，是我自相矛盾和自我遗忘的产物。我不知道这一切比对立面更好还是更糟糕，我也不知道对立面是什么。

火车缓缓地进站了，我们到达索迪拉车站，我回到了里斯本，但那不是我的终点。

17. 自省

或许终于是时候做这件事了：好好回顾一下我的生活。我看见自己身处一

[1] 卡斯凯什是里斯本西南边的海滨城市。——英译者注

片广袤的沙漠中间。我从昨天内在的我中走了出来，我试着向自己解释我是如何来到这里的。

18. 梦想与现实

带着灵魂中仅有的一种微笑，我消极地思忖着自己被完全限制的生活，我被限制在道拉多雷斯大街，被限制在这间办公室里，被这些人包围着。我的收入只够吃喝，有安身之处，也有足够的闲暇来做梦、写作和睡觉——我还能对上帝和命运奢求什么呢？

我有伟大的抱负和无尽的梦想，而那个送货员和女缝工同样也有，因为每个人都有梦想。实现梦想的能力或梦想能否实现的命运，将我们区分开来。

在梦里，我和送货员以及女缝工并无区别。唯一能将我们区分开来的，就是我知道如何去写作。是的，写作是一种行为，是我的个人情况，将我和他们区分开来。但在我的灵魂里，我和他们一样。

我发现，在南太平洋有一些岛屿，有吸引世界各地人士的美景……

如果世界在我手里，我敢肯定我会把它换成一张返回道拉多雷斯大街的车票。或许我的命运就是永远当一名会计，而诗歌或文学只是一只落在我头上的蝴蝶，用它的美丽来衬托我的可笑。

我会想念莫雷拉，但那怎么能和光荣的晋升相比呢？

我知道，如果某一天我成为维斯奎兹公司的主管会计，那将是我人生最重大的日子。对于那一天，我预先体会到了苦涩和嘲讽，却也带着确定无疑的智力优势。

19. 在海滩漫步

在海边的小湾里，在海滩前面的树林和草丛之间，变幻无常的欲火从饱含不确定性的虚无深渊里袅袅升起。选择麦子和选择很多其他东西并无区别，道路在柏树林间延伸开来。

文字的魔力在于，无论单独使用还是连在一起说出来——即使这些词语集在一起，都有它内在的余韵和各不相同的含义。某些措辞的内涵混入其他措辞的光辉，比如残余的毒性，树林的希望，以及童年时代我玩耍的农庄、池塘的绝对宁静……此外，在荒谬的厚颜无耻这堵高大围墙里，在那茂密的树丛里，在凋零的惊恐慌乱里，除我之外，还有人会从悲哀的口中听到，那被更坚决的恳求所拒绝的忏悔。即使骑士们从围墙顶端看得见的大路上返回来，“末日灵魂的城堡”也永远无法重现和平了。那些看不见的庭园里曾闪现着刀光剑影。那条大路的这一边，其他名字都不会被记住，唯有一个在夜间被施了魔法的名字会被铭记，就像是民间传说里的摩尔女人，就像那个为生而死、为了好奇而死的孩子。

草地的低洼处，传来最后几个迷途者的脚步声，声音如此轻微，仿佛来自遥远的未来。他们的脚步声在无边无际的草地上显得空洞万分。回来的必定是老人，年轻人永远不会回来了。锣鼓在路边隆隆作响，喇叭毫无用处地垂在筋疲力尽的手臂上，手臂如果还有力气将喇叭扔掉，那就一定会将它们扔掉。

但是，幻觉过去后，死亡的喧闹声又响起。可以看到丧家犬在林荫小路上不安地徘徊。一切皆如此荒谬，就像哀悼逝者，而其他人梦境里的公主们在自由自在、漫无目的地游荡着。

20. 窒息

当我试着使自己的生活从持续不断压迫它的各种环境中解脱出来，其他同样的环境立即将我包围，就好像造物主的神秘之网总是和我过不去。我用力拉开扼住我脖子的一只手——我刚把陌生人的手从脖子上拉开，就看见我自己的手上有一根套索，而套索就套在我的脖子上。我试图小心翼翼地解开套索，它却紧紧地套住我的双手，我几乎要把我自己勒死。

21. 神之奴

不管神是否存在，我们都是他的奴隶。

22. 镜子里的我

我是带着一种奇怪的悲哀来写这篇文章的。我是这个下午晚些时候的完美所带来的理智窒息的奴隶。在柔和而稳定的微风吹拂下，湛蓝的天空渐渐变成了淡粉色，让我不由自主地想大喊一声。如果我在写作，那就是逃离和躲避。我避免产生想法。我忘记了正确的单词和短语，它们在我写作的过程中闪现在我面前，就好像是我的笔自己制造出了它们。

在我的思想和感受中，除了一种毫无意义的想哭的欲望，什么也没有留下。

23. 荒谬是我们的状态

让我们像斯芬克斯一样，直到我们忘记自己是谁，尽管并不真实。事实上，因为我们是虚假的斯芬克斯，我们不知道在现实中的我们是什么。与生活达成一致的唯一办法就是否定我们自己。荒谬即神圣。

让我们开发理论，带着孜孜不倦、求真务实的态度创造出理论，以便能够马上违反它——我们否定，然后用对立的新理论来为我们的否定行为辩护。让我们为生活开辟新路，然后立刻沿着这条新路往回走。让我们选择这样的身姿手势，它既不属于我们，也非我们所愿，甚至我们不希望被人们认为它属于我们。

让我们买书，但不要去读；让我们参加音乐会，却对音乐充耳不闻，抑或不去关注那里有谁；让我们长时间散步，因为我们讨厌散步；让我们整日待在乡下，仅仅因为那里的生活令我们感到沉闷。

24. 莫可名状的忧虑

今天，日久年深的忧虑偶尔涌上心头，我感到自己像是生病了。在维持我生命的那家餐馆的二楼餐室，我吃喝得都比平时要少。我正要离开时，侍者注意到那瓶酒还剩一半，转身对我说：“再见，索阿雷斯先生，我希望你能好起来。”

像一阵狂风驱散了天空的阴霾，这句简短的话像一声号角抚慰着我的灵魂。我发现了一些自己从未想过的东西：有了这些咖啡馆和餐馆侍者，有了理发师和街角的送货员，我享受着一种自然而然产生的和谐关系，我不能说还有比这更亲切的东西。

友情有它的微妙之所在。

一些人统治世界，而另一些人组成世界。美国的百万富翁与恺撒、拿破仑，他们之间只有量的差别，没有质的不同。在他们之下的就是被忽略的我们：鲁莽的剧作家威廉·莎士比亚，教员约翰·弥尔顿，流浪者但丁·阿利吉耶里，昨天还替我跑过腿的送货员，我，给我讲笑话的理发师，以及刚才那个注意到我只喝了一半酒，便出于友情对我表达良好祝愿的侍者。

25. 画中的眼睛

这是一张不可救药的石版画。我凝视着它，不知道自己是否看得懂。它和橱窗里的其他版画挂在一起——摆在台阶下的橱窗中间。

她把报春花握在胸前，用哀怨的目光凝视着我。她的笑容因纸张的光泽而显得亮晶晶，面颊红红的。她身后的天空如同一块浅蓝色的布。她有着一张精雕细琢的小嘴，带着明信片上常有的表情，而嘴唇上方，那双眼睛充满哀愁地注视着我。她握着花束的手臂让我想起其他人的手臂。她那件连衣裙或衬衫带有刺绣领口，露出半边肩膀。她的双眼流露出发自内心的哀伤，带着某种真相，从逼真的画面上凝望着我。她抱着报春花而来。她的双眼并不是因为大而显得忧伤。我猛地加快脚步，勉强使自己离开带有暴力台阶的橱窗。穿过街道后，带着无力的愤慨，我又走了回来。她仍然握着别人给她的报春花，眼里充满悲伤，像是我在生活中错失了一切东西。远远望去，那幅版画显得更生动鲜明。一条粉色丝带将画中人的头发高高束起，我之前并未注意到这些。在人的眼中，甚至在画中人的眼里，有一些可怕的东西：那是意识不可避免的警醒，一种静静的呐喊，提示着一个灵魂的存在。我竭力将自己从沉湎其中的梦幻中拉回来，我就像一只努力抖掉黑雾的狗。我们从远处看这幅形而上学的版画，那显露出生活的全部忧伤的眼睛在凝视着我，就好像我很了解上帝，但那对眸子并不在意我的离开，仿佛在向别的什么东西告别。那幅版画的底部有一张日历，版画上下各有一条曲线和缓、颜色不匀的黑色条纹。在这上下两条界线之间，在"1929"的字样以及必然是"1 月 1 日"的老式装饰字样上方，那双忧伤的眼睛不无讽刺地朝我笑着。

有趣的是，我知道画中人从何而来。办公室后面的角落里，有一本完全一样的日历，我曾无数次看到过。然而，出于某些画的神秘性，或某些我的神秘性，办公室里的画中人的眼里没有哀愁。这只是一幅版画（印在光滑的纸上，在阿尔维斯这个左撇子的头上，用睡眠来逃避被压抑的生活）。

这一切使我想笑，但我感到一种深刻的忧虑。我的灵魂深处传来战栗感，像是突然生了病。我没有力量去阻止这种荒谬。我在对抗自己的意志时，站在什么样的窗边，俯瞰到什么样的神的奥秘？楼梯下的窗口通向何处？是什么样的眼睛从画里凝望着我？我几乎就要颤抖起来。我一次又一次抬眼向摆放着现实版画的角落里看去。我不停地抬眼看向那个角落。

26. 个性与心灵

给每一种情感赋予一种个性，让每一种心境拥有一颗灵魂。

姑娘们成群结队地溜达过来，她们边走边唱，歌声里充满着欢乐。我不知道她们是谁，也不知道她们是什么样的人。我站在远处聆听片刻，我对自己没有感觉，却为她们而悲伤，这种悲伤打动了我的心灵。

为她们的未来？为她们的无意识？

或许，并非直接为她们，终究，只是为我自己。

27. 写作是什么

文学是艺术与思想的结合，是未被现实玷污的领域——文学于我而言是人类倾其所能想要达到的目标，如果这些努力出自真正的人性，而非我们的兽性流露。人的表达意味着保留善而剔除恶。人类笔下的田野，比现实中的田野更碧绿青翠。我们在弥漫着想象的空气中做出定义，耗费笔墨刻画的花朵，有着任何细胞生物所不具有的经久不衰的色彩。

是什么让生命延续？什么是持久不衰的？任何事物都比有关它的美丽描写来得真实。目光短浅的评论家评论某一首诗，赞扬它的持久韵味，最终无非是说“这真是美好的一天”。但是，说出“这真是美好的一天”并非易事，因为美好的一天终将过去。我们需要将这美好的一天转化成文字，保存在冗长而华美的记忆之中，用刚刚开放的鲜花和群星去点缀空旷的田野和天空，在外在世界里自由驰骋。

万物取决于我们，对于我们的子孙后代而言，万物取决于我们是如何热情洋溢地做出想象的——我们使我们的想象具体化，从而使世界成为这个样子。对我而言，宏伟而受到玷污的通史记载，不过是源源不断的解说，是一些不可靠的目击实录的杂乱共识。我们每一个人都是小说家，我们叙述我们的见闻，因为见闻像万事万物一样复杂难解。

此刻，我有如此之多的基础性思想，有如此之多的真正形而上学的事物去述说，而我突然感到疲惫，我决定不再写下去，不再思考下去。我要用说话的狂热催我入眠，然后闭上双眼，抹去一切我本打算说出来的东西，就像抚慰一只猫一样。

28. 无法思考

一段乐曲、一个梦境、一些事物令我依稀有所感觉。置身其中，我无法思考。

29. 假期随笔（一）

房顶上最后一些雨水开始更为缓慢地落下，在石头铺成的街道上方，蓝天的面积越来越大，跟着汽车吟唱出了一曲不一样的欢歌，声音渐大，越发快乐。你能听到家家户户打开窗户，面对那不再健忘的太阳。从下一个街区尽头的狭窄街道里传来了第一个兜售彩票的人的吆喝声，吆喝声清晰可闻。在对面的商店里，人们把钉子钉在板条箱上，平静的空间里回荡着嘈杂的声响。

这是一个含混不清的假期，虽是官方规定，却并无人严格遵守。工作与休息并存，而我则无事可做。我早早地便起了床，准备了很久好让自己存在，从屋子一端踱步到另一端，凭空想象那语无伦次的大声喧哗和毫无可能的事物——我忘记了要去做的事儿，无望的野心偶然间得以实现，流畅且活泼的对话，曾经的旧貌依然是今后的新颜。我幻想着，一不庄严，二不平静。我虚度光阴，毫无希望，毫无止境。在这个无事可做的早晨，我来回踱步，低声呐喊，我的话在我那可耻的与世隔绝的隐居地里层叠累加，不住地回旋。

从外面看，我的身形可笑至极，和所有人私下里的状态一样。我放弃了睡眠，在睡衣外面套了一件旧外套。这些日子以来，清晨无眠，我习惯了这样一副穿戴。我的旧拖鞋都坏了，特别是左脚那只。我把手插进我那破旧外套的口袋里，迈着坚定的大步，在我的小屋里的“大道”上散步，把我那无用的幻想进行到底，而我的梦幻与他人的别无二致。

我把唯一的窗户打开，冷风迅速吹了进来，依然能听到房顶上残余的雨水大滴大滴地落下来。刚才下雨了，天气依旧潮湿与阴冷。然而，天空湛蓝无比，雨要么是被打败了，要么是筋疲力尽，而雨后残余的乌云撤退到了城堡后面，向蓝天投降了，这才是它们正确的选择。

快乐偶尔有之。可有什么东西重压在我身上，那是一种神秘莫测的渴望，难以描述，甚至非常高贵。或许我要花很长时间才能感到自己活着。当我将身体探出我那高高的窗户，看向下面的大街，却对街上的景象视而不见。电光石火间，我感到自己就像一块清洁房屋的潮湿抹布，被人放到窗户上晾干，却被忘在了脑后。后来，抹布落到了窗台上，被揉成一团，慢慢地在窗台上留下了一片污渍。

30. 我的父亲母亲

令人遗憾的是（或许也并非如此），我认识到，我有一颗干涸的心灵。比起人类灵魂的真切哀悼，形容词对我更重要。我的主人维埃拉[1]……

但我偶尔也会有所不同。有时候，我会像那些没有母亲的人一样热泪盈眶。我的双眼被灼痛我心的冷漠泪水灼痛了。

我对我的母亲没有记忆。我1岁时她便离开人世。我的惆怅和冷酷无情归咎于温暖的匮乏，以及对我已无法再忆起的亲吻的无望期待。我是人造的。我总是依偎在陌生的胸膛里醒过来，就好像被母亲的替代者所拥抱。

啊，我对自己可能成为那样子充满渴望，这让我感到惆怅不已、痛苦万分！如果我收到来自子宫的慈爱，婴儿的小脸被亲吻，我将成为什么样子呢？

或许，我冷漠无情，很大一部分原因是我从未享受过做人儿子的天伦之乐。当我还是孩子时，抱我的人只是将我贴近她们的脸，而无法贴近她们的心。唯一能够做到这一点的人却在遥远的坟墓里——如果命运允许的话，她本应当属于我。

后来她们告诉我，我的母亲很漂亮。她们是那样说的，当她们告诉我时，我什么也没说。我的身心业已定型，但我麻木不仁，人们的话就像来自难以想象的页面，对我而言不再新鲜。

我的父亲住在离我很远的地方，我3岁时他便结束了自己的生命。因此，

[1]维埃拉（1608—1697），生于葡萄牙里斯本，6岁到巴西，1635年成为耶稣会神父。他遗留了27本著作，主要有《传道集》《书信集》《未来的历史》等。——英译者注

我从未见过他。我不知道为什么他要住得那么远。我从未想过去找出原因。我记得在得知噩耗后吃头几顿饭时那种静默的气氛。我记得其他人时不时地看着我，我不解地看着他们。然后，我更加聚精会神地吃下去，在我不看他们的时候，他们可能仍然看着我。

这便是我，在命中注定的情感里那混沌不堪的深处，不管我是否喜欢。

31. 无眠之夜的忧伤

在空寂的公寓深处（人们正在酣睡），缓缓传来凌晨 4 点的清晰钟声。我仍无法入睡，也不打算入睡。并非有什么心事让我彻夜难眠，也不存在什么身体上的疼痛让我无法休息。我陌生的身体带着沉闷的寂静躺在黑暗之中，在街灯和微弱的月光下更显落寞。我困倦到无法思考，夜不成寐，以至于失去了感觉。

周围的一切是赤裸裸、抽象难解的，包含着夜的否定。在疲倦和无眠之时，我接触到——我的身体感受到——玄秘事物的形而上学的知识。有时候我的心灵变得虚弱，然后我的日常生活的细节就在意识的表面上毫无方向地飘浮着。我发现我进入那些细节，挣扎于失眠之中。有时我从半梦半醒的状态中抽离，带着诗情画意、变幻莫测色彩的模糊画面悄无声息地展现在我的脑海里。我的双眼并未完全合上。我微弱的视线被遥远的灯光装饰，那是一盏来自楼下寂寥街道边的路灯。

停下来，去睡觉，用更美好、更忧伤的事情来取代这断断续续的意识，和陌生人说着悄悄话……停下来，像潮水在一望无际的大海上此起彼伏，沿着真实的海岸线缓缓流淌，一个人只有在这样的夜里才能真正入睡……停下来，不为人所知，成为一个外部的存在，成为远远的树丛中随风摆动的树枝，成为悄无声息、飘然落下的树叶，成为遥远的喷泉溅起的无数水珠，成为夜间公园里的一切未知数，迷失在无休无止的混乱之中，迷失在黑暗中的天然迷宫里……停下来，归于终结，但以另一种形式存在：就像书本的一页，像一簇散乱的头发，像一株紧挨着半开窗户的瑟瑟颤抖的藤蔓，像一条曲径小道上的脚步声，像即将入眠的村庄升起的最后一缕青烟，像清晨路边车夫的挥鞭声……荒诞、混乱、遗忘——这一切并非生活……

我以我自己的方式入睡，我并未沉睡，也并未休眠。这种充满想象的植物般的生活方式，和沉默街灯的遥远怀想，就像漂浮在暗淡海面上的寂静泡沫，在我不安的脑海里徘徊。

我睡着了，却不能安眠。

在我身后，公寓的寂静在我所躺之地的另一边无限延伸。我听见时间在一滴一滴地落下，但我听不见每一滴落下的声音。我的心脏受到了真实的压抑，因为我对过去或我曾经做过的一切的记忆已化为乌有。我感到我的头被枕头强有力地支撑着，枕头上压出一个窝来。我的肌肤紧贴着枕头套，就像两个人在黑暗中亲密接触。甚至我落在枕头上的耳朵精准地贴着我的脑袋。我疲惫地眨着眼睛，眼睫毛触碰到斜着的枕头上的洁白毛毡，发出极其微弱的声音。我呼吸着、叹息着，我的呼吸——已不属于我。我遭受着不能感觉和思考的痛苦。家用时钟被放置在无限空间的正中间，它敲了四下半，声音干枯而空洞。一切是如此巨大而又深刻，如此黑暗而又寒冷啊！

我消磨着时间，消磨着寂静；虚无缥缈的世界从我身边流逝。

突然，一只雄鸡像神秘之子开始啼叫，并未意识到现在还是夜间。我能够入睡了，因为在我心里已是早晨。我感觉到自己嘴角的笑容，轻轻地将头埋向枕头的柔软褶皱里。我可以向生活缴械投降，我可以入睡，我可以忘记自我……困意渐渐将我包裹，直到我想起啼晓的雄鸡，或者它自己再次啼叫。

32. 黑夜与命运

刚入秋那些日子，夜幕突然降临，仿佛时间提前了，就好像我们要花更多的时间去做白天的工作。当我仍在工作时，一想到在黑暗中不用工作，我就感到欢欣，因为黑暗意味着夜晚，夜晚意味着回家、睡觉以及自由。当灯光亮起，将黑暗从偌大的办公室驱走，我们在夜晚开始继续做白天的工作时，我感到一种荒诞的宽慰，像一种属于别人的回忆。我平静地记着账，仿佛睡前在看书一样。

我们都是外部环境的奴隶。一个晴天就能将我们从窄巷路边的一个咖啡馆里带到一片旷野里；而乡村的阴天使我们关闭自我，尽可能躲在没有自我之门的房间里寻求庇护。即便是在做着白天的工作，夜晚的来临仍使我们越来越意识到——像缓缓展开的扇子——应当去休息了。

然而，我们并没有放慢工作的节奏，而是变得更有活力了。我们不会继续做新的工作，只会做完我们该做的工作。突然，书写了会计命运的有着巨大竖行的纸张上，出现了我年迈的伯母，她住在与世隔绝的旧房子里，10 点喝茶休憩，还有失去的童年的煤油灯，仅在铺着亚麻桌布的桌子上微微闪光，使我看不清被离我无限遥远的昏暗灯光照亮的莫雷拉。那个上茶的女佣甚至比我的伯母的年龄更大，她有着老资格侍者的慵懒之态，以及亲切耐心之下的唠叨抱怨。在对毫无生气的往昔回忆过后，我继续逐条记着账，没出一个差错。在未被责任和世界、神秘和未来污染的遥远之夜，我回归自我，迷失自我，忘记自我。

如此轻柔的感觉使我从借方和贷方的账目中解脱出来，如果碰巧有人提问，我会用柔和的声音去回答，仿佛我已空洞无物，仿佛我只是一台我随身携带的打字机——它方便携带，已开启，并随时待命。如果我的梦被打断，我也不会感到难过；梦是如此轻柔，在我说话、写作、回答甚至讨论的时候，我都一直在做梦。往日的喝茶时间已经结束，办公室就要关门……我缓缓合上账本，抬起眼睛，眼里含着酸楚的泪水，但没有流出来。我心里五味杂陈，我接受，因为我不得不接受办公室即将关门，我的梦也即将结束的事实。我在合上账本的那一刻，也用一块布盖住了我回不去的过去。我将躺在生活之床上，没有困意，没有同伴，没有安宁，陷入困惑意识的潮涨潮落，像黑夜的潮水起伏，那里是怀旧命运和孤寂的汇合处。

33. 我不会离开

有时候，我认为我将永远不会离开道拉多雷斯大街。一旦写下这话，它对我而言就成为永恒。

没有欢乐，没有荣誉，没有权力……自由，只有自由。

从信仰的幻影跨进理性的幽灵，不过就像换了一个监狱。如果艺术使我们从旧时的抽象偶像中解脱出来，那它同样可以使我们从高尚的理念和社会关怀中解脱出来，而它们和偶像并无二致。

通过迷失去寻找我们的人格——信仰自身赋予了我们这样的命运。

34. 某种遗忘

既不是因为我租来的房子里那有很多裂痕的墙壁，也不是因为我工作的办公室里那破旧的桌子，更不是因为那一成不变的破落旧城区街道，我来来回回无数次穿越其间，街道似乎静止了——所有这些都不是我时时厌恶日常生活的原因。经常出现在我身边的人才是原因所在，这些灵魂通过对话与日常接触认识我，却并不了解我——他们造成了我生理上的厌恶，导致唾液在我的喉咙里积聚成结。他们的生活中充满了悲惨的单调，从表面上看，这与我的生活一模一样。同时，他们还认为我是他们的同类——正是这两点让我穿上了罪犯的外衣，将我置于囚牢之中，使我变得可疑与愚笨。

有时候，日常生活中的每一个细节都吸引我，我对万物都怀揣喜爱之情，因为我可以非常清晰地读懂它们。接着我看到——如同维埃拉对苏萨的描述那样——普通事物存在奇特性，而我则拥有诗意的灵魂，正是这样的灵魂让希腊人开始了文化诗歌时代。然而，也有很多时候，比如说我受到压迫的此刻，我对自我的感觉远远超过我对外在事物的感觉，万物转化成为一夜的风雨与泥泞，我孤身迷失在偏僻的车站里，奔走于一个又一个三等车厢。

是的，我拥有特殊的美德，那就是我往往非常客观，因此我不再总想着自我，承受着肯定消逝之苦，如同所有的美德，甚至所有的邪恶之行。我开始想弄清楚，我要如何继续下去，我如何敢在那群人中表现出懦弱，和他们一模一样，与他们那卑劣的幻觉真正一致。仿佛远方灯塔闪烁的光芒一样，我看到了想象的女性一面提出的所有方法：飞行，自杀，放弃，贵族个人主义的浮夸行为，虚张声势的小说。

然而，在最有可能的现实中，理想的朱丽叶关闭了那扇高高的窗户，也就不再可能在文学上与我血液中虚构的罗密欧相遇。她对她父亲唯命是从；他也对他父亲唯命是从。坎普莱特和蒙塔古两个家族的世仇愈演愈烈，事情尚未发生就已经落下了帷幕。我回家了——回到我租来的那间屋子里。我讨厌的那个女房东不在家，而我也几乎没有看到过她的孩子们。我明天才会见到办公室里的同事——职员模仿诗人，把外套的领子向上卷起。我穿着靴子（总是在同一家商店里购买），不由自主地避免踩到冰冷的雨水积聚成的水洼，带着一份混杂的关心，我忘记了我的雨伞以及我那高贵的灵魂。

35. 悲伤的间奏（一）

我是一件被扔进角落的物体，一块落在街上的碎布。我卑微地活着，在世人面前装模作样。

36. 我羡慕所有人

我羡慕所有人，因为他们不是我。由于在一切不可能中，这在我看来是最不可能的事情，也成为我日日企盼之事，我为之每时每刻伤心绝望。

烈日灼灼，烦闷的阳光灼伤我的视觉。暗绿的树丛中泛起一抹炙热的黄。倦怠……

37. 我看见记忆中的我

突然，仿佛命运之手对我的长期失明所做的一次手术很快就有了很好的效果，我从毫无特征的生活中抬起头，以便能看清自己是怎么生活的。我觉得自己的一切所为、所想以及我以前的样子都是一种幻觉或疯狂。曾经我不去看的东西令我吃惊。我惊叹于自己的种种过去，而如今看来那不是我。

我回望自己的昔日时光，仿佛在看被穿透云层的太阳照亮的田野。带着形而上学的惊愕，我发现，我最深思熟虑的行为、最清晰明朗的想法和最合乎逻辑的打算，终究不过是天生的醉态、与生俱来的癫狂和巨大的无知。我甚至什么也没表演。我只是被扮演的角色。我最多不过是演员的那些动作。

我曾经的一切所为、所想或所有是一连串的屈服，既是对我以为属于我的虚假自我（因为我通过它向外界表达自我）的屈服，又是对一定分量的周围环境的屈服（我认为这是我呼吸的空气）。在这个恢复视觉的时刻，我突然发现自己很孤立，被放逐出境，而我曾一直以为我是那里的公民。在我的思想深处，我不是我。

生活以不无讽刺的惊骇使我惶惑，一种消沉意志使我茫然，这种消沉超过了我的有意识存在的界限。我发现，我的一切不过是错误和背离，我从未活过，我只是存在于充斥着意识和思想的时间范围之中。此时，我感到自己像是大梦初醒的人，刚刚做了很多真实的梦。我又像是眼睛习惯了监狱里微弱光线的人，在一次地震中获得解脱。

我突然意识到我的真实存在，这个我常常在梦里游走于我的所感和所见之间，他像一道未被透露、等待执行的判决压在我的心头。

很难描述这种真实存在是什么感觉，也很难说清一个人的灵魂是一个真实的实体是什么感觉，我不知道人类的语言能给它下什么样的定义。我不知道，我是否像自己感觉的那样在发烧，或者说，是否已在生活的睡眠中退烧。是的，我再重申一遍，我就像一个旅行者，突然发现自己在一个陌生的小镇，不知道自己怎么去的那里。这使我想起那些失忆的人，他们很长一段时间不再是他们自己，而是别人。我在很长一段时间也是别人——自从出生和记事起——我在桥上突然觉醒过来，俯身望着河水。我知道，我比现在的这个我更真实。但那个城市对我来说很陌生，那些街道都是新的，我的困惑无法解除。我在桥上凭栏而立，等待着真相离去，让我回到那个虚构的、有智慧而自然的存在中去。

这只是一个短暂的时刻，并且已经过去。我再次看到周围的家具、旧墙纸上的花纹以及透过落满尘埃的窗棂的阳光。那一刻我看到了真相，有了伟大人物终其一生才会产生的意识。终其一生？我想起他们的言语和行为，我不知道现实之魔是否也会顺利地将他们诱骗。要对自己无知，那就去生活吧；要对自己彻底了解，那就去思考吧。对自己的短暂了解，正如我在那一刻的所为，意味着掌握了亲密单孢体的短暂概念以及灵魂的咒语。然而，突然的光亮烧焦了一切，也毁灭了一切。它剥去我们的外衣，使我们裸露得只剩下我们自身。

我仅仅在这短暂时刻看见了我自己。我甚至无法再去说我曾经是什么。此刻，我已入睡，因为我认为——我也不知道为什么——这一切的意义就是去睡觉。

38. 死亡预告

不知道为什么，有时候我感受到一种死亡预告。或许这源自一种不明的疾病，因为它并未表现出具体的疼痛，而是倾向于化作精神的虚无，进而化为乌有。或许，这种倦怠需要更深层次的休眠来化解，而睡眠是无法化解它的。我只知道，我感到自己像一个身体每况愈下的病人，直到最后，平静而无憾地松开一直抓住床单的虚弱无力的双手。

那么，我想知道被称作死亡的东西究竟是什么。我说的并不是我无法去理解的死亡之谜，而是生命终结时人的身体感受。人类惧怕死亡，但也并非绝对如此。正常人在战场上可以是个好士兵。正常的病人或老人在面对虚无的地狱时也很少感到害怕，尽管他也承认地狱的虚无。这是因为他缺乏想象力。最没有意义的事情就是一个思想者将死亡看作一种休眠。既然死亡和睡眠不同，为什么要将其看作休眠？对于睡眠，事实就是我们睡过之后还会醒来，但我们死后大概不会再醒来。倘若死亡就像睡觉，那么我们可以假设我们死后会醒来。但这并不是正常人想象的样子。一个正常人会将死亡想象成再也不会醒来的休眠，这便意味着虚无。我说，死亡和休眠不同，因为休眠的人是睡着了的活人。我不知道死亡到底像什么，因为我们没有这样的体验，也没什么可供对比的东西。

每当我看见一具死尸，我都觉得死亡是一种离别。死尸看起来像是一件被丢弃的衣服。衣服的主人已经离去，不再需要他那件唯一的衣服。

39. 雨季，不安的回忆

雨声渗出静寂，一种灰色的单调在我凝视着的狭窄街道逐渐蔓延开来。我半醒半睡，倚窗而立，像倚着一切。垂落的雨线隐隐发亮，从建筑物污浊的墙面，尤其是敞开着的窗户倾泻下来。我看着雨，搜寻自己的感觉。我不知道自己有什么感觉，或者想有什么感觉。我不知道我在想什么，也不知道我是什么。

生活中郁结的苦闷，在我毫无感觉的眼前，褪去包裹着日常琐碎事物的自然愉快外衣。我发现，尽管自己常常表现得开朗快乐，但还是很悲伤。发现这一点的那部分我站在我的身后，似乎也弯腰斜靠着窗户，似乎在用一种更亲切的目光，从我肩头甚至头上向窗外凝望。此时的雨缓缓落下，犹如金银丝一样装饰着灰暗的天空。

让我们摆脱一切责任，甚至那些不属于我们的责任。让我们抛弃一切家庭，甚至那些不属于我们的家庭。让我们身穿癫狂的奢华紫袍，头戴配有人造饰带的虚幻皇冠，靠着那些残留物和不清不楚的东西活着……让我们变成别的什么东西，既感觉不到窗外沉重的雨，又感觉不到内心空虚的痛苦……让我们不带着思想和灵魂去漫步，有感觉，但不去感受，沿着山路，穿过蜿蜒曲折的峡谷，走向没有尽头的远方——让我们消失在如画的风景里……远方一个色彩斑斓的虚无之境……

一丝我在窗边感觉不到的微风拂过，把垂直落下的雨水吹得向四面八方飘落。看不见的一小片天空开始放晴。我注意到这一点，是因为透过对面那家不算干净的窗玻璃，我看见了墙上的挂历。

我遗忘。我不看。我不想。

雨停了，细细的钻石粉尘在空气中悬浮了片刻，犹如面包屑从高处的巨大蓝色桌布上抖落下来。我可以感觉到天空的一角已经放晴。透过对面那家窗玻璃，我可以更清楚地看见那副挂历。上面有一张女人的面孔，其他的东西不难猜到，因为我记得，那牙膏的牌子人人皆知。

然而，在我看得入迷前，我在想什么呢？我不知道。努力？意志？人生？

突如其来的巨大光亮让已完全变蓝的天空呈现出来。但是，我的心底没有安宁——且永远不会安宁！在已被变卖的农庄的角落里的一口老井旁，在别人房子里的阁楼上，有着我尘封的童年回忆。我没有安宁，甚至——唉！我甚至不想有安宁……

40. 与死亡签约

仅仅由于缺乏个人卫生，我能够理解为什么我沉湎于这种平淡无奇、恒久不变的生活，从未改变的那些事物表层都蒙着灰尘或污垢。

我们应该像洗澡一样清洗我们的命运，像改变衣装一样改变我们的生活——并非像吃饭睡觉那样仅仅为了维持生命，但出于客观的自尊，而这是个人卫生的本质。

许多人缺乏个人卫生并非出自本意，而是一种满不在乎的心智表现。许多人过着枯燥乏味、千篇一律的生活，那并非他们所愿，也并非别无选择的结局，而只是他们自我意识的一种钝化，对思维的一种无意识的嘲讽。

尽管有些动物也厌恶自己的肮脏，但它们无法使自己远离肮脏，因为这种厌恶太过强烈，以至于到了使人麻痹的地步。就像一个惊恐至极的人，不是马上逃离危险，而是吓得呆若木鸡。它们和我一样，对它们来说，这是它们的命运，无法从每天的乏味生活中逃离，因为它们被自己的软弱无力所囚困。它们就像鸟儿被蛇的思想所蛊惑；就像在树枝间飞来飞去的苍蝇，对周围的一切毫无察觉，直到落到变色龙伸过来的带着黏液的长舌上。

我意识里的无意识，以相似的方式沿着日常生活的树枝伸展开来。我的命运在向前发展，尽管我没有去任何地方；我的时间在向前推移，尽管我仍留在原处。唯一能让我的生活不那么单调的事情，便是我所做的关于这一切的简短评注。我感激的是，在我牢狱的栏杆后面有一扇窗户，在那蒙上尘土的窗格子旁，我用大写字母写上我的名字，在与死亡的契约上签上我的名字。

与死亡签约吗？不，这不仅仅是与死亡签约。任何一个像我这样生活的人都会死去；他的生命终止、衰绝、干涸。没有他的存在，他生活的地方仍在那里；没有他的踪迹，他走过的街道仍在那里；他不去住，他的房子便由其他人来住。仅此而已，我们称为虚无。然而，这个否定性的悲剧不一定能得到喝彩，因为我们甚至不能肯定这是虚无。我们在窗玻璃的内外都涂上这些真理和生命的植物性特征。当我们的父亲卡俄斯[1]死后，变成寡妇的暗夜之神嫁给了命运之孙，即上帝的继子。

离开道拉多雷斯大街，走向不存在的地方……离开我的书桌，走向未知之地……但正如法国人所说，所有这些都与《总账》这本伟大的著作交叉在一起。

41. 抽象的智力活动

抽象的智力活动使人疲惫，这是一切疲惫所不能比的疲惫。它既不像肉体疲惫那样重压了我们，也不像情感体验带来的疲惫使我们心神慌乱。它是我们在认知世界时产生的重负，一种灵魂的急促呼吸。

然后，它像被风吹散的云彩。我们对生活的一切想法，以及构成我们对未来希望的基础的一切抱负和计划，变得破碎不堪，像尘雾一样散去，就像永远不再存在的碎片。在这灾难性的溃败的背后，是一片孤寂而残酷的漆黑苍穹，只点缀着点点繁星。

生命之谜以各种方式困扰我们，使我们害怕。有时，它像缥缈无形的鬼魅一样突然出现，灵魂因极度恐惧而战栗——那是对虚无的恶魔化身所产生的恐惧。有时，它跟随我们，只有在我们不回头看时才被看得见。这种恐惧的深刻之处在于，我们永远无法知道真相。

然而，今天正在毁灭我的恐惧不那么高贵，但是更具有侵蚀性。这是一种

[1] 卡俄斯是混沌之神。宇宙之初，只有卡俄斯，他是一个无边无际、一无所有的空间。随后他依靠无性繁殖从自身内部诞生出了大地之神盖亚（Gaia）、地狱深渊神塔耳塔洛斯(Tartarus)、黑暗神俄瑞波斯(Erebus)、黑夜女神尼克斯(Nyx)和爱神厄洛斯（Eros），世界由此开始。——中译者注

摆脱思想欲望的渴望，一种希望自己什么也不是的渴望，一种我的灵魂的身体里的每一个细胞都能感觉到的绝望。被囚禁在无限大的牢狱里，这种感觉突如其来。如果一切都是牢狱，我们还能往何处逃呢？

然后，我产生了一种强烈而又荒谬的渴望，这是一种在撒旦面前的撒旦崇拜，我渴望有一天——没有时间或物质的一天——能找到摆脱上帝的办法，让最深刻的自我以某种方式不再参与存在与非存在。

42. 无法解释的困意

在我有意识的注意力里潜藏着某种我无法解释的困意，如果这种蒙蒙眬眬的感觉可以称为侵袭，那么它在屡次侵袭我。我漫步街头时感觉自己像在坐着，尽管我对一切保持着警醒，我的身体却处在完全休眠状态。我无法刻意去避开迎面走来的路人。假如一个碰巧和我一起过马路的陌生人问我问题，我无法用言语回答他，甚至连脑筋都不愿转一转。我亦无法拥有欲望或愿望，也没有任何东西可以表现我的一般意愿或者更能——如果可以这样说的话——表现属于我身体每一部分的局部意愿的一个动作。我无法思考、感觉或企盼。我行走、游荡，继续行走。我的动作（我注意到这一点，而其他人并未注意到）丝毫没有将我停滞不前的状态显露出来。这种魂不守舍的状态对于一个躺着或倚着什么休息的人来说是很自然的事情，故而十分舒服；但对于一个行走在大街上的人而言，则极为不舒服，甚至十分痛苦。

这感觉就像被懒惰灌醉，却丝毫体会不到饮酒或醉酒的愉悦。这是一种复苏希望渺茫的病态，犹如行尸走肉。

43. 心灵的高贵

让我们在充满思想、阅读、梦想和写作构思的开明氛围中，过着平心静气、有教养的生活——这种生活节奏缓慢，常常几近于单调，然而，引人思虑，从不觉其平庸。让我们远离情感和思想而生活，仅仅活在情感的思想中或思想的情感中。让我们在金色阳光下稍作停留，像鲜花簇拥的幽暗池塘。让我们在这庇荫处求得一份心灵的高贵，对生活无欲无求。让我们像旋转世界里的花间尘土，在午后随着未知的风轻快地飘过，飘落在倦怠的黄昏。无论飘落何处，终将消失在苍茫尘世中。像这样生活，确切了解自己为何如此生活，既不快乐也不忧伤，对太阳的光辉和星辰的遥远心怀感恩。不再成为什么，不再拥有什么，不再期盼什么……是饥肠辘辘的乞丐的音乐，是盲人的歌声，是默默无闻的旅人走过的废墟，是沙漠里既无担子也无目的地的骆驼留下的足迹……

44. 卡埃罗的诗句

卡埃罗写过两行朴实无华的诗句，描述了他对家乡小村庄的本能看法。我消极地重读之后，体会到了一种鼓舞和解放的感觉。他说，尽管村子很小，但他见到的东西比城市里的还要多，所以他的村子比城市大……

我的视野有多大，我就有多大，
而非我的身材的尺码。

无论作者是谁，这样的诗句都似乎是发自肺腑的，而我机械地给生活贴上的形而上学的标签也被其去除。读完后，我走到窗前，俯视着狭窄的街道。我凝视着辽阔的天空和数不清的星星，感到自由自在，华美、光辉的羽翼晃动，一股战栗袭遍我的全身。

“我的视野有多大，我就有多大！”每当我认真思考这句话时，就越发觉得注定要重建整个宇宙星系。“我的视野有多大，我就有多大！”心灵的财富是多么大啊！从深邃的情感之井到遥不可及的星辰，井水映照着星光，在某种意义上，星星就在井里面！

我终于知道我可以看见，我带着确定性去看无垠天空的客观玄秘，这使我想唱着歌死去。“我的视野有多大，我就有多大！”完全属于我的朦胧月光，逐渐被蓝黑色的朦胧地平线搅乱。

我想高举双臂，大声呼喊着，胡言乱语，讲述着崇高而神秘的事物，为空洞事物的广袤赋予一种崭新的浩瀚品性。

但我控制住了自己，变得平静下来。“我的视野有多大，我就有多大！”这句话变成我的整个灵魂，我将自己的全部情感寄托于它。冷硬的月光开始照亮垂下的夜幕，将一种难以捉摸的宁静洒在我的内心上空，犹如洒在心外的城市上空。

45. 情感的图景

我的情感迷乱在一片忧伤的无序中……

一种倦怠和假意放弃交织成的薄暮惆怅，一种万物皆单调的感觉，一种恰似哽咽的啜泣或揭开真相的苦楚……一幅被放弃的图景在我健忘的心灵铺展开来：人行道两旁是恣意无礼的身姿，沉浸在美梦中的高高花坛甚至再也无法安心做梦，杂乱无章的树篱将荒芜的小道与外界阻隔开来，联翩的浮想像破旧的池塘，它的喷泉早已毁坏。这一切卷入我忧伤无序的情感中，凄凉地若隐若现。

46. 理解与毁灭

为了理解，我毁灭自己。理解就是忘记爱。我想不出还有比列奥纳多·达·芬奇的话更虚伪却有着更深刻意义的话来。他说，我们只有在理解一个事物时，才会对它产生爱或者恨。

孤独摧毁我，陪伴压抑我。另一个人的存在打乱我的思想。我带着一种奇特的心不在焉去渴望别人的存在，我做再多的分析研究也无法解释这种方式。

47. 我的孤独是一张无法摆脱的网

孤独将它的形象和式样刻在我身上。另一个人的存在——无论这个人是谁——马上就会拖慢我的思想。对于一个正常人，与他人的接触是一种对口语表达和智慧的刺激，然而，对于我，这种接触是一种反刺激，如果有反刺激这种说法的话。当我独自一人时，我的脑海里妙语连珠，无人能敌。没人说话时，我有着很强的社交能力。但是，当我面对别人时，这一切就消失了：我丧失了才智，再也说不出话来，只过了半小时我就感到疲惫不堪。是的，与人交谈使我感觉像是在睡觉。唯有鬼魅般的、想象中的朋友，唯有我在梦中与人谈话，才是真实的，有实质内容。与他们交谈时，我的才智像镜子里的影像那样闪闪发光。

只是想到与人交往，我就紧张不安。朋友的一个简单晚宴邀请就使我产生难以言表的苦恼。任何社交义务的念头——参加葬礼、与人讨论办公事务、去火车站接一个我认识或不认识的人——仅仅是这样的念头，都会困扰我一整天，让我思绪纷乱。有时候，我甚至头天晚上就开始担心起来，以至于无法安睡。当到了那一步时，可怕的会面完全变得微不足道，我的任何不安都是多虑的，但下一次又是如此，我永远都学不会自如应对。

"我习惯孤独，不习惯与人相处。"我不知道这句话是卢梭说的还是瑟南古说的，但这也是我这类人的想法——也许说这是我这类人的想法有些过头。

48. 对文明的怀想

一只萤火虫忽明忽暗地闪着光。在我周围，黑暗的郊野沉入无尽的死寂中，几乎透着一股令人窒息的气息。这一切的宁静令人痛苦和压抑。一种无形的单调使我感到窒息。

我很少去乡下，几乎没在那里待过一天或过夜。然而，由于我无法拒绝那个朋友的邀请（我现在住在他家里），今天我来到这里，感到十分困窘，像一个害羞的人去参加一次盛大的宴会。然而，我来了之后，情绪很好，享受着清新的空气和美丽的风景，午餐和晚餐都吃得很好。而此时夜已深，我待在没有开灯的房间，周围那些令人捉摸不定的事物使我内心充满着不安。

我的卧室窗户正对着一片开阔的田野，对着一片无边无际的田野，对着一片浩瀚而朦胧的星空，在那里，我听不见微风，只能感觉得到。坐在窗前，我带着我的全部感官去凝视窗外虚无的宇宙生活。此时此刻，一种令人不安的和谐，从窗外可见的隐形万物向有些粗糙的白色木窗台延伸，我的左手侧搭在那里，它的旧油漆布满了裂缝。

我曾多少次满含渴望地想象这样的宁静，而此时，如果我可以轻而易举而不失优雅地逃走……我几乎就要逃走了！在家里，在那些高楼大厦和狭窄的街道之间，我曾多少次假想宁静、散文和明确的现实应该在这些自然事物之间，而不是在那里——在那个地方，文明的桌布使我已忘记它覆盖着的那些刷着油漆的松木！此时此地，美好而漫长的一天过后，我体会到了健康和疲惫，却不安起来，因为我感到自己被困住了，竟有些想家了。

我不知道，通过文明，是否只有我，还是所有人都会获得新生。但对我而言，或许对其他像我一样的人而言，人造物似乎变成了自然物，而自然物此时却变得奇怪起来。更确切地说，并非人造物变成了自然物。简单说来，是自然物发生了变化。我不用机动车，不用科技产品——比如电话或电报——即便这些东西让生活变得简单、方便。我也不用稀奇的副产品——比如留声机或收音机——这些东西给那些从中取乐的人创造了有趣的生活。

我对这些东西毫无兴趣，它们并不吸引我。但我热爱塔古斯河，因为河的沿岸是这座伟大的城市。天空使我快乐，因为我能从一条闹市街道的五楼窗户里看到它。比起在格拉萨或圣佩特罗堡看到的这座月光笼罩下的城市，在这里看到的它显得高低不平、宏伟宁静，任何自然或乡村风光都黯然失色。对我来说，阳光下的里斯本色彩斑斓，比任何鲜花都好看。

只有穿上文明衣装的人，才会欣赏裸体的美丽。对于感官感受，节制很重要，就像对于能量，电阻很重要。

使用人造物是人们享受自然物的最佳办法。在这片旷野里，无论我享受着什么，都是因为我并不在这里生活。从未被约束过的人不知道什么是自由。

文明的本质是一种教育。人造物是鉴赏自然物的途径。然而，我们应当永远不要将人造物看作自然物。

自然物和人造物之间的协调构成了崇高的人类灵魂的自然状态。

49. 塔古斯河的寒冷

海鸥扑腾着白色翅膀不安地飞来飞去，衬托之下，塔古斯河南面黑压压的天空越发黑得可怕。但暴风雨已经过去，预示着下雨的大团黑云已移到远处的河岸之上的天空。下过毛毛细雨，市区显得湿漉漉的，地面对天空（北面的天空开始变蓝）绽开了笑容。春寒料峭，让人感到有点寒意。

在这些空虚和捉摸不透的时刻，我喜欢沉醉在自己的冥想中。虽然这种冥想空洞无物，但在它空虚的透明中，我可以从雨后孤寂的寒冷和黑暗的天空背景中捕捉到一些东西，捕捉到某种直觉——就像海鸥——通过对比让人联想到黑暗掩映下的神秘万物。

然而，与我的文学意愿相反，南方天空的黑暗深处——一些或真或假的回忆——突然让我想起了或许在另一段生活中见到的另一片天空，在小河流过的北方的某个地方，那里四处生长着凄凉的芦荻，没有城市。一幅野鸭栖息的图景，莫名就在我的想象中铺展开来。而一场奇异的梦以它的清晰画面，让我感到自己就处于那样的景色中。

焦虑的图景里，芦荻沿河生长，崎岖不平的河岸有很多污浊的小岬角，伸进铅黄的河水，又迂回到只能容纳玩具小船的泥泞河湾里。沼泽深处，晶莹的水下都是泥浆，长满暗绿色的芦荻茎，浓密到无法涉足……

死气沉沉的灰色天空，处处有灰里泛黑的云层。我感觉不到风，尽管风在那里。荒芜的大河对岸原来是一个长长的小岛，可以瞥见真正的河岸就在无尽的远方。

那里没有人，以后也不会有人去。即便时光可以倒流，我逃离这个世界，回到那片景色里，也没有人与我同在。我徒劳地等待，自己也不知道在等待着什么，等待的尽头除了缓缓垂下的夜幕，什么也不会有。整个空间逐渐变得与最深的乌云同一种颜色，又一点一点消失。

突然，我在这里感受到那里的寒冷。这是一种从骨子里渗出的凉意，使我的肌肉随之颤抖。我喘着气醒过来。证券交易所的拱廊下，迎面走过来的一个人警觉地凝视着我，我也不知道他为什么这样看我。黑暗的天空向河的南岸沉沉地压了下去。

50. 风

起风了……一开始，像吸尘器的声音，像空间被吸入洞中，像沉静的空气缺了一块。然后是一声啜泣，发自地球深处的啜泣，意识到窗棂被吹得咔嗒作响，这是真真切切的风声。进而，声音越来越大，演变成震耳欲聋的怒号。渐深的夜晚一声虚无的怒号，刺耳的尖啸，碎片坠地的声响，一种世界末日的爆破声。

然后，似乎……

51. 浪漫主义的病态

浪漫主义最根本的错误就在于混淆了我们的需要和欲求。我们对维持和延续生命的基本物质都有一种需要。我们都渴望更完美的生活、极度快乐和梦想的实现……

人类就是这样，想要需要的东西，更对我们不需要却中意的东西有所欲求。当我们对需要的东西和中意的东西有着同样强烈的欲求时，就会感到不适。缺少完美的痛苦就跟缺少面包的痛苦一样。浪漫主义的弊病在于想要得到月亮，就好像月亮真的唾手可得一样。

“鱼和熊掌不可兼得。”

无论是在政治活动的基础领域还是每个人类灵魂的隐秘避难所，这种弊病都存在。

52. 一无所有

有时我在梦里试着变成一个举世无双、威风凛凛的人，而浪漫主义者常常这样设想自己。一想到这里，我总是哈哈大笑起来。这种终极形象会出现在所有普通人的梦中，浪漫主义者不过是将我们常常深藏于心的帝国展现出来而已。几乎所有人在心底都会梦见自己的强大帝国：所有男人和女人都臣服在自己脚下，万人顶礼膜拜——成为一切时代最尊贵的做梦者。很少有人像我一样致力于做这种清醒的梦，在梦里清醒到足以去嘲笑那些这样梦见自己的人，嘲笑这种审美上的可能性。

对浪漫主义最严厉的指责还尚未出现，它将人类本性中的内在真实释放出来了。它的无节制，它的荒谬，它对人心的诱惑力和感动力都来自于这样一个事实：它将灵魂深处的东西表现了出来，使那个内心世界变得具体，清晰可见，甚至是可能的，即便人类的可能性取决于命运之外的某些东西。

哪怕是我，尽管嘲笑这些诱惑思想的东西，但也发现自己常常在想，出名是多么美好，被人爱戴是多么愉快，成功又是多么有趣啊！但我在假想自己的这些崇高角色时，另一个我总是站在附近的闹市街头忍俊不禁。我看见自己出名了？我看见的是一个著名的会计。我感到自己被提携到声望的宝座？它发生在道拉多雷斯大街的这间办公室里，而我的同事们却毁掉了这种场景。我仿佛听见拥挤的人群在为我喝彩。我在五楼的这间出租屋里听到了喝彩声，这声音与这些破旧不堪的家具及乏味形成反差——从厨房到梦里，我都被这种平庸羞辱。我甚至没有做白日梦，像一切幻想中的西班牙贵族那样拥有城堡。我的城堡由肮脏的旧扑克牌建造而成，这些扑克牌不够一副，从来都没法玩——它们还没掉下来就被老女佣不耐烦地用手扫到了一边，她要把被拉到一旁的桌布铺开来，因为就像中了命运的诅咒，又到了喝茶时间。但是，甚至这样的幻想都有缺陷，因为在乡下我既没有房子也没有老伯母，晚上也就无法在她的桌旁和一家人悠闲地喝茶。我的梦甚至缺少隐喻和叙述。我的帝国甚至不在这些旧扑克牌里。连茶壶或老猫都不曾出现在我的凯旋队伍中。我既是活着，也处在死亡状态中，在郊区所有的垃圾中，与毫无用处的附言一起，被按重量出售。

面对这蕴含在一切深渊中的无边可能性，我至少可以举起幻灭的荣耀，就像它是一个伟大的梦想；我可以举起没有信仰的显赫，就像它是一面战败者的旗帜——一面被孱弱的双手举起的旗帜，但它仍然是一面在泥泞和弱者的鲜血里被拖曳着前行的旗帜。我们消失在流沙里的时候，它被高高举起，没有人知道它是在反抗，还是在挑战，还是在绝望中。没有人知道，因为人们什么也不知道，流沙吞没了举着旗帜的人，也吞没了没举旗帜的人。流沙覆盖了一切：我的生活，我的散文，我的永恒。

我带着挫败的意识，就像举起一面胜利的旗帜。

53. 阅读与解脱

无论我的心灵是如何师从于浪漫主义，除了通过阅读古典派作家的作品，我无法找到内心的宁静。古典主义的思想以其特有的精练清晰地表达出来，用某种奇特的方式将我抚慰。通过阅读，我感受到了生命的广阔，我凝视着一片广袤的空间，虽然我实际上从未到过那些地方——甚至于异教的众神也能在那未知之地稍作憩息。

我们对自己的感觉（有时候只是一些想象出来的感觉）所做的强迫性分析；我们的内心对风景的辨识；我们的勇气一览无余地暴露；我们用欲望替换意志，以渴望取代思想——我对这一切再熟悉不过，以至于它们对我失去了吸引力，或者说当它们被其他人表达出来时，亦无法带给我平静。当我感受到它们时，我宁愿自己感受到的是其他东西。当我阅读一部古典著作时，我获得了一些其他的东西。

我大言不惭地说：没有一篇夏多布里昂[1]的文章或一首拉马丁的诗歌——一些文章往往都像是我自己思想的声音，一些诗歌往往都像是为了让我了解我自己而写的——能够像维埃拉的散文，或是真正追随贺拉斯[2]步伐的为数不多的古典派作家所写的颂诗一样，令我欣喜若狂，令我精神振奋。

我阅读，我解脱。我获得客观性。我不再成为凌乱的自己。我所阅读的东西，不再像是偶尔将我压抑得几乎无影无形的套装，而是对外部世界惊人而又不同寻常的清晰写照。太阳照射着每一个人，月亮向寂静的地面投下暗影，广袤无垠的苍天消逝在海的尽头，幽深而伟岸的参天大树枝叶横生、郁郁葱葱，农庄的池塘永远是那么宁静，斜坡上的梯田齐齐整整，田间小径上爬满葡萄藤。

我像退位的君主一样阅读。当即将退位的君主将皇冠和黄袍放在地面上，它们看起来前所未有地高贵。我放下所有乏味的战利品，在前厅的瓷砖地板上做起了美梦，然后带着一览天下的贵气登上楼梯。

我像匆匆走过的行人一样阅读。这是一位古典主义作家，心平气和，即便遭受苦难，也隐忍不语。我感到自己像一个虔诚的过客，一个被涂抹圣油的朝圣者，一个无理由、无目的的沉思者，被放逐的王子，临行前忧伤地完成对乞丐的最后一次施舍。

54. 一张合影

公司中一位富有的合伙人，常年受怪病困扰。有段时间，他身体不错，突然一时兴起，想要一张公司全体员工的合影。于是，前天，开朗的摄影师让我们站成一排，背对着肮脏的白色隔板，那块隔板由薄木制成，将主办公室和维

[1] 夏多布里昂（1768—1848），法国作家，著有小说《阿拉达》《勒内》《基督教真谛》、长篇自传《墓畔回忆录》等，是法国早期浪漫主义的代表作家。——中译者译

[2] 贺拉斯（前65—前8），古罗马诗人、批评家。其美学思想见于写给皮索父子的诗体长信《诗艺》。他对西方美学发展最大的贡献是确立了古典主义。——中译者注

斯奎兹先生的私人办公室分隔开来。站在中间的是维斯奎兹先生，在他旁边，其他人先是站定下来，后又换来换去。这些朝夕相处的人分门别类地站好，成为一体，去完成拍摄这个小任务，只有上帝才知道他的最终目标是什么。

今天，我迟了些才到办公室，已经完全忘记了被摄影师两度捕捉静态身影的事。我发现，莫雷拉（他比平时来得早）和一个销售代表在偷偷地弯着身子看一些黑白的东西。我吃惊地发现，那是照片的第一套样张。事实上，那是同一张照片的两张样张，其中一张拍得更好。

当然，我首先会去看自己的脸，我看到的那个我令我感到痛苦。我从不认为自己有一个讨人喜欢的外表，但我也从来没有想到，站在每天与之相处的那一排人中间，紧挨着同事们那一张张熟悉的面孔，我的脸会显得如此不足称道。我看起来不伦不类。我的脸很枯瘦，缺乏表情，既没有显出智慧，也没有显出热情，或任何能够使我从死气沉沉的一张张面孔中脱颖而出的东西。当然，并非所有人都死气沉沉，也有一些表情生动的面孔。维斯奎兹先生和他在生活中看起来一样——一张方脸上带着欢快的表情，五官硬朗，目光坚定，下巴上是坚硬的小胡须。这个人精明能干，充满活力，却足够平庸——全世界有成千上万个他这样的人——但这一切被印在相片上，就像印在心理护照上一样。那两个旅行推销员看起来很精神，那个地方销售代表看上去也不错，尽管他的半边脸被莫雷拉的肩膀挡住了。还有莫雷拉！我的顶头上司莫雷拉，乏味单调和一成不变的化身，竟然比我显得更有生气！甚至那个小杂役（在这里我无法压抑自己的感觉，尽管我告诉自己这种感觉不是嫉妒）也露出直率的表情，像是对我的面无表情一笑置之，而我的表情令人联想到文具店里的狮身人面像。

这意味着什么？胶卷从来不会出错吗？冷冰冰的镜头记录下的是什么样的事实？我是谁？为什么看起来会是这个样子？不管怎么样……这是一种侮辱吗？

“你看起来好极了。”莫雷拉突然说，然后，他转向那个销售代表，“简直拍得和他本人一模一样，你不觉得吗？”那个销售代表快乐地随声附和着，一席话将我扔进了垃圾箱。

55. 动物

今天，当我想到我的生活是什么样子时，我感到自己就像某种动物，被放进一个篮子，某个人用胳膊挎着这个篮子，往返于两座市郊的火车站。这样一幅画面枯燥乏味，它所展现的生活更是乏味至极。这些篮子通常有两个盖子，呈半椭圆形，如果里面的动物扭动着，那一端就会打开。但是，那人挎着篮子的胳膊将中间的铰链压了个严实，里面那个弱小的东西除了徒劳无功地将盖子微微顶起，什么也做不了，像一只飞累的蝴蝶。

我忘了我是在描述自己在篮子里的情形。我清楚地看到挎篮子的女仆有一只肥胖、晒得黝黑的胳膊。除了她的胳膊和汗毛，关于那个妇人，我什么也看不到。我感到浑身不适，除非——我感觉到一阵清凉的微风突然吹来，吹进篮子白色藤条的缝隙里，吹进我扭动着的篮子里。一种动物的直觉告诉我，这是在一个车站到另一个车站的路上。我似乎被搁在一个长椅上。我听见篮子外面的人在交谈。一切归于宁静，于是我睡着了。醒来时，我被拎起来，再次带到车站。

56. 万物无灵

环境是万事万物的灵魂。每一个事物都有属于它自己的表达方式，而这种表达来自该事物之外。每一个事物均是三条线的交集点，而这三条线均由这些而起：具有一定数量的物质，我们解读这一事物的方式以及它所处的环境。我伏案写作的桌子是用一块木头做成的，那是这个房间内众多家具中的一件。我对这张桌子的印象（如果我愿意将之誊写下来的话）由一些概念组成，包括桌子是用木头做成的；包括我称为桌子，利用它来做一些事情；包括它接纳一些事物，反映一些事物，它因为置于它之上的物体而有所变化，在各个并列的物体中，桌子便有了外在的灵魂。它的色彩，它的斑点和裂缝——所有这些均来自它之外的世界，而这（不仅仅因为它是一个木质的存在）则给予了它灵魂。那个灵魂的核心，即它作为桌子这一存在，也来自外界，而这正是它的个性。

我觉得，既不是因为人，也不是因为文学误差，才让我们称为无生命的物体拥有灵魂。成为一件物体，就要成为承载的对象。或许说树有感觉、河在奔腾、落日陷入悲伤抑或平静的大海（那抹蔚蓝色来自它不曾拥有的天空）微微含笑（来自它之外的太阳）并不正确。然而，认为事物具有美同样是错误的。说事物具有颜色、形状，抑或说它们存在，也同样是个谬误。那大海不过是一摊咸水。那落日不过是在特别的经纬度上开始消失的阳光。这个在我身边玩耍的小男孩也只是一大群拥有智慧的细胞而已——更确切地说，他是一个亚原子运动的发条装置，一个奇怪的电子聚集物，小小的形体内拥有百万个太阳能系统。

万事万物都来源于外界，人类灵魂本身或许不过是太阳光线，这光线从土壤中分离，而这土壤只是由肉体构成的一堆粪便而已。

对于某些有能力得出结论的人而言，在这些考虑之中，或许会产生完整的哲学思想。我绝不属于这些人之列。明晰却又模糊的想法，逻辑上的可能性，全都钻进我的脑海，然而，在一缕阳光的幻象下，这想法和可能性全都模模糊糊，而那抹阳光给一堆粪便镀上了金色。在石墙边上几乎呈黑色的土地上，那堆粪便就如同潮湿且被压扁的黯黑稻草一般。

我就是如此。当我想要思考之际，我就会看。当我想要沉降至我的灵魂中之际，站在长长的螺旋楼梯顶端，我便会突然间变得僵硬，忘却所有。在太阳下透过上层的窗户看出去，只见那阳光笼罩着不规则的宽阔屋顶，正在进行一番黄褐色的告别。

57. 凭窗怀想

当我那受梦想影响的雄心壮志凌于日常生活之上时，我似乎就要飞起来了。我就像一个在荡秋千的孩子，我总是——像那个孩子一样——不得不回到公园里，面对我的挫败。我没有在战争中摇摆的旗帜，亦没有足够的力量拔剑出鞘。

我在想，街上大多数偶尔与我擦肩而过的路人也会感觉到这一点——我从他们默默嚅动的双唇、不确定的眼神以及喃喃私语时偶尔提高的声调中注意到了这一点——这就像一支没有扬旗的军队在打一场胜利希望渺茫的仗。也许他们所有人——看见他们的肩膀耷拉着，一副垂头丧气的模样——都和我一样有一种卑微的肮脏感，在芦苇和渣滓中彻底失败的感觉，没有月光洒过海岸，没有沼泽里的诗意。

他们和我一样有着高尚而忧伤的心灵。我认识他们所有人。有些人是店员，有些人是办公室职员，还有些人是小商贩。此外，还有些人是酒吧和咖啡馆的征服者，他们以自我为中心，忘我地侃侃而谈，不经意间透露着崇高，或满足于以自我为中心的沉默，亦没有必要为自己辩护。但是，他们都是诗人和可怜人，吸引着我的注意力，就像我吸引着他们的注意力，我们用同样遗憾的目光看着彼此都不协调。他们和我一样，把未来遗留在了过去。

此时此刻，因为大家都去吃午饭了，我无所事事，独自一人待在办公室里。透过沾满污垢的窗户，我凝视着一位老人，他步履蹒跚地在街道对面走着。他没有喝醉。他在做梦。他在全神贯注地思考并不存在的东西。或许他仍然怀有希望。如果诸神的不公正里还残存着些许公正，那么他们应当让我们继续做梦，即便这些梦不可能实现；希望我们的梦是快乐的，即便这些梦微不足道。今天，由于仍然年轻，我可以梦见南太平洋诸岛和无法企及的印度。明天，或许诸神会让我梦见自己拥有一家小烟草店，或在郊区的一幢房子里安度余生。所有的梦并无区别，因为它们终究都是梦。但愿诸神能改变我的梦，而非改变我做梦的禀赋。

当我陷入这种凝思时，我忘记了那位老人。此刻我已看不到他。我打开窗户，以便能看得更清楚，但他已不在那里。他走了。对我而言，他有着作为象征符号的视觉性使命，他已完成他的使命，拐进街角。如果有人告诉我，他已完全拐进街角，从未来过这里，我会使用与现在关窗户相同的手势，来接受这个事实。

在那之后……

那些像推销员一样可怜而卑微的英雄人物用伟大而崇高的言辞和思想征服了他们的帝国，却不得不为食物和房租筹钱！他们像一支解散的军队，他们的指挥官曾经有过崇高的梦想，而他们——此时在沼泽地的浮渣里步履艰难地行走——只剩下关于崇高的模糊概念、从属于一支军队的自我意识以及不知道他们从未见过的指挥官做过什么的虚无感觉。

在那一刻，他们中的每一个人都想象自己是抛弃了后卫部队的指挥官。在泥泞的沼泽地里，每一个人都在为胜利欢呼，然而没有人能打赢。沾满油渍的桌布上只剩下面包屑，没有人记得要把面包屑抖掉。

面包屑充斥着日常事务的每一个隙缝，就像尘土充斥着积尘甚厚的家具的每一个隙缝。在正常的、普通的日光下，在红木的映衬下，或者在红木和油渍桌布之间，它们像灰色的蠕虫一样，闪闪发光。只需薄薄的指甲便可轻而易举地将它们拭去，但人们不屑于做这样的事情。

我的那些不幸的同类有着他们的崇高梦想——我是多么嫉妒而又鄙视他们啊！我和他们一样，我和那些甚至更不幸的人一样，无人倾诉，唯有对自己倾诉自己的梦想，展示这些落笔即可成为诗歌的梦想。我和那些可怜的懒汉一样，没有书来展现自己，除了心灵，没留下任何文学作品（因为他们已经不看其他文学作品了）。我和那些窒息至死的人一样，他们窒息是因为他们没有接受神秘和先验的测试而存在，而通过那些测试的人才有资格生存下来。

有些人是昨日刚在街角打倒五个人的英雄。有些人是骗子，甚至不存在的女人都会向他们屈服。当他们向她们讲述一件事时，她们会相信，又或者他们向她们讲述是为了让自己相信自己。还有些人……他们的梦想更平庸无味，他们一边倾听一边点头。还有些人……对他们来说，世界的征服者不管是谁，也不过是平凡的人。

有些人像养在木盆里的鳝鱼，它们蜿蜒滑行，互相缠绕，却从未离开过木盆。他们偶尔在报纸上露面。他们中的有些人出现得相当频繁，却从未成名。

这些人是快乐的，因为他们被赋予了充满谎言的愚蠢之梦。但另一些人，譬如我，却被赋予了没有幻觉的梦……

58. 悲伤的间奏（二）

如果你问我，我是否快乐，我会说，我不快乐。

59. 梦的废墟

羞怯是一种高贵，不付诸行动是一种卓越，生活的无能是一种崇高。

唯有单调，这种退缩和艺术，这种轻蔑，裹着自我满足的外衣……

我们日渐腐化的生命里释放出来的磷火至少是黑暗中的一盏明灯。

唯有忧愁催人奋进。唯有源自忧愁的沉闷是纹章，就像古代英雄的后裔。

我拥有各种姿态，尽管它们在我心里不留一丝痕迹；我有满腹话语，却从未想过将其说出口；我有好多梦，最终却忘记了实现。

我是一堆建筑物的废墟，我永远只是 片废墟，而它们的建造者在施工进行到一半时，突然厌倦了思考他在建造什么。

让我们不要忘记去憎恨那些享受的人，因为他们会享受；不要忘记去鄙视那些快乐的人，因为我们不知道如何像他们一样快乐。这种错误的鄙视和虚弱无力的憎恨仅仅是单调这个唯我独尊、傲慢自大的雕像的基座，植根于粗糙而肮脏的土壤里的，是一种郁郁寡欢的人物形象，它神秘莫测的微笑使它的脸笼罩着朦朦胧胧的神秘光环。

不把自己的生命交付给任何人的人才是幸福的。

60. 人类的平庸

我钟情于一种漫步方式：清晨，由于我像惧怕监狱一样惧怕即将到来的一天太过索然无味，我便缓缓走过还未营业的商家店铺，聆听成群结队的青年男女或妇女与男人闲聊，他们的无意交谈像某种讽刺的施舍——闯入我开放的冥想的无形意识流中。

这些语句总是用一些陈词滥调来衔接，“然后她说……”语气中暗示着接下来要说的话。“如果不是他，那就是你……”回答的声音里透着一股愠怒的抗议，已超出了我的听觉范围。“你说的，好的，先生，我听到了……”女缝工用尖厉的嗓音宣布，“我妈妈说她不感兴趣……”“我？”她同伴（那人将午餐装入白纸包带了过来）的惊讶并未说服我，大概也没有说服那个说话轻佻的金发女郎。“事实上应该是……”那四个姑娘中的三个咯咯笑了起来，笑声将污言秽语淹没。“然后我直接走到那个家伙跟前，站到他面前。我是说，正好与他面对面。乔斯，你想想……”那个可怜的人在说谎，因为办公室主管——我可以肯定地说，另一个竞争对手将被考虑升为办公室主管——才不会在那些办公桌围成的竞技场上接受那个草包角斗士的挑战。“然后我就离开了，去盥洗室里抽了根烟……”那个裤子上打了个深色补丁的小伙子笑了起来。

其他单独或结伴而来的人没有说话，或者他们说了什么而我没有听见，但我能听出他们的声音来。对我敏锐的直觉而言，那些声音是谁的真的很好判断。我不敢说出去，甚至不敢把我从他们偶尔瞥来的眼神、下意识显露出的愁眉苦脸和卑鄙的狡猾里看到的东西写下来，即便我可以马上把写下来的东西撕掉。我不敢说出去，因为催吐之后，吐一次就足够了。

“那个家伙喝得醉醺醺的，甚至连楼梯都没看到。”我抬起头。至少这个年轻人是这么描述的。这些人描述时更能让人接受，这时他们忘记了自我。我的反胃得到缓解。我看见了那个家伙。我清楚地看见了他。甚至那些并无恶意的粗话都令我振奋。柔和的微风掠过我的前额——那个醉醺醺的家伙甚至看不清楼梯——或许楼梯是人类摸索和推挤出的一条通往褶皱幻影的路，又或者它只是一面墙，将建筑物后面的陡坡阻隔开来。

要些小伎俩，说三道四，吹牛的人说着大话，但其实他根本没有勇气去做，每个可怜生物的心满意足（他们的心灵带着无意识的意识），挥汗如雨和散发着臭味的性事，像猴子互相抓挠一样开着玩笑，对自己彻头彻尾的微不足道毫无所知……所有这一切留给我一个产生于混乱梦境的、荒谬而卑劣的、像动物一样的印象，而这个印象来自欲望湿淋淋的外壳，来自情感咀嚼过的残渣……

61. 我们活在阴影里

人类灵魂的一生不过是在阴影里的活动。我们生活在意识的朦胧状态中，永远无法与我们的身份或假设的身份相一致。每个人都有某种虚荣心，还存在着一个我们无法界定程度的错误。我们是在表演幕间休息时继续工作的人。有时，通过某些门，我们瞥见的或许不过是舞台布景。世界混乱不堪，像夜里的嘈杂声。

我刚刚重读了这些我在清醒时写下的文字，这种清醒只能在纸上留存。我拷问自己：这是什么？这有什么用处？当我感觉时，我是谁？当我活着时，内心的什么死去了？

像某个人站在山上，试图看清楚山谷里的人，我站在高处俯瞰自己，我与其他一切一样，都是朦胧而混沌的风景。

每当我的灵魂裂开一道深渊，最微不足道的细节像诀别书一样令我悲痛。我感到，自己仿佛总在觉醒的边缘。将我包裹的那个自我使我压抑，结局使我窒息。如果我的声音能传出去，我想大声呼喊。但在我的一些感觉和其他感觉之间，只有沉沉的静止状态在移动，像飘过的浮云，使无边原野上影影绰绰的草地呈现出各种色彩。

我像一个胡乱寻找的搜寻者，既不知道在找什么，也不知道要找的东西藏在哪里。我们和自己玩捉迷藏。在所有的这一切里，有一种卓尔不群的秘诀，有一种只能听得到的流淌着的神性。

是的，我重读了这些文字，它们代表着毫无意义的时光，短暂的幻想或片刻的安宁，流入风景里的伟大希望，像封闭房间一样的悲伤，某些声音，一种无限倦怠，不成文的福音书。

我们都有虚荣心，这种虚荣心是一种方式，使我们忘记别人也拥有像我们一样的灵魂。我的虚荣包含几页文字、几个段落和一些疑惑……

我重读了吗？撒谎！我不敢重读，我也不能重读。这对我有什么好处呢？文字里写的是另一个人。我再也无法理解了……

62. 我为不完美的书页哭泣

我为自己不完美的书页哭泣，但如果后人读到它们，我的哭泣一定比我可能达到的完美更令他们感动。完美不会让我哭泣，也不会让我去写作。我们无法实现完美。圣徒会哭，所以他们是人。而上帝会沉默。这就是我们可以爱圣徒，但不能爱上帝的原因。

63. 财宝和王权

高贵而神圣的怯懦守卫着灵魂的财宝和王权……

我多么想将某种毒药、担忧或不安传染给哪怕一个灵魂！这样多少能阻止我的行动能力慢性衰竭。我生活的目的就是堕落。然而，我的话语对任何人的灵魂产生作用了吗？除了我之外，有人听见我的话了吗？

64. 耸耸肩

我们通常用已知的观念来粉饰未知的概念。如果我们把死亡称作安息，那是因为从外表上看，死亡与安息无异。如果我们把死亡称作新生，那是因为死亡看上去与现世有所不同。我们带着一些对现实的误解去编织希望和信仰，我们靠被称作蛋糕的面包皮生活，就像那些假装快乐的穷孩子。

然而，这就是生活的全部，或者，至少是通常被称作文明的独特生活体系。文明在于赋予某种事物本不属于它的名称，然后以做梦结束。这个虚假的名字和真实的梦并未产生新的现实。这个客体变成别的东西，因为我们使它做出了改变。我们制造现实。原材料保持不变，但我们通过艺术赋予它形态，使它看起来有所不同。一张松木桌子既是松木也是桌子。我们坐在桌子旁边，而不是松木旁边。尽管爱是一种性本能，但我们并不是出于这种性本能去恋爱，而是出于对其他情感的臆测。而这种臆测本身就是其他情感。

当我漫步街头时，我不知道是什么东西对我产生了微妙影响，这种影响来自光线或模糊的声音，来自记忆中的一缕芳香或一段旋律，通过不可思议的外部形态表现出来，使我产生了离奇的想法。而此时，我坐在咖啡馆里，悠闲地将它们记下来。我不知道我的思想将伴我走向何处，也不知道我希望自己去哪里。今天的雾很淡，温暖而潮湿，有些阴郁，但不吓人，透着无缘无故的烦闷。有种陌生的感觉让我哀愁不已。我缺乏合适的论据，我也不知道那是什么样的论据。我缺乏意志力。在意识深处，我是悲伤的。我胡乱写下这些文字，并非想要说这些，或者说点其他什么，而只是想让自己在心烦意乱时做点什么。我握着用钝了的铅笔（我没有心情去削它），用柔软的笔画在白色三明治包装纸上写着——这张纸再适合不过了，它还是白纸时和其他纸一样。我感到心满意足，向后靠了靠。黄昏来临，毫无变化，没有下雨，光线中透着模糊而沮丧的色调。我因为停止写作而停止写作。

65. 公园

我常常被表层和幻影捕获，我是它们的猎物，我感到自己像个人。然后，我对自己在这个世界上生存感到快乐，我的生活是透明的。我飘了起来。我乐于获得支票并踏上回家之路。我不需要看就能感受到天气，而且一些机体感受令我愉悦。我沉思，但我并未思考。这些天我格外欣悦于那些公园。

在公共花园的本质中有一些奇怪和可悲的东西，我只有在不太了解自己的时候，才真正意识到那些东西。公园是文明的一个缩影——是对大自然的匿名修饰。那里有植物，还有道路——是的，道路。绿树丛生，树荫底下是一条条长凳。宽阔的人行道四面被城市包围，长凳又宽又大，上面总是坐着三三两两的人。

我并不介意看到花丛整齐有序，但我憎恶它们成为公用物品。倘若那一排排花丛生长在封闭的公园里，倘若树荫遮住那片隐居处，倘若长凳上空无一人，那么我在公园里毫无用处的沉思还能对我有所抚慰。但是城市里的公园，有用且有序，对我而言如同牢笼一般。那些五颜六色的花花木木，只有足够的空间容纳不下任何东西，只有足够的空间容纳不下逃离，它们只拥有美丽，却不拥有属于美丽的生命。

有些天，这样的美景属于我，我像一个悲喜剧里的演员走进这片风景。这些天我错乱了，但至少在某种程度上我变得更快乐了。当我心烦意乱时，我开始想象我有房或有家可回。但当我忘记这些时，我变回正常人，出于某些目的而缄默不语。我掸掉另一件套装上的灰尘，将报纸从头到尾读了个遍。

然而，幻影永远不会长久存在，一部分是因为它无法持久，另一部分是因为黑夜降临。花儿的颜色、树丛的庇荫、几何结构的道路和花坛——一切都变得暗淡，越缩越小。我错误地感觉自己像个人，巨大的星辰布景突然出现，仿佛白昼是一块幕布，将它遮住了。然后，我忘记了无形的观众，我像个看马戏的小孩一样，兴致勃勃地等待着第一场演出。

我解脱了，迷失了。

我感受到我热得发抖。我还是我。

66. 幻觉过后的厌倦

一切幻觉及其后果造成了厌倦——我们失去幻觉，就算拥有幻觉也毫无价值，拥有幻觉是为了失去的厌倦，曾经拥有过幻觉的遗憾，即便知道终将成为一场空也拥有幻觉的理智懊恼……

生命无意识的意识是对智力的最大折磨。智力的诸多无意识形式——灵光一闪、一拨又一拨的理解、神秘与哲理——它们像身体的条件反射，像肝脏或肾脏自动产生分泌物一样。

67. 雨

雨下得很大，越来越大，越来越大……仿佛外面的黑暗中，有什么要坍塌……

起伏不平、群山环绕的城市，今天在我看来像一片平原，一片被雨水覆盖的平原。举目四望，周围的一切都是雨水的淡黑色。

我满脑子的古怪感觉，这些感觉全部是冷冰冰的。对我而言，此时的风景似乎都蒙上了一层雾，而那些建筑物就是遮住风景的雾。

当我不再是我时，我是什么？一种源于此的精神病前兆折磨着我的肉体和灵魂。一种对未来死亡的荒谬假设让我不寒而栗。在直觉的迷雾中，我感到自己像是雨中坠落的死物，呼啸的风在为我哀悼。未来再也感觉不到的寒意吞噬着我现在的心。

68. 我的长处

我并非别无所长，至少我永远保持着自由的、无拘无束的新奇感。

今天，我漫步在阿尔马达新街上，偶然注意到前面那个男人的背影。这是一个普通人的普通背影，一个身着普通运动外套、偶然走过的路人。他用左臂夹着一个旧公文包，右手握着一把收拢了的雨伞的弯钩手柄，伞帽和着走路的节奏轻轻敲打着地面。

对于这个人，一种温情在我心里油然而生。我的这种温情与人们对平庸的普通人所怀有的温情是一样的——普通人为了养家糊口而每天奔波劳累，为了他们卑微而快乐的家，为了他们的生活中不可或缺的苦与乐，为了不做分析的单纯生活，为了外套底下覆盖着的动物本能。

我将视线从前面那个男人的背影上移开，转向走在街上的其他人。我对我一直跟着的那个无意识的男人的背影产生了温情，我对其他人也产生了同样冷漠而荒谬的温情。他们跟他一样——边聊边向车间走去的姑娘们，边开着玩笑边走向办公室的年轻小伙子们，采购了一大堆东西后往家里赶的大胸脯女佣，送第一批货的送货员——所有这些人，尽管有着不同的面孔和身姿，但都没有意识，像被一只看不见的手操控着活动的牵线木偶。他们以自己的方式，用各种身姿、手势表达意识，而他们什么也意识不到，因为他们并未意识到自己的意识。无论是聪明还是愚蠢，他们都同样愚蠢。无论是老是少，他们都是同样的年纪。无论是男是女，他们都同属一种不存在的性别。

我的目光再次回到那个人的背影上，回到那个让我看到这些的窗口。当我看到某个人在睡觉时，会有同样的感觉。我们睡着以后，都会变回孩子。这或许是因为在睡眠状态下我们不会犯错，也无法感知生活。靠着自然魔法，最凶恶的罪犯和最自私的利己主义者一旦睡着以后就变得圣洁起来。

那个人的背影已沉睡。他以完全一样的速度走在我前面，整个人都已沉睡。他无意识地走着，无意识地活着。他睡了，因为我们都睡了。所有的生命都是一场睡眠。没人知道自己的所为、所愿和所知。我们活在睡眠中，永远是命运的孩子。这便是为什么当这种感觉占据我的思想时，我感受到了一种莫大的温情，一种将整个人类的童稚、整个沉睡的社会以及每个人和每件事都纳入其中的温情。

这是一种直接的博爱主义情怀，没有目的，没有结论，瞬间将我包围。我感受到一种温情，仿佛借上帝之眼俯瞰芸芸众生。我看着每个人，仿佛世界唯一的有知觉者以其慈悲将我打动。可怜的人，可怜的人类！他们都在这里做什么呢？

生活中的一切活动和目标，从单纯的肺部呼吸到城市建设，再到帝国的划定，在我看来都是一种困倦状态，是一种现实和另一种现实之间、绝对的一天和另一天之间的无意识梦境或短暂憩息。夜里，像一个抽象的母亲，我照看着好孩子和坏孩子，他们睡着之后都是一样的。在他们身上，我体会到了无限的温情。

69. 用思考去感觉

我认为，我深刻感觉到自己与别人格格不入的原因在于，大多数人用感觉去思考，而我用思考去感觉。

对一般人而言，感觉就是生活，思考就是学会如何去生活。对我而言，思考就是生活，感觉不过是思考的食粮。

奇怪的是，我仅有的一点热情被那些与我性情迥异的人唤起。我最崇拜的文学家当属那些与我有着极少相似之处的古典作家。如果不得不在夏多布里昂和维埃拉之间做出选择，我会毫不犹豫地选择维埃拉。

越是与我不同的人，看起来就越真实，因为他不像我那样依赖自己的主观性。这便是为什么我不断靠近去研究的客体，恰恰就是我憎恶且避之不及的共同人性。我爱它，是因为我恨它。我喜欢去凝视它，是因为我不愿去感觉它。风景如画一般美好，却绝少能成为一张舒适的床。

70. 风景是什么

亚米哀说“风景是一种感觉状态”，但这句话是一个虚弱的做梦者的一块有瑕疵的宝石。一旦风景成为风景，它就不再是一种感觉状态。使事物具体化就是创造事物。没人会说，一首已完成的诗是一种关于写诗的思考状态。观赏或许是一种做梦的形式，但是，如果我们称为观赏而非做梦，我们便可将这两者区分开来。

然而，这些语言心理学的推测有什么好处呢？青草的生长与我无关，它在雨水的滋润下生长，阳光洒落在已生长或将要生长的草地上；那些小山已有些年头，大风刮过，和当年即便并不存在的荷马听到的风声并无二致。一种感觉状态就是一处风景，这样说或许会更好。因为这句话包含的不是理论的谎言，而是隐喻的真理。

在普照大地的阳光下，我从圣佩特罗堡瞭望台上鸟瞰这座城市的全貌，便胡乱写下这些感想。每当我凝视一片开阔全景时，便忘了我的肉身，那 5.6 英尺的身高和 135 磅的体重。我对着这些将做的梦视为梦的人露出崇高而玄秘的微笑，我热爱那些有着至高无上且纯净的理解力的、绝对外在的真理。

背景里的塔古斯河是蓝色的，河对岸的山那头便是地势平坦的瑞士。一艘小型轮船——一艘黑色的货轮——离开波克·多·比斯波，朝着我看不到的河口驶去。愿诸神（直到我生命的终结）将这客观现实中明朗而灿烂的风景、我的微不足道的本能意识、细微的舒适感和能够想象自己快乐的慰藉全部为我保留!

71. 人生的高地

到达天然高地的孤独顶峰时，我们体验到一种优越感：加上自己的身高，我们比这顶峰还要高。至少在那里，自然之巅被我们踩在脚下。我们所处之地使我们感到自己是可见世界的国王。周围的一切都没我们高——生活是逐级渐缓的斜坡，或是毗邻高地的低洼平原，或是我们所到达的顶峰。

我们的一切源于机遇和自欺欺人，我们所吹嘘的高度不属于我们；在那处顶峰，我们并不比自己的正常身高要高。我们脚下的山峰将我们抬高，是脚下的高山使我们变得更高。

富人能更轻松地呼吸，名人能活得更自由，贵族头衔本身就是一座小山。一切都是虚假的，甚至这种自欺欺人也不是我们的。我们登上小山，或者被带到那里，或者出生在山上的一座房子里。

然而，伟大的人意识到，从山谷到天空和从山顶到天空，它们的距离并无差别。如果水位升高，我们在山顶会更好一些。然而，当天神发起诅咒，譬如朱庇特的闪电雷鸣划过天地，或埃俄罗斯的狂烈疾风呼啸而过时，最好的掩蔽便是躲在山谷，而最好的防御便是蛰伏起来。

明智的人，尽管身强力壮，有潜力爬到山顶，但在意识里放弃了这种攀登。凭借着凝望，他的心中便拥有一切山峰。立于此地，周围一切都是山谷。相比那些站在山顶忍受强光的人，阳光照耀顶峰，对他来说更显绚丽；相比那些被囚禁在宫殿里、已被遗忘的人，谷底的人看到的森林里高高耸立的宫殿，会显得更华丽夺目。

生活无法令我宽慰，我只得从这些反思中得到慰藉。这些象征符号与现实融为一体。作为一个在通往塔古斯河的低洼街道上匆匆而行的灵与肉，我看见了城市里的高地在闪耀着光芒，像来自彼岸的荣光，像折射着已经落山的太阳发出的五颜六色的光。

72. 雷雨

在一动不动的云彩间，湛蓝的天空被染上了一层透明的白。

办公室后面，那个小伙子将永远缠绕着包裹的绳子在手里停留了片刻。

“我只记得有一次的情况和现在一样。”他的话像是在统计次数。

一阵冰冷的寂静。街上的声音像是被一把刀子切断。然后，整个世界沉入长时间的屏息中，一种波及一切的恐惧中。整个宇宙陷入死寂之中。一分一秒，一分一秒，一分一秒……寂静使黑暗变得更黑。

突然，咣当咣当……

电车发出的金属声多么富有生命力啊！雨简简单单地涌向从深渊里复苏的街道，这是何等欢快的景象！

啊，里斯本，我的家！

73. 我讨厌危险

我不需要通过高速汽车或特快列车来感受速度带来的快乐和恐惧。我只需要一辆电车和我对抽象性的天赋，我将这种能力发展到一种令人吃惊的程度。

坐在一辆行驶着的电车上，通过我本能的瞬间分析，我能够将电车的概念和速度的概念区分开来，我能够彻底分清它们，让它们成为现实中两种完全不同的事物。然后，我能够感觉到自己不是在乘着电车，而是处在纯粹速度中。如果我感到厌倦，渴望急速前行，我可以把这个概念转化为纯粹的速度概念，随意提升或降低速度，使其超越机械车辆可能达到的最快速度。

我讨厌真实的危险，但这不是因为我害怕过激的感觉，而是因为它会破坏我对感觉的完美聚焦，这会使我恼怒，使我失去自我感。

我从来不去冒险。危险叫我害怕，也叫我乏味。

太阳落山是一种理智现象。

74. 分裂自我的形而上学思考

有时，我喜欢（用一种分裂的方式）思索一种可能性，它关乎自我意识的未来图形。我相信未来的历史学家在研究自己的感受时，也许能够从他对自己灵魂的认识中得出一门精确的科学。我们仍处在这门艰难艺术的开端——此时，它仅仅是一门艺术。迄今为止，它只是处在炼金术阶段的感觉化学。未来的科学家将更加注重他们的内心生活，通过一种从他们身上创造出来的精密仪器去分析这种内心生活。在我看来，从思想中提炼出铁或铜制作这种用于自我分析的精密仪器不存在与生俱来的困难。我的意思是说，这些铁和铜是真正的铁和铜，只是由思想冶炼而成。或许这是唯一的制作办法。或许我们有必要拟订制作这种精密仪器的计划，使它具体到可视化的程度，以便能进行严密的内心分析。诚然，我们还有必要削减思想中的某些实物，以便为这种精密仪器腾出位置。所有这一切取决于我们的内在感觉是否精准到极致，如果我们的感觉做到了，它们将无疑为我们展现或创造一个空间，这个空间和放置物质的空间一样真实——尽管回头想想，它并不真实。

我只知道，这种内心空间可能是其他空间的新维度。或许，科学研究最终将发现，一切事物都处在同一空间（这种空间既不是物质的，也不是精神的）的不同维度里。因此，我们的肉体生活在一种维度里，而灵魂生活在另一种维度里。我们所生活的其他空间或许还存在一些其他维度，有着同样真实的我们的另一面。有时，我乐于迷失在这种无用的冥想中，看看这种研究最终可能会将我带向何处。

或许，他们还会发现被我们称作上帝的东西，它显然处在一个超越逻辑和时空现实的平面上。这是我们的一种存在方式，一种来自另一个存在维度的自我感觉。对我而言，完全有这种可能。或许梦是我们所生活的空间的另一个维度，又或许，它是两个维度的交叉点。我们的身体处在长、宽、高的空间时，我们的梦或许也存在于理想、自我和空间中——有形物质存在于空间中，非物质本质存在于理想中，只属于我们的个人维度存在于自我中。自我，就其本身而言，是我们中的每个人的“我”，它或许是一种神性维度。所有这些都很复杂，而且，毫无疑问最终都会被整理清楚。今天的梦想家或许会成为未来终极科学的伟大先驱者。当然，我不相信未来的终极科学，但这无关紧要。

偶尔，我会像真正研究科学的人一样集中精力去做这样的形而上学思考。就像之前提到的，我可能已真正开始研究这门科学。我必须小心谨慎，不能太过骄傲，因为骄傲会破坏科学的客观性以及公正严谨。

75. 别人眼中的自己

为了毫无意义的目的而使用科学或是使用与科学挨边的事物，是最好的消遣。我常常心无旁骛地研究自己的灵魂在别人眼中的样子，以此来打发时间。这种没有结果的研究带来时而悲伤、时而痛苦的快乐。

我仔细研究着我给别人留下的总体印象，然后得出结论。我是一个大多数人都喜欢的家伙，他们甚至对我有一种模糊而充满好奇的尊重。但我得不到热烈的感情。我没有挚友。这就是这么多人尊重我的原因。

76. 如梦似幻

某种感觉像睡眠，如同迷雾般弥漫在我们的思想里，使我们不能思考，不能行动，不能真切而简单地成为我们自己。我们仿佛并未入睡，梦之外的梦在我们脑海里徘徊，初升的太阳懒洋洋地将我们停滞不前的意识表层温暖。我们喝醉了，因为我们什么都不是，我们的意志就像一个水桶，一个人走过，百无聊赖之下伸出一脚，将这个水桶踢下台阶，踢进了院子。

我们在看，却什么也没看见。长长的街道挤满了犹如野兽一样的人，街道像一块平坦的布告板，上面的字母毫无意义地绕来绕去。房子仅仅是房子。无论我们看得多么清楚，都无法对所见之物赋予意义。

近在咫尺的木箱店传来一阵阵锤击声，听起来恍若远在天边。每一击明显与下一击隔开，伴随着回音，声音平淡乏味。在暴风雨肆虐的日子里，货车照例嘎吱嘎吱地驶过。人声在空气中浮现，而不是发自人们的喉咙。作为背景的河水也疲惫不堪。

我们感受到的既不是烦闷，也不是悲伤，甚至不是疲惫。我们渴望带着另一个人的个性睡意绵绵，能够因加薪而忘记一切不快。我们什么也感觉不到，除非有一种自动机制，在我们下意识走路的时候，使属于我们的腿迈开，让我们鞋里的脚拍击地面。或许我们连这些都感觉不到。有些东西在我们的脑海中不断挤压，就好像用手指堵住我们的耳朵一样。

这就像心灵的一次感冒。而这种患病的文学形象使我们期望生活是一个康复期，迫使我们不得不停住脚步。而康复思想令我们想到城郊的房子里——并非是房子的花园，而是舒适的房子内部，远离马路和车轮声。不，我们什么也感觉不到。我们有意识地穿过一道不得不穿过的门，而这个事实足以让我们入睡。我们穿过一切。小熊站在那里，你的铃鼓在哪里呢？

77. 自我满足

像刚刚开始一样微弱，低潮的气味飘过塔古斯河，在临海的街区散发着腐臭，极为令人作呕，带着冷漠大海的那种冷冰冰的麻木。我在胃里感受到生活，我的嗅觉转入大脑中。高空稀疏的云团悬挂在虚无中，它的灰瓦解成某种伪白。怯懦的天空恫吓着大气层，仿佛是用某种听不见、只是由空气组成的雷声。

甚至飞翔的海鸥也停滞下来，它们似乎轻盈胜过空气，仿佛被什么人定格在那里。压迫并不存在。黄昏的不安是我自己的感觉。凉爽的微风断续吹着。

我注定要落空的希望，缘起于我不得不去过的生活！它就像此时的时间和空气，一场露出真面目的虚假风暴。我想要呐喊，结束这样的景观和我的冥想。但是，大海的恶臭渗入我的意志，内心的低潮暴露出远处的黑色淤泥，我唯有凭嗅觉才能感觉到。

一切愚昧无知的坚持不过是一种自我满足！一切嘲讽的意识不过是一种虚

假情感！我的心灵与这些情感、思想、空气和河流的纠葛——一切只说明气味不佳的生活损伤了我的意识。一切都因不懂得说出那句出自《约伯记》的简单而又放之四海皆准的隽语：我的灵魂厌倦了我的生命。

78. 悲伤的间奏（三）

我厌倦一切，包括那些并不使我感到厌倦的东西。我的快乐像我的痛苦一样痛。

但愿我是个孩子，在农庄的池塘里放纸船，头上是纵横交错的葡萄藤搭成的乡村大棚，阳光透过葡萄藤，在闪着暗光的浅水表面投射下格子图案和绿色阴影。

我和生活之间隔着一层薄薄的玻璃板。无论我多么清楚地看见和了解生活，就是触不到它。

使我的悲伤合理化？如果合理化需要付出努力，那如何才能做到呢？悲伤的人是无法付出努力的。

我甚至无法摒弃那些我痛恨至极的庸俗的生命行为。摒弃也要付出努力，而我又无法去付出任何努力。

我多少次后悔没有成为那艘船的水手或那辆马车的车夫！或者过着想象中其他人的平庸生活也行，因为这种生活不属于我，它使我产生强烈渴望，用它的别样风味填满我的内心。如果我成为他们中的一员，我不会再把生活当成一件可怕的事情，对生活的整体思考也不会粉碎我思想的肩膀。

我的梦是愚蠢的避难所，就像用雨伞遮挡雷电。

我感到如此倦怠，如此愁苦，如此缺乏姿态和行动。

无论我怎么去探究自我，所有梦想之路都通往焦虑的空旷之地。

有时候，甚至连梦都避开我这个执迷不悟的做梦者，于是我看清了事物生动形象的细枝末节。供我躲藏的雾已散去。我灵魂的肌肤被每一条看得见的边缘划破。每一件看得见的粗糙物刺痛了我的器官。我的灵魂被每一个物件的可见重量沉沉压住。

我的生活仿佛就是被生活鞭打。

79. 倦意

小货车在街上缓缓驶过，独特的车声与我的倦意有着某种表面的相似之处。已到了午餐时间，我仍然待在办公室里。今天的天气很暖和。不知怎的，车声，或许我的倦意，和这天气如此相像。

80. 外在感觉

傍晚，一阵阵微风拂过我的前额，撩起我的领悟力，带来一丝说不清的朦胧抚慰（谈不上是抚慰，它太过轻柔）。我只知道，心头的烦闷有所变化，我得到片刻的安慰，就像一小片衣角不再摩擦我的痛处。

这空气的细微移动给我的多愁善感带来仅有的一点宁静！但是，人类的感觉也是如此。我怀疑，意外之财或意想不到的微笑对于别人的意义，比不上一缕清风对于我的意义。

我能思考睡觉，能梦到做梦。我更清楚地看见客观存在的一切。生活的外在感觉令我感到更舒服。一切都因为我走近街角时，微风起了小变化，触到我的肌肤表面，令我心旷神怡。

我们爱或失去的一切——事物、人或价值——摩挲着我们的皮肤，从而触到了我们的灵魂。在上帝眼中，这不过是微风带给我想象中的抚慰和适当的时刻，以及失去一切美好的能力。

81. 旋涡

旋转，旋涡，在生命流动的徒劳中！在这个巨大的市中心广场上，人们川流不息，他们冷静，身着五颜六色的衣服。他们有的转向，有的聚集在一起，还有的分散开来。当我的眼睛心不在焉地看着时，我在内心塑造了人流的形象，它比任何其他的形象都更适合这个随意的动作（部分原因在于我认为会下雨）。

我写了这句话。对我来说这到底意味着什么？我想可以等我终于把我的书出版时，就用这句话给它画上一个句号，在“勘误表”后面加几个“非勘误表”，并加上这样一个注释：“这个随意的动作”在 ××× 页，写得没错，名词为复数，指示词为单数。但这和我的所思所想有什么关系？没有。因此，我才由着自己去想这个词。

有轨电车哐啷哐啷地从广场周围驶过。它看起来像一个巨大的黄色移动火柴盒，里面有一个孩子用一根倾斜的旧火柴当桅杆。当它突然动起来时，会发出响亮而又刺耳的尖叫声。在中间的雕像周围，鸽子像黑色的面包屑，像是被风吹动了一样四处乱飞。这种胖乎乎的动物用它们的小脚迈着小步。

它们是影了，影了……

从近处看，人们各有不同，却又千篇一律。维埃拉说弗雷·路易斯·德·索萨写过“奇特的共性”这句话。这些人都是独特的，但也具有共性，与《主教的一生》里所说的正好相反。虽然我对这一切漠不关心，但我觉得很遗憾。像生活中的一切一样，我毫无理由地来到了这里。

向东，可以看到部分城市几乎笔直地耸立着，像是对城堡发起了静态的攻击。突兀的房屋挡住了苍白的太阳，一栋栋房子被模糊的光晕笼罩着。天空是淡蓝色的，空气潮湿。也许今天还会下雨，只是比昨天的小一些。刮的似乎是偏东风，也许是因为风中隐约夹杂着一股成熟的绿色的气息，就像附近的市场的气味。广场的东侧比西侧有更多的外地人。随着一声像是沉闷枪声的轰鸣，市场上的波纹金属百叶窗向上卷起。我不知道为什么，但这就是声音向我暗示的动作。也许是因为通常它被放下时会发出这种声音，但现在它正在向上卷起。每件事都有一个解释。

突然间，我独自一人在这个世界上。我从精神世界的屋顶上看到了这一切。我要想看见，先得站得远；要想看得清楚，先得停下来；要想分析，先得把自己当成陌生人。凡经过的人，都不可触碰我。我周围只有空气。我是如此孤立，我能感觉到我和我的西装之间的距离。我是一个穿着睡衣的孩子，拿着一根光线昏暗的蜡烛，穿过一座巨大的空房子。活生生的阴影围绕着我。唯有阴影，它们是坚硬的家具和我所携带的光明的后裔。此时，在阳光下，围绕着我的是人。他们是影子，影子……

82. 我的写作风格

今天，在感觉的间隙里，我对自己的散文风格进行了反思。我究竟是如何写作的？和很多其他人一样，我有一种不合乎常理的欲望，妄图采用一套体系或准则。固然，我总是在采用这些准则或体系之前就写了下来，但是任何人都是如此。

在这个午后的自我分析中，我发现我的风格体系基于两个准则，在承袭了最优秀的古典作家的风格后，我直接将这两个准则当作一切写作风格的一般基础。首先，所言必须准确地表达所感——如果事情清楚，就把事情说清楚；如果事情模糊，就把事情说模糊；如果事情混乱，就把事情说混乱。其次，明白语法是工具而非准则。

假如眼前是一个举止男性化的姑娘，一个普通人会说："这个姑娘的举止像个小伙子。"另一个注重说话的表达性的普通人会说："这个姑娘是个小伙子。"而另一个同样注重言辞要达意但出于简洁用词偏好（这是一种思想上的感觉愉悦）的普通人会说："那个小伙子。"而我会说："她是个小伙子。"我的说法已违背了基本语法规则中的一条——人称代词和它指代的名词在性别和数上要一致。我会把它说得更准确、更绝对、更直观，超越常规、共识和平庸。我不是在说话，而是在讲述。

按照既定的用法，语法将句子分成有效和无效两种。例如，它将动词分成及物动词和不及物动词。然而，一个知道如何去表达的人，偶尔也必须将及物动词当作不及物动词来使用，以便更清楚地表达他的感觉，而不是像大多数人一样含糊其词。如果我想说我存在，我会说：“我是我。”如果我想说我作为一个独立的个体而存在，我会说：“我是我自己。”但如果我想说我作为自我演说、自我作用的个体而存在，运用自我创造的神圣功能，我会把存在变成及物动词。如果要达到宏伟壮丽、超越语法的至高境界，我会说：“我是我自己。”我在这仅有的五个字里阐释了一种哲理。这难道不比那些滔滔不绝的空话更可取吗？从哲学和措辞里，我们还能有什么更多的索求呢？

让语法来约束那些不知道如何思考所感的人。让语法来为那些在表达自己时能够主导自己的人服务。曾经有一个关于罗马王西吉斯蒙德[1]的故事。在一次演讲中，当有人指出西吉斯蒙德犯下的一个语法错误时，他回答道：“我是罗马王，我高于语法。”西吉斯蒙德便以高于语法而被载入史册。多么不可思议的象征！每一个知道如何用自己的方式去表达所想的人都是罗马王。这个高贵的头衔，它存在的理由在于它的至高无上性。

83. 我嫉妒完整的作品

当我思考所有我认识或有所耳闻的高产作家或至少把冗长文章写完的人之时，我就会感觉到一种充满矛盾的妒忌，一种带有藐视的钦佩，各种情绪交织在一起，毫无条理可言。

事物被彻底而完整地创造出来，不管是好还是坏——如果不是一流的话，往往倒也坏不到哪去——是的，被彻底创造出来的事物在我心里激荡着嫉妒的感觉。完整的事物就像个孩子；虽然如同人类一样不完美，可那属于我们，就好像是我们的孩子一样。

而我那自我批评的精神仅仅允许我看到我的失误与缺陷，我只敢写些片段以及一些并不存在的文章的摘录而已，我自己——在我所写的只言片语中——

[1] 西吉斯蒙德是神圣罗马帝国的皇帝，他同时还是匈牙利和克罗地亚国王（1387—1437年在位）以及波西米亚国王。——中译者注

也是不完美的。要么是完整的作品（即便水平低下，也堪称一部作品），要么是缺言少语的作品，也就是灵魂清楚自身缺少行动能力，便持续沉默。

84. 沉迷

或许生命中的一切事物都是其他事物退化而成的。或许一切存在始终都是近似的。

正如希腊文化通过罗马犹太化，我们的时代……多次偏离了所有伟大的目标，无论是一致的还是相互矛盾的，这些目标的失败导致了我们对自己的否定。

我们生活在乐队音乐的间歇之中。

然而，在五楼的这间房间里，我该拿这些社会学问题怎么办？它们对我来说都是梦幻，就和巴比伦的公主们一样，让我们心里充满人性是一项徒劳的事业，就好像文盲当藏书家，对当代进行考古。

我将作为一切生命的异类消失在迷雾之中，作为一个从梦幻海里分离出来的人类岛屿，作为一只漂浮在万物表面的破烂船。

85. 上帝或诸神

形而上学总是作为一种潜在性疯狂的可持续形式而使我惊讶。如果我们知道真相，就会明白这一点；其他一切都是体系和近似值。宇宙的不可知就足以让我们去思索。由于作为人类就应当认识到宇宙是不可知的，所以只有非人类才能真正了解宇宙。

我获得信仰，它像一个封好的包装箱，放在古怪的托盘上，他们希望我接受它，但不能打开它。我获得科学，它像一把搁在盘子里的餐刀，我用它切开空白的书页。我获得疑惑之心，它像盒子里的灰尘——既然盒子里全是灰尘，为什么还要给我？

我写作，因为我无知。在某种特定情感的要求下，我用任何崇高的词语来描述某种特定情感所需要的真理。如果我的情感果断明了，那么我自然会论及诸神，然后将它建构在世界多元化的意识里。如果我的情感悠远深刻，那么我自然会论及上帝，然后将它放置在一元化的意识里。如果情感是一种思想，我自然会论及命运，然后使它碰壁。

有时，纯粹出于韵律考虑，一句话需要用到“上帝”而不是“诸神”。而有时，“诸神”这两个音节必不可少，这使我从言辞上改变了宇宙。还有的时候，中间韵、韵律的变化或情感爆发也很重要，而这时，多神论或一神论就占了上风。诸神的使用因文风而改变。

86. 重回童年

上帝在何处？即便上帝从未存在，我也想要祈祷，想要哭泣，想要为自己没有犯下的罪行而忏悔，想要享受宽恕的感觉，那感觉比慈母的抚摩还要美妙。

我在膝盖上哭泣，这个膝盖巨大，无形无状，广阔得如同夏日的夜晚，舒适惬意，温暖宜人，娇柔曼妙，像是挨着一个壁炉……能在这个膝盖上，为了不可理解的事、我不再记得的失败、并不存在的痛苦之事、因为对未来的未知而产生的令人震颤的强烈疑惑，而哭泣……

第二次童年，与曾经带过我的老保姆很像的老保姆，还有一张小床，我躺在上面，听着那些我根本听不懂的故事入睡，我的注意力根本无法集中，所讲的这些探险故事曾经穿透婴儿那如小麦一样的金发……这一切巨大而不朽，恒久保证，拥有神明一般崇高的境界；这一切存在于万物终极现实深处，那里既悲伤又毫无生气。

一个膝盖，一个摇篮，或者搂抱着我的脖子的温暖手臂……那轻柔歌唱的声音似乎要把我弄哭……壁炉里的火噼里啪啦地烧着……冬日里的温暖……我的意识在百无聊赖地游荡……跟着一个平和而寂静的梦出现在了巨大的空间里，如同月亮在星辰之间旋转……

我收拾我所有的玩具、词汇、图像和短语，深情地将它们安排在角落里。

它们是如此可爱，我感觉自己在亲吻它们，它们跟着我变得十分渺小、十分无聊，孤零零地待在一间如此巨大而又充满悲伤的房间里，那份悲伤是如此深刻！

在我不玩耍的时候，我到底是谁？我只是一个可怜的孤儿，被丢弃在冰冷的感觉中，在现实的街角瑟瑟发抖，无可奈何只能在悲伤的台阶上入睡，被迫吃下幻想供给的面包。我被告知，我那从未谋面的父亲名叫上帝，可这个名字对我来说丝毫没有意义。有时候，在夜里，当我感觉孤单之际，我就会流着泪大声呼喊他，在心中描绘他的形象，让自己爱戴他。然而，我会突然想到，我根本就不认识他，或许他和我想象中的样子天差地别，或许那个形象从来都不是我的灵魂之父……

这一切将何时结束——我拖着自己的苦难走过的街头，我忍受着严寒蜷缩过的台阶，夜晚用它的手掌抚过我的破衣烂衫时的感觉。要是有一天上帝到来，把我带进他的房子，给我温暖与爱，那该有多好……有时候想着这情形，就因为我可以如此这样想象，便会快乐地哭泣。然而狂风吹过街道，树叶纷纷落到路上。我抬起双眼，看着星辰，那满天繁星此时毫无意义可言。那一切造成的后果便是，没有人愿意收养我这个被人遗弃的可怜孩子，给予我关爱；没有人把我当成玩伴，给予我友谊。

我孤寂凄凉，是如此冰冷、如此疲倦。哦，风，去寻找我的母亲吧。带着我乘着夜色去到那栋我从不曾见过的房子里。哦，无边的死寂，让我重回保姆的怀抱，把曾经哄我入睡的婴儿床与摇篮曲都还给我。

87. 无为

唯一能配得上君子的姿态就是，坚持去做一件他认为毫无用处的事情，去遵守他知道枯燥乏味的纪律，去接受他认为完全不合逻辑的哲学和形而上学思想的规范。

88. 沉思

将现实视作幻觉的形式，将幻觉视作现实的形式，两者一样重要，一样徒劳无用。沉思的生活，若要完全存在，必须将现实生活的林林总总视作零零散散的前提，不过这会导致一个不可企及的结局。我们还应当认为，在某种程度上，各种各样的梦值得我们去关注，因为正是这种关注使我们陷入沉思。

奇迹或障碍，一切或虚无，途径或问题，一切事物都取决于一个人对它的看法。不断采用新方法去看问题，就是一种重建和续添。这就是为什么爱沉思的人即使从不离开村庄，也能将整个宇宙了然于心。细胞和沙漠都蕴含无穷奥秘。对于一个背靠岩石而眠的人而言，那里就是整个宇宙。

但是，有的时候，我们陷入沉思时——一切沉思者都是如此——一切事物会突然变得破旧，看得见或重见，即便我们没有看见。因为不管我们如何思考，通过沉思去转化，无论转化成什么，它终究只是沉思的实质。从某种意义上来说，我们渴望生活，缺乏智慧却想要了解，想要只带着感觉去沉思，以触觉或感觉的方式思考，想要进入我们所思考的目标的内部，就像它是一块海绵，而我们是水，而这一切让我们不堪重负。同样，我们也有黑夜，感情带来的深度疲倦甚至变得更强烈。因为在这种情况下，情感来自思想。但是，没有月亮或星辰的无眠之夜，仿佛一切都朝外翻了个遍——内化的无边无际，随时会爆发，白昼变成了陌生套装的黑边。

是的，成为人类的蛞蝓，爱我们不了解的东西；成为水蛭，对自己的讨厌之处一无所知，这是最好的办法。无视是为了生活！感觉是为了遗忘！啊，一切事物消失在古老帆船那绿里泛白的尾波里，像高高的船舵（它是古老船舱眼睛下面的鼻子）溅起的冰冷水花。

89. 自我高贵

站在镇郊的石墙边，我只要瞥一眼开阔的原野，获得的自由就比别人在一次完整旅行后体会到的还要多。每一个视角都是倒金字塔的顶点，它的根基是摇摆不定的。

过去某个时期惹怒我的某些事情，如今却被我嗤之以鼻。其中一件事，我几乎每天都想得起来，那就是人们在日常生活中热衷于嘲笑诗人和艺术家。正如给报纸写稿的知识分子所猜想的，他们并不总是带着优越感去这么做，而是常常富有感情地去做。就像他们喜欢一个孩子，而孩子对生活的必然性和准确度还没有什么概念。

这常常惹怒我，因为我天真地以为，这种外在微笑的对象是做梦和源于内心对优越的确信而产生的自我表达。事实上，它只是对不同的事物做出的一种反应。而我曾经把这种微笑当成一种侮辱，因为它似乎隐含着居高临下的态度。如今，我把它看作一种无意识的怀疑迹象。就像大人常常在孩子身上发现他们不具备的机灵，我们在专注于做梦和表达时，微笑者同样在我们身上发现了令他们怀疑的不同点，正因为不熟悉，所以令他们发笑。我倒愿意认为他们中间最聪明的人偶尔发现我们的优越性，然后神气地发笑，来掩盖我们优越的事实。

但是，我们的优越性和很多做梦者想象的不一样。做梦者高于行动者的原因不在于做梦要高于现实。由于做梦比生活更实用，做梦者比行动者从生活中获得的愉悦要多得多、丰富得多，所以做梦者具有优越性。简单地说，做梦者是真正的行动者。

生活从根本上说是一种精神状态，我们的所思所为，我们认为它们有效，它们就有效，这取决于我们的估值。做梦者是纸币发行者，他发行的纸币在他思想中的城市流通，就像真实的纸币在外部世界流通一样。如果生活虚构的炼金术炼不出黄金，心灵的货币永远也不能换成黄金，为什么我要去在意呢？洪水在我们之后袭来，但只在我们之后。有些人觉得一切皆虚幻，在有人为他们写小说之前写小说，或是像马基雅维利那样，穿上宫廷的华袍秘密写作，这样的人更好，也更快乐。

90. 虚幻世界

我只做梦。这就是我生活的全部意义。我唯一真正在乎的便是我的内心世界。我打开那扇面向梦想街道的窗户，看到那里的景象，便忘记了自我，这时候，我最深切的悲伤就消失得无影无踪了。

我唯一的渴望便是做一个梦想家。那些与我谈论现实的人从来得不到我的关注。一直以来，我都属于那个我不属于的世界，属于那个我永远也做不了的人。无论我不曾拥有的是什么，且无论那有多么卑微，那都是为我写成的诗歌。我不爱任何事物。我唯一的渴望是我想象不出的东西。我对生活唯一的要求便是请生活继续，但不要让我感觉到生活。我对爱唯一的请求便是请爱一直是遥远的梦。在我的内心世界，这一切皆乃虚幻，我始终受到远方的吸引，而那朦胧的沟渠——在我的梦想世界里几乎超出了我的视线——相比我内心世界的其他地方，则拥有梦幻般的甜蜜，那甜蜜如此醉人，我不禁深深爱之。

我至今仍心心念念，要创造一个虚幻世界，这份痴迷至死方休。如今，我不会在我的衣柜抽屉里排好线轴和象棋棋子（偶尔会有主教棋子或骑士棋子突出），可我很遗憾我没有这样做，而在我的想象之中，我会把角色一一安排好，他们是如此鲜活、如此可靠！这些角色占据着我的内心世界，令我感觉惬意，如同冬日里坐在温暖的火边一样。在我的内心有一个世界，住在里面的都是我的好友，他们过着属于自己的真正生活，独特且不完美。

有些人问题不断，有些人则过着波西米亚人那卑贱且美好的生活。还有人成了推销员，到处飘荡（能把自己想象成一个旅行推销员向来是我最大的志向——唉，此乃可望而不可即之事）。有些人住在我心中那个葡萄牙的乡间村镇里；他们到里斯本来，有时候我会在那里碰到他们，便会饱含激情地向他们张开我的双臂。当我在房间里踱步时，幻想到这样的情形，就会大声讲出来，还会指手画脚——当我梦到这样的情形，想象自己遇到他们，我便会高兴不已，心满意足，上蹿下跳，泪流满面，张开我的双臂，去感觉那份真正且无可比拟的强烈快乐。

哦，怀旧之情再令人感伤，也抵不过怀念从不存在之事物带来的痛苦！当我怀念现实之中的过往之际，当我为我童年生活的尸体而哭泣之际，我感觉到了一种渴望。而当我在我设想的世界里转弯时，抑或当我在同一个梦境里来回穿梭，走到街道上的某个门口时，我会因为梦境之中的那些卑微角色从不曾存在而流泪，会因怀念曾在我的伪生活中见到的那些微不足道的人而哭泣，这时，我感受到的那份悲伤会给我带来热情。而那渴望与这热情根本无可比拟。

我想起了我的梦境之中的朋友们——我和他们在虚假生活中有很多共同的经历，在想象中的咖啡馆里，我和他们一起促膝长谈，兴奋莫名——他们从未拥有属于他们自己的空间，在那里他们可以真实存在，独立于我把他们创造出来的意识之外！这时候，我的怀旧之情无力复苏，因而产生的苦涩转化成了对上帝的哀怨，正是上帝创造出了那么多的不可能。

哦，那死气沉沉的过往在我心中幸存下来，从不曾在任何地方，而只在我心中存在！那小小乡间别墅的花园里的花朵只在我心中存在！那农场中的松林、果园和菜地只是我的梦境！我想象自己站在田园之中，而这从未真正存在过！路边的树木、小径、石头、乡民——这一切都只是梦境，只在我的记忆中留下了记录，在我的记忆里留下了伤害。而我曾花费如此多的时日在梦中想象着这些事与人，现在则花费无数的时间让自己牢记曾在梦中想象过这些事与人，这便是我感受到的真正的怀旧之情，这便是我为之悲伤的真实过往，这便是我注视着的真实生活的尸体，那尸体就庄严地躺在它的棺材里。

有些风景与生命并非只是我心中的想象。某些没有多大艺术价值的画作，某些我每天都会看到的墙上的图片，都已经成为我心中的现实。看到这些事物之时，我的感觉极为不同——更加难过，更加深刻。无论那些情形是否真实，我都因为自己不能置身其中而感觉悲伤。在我早已远去的童年，我在我睡觉的房间里看到墙上挂着一幅小图片，而我甚至都无法成为图片中那座被月光笼罩的森林边的一个毫不起眼的人物，这叫我如何不悲伤！我无法想象自己隐藏在那里，隐藏在河边的森林里，沐浴在永恒的（不过我这样描述真的非常差劲）月光之下，看着一个人划着船从柳枝下漂浮而过，这叫我如何不悲伤！在这些情形之下，我因为自己无力完全想象而悲伤不已。我的怀旧之情表现出了其他特点。我绝望的姿态是不同的。让我备受折磨的这份不可能催生出别样的焦虑。啊，要是这一切对上帝来说至少存在哪怕是一点意义，该有多好！这若能实现，便与我的欲望的精神相一致；在我不知道的地点，在垂直的时间内，这若能实现，便与我的怀旧之情和幻想不谋而合！要是这一切能够组成天堂，即使只是为了我一个人也是好的！如果我能与我想象出来的朋友相遇，该有多好！一起在我创想出来的街道上散步，清晨在我自己描绘的乡间别墅里醒来，周围全是公鸡和母鸡——所有这一切都比上帝的安排还要完美，按照正确的秩序存在，按照我需要的形式存在。这一切即便是在我的梦境里也没法实现。因为我的内心虽然隐藏着这些现实，却少了一部分维度。

我从正在书写的纸上抬起头……时间还早呢。今天是周日，此时中午刚过。生命的基本弊病就是我们存在意识，而这种弊病进入我的身体，让我感到不安。没有任何岛屿容我们这些心神不宁之人前往，没有任何古老的花园小径可以让我们这些退避到梦境中的人流连。必须活下去，必须行动，但力度却十分微小。因为有其他人存在，所以不得不有身体上的接触，这些人与生活中的真实的人完全一样！我由音乐和阴影组成，四处扩散，所以不得不待在这里写下这些文字。这是我灵魂上的需要，我不可能一直做梦，无法不用文字去表达梦境，甚至不能没有意识。只要我想要表达自我，泪水就会盈满我的眼眶，我将流动起来，如同一条被施了魔法的河，流经我身上的缓坡，向远处延伸到潜意识之中，甚至更远，而尽头便是上帝。

91. 我的不同身份

我感觉的强度总是比不上我感觉所有意识的强度。我从我的意识中所遭受的痛苦比我意识到的痛苦要多。

我的情感生活很早便转移到思想的房间里，我对生活的情感体验几乎完全在那里产生。

作为情感避难所的思想，比情感有着更高的要求，而我在这种意识机制里开始体验我的感觉，这种意识机制使我的感知力更强、更勤奋，也更具挑逗性。

过多的思考使我变成回音和深渊。我深入自己的内心，裂变成无数个我。最微不足道的插曲——光线的一点变化，一片枯叶旋转着飘落，一片褪色的花瓣从花枝上凋落，石墙那边的交谈声，说话者与听者的脚步声紧挨着，古老的农庄半掩的大门，月光下耸立的房屋、庭院和拱廊——尽管这一切不属于我，却用渴望之链和情感共鸣锁住了我的感官注意力。在每一种感觉里，我都是另一个人，在每一个模糊的印象中痛苦地重建自我。

我依靠不属于自己的印象活着。我是一个放弃一切的挥霍者，是以另一个人的身份存在的我。

92. 生活是什么

生活就是成为另一个人。今天不能去感受昨天的感觉，那根本不是感受。今天感受昨天的感觉，那根本不是感受，那是今天记得昨天的感觉，是带着昨天的生活和失去的东西，在今天做行尸走肉。

让我们从石板上擦去每一天的一切，让我们以新状态迎接崭新的清晨，永远处在纯洁情感的重现状态——如果我们总要成为不完美的我们，或拥有不完美的东西，那么这一点，也只有这一点值得我们去实现或拥有。

这样的破晓是世界上第一个破晓。这样的粉白开始发黄，变成暖白色，颜色如此淡，在建筑物面西的部分上，犹如眼睛的窗玻璃凝视着渐渐变亮的天空。这样的时刻，这样的光亮，这样的我，从未有过。明天的一切都将不一样，我将用新生的双眼看世界，我将看到全新的景观。

高大挺拔的城市啊！高大的楼宇拔地而起，直冲云霄，楼房鳞次栉比，日光洒在上面，光影斑驳——你就是今天，你就是我，因为我看见了你。你就是你明天不会成为的人。我爱你，就像倚靠着甲板的栏杆看两条船擦肩而过，面对着它们的离去，有一种莫名的渴望和惆怅。

93. 倾听夜的声音

夜间，我漫步在孤独的海岸边，度过一段奇异的时光，那是一连串支离破碎的瞬间。在我漫步海边的沉思中，一切人类赖以生存的思想和他们消逝的情感在我的脑子里闪过，像一本黑暗的历史纪要。

每一个时代的渴望和世代流淌的不安伴随我走近低语呢喃的海边，我的心灵和我一起经历了这一切。人们意欲实现而未实现的事物，为实现而毁灭的生灵，以及所有灵魂深处的东西——这一切将我在海边漫步的心灵感受填满。情侣在彼此身上发现了一些不同寻常的东西，妻子从未透露给丈夫的秘密，母亲想象着她不曾生过的儿子是什么样子，仅仅是个笑容或机遇，一个不合时宜的时刻或一段缺失的情感——所有这一切伴随我涌向海边，又和我一起返回，哗哗的巨浪让我在睡梦中生活。

我们非我们，生命短暂而悲伤。夜的涛声是一种夜的声音，有多少人是用心灵去倾听的呢？像永恒的希望和海水溅起的泡沫，一起幻灭在黑暗中！成就不凡的人留下了什么样的眼泪，成功的人没有留下什么样的眼泪！我沿着海边漫步，这一切就像夜和地狱向我吐露的秘密。到底有多少个我们？到底有多少个我们将自己愚弄？在我们存在的暗夜里，沿着海滩，大海冲刷着我们的心，我们就像被情感淹没了！

我们失去这一切，找寻这一切，无意中得到和实现的却只是错误。我们热爱而又失去，失去之后又爱上失去的感觉，意识到我们从未爱过这一切。我们在感觉时以为我们在思考。我们视之为情感的这一切记忆，还有那喧闹而冰冷的大海，在我于夜间漫步海滩之时，从茫茫黑夜的最深处层层涌向沙滩。

谁清楚自己的所思所愿？谁知道自己对自己的意义？音乐又暗示着多少事情？所幸，事情并非如此。夜唤起多少回忆，我们为之哭泣，尽管它们并不存在！漫长而寂静的海岸线，涌起的波涛拍打着沙滩，发出一阵声响，然后归于宁静。

如果感觉一切，那么我将死去多少回？如果在我们生活的暗夜里，我在海边漫步，我无形的人心如海岸般宁静，万物之海拍打着海岸线，发出响亮而嘲讽的声音，然后归于平静，那么我将有多么深刻的感受！

94. 梦里的风景

我看梦里的风景，和现实中的风景一样普通平凡。倘若我从梦里探身出来，就等于我从实物中探身出来。如果我看见生活擦肩而过，那么我的梦也是实物。

有人在谈论另一个人时说，对他来说，他在梦里见到的人和在现实中见到的人有着一样的身形和本质。尽管我知道为什么有的人也会这样说我，但我不能苟同。就我而言，梦里梦外的人并不相同，他们是彼此平行的。每一种生命——梦里的和现实中的——各有其真实性，且各自正确，却彼此不同，就像距离接近的事物与距离遥远的事物。梦里的人物离我更近，却……

95. 现实的盔甲

真正的贤人可以做到不让外部事件改变自己。为了做到这一点，贤人会给自己披上一件现实的盔甲，这套现实做成的盔甲要比这世上的事实与他更加接近，透过现实的盔甲，把事实进行相应的改造，这之后，贤人便可接触到事实。

96. 清晨

今天我一大早便醒来，这个开始有些突然、有些混乱。我慢慢地从床上爬起来，因为那份费解的烦闷而感到窒息。并非因为梦境而出现这种情形；没有现实能够创造出这种情形。这是一份彻底而绝对的烦闷，不过这份烦闷是建立在实物的基础之上的。我的灵魂之中存在着模糊的深渊，就是在那片土地上，无名军队发动了一场无形的战斗，我为这种隐秘的战斗而颤抖不已。醒来的那一刻我感觉非常恶心，这恶心因生活而生。恐惧感与我一同起床。万物看似极为烦闷。我突然感觉任何问题都没有解决办法，这想法令我不寒而栗。

一份极端的紧张不安令我在做最细小的手势时都在颤抖。我害怕自己会发疯——并非精神病，而是因为身处当下而变得疯狂。我的身体在潜在呐喊。我的心怦怦直跳，仿佛它在啜泣。

我迈着大步，步履凌乱，想要拥有不一样的步伐，到头来只是白忙一场。我赤足走过小房间，斜对着穿过空荡荡的内室，通往门厅的门在内室一角。我摇摇晃晃地走着，一下子撞到了碗橱上的刷子，把椅子撞歪了，而我那来回摇摆的手还碰到了我那英式床铺的坚硬铁柱子。我点上一根烟，开始下意识地抽起来，当我看到烟灰落在床头板上之时——如果我没有倚着床头板，烟灰怎么落在上面——我才了解到，事实上如果不是虚有其名的话，我便是受到了迷惑，抑或类似的感觉；我还了解到，我正常的、日常的自我意识与那深渊纠缠到了一起。

我收到了早晨发来的通知——一道朦胧的发白的蓝光投射到了渐渐显露出来的地平线上——仿佛宇宙给予的香吻。因为这光，这真实的一天，让我得到了解脱——让我摆脱了那未知的限制。它们助我一臂之力，让我了解到了我那尚无从了解的暮年，拥抱我那错漏百出的童年，帮助我那过度紧张的大脑寻找睡眠，而这睡眠正是我渴望之物。

这是一个怎样的早晨啊，让我醒来面对生活的愚蠢，面对生活那伟大的柔情！当下面那条狭窄破旧的街道映入眼帘之际，我的眼泪几乎夺眶而出。当街角杂货店那棕色的肮脏的百叶窗在逐渐明亮的天色中越来越明显之际，我的心变得平静无比，仿佛经由一则现实生活的童话，我的心开始有了保障，不再去感受自身。

这是一个多么苦闷的早晨啊！什么影子在撤退？哪些神秘的事情在发生？什么都没有。第一班有轨电车传出的声响在飘荡，如同火柴照亮了黑暗的灵魂。除此之外，还有最早出来的行人响亮的脚步声，而这些声音便是具体的、实际的，他们用友好的声音让我知道，不要再这样下去了。

97. 写作是为了证明我活着

有些时候，我们会对万物感到厌烦，其中有些往往是带给我们宁静感觉的事物。乏味的事物显然令我们感到厌烦。宁静的事物之所以令我们厌烦，是因为得到这些事物时我们产生了令人厌烦的思想。灵魂的沮丧比焦虑或痛苦更加压抑，我相信只有逃避人类痛苦和焦虑的人才能知晓这样的沮丧，而且这些人手段高明，能避免产生单调与乏味的感觉。如此一来，他们便沦为某种存在，穿上盔甲抵御这个世界。可是，在某些时刻，在他们的自我意识中，这整套盔甲会突然让他们感到苦恼，而生活也变成了另外一种焦虑，一种无法承受的痛苦。

我就处于这样一个时刻，我写下这些文字，仿佛是在证明我此刻至少还活着。一整天我都在半睡半醒的状态下工作，用在梦境中做事的方式来做我的算术题，麻木地从左写到右。一整天我都感到生活把它的重压加在了我的眼睛上，抵触着我的太阳穴——睡意从眼睛中萌生，压力从太阳穴中传出，对这一切的意识积聚在我的胃里，让我恶心、消沉。

活下去，如同一个形而上学式的错误，一个虽然什么都没干却犯下的错误，打击着我。在这一天，我拒绝观察，从而找出什么事物能令我分心，什么事物可以在此刻正在被记录之际，倒满我那毫无所求的自我的空杯子。在这一天，我拒绝观察，肩膀向前倾着，根本不在乎阳光有没有照射到我主观印象里的那条悲伤的街道上。在这条荒芜的街道上，人们制造出的各种声音在来回飘荡。我不在乎任何事，我的胸膛疼痛难耐。我停止工作，并不想要妥协。我看着这沾满污垢的白色吸墨纸，在这张桌面倾斜的旧桌子上摊开，把边角固定住，检查那些被划掉的我在精神集中或精神涣散之际写下的文字。我的签名各有不同，颠三倒四，前后错乱。这里有几个数字，那里有几个数字，到处都是。上面还有一些混乱的草图，是我在出神之际胡乱画下的。我看着这些，仿佛我从没见过吸墨纸似的，就好像一个神魂颠倒的土包子看到了新奇事物一样。这个时候，我的整个大脑处于空白状态。

我感觉到内心更加疲惫不堪了，这早已超出了我的负荷。我无所求，无所好，无处可逃。

98. 我没有过去和未来

我永远生活在现在，不了解未来，也不再拥有过去。未来以各种可能性将我压抑，过去以虚无的现实将我压抑。我既无企盼也不怀旧。既然已知此前的生活是什么样子——往往非我所愿——而未来的生活不同于我的假设和期望，甚至身外之事通过我的意志发生，我还能对之做出什么样的假设？过去的事情没有一件能让我徒劳地幻想再经历一次。我不过是我自己的残余或幻影。我的过去是我未能实现的一切。我甚至丝毫不怀念过去的感觉，因为感觉存在于当前时刻——时间一过，就像书本翻过一页，纵使故事仍在继续，内容也已完全不同。

闹市树木的剪影，水落幽潭的轻声，修剪齐整的碧绿草坪——入夜前的公园，在这一刻，你是我的整个宇宙，因为你是我意识知觉的全部内容。我对生活的要求，不过是想感受到它消逝在这些意料之外的黄昏，消逝在幽暗的街心花园里陌生孩童的嬉戏声中。而上面，高高的树枝之上，群星复又将古老的苍穹点缀。

99. 宁静的不安之夜

如果我们的生活就是永远站在窗前；如果我们可以永远待在那里，像飘浮的烟，同一时刻的黄昏，夕阳永远笼罩着起伏的群山……如果我们可以永远这样，该多好！至少，在不可能的这一边，我们可以继续下去，不必动，不必用苍白的嘴玷污另一个世界！

看，天色渐渐暗下来……绝对的寂静令我满腔愤怒，将苦涩注入我呼吸的空气中。我心生痛楚……一缕烟袅袅升起，在远处消散……不安的烦闷令我不再想你……

我们和世界，以及我们的奥秘，这一切是如此多余！

100. 生活的样子

我们把生活想象成什么样，它就是什么样。农夫认为田地是一切，那田地就是他的帝国。恺撒认为他的帝国仍然太小，那他的帝国便只是他的一块田地。渺小者拥有一个帝国，伟大者只有一块田地。我们真正拥有的只有我们的感觉；一切存在于感觉中，却不被我们感知，而感觉不得不以生活现实为基础。

这和一切都无关。

我做过很多梦，做梦让我很累，但我并不厌倦梦。无人会厌倦做梦，因为梦意味着遗忘，遗忘无关紧要；清醒时刻是无梦的睡眠。我在梦里将一切事情做了个遍。我也曾醒来，但那又如何？我曾多少次成了恺撒啊！而这个伟大的历史人物又是何等地心胸狭窄！一个仁慈的海盗放了恺撒一条生路之后，恺撒下令搜寻这个海盗，然后处以绞刑。拿破仑在圣赫勒拿岛上写下遗愿，将遗产留给一个曾试图行刺威灵顿[1]的普通罪犯。如此伟大的灵魂，并不比眯眼看人的邻家妇人的灵魂好到哪里去。如此伟大的人，并不比另一个世界的厨子好到哪里去。

我曾多少次当过恺撒，但不是真正的恺撒。在梦里我才是真正的国王，这便是为何我在现实中从来什么都不是。我的军队打了败仗，但这场败仗空洞无物，没有伤亡。我的王旗并未倒下。我的梦从未走出过军队，我的王旗从未在我梦中的视野里消失。在这里——道拉多雷斯大街上，我曾多少次当过恺撒。我所成为的恺撒依然活在我的想象中，而真正的恺撒早已死去。现实就是，道拉多雷斯大街早已不认识他。

透过没有阳台的高窗，我将一个空火柴盒从窗台抛向如深渊一般的楼下的街头。我坐在椅子上聆听。显然，犹如意味着什么，空火柴盒掉在街上发出的回响在向我透露着街头的荒寂。除了整个城市的声音，我听不见其他声响。是的，整个城市的人都是这样——很多人，意见不一，而且都是对的。

---

[1] 威灵顿，别名铁公爵，拿破仑战争时期的英军将领，第 21 位英国首相。在滑铁卢战役（1815 年）中打败了拿破仑。——中译者注

现实世界里能支持最完美反思的东西何其之少：我的午餐迟到了，我的火柴用光了，我亲自把火柴盒扔出窗外，我因为吃得太晚而感到不舒服。今天是星期天，一定会有一个糟糕的日落。我在这个世界上什么都不是，一切都是玄学。

但是，我曾多少次成为恺撒!

101. 培育仇恨

我像培育温室的花朵一样培育仇恨行为。我为自己反对生活而自豪。

102. 两面性

一个聪明的主意，若是没有和愚蠢混在一起，是不会被普遍接受的。集体思想之所以愚蠢，是因为它是集体的。不离开自己的边界，任何事物都无法进入集体领域——就像一种通行税——它包含了智识的大部分内容。

在青少年时期，我们具有两面性。我们过人的先天智力和缺乏经验的愚蠢共同存在，形成一种不那么出众的第二智力。而后，这两种智力联结起来。年轻人总是犯错误，不是因为缺乏经验，而是因为两种智力没有联结起来。

如今，一个智力出众的人唯一要做的事情就是放弃。

103. 逊位的美学

遵守意味着服从，征服意味着使被征服者遵守。因此，每一次凯旋都是一种贬损。征服者不可避免地失去了对现状的所有沮丧的标志，而正是现状导致了他的战斗，并带来了胜利。而只有那些顺从者——他们缺乏征服者的心态——才会感到满意。只有从未实现目标的人才去征服。只有永远气馁的人才是强者。最好的、最有王者风范的做法就是逊位。至高无上的帝国属于放弃他人和所有普通生活的帝王，因为王权的存续不会像大量珠宝一样重压于他。

104. 我们在追逐什么

有时候，我从账本上抬起眩晕的头（我的账本里记录着其他人的账目和我可称为我自己缺失的人生），或许更多是由于伏案过久，而非那些账目和我的幻灭所致，我感到一种生理不适。我发现，生活令人不快，像一剂无效的药。当我稍有所感时，如果我真有意志力去做，我可以清晰地描绘出烦闷是多么容易被摆脱。

我们靠行动生活——根据欲望行事。我们中那些不知道如何去追求的人——天才抑或乞丐——和无能脱不了关系。如果我充其量不过是个助理会计，我凭哪点去自称天才呢？当西萨里奥·韦尔德对医生宣布他是诗人西萨里奥·韦尔德，而非办公室职员西萨里奥·韦尔德先生时，他用的不过是妄自尊大、散发着虚荣气味的措辞。他终究不过是可怜的办公室职员西萨里奥·韦尔德先生。诗人诞生于死后，因为只有到那时他才会被当作一个诗人来欣赏。

行动是真正的智慧。我可以成为我想成为的人，但我不得不去追求，无论对象是什么。成功只包含既成现实的成功，并不将潜在的成功纳入其中。任何一块土地都有可能被建上宫殿，但在没建成之前，宫殿在哪里呢？

盲人向我的傲慢投来石子，乞丐将我的幻灭践踏……

“我需要你，只是为了我的梦。”他们用从未寄出的诗句告诉心爱的女人——他们实际上不敢对她们说任何话。这句“我需要你，只是为了我的梦”，是我的一篇旧诗里的一行。我含笑将回忆记录下来，甚至未对微笑做任何评注。

105. 我与世界同在

有许多灵魂，女人们总说她们爱着这样的灵魂，可当她们遇到这些灵魂之际，却根本没能认出来。我便是这样的一个灵魂。她们永远无法认出这些灵魂，虽然她们与我是旧识。我带着蔑视的态度，忍受着我那敏锐的感觉。我拥有浪漫派诗人称颂的所有特质，而即便一个人缺乏这些特质，也会成为一位真正的浪漫主义诗人。我发现，我自己在某种程度上被小说用各种情节描写成了主角，然而我的生活和灵魂的精髓绝不可能是主角的。

我不了解自己，我甚至是一个缺乏自我观念的人。在我的自我意识中，我就是一个流浪者。我内心的大量财富在初相见时便已化为乌有。

唯一的悲剧并非是把我们自身设想为悲剧。我始终清楚地知道，我与这个世界同在。我从未清晰地感觉到，我需要与这个世界同在。这就是我始终不曾正常的原因所在。

行动便是静止不动。

一切问题都无法解决。问题之所以成为问题，核心在于根本没有办法去解决。寻找事实，也就意味着这事实根本不存在。思考，就是不知道该如何行动。

有时候，我在河边的宫殿广场一待就是好几个小时，枉自沉思。我内心的急躁情绪一直在力图让我远离平和，而我的惰性又让我留在原地。肉体麻木，由此可见，就好像风的沙沙声使各种声音复苏，而感官享受亦需要得到召唤。在这样的呆滞状态下，我沉思着，我那模糊的渴望永远无法得到满足，而我那不可能实现的欲望始终变化无常。我可以承受痛苦，而我的痛苦主要来源于此。我与我并不真正需要的事物擦身而过，我痛苦，是因为这并非真正的痛苦。

这个码头，这个下午，还有大海的气味，全都汇聚在我的焦虑之中。虚幻中的牧羊人手执长笛，而此时此刻，因为没有长笛而令我想起长笛，幻影牧羊人的长笛并不比我回想中的长笛更加有魅力。这一刻，我内心波澜不惊，河岸边遥远的田园风光令我痛苦不已……

106. 自我意识

你有可能认为生活就像得了胃病，一个人的灵魂存在就好似肌肉酸痛。精神上荒芜一片，当这种感觉产生之际，身体里的潮水被搅动起来，精神在那里通过代理遭受痛苦。

有一天，我意识到了我自己，这时候，如同诗人所说，我拥有了意识，随之产生的便是疲乏、恶心以及痛苦的渴望。

107. 暴风雨

黑暗的死寂如潮水般袭来，覆盖了马车疾驰时偶尔发出的吱嘎声，覆盖了附近一辆卡车发出的震耳欲聋的轰鸣声，覆盖了不远处天空中荒谬的机械声。

毫无征兆地，磁光再一次向前迸发，忽隐忽现。我的心怦怦直跳，有些喘不过气来。高处的玻璃穹顶碎成一大片一大片的。无情的大雨向地面泼洒，大地上的声音顿时被淹灭。

他（维斯奎兹先生）的脸呈现出一种烂醉后的不自然的绿色。我看着他吃力地呼吸着，心里很清楚，我与他其实没什么不同。

108. 梦使我迷醉

在做完各种梦之后，我睁大眼睛走到大街上去，而梦的光环和舒缓之感仍然将我笼罩。我惊于自己的机械行为，它使我免于被人真正了解。我在过日常生活时，仍然可以拉着我幻想出来的保姆的手。我的脚步与梦中设计出来的复杂难解的脚步完全一致。我朝着正确的方向走去，并未踟蹰不前。我准确地做出反应，我存在着。

然而，在这喘息的时间里，我不必看路以避开车辆或迎面走来的行人，我不必和任何人说话或跨进眼前的门。接着，我像一叶纸舟，再一次漂向梦中的海洋。然后，我回到这渐渐退去的幻觉中，它曾将我清晨的朦胧意识包裹，此刻融入蔬菜车驶过的声音里。

那么，在喧嚣的生活之中，我的梦变成一部不可思议的影片。我沿着幻想中的市区街道走着。并不存在的生命，以它的真实，用一道虚假记忆的白布深情地蒙上我的头。我是一个航海家，在陌生的自我中航行。我战胜了一切不曾战胜的事物。我漫步在这种困倦里，朝着一切不可能勇往直前，恍若自己是一缕清风。

每个人都有让他迷醉的事物。存在足以让我迷醉。感觉让我迷醉。我漫步下去，一直往前走。倘若到了上班时间，我像其他人一样出现在办公室。倘若不是上班时间，我像其他人一样去河边看风景。我并非与众不同。而在这之外，我暗暗地将群星撒向我的天空，在那里创造我的无限可能。

109. 解救幻灭

如今的人，除非有人在道德上是个矮子，智力水平又很低下，否则在陷入爱情里的时候，每个人都会带着浪漫之爱去爱人。对于无知之人，可把浪漫之爱比作一套由灵魂或想象裁剪而成的衣裳，在人们恰巧遇到了浪漫之爱，而又认为其合适时，便可将其穿在身上。

然而，每件衣裳不可能永恒存在，都有一定的寿命。很快，理想这件衣裳磨损了，衣服下面的人体便暴露在外。

浪漫之爱因此便成了一条通往幻灭的路，除非人们从一开始便接受这幻灭，并一心想要改变理想，不停地在心灵的工厂里缝制新的衣裳，从而不停地更新穿衣之人的外表。

110. 我们爱过谁

我们从未爱过什么人。我们的所爱不过是某人的理想化身。我们爱的是我们自己的观念，即我们的自我。

这一点适用于爱的全部范围。在性爱中，我们通过另一个人的身体，寻找自己的愉悦。在无关性的爱中，我们通过自己的观念，寻找自己的愉悦。但事实上，从逻辑上说，他是完美的爱的逻辑表达者。他是唯一不会伪装和欺骗自己的人。

一个灵魂和另一个灵魂之间的关系，通过诸如共同的语言和辅助的手势等不确定和多变的事物来表达，是异常复杂的。遇见其实是非遇见。两个人在说"我爱你"或双方都这么想、这么感觉时，各自有着不同的想法、不同的生活，甚至可能在全部抽象的印象里有着不同的色彩或芳香，这种抽象印象构成了这个灵魂的活动。

今天的我是透明的，仿佛并不存在。我的思绪如骷髅般裸露，没有表达幻想的血肉之躯。这些我起先构思然后放弃的想法，是凭空而来的——至少并非出自我意识里的潜意识。这些想法或许是关于那个销售代表对他女友失望的事情的；或许是我从罗曼蒂克故事里读到的一句话，故事印在本地报纸上，是从外国报纸上翻译过来的；或许只是一种隐隐的不适，但并非是某种生理不适。

评论维吉尔[1]的诗的人错了。理解是最令我们厌倦的事情。生活意味着不要思考。

111. 观察悲剧

爱情开始后的两三天……

对于唯美主义者而言，初相恋的价值在于其制造出来的感觉。更进一步，便会进入嫉妒、痛苦与焦虑的领域。这间情感接待室里充满了爱情的甜蜜——快乐的提示比比皆是，而且充满了激情——这情感并不深切。这意味着放弃了这壮美的爱情悲剧。我们必须记住，对唯美主义者来说，观察悲剧是一件有趣的事，但体验起来就毫无乐趣可言了。在生活中耕耘，便会阻碍想象的延伸。统治者必定是无情和不同寻常的。

这种理论无疑会让我满意，如果我能说服自己，其并非本来面目：纷繁复杂的话，充斥在我的智慧的耳边，让我忘记自己内心是个胆小鬼，对生活没有一点天资。

[1]维吉尔，古罗马诗人，著有长诗《牧歌》《农事诗》、史诗《埃涅阿斯纪》。——中译者注

112. 人造美学

生活阻碍了我对生活的表达。即使我真正经历过一场伟大的爱情，也永远无法将它描述出来。

我甚至不知道，我用这些不着边际的纸页向你展现的我是否真的存在，抑或只是我用自己创造出的美学假象。是的，的确如此。从美学上说，我作为另一个人而存在。我用不属于我的材料，像雕刻一尊雕像一样雕出我的生活。我用一种如此纯粹的艺术方式去运用自我意识，使我彻底成为陌生人，以至于有时候我并不认识我自己。在这不真实的背后，我究竟是谁？我不得而知。我一定是某人。如果我逃避生活、逃避行动、逃避感觉，那么相信我，我只是不想去破坏我为自己虚构的个性轮廓。我想与自己想象的样子分毫不差，但事与愿违。如果我活着，我就会被毁灭。我想成为艺术品，尽管肉体无能为力，但至少在灵魂中理当如此。这便是为什么我在寂静、孤独中雕刻自己，然后将我自己放进温室，与新鲜空气和直射光隔绝开来——在这里，人造自我的荒谬之花才能静静地绽放它的美丽。

有时我在默想，如果我能将所有的梦穿成一段连续的生活，整天想象遇到创造出来的人，我可以在这段虚假的生活里经历苦乐，那该有多好！在那里，不幸偶尔会降临，但我也会经历极大的欢愉。关于生活的一切都是假的，但都符合最高逻辑。一切都随着虚假感官的脉搏跳动，发生在我用心灵建造的城市里，一直延伸到一个安静海湾的码头，在我内心深处，在远处——这一切是如此生动和不可避免，就像在外在生活里，但在审美上远离太阳。

113. 模糊的个体

让我们按照一种别人看来神秘莫测的方式去安排我们的生活，这样，那些离我们最近的人，即使他们再靠近一步，也无法了解我们。这就是我塑造生活的方式，我几乎没有经过思考，而是凭着许多本能的艺术做到这一点的。我变成一个完全模糊的个体，甚至对我自己而言也是如此。

114. 写作就是遗忘

写作就是遗忘。文学是忽略生活的最佳办法。音乐使人平静，视觉艺术使人快乐，现场艺术（如戏剧和舞蹈）给人欢愉。文学从生活中淡出，把生活转入一种睡眠状态。其他艺术则不会如此——因为有些艺术需要使用视觉和必不可少的公式，有些艺术则本身就与人类生活隔绝开来。

文学则不是如此。文学模仿生活。小说是从未发生过的故事，而戏剧是缺乏叙述的小说。诗歌是用从未被用过的语言来表达思想或感觉，因为没有人用诗语交谈。

115. 学会表达

大多数人苦于不能去表达他们的所见或所思。他们说，没有什么比用语言给螺旋下定义更困难的了。他们要求用手来比画，这样显得比较自然。手平稳快速地向上转动，这样我们的眼睛就会看到一个体现在钢丝弹簧里的抽象形象。螺旋是一种不断上升的圆圈，不会闭合。我发现，大多数人永远也不敢用这种方式去定义它，因为他们认为下定义就是用别人期望的方式去表达，而不是用定义本身要求的方式去表达。更准确地说，螺旋是一种潜在的圆圈，它旋转上升，是一个永远也画不完整的圆。不过，这个定义仍然抽象。我要采用具体的概念，一切就会变得清晰起来：螺旋就像不是蛇的蛇，垂直缠绕着虚无。

所有的文学作品都试图使生活变得真实。众所周知，即使我们不知道自己在做什么，生活仍然通过一种直接、真实的形式表现出绝对的不真实。乡村、城市和我们的观念不过是完全虚构的事物，是复杂的自我感觉的产物。我们的观感不可言传，除非用文学手段来展现。孩子们尤其富有文学性，因为他们说出的是自己的感受，而不是别人教给他们的感受。有一次，我听见一个孩子说他的眼泪就要流出来了，他没有说“我想哭”。大人，也就是傻瓜才会这么说，而这个孩子却说“我感觉到了眼泪”。这句话多么有文采，像是受到了著名诗人的影响，如果这个诗人能想出这句话的话。它明确表明了温热的眼泪几乎就要夺眶而出，我们能体会到这种液体的酸涩感。“我感觉到了眼泪”，那个孩子恰到好处地给他的螺旋做出了定义。

去表达！学会如何去表达！学会如何通过书面表达和语境而存在！这就是生活中最重要的东西，剩下的就是男人和女人，想象中的爱情和矫饰浮华，领悟和被疏忽的伎俩，蠕动的人类——就像被毫无意义的蓝天这块抽象的巨石压着的蠕虫。

116. 我的作品

我为什么要担心没有人读我的作品？我写作是为了遗忘生活，而我将作品出版不过是遵循其中的一条游戏规则。如果明天我的作品全部丢失，我会觉得难过，但我怀疑，我不会像人们预想的那样（因为我的作品是我倾其一生所写的），难过至极，甚至到发狂的地步。一个母亲在失去儿子后大笑一场，几个月后就会恢复正常。现实难道不是这样吗？关怀山川的大地也会以一种不那么慈爱的方式来照料我所写的书页。一切无关紧要。我相信，在生活中，有些人倘若期望获得孩子入睡后的平静，就会对不肯睡的孩子失去耐心。

117. 意识的意识

读亚米亥日记中的引喻文字总是令我失望，因为他的日记已经出版成书。这就是他的失败之处。如果他不出版该多好！

亚米亥的日记总是让我由于个人原因而感到痛苦。在他的日记里，当我读到埃蒙德·谢里[1]所说的那句话，也就是把思考的结果看成是“意识的意识”时，

[1] 埃蒙德·谢里（1815—1889），著名的法国文学评论家。他是亚米亥的朋友，曾为后者死后出版的《内心日记片段》作序。对于这段话的含义，佩索阿的理解并不准确。据这篇日记记载，谢里在一段对话中说“智识是一种意识”，事实上，这句话是亚米亥说的。——英译者注

我觉得这句话可以作为对我心灵的一个直接引注。

118. 消极抵抗

当人们面对其他人的痛苦与不适时，模糊且几乎无法称量的怨恨就会让每一颗人类的心感到快乐。而这怨恨早已转化成了我的痛苦，深深扎根在我心里，以便我可以在感觉到荒谬和可鄙时真正得到愉悦，仿佛别人到了我的地盘上。因为感情发生了奇异与荒诞的变化，所以当我面对其他人的痛苦和尴尬时，并没有感觉到恶毒的快乐与人性的欢愉。在其他人陷入困境之际，我没有感到悲伤，而是感受到了一种审美上的不适和一种错综复杂的恼怒。这并非出于同情，而是因为任何看上去很可笑的人在他人眼中都是如此。当有些人被其他人嘲笑的时候，我就会非常愤怒；看到人类没有权利以牺牲他人为代价而取笑他人，人类却这样做了时，我就会苦恼不已。我不在乎其他人是不是会嘲笑我，因为我有一个优势，那便是对于外在世界始终有一种穿盔戴甲的蔑视的态度。

我用高高的铁格栅把我的生命花园围绕起来——比任何石墙都要威风——如此一来，我就能十分清晰地看到其他人，同时还可以把他们关在外面，让他们和别人一样留在自己的地盘上。

探索方法而不去行动，便是我生活中最在乎的事情。

我拒绝向国家或人类屈服；我消极地抵抗着。这个国家只需要我采取某种行动。只要我做到无为，它便不能从我这里得到好处。自从死刑被废止之后，它能采取的最厉害的手段无非就是让我痛苦。当它的报复来临之际，我必将给我的灵魂穿上更坚实的盔甲，更深层次地生活在我的梦境之中。然而那报复从未来临。这个国家从未给我找一点麻烦。这似乎是命运对我格外照顾。

119. 我向往安定

如同每个人都被赋予了精神上的巨大流动性一样，我对安定有着一份不可改变的、发自内心的爱。我痛恨全新的生活方式以及陌生的地方。

120. 为什么要去旅行

去旅行的主意令我反胃。

我已见过我从未见过的东西。

我已见过我还没见过的东西。

永远新奇的单调，发现的单调——我们在事物和思想中看到的似是而非的差异的背后——一切却有着惊人的相同之处。完全一样的庙宇和教堂，完全一样的小屋和城堡，身穿黄袍的国王有着完全一样的身体结构和赤裸裸的暴虐本性，生活与其本身永恒协调，一切生命的停滞仅仅是因为它们在运动……所有这一切受到了无法改变的诅咒。

风景与风景互相重复。在一列简陋的火车上，我的目光在风景与书之间移动，我焦躁不安、心不在焉。如果我是别人，这些书或许能打发时间。生活让我感到隐隐的反胃，而任何活动都会加重这种反胃。

唯有不存在的风景和从未读过的书才不那么烦闷。生活对我而言，是一种从未侵袭大脑的睡意。我是自由的，以至于我能够感到悲伤。

啊，让那些不存在的事物去旅行吧！对那些什么都不是的人而言，生活就像河流一样，永不休止地前行。但对那些时刻警觉、可想可感的人而言，在火车、汽车和轮船上，虽然是坐着，却仍在动，这样的可怕情形使他们无法入睡或睡到自然醒。

任何一次旅行，哪怕是一次简短的旅行结束，我都仿佛从缤纷的梦境中醒来——我处在迷乱恍惚中，各种感觉涌来，我迷醉在我的所见之中。

我无法休憩，因为我的灵魂并不好。我无法活动，因为我的肉体和灵魂之间有些不对劲。我缺乏的不是活动，而恰恰是活动欲。

我常常想跨过那条河流——从宫殿广场到卡西利亚什不过10分钟路程。我常常被如此多的人、被我自己、被我的意图吓到。我偶尔一两次去旅行，一路上紧张不安。只有当我回来，脚踩在土地上，我才能享受。

当人的精神过于紧张时，塔古斯河就如同无边无际的大西洋，卡西利亚什就是另一个大陆，甚至是另一个宇宙。

121. 解脱和力量

我对每个人都很好奇，渴望一切，渴望所有的想法。我意识到并不是所有的东西都能看到，并不是所有的东西都能读到，也并不是所有的想法都能折磨我，好像我失去了……

但是我不能全神贯注地看东西，不能很仔细地阅读，也不能连续地思考。我对任何事情都是一个热情而又无足轻重的业余爱好者。我的灵魂太虚弱了，无法承受自己热情的力量。我由未完成的废墟组成，我是一片让人无奈的景观。

当我集中精力时，我就会走神；我身上的一切都是装饰，都是朦胧的，就像在雾霭中举行的一场盛大的庆典。

期待已久的塞巴斯蒂安国王在一个雾蒙蒙的早晨回归了，这符合历史。所有的历史都在迷雾中来来去去，有记载的最伟大的战斗、最壮丽的场面和最深远的成就只不过是在雾霭中举行的一场盛大的庆典，是在黄昏和终被毁灭的远方举行的游行。

我的灵魂是有表现力的，也是实质性的。要么我作为一个社会性动物在非存在中停滞不前，要么我醒来。如果我醒来，我会把自己投射到文字中，仿佛它们就是我的刚刚睁开的眼睛。如果我思考，这个想法就会以清晰而有节奏的句子跃入我的脑海，而我永远也说不清，是在说出之前我就思考了这个想法，还是在意识到自己刚刚说了之后才思考的。如果我注意到自己在做梦，文字就会立刻涌入我的脑海。在我心中，每一种情感都是一幅图画，每一个梦想都是一幅带音乐的画。我写的东西可能不好，但比起我的所思所想，我写的东西具有更多我本人的元素。所以，我有时认为……

我的一生都在讲述着我自己，而当我一俯下身去，我那最微小的沉闷就被磁力吸引，在五颜六色的音乐深渊中，绽放出花朵。

这是一种肉欲的倾向，想把每一种思想当成一种表达方式来思考，或者更确切地说，把每一种思想都转化为一种表达，把每一种情感都看作具有色彩和形状，甚至把每一种否定都看作是一种节奏……

我写得很有表现力；我甚至不知道我的感受。一半的我困了，另一半却毫无感觉。

当我真正了解自己的时候，我就是女人……

庄严黄昏的鸦片，在黑暗中伸出的奇迹，当手从碎片中缩回……

有时，集中的图像流和正确的词语在我混乱的脑海中展开，它们是如此强烈、如此迅速、如此丰富，以至于我狂怒、扭动、哭泣——因为我失去了它们。每个人都有属于自己的那一刻，在那一刻之外谁也记不住。就像情人怀念爱人的脸，他瞥见过那张脸，但没有记住。我只记得最近的事，我向往事的深渊探过身去，一个个画面和想法闪过，还有在雾霭中死亡的人物，而他们就是在雾霭中形成的。

流体、心不在焉、无关紧要，我迷失在自己无法触及的地方，仿佛我在虚无中被淹没了。我成了交易的对象，说出这个词后闭嘴，就包含了一切。

一个词的节奏，它所唤起的意象，它所代表的思想，这些在每个词中都是必然联系在一起的。对我来说，这些都与超然相联系。只要想一个词，我就能理解三位一体的概念。我想到“数不胜数”这个词。之所以选择它作为例子，是因为它抽象而不常见。但是，如果我在我的生命中听到它，就像巨大的波浪在无边无际的海洋中不停地翻滚，发出巨响。它们变成了微微发光的天空，发着微光的不是星星，而是所有充满音乐节奏的波浪。一种无限延伸的想法在我心中出现，就像一面旗帜，上面布满了星星，发出海洋的声音——所有的星星都倒映在海面上。

122. 去远航就已足够

冷漠或诸如此类。

每一个有价值的灵魂都渴望过极致生活。只满足于自己所得的是奴隶。有无限渴望的是孩童。有无限征服欲的是狂人，因为每一次征服都是……

极致生活意味着最大限度地过自己想要的生活，那么，通过三种方式可以去实现，选择其中的哪一种取决于那个杰出的灵魂。实现极致生活的其中一种方式是最大限度地支配生活，透过一切体验感受、一切形式的外部化能量去进行尤利西斯一样的旅行。然而，在任何时代，很少有人能够带着一切疲倦的总和闭上眼睛，完全地拥有一切。

诚然，很少有人能够让生活的灵与肉完全屈服于他们，使他们对爱情深信不疑，以至于嫉妒思想不存在。不过，这毫无疑问是一切杰出的、意志坚强的灵魂的欲念。然而，当这个灵魂意识到永远不可能实现这样的壮举，因为他缺乏征服这个整体的力量时，那么，他还有其他两条路可以走。其中一条路就是完全放弃，正式地、彻底地弃权，借此转入感觉领域，不管在活动领域和能量领域是否能够完全拥有。与其像那些可有可无的泛泛之辈一样有始无终、不够完美或徒劳一场，还不如保持高贵的无为姿态。另一条路就是达到完美的平衡，寻找达到绝对均衡的界限，对极致的渴望从针对意志和情感转变成针对智力。人的整个雄心壮志不再是去经历或感受一切生活，而是去组织一切生活，达到智力的协调与平衡。

高贵的灵魂通常是渴望去理解而不是行动，而这种渴望从属于感觉领域。用智力替代能量，打破意志和情感的联系，剥去物质生活中任何兴趣的姿态——如果这些得到实现，就会比生活本身更有价值。对生活而言，获得一切何其之难，而仅仅获得部分又是何其令人伤心。

阿尔戈英雄[1]说，生活并不重要，仅仅去扬帆远航就已足够。我们，具有病态情感的阿尔戈英雄，最好说，没有必要活着，只需要感受。

123. 冒险家的缔造者

主啊，你的船的航程，并不比我的思想在这本书里创造的航程更伟大。那些船绕行的海峡，看到的远方的海滩，都无法堪比我用想象力绕行的海峡，以及用我的……所登陆的海滩，就算再有胆量的人也不敢去，而犹豫不决的人只可能在梦中见到这些地方。

上帝啊，感谢你的积极，因此这个真实的世界才得以呈现人前。而思想的世界得以发现，则要归功于我。

冒险家努力对抗邪魔鬼怪和惊惧恐怖。在我的思想航行中，我也需要对付我的邪魔鬼怪和惊惧恐怖。在通往万物深处那抽象深邃的路上，存在着很多世上之人无法想象的恐怖之物，还有人类经验不得而知的恐惧。在普通的大海上向未知的地方航行，也许比在抽象的世界里通往虚空的道路更有人情味。

离开了生于此的土壤，从通往家园的小径上被驱逐出去，永恒远离同化的宁静生活……你的密使终于到来了，而此时此刻，你的生命已经结束，你置身于如海洋般浩瀚的尘世的尽头。它们真真正正地看到了全新的天空、全新的大地。

我远离了通往自我的道路，对于我所热爱的生活的幻象，我视而不见……我终于到达了万事万物的空虚尽头，到达了天地万物不可估量的边缘，到达了这尘世抽象深邃的虚无之门。

上帝啊，我已经进入了那扇门。上帝啊，我在那片大海之上到处漂荡。上帝啊，我看到了那个无影无形的深渊。

---

[1] 在希腊神话中，阿尔戈英雄是一伙在特洛伊战争之前出现的英雄。他们伴随伊阿宋乘阿尔戈号到科尔基思（今天的乔治亚）去寻找金羊毛。阿尔戈英雄的字面意思是“阿尔戈号的船员”。有时他们也被称为“米尼安人”，即该地区的史前部落。——英译者注

我把这篇关于至高无上的发现之旅的文章献给你，以纪念你的葡萄牙语名字——冒险家的缔造者。

124. 我的停滞期

我正经历着停滞期。我日复一日地写明信片以回应收到的急信，所有人都是这样。我可以无限期地推迟容易做且有用的事情，或者有用且令人愉悦的事情，没人会这样。我的自我误解中还有更多微妙之处。我的整个灵魂停滞了。我的意志、情感和思想停止活动，而这种暂停持续了数日。我唯有用灵魂的有机生命——语言、姿态和习惯——向别人表达自己，以及向自己表达自己。

在这些阴暗的日子里，我不能思考、感受或产生愿望。我除了数字和涂鸦之外什么也写不出来。我不能感觉，而我所爱之人的死亡对我而言就像是用外语进行的事情。我无能为力，就像我已入睡，我的姿势、语言和从容举动不过是一种外部呼吸，一些生物体的有规律的本能。

于是，日子一天天地流逝，如果我将它们全部加起来，谁知道我的生命会有多少个日子！有时候我忽然想到，当我脱掉这件停滞状态的外衣时，或许我不像我预想的那样裸露，或许还存在一些无形的外衣，将我真正灵魂的永久性缺失掩盖住。我突然想到，思考、感觉和欲望也可能是停滞不前的，处于一种更亲密的思考、一种更属于我自己的感觉的边缘，是一种迷失在真正自我的迷宫中的意志。

无论真理如何，我都会听其安排。对诸神，我都会听任运气或机会的安排，忠实于已被遗忘的誓言，放弃本我。

125. 我没有抱怨

我不会愤世嫉俗，因为愤世嫉俗属于强者；我不会放弃，因为放弃属于高贵的人；我不会缄默不言，因为缄默不言属于伟人。我不强大，不高贵，不伟大。

我受难，我做梦。我因弱小而抱怨。既然是艺术家，我就使我的抱怨变得悦耳动听，去做我认为美丽的梦，借此娱乐自己。

我叹惋自己不是孩子，否则我便可以相信梦。我叹惋自己不是疯子，否则我便可以阻止周围的人接近我的心灵……

我把梦看作现实，又过于认真地活在梦里，使这梦里生活的虚幻玫瑰长出了刺。因为我看见了梦的缺陷，于是，连做梦也无法让我高兴了。

即使在我的窗户上画上五彩缤纷的梦，我也无法阻挡外面生活的噪声。我注视着生活，生活对此则并不在意。

悲观主义的创立者是幸福的！除了为自己创造了某种东西而感到满足，他们还会为自己所解释的感到高兴，并将自己纳入普遍的痛苦之中。

我不抱怨世界。我不以宇宙的名义抗议。我不是一个悲观主义者。我受难，我抱怨。但我不知道受难是否属于正常，也不知道是否人类都要受难。我何必要知道呢？

我不知道我受的难是不是我所应受的（被追猎的鹿）。

我不是一个悲观主义者。我悲哀。

126. 不被理解的好处

我总是拒绝被人理解。我宁可被人们严重误解，以使自己不被人了解，保持着自然性和应有的尊严。

没有什么事情比让办公室里的同事们发现我的怪异更让我恼怒的了。他们根本没有发现我的怪异，我陶醉在这样的讽刺里。我喜欢他们视我为同类这样的惩罚。我喜欢他们不再视我为异类这样的惩罚。比起那些有记载的圣徒和隐士的殉难，还存在更微不足道的殉难。我们的精神意识所受的苦难和肉体、欲望所受的苦难并无什么不同，前者和后者一样，都存在一种感官享受……

127. 一道闪电

小杂役正在昏暗、冷清、巨大的办公室里捆扎一天的包裹。“真是个晴天霹雳！”那个暴虐的恶棍自言自语道。他大声说着“早上好”，我的心再次跳了一下。惊雷过后，是一阵暂缓的喘息。

带着什么样的宽慰——一道闪电，一阵停顿，一声惊雷——这些时远时近的雷声将我们抚慰。上苍停止咆哮。我的肺部沉重地呼吸。我意识到办公室里太过沉闷。我注意到除了那个勤杂工外，办公室里还有其他人，他们都沉默不语。我听到一种清脆而颤抖的声音，那是莫雷拉在查账时突然翻动又大又厚的总账所发出的声音。

128. 想象我的命运

我经常在想，如果我在财富的庇护下免受命运之风的侵袭，如果我从未被我叔叔的本分之手带到里斯本的这间办公室，如果我没有被调到其他办公室，获得助理会计员这样一个卑微的职位（这个工作就像让我能勉强活下去的一点午休和一点工资一样），那么我会变成什么样的人呢?

我知道，如果这些想象中的过去存在，那么此刻我便不能写下这些纸页。比起那些在更好的环境下我只会在梦里写下的纸页，这些纸页至少会好得多。因为平庸是智慧的表现形式，而现实——特别是当现实是乏味的和未经加工的时候——便成为一种对心灵的自然填补。

我之所以能够思考和感觉，很大一部分得益于会计这份工作，正如对内容完全相同的工作的一种否定和逃避。

如果我不得不在一份问卷的空白处填写对我的智力发展有着文学影响的主要人物，我会直接写上西萨里奥·韦尔德的名字，但我还会写上维斯奎兹先生、主管会计莫雷拉、地方销售代表维埃拉和小杂役安东尼奥的名字。而在他们的重要地址栏上，我会用大写字母写上“里斯本”。

事实上，不仅是韦尔德，我的同事们也成了我世界观的校正系数。我认为被工程师应用于数学运算中的“校正系数”（对于它的准确定义我明显不知）同样可被应用于生活中。如果这个词是这个意思，那么生活就是这个样子；如果这个词不是这个意思，那么就让我们把它想象成蹩脚的暗喻。

我尽我所能地将我的生活到底是什么想了个透彻，我将生活看成是五颜六色的琐碎物品——一块巧克力包装纸或一支雪茄烟的标牌纸环——清洁女工熟练地将它们从肮脏的桌布上扫入清扫盘（声音清脆入耳），混入现实的面包屑和面包皮当中。我的生活和这些清扫盘里的琐碎物品有着同样的命运。在清洁女工洗刷物品的上空，诸神继续着他们的高谈阔论，对这些尘世间的家务琐事漠不关心。

是的，如果我富有，受到庇护，穿戴整洁、衣着华丽，我就不会有机会见到漂亮纸片被混入面包屑中。我将幸运地留在托盘之中——不，谢谢——然后，我被送回到餐具柜，直到变老变旧。一旦我的有用部分被食用后，我将与那些碎屑一起被抛进垃圾箱。我不知道紧接着会在什么样的星光下发生什么样的事情，但有些事情——不可避免地——会发生。

129. 便笺

由于我无事可做，且没有想做的事情，我准备在这页纸上写下我的理想：

用维埃拉的风格表达马拉美的情感；用贺拉斯的身体做魏尔伦的梦；做月色里的荷马。

用一切方式去感受一切；能够用感情去思考，用思想去感受；除了通过想象，不要有太多的欲求；带着高傲的态度去受难；仔细观察，以便写得准确，通过交际手段和掩饰来了解自己；把自己驯化为不同的人，并拥有所有必要的证件……简而言之，用尽一切内在感知能力，层层剥开，直至发现上帝，然后重新将一切包裹起来放进橱窗，就像我此刻看见的那个推销员在摆弄的一小盒新鞋油一样。

这些理想，可能或不可能，到此为止。现在，我面对的现实不是推销员（我看不见他），而是他的手，一个有家有宿命的灵魂的可笑触手，像没有网的蜘蛛一样扭动着，将鞋油盒子放进橱窗。一个盒子掉了下去，就像我们所有人的命运。

130. 虚假与现实

我对世界的奇异景观和事物千变万化的状态思考越多，就越发对万物与生俱来的虚假和现实所展现出来的伪价值深信不疑。在这样的思考下（一切有思想的人都会时不时地做这样的思考），丰富多彩的传统思想和风格组成的队伍，复杂多样的文明与进步之路，帝国及其文化的大暴动——所有这一切像神话和杜撰的故事一样打动着我，在阴影和废墟里似幻似真。但我不确定，所有这些死气沉沉的意图所含有的至高决心——即便被实现也是死气沉沉的——是否依存于佛陀的他世超脱。佛陀深谙四大皆空之理，他心无杂念地说："我已知应知。"抑或如君王塞维鲁的厌世冷漠之说："曾经一切皆是空——我就是一切，一切都不值得。"

131. 一无所求

……这个世界——就是本能力量的粪堆，虽然如此，但可在阳光下闪闪发亮，那深深浅浅的金色带着苍白的光影。

这就是我眼中的这个世界，瘟疫、暴风和战争都是这股莽撞力量的产物，时而通过无意识的微生物作怪，时而通过无意识的水与雷电搞鬼，时而通过无意识的人类兴风作浪。万物体内都住着一个怪物，因为其自身的好与坏，会产生影响，比如山顶上一块石头的位置变化，或者人心中嫉妒或贪婪的旋涡，都会产生影响——石头滚落下来，砸死了人；贪婪或嫉妒促使人们扬起手臂，把人杀死。

神秘主义者发现，否定构成万物本质的残忍冷漠，最好的办法就是放弃。拒绝这个世界，转身背对这个世界，就像我们突然发现自己站在沼泽边缘时转身一样。像佛陀一样，否定这个世界的绝对现实；像基督一样，否定这个世界的相对现实；拒绝……

我对生活的唯一要求便是请它不要对我有所求。在那个我从不曾拥有的度假小屋的门口，我坐在那从未照射下来的阳光下，享受着已经厌倦了的现实中那未来才会到来的老年时光（真高兴我现在还年轻）。还活着，便是对生活之中的可怜人的莫大奖赏，因为这意味着希望……

……我只在我没有做梦之际才会对梦境感到满意，只在我梦想远离这个世界的时候才会对这个世界感到满意。一个来回摆动的钟摆，永远移动着，却永远到不了任何地方。它始终位于正中央，而且无法停止那毫无价值的运动，永恒受控于这双重宿命……

132. 同一

我寻找自我，却遍寻不获。我这一生仿如菊花，整齐地排列在花盆里。上帝把我的灵魂创造成了一个装饰物。

我不知道是什么过于华而不实和精挑细选的细节给我的性情下了定义。如果我爱那观赏植物，那必定是因为我感觉它与我的灵魂本质具有同一性。

133. 神圣的叹惋

最简单的事，那些真正最简单的事，当我依靠它们，它们就变复杂了。我有时候甚至不敢对人说“早安”。我的声音卡在喉咙里，在我大声说出这些句子时，声音里透着一种怪异的厚颜无耻。这是一种关乎存在的神经质——我对此无能为力！

我常常对感觉做出分析，这种分析产生出一种新的感觉方式。这种方式对那些通过智力而非感觉做出分析的人来说似乎有些不真实。

我的生活充斥着形而上学的肤浅，我认真对待插科打诨。我从未认真做过什么事情，尽管我很想认真做。充满恶作剧的命运与我同乐。

让我们拥有由印花棉布、丝绸或锦缎织成的感觉！让我们拥有能够像这样被描述出来的感觉！让我们拥有可被描述的感觉！

在我的灵魂深处，我为每一件事都感到一种神圣的遗憾，为所有的梦都感到一种哽咽的悲哀——这是做梦的人的肉体受到了谴责。我怀着没有恨意的怨恨，去恨所有写诗的诗人，所有试图实现自己理想的理想主义者，以及所有实现自己理想的人。

我在寂静的街头信步而行，一直走到身心俱疲，悲伤到几乎都要想起旧时常常遭遇的那些不幸。我带着一种不可名状的、可用来谱曲的母性的慈悲来自怨自艾。

睡觉！去睡觉！平静下来！成为一种抽象意识，这种意识里只有静静的呼吸声，没有世界，没有苍天，没有灵魂——只有一片情感的死海，看不到一颗星辰！

134. 负担

感觉，给我徒增负担！不得不去感觉，给我徒增负担！

135. 虚假情感

我的情感过于敏感，或者也许仅仅是感情的表现，或者，更准确地说，是介于感情和理智之间的，而且，由于我想要表达，这种理智形成了一种虚构的情感，它的存在就是为了被表达出来。（也许只是我身上的眼镜，让我看清了我不是谁。）

136. 感觉的学问

有一种学问是后天获得的知识，这种学问是狭义的概念。也有一种建立在理解上的学问，我们称其为“文化”。然而，还有一种关于感觉的学问。

这种关于感觉的学问与人的生活经验毫无关系。生活经验就像历史，不能给我们什么教益。真正的生活经验来自我们限制自己与现实的接触，同时增加对这种接触的分析。用这种方式，我们的感受变得更开阔、更深刻，因为一切已内化于我们——我们需要去做的就是把这一切找出来。

什么是旅行？旅行有何益处？任何落日都只是落日，你不必非要去君士坦丁堡看落日。旅行能带来自由感？我可以从里斯本出发去本菲卡[1]来获得自由感，而这种自由感甚至要多过人们从里斯本去中国体会到的自由感。如果心中没有自由感，那么无论去何处都没有用。“任何一条道路，”卡莱尔说，“通向N市的任何一条道路，都可以把你引向世界的终点。”但是通向N市的道路，如果径直通向世界的终点，同样可以引导我们返回N市。这就意味着，作为我们的起点的N市，也是我们打算去寻找的世界终点。

孔狄亚克[2]在一本著作中一开始就写道：“无论我们爬得多高或跌得多深，都逃不出自己的感觉。”我们无法脱离自己而去，我们无法成为其他人，除非我们积极地、生动地去想象自己是其他人。我们是真实景观的创造者和上帝。无论如何，它们在我们眼中的真实模样就是我们所创造的模样。世界上的任何地方，我既无兴趣去看，也不曾真正去看过。我在属于我的界外之地游历。

有些人环游了四大洋，却只是走出了自己的烦闷。我横跨的大洋比任何人都要多；我见过的高山要多于地球上已有的高山；我途经的城市要多于现存的城市。放眼望去，我渡过的壮丽河水在不存在的世界里奔流不息。如果我去旅行，我只能找到一些蹩脚的复制品，是对我无须旅行就已看见的东西的复制。

---

[1] 本菲卡曾是边远郊区，现已完全整合为与里斯本相邻的城市。——英译者注

[2] 孔狄亚克（1715—1780），18世纪法国哲学的重要代表之一，对洛克经验论在法国的传播起了极其重要的作用。——英译者注

其他旅行者像无名的外国人一样去那些国家旅游。而我到那些国家时，不仅能感受到那些无名旅行者才会有的神秘快乐，还能看到统治那里的国王，看到生活在那里的人民，体验他们的习俗，了解那个国家及其周边国家的全部历史。我所见到的每一处景观和每一幢房屋，都是上帝用我想象的材料创造出来的，而它们就是我。

放弃是一种解脱。无欲是一种力量。

我可以前往东方，去追求财富，而不是追求灵魂的财富。因为我就是我灵魂的财富，无论有没有东方，我都在我所在的地方。

旅行是那些不懂得感受的人做的事情。这便是为何游记总是和见闻札记一样不能令人满意。游记的作者有多大想象力，他的作品就有多大价值。有了想象力，作者便可以轻而易举地详细而逼真地描述他想象的场景——乃至描写每一面小三角旗——来吸引我们，而且也就不必详尽地描述他自认为看到的风景。我们都是近视眼，而我们的内心却不是。只有我们的梦我们才能看得清楚。

从根本上说，我们的世俗经验只包含两种特性：普遍性和特殊性。描述普遍性就是描述一切人类心灵和人类体验的共性——白昼与黑夜在广阔的天空交替呈现；一切奔流不息的大河都有着同样清澈和纯净的河水；碧波万顷的大海深处有着某种至高无上的威严；田野、房屋、四季、面容、身姿；服饰与微笑；爱情与战争；有限与无限的诸神；虚无缥缈的夜，世界之源的母亲；命运，智慧过人的巨兽……在描述这样那样的普遍性时，我的心灵在用一种原初的、神性的语言说话，那是人皆知之的亚当之语。然而，我如何用支离破碎的巴别塔[1]语言去描述圣胡斯塔电梯[2]、兰斯大教

[1]巴别塔，也译作巴贝尔塔、巴比伦塔，巴别在希伯来语中有“变乱”之意。据《圣经·创世记》第11章记载，这是当时人类联合起来兴建的希望塔顶通天能传扬己名的高塔。为了阻止人类的计划，上帝让人类说不同的语言，使人类相互之间不能沟通，计划因此失败，人类自此各散东西。——中译者注

[2]里斯本的圣胡斯塔电梯，于1901年开始动工，是当地的一个著名景点。这部电梯采用新哥特式风格，是当地的一座地标。——英译者注

堂[1]、佐阿夫士兵[2]的马裤或葡萄牙语中的蒙特斯方言呢？地面高低不平，我们可以通过行走去感受，却无法通过抽象感觉去感受。圣胡斯塔电梯呈现出来的普遍性是使生活变得更方便的机械技术。兰斯大教堂表现的真理既不是兰斯也不是大教堂，而是致力于了解人类灵魂深处的建筑物所具有的宗教光辉。佐阿夫士兵的马裤展现的永恒是华丽鲜艳的服饰。一种人类语言，从某种意义上说，它的社会性单纯在于，它是一种崭新的暴露。地方口音的普遍性在于人类不由自主地产生的朴素语调、群体中表现出来的多样性、多姿多彩的列队习俗、人和人之间的差异以及国家之间巨大的差异。

在我们的永恒旅途中，除了我们没有别的风景。什么也不属于我们，甚至我们自己也不属于我们。我们什么也没有，因为我们什么也不是。我将什么样的手伸向什么样的宇宙呢？宇宙不属于我，因为宇宙就是我。

137. 我已久未动笔

我已久未动笔。几个月过去了，我仿佛并不存在，在办公室和精神世界之间经历着思想和感觉的内部停滞。不幸的是，这种思想在沤积中发酵，甚至这样的状态也并不安宁。

我已久未动笔，甚至连我都不存在。我甚至都没有做梦。街道对我来说仅仅是街道。我在办公的时候只会意识到办公，但也不是完全没有分心的时候。在我的内心深处，我一直在睡觉，而不是冥想，但在工作背后，我是另一个人。

我已久不存在，我彻底地平静下来。没人能将我和真正的我区分开来。我只是感受到自己在呼吸，就好像我做了什么新鲜事情，或者做得有些迟了。我开始清醒地意识到自己是清醒的。或许明天我恢复自我意识，我的生活历程也

[1] 兰斯大教堂是一座从13世纪便动手修建的教堂。在其三段式构造的教堂正面，高高矗立着两座左右对称的尖塔。兰斯大教堂在法国历史上的地位举足轻重，其重要程度绝不亚于巴黎圣母院。——中译者注

[2] 佐阿夫士兵，法国轻步兵，原由阿尔及利亚人组成，身着华丽的阿拉伯式服装。——英译者注

重新开始。我不知道那样是否会使我变得更快乐。我一无所知。站在城堡的小山上，我抬起自己缺乏想象力的脑袋，看见洒在无数窗玻璃上的夕阳在熊熊燃烧，火焰发出崇高的光芒。有了这些冒着火焰的眼睛，整个山坡拥有了一天末尾的柔和。我至少能够感受到悲伤，能够意识到我的悲伤一闪而过——我用耳朵去听——通过驶过的电车突然发出的声音，通过年轻人漫不经心的说话声，通过活着的城市被遗忘时的喃喃抱怨。

我已很久不再成为我自己。

138. 倦怠（一）

有时候，我的情感被一种几乎是突如其来的对生活的极度厌倦压倒，我甚至想不出什么办法来排解。自杀似乎是一种不大可靠的解救方式，而自然死亡——即便可以假定这种办法使人失去意识——也是远远不够的。这种倦怠让我渴望的东西并非用结束自己的生命（而这或许可能，或许不可能）所能得到，我所渴望的东西更可怕、更深刻。我从来不曾存在过，而这当然是不可能的。

有时候，从印度人普遍混乱的思维中，我似乎能看出这些渴望的东西比虚无还更消极。他们要么是缺乏表达他们所想的敏锐感，要么是缺乏他们所感的敏捷度。事实上，我无法真正将我从他们那里看到的东西说清楚。更进一步说，我是第一个将这种不可救药的感觉及其难以揣测的荒谬诉诸文字的人。

我写下这种倦怠，用以治愈它们。是的，有讽刺意味的是，每一种真正深刻的忧伤（它假设它并非来自纯粹的感觉，而是混入了一些智识成分）都可通过我们的写作来消除。文学至少还有这个用处，尽管只有少数人才会用到。

不幸的是，感觉所具有的弊病比智识的弊病更能让我们苦恼，而同样不幸的是，肉体所具有的弊病比感觉的弊病更能给我们带来伤痛。我称其为“不幸”，是因为人类的尊严使自己需要对立物。面对未知事物，没有什么精神上的痛苦能像爱情、嫉妒或怀旧那样伤害我们，也没有什么能像强烈的身体恐惧那样压迫我们，更没有什么能像愤怒或野心那样改变我们。但是，任何折磨灵魂的痛苦都不会像牙痛、胃痛或分娩（在我看来是那样的）的痛苦那么真切。

我们以这样一种方式，赋予同样的智识以某种情感或知觉，让它们高过其他事物。当智识将其分析延伸至在它们之间进行比较，我们又贬低它们。

我像睡觉一样写作，我的整个生活就像一张等待签字的收据。

公鸡在鸡棚里等着被宰杀，而它居然啼唱着自由赞歌，只因主人给了它两条栖木。

139. 雨景（一）

每一滴雨，都是我失落的人生在自然界的哭泣。这一滴又一滴，这一桶又一桶，这一天的悲哀，毫无用处地把它自己倾倒在地上，我感到有些不安。

雨下了又下。雨声浸透我的心灵。雨如此多……我的肌肉渗出水来，水流遍我的全身，这是我的身体感觉。

一股痛楚的寒意用冰冷的手抓住我可怜的心。灰色时光变得更漫长，在整个时间中被拉开来；时光缓缓地流淌。

雨如此多!

水沟里涌出小股急流。一阵令人不安的雨声贯穿我的意识，好像我的意识之中有排水管。雨呻吟着，无精打采地敲打着窗玻璃。

一只冰冷的手扼住我的咽喉，使我无法呼吸。

在我的内心，一切都将死去，甚至包括我能做梦这个认知。我无法获得身体上的舒适。我倚靠的每一个柔软的东西都用尖锐的边缘刺伤我的心灵。我所凝视的所有的眼睛都因为这一天贫乏的光线而变得非常黑暗，这对没有痛苦地死去是件好事。

140. 令人鄙夷的梦

梦最令人鄙夷之处就在于人人都拥有它。那个在送货过程中倚着街灯柱打瞌睡的送货员，他在蒙眬之中大概在思索着什么。我知道他在想什么：他所想的正是我在单调夏日的寂静办公室里抄写的两本分类记账本。

141. 不存在的风景

我同情这样一些人，他们对可能之物、合理之物、容易得到之物怀有梦想，而不同情那些幻想非凡、遥远的事物的人。伟大的梦想家既是一群对自己的梦想深信不疑的疯子，又是一群快乐的人。或者说，他们只是一群空想家，他们的幻想像心灵的音乐将他们抚慰，除此之外什么意义也没有。然而，那些可能实现心愿的人，却极有可能遭遇真正的幻灭。我对不能成为罗马皇帝并不感到失望，但我对于哪怕一次也不能和每天上午 9 点出现在右拐的那个街角的女缝纫工搭上话而感到非常遗憾。不可能实现的梦想从一开始就阻止我们去接近这个梦想，然而，可能实现的梦想扰乱了我们的正常生活，使我们依赖于它的实现。一种梦想独立存在，而另一种梦取决于环境。

这便是为什么我喜欢不存在的风景和从未见过的辽阔而空旷的无垠大地。过去的历史时代完全是一种奇迹，因为我从一开始就知道，我不能成为他们中的一分子。当我梦见不存在之物时，我睡着了；当我梦见可能存在之物时，我醒来了。

正午时分，在空寂的办公室里，我把身体从阳台的一扇窗户探出，俯视着楼下的街道。我的眼睛注意到来往的行人，我只是意识到来来往往的行人，却在冥想中太过沉迷，以至于看不到他们。我的手肘费力地扶着（靠着）栏杆，我趴在手肘上昏昏欲睡，强烈地感觉到自己一无所知。街道上的人群熙熙攘攘、死气沉沉，这样的细节在我的超然的脑海中清晰可见：二轮运货马车上堆着板条箱；一座仓库门前放着麻布袋；街角杂货店最远的那扇橱窗边，葡萄酒瓶闪耀着光芒，我推测没有人能买得起。我的灵魂封闭自己，远离物质。我用我的想象力去探索。街上正在匆匆走过的行人总是和片刻之前走过的行人毫无差别，总是一个接一个飘忽不定的身影，支离破碎的动作，变幻无常的声音，逝去的事物……这一切仿佛从未发生过。

写下来，不是用感觉，而是用感觉里的意识……其他事物的可能性……突然，在我身后，传来一种形而上学的声音，那个勤杂工来了。我有种想杀死他的感觉，因为他闯入了我没有思想的世界。我回过头看着他，沉默中充满憎恨，潜藏着杀气，我的心里已经听到了他要和我说话的声音。他在房间那头冲我笑着，用很大的声音说着“下午好”。我像恨这个宇宙一样恨他……我的双眼因想象而感到酸痛。

142. 对弥撒的回忆

雨下了数日后，广袤无垠的天空重现蔚蓝。街道上的水坑睡得像乡间的池塘，头顶上弥漫着清冷的喜悦，这两种景象形成了鲜明的对比，使肮脏的街道变得令人愉快，使纯净的冬日天空有了春天的气息。今天是礼拜天，我无事可做。今天的天气如此美好，使我甚至不想做梦。我倾尽所有真实感觉去享受这一天，以至于我的智力也屈从于它。我像一个自由的店员漫步街头。我想象自己已经老去，以便能够找到重返青春的喜悦。

在礼拜天，宽阔的广场呈现一派庄严气氛，俨然另一个世界。弥撒仪式结束，人们从圣多明我教堂走出来，而另一场弥撒即将开始。我看着那些正在离开的人，还有那些尚未走进去的人——因为他们在等还未来到的人，观察走出来的人。

这一切都不重要。像世界上的一切一样，它们是陷入了沉睡的神秘的城垛。就像一个刚刚到达的使者，我凝视着我冥想的开阔平原。

当我还是个孩子时，我常常来这里做弥撒，或许是去别的地方做弥撒，但我想应该就是这里。出于尊重，我穿上仅有的最好的衣服，高兴地度过每一分钟，哪怕没有什么特别值得我高兴的事情。我活在外在，衣服干净而崭新。一个即将死去却还不知道要死的人，若是被母亲牵着手，那么他还有什么别的渴望呢？

我曾经享受这一切，但如今我才发现，我有多么享受它。我像走进一个伟大的奥秘一样走进做弥撒的人群，最终像进入一片空地一样从里面走出来。我曾经如此，如今还是如此。只有自我停止相信而成为一个成年人，只有灵魂记住和哭泣着——只有它们是虚构和困惑、痛苦和坟墓。

是的，倘若我想不起来自己曾经是什么样的，那将是多么令人难以容忍。这些将要离开教堂的陌生人和另一些要来做下一场弥撒的人，就像在我位于岸边的房子敞开着的窗下，在缓缓流淌的河水中漂过的小船。

回忆，星期天，弥撒，曾经存在的快乐和时间停留的奇迹，只因它们是我的回忆，所以永远不会被我忘怀……正常感觉的荒谬对角线，破旧马车从广场突然驶过的声音，嘎吱作响的车轮声，在这母亲般矛盾的时光里，延续到此刻，在此处，在我和我的所失之间，我把我自己的这个间隔称为“我”……

143. 百万富翁与小职员

人爬得越高，需要放弃的也就越多。除了在那里的那个人，世界的巅峰容不下其他东西。他越完美，就越完整；他越完整，就越像自己，而不像别人。

我读完报纸上的一篇文章后，产生了这些想法。那篇文章讲述了一个名人——一位拥有一切的美国百万富豪——伟大而多面的人生。他得到了一切渴望得到的东西——金钱、爱情、友情、赞誉和收藏品。金钱并非能买到一切，但个人魅力使一个人能获得很多金钱，当然，还有其他很多东西。

我把报纸放在餐厅桌上，我已经在思考如何在他自己的领域内，通过公司的销售代表宣称他获得的成功。这个销售代表和我还算很熟，他和往常一样，此刻正在后面角落的桌边吃午饭。诚然，那个百万富豪所拥有的，那个销售代表也拥有，虽然比较少，但对他的身份地位来说已足够了。双方都同样成功，他们的名望没有一丝差别，此时我必定要在特定的环境中去看待每一个人。在这个世界上，没有人不知道那个美国百万富翁的名字，然而，在里斯本的商业区，没有人不知道那个在角落里吃午饭的人的名字。

这些人在他们手臂能够得到的范围内尽可能多地去获取一切东西。他们的不同之处就在于手臂的长短，而在其他方面完全相同。我从未嫉妒过这类人。

我总是觉得美德在于这些方面：获取难以获得的东西，住在不属于自己的地方，死后比生前更声名远扬，实现不可能和荒诞不经的目标，战胜世界中的一切现实，就像战胜一个困难。

如果有人指出，经久不衰的快乐在人的生命停止之时将归于零，那么我首先会说我不太确定是否会如此，因为我对人类生存的真理无从知晓。其次，未来的名声带来的愉悦是一种现世的愉悦——而这种事情发生在未来。这是一种自豪的喜悦，是物质财富无法带来的。这或许是一种幻觉，但不管怎么样，要比只欣悦于眼前的快乐强得多。那个美国富豪无法相信他的后人将欣赏他的诗作，因为他什么也没写下来。那个销售代表无法去想象，未来的人将赞赏他的画作，因为他什么也没画下来。

然而，在这短暂的一生中，我什么也不是，却能欣悦于未来的人能读到这些特别的纸页，因为我实实在在地写了下来。我能够引以为豪——就像父亲为儿子感到骄傲——我将拥有名声，至少我拥有的某些东西能够给我带来名声。想到这里，我从桌旁一跃而起，我那无形的内心的宏伟、高度超然越过了密歇根州底特律市以及里斯本的所有商业区。

然而，我并非在有了这些反思后才开始反思的。我最初思考的是人不得不过着渺小的生活，以便能够超越这种生活。一种反思和另一种反思不无二致，因为它们一模一样。荣誉不是一枚勋章，而是一枚硬币：一面是头像，另一面是面值。买更贵的东西要使用纸币而非硬币，而前者的价值从来都不会太大。

像我一样卑微的人，用这些形而上学的心理学聊以自慰。

144. 梦想

有的人在生活中心怀伟大梦想，却不能去实现。而有的人没有梦想，也同样不能去实现。

145. 目标与现实

每一种奋斗，无论其目标是什么，在现实生活中都会被做出调整；它变成另一种奋斗，服务于另一种目标，有时候要实现与原定目标完全相反的目标。唯有卑微目标，因其卑微而被完全实现，故而值得去追求。如果我追求财富，我就可以通过某种办法去得到。这个目标是卑微的，无论是个人还是非个人去追求，就像所有可量化的目标一样，它是可以实现且可以检验的。但是，我如何才能实现为国效力，或丰富人类文化，或改善人性的目标呢？我不确定什么才是正确的行动路线，亦不确定如何才能证明这些目标已被实现……

146. 灵魂与上帝的区别

对基督教徒而言，完人即非存在之完人；而对佛教徒而言，完人即虚空。

灵魂与上帝之间的区别便是本质。

人们陈述或表达的一切就是一段笔记，写在早已被彻底擦去的文字边缘处。从这段笔记里，我们可以摘录出那段文字大概的主旨，然而怀疑始终存在，那文字的意义到底如何有很多可能性。

147. 人究竟是什么

很多人给人下定义，而且，他们通常会通过与动物进行对比来定义人。这便是为何他们在定义人时经常使用这样的句子："人是一种……的动物"，中间加上形容词，或者"人是一种动物，这种动物……"然后我们听到对人是哪一类动物的解释："人是一种病态的动物"，卢梭这一定义部分属实。"人是一种理性的动物"，教会这一定义也部分属实。"人是会使用工具的动物"，卡莱尔的这一定义同样部分属实。但是这些定义，以及其他类似的定义，都多少有些不准确。原因很简单：要将人同动物区分开来绝非易事，因为没有一个可靠的标准可以用来做这种区分。人和动物都带着与生俱来的无意识去生存。主宰着动物本能的基本定律同样主宰着人类智能，在生命形成阶段不过是一种直觉形式，和任何其他直觉一样，都处于一种无意识状态，尚未完全形成。

《希腊诗选》写道：“一切存在源自非理性。”的确，一切事物都出自非理性。若只论及呆板数字和空洞公式，数学是一门逻辑性很强的科学。而其他科学不过是孩子们在傍晚所玩的游戏，是一种抓住飞鸟之影的尝试，是一种想使被风掠过的草之影停下来的尝试。

有趣的是，给出一个定义，来真正区分人和动物并非易事，然而，要区分优秀的人和普通人却轻而易举。

我在早期阅读时，深深地被批驳宗教的通俗科学和作品所吸引。那时候，我曾经读过生物学家海克尔[1]的一句话，至今记忆犹新。这句话的内容大致是：优秀的人（我想他指的是康德或歌德）和普通人之间的差距，甚至要远远大过普通人和类人猿的差距。我从未忘记过这句话，因为它千真万确。我在有思想的人中间不过是无名之辈，然而我和诺雷斯农夫之间的差距，毫无疑问要比他和猫狗（我甚至不想说是和猴子）之间的差距大得多。我们都不会比猫多点什么，我们不能真正主宰我们的生活或命运；我们都来自无人知晓的未知世界；我们是别人身姿的影子、影响的表现、感觉的结果。但是，在我和农夫之间，存在一种品质的差异，这种差异在于，我有着抽象思维和客观情感；然而在他和猫之间，只存在一种智力和心理上的等级差异。

优秀之人、普通人及其动物同类的区别之处，仅仅在于讽刺这一简单特征。讽刺是我们的意识成为意识的第一个迹象，它经历两大阶段：第一阶段以苏格拉底为代表，他写道：“我知我无知。”第二阶段以桑切斯为代表，他写道：“我不知我无知。”在第一阶段，我们武断地怀疑自我，每一个优秀之人都会如此。在第二阶段，我们不仅开始怀疑自己，甚至对我们的怀疑也产生怀疑。人类在

[1] 海克尔（1834—1919），德国博物学家，达尔文进化论的捍卫者和传播者。——英译者注

这斑驳的地球上观察着日出和黑夜消逝，在这漫长却还只是一个开端的时光里，只有极少数人才能认识到这一点。

认识自己意味着要犯错误。完成阿波罗神谕“认识你自己”，这个任务比完成海格力斯[1]的伟大业绩还艰难，甚至比解开斯芬克斯之谜还困难。唯一的办法就是有意识地不去了解自己。而有意识地不了解自己就是在积极地利用讽刺。对于真正伟大的人来说，除了耐心地将自己对自己无知的分析娓娓道来，对自己的意识状态下的无意识进行有意识的记录，对自我阴影进行形而上学的分析，以及写下幻灭的黄昏之诗，我想不出还有更伟大、更值得去做的事情。

但有些事情总在困扰我们，有些分析总是混沌不堪。真理——纵使是错误的——总在下一个角落里等着我们。这便是真理比生活（当生活令我们厌倦时）、知识和对生活的沉思（这两者总令我们厌倦）更令我们厌倦的原因。

我从椅子上站起来，神思恍惚地倚着桌子，从笔下这些表达手法各异的文字中获得愉悦。我站起来，支撑着身体，向高过周围屋顶的窗户走去。窗外，城市在缓缓沉入的寂静之中渐渐入睡。皎洁的月光勾勒出对面高低各异的楼房。如霜月色似乎吐露出整个世界的奥秘。它似乎揭示了一切，一切都是阴影，掺杂着微弱的光、虚假的缝隙、荒谬的变化，与可见事物的不一致。无风之下，世界越发显得神秘。我的抽象思考令我感到不适，我不再写任何东西来阐明自己或任何其他东西。一丝云飘到月亮前面，像是给月亮盖上了一个盖子。我像这些屋顶一样无知，像自然的一切一样失败。

148. 荒谬的意识

对于人类智力伪装下的持续的本能生活，我常常做出深刻沉思。对我来说，意识的虚假伪装仅仅凸显了无法伪装的无意识。

---

[1] 海格力斯，希腊神话中最著名的英雄之一。主神宙斯与阿尔克墨涅之子，因其出身而受到宙斯的妻子赫拉的憎恶，后来他完成了12项被誉为“不可能完成”的伟绩。——中译者注

人类从生到死不过是外部特征的奴隶，而这种外部特征同样支配着动物。人的一生谈不上是活着，人像植物一样生长，比动物更强大、更复杂。人遵循各种规范，并对此浑然不觉，甚至不知道这些规范的存在。人的一切思想、感觉和行为都出自无意识——并非因为他们没有意识，而是因为他们没有第二种意识。

意识一闪而过，我们发现自己活在幻想中——由这种意识，而非其他，区分出最伟大的人类。

我神情恍惚地思考着普通人的普通历史。我看见他们是如何在一切事物中沦为潜意识性情、外部环境、社会和反社会推动力的奴隶，这些冲动在它们身上，通过它们，与它们发生冲突——就像许多琐碎的东西一样。

我经常听到人们说同样的话，这句话象征着他们生活中所有的荒谬、所有的虚无、所有用语言表达的无知。他们用这句话来形容任何物质上的快乐："这是我们从生活中得到的……"得到了又能怎样？怎么得到的？为什么要得到？用这样的问题把他们从黑暗中唤醒是令人伤心的……只有唯物主义者才会说这样的话，因为说这样话的人，不管他知不知道，都是唯物主义者。他打算从生活中得到什么，如何得到？他要带他的猪排、红酒和女朋友去哪里？去天堂？可他并不相信。去尘世？但他只会给尘世带去腐烂，腐烂正是他整个人生的潜在本质。我想不出比这更悲惨的词语了，也想不出比这更能揭示人类本性的词语了。如果植物知道它们喜欢阳光，它们就会这么说。如果动物的自我表达能力不逊于人类，它们就会这样描述自己无意识的快乐。也许甚至是我，在写这些话的时候，也有一种模糊的印象，觉得它们可能会持续下去，想象我对写下这些话的记忆是我"从生活中带走的东西"。就像一具普通的尸体被放入了普通的地下一样，我在等待的时候写的同样无用的散文尸体也会被放到普通的遗忘中。一个男人的猪排，他的红酒，他的女朋友——我凭什么嘲笑他们？

同样无知却又手足情深，有着相同血脉却又表达有差异，有着相同遗传基因却又形象不同——我们又凭什么否定彼此呢？我们可以拒绝承认一个妻子，却无法拒绝承认我们的母亲、父亲和兄弟。

149. 夜色徜徉

窗外，月光缓缓流淌的夜里，什么东西在风的吹动下轻轻摆动，投下晃动的影子。或许那只是楼上晾着的衣服，但影子并不知晓自己来自那些衬衫，它们静静地跟随其他影子毫无知觉地晃动。

我让百叶窗开着，以便能早些醒来。但直到此刻，我既无法入睡，又不能完全醒着。夜已深，听不到半点声音。在我房间的暗影之外，月光将一切笼罩，却不是从窗户照进来的。它像一个空洞的银色白昼。我在床上可以看见对面楼宇的屋顶，就像泛黑的白色液体。月的耀眼光芒包含着一种悲伤的寂静，就像对某个无法听见的人说着崇高的祝贺词。

我不看，不思想。我闭上双目，进入一直在躲避我的睡眠。我在思考能真切描写月光的词语。古人会用银色或白色来形容，但这种假定的白色其实包含多种颜色。如果我下床到窗前，透过冰冷的窗玻璃，我知道我会看见月亮在孤寂的高空中泛着灰白，蓝中透着柔和的黄。我看到各式各样、深浅不一的屋顶，月光柔和地洒在楼宇上，在最高的棕红陶土瓦顶上流动着。而在下面的街道上——一个平坦的深渊，裸露的铺路石呈现出不均匀的圆形——月光泛着一种蓝，这种蓝或许来自石子的灰。在地平线的深处，月光一定是深蓝色的，但这种深蓝和高空的深蓝不一样。触及窗户的月光，呈现出一种黑黄色。

我睡意颇浓却未能入眠，睁开双眼，看见月光像变了色的雪，有着暖暖的珠母贝一样的纹路。倘若我想即我感，那么它是一种渐入白影的单调，颜色渐深，就像我的眼皮正缓缓地将这朦胧的白盖上。

150. 我无法写作

每次完成一篇作品，我都会觉得震惊且沮丧。我的完美主义天性妨碍我去完成作品，甚至从一开始就在妨碍我写作。然而，我竟然分了神，并开始写作。我能完成，并不是意志力在起作用，而是由于意志力缴械投降了。我动手去写，是因为我没有力量去思想，我写完是因为没有勇气放弃。这本书代表着我的怯懦。

我常常打断思路，插入一段风景描写，在某种程度上它切合了我印象里真实或想象出来的内容结构。究其原因，是因为风景是一扇门，通过这扇门，我从缺乏创造力的自我意识中逃脱出来。这本书里的文字是我与自己的谈话内容，在进行这些谈话时，我突然有了一种想与别人交谈的愿望。于是，我朝那些光线致意，它们此刻悬浮在潮湿而显得暗淡无光的屋顶上。或者，我转向那些市郊的山坡，山坡上高大而随风轻摇的树看似近得不可思议，仿佛正在默默地倒下。或者，我转向那些带有尖顶的房屋，它们就像海报一样层层叠叠，窗口犹如文字，落日的余晖将那些还未干透的字迹镀成金色。

如果我不能写得更好，为什么我还要去写？但如果不写下我能写的，无论我写得有多差，或许差到与我不相配，我会变得怎样？就抱负而言，我是一介俗人，因为我总想努力去完成。就像有些害怕黑屋子的人，我害怕沉默。我和那些更看重勋章而非获得勋章过程的人没什么不同，我享受着制服的金色须带上闪现的荣光。

对我而言，写作是一种自嘲，但我无法停止写作。

是的，写作就是失去自我，但每个人都会失去自我，因为一切都会失去。然而，我失去自我时感觉不到任何喜悦——不像注定要流入大海的河流，而像那些大浪打过后沙滩上留下的小水洼，蓄积的水只会渗进沙里，永远不会再回到大海。

151. 受累于感觉

我费了极大功夫才从椅子上站起来，但我感觉我一直拖着椅子，而且这把椅子更重了，因为它是一把主观的椅子。

152. 我是一种感觉

对我自己而言，我是谁？只是我的感觉之一。

我的心灵之水无助地流尽，我像一个坏掉的水桶。思想？感觉？一切都被限定，这是多么令人厌烦的事情啊！

153. 写作，我的白日梦

有些人工作是因为无聊，同样，有时候我写作是因为无话可说。当人们什么也不想时，自然会做白日梦。而我的白日梦就是写作，因为我知道如何用散文去做梦。我有很多情真意切的感觉，其中的很多真挚情感从我的无感觉中被提炼而出。

有些时刻，活得空虚的感觉会获得实物的密度。对于行动派的伟人，也就是圣徒们，他们在行动时会倾注所有而不是部分情感，这种生命虚无的意识将走向无穷大。他们给自己冠以黑夜和星辰，涂以静默和孤独。而对于非行动派的普通人，即卑微的我所属的这类人，这种虚无感会走向无穷小。感觉就像橡皮筋，被拉扯到一定程度，就会暴露出它松弛而并不能无限拉伸的特性。

在这样的时刻，两种人同样喜欢睡觉，行动的伟人和不行动的普通人睡得一样多，这仅仅反映了人类这个物种的类存在。睡眠是与上帝的融合，或者可称为涅槃，或者随便称作什么。睡眠是分析感觉的缓慢过程，无论是用于心灵的原子科学，还是留给我们让我们打盹的音乐，睡眠是单调而慢节奏的拼字游戏。

在写作时我会斟酌字句，就像站在橱窗前却对里面的东西视而不见，留下来的只是模糊的意义和模糊的表达，就像我无法真正看清织物的颜色，就像不知用什么东西组成的、摆放协调的展品。在写作时我会摇晃自己，像一位发疯的母亲摇晃她死去的孩子。

有一天，不知道是哪一天，我发现，显然从我出生之日起，我在这个世界上毫无感觉地活着。当我问起我在哪里时，每个人都在误导我，而且他们又互相矛盾。当我问起我应该做些什么时，他们又都说假话，而且每个人的说法都不一样。当我迷惑不解地在路上停下来时，每个人又因我不继续走向没人知道的地方或往回走而感到吃惊——我在十字路口醒过来，不知道自己从何而来。我看见自己站在舞台上，但我不知道自己在扮演什么角色，因为每个人都在飞快地念台词，他们也不知道自己在扮演什么角色。我看见自己穿着侍从的服装，但他们没有给我女王让我去服侍，并责怪我没有去服侍女王。我看见手上有一张纸条等着我去递送，当我告诉他们那是一张空白纸时，他们就取笑我。我仍然不知道他们取笑我是因为所有纸张都是空白的，还是因为所有信息都需要我去猜测。

最后，我在十字路口的大石头上坐下来，像坐在从未有过的壁炉前面。然后，我开始独自一个人用他们给我的谎言折纸船。没人会相信我，甚至不相信我是骗子，没有池塘供我验证我的真话。

迷失的闲语、随意的隐喻，被隐隐的忧虑附在阴影上……在我叫不出名字的花园小径度过残余的美好时光……熄灭的灯，它那仅有的一点金色光芒在黑暗中闪动着，纪念着逝去的光明……词语从软弱无力的手指滑落，不是被抛向空中而是被抛在地上，像枯萎的树叶从无形无穷的大树上飘落……怀念不知名的农庄里的水池……对从未发生过的事情温情脉脉……

活着！活着！至少希望能够在死神普罗塞耳皮娜[1]的床上酣睡。

154. 灵魂的迷失

是什么样的模糊的女王，站在她的池塘边，控制着我破碎生活的回忆？我是一个小听差，站在绿树成荫的路旁。对在蓝色的平静的天空翱翔的我来说，这还不够。远处的船使拍打我的露台的大海变得完整，我的灵魂迷失在朝着南方飘移的云朵中，像划入水中的船桨。

155. 内心的国家

我在内心造出一个国家，这个国家有政治、党派和革命。让自己成为它的

---

[1] 普罗塞耳皮娜：丰收女神的女儿，当冥王普鲁托把她带走并娶她为妻后，她便成了地狱的女神。——中译者注

全部，成为它的每一个部分，成为真正有泛神主义倾向的国民所崇拜的天神，成为国民的身体和灵魂的实质和活动，成为他们践踏的全部土地和行为！成为一切，成为他们却又不是他们！啊，这仍然是我遥不可及的梦想之一。如果我已实现了这个梦想，或许我就要死去。我不确定为什么，但是，一个人倘若对上帝做出如此严重的亵渎行为，并且篡夺了他无所不能的神圣权力，这个人似乎就不该活了。

如果我能创立一个感觉的教派，那该是多大的喜悦！

有些隐喻比街上的行人更真实，有些隐藏在书里的人物形象比许多现实中的男人、女人更生动鲜明。有些文学作品里的语句带着明确的人性。我的作品中的有些章节使我不寒而栗，我如此真切地感觉到它们是人，在黑夜的暗影里，它们映在我房间墙上的轮廓是如此清晰……我写过的一些句子，如果大声或轻声读出来（不可能将它们的声音隐藏起来），只能成为具有绝对外在性和完整灵魂的东西。

为什么有时候我会列举出一些相互矛盾、互不相容的做梦方法和梦的学问呢？或许因为我惯于视假若真，将所梦见的当作亲眼所见的，以至于失去了人类辨别真假的能力（我相信是假的）。

对我而言，只需用我的视觉、听觉或任何其他感觉，就可清晰地感知事物，并辨别出其真假。甚至我能够同时感知两种在逻辑上不能共存的事物。这无关紧要。

有些人长期苦于不能成为画中的人物或拥有一副牌里的装束；而有些人苦于不能生活在中世纪，仿佛这是一个神的诅咒。我曾遭受过这类痛苦，但如今不会了。我已超越了这个层次。但令我伤感的是，我不能梦见自己是不同时空的不同宇宙里不同王国的两个国王。无法做这样的梦真是一种折磨，这种打击就像饥饿来袭一样。

在梦里目睹不可思议的景象，是我这类高等梦想家的伟大胜利之一，而这类目睹也绝少实现。比方说，梦见自己同时、分别而又各自成为在河边散步的一男一女，看见自己同时以同一种方式、同样精准而又互不重叠、相等而又彼此分开地融入两个事物中——比如南太平洋的一艘意识之船和一本旧书里的一页。这似乎是多么荒谬的事情！然而，一切皆荒谬，唯有做梦不荒谬。

156. 一场梦

即便是在梦里，一个像迪斯一样使普罗塞耳皮娜着迷的人，一个尘世的女人的爱，除了是一场梦，还能是什么呢？

像雪莱一样，我爱时间出现以前的安提戈涅。现世的爱情太单调，不合我的品位，只会使我想起我失去的东西。

157. 睡眠的赞歌

我在青春期时有两次——感到是如此遥远，仿佛在读或倾听别人的故事——享受过这种坠入爱河的屈辱和悲伤。我站在现在这个有利位置，回顾过去——这种过去，我不能再把它称作“前一阵子”或“最近”。我认为我在年轻的时候有过幻灭的经历是件好事。

除了感觉的变化，什么也没发生。表面上说，一大批人遭受了同样的精神折磨，但是……

通过这种同时包含了感觉和智识的体验，我很早就发现，尽管这种虚构的生活看似有些病态，但它适合我这类人的性格。我想象中的故事（正如事态的进一步发展）或许使我厌倦，但它们并没有伤害或羞辱我。不真实的情人不可能会欺骗我们，对我们假笑，或者在和我们拥抱时耍心眼。他们绝不会抛弃我们，也不会死亡或消失。

心灵的强烈焦虑常常成为宇宙的大灾难，翻搅着我们周围的星辰，使太阳也偏离了轨道。一切灵魂都能感觉得到，命运迟早会终结焦虑的天启，悲伤将从诸天和世界倾泻而下。

你觉得自己出众，却被命运当成极其低劣、无可救药的次品——在这种困境下，你还能因为自己是人类而吹嘘吗？

如果有一瞬间，我获得了强烈的表达能力，所有的表现艺术都集中在我身上，那么我会写一首关于睡眠的赞歌。我知道，在生活中，没有什么比能睡着更令人愉快的了。对生命和灵魂的扼杀，对一切存在和人类的完全放逐，没有回忆或幻觉的夜，没有过去和未来……

158. 荒谬的革命与改革

整整寂寥的一天，天空飘浮着散乱的阴云，这一天充斥着革命的消息。无论这类消息是真是假，都令我有种不安的感觉，一种混杂着轻蔑和生理不适的感觉。有人认为可以通过制造轰动来改变一切，这简直惹怒了我的智商。对我来说，无论何种类型的暴力，都不过是人类愚钝的一种声名狼藉的表现形式。

革命者或改革者都无法主宰和改变自己对生活的态度——这是他们的一切；他们亦无法主宰和改变自身存在——这几乎是他们的一切。他们逃离自身，致力于改变他人和外在世界。为改变而战斗意味着改变自我的一种无能。

一个思想敏锐、坦诚正直的人，倘若要关切世界的邪恶和不公，他自然会从近在咫尺的源头来消除它们，而这个源头就是他自己。他将终其一生去完成这个任务。

我们应该单纯地改变世界，因为对我们而言，世界从来就只是我们观念中的世界。我们将内在正义“凝聚”于笔下，写下这美丽的文字，这就是激活我们麻木感觉的真正改革——这些才是真理，我们的真理，唯一的真理。世上的其余一切都是风景，是描述我们感觉的画面，是束缚我们思想的书籍。无论是各种各样的人和物——田野、房屋、海报、服饰——还是暗淡无光的单调灵魂（那些灵魂语言陈腐、姿势疲惫，偶尔出现在这个世界上），一切都将沉入人类自我表达的最根本的愚笨中。

革命？变化？我的全部心灵最为向往的，是厚重的乌云不再布满天空。我想要看到的，是湛蓝的出现，那是一个清晰而明确的真理，因为它什么也不是，什么也不需要。

159. 无惧

生活中的一切不愉快的经历——当我们愚弄自己，草率行动，或不得不遵守美德时——应当被看作纯粹的外在事件，不会影响到灵魂的实质。我们应当把它们看作生活中的牙痛或老茧，这些东西虽然会使我们心烦，但只是停留在我们的外在（尽管也发生在我们身上），我们只需要考虑的是我们的有机实体，或者需要担心的是生命机能。

当我们有了这种态度——这其实是神秘主义者的态度——那么我们不仅能免受世界之害，还能免受自我之苦。因为我们所征服的是异物，它们和我们相矛盾，与我们不相关，所以是我们的敌人。

贺拉斯说过，正直的人应该保持无惧，哪怕这个世界在他周围崩塌。这种画面很荒谬，但这个观点是可取的。尽管我们假装被摧毁（因为我们和别人共存），我们也应当保持无惧——并不是因为我们正直，而是因为我们是我们自己。成为自己意味着和毁灭的外在事物无关，尽管它们正好凌驾于我们之上。

对于一个杰出的人而言，生活应当是一个摒除对抗的梦。

160. 真实的危险不值得感受

对于那些没有任何想象力的人而言，直接经验是一种逃避或者避难所。一个人在猎杀老虎时遇到了危险——读到这里时，我觉得一切危险都值得我们去感受。然而，真实的实体危险除外，这是不值得的，因为它结束了。

行动者不知不觉就成了理性者的奴隶。事情的价值取决于我们对它们的解释。某些人进行创造，而另一些人给予解释，赋予它们生命。叙述就是创造，生活不过是为了活着。

161. 想象与渴望

无为构成了万物。无为给予我们一切。想象便是一切，只要不朝着有所为的方向想象即可。只有在梦境里，人们才能成为世界之主。而我们每一个真正了解自己的人都希冀成为世界之主。

想象便是宝座，但不要付诸行动。渴望便是王冠，但不要欲壑难平。放弃了，便拥有了，因为借助于并不存在的阳光，抑或不曾出现的月光，我们原封不动地将之封存在了我们的梦境中，恒久不变。

162. 远方的风景

不管我喜不喜欢，除我灵魂以外的万物于我而言不过是风景与装饰。通过理性思考，我可以认识到，一个人便是一个鲜活的生命，如同我一样。可对于我那真实且无意识的自我而言，这个人的重要性永远也比不上一棵树，如果这棵树更美丽的话。这就是为何我总把世事——历史上巨大的集体惨剧，抑或历史事件——看成是五颜六色的饰带，那上面刻画的人物都没有灵魂。对于在远方发生的所有悲剧，我从不曾做第二次思考。那只不过是远方的风景而已，即便那风景是由血与疾病画成的。

带着讽刺的悲伤，我记起我曾见过一次工人游行，他们大声疾呼，付出的真诚我已无法计数（因为我发现很难承认，潜藏在众人努力中的真诚是唯一有能力感觉的存在）。这是一群吵吵闹闹的人，他们从我这个冷漠的局外人身旁走过，大喊着各种各样的话。那些真正承受痛苦的人并没有会聚成群，或如同乌合之众一样四处飘荡。那些承受着痛苦的人，只会独自一个人品尝痛苦的滋味。

多么可怜的一群人啊！多么缺乏人性和真正的痛苦啊！他们是真实的，因此并不可信。没有人能把他们用于小说的场景或描述性的背景。他们就像浮萍一样，在生命的河里漂过。看着他们漂过，我感到无比困倦。

163. 感觉的奴仆

若我仔细思考人类的生活，我根本就找不到其与动物的生活有任何差别。在不知不觉的状态下，通过万物和这个世界，人和动物都被掷来掷去；两者都拥有闲暇时刻；两者都拥有完全相同的有机循环；两者在框框中思考，在框框中生活，从不曾有所超脱。一只猫在阳光下打滚，然后睡着。人类在生活中打滚，纷繁复杂，然后睡着。你是谁，便是谁，没有人能摆脱这道命运的枷锁，也没有人能够挣脱生命的重担。最伟大的人钟爱荣耀，这荣耀并非个人的不朽，只是一种抽象的不朽概念而已，他们不必亲自参与其间。

这些想法经常出现在我的脑海里，我会艳羡那些通常我本能地厌恶的人。我指的是神秘主义者和禁欲主义者——某种隐士，还有在柱子上祈祷的隐士西门史坦拉。尽管方法有些荒谬，但这些人确实在尝试逃脱动物界的法则。尽管行事疯狂，但他们确实在抵制生活的法则，而在生活法则之下，其他人则在阳光下打滚，等待死亡，却从不思考。他们真的在寻找，即便是在一根柱子之上；他们心有向往，即便是在黑暗的牢房中；他们对未知充满渴望，即便注定要为此承受苦难并牺牲自我。

而我们其余这些人则在纷繁复杂之下过着动物式的生活，如同那些没有一句台词、在台上走来走去的龙套，却因为可以上台享受那华而不实的庄重时刻而心生满意。狗与人，猫与英雄，跳蚤与天才——我们都在星空下那巨大的寂静中挥霍着生命，而从不曾对其进行思考（我们中最优秀的人也只是为了思考而思考）。其他人——邪恶时刻和牺牲的神秘主义者——在他们体内以及他们的日常生活之中，至少感觉到了神秘那魔幻一般的存在。他们摆脱了，因为他们抵制住了那看得见、摸得着的太阳；他们无所不知，因为他们清空了自己的内心，毕竟世界乃一片虚无。

说到这些，我几乎觉得自己像一个神秘主义者，虽然我不能超过我一时心血来潮写下的这些文字。我永远属于道拉多雷斯大街，和所有人一样。在诗歌或散文之中，我永远只是个小职员。无论神秘与否、本土与否、顺从与否，我永远都是我的感觉的仆从，永远都是那些特别时刻的仆从。在寂静无声的巨大的蓝色苍穹之下，我永远都是莫名其妙的仪式中的小傧相，在生活中偶尔穿着盛装，迈着步子、做着手势、摆着姿态、露出表情，却弄不明白为什么，一直等到盛宴结束才能停止。或者我在其中的角色——有人告诉我花园后面有很多大帐篷，我可以在那里招待自己，享受一些美食。

164. 逃离自我

那些日子，一切事物以其单调将我压抑，我有如入狱之感。然而，那种单调不过是我自己的单调。纵使是昨天见过的每一张脸，今天都完全不同，因为今天不是昨天。每一天都是独特的，世界上绝无与之相同的另一天。唯有我们的心灵认定——发自内心却错误地认定——一切事物归于同一和单一。世界由参差不齐、各具特色的事物构成，然而，我们的弱视使我们看到的不过是一片连绵不断、模糊难辨的迷雾。

我想要逃离，逃离我的所知、我的所有、我的所爱。我想要动身，不奢望去遥不可及的印度，不奢望去南部各大海洋的大群岛，只是想去个地方——村庄或荒原——不想留在这里。我不想再见到这些从未改变的面孔，不想再走这条路，不想再过这样的生活。我想卸下这根深蒂固的伪装，以获得休憩。我想要睡意袭来的感觉，以此成为我的生活而非休息。临海的一间小屋，甚至崎岖山坡上的一个山洞，都可以满足我。但很不幸，我的意志却不能。

奴役是生活的唯一法则，芸芸众生必须服从。我们无从反抗，亦无处可逃。有的人天生为奴，有的人后来成为奴隶，还有的人则是被迫为奴。我们对自由的淡漠之爱——如果它曾经降临到我们身上，我们会将其视为陌生的东西而拒绝——证明了我们的奴性是多么根深蒂固。就我而言，我刚刚提到自己渴望一间小屋或一个山洞，在那儿可以摆脱一切单调，这种单调实为我自身的单调——如果经历告诉我，单调源于我自身，将永远伴随着我，我还敢住进那间小屋或那个山洞吗？我在我所在之处感到呼吸局促——如果问题出在我的肺，而不是周围环境，我的呼吸在何处才能得到改善呢？我渴望见到纯净的阳光和开阔的田野、一览无余的海洋和连绵的地平线——我在习惯了新床和新的食物后，难道就不会走下八段楼梯来到街上，不会跨进街角的烟草店，不会对站在店外的理发匠问候早安了吗？

周围的一切成为我们的一部分，渗透着我们的生理感觉和对生活的感受，就像巨大的蜘蛛之神，用吐出的黏液将我们紧密而细致地捆绑住，然后裹进在风中摇摆的柔软丝网，以便我们慢慢死去。一切就是我们，我们就是一切，但如果一切都是虚无，那么还有何意义呢？一抹乌云的阴影出现暗示着阳光散去了，一阵微风吹起，当它平息下来，寂静随之而来，一张或另一张面孔，一些声音，偶尔出现的姑娘们的谈笑声，然后夜空被毫无意义、如残缺的象形文字般的群星点缀。

165. 胆小鬼

……我是个胆小鬼，憎恨生活，惧怕死亡，已经为此着了魔。我害怕虚无可能变成其他，我惧怕既是虚无也是其他，仿佛恐怖与虚无可以在那里同时存在，仿佛我的棺材会困住肉体及灵魂，仿佛不朽会被界限所约束。只有魔鬼的灵魂才会想出“地狱”这个概念，而对我而言，“地狱”的概念来源于混乱——是两种不同的恐惧混合在一起的产物，这两者互相矛盾、互相污染。

166. 重读我的作品

我一页一页地将自己写下的所有东西慢慢地、清楚地重读了一遍。我发现，我所写下的这一切毫无价值，我情愿没写。我们所取得的成就，无论是帝国还是句子，都有（因为它们已经完成了）现实事物的致命缺陷：它们是容易腐烂的。但这并不是我在闲散时刻重读这些书而伤心的原因。令我伤心的是，它们不值得我去写，我花在它们上面的时间只换来了一种错觉，现在这种错觉已经破灭了。

无论追逐什么，我们都是出于野心。要么是我们可怜到从未满足过野心，要么是我们满足了野心，从而成为富有的傻瓜。

令我悲哀的是，我写得最好的部分都很糟糕。我料想其他人（如果他们真实存在）定能把它写得更好。我们在艺术或生活中所做的一切，不过是对想象之物的一种不完美复制；它既没有达到本应达到的标准，也没有达到我们觉得它能够达到的标准。我们内外皆空，成为期望和实现的失落者。

我用那孤独的灵魂的力量，一页又一页地写出了隐遁的篇章，一个字又一个字地活出了虚假的魔力。其实不在于我写了什么，而在于我自以为在写些什么。具有讽刺意味的是，就像被巫师施了巫术，我把自己想象成写散文的诗人，灵感如泉水般涌向我——以至于手写不过来——如同对生活的侮辱还之以虚幻的报复。而在今天重读之后，我看见自己的玩偶被撕毁，稻草从被撕开的缝合处露出来，里面已被去除，甚至还没被……

167. 雨季已过

最后的雨季转移到南方，只留下赶走它的风，接着明媚的阳光重新照在城市的山岗上，五颜六色的建筑物的高层窗外，洗过的白色衣物开始出现，在栏杆之间的晾衣绳上随风摆动。

我也感到快乐，因为我存在。我怀着伟大的目标离开出租屋，而这个目标不过是准时赶到办公室。但是，在这不同寻常的一天，对生活的强迫行为与另一个完美的强制一模一样，即使太阳按照天文历法在指定的时间照射着地球上某个经纬度的地方。我快乐，因为我无法感到不快乐。我无忧无虑、非常有把握地走在大街上，因为我的办公室和同事们终究是确定存在的。我感到自由也不足为奇，但这种自由感从何而来我一无所知。普拉塔大街的路旁，小贩叫卖的香蕉在阳光照耀下的篮子里显得格外黄灿灿。

我确实很容易满足：雨停了，灿烂的阳光照耀着快乐的南太平洋，香蕉的黑斑使其越发显得黄灿灿，小贩大声叫卖着香蕉，普拉塔大街的人行道，路的尽头蓝色的塔古斯河，天地间的这块熟悉的角落……

将来有一天，当我再也看不见这一切，我要靠路边的香蕉、精明女小贩的叫卖声和男孩在对面街角摆出的日报活下来。我知道，那是另一些香蕉、另一个女小贩，那些弯腰看报纸的人将看到不属于今天的日期。但是它们，因为没有生命，以其他身份延续，而我，因为有生命，将不得不离开世界——尽管我还是我。

我只需买一些香蕉，就可轻易记住这一刻，因为今天所有的阳光似乎都像无源的探照灯一样聚焦在它们身上。但礼仪、象征或在街边买东西都令我为难。他们可能不会将香蕉包好，抑或可能见我不知道怎么买而不用合适的方式卖给我。他们可能会发现我问价钱的声音有些奇怪。写下来要比挑战生活好得多，尽管这个挑战仅仅不过是在阳光下买香蕉。只要阳光一直照耀，那里就一直有香蕉卖。

或许过一阵再买吧……是的，过一阵……或许，下一次……或许不……

168. 愚笨中的智慧

大多数人以愚笨的方式度过他们的生活，而更令我惊讶的，是愚笨中的智慧。

表面看来，普通生活的单调极其可怕。我在这家简易的餐馆中吃午餐，看见柜台后面厨子的身影，还有餐桌旁为我服务的老侍者。我相信，他在这家饭店里当侍者已有 30 个年头了。这些人过着一种怎样的生活？那个厨子在厨房里干了 40 年，每一天的大部分时间都耗在厨房里，休息时间不算很多，相对来说睡眠时间很少。他偶尔回一趟老家，然后毫不犹豫地回来，丝毫不感到后悔。他慢慢地积攒着微薄的薪水，也不打算花掉这些钱。如果不得不彻底从厨房退休，他将病倒，并住在他在加利西亚购置的一所房子里；他在里斯本待了 40 年，从未到过罗托纳达，也没有去过戏院，只去过圆形大剧场看过一次马戏，里头的小丑形象至今仍刻在他的脑海里，历久弥新。他结过婚——怎样结的婚或为什么结婚，我一无所知——他有四个儿子和一个女儿。他的身子冲着我的方向斜靠着柜台，他的微笑传达了一种巨大的、庄重的、心满意足的快乐。他没有矫揉造作，也没有任何理由去矫揉造作。如果他感到快乐，那是因为他真的快乐。

那个老侍者又怎么样呢？他为我端上咖啡，也曾把咖啡端上无数顾客的餐桌。他活得与那个厨子无异，唯一的区别就是他干活的餐厅和厨子的厨房之间隔着 15 英尺或 20 英尺。他们各自履行各自的职责。至于其他，那个侍者只有两个儿子，经常去加利西亚，比厨子更了解里斯本、了解波尔图（他在那里待过 4 年），他同样是快乐的。

在思考这些生活的全景时，我感到不可思议。但是，在我感到恐惧、怜悯和愤慨之前，我突然想到，这些不曾感到恐惧、怜悯和愤慨的人——换句话说，这些过着这种生活的人，恰恰是最有权利这么做的人。文学想象的最大错误在于，认为别人和我们一样，并且必定和我们有着一样的感觉。人类的幸运在于，每个人都只是他自己，只有天才被赋予成为别人的能力。

事实上，能被给予什么，取决于给予的对象是什么人或什么事。街上发生的一件小事就把厨师吸引到门口，使他非常高兴。而比起最新颖的想法、最伟大的著作或最令人满足的无用的梦想给我带来的愉悦，他开心的样子更能令我愉悦。如果生活本质上是单调的，他会比我更容易也更好地逃离单调。真理不属于任何人，因此他并不比我更多地拥有真理，但他拥有快乐。

聪明人把他的生活变得单调，以便使每一段小插曲都成为一个奇迹。一个猎人在打了三只狮子后，就不再有冒险的兴致了。而对我认识的那个单调的厨子来说，一场街头斗殴总能让他有所启发。对于一个从未离开过里斯本的人来说，乘坐电车去本菲卡市就像一次无休无止的旅行，如果他去辛特拉市，他甚至会觉得去了一趟火星。对于一个环游过全世界的人来说，他在 8000 千米之内找不到任何新的东西了。他只会看见新的东西。哪里有新奇，哪里就有见多不怪的厌倦——当他第二次看见新的东西时，他有关新奇的抽象概念会变得茫然起来。

真正的聪明人，只需坐在椅子上去欣赏整个世界的壮景，无须了解如何去阅读，无须同任何人说话，他需要的只是自己的感官和一颗永不悲伤的心。

只有将一个人的存在单调化，才能摆脱单调。一个人只有让日常生活过得平淡无奇，才能从最微小的事物中找到快乐。在我日复一日的工作当中，充满着乏味、重复而又毫无用处的事情，其间穿插着我逃避这一切的幻想、遥远海岛的残梦、在其他时代的花园大道上举行的种种宴会、不同的景象、不同的感觉和另一个我。但我知道，在两个会计条目之间，如果我得到这一切，那么它们都将不属于我。事实上，我的老板维斯奎兹先生比梦中的任何国王要更有价值；道拉多雷斯大街的办公室比任何虚构花园里的宽广大道要更有价值。让维斯奎兹先生做我的老板，我便能安享国王梦；置身于道拉多雷斯大街的办公室，我便能畅游内心视野中的虚构风景。但如果梦中的国王成为现实，那梦中还剩下什么呢？如果我拥有这些虚构风景，那么还有什么虚构之物供我去幻想呢？

给我单调——相同日子的乏味雷同，今天是昨天的完全重复——飞虫飞过我的视线，分散了我的注意力；欢笑声不知从哪条街道飘了过来；办公室关门时的自由感；休息日里无穷无尽的休眠。

因为我什么也不是，所以我才能够想象我是一切。如果我是重要的人，我就不能想象。一个助理会计员可以想象自己是罗马国王，但英国国王不能，因为在他的梦中，他的英国国王身份使他不能想象自己是其他国王。现实限制了他的感觉。

169. 会计与梦想家

从那个斜坡一路走去，便可以到达磨坊，而我们付出了努力，终了却一事无成。

这是一个初秋的下午，天空里洋溢着死气沉沉的温暖，云朵用潮湿的毯子遮掩住了光线。

命运只赐予我两件事：会计分类账和做梦的天赋。

170. 癔

做梦是最坏的毒品，因为它是最真实的自然流露。做梦会上瘾，任何毒品都不能取代。我们不知不觉接受了它，就像掺进酒里的毒药。它并无害，不会使你脸色苍白，也不会使你精疲力竭。不过，沾染上做梦习惯的灵魂无药可救，因为它的毒性永远去不掉，这正是它特有的本质。

像一场雾里的盛会……

在梦中，我学会了在日常生活的前额上画上图画；带着神秘说着陈腐，带着离题说着简单；用人造的太阳给黑暗的角落和死气沉沉的家具镀金；给表达我是谁的流畅句子加上音乐，仿佛在哄自己。

171. 失眠（一）

一夜无眠，没人喜欢我们。遗弃我们的睡眠带走了某种对人类来说很重要的东西。我们感到隐隐的愠怒，甚至这种感觉似乎渗透在我们周围无生命的空气里。终究是我们自己遗弃了自己，无声的外交战在我们的心中爆发。

整日里，我拖着双腿极度疲惫地走在大街上。我的心灵已缩成一团毛线球。我是什么？我曾经是什么？哪一个是我？我忘记了自己的名字。我不知道自己是否还有明天。我所知道的就是我没有入睡，在某些时刻我感到困惑，这种困惑让我陷入长久的寂静，无法自我交谈。

啊！供人游玩的大公园，人们熟知的花园里，永远不会认识我的人走过的林荫小道。我在无眠之夜踟蹰不前，像一个从不敢浮于其表的人。我的沉思被惊醒，仿佛一个梦的结束。

我是一幢四邻不靠的房子，与世隔绝，胆怯的幽灵鬼鬼祟祟地出没其中。我或者幽灵，总是在隔壁房间，周围的树沙沙作响，声响很大。我彷徨，我寻找；我寻找，是因为我彷徨。啊，是你，我的童年时光，戴着围嘴。

在这一切的过程中，我走在街上，像一片懒洋洋又漫无目的的叶子。微风缓缓吹起，将我从地面吹起，我随风飘浮，像黎明的尽头，卷入风景的各种细节里。我的眼皮越来越沉重，我拖曳着双腿前进。我在行走，所以我想睡觉。我紧闭嘴巴，仿佛双唇已被密封。我行走，如同一艘即将沉没的船。

不，我没有入睡。但是，当我没有入睡或仍然无法入睡时，我更像我自己。在这种偶然和象征永恒的半灵魂状态下（我将自己的一半隐藏起来），我是真正的我，我欺骗我自己。一两个人看着我，仿佛他们认识我，并且发现我很奇怪。我模糊地意识到我也在看着他们，我能感觉到我看他们的眼睛在与眼皮摩擦，但我情愿不知道世界的存在。

我很困倦，非常困倦，我陷入一种彻底的困倦状态。

172. 心灵的支撑

我这一代人出生时的世界里，那些有心和有脑的人找不到任何支持。上一代的毁灭性工作留给我们一个这样的世界，在宗教领域缺乏安全，在道德领域缺乏指引，在政治领域缺乏安宁。我们出生在形而上痛苦、道德焦虑和政治不安之中。我们的先辈醉心于客观规则，掌握着理性和科学的绝对方法，毁灭了基督教信仰的根基。他们因为对《圣经》的批判——经历了从文本批判转向神学批判的过程——将《福音书》和一些早期经文削弱成一堆令人生疑的神话、传说甚至文学作品。与此同时，自由探究精神将所有形而上的问题和研究形而上学的所有宗教命题公开化。在被他们称为“实证主义”的含糊概念的影响下，这几代人批判一切道德，详细探查生活的一切规则，教条坍塌后，只留下一切不确定性及其对不确定性发出的哀叹。很显然，文化根基如此混乱，社会起不到任何作用，只能成为政治混乱的牺牲品。因此，我们意识到，世界迫切需要社会革新，世界欣然向往从未有过的自由和从未被界定过的进步。

然而，我们的父辈以草率的批判，使我们不再可能成为基督徒，但是他们却没能使我们接受不可能；他们使我们不再相信已建立起来的道德准则，却没有让我们对道德和人类和平共处的规则漠不关心；他们将难以捉摸的诸多政治难题遗留给我们，却未能让我们不去关心解决这些问题的办法。我们的父辈轻率地毁掉一切，因为他们生活在一个有着完整过去的时代。他们毁灭的恰恰是能够给予社会力量的东西，这些东西使他们能够恣意破坏而不用去考虑后果。

我们继承了这种破坏及其后果。

173. 理性的客栈

在信仰和批判之间的那条路上，有一间理性的客栈。理性是一种没有信仰也能被理解的信仰，不过它仍然是一种信仰，因为理解就是预先假定什么事物能够被理解。

174. 一切都是奴仆

形而上学理论能给我们一种短暂的错觉，我们用它来解释那些费解的东西；道德理论能诱使我们花上一个小时去思考我们终究会知道的东西，比如所有关闭的门中哪一扇通往美德；政治理论使我们一整天都相信，除了数学运算外，当什么问题也解决不了时，我们已经解决了一些问题……但愿我们对待生活的态度可以用于这种有意识的徒劳活动。我们聚精会神地做这些事情时，虽然不会产生愉悦，但至少可以感觉不到痛苦的存在。

假定我们被无情的法律统治，这种法律不能被撤销或妨碍，那么文明达到鼎盛时期的最好标志就是，这种文明下的所有人都意识到，一切努力都是徒劳。我们或许是众神的奴隶，他们比我们强大，一时兴起给我们戴上桎梏。不过，他们也不会好到哪里去，他们服从于——和我们一样——抽象命运的铁腕，这种铁腕高于正义和仁慈，对善与恶毫不关心。

175. 死亡与新生

我们已死亡。我们称为生活的东西，只是现实生活的睡眠状态，是我们的真实死亡。

死亡即新生，死者并未死。世界在我们眼前变幻无常，当我们以为我们活着的时候，我们已死亡；而当我们死亡时，我们又复活了。

睡眠与生活的关系，无异于我们所说的生活和我们所说的死亡之间的关系。我们睡着了，生活便是一个梦，这并非是隐喻或诗歌意义上的说法，它毫无疑问是一个梦。

我们所有被认为是更高层次的活动都参与了死亡，并且就是死亡。理想若不是对生活毫无价值的承认，又会是什么？艺术若不是对生活的否定，又会是什么？一座雕像是一具死尸，雕刻不过是将死亡刻进不朽的物质里。快乐，就其本身而言，看似沉浸在生活之中，实际上是沉浸在自我之中，是对我们与生活之间的关系的一种毁灭，是死亡的快乐阴影。

活着这个行为正是死亡的过程，因为我们每度过一天，我们的生命就会减少一天。

我们栖身梦境，我们是一团暗影，漫步在虚幻的森林里，而那些树便是我们的房子、习惯、思想、理想和哲学。

我们从未找到过上帝，甚至从不知道上帝是否存在！从一个世界到另一个世界，从这个化身到那个化身，我们常常受尽幻觉的宠幸，常常受尽错误的爱抚……

我们从未找到真理，从未停止脚步！我们从未与上帝联合！我们从未彻底实现宁静，相反，我们总是只得到少许宁静，总在孜孜不倦地追求宁静。

176. 人类的本能

人类有一种幼稚的本能，这种本能使我们推演出一个最崇高的人，如果他是某个理智的人——神圣的天父——在这神秘而混沌的世界，他那长长的、父亲般的大手为我们指引方向，无论以何种形态或方式。我们每个人都只是一粒浮尘，在生活这场风中起伏。我们不得不依赖更强大的力量，将小手放在那双大手里，因为当今世界总是变幻不定，天空总是无限遥远，生活总是陌生的。

我们爬得最高的时候，也只会进一步意识到，一切是多么缥缈而空虚。

或许我们被幻觉牵引；我们肯定不是被意识牵引。

177. 假如有一天

假如有一天我在经济上变得宽裕，以至于能够自由自在地写作和发表作品，我知道我会想念这种很少写作和不能发表的不稳定生活。我想念，不仅因为这种生活尽管平凡，却一去不复返，还因为每一种生活都有其特有的品质和独特的快乐。当我们过上另一种生活，甚至是更好的生活时，那种特别的快乐失去了它的光泽，那种特别的品质也就不那么特别了，直到它们消失，有什么东西缺失了。

假如有一天，我扛着自己意愿的十字架，最终到达殉难之地，我将发现在那殉难之地有另一种殉难，并且我会想念那些碌碌无为、平淡无奇而又不完美的日子。在某种程度上，我将变得不重要。

我感到无精打采。在这漫长的一天里，我在几乎空无一人的办公室里做着白痴般的工作。两位同事休病假，除了身后那个小杂役，没有其他人。我向往能够回顾过去的未来，想念这尽管荒谬的一切。

我禁不住祈求诸神，让我留在这里，仿佛将我锁进保险箱里，以逃避生活中的苦难和欢乐。

178. 读书与翻书

黄昏入夜前，最后一抹余光投下微弱的阴影，我喜欢漫步在变化着的城市街道，脑子里什么也不想。我行走着，仿佛一切都已无可救药。我带着些许伤感，这种伤感在想象中比感觉上更令人愉快。我移动双脚时，内心翻阅而非细读着一本书，书里穿插的图片快速闪过，让我渐渐形成了一种从未完成的思想。

有些人读书和翻书一样快速，他们看完一本书后，对里面的内容完全不知。

而我在翻阅心灵中的书籍时，却获得了一个朦朦胧胧的故事，另一个漫步者的追忆，关于黄昏和月光的片段描写，里面的花园小径上，身着丝质衣服的人物走过来走过去……

我无精打采，对什么都不加区分。我沿街走着，在黄昏里走着，在梦里一边读书一边走着，我的确走过这些街道。我出港、休憩，仿佛已登上驶入大海的航船。

突然，在悠长而弯曲的街道两旁，死寂的街灯齐刷刷地点亮。“砰”的一下，我的忧伤加剧了。书已读完。在悬浮于抽象街道的凝滞空气中，只有一团外在感觉的线球，像白痴命运的口涎，滴落在我心灵的意识里。

夜间的城市，另一种生活。观夜的人，带着另一个灵魂。我踟蹰不前，如同带着某种寓意，感觉变得不真实。我仿佛是某个人讲过的故事，讲得如此动听。仿佛是在这本小说（即世界）里某一章的开头，颇有些生动地将我刻画出来：“在那时，可看见一个人缓缓行走在某某街头。”

我还能对生活做些什么……

179. 间奏（一）

生活还未开始，我已抽身退出，甚至在梦里都不觉得生活有吸引力。梦本身使我感到疲倦，这给我带来了一种极端而虚假的感觉，仿佛走到了一条无限之路的尽头。我从自己身上溢出，来到一个未知的地方，在那里我毫无用处地停滞不前。我还是曾经的我。我从未待在自以为待着的地方。如果我要寻找自己，我不知道谁在找我。厌倦一切的感觉使我麻木。我有种被灵魂驱逐的感觉。

我观察自己。我是自己的旁观者。我的感觉像身外之物，在我不为自己所知的注视下溜过。我厌倦自己所做的一切。一切事物，追溯至它的神秘根源，都呈现出令我厌倦的颜色。

时间赐予我的鲜花业已枯萎。我唯一能做的就是慢慢剥去它们的花瓣。这样的做法饱含着莫大的晚年气息啊！

最细微的动作都带给我英雄行为般的压力。仅仅是想做某个手势的想法就会让我感到厌倦，就好像我真的可能会做一样。

我无欲无求。生活伤害了我。我在这里不舒服，又想不出待在哪里才会舒服。

最理想的状态就是，除了像喷泉一样装模作样外，什么也不去做——喷泉的水在同一个地方升上去，再落下来，毫无意义地在阳光下熠熠闪光，在寂静的夜晚弄出一些声响，以便使做梦者在梦里想到潺潺河水，而不经意地露出微笑。

180. 暴风雨来临前（一）

炎热而具有欺骗性的一天缓缓拉开序幕，参差不齐的乌云笼罩着整座压抑的城市。它们层层堆叠，黑压压地朝着河口飘浮移动。随着乌云蔓延伸展，街上弥漫着一种模糊的敌意，在对抗变异的太阳，就像预示着什么灾难。

中午，当我们离开家去吃午饭的时候，一种可怕的希望悬浮在暗淡的天空中，近处是一团参差不齐的乌云。在城堡的方向，天空晴朗，但在它的蓝色中有某种不祥的气息。太阳出来了，但并不迷人。

1点半时，当我们回到办公室，天空似乎放晴，但也只是老城区朝着河口方向的小部分天空，那儿的能见度越来越高。而城北那边，那些散云糅合成一朵化不开的乌云，借着黑色手臂尽头的灰白钝爪匍匐前进。它很快就触到了太阳，城市里常有的喧嚣似乎消失了，仿佛在等待着什么。东边的天空也有所放晴，或者说看起来如此，但天气越来越闷热，使人难受起来。我们在偌大办公室的阴影中热得满头大汗。“马上就会有大暴雨了。”莫雷拉一边说着，一边翻过一页总账。

3点时，太阳失去了它的作用。我们不得不将办公室后面的那盏灯打开（时值夏季，这令人沮丧），那里的货物已经打包，等着被运送。接着是中间那盏灯，因为在那里填写交货单和记下铁路运输凭单数据变得困难起来。快到4点时，我们这些有幸靠窗工作的职员都看不清了，无法继续工作下去。整个办公室都点亮了灯。维斯奎兹先生打开他那间私人办公室的门，说道：“莫雷拉，我要去一趟本菲卡，但现在没办法了——马上就要下大雨了。”

“雨是从那边下起来的。”莫雷拉答道。莫雷拉住在里斯本中央林荫大道附近。街上的嘈杂声突然清晰响亮起来，有了几分变化。电车在驶过一个街区时，它的钟声忧伤地响起，我也说不上为什么。

181. 秋夜

夏末秋初，冷热交替，空气变得凝滞，天色暗淡下来，像是披上了一件透明的长袍，闪着一种虚假荣耀。这一切像是一种错觉，这种错觉使人无端生出一种怀旧之情，它无限蔓延，像船只的尾波无休无止地延伸下去。

这些午后像高涨的潮水将我填满，心头泛起一种感觉，比乏味更糟糕，但除了将之命名为“乏味”，确实说不出其他名字。这是一种说不清的孤寂感，像是我的整个灵魂都毁灭了。我觉得好像失去了仁慈的主，就像一切的实质已经消亡。物质宇宙就像一具死尸，它活着的时候我热爱它，但之后它消散在这最后一抹晚霞的温暖光芒中，化作一种虚无。

我的乏味呈现出一种惊骇的样子，我的厌烦是一种恐惧。我没有冒冷汗，但我觉得自己冷汗淋漓。我身体没有生病，但心灵的强烈焦虑渗进毛孔，使我浑身战栗不已。

这种乏味是多么强烈，存在的恐惧是多么至高无上，我想不出还有什么可以缓和它、化解它，或者使我分出心来。和一切事物一样，睡眠使我害怕，垂死的感觉令我恐惧。同样不可能实现的去和留。同样冰冷而灰暗的希望和疑惑。我是一架子空无一物的瓶子。

然而，如果我的肉眼看得见，这衰败的一天在向我做最后的道别，我是多么想念未来[1]啊！行进在淤滞天空的金色缄默中，希望的葬礼是多么隆重啊！好一支空洞虚无的送葬队伍，走在品蓝中渐渐泛白的、水晶般透明的无边宇

[1] 此处可理解为我不是别人的遗憾。——英译者注

宙中。

我不知道我想要什么，或者不想要什么。我再也没有渴望，再也不知道如何去渴望。我再也不了解自己的感觉和想法——而大多数人都是通过情感或想法来了解他们想要什么，或有想要某个东西的想法。我不知道我是谁，或者是什么。和那些被埋在断壁残垣下的人一样，我躺在整个宇宙的破败虚空中。因此，我继续跟随着自我的步伐，直到夜幕垂落，一种不同以往的飘浮感带给我一丝抚慰，就像一缕微风拂过，我渐渐对自我失去了耐心。

啊，在这皓月高悬的宁静夜色里，流淌着苦闷和不安！美好天堂的险恶平静，温暖空气的冷嘲热讽，被月光和若隐若现的星辰笼罩的蓝色阴郁。

182. 间奏（二）

愿这可怕的时刻不是缩小到可能，就是增加到致命的程度。

但愿黎明不会到来。但愿我和我栖身的凹室以及它的内部气氛全部精神化而成为夜晚，绝对化而成为黑暗，以便连我的影子都不会来破坏我赖以生存的回忆。

183. 静思

我那颗悲伤的心，欲去寻找诸神，命运拥有一份意义；欲去寻找命运，神明掌握命运。

有时候，我在夜晚醒来，便会感觉到无形的手在编排我的命运。

这就是我的生活。我心中波澜不惊。

184. 命运的嘲弄

和所有悲剧一样，我的人生最大的悲剧是一种命运的嘲弄。我反感真实生活，因为它是一种罪罚；我反感做梦，因为它是一种毫不费力的解决之道。然而，我的真实生活再平凡不过，且卑微至极；我的梦想生活恒定不变，且激烈至极。我就像一个在放风时酗酒的奴隶——两种堕落集于一身。

是的，我清楚地看见——理性的闪光划破生活的黑暗，将我们周围的物体隔离开——被称作道拉多雷斯的大街上卑微的、陈腐的、被人忽略的和虚假的人和物构成了我的全部生活：这间办公室将其卑微彻头彻尾地渗透给了每一个职员；这间按月付费的出租屋里，除了租住者生命的结束，不会再有其他事情发生；这个街角杂货店老板与我萍水相逢；这些站在旧客栈门口的年轻小伙子；这些日复一日的徒劳无功，同样的人重复着他们并无二致的旧台词，就像一出只有风景的戏剧，等着舞台布景将情景展现……

然而，我又认识到，若要逃离这一切，我必须驾驭它或否定它。我无法驾驭，因为我无法超脱现实；我亦无法否定，因为无论我梦见什么，我都是在我所在之地。

还有我的梦想！逃进内心的耻辱，以及将生活放进心灵垃圾场的怯懦。而人们仅仅在酣睡时，或当他们打起呼噜时，便以死者模样将生活放进心灵垃圾场。他们的平静外表使他们看上去像是非常高级的植物。

我既无法做出一个不拘于自己灵魂的高贵举止，也无法心怀因不真实而毫无用处的欲念，完完全全地毫无用处！

恺撒曾对雄心是什么做出了恰当的定义，他说："宁做村中第一，不做罗马第二！"我既不是村里的什么，也不是罗马的什么。无论如何，在阿萨姆普卡大街和维多利亚大街受到尊敬的那个街角杂货店老板，他是整个街区的恺撒，所有女人都喜欢他，理当如此。难道我要比他高级？如果没有什么可以证明我比他高级或低级，抑或甚至无法做出比较，那么我又凭什么比他高级呢？

因此，我迫使自己做着不想做的事情，做着不想做的梦，我的生活……毫无意义，像一座已停摆的公共时钟。

185. 思想即毁灭

无论生活多艰难，普通人至少还有一种乐趣，那就是不去想它。随遇而安，表面上像猫狗一样生活——一般人就是这样生活的。如果我们想得到猫狗般的满足，就应当去这样生活。

思考等于毁灭。思考本身就在思考的过程中被毁灭，因为思考等于分解。如果人类知道如何思考生命的奥秘，如果他们知道如何去感知那成千上万个错综复杂的事物，这些事物在窥探灵魂行动的每一个细节，他们将永远不会付诸行动——他们甚至不想活下去。他们会惊恐地杀死自己，就像为了逃避第二天上断头台而自杀的人一样。

186. 雨天

空气是模模糊糊的黄色，如同透过肮脏的白色看到的浅黄色。灰色空气中几乎没有一点黄色，然而这苍白的灰色的悲伤中却夹杂着一抹黄色。

187. 新奇感

我们的日常生活若发生任何改变，都将给人的精神注入一种令人发怵的新奇，一种稍感不适的愉悦。一个习惯于6点下班的人，倘若在5点离开办公室，必定会感觉到一种精神上的放松，但同时也会有种不知所措的遗憾感。

昨天，由于要去较远的地方办事，我4点便离开办公室，5点就将事情处理完。我还不太习惯在这个时间将自己置身于大街上，我发现自己像是身处一个异样的城市。柔和的阳光落在同样的建筑表面上，显出一种无助的恬静，在这个平行的城市里，普通的行人与我擦肩而过，像一些从最后一班夜船登岸的水手。

我回到办公室，下班时间还没到，同事们自然感到惊讶，因为我已和他们做过下班的道别。什么？你回来了？是的，我回来了。只有与这些熟悉的面孔（在我看来，他们没有灵魂）为伴，我才可以免于感觉。在某种意义上，这里就是我的家——在这个地方，我没有感觉。

188. 如果有人欣赏我的作品

有时，我怀着忧伤的欣慰想象：如果有一天（在不属于我的未来），有人读起并欣赏我写的文章，那么我终于有了自己的亲人，那些“理解”我的人便是我真正的家人。我出生在这个家庭，并受到他们的呵护。但在我还未出生在这个家庭前，我就早已死去。我唯有在变成雕像时才受到理解——人在生前受到的冷漠对待，死后是无法用爱弥补的。

或许有一天他们会明白，我用与众不同的方式履行了我的本能职责，对这个世纪的一部分做出诠释。明白这一点后，他们会说，我在我所处的时代被人误解，我很不幸，周围充斥着漠不关心和麻木不仁，这样的事发生在我身上令人遗憾。而在未来说这话的人，一定也不能理解他那个时代像我这样的文人，正如我同时代的人不能理解我一样。因为人们只学习对他们的曾祖父辈有用的东西。我们只能将正确的生活方式传授给后人。

我写作的这个午后，天终于放晴。空气中透着一股喜悦，触及皮肤，几乎过于凉爽。将尽的白昼呈现出淡蓝色而非灰白，甚至街上的石子也折射出朦胧的蓝。活着令人伤痛，但这种痛很遥远。感觉无关紧要。一两家商店的橱窗亮着灯。楼上一扇敞开的窗口，有人在那儿俯瞰忙碌一天的工人下班回家。与我擦肩而过的乞丐若是认识我，一定会大吃一惊。

随后，犹豫不定的时光在建筑物反射出来的时浅时深的蓝色调中流连了一阵。

夜幕缓缓终结白昼的最后时光，在这一天里，那些有信仰和被误解的人，即便痛苦，也带着无意识的喜悦进行日常劳动。夜幕缓缓拂去最后一丝光波，在这忧愁而无用的夜晚，无雾的阴霾渗入我的内心。夜幕缓缓地、轻轻地降落在微微闪着淡蓝的海面上，夜幕缓缓地、轻轻地、忧伤地降落在寒冷而纯净的大地上。夜幕缓缓降落，透着无形的灰、苦涩的单调和不知疲倦的烦闷。

189. 天地之中

整整三天，天气无比炎热，丝毫未见一丝凉爽，一场暴风雨潜伏在充满渴望的平静之中，最后终于转移到了其他地方。随后，一丝轻柔的、夹杂着凉意的温暖袭来，抚慰了万物那明亮的表面。生活中有时同样如此，始终被生活重压的灵魂突然间感觉到了解脱，而这根本没有任何明显的因由。

我觉得人类便如同气候，在风暴未到他处之前，一直处于它的淫威之下。

万物浩瀚空洞，一切都湮灭在天空与大地之中。

190. 我是自己的旁观者

我用匿名者的身份，见证自己的生命逐渐耗尽，期待一切慢慢沉没。我可以坦诚地说，不需要花环去体现生命的死亡，我所渴望的东西——即便在某一时刻，我的梦是虚无的——无一不在我的窗下支离破碎，像一团泥土，从高高的阳台上的一个花盆里掉落，然后散落成一地残土。事情甚至似乎是这样的：命运总在想方设法让我喜欢上什么或想要得到什么，以便紧接着第二天它就能够告诉我，我得不到并将永远得不到我想要的。

然而，颇具讽刺意味的是，我就像一个自己的旁观者，从未失去观看的兴致，看看生活带给了我什么。尽管此时我已预先知道，每一个朦胧的希望终将化为一团幻影，我仍然带着特有的愉悦安享希望的幻灭。就像将苦与甜掺在一起，通过对比，甜更显得甜。我是一个郁郁寡欢的战略家，每战皆失，我学会了通过在每一次新的交战前勾画出不可避免的撤退细节来获得愉悦。

我的命运像一个不怀好意的造物主追随着我，它只对我自知无法得到的东西产生渴望。如果我在街上看到一个适婚年龄的姑娘，在那一瞬间我会去想象（尽管我看起来若无其事），如果她属于我会是什么样子。而铁的事实就是，与我的梦擦肩而过十步，她就将见到那个明显是她丈夫或情人的人。浪漫将导致悲剧：在这种情况下，一个局外人可能会将它看作一场喜剧；然而，我将两者混在一起，因为我既浪漫，又是自己的局外人。这又是写满讽刺的一页。

有的人说，没有希望的生活令人难以忍受；还有的人说，希望使生活变得空洞。对我而言，因为我已经停止希望或不去希望，生活只是一幅将我画入其中并供我观看的外在图画。生活像一出没有情节的戏剧，仅用来悦人耳目——像前后不连贯的舞蹈，在风中沙沙作响的树叶，笼罩在变化色彩的阳光下的云，以及城市里蜿蜒曲折的古老街道……

在很大程度上，我与自己写下的散文几乎一致。我用语句和段落将自己铺展开来，给自己加上标点，我一遍又一遍布置一连串意象，像一个用报纸将自己装扮成国王的孩子。我以这种方式用一连串词语创造了韵律，像一个疯子用干花编成花环戴在头上，这些干花在他的梦里依然鲜活。最重要的是，我很冷静，像一个布娃娃开始注意到自己，偶尔摇头以便使帽子上的小铃铛发出声响——死者的生活叮当作响，对命运发出微弱的警示。

然而，在这平静的不满之中，以这种方式去思考的空虚感和单调感曾多少次缓缓注入我有意识的情感里啊！我曾多少次感觉到，就像从断断续续的声响里听到了某种声音，这种生活的潜在苦涩与人类生活离得如此远——在这种生活里，除了产生自我意识以外，什么也不会发生！我曾多少次从这样的自我放逐中醒来片刻，偶然看到，成为一个彻底的小人物是多么好，这个快乐的人至少可以感受到真正的苦涩，这个知足的人可以感受到疲劳而不是单调，遭受苦难而不是想象自己遭受苦难，杀死自己——是的——而不是看见自己死亡！

我使自己成为书里的角色，我把自己的生活写出来供人阅读。无论我的感觉是什么（哪怕是违背我的意愿），我都能写下我的感受。我的一切所思都立刻化为词语，混入扰乱思想的意象，铸成韵律，成为另一种东西。经过这么多的自我修改，我毁掉了我自己。经过这么多的自我思考，我不再是我，而是我的思想。我探测自己的深度，并放弃这种探测。我终其一生想知道自己是否深刻，我没有什么可供探测的了，唯有用肉眼来探测——像井底幽暗而生动的倒影，映出我那张对自己的观察进行观察的脸。

我像一张扑克牌，属于一个古老而又难以辨认的纸牌盒——是一艘沉船中的唯一幸存者。我活着没有意义。我不知道自己的价值，找不到可以与自己做比较的东西，以探索自己的价值。并且，做出这种探索对任何人毫无用处。此外，用一个又一个意象描述自己——不是不真，而是将谎言混入其中——我最终更多地成为意象而非我自己。我叙述着自己，直到我不再存在。我将灵魂汇聚于笔下，除了写作别无他用。然而，反应停止，我重新屈从于自己，我回归自我，即使它什么都不是。一滴流不出来的眼泪，使我僵硬的眼睛灼痛不已；一丝我感觉不到的痛苦卡在我干涩的喉咙里。我甚至不知道如果我在哭泣，我为何而哭泣，我亦不知道为何我没有哭出来。虚构的东西像我的影子一样追随着我。我想要做的就是进入睡眠状态。

191. 伤悲

我的灵魂和心灵之中都充满了恐怖的疲惫。我内心伤悲，因为我从不是那个人，我不知道我带着怎样的怀旧之情在想念那个人。我陷入了希望和废墟之中，就像所有的日落……

192. 真实的虚幻

有些人在承受真正的痛苦，因为在真正的生活中，他们无法与匹克威克先生生活在一起，或者不能握住韦尔德先生的手。我就是这样一个人。为了那本小说，我流下了真诚的热泪，因为遗憾无法生活在那个时代，无法和那些真实的人生活在一起。

小说中的灾难往往都很美丽，因为小说里的血液并非真正的血液，在小说中死亡的人物尸体不腐，而且在小说之中，就连腐烂也不能称为腐烂。

匹克威克先生显得可笑至极，其实他并不可笑，因为这一切都发生在小说之中。或许这本小说可以说是更为完美的生活与现实，上帝通过我们创造了生活与现实。或许我们生存只是为了创造生活与现实。文明之所以存在，似乎只是因为创造了文艺；文字被创造出来也是为了表达文艺，从而被保留了下来。我们怎么知道这些额外的人物并非真实存在呢？我的心因此备受折磨，以至于我觉得他们都是真实的……

193. 虚幻的思念

最痛的感觉、最伤的情感，是那些荒谬的事情：渴望得到不存在的事物，恰恰因为其不存在；怀念从不曾发生过的事情；渴望得到本应该能得到的事物；悲叹自己不是别人；对世界的存在心存不满。所有这些心灵意识的半色调调成一幅描画我们的凄惨图景，和永恒日落一起呈现在我们面前。我们觉得自己就像薄暮下的一片荒原，河边不见一舟，唯见芦苇丛忧伤地摆动着，河水在宽阔的两岸之间变得越来越暗。

我不知道，这些感觉是惆怅情绪引发的慢性癫狂，还是我们经历过的前世遗留下来的某种回忆——这种回忆混乱、交错，仿佛梦中所见，即便我们知道那是什么，它还是以荒谬而非原初的形式出现在我们面前。我不知道我们曾经是否真的是其他存在，我们感知到他们那种更好的完整性，在我们当下生活的二维空间里，以一种不完整的形式，成为一个已丧失完整性的粗略概念，这仅仅是他们的幻影。

我知道，有关这一情绪的思考搅得灵魂隐隐作痛。我们无法构思出与它相对应的事物，亦不可能找到什么去替代它在我们想象中所包含的事物——这一切重压就像一个判决书，无人知道它会被送往何处，由什么人出于什么理由来宣读。

然而，这一切感觉所留下来的只是一种对生活及其态势的不可避免的反感，是对一切欲念及其所有表现形式的预先厌倦，是对一切感觉的普遍憎恶。在这些悲愤郁结的时刻，成为一个情人或英雄或快乐的人皆变得不可能，甚至在梦中亦是如此。一切皆虚无，甚至在我们的思想里亦是如此。一切都用我们无法理解的其他语言表达出来——在我们看来不过是一连串无意义的音节。生活、灵魂、世界皆为虚无。诸神皆死于比死亡更甚的死亡。一切比虚无更虚无。一切是虚无之中的混乱。

想到这里，如果我举目四望，看看现实是否能浇灭我的渴望，我会看到毫无意义的门面、毫无表情的面孔、毫无意义的姿态。石头、身体、思想—— 一切都已死去。所有运动都归于静止。对我而言，一切都毫无意义，一切都非我所知，不因为它们陌生，而因为我不知道它们是什么。世界悄然消失。我在心灵深处——这一刻它是唯一的真实——感到一种无形的强烈悲怆，像有人在黑屋子里发出悲伤的啜泣声。

194. 我感伤时间的流逝

我带着巨大的伤痛，去感觉时间的流逝。不管什么东西，当我失去它时，总会产生一种夸张的情绪：那间我住了几个月的凄冷的出租屋，那家我住过六天的乡村客栈的餐桌，甚至那间我在里面花了两个钟头等火车的阴暗的车站候车室。是的，但是当我把生活中的琐事抛诸脑后，用我所有神经的敏感意识到我再也见不到它们了，或者再也不会拥有它们了，至少不会在同一时刻看见或拥有，那么我的悲伤就是形而上的。我的灵魂裂开了一道缝，上帝从口中吁出来的冰冷的气拂过我苍白的脸。

时光！昔日的时光！说话声、歌声或是偶然飘来的香气——揭开我心灵回忆的序幕……我再也回不到过去了！我再也无法拥有过去的所有！死去的人！那些死去的人曾爱过儿时的我。当我想起他们，我的整个灵魂都在颤抖，我感到自己遭到每一颗心灵的驱逐，孤零零地在自我之夜游荡，像一个乞丐，在每一扇悄然紧闭的大门前哭泣。

195. 假期随笔（二）

两条小海峡将小海湾和沙滩与世隔绝起来，在这三天假日里，我在这小海湾躲避着自我。通往沙滩的简陋阶梯，上半截用木质台阶建成，下半截直接从岩石上凿出来，边上搭建了锈迹斑驳的铁扶手。每当我走下这古老阶梯，尤其是走在下半段的岩石台阶时，我离开自己的存在，并找回了自我。

神秘学者（至少是某些神秘学者）说，当灵魂达到最高境界时，它会在感觉或部分回忆的牵引下，唤起前世的某个瞬间、某个面孔或某个影子。当灵魂回到比今生更接近事物的初始状态时，它会体验到一种童年的自由感觉。

我走下这人迹罕至的阶梯，然后，缓缓踏入永远空无一人的沙滩，就好像被施了什么魔法，我找到了更接近本我的单原子状态。我日常存在的某些方面和特征——通过欲念、憎恶和忧虑表现出我的日常本质——像逍遥法外的逃犯，变得面目全非，从我身上消失。我达到一种精神疏离的状态，记不起昨日的事，也无法相信日复一日附在我身上的自我真正属于我。我平时的情感，我平时没有规律的习惯，我与别人的交谈，我对社会秩序的适应——我似乎在什么地方看到过这一切，像一本已出版的传记里被删去的页面或某些小说里的情节，当我一边读里面的某个章节，一边想一些其他的事情时，故事的线索突然断开，结果情节落在地上溜走了。

静悄悄的沙滩，只有海浪声和掠过高空的风声，像看不见的巨大飞机在轰鸣。我做了个从未做过的梦——柔软而缥缈无形的事物，给人深刻印象的奇景，没有意象或感觉，像天空和海水一样明朗，像大海的白色漩涡从深邃无边的真理深处卷起，发出回荡的声响。海水从远处奔涌而来，闪着蓝色，靠近海岸时，呈现出墨绿色调，发出巨大的嘶声，仿佛将成千上万条臂膀摔在微暗的沙滩上，在那里留下干泡沫，然后潮水全部退下去，踏上回到原始自由的归程。所有对上帝的怀念，所有前世的回忆（像这个梦一样缥缈无形、毫无痛苦），因为太美好或与众不同而令人感到喜悦，怀旧之躯带着灵魂的泡沫，憩息和死亡，这一切或虚无——像一片汪洋大海——将生活的避难之岛环绕。

我睡了，但没有睡着，我已迷失在通过感觉所见到的景色里——自我的黄昏，树丛里泛起的点点涟漪，大河的宁静，悲伤之夜的丝丝凉意，冥想中的童年依枕而眠，白皙的胸脯在悠悠起伏。

196. 孤独的甜蜜

那种没有家人和同伴的甜蜜，那种被放逐的愉快的滋味，那种因孤独而自豪的感觉，给我们因远离家乡而产生的模糊的焦虑带来一种奇怪的感官享受——所有这一切，我都以我自己的方式漫不经心地享受着。我心里的一个信条就是，对于我们的感觉，不应该过度注意，甚至应该带着傲慢态度对待做梦这回事，还要带着贵族意识，认为梦境离开我们就无法存在。认为梦境太重要，其他事也会跟着变得重要起来，这些事就会脱离我们，尽其所能变成现实，我们因此会失去权力，无法控制它们。

197. 共性与平庸

共性是一个家。平庸是母亲的膝头。我们在对崇高诗歌进行长驱直入后，到达向往已久的巅峰，在领略过气势磅礴的奇峰秀岭后，才感受到平庸的好。平庸让人感觉到，生活中的一切都是温暖的，就像回到小酒馆，里面的傻瓜嬉笑怒骂，与他们一起胡吹海喝；就像又多了一个傻瓜，变成上帝刚刚造就的样子，对宇宙赐予我们的一切心满意足。而那些勇攀高峰的人，他们到达山顶才发现无事可做。

如果有人告诉我，在我看来疯狂或愚蠢的某个人，在生活的很多成就方面和细节上比普通人更胜一筹，我并不为所动。癫痫患者病情发作，会有惊人的力气；偏执狂的推理能力，少有人能匹敌。这一切证明，狂热就是狂热。我宁可选择可知花丛之美的失败，也不要荒野之地的胜利，因为这种胜利充斥着灵魂的盲目，只有与世隔绝的虚无。

我徒劳无益的梦，甚至多次扰乱我的内心生活，神秘主义和冥思苦想令我感到生理反胃。我快速冲出自己做梦的地方——我的公寓，冲向办公室，当我见到莫雷拉的面孔，就像自己终于靠岸。当我说完和做完一切，我喜欢莫雷拉甚于苍茫世界，我喜欢现实甚于真理。是的，我喜欢生活甚于创世主。这是生活赐予我的，这也是我将要面对的生活。我因为做梦而做梦，但我不能忍受将我的梦视作个人舞台以外之物的侮辱，正如我不会把酒——尽管我喜欢喝酒——当作营养的来源或者一种生活必需品。

198. 城市与乡村

清晨，在每天都会出现的阳光的映衬下，晨雾给那一排排房子、荒废的空地、此起彼伏的高地披上一层薄薄的轻纱，接着，太阳慢慢将一切镀成金色。然后，轻柔的薄雾渐渐散去，如同轻纱被层层揭去，直至完全消逝。到了 10 点，唯有天空的淡蓝，仿佛在告诉世人，那里曾经被薄雾笼罩。

当迷雾散去时，城市里的一切获得新生。天已破晓，像开启一扇窗户，再次破晓。街头的声响有了微妙的变化，一切仿佛突然重现。马路上的鹅卵石泛起青光，温暖的阳光中透着一股湿气，也给行人披上一层毫无人气的光环。

城市的苏醒，有雾或无雾，总是比乡村的日出更令我感动。乡村的太阳，将草地、灌木丛和如同无数绿手的郁葱树林镀成金色，一切变得有点潮湿，直到最后闪耀起来。与此相比，城市的日出更多的是一种新生，饱含着更多的期待。太阳照射在玻璃上（太多玻璃）、墙上（彼此各不相同）和屋顶上（各种各样的屋顶），将它的影响力放大到无数倍，使辉煌灿烂的清晨与其他许多现实完全区别开来。乡村的黎明令我喜欢，而城市的黎明好坏掺杂，因而更令我喜欢。是的，因为和一切希望一样，一种更大的希望给我带来微微的苦涩，一种远离现实的乡愁味道。乡村的黎明是存在，而城市的黎明是希望，前者让你活着，后者则让你思考。我注定总要去感怀，和世界上最不幸的那些人一样，认为思想比存在更有意义。

199. 秋意迷蒙

夏末，酷暑渐退。午后，无垠的天空偶尔泛起一抹柔光，扑面袭来的寒风无不暗示着秋的来临。树叶尚未泛黄凋落，当我们看到死亡就在我们身边时，没有感到一丝恐惧，因为我们知道我们的死亡也将来临。然而，最后的垂死挣扎过后，留下一种竭尽所能的衰弱无力、一种莫可名状的麻木。啊，这些午后充满着如此凄凉的冷漠，秋天尚未来临，已在我们心中开始。

每一个秋天都与我们的人生里的最后一个秋天更近了一步。其实春天和夏天也一样，但秋天，究其本质而言，使我们意识到一切事物都将结束，而这也正是我们在欣赏春夏美景时最容易忘却的事情。

现在还不是秋天，空中还没有黄色的落叶，还没有入冬前那种潮湿的悲伤。但是，在我们朦胧的意识中，有一种预料之中的悲哀的暗示——一种为旅途所准备的悲哀——我们隐约意识到事物的颜色在变化，风的声音在变化，而且，当夜幕降临时，宇宙不可避免地呈现出古老的寂静。

是的，我们都会逝去，关于我们的一切都将过去。穿戴着感觉和手套去谈论死亡和地方政治的人的身上什么也不会留下来。正如同样的光芒照耀在圣徒的脸上和行人的鞋面上，同样的缺乏光芒会使黑暗吞噬圣徒和行人什么也不会留下来的虚无。在巨大旋风的席卷下，整个世界像干枯的落叶一样，漫无目的地随风飘移——整个王国并不比裁缝手头的活计更有价值，随处可见的少女的亚麻色辫子和帝国里的王权一样在凡间旋涡里挣扎着。一切都是虚无，在隐形世界的门厅，每一扇开启的门后面，都有一扇紧闭的门，一切都在翩翩起舞，风之奴仆不用手也可以搅动万物——这一切，无论大小，都为我们所存在，组成宇宙的可感知体系。一切都混杂着尘土的影子，没有人声，唯有起风或狂风掠过的声音，除了荒芜，风没有留下任何东西。有些人像轻飘飘的落叶，离开地面，随着旋涡飘到空中，然后被远远甩在重物圈之外。另一些人，几乎看不见，但仍然同样尘土飞扬，只有近距离观察才会有所不同，他们在旋风中铺床。还有些人，他们是小树干，被吸入旋涡后，在此处或彼处稍作停留。将来有一天，当一切最终完全显现出来，另一扇门也被开启，我们将成为星辰和灵魂的垃圾，将被清扫出房间，以便现存之物重新开始它们的生命。

我的心刺痛了我，像一个外来之物。我的大脑力图哄睡我的感觉。是的，这是秋的伊始，它用死气沉沉的淡黄色调和成毫无规则的形状，触动天空和我的灵魂，给夕阳中残存的几片云彩勾勒出模糊的轮廓。是的，这平静时刻是秋天的开始，也是意识清醒的开始，是一切事物毫无特征的不完美。是的，秋天似乎总是这样，在即将开始时，预先体会了一切行动的乏味和一切梦想的幻灭。我还能有什么样的期待？我还能希望它从何处开始？当我反思自我时，我就已经加入那些落叶和门厅前扬尘的行列，在完全虚无和毫无意义的轨道里行驶，在被最后一抹不知来自何处的夕阳镀成金色的干净石板上，拍打出生命的声音。

秋天将带走一切，带走我的一切思想、一切梦想和我做过或尚未做过的一切。就像用过的火柴在地板上四处散落开来，指向不同的方向；或揉作一团的废纸；或伟大的帝国、一切宗教和为地狱的睡意绵绵的孩子们玩耍而设计的哲学。这一切构筑了我的灵魂，从我的雄心壮志到卑微凄凉的出租屋，从诸神到我的老板——维斯奎兹先生，这一切都将被柔弱而冷漠的秋天带走。秋天将带走一切，是的，带走一切……

200. 白日的徒劳悲叹

我们甚至不知道那些随着日光而逝去的东西，到最后是否会在我们心里留下无用的悲伤，也不知道我们是否只是阴影中的幻象，而现实只是一片无边无际的寂静，那密密匝匝、丛丛簇簇的芦苇荡里见不到一只野鸭。我们什么也不知道。已逝的岁月是儿时听过的故事的残存记忆，如今已变成密密麻麻的水藻；而未来的时光是未来天空的款款柔情，微风缓缓吹开满天的星辰。废弃的寺庙里，祈福油灯不安地闪动着。荒芜的庭院里，池水在阳光下泛着光。曾经刻在树上的名字已失去意义。我们并不认识的人的特权像撕碎的纸片被风吹散，跌落一地，唯有遇到阻碍物才停下来。人们把身体探出同一扇窗户。忘掉邪恶阴影的人会继续沉睡，心中满怀对从未拥有过的阳光的渴望。在秋高气爽的黄昏，在不存在的远方，我无悔地跌入芦苇湿地，被充斥着我的倦怠乏味的淤泥掩埋。这只是我的想象，我并没有采取行动。经历了这一切，我在白日梦里感受自己的灵魂，像强烈焦虑的啸叫、一声尖厉的怒号，在世界的黑暗里徒劳空响。

201. 云

云……今天，我意识到天空，但有些时候，我只是去感受而不是凝望它。我只是生活在这个城市，而不是这个包含它的自然世界。云……今天，它们是最大的现实，那样的阴天，像命中注定的巨大的危险一样令我忧心忡忡。云……它们从大海飘到城堡，从西边飘到东边，支离破碎，混沌不堪——它们七零八落、莫名其妙地凑到我们眼前时是白色的；它们徘徊不前时是半黑的，等着呜呜低鸣的风将它们吹散；当它们而不是它们的阴影让一排排密密麻麻的房屋之间那片呈现在街上的虚幻空间变得暗淡时，它们是糅合着灰白的黑，仿佛不愿离开。

云……我活着的时候不知道什么是云，临死前也不想知道。我是“我”与“非我”之间、梦想的我与现实的我之间的差异，现实造就的我有血有肉、大众化、抽象而虚无，而本我也同样虚无。云……我感受时心神不宁，我思考时浑身不适，我渴求时万般无奈！云……它们继续飘着，一些云如此巨大，仿佛要塞满整个天空（尽管那些房屋挡住了我们的视线，以至于我们无法看见它们是否和看起来的一样大）；而一些云形状各异，要么两朵拼成一朵，要么一朵裂成两朵，毫无意义地悬浮在疲惫的天空上方；还有一些云，它们如此细小，像某些巨大生物的玩物，像一些荒唐游戏里用到的奇形怪状的皮球，此时被冷落到天边。

云……我诘问自己，我不了解自己。我的所为毫无用处，我将来的所为也毫无不同之处。我耗费着一部分生命，用于胡乱诠释完全虚无的东西，而另一部分生命用于写作散文诗，以抒发我不可言传的感觉，借此来拥有未知的宇宙。我从主观上和客观上都讨厌自己。我讨厌一切，一切的一切。云……它们是一切：大气层瓦解的碎片，如今是无价值的地球和不存在的天空之间唯一真实的东西，而我的单调乏味归咎于那些莫可名状的碎片，薄雾凝结成无色的威胁，无墙的医院四处可见的肮脏棉花团。云……它们像我一样，是天地之间的荒芜过道，听凭某种无形脉冲的摆布，有时打雷，有时不打雷；白色的云朵令人欢愉，黑色的云朵散布阴霾，游离于天地间的虚构假象，远离尘间喧嚣，却未有天空的宁静。云……它们一直在前进，一直在前进，并且将会永远前进，在这片虚假而破碎的天空中无限延展，四处散开。

202. 流逝的岁月

我在流逝的岁月中耗尽光华。谁也说不出我是谁，也不知道我曾经是谁。我从不知名的高山走进不知名的峡谷，在倦怠的黄昏里，我的足迹留在林中空地上。我爱过的每一个人都将我遗忘在阴影里。没有人知道最后一班船何时到来。无人给我写的那封信，邮局也没有它的消息。

然而一切都不真实。无人给他们讲起的故事，他们一个也不愿意讲出来。关于很久以前将希望寄托于虚构旅行而离去的人，关于那个心怀迷惑和踟蹰不前的孩子，无人知道他们的确切消息。在那些踟蹰不前的人之间，我有一个名字，和一切名字一样：影子。

203. 森林

啊，甚至那个凹室也不是真的——它只是一个古老的凹室，来自我失去的童年！它像雾一样慢慢离去，穿过我现实中的房间的白墙。我的房间在暗影下浮现，清晰可见，看起来更小一些，像生活和日子，像咯吱作响的马车声，像抽打在疲惫地卧倒在地的牲畜身上微弱的鞭子声。

204. 双重存在

有很多我们认为正确或真实的事情其实只是梦境的残余物，只是我们不了解的正在梦游的形象！有人知道什么是正确或真实吗？有多少我们认为美丽的事物其实只是一时的风尚，只是他们所处时代与地点的虚构之物！有很多事物，我们觉得其为我们所有，可其实其与我们的血液毫不相干，我们只是它们的一面完美的镜子，抑或透明的外皮！

我越深入地对我们自欺欺人的能力进行思考，我的确定性便会越小，仿佛细沙从我的指缝间滑落。当这沉思演变成为一种感觉，在我的心中挥之不去，这整个世界在我心里就变成了一团影子组成的迷雾、有棱有角的薄暮、一个虚构的插曲以及永远不会成为清晨的黎明。万物变身成为死气沉沉的绝对自我，成为停滞的细节。我把我的沉思转化成为感觉，以便能够忘却。甚至我的感觉也变得麻木，遥远而缺乏创意，既不是沉思，也不是感觉，发生了变异，只是影子和混乱的副产品而已。

在这样的时刻——当我可以毫无困难地理解禁欲主义者和隐士，我便能够理解，所有人是如何为了绝对终极而做出努力，或遵守可以令人努力的信条——如果可能的话，我会创造出一种成熟的绝望美学，一种像婴儿床摇摆一样的内在节奏，被夜晚的爱抚调制成对其他遥远家园的怀旧。

今天，在不同时刻，我遇到了两位朋友，他们两个人曾打过架。两个人对我讲了他们打架的事，讲述的内容各有不同。每个人都说的是事实，每个人都向我说出了他的理由。他们都没错，绝对正确。并非他们看问题的角度不同，抑或一个人看到了问题的一面，另一个人看到的是另一面。不，两个人看到的都是问题的全部，两个人都根据相同的标准看待问题，可两个人却看到了不同方面，所以两个人都是对的。

我为这种双重事实的存在而深感苦恼。

205. 形而上学思维

无论我们知道与否，我们每个人都有一种形而上学思维；同样，无论我们喜欢与否，我们每个人都有一种道德观。而我的道德观极其简单——对任何人既不行善也不作恶。不作恶，不仅因为只有这样做才公平——其他人同样拥有我所要求的权利，即不被人打搅——还因为在我看来，世界的自然之恶已经够多了，无须由我再添加什么。世上的人们都是同一条船上的乘客，从某个未知港口驶向另一个未知港口，我们应当怀着一颗旅客的诚挚之心对待彼此。不行善，因为我既不知道善为何物，也不知道自己做过的事情是不是善事。当我施舍一个乞丐散钱时，或者试图教育或开导别人时，我又如何能知道自己制造了什么样的恶？疑惑之下，我唯有放弃。此外，我还认为，帮助别人或阐明什么，在某种意义上也是干涉他人生活的一种恶行。善心只是我们的一时兴起，但无论我们的善心多么高尚或仁慈，我们都没有权利让别人成为我们头脑发热的受害者。善事是一种不公平的负担，这便是我断然憎恶它们的缘故。

如果说出于道德原因，我不对人行善，那我也就不要求他人对我行善。当我生病时，我最痛恨的事情就是让别人觉得有责任照看我，而这也是我讨厌对别人做的事情。我从不去探访生病的朋友。而当我生病时，我总是将探访者的到来当作一种烦扰，一种对我自己隐私的无端侵犯。我不喜欢接受人们的礼物，因为这样看起来像是他们施予我恩惠，我应当做出某种回报——不管是给他们还是其他人，事情都一样。

我极为喜欢交际，但用的是一种极为消极的方式。我是一个不令人讨厌的化身。但我仅此而已，希望仅此而已，也不得不仅此而已。对于一切存在之物，我感受到一种视觉感情、一种理智钟情——但内心毫无感情。我对一切都不信任、不期待、不宽容。一切虔诚的虔诚灵魂和一切神秘的神秘主义者（毋宁说是一切虔诚灵魂的虔诚和一切神秘主义者的神秘）都令我感到恐怖。当神秘主义者活跃起来，当他们试图说服他人、扰乱他人的意志、寻求真理或改变世界时，我就感到不舒服。

我为自己不再有家而感到庆幸，这使我从关爱某人的责任中解脱出来，不然我肯定会觉得难以忍受。我仅有的怀旧，只是文学的。童年的回忆令我热泪盈眶，但这些眼泪和着韵律，泪水里的散文已经成形。我像回忆一些与我无关的事情一样回忆童年，通过一些外在之物回忆起它。令我怀念童年的不只是那乡村寂静祥和的傍晚，还有放着茶壶的桌子、房间里摆放的家具以及人们的容貌和身姿。我怀念那些场景。因而，别人的童年总能像我的童年一样打动我：它仅仅是我无法探究的久远过去的视觉现象，我对它的感觉只是文学性的。是的，童年打动我，但更多是因为我看见了而不是想起了童年。

我从未爱过什么人。我最爱的东西是我的感觉——我的视觉意识状态，通过认真聆听捕捉来的各种印象，外部世界的质朴芳香像是在对我述说什么过去的事情（它们的气味极其容易勾起我的回忆），它们带给我的感觉要比面包房里烘烤的面包这个事实更强烈。就好像在一个遥远的午后，当时，我参加完叔叔的葬礼，走在回家的路上，他曾经如此爱我，我有一种自己也说不清的、亲切的、被抚慰之感。

这就是我，我的道德观，或是我的形而上学思维。我是包括自己灵魂在内的一切事物的路人，我什么也不属于，什么也不渴望，什么也不是——我只是客观感觉的抽象中心，一块掉在地上的镜子，用感觉映照着大千世界。我不知道也不在乎这种方式是否给我带来快乐。

206. 写作即物化梦

加入他人、与他人合作或共同行动是一种病态的形而上学冲动。赋予个体的灵魂不应当外借给其与其他人的关系。存在的神圣事实不应当对共存的邪恶事实屈服。

当我与他人共同行动，至少我失去了一样东西——单独行动。

当我参与进去，尽管我看似在扩充自己，实则在限制自己。与人交往即死亡。对我而言，唯有我对自己的意识是真实的。他人在我的意识里不过是模糊不清的现象，过于将他们归于现实是病态的。

想方设法我行我素的孩子们与上帝最接近，因为他们想要活着。

作为成年人，我们的生活沦落到互相施舍的境地。我们纵情于共存，挥霍着自己的个性。

每一句口头语都在欺骗我们。我唯一能容忍的沟通方式就是书面语，尽管它不是组成灵魂间桥梁的石头，而是群星间的一线光芒。

解释即不信任。每一种哲理都是乔装成永恒的交际手段……正如交际手段，它没有实体形式，不能凭借自身力量存在，只能彻彻底底地代表一些客观对象。

对于一个发表作品的作家来说，唯一高贵的命运就是得不到他应得的名声。然而，这个真正高贵的命运属于不发表作品的作家，并非不写作的作家，倘若那样，他便不再是一个作家。我的意思是说，作家的天性就是写作，但他的精神态度使他不去将自己的作品公之于众。

写作即使梦境具体化，创造一个外部世界，而这是我们作为造物主的天性的物质回报。而发表作品就是将这个外部世界拱手于人。然而，倘若这个外部世界为我们所共有，而对他们来说是“真实”的外部世界，一个由看得见、摸得着的物质组成的世界，那么会怎么样呢？他人如何去对待我心中的这个宇宙呢？

207. 挫折的美学（一）

出版——是一个人自我的社会化，是一种低劣的必需品，但仍然不是一种真正的行为，因为出版者通过出版获得金钱，印刷工通过生产出版物获得金钱。不过，至少出版有不清不楚的价值。

当一个人到达思维清晰的年龄，他最关心的事情之一就是深思熟虑后，积极主动地将自己塑造成理想典范的形象。我们的心灵在面对现代世界的嘈杂纷乱时，由于最能体现我们高贵态度的理想做法就是无为，所以我们的理想就是无为和不行动。徒劳无益？或许如此。然而，这只会烦扰那些被徒劳思想所蛊惑的人。

208. 我们无法去憎恨

热情是一种粗俗。

尤其是对热情的表达，是一种对伪善权利的侵犯。

我们永远也不知道自己何时是真诚的，或许我们永远也不会真诚。即便我们今天对某事真诚，明天我们或许就会对这件事的完全对立面真诚。

我自己从未确信如此。我总是拥有观感。我永远无法去憎恨一片土地，尽管在那里我曾看到过一次可耻的日落。

我们并未使太多的观感具体化，因为我们在拥有观感时就说服自己去相信，自己已经使它们具体化了。

209. 诗人

在我们所有的一切和我们想要的一切中，我们都是死亡。死亡包围着我们，渗透到了我们的全身。我们生活在其中，这就是我们所说的生活。

我们活着、睡觉，梦见死者的死，我们要的是活人的死。

死亡是我们所拥有的，死亡是我们所渴望的。我们活着就是死亡。

210. 一切离我而去

一切都在离我而去。我的全部生活，我的回忆，我的想象和一切想象之物，我的个性，全部都在离我而去。我常常感到自己是另一个人，另一个我在感受和思考。我观看的这出戏有一个不同的陌生场景，而戏里的主角也正是我。

在我日常就很杂乱的抽屉里堆着一些文学作品，有时候我会找到一些我 10 年或 15 年（甚至更久）前写下的东西，一些作品看起来像是出自陌生人之手，我根本分辨不出它们其实是我的作品。但如果不是我写的，那么又会是谁？我能感受到那些写下来的事情，然而那似乎是在另一种生活中，而我就像是另一个人刚苏醒过来。

我常常会翻出年轻时写下的东西，当时我不过一二十岁，那些作品显露出来的表达力是我无法忆起的。我青年时期所用的措辞和语句看起来像是今天的我用的，而这些东西只有经受此后多年磨炼的人才能写得出来。在我看来，如今的我与昔日并无不同。尽管我觉得自己大体上比过去大有进步，但我不知道进步在哪儿，我还是过去的那个样子。

这里隐藏着某种令我疑惑不安的奥秘。

就在几天前，我看了一篇自己很久以前写下的短文，感到大吃一惊。我很清楚，自己几年前才开始小心翼翼地遣词造句，但我在抽屉里发现的这篇年代更久远的短文里竟然出现了同样缜密的语言。我完全不知道过去的我是怎么一回事。我是怎么发展成从前的模样的？我从前不了解我自己，那现在我又是如何了解的呢？这一切变成一个令人迷惑的迷宫，我迷失在自我里，离我而去。

我任由自己的思绪驰骋，我可以肯定，自己在写一些曾经写过的东西。我在回忆。假设我身上存在着另一个我，我会向他询问，如果按照柏拉图主义有关感知的说法，是否存在着另一个纵向的回忆，也就是前世，我们隐约记得前世的事，但那只属于今生……

上帝啊，我的上帝，我到底在观看谁？到底有多少个我？我是谁？在我和我之间到底隔着什么样的鸿沟？

211. 我的法文旧作

这一次，我又发现了自己用法文写的文章，写于 15 年前。我从未到过法国，也从未与法国人有过什么近距离接触，而且随着时间的流逝，我对法语渐渐生疏。今天，我像以前一样读了很多法语文章。随着年龄的增长，我也更善于思考，我应该有所进步才是。然而，这些写于遥远过去的文字表现出一种我从不具有的对使用法语的自信。这篇文章语言流畅，如今的我可能都无法用这种语言写出来。它有完整的段落和语句，语法形式和惯用语无不显示出一种流畅，而现在我已丧失这种写作能力，甚至想不起曾经还能这样流畅地写法文。这怎么解释呢？谁将我体内的我换走了？

我们不难形成一种事物和灵魂的流动性理论，很容易把我们自己理解为内在的生命之流，想象有很多个我们，我们走遍自我，我们有很多……不过，在这种情况下，除了个性在其河岸之间流动之外，还存在一些其他的东西：有一个绝对的他人，一个也属于我的外在自我。随着年龄的增长，我应该丧失想象力、情感、某种智力和一种感觉方式——这一切，尽管令人遗憾，却不足为奇。但是，当我读自己的文章时，就像这篇文章出自陌生人之手，我面对的又是什么样的事呢？如果我看见自己在深渊里，我将站在什么边缘上呢？

在其他时候，我发现一些连自己都想不起来曾经写过的文章，就其本身而言，这并不使我感到惊讶，但我甚至想不起自己有这样的写作能力，这就使我骇然。某些句子出自另一种思路。就好像我找到一张旧照片，我知道照片里的人是我，但那个人有着连我都认不出来的身高和容貌，这使我有些骇然。

212. 分裂的自我

我持有最矛盾的意见，保持着分歧最大的信仰。因为思考、谈话或行动的人从来都不是我，而是我诸多梦里的一个梦，是我暂时寄居的梦在替我思考、谈话和行动。我张开嘴，但说话的是另一个我。我感到唯一真正属于自己的，就是彻底的无能、巨大的虚无和生活中方方面面的不胜任。我不知道什么样的姿势适合真正的行动……

我从未学会如何去生存。

我从自己身上获得一切想要的东西。

我希望读者在读完这本书后，会有一种穿越感官噩梦的印象。

曾经道德上的东西如今成为一种美学。曾经社会的人如今成为个体的人。

既然我的心中满是千变万化的黄昏——包括那些不是黄昏的事物——并且，除了观看心中的黄昏，我自己从内至外都已变成黄昏，那么为什么我还要看黄昏呢？

213. 为了寻找的放弃

云朵分布在整个天空里，落日余晖照射着云朵。无垠的天空高高在上，蕴含无限，各种柔和色调装点着天空，茫然地飘浮在天空中的巨大的遗憾之中。房顶上一半是光亮，一半是阴影，即将离去的太阳投射下最后几缕柔软的光线，然而这光好像既不是来自太阳，也不是阳光照亮之物反射出的光线。巨大的平静悬挂于喧闹的城市上空，越来越平静。万物无声且深深地呼吸着，超越了那色彩与声响。

阳光普照不到的七彩建筑物开始发灰。多样的色彩中蕴含着冰冷。轻微的焦虑在街道构成的伪造山谷里昏昏欲睡。它睡着了，平静下来。在高耸云端的建筑物的最低处，一点点地，那些色彩开始变得虚无。只在那一小块云朵上——仿如一只白鹰盘旋在万物之上——还残留着太阳的最后一抹欢快的金光。

为了寻找，我放弃了我在生活里寻找到的一切。我就像一个茫然不知在寻找着什么的人，寻找着，寻找着，在梦中已然忘记了想要寻找什么。寻找的双手做出了实实在在的动作，而寻找的事物还不如这双手真实——搜索、拾起、放下——这双手就是一个有形的存在，修长、雪白，每只手上都有五根指头。

我所有的一切，就像这高高在上、变化多端的同一片天空，到处都是虚无的碎片，被远处的一束光刺痛，到处都是伪生活的碎片，被远处的死亡镀上了金，而这死亡则带着一抹了然全部事实的悲伤微笑。我所有的一切，乃不知如何寻找而得，如同一个黄昏中沼泽地上的封建领主，一个空坟之城里的孤独王子。

在我的思考之下，在高高在上的云朵突然绽放的光芒之下，现在的我，曾经的我，或者我想象中的现在与曾经的我，突然间失去了神秘、真实，或许连运气都失去了，这些东西藏在某个晦涩之物中，这个物体的生命十分渺小。如同渐行渐远的太阳，这就是我得到的东西。在高高耸立的屋顶之上——这些屋顶各式各样却又千篇一律——太阳的光芒之手慢慢消逝，到了最后，万物的内在阴影开始显现。

远方，第一颗小星星闪着熠熠光辉，如同一滴水，朦胧而闪烁。

214. 弥散

感觉的一切萌芽，甚至最愉快的萌芽，必定会扰乱同样感觉的神秘的内心生活。小关心和大担忧都使我们分心，妨碍了我们都渴望的思想的宁静，不管是否了解它。

我们几乎总是活在我们的自我之外，生活是一种持续不断的弥散。但它向我们自己弥散时，我们像行星一样，沿着荒谬而遥远的椭圆形边缘向中心弥散。

215. 世界之主，在我心中

我比时空更苍老，因为我有意识。万物衍生于我，整个自然是我的感觉的后裔。

我寻找，却找不到。我渴望，却得不到。

没有我，世界照样日出日落；没有我，世界照样刮风下雨。四季变化，一年里有 12 个月，时光流逝，这一切都并非因为我。

世界之主在我心中，就像这尘世之地，非我所能带走……

216. 虚空

在我疲惫不堪的时刻，在煤气灯下，在偶尔的车水马龙声中，我觉得自己是在做一个不同的梦，而我的灵魂，那个充满情感的熙熙攘攘的地方，有时会有意识地和我一起走过城市夜间的街道。

我的身体穿过大街小巷时，我的灵魂迷失在错综复杂的感觉迷宫里。这一切令人不安地传达了一种不真实和虚假存在的感觉，一切都在证明——不是抽象的原因，而是非常具体的原因——这个宇宙栖居之地是多么空洞无物，一切客观地展现在我的超然精神面前。我不知道为什么，大街小巷纵横交织成客观网状物，成排的街灯和树木，点灯或未点灯的窗，打开或关闭的门，这一切困扰着我——由于近视，夜幕中的各种剪影越发显得模糊不清，直到在主观上变得荒诞怪异、虚幻难辨。

挂在嘴上的嫉妒、渴望和浅薄冲击着我的听觉。喃喃私语让我的意识泛起涟漪。

我和这一切同时存在，我的确——见到的太少，但我听见了——在这些代表存在的影子和有人存在的地方移动，对于这个事实，我渐渐失去清醒意识。这一切是如何存在于永恒时光和无限空间里的，这个问题渐渐变得模糊不清，难以理解。

经过消极联想，我开始思考，人类的时空意识带有强烈的分析性和直觉性，与这个世界脱钩。无疑，在这样的夜晚，在这样的城市（和我沉思的这个城市并无不同），比如柏拉图、司各脱[1]、康德和黑格尔，他们几乎忘了这一切，他们变得与众不同，这似乎有些滑稽可笑。他们同样是人类……

带着什么样的清晰感，我漫步在这里，思考着这些问题，感到遥远、陌生、困惑而又……

我结束了孤独的旅程。无边的寂静对细微的声音无动于衷，将我侵袭和淹没。我身心皆极度厌烦事物，一切事物，厌烦简单地待在这里，厌烦在这现状中寻找自我。我几乎就要大喊起来，因为我感到自己正沉入大海，海的浩瀚无边和空间的无限或时间的永恒毫无关系，或者和一切可被估量或命名的事物毫无关系。在这无上的无声恐怖时刻，我不知道我具体是什么，也不知道我通常的所为、所求、所感和所思。我感到自己从自我中剥离出来，超出了我的范围。斗争的道德冲动，组织和理解的理智努力，对我看不穿但我记得曾看穿过、被

[1] 司各脱（810—877），爱尔兰新柏拉图主义哲学家和神学家。——英译者注

我称作美的艺术创作的不安渴望——这一切从我的现实感中消失，这一切将我打击，甚至不配被称作无用、空虚和遥远的事物。我感到自己不过是一个虚空，一个灵魂的幻觉，一个存在的地方，一种有意识的黑暗——在那里，奇怪的昆虫徒劳地寻找对光线的温暖回忆。

217. 悲伤的间奏（四）

做梦有什么好处?

我对自己了解多少? 什么也不了解。

在黑夜里净化自己的心灵……

内心的塑像，没有轮廓；外在的梦，没有梦的实质。

218. 梦想家

我永远是一个具有讽刺意味的梦想家，对自己内心的承诺不忠诚。我就像一个彻底的局外人，一个漫不经心的旁观者，我觉得这个旁观者是曾经的我，我总是欣悦于白日梦的挫败。我信奉的东西从未使我信服。我的双手捧满沙土，我称为黄金，然后打开双手，让它们滑落一地。话语是我唯一的真实。当我说出合适的话语时，一切就已足够。其他的，便永远是沙土。

倘若不是我持续不断地做梦，不是我永远处在纷繁迷乱的状态，我完全可以称自己为现实主义者——对于现实主义者来说，外部世界是一个与他毫不相干的国度。然而，我宁愿不给自己起名字，而是对于我是谁多少留点神秘感，甚至也保持着某种带着孩子气的顽皮的变化无常。

我感到自己有某种义务去持续不断地做梦，并非因为我是自己的旁观者，而是因为我想要更多。因此，我不得不尽力演好戏。我想象自己在一个古代的舞台布景里，置身于一个虚构的舞台上，在一些想象中的屋子里穿金戴银，身着绫罗绸缎——在梦里衍生出缥缈无形的音乐和柔光灯下的表演。

我珍惜那个剧院里残存的童年回忆，像珍惜特别之吻的回忆。剧院里有黛青色的布景，笼罩在月光下，描绘的是大花园环绕的、如画般不存在的宫殿。我倾尽灵魂去感受它们，就好像这一切都是真的。柔和的音乐，在这生活的心灵体验时刻缓缓响起，赋予了这个场景布置极大的真实性。

显然，场景布置是一种黛青色，被月光笼罩着，然而，我却想不起舞台上的人物。记忆中的舞台布景下，我演的那场戏取材于魏尔伦和庇山耶的诗歌，但是，这场戏（我不记得了）不是在真实舞台上演的，和忧伤音乐点缀的现实毫无关联。这是我优雅流畅的表演，一场华美炫目的月光假面舞会，一支银色的、夜曲般忧伤的间奏。

然后，生活开始了。那一夜，他们带我去金狮饭店赴宴。我那有着怀旧之情的味觉仍然能感受到那些牛排——那些（我所知道的是我想象出来的）今天无人去烹制的牛排，不管怎么样，我都没有去食用。一切混在一起——遥远的童年，餐馆的美味食物，月光布景，明天的魏尔伦和今天的我——交织成模糊不清的对角线，在曾经的我和此刻的我之间形成一个虚假的缺口。

219. 暴风雨来临前（二）

当暴风雨酝酿之时，街上嘈杂的说话声格外清晰……

街道缩成一团落寞的白光，轰隆隆的巨响回音不断，整个世界在肮脏的黑暗中颤抖。暴雨恼人的阴郁加重了空气令人生厌的阴暗色度。天气时冷时热，空气中处处闪现着模棱两可。进而，一道楔形金属光闪进偌大的办公室，刺穿了每一个人身体的宁静，天空一声巨响，寒颤颤的冲击此起彼伏，最后粉碎成一片僵硬的死寂。雨声渐渐弱下来，就像有人用越来越柔和的声音在说话。街上的喧闹声焦急地减弱了。一道新的闪电迅速将其黄色传遍寂静的黑暗，在轰隆隆的雷声突然从远处响起前，呼吸重新成为可能。像一声怨怒的道别，暴风雨渐渐离去。

带着一种有气无力、奄奄一息的低吟，天色渐明，闪电减少，轰鸣的雷声在遥远的广袤中平息——它徘徊在阿尔马达上空……

一道可怕的闪电突然炸裂开来，裂成碎片。头脑和思想都已冻结。一切都冻结了。心跳停止了片刻。我们都是一群感官敏锐的人。寂静像死神降临一样令人恐惧。雨声渐渐大起来，仿佛哭泣的一切是一种抚慰。空气像铅一样沉重。

220. 雷声

微弱的电光之剑阴郁地回旋在偌大的屋子里，接着是轰隆隆的雷声，四处雷声滚滚，然后消失在远处。雨大声哭泣着，像闲聊声里穿插着的哀悼者的声音。在这里，每一个细小的声音都显得格外清晰，让人神经兮兮。

221. 现实是想象的插曲

……想象的插曲，我们称作现实。

连续下了两天雨，阴冷晦暗的天空飘着雨点，那色调刺痛我的灵魂。连续两天……感觉使我伤感，我将它反射在窗户上，和着滴水声和暴雨声。我的心被雨水淹没，我的回忆已变成焦虑。尽管我不觉得疲惫，也没有理由觉得疲惫，但我还是想马上去睡觉。我回到快乐的童年，邻家院子里有一只色彩鲜艳的鹦鹉。它饶舌学语，不会因下雨而生出悲凉，它栖身于自己的避难所，叫声里蕴含着恒久不变的调子，像年代久远的留声机在这悲怆气氛里转动着。

我想起那只鹦鹉，是否因为我心情阴郁，还想起了我的遥远童年？不是，事实上，是因为如今我的住处对面那栋建筑里，也有一只鹦鹉在歇斯底里地叫个不停。

一切都颠倒了。当我似乎是在回忆时，我却想起了别的事情；当我专心观察时，却认不出什么来；而当我心猿意马时，却看得清清楚楚。

我转过身来，背对着灰暗的窗子，玻璃给人冰凉的触感，在半明半暗的光影变幻中，我突然看见我们那栋旧房子的内饰，房子旁边有一个院子，里面有一只学舌的鹦鹉。我还活着，这一事实不能改变。我的双眼很沉，进入睡眠。

222. 感受和遗忘

是的，这就是日落。我心烦意乱，缓缓地漫步到阿尔范德加大街的尽头。我看见，在宫殿广场那头，西边的天空显然暗淡下来。湛蓝的天空被染成绿色，渐变成淡灰，而在左边，河对岸的小山上，死气沉沉的粉色雾气中弥漫着一大团淡褐色。我所没有的巨大宁静冷冷地呈现在抽象的天空中。虽然不能拥有它，但我体验到想象它存在的微弱快乐。但在现实中，没有宁静，也不缺乏宁静，只有每种颜色都在消退的天空：淡蓝，蓝绿，介于蓝、绿之间的浅灰，远处不是云朵的云朵所呈现的模糊色调，褪去的红使它暗得发黄。这一切是一种幻象，一出现便消失，一段介于虚无和高空中的虚无之间的崇高插曲，在天空和悲伤的阴影中无影无形地弥漫着。

我感受和遗忘。一种怀旧之情——每个人对每个事物都会产生的怀旧之情——向我袭来，就像寒冷空气中的鸦片。我从观看中获得一种内心的虚假狂喜。

我朝着大海，西沉的太阳越来越低，天边出现一抹被寒意侵袭的铅白。天空中浮动着一种毫无成就的倦怠。天空的全景归于寂静。

在这样的时刻，我突然生出一种感觉，希望能获得无情地表达自我的天赋，一种随意的古怪念头，就像我的命运。这正在瓦解的、高远的天空，此时就是一切，我感觉到情感是各种困惑感的混合体，它们不过是这无用的天空倒映在我心灵之湖的影子——险峻岩石间与世隔绝的湖，完全寂静，一种死人的凝望，顶峰心不在焉地观察自身。

许多次，许多次，就像此刻，对自我的感受将我压迫——我觉得痛苦，是因为它只是一种感觉；我觉得不安，是因为我在这里怀念我从不知道的东西，一切情感的日落，泛黄的我，我的外在自我意识中那悲伤的灰色。

啊，谁能将我从存在中拯救出来？我既不想死亡，也不想生存。渴望深处，其他事物在熠熠闪光，像可能藏在深井里的钻石，然而无人能下得去。这是真实和不可能存在的宇宙的一切负担和悲伤，像不知名军队的旗帜在空中飘荡，这些颜色将虚构的天空渲染。想象中的新月，太遥远、无感觉，此时浮现在寂静的、令人吃惊的苍白中。

一切归咎于真正天神的缺失、神圣天堂和封闭心灵的空洞死尸。无边的牢狱——你就是无边的，人们无法从你这里逃走!

223. 救赎

啊，当我们踏着夜色漫步在城市的街道，从内心凝望建筑物的外观，一切结构上的不同，建筑细节，点灯的窗，盆栽植物装点下的独特阳台，这是多么超然的感觉啊——是的，看着这一切，在意识的驱使下，我大声念着救赎的话，这使我感到一种本能的快乐，但这一切都不真实!

224. 我喜欢散文的理由

我更喜欢散文而不是诗歌这种艺术形式，原因有两个：第一个纯粹是个人原因，我没有选择，因为我不会写诗。然而，第二个原因属于每个人，我不认为散文只是诗歌的影子或伪装形式。散文值得细看，因为它关系到艺术价值的本质所在。

我将诗歌看作一种介于音乐和散文之间的东西。和音乐一样，诗歌要遵从音韵节律，即使没有严格的韵律，它的存在仍然受到格式、约束、压抑和责难的自动机制的影响。在散文中，我们可以自由发挥，我们可以在思考的同时加入音乐的韵律。我们可以置身于诗歌之外，加入诗歌的节律。偶尔出现诗韵不会扰乱散文，但是，偶尔出现散文的节奏会毁掉诗歌。

散文将一切艺术囊括其中，部分是因为语言包含了整个世界，部分是因为不受限制的语言包含了一切表达和思考的可能性。在散文中，通过转换句，我们可以渲染一切；绘画只能通过颜色和形态直接渲染，就其本身而言，它没有内在维度；音乐只能通过韵律直接渲染，就其本身而言，它没有正式形体，更不用说第二形体，即思想；建筑师必须从特定的、坚硬的外在事物中找到结构，我们带着韵律、犹豫、连续性和流动性来建造房子；雕刻家必须将真实留给世界，没有光环，没有变形；最后是诗歌，诗人就像秘密社团的新加入者，是纪律和惯例的奴仆（尽管出于自愿）。

我确信，在一个完美的文明世界中，除了散文，没有其他艺术。日落就是日落，我们只是通过言语艺术理解它们，用一种可理解的音乐色彩表现出来。我们没有雕刻实体，而是让它们保持原有的柔软轮廓和看得见、摸得着的温热。我们建造房子是为了住进去，这终究也是建造房子的目的所在。由于诗歌明显有点幼稚，容易记住，是一种初级的辅助形式，所以诗歌是为儿童而写的，是他们学习散文的准备阶段。

哪怕是被我们称作次要艺术的东西，它们在散文中也能找到共鸣。散文为自己唱歌，为自己跳舞，为自己朗诵。散文中有踩着妙曼舞步的文字韵律，表达的思想就像剥去外衣，露出堪称典范的真实感官。散文中还有伟大演员的微妙手势，这个伟大的演员就是文字，它带着一种节奏，将宁宙中的无形奥秘转变成有形物质。

225. 联系

万物都是互联的。我读过的古典作品的作者从来不会谈到晚霞，但是我在读他们的作品时，我了解了绚丽多彩的晚霞。句法能力和感知能力之间存在着关系，通过句法能力，我们区分不同的词语，而感知能力就是能感知到蓝天实际上是绿色的，以及蓝绿的天空中掺杂着多少黄。

这可归结为同一件事——区分和辨别的能力。

没有句法，就没有经久不衰的情感。不朽依赖文法家而存在。

226. 生活是一种压迫

阅读意味着在他人之手的牵引下做梦。阅读时漫不经心，思想走神，就意味着松开了那只手。肤浅的博学是读得好、读得深刻的唯一方法。

生活是多么卑劣可鄙啊！请注意，它之所以卑劣可鄙，是因为不管你想不想要，它都会强加给你，而这与你的意志无关，甚至与你对自己意志的幻想无关。

死亡意味着完全变成他者。所以自杀是一种怯懦，它意味着完全屈服于生活。

227. 艺术是替代品

艺术是行动或生活的替代品。如果生活是情感的任性表达，那么艺术就是情感的理智表达。通过梦，我们可以得到得不到的、尝试不能尝试的、实现不能实现的一切。这就是我们创造艺术的目的。在其他时候，我们的情感如此强烈，尽管付诸行动，但这种行动并不能完全令人满意；生活中剩下的那些未被表达的情感，被用到艺术作品的创作中去。因此，就有两种艺术家：一种表达他没有的情感，另一种表达他多余的情感。

228. 写作是一种徒劳

灵魂的大悲剧之一就是，完成了一件作品，却发现它毫无用处。而更大的悲剧就在于，我们发现自己尽了力也只能写出这样的东西来。然而，如果事先知道自己写出来的东西一定会有瑕疵，同时在写的时候也看出了它的瑕疵——这才是最大的精神折磨和侮辱。我不仅不满意现在写下的诗歌，还知道我将不满意未来写下的诗歌。凭着一种模糊而逼真的预感，我在精神上和肉体上都认识到了这一点。

那么，为什么我还要继续写下去呢？因为，我尚未学会我一直在说的放弃。我无法放弃对诗歌和散文的偏好。我不得不写作，就像在受刑罚，而最严厉的刑罚莫过于得知自己所写的任何东西都是徒劳的、错误的和靠不住的。

我写第一首诗时还是个孩子。尽管写得很糟糕，但在当时的我看来却很完美。以后我再也不会有那种自以为能写出完美作品而沾沾自喜的感觉了。我今天的作品比以前要好得多，甚至要好过最优秀的作者所写的作品。然而，它永远也达不到我感觉我能够（出于某种原因）——或者说是应当——达到的水准。我为自己最初写的糟糕诗歌而哭泣，就像哀悼死去的孩子和惋惜消失殆尽的最后一个希望。

229. 两个真理

我们越活就越发确信，我们遭遇了两个互相矛盾的真理：第一个真理就是，与现实生活相比，一切虚构的文学艺术都显得相形见绌。诚然，它们带给我们的高尚、愉悦是生活所无法给予的，然而，它们像梦一场。尽管它们带给我们生活所无法带来的感受，拼接出生活中见不到的图景，但它们终究只是梦。当我们醒过来，一切烟消云散，不会留下任何记忆，让我们带着这些东西再活一次。

第二个真理就是，任何高尚心灵都渴望过各种各样的生活——经历一切事情，到过一切地方，拥有一切感受——客观上说这是不可能实现的，而对于一个高尚心灵来说，唯一办法就是通过主观臆想去实现。唯有否定生活，才能活出它的全部精彩。

这两个真理互相排斥。智者既不会试图去调和它们的矛盾，也不会忽略掉其中的任何一个真理。但他不得不择一而从，并时不时去怀想他没有选择的那个真理。要么他就干脆两者都抛弃，超越自我，达到一种涅槃的境界。

知足者常乐，他不会要求生活主动赐予生活以外的东西，像被本能驱使的猫，哪里有阳光就去哪里，没有阳光就找个暖和的去处待着。放弃个性、从想象中取悦的人是快乐的，他们在对别人生活的思考中取悦，他们并未体验所有观感，而只是体验了观感的外在景象。最后，放弃一切的人是快乐的，因为他们没有任何东西可以被拿走或减少。

乡下人、小说读者和纯粹的苦行者——这三类人在生活中是快乐的，因为他们完全放弃了自己的个性：第一类人靠本能生活，而本能具有动物性；第二类人靠想象生活，而想象容易被遗忘；第三类人与其说是在生活，不如说是在休眠（直到生命的结束）。

没有什么可以令我满意，将我抚慰。一切存在与不存在之物都令我厌倦。我不想拥有，也不想遗弃灵魂。我渴望自己不渴望的东西，放弃自己并未拥有的东西。我既不是虚无，也不是一切，我只是一座架设在我之所无与我之所愿之间的桥梁。

230. 肃穆的悲伤

……肃穆的悲伤，存在于一切伟大事物中——在高山和伟人身上，在深沉的夜和永恒的诗篇中。

231. 爱意味着死去

如果我们所做的一切都是爱，我们可能会死。如果我们自娱自乐，我们就失败了。

232. 爱是什么

我曾真正被人爱过一次。人们一向都很喜欢我。连我几乎不认识的人也从不对我粗暴、无礼或冷淡。对于那些喜欢我的人，倘若我做出一点回应，就可能发展成一种爱或感情。但我总是缺乏耐心，也无法聚精会神地去做这样的努力。

起初我以为（我们对自己了解得如此少），我的心灵对这类事情的明显冷漠应归咎于我的羞怯。但我逐渐意识到，真正的罪魁祸首是一种情感上的沉闷——不要把它与生活的沉闷混为一谈。我没有耐心让自己投入持续不断的感情，尤其是保持这种感情需要付出持续不断的努力。“为什么要这么做？”从不思考的那部分我这样想。凭着智慧敏锐力和心理洞察力，我足以知道“如何去做”，而我总是忘记“为什么这么做”。因为我意志太薄弱了，所以我没有任何意志。我的情感、智识、意志和生活中的一切行为都是如此。

然而有一次，命运竟然鬼使神差地使我相信自己爱上了什么人，并得以证实那个人也真正爱着我。而我的第一反应就是大惑不解，就好像我得了什么以非自由兑换货币形式发放的大奖。由于我也是凡夫俗子，所以我感到有些飘飘然。然而，看起来再自然不过的情感瞬间消失。随之而来的是一种难以界定的不适感，这种感觉包含了乏味、羞辱和倦怠。

沉闷，仿佛命中注定要我做一件苦差事来填满陌生的夜晚时光。乏味，犹如一项新的职责——是一种可憎的互动——有讽刺意味的是，它就像命运强加给我的特权，我也应当感谢命运。乏味，犹如千篇一律的生活还不够单调，我的确切感觉也必须烙上这样的单调。

羞辱吗？是的，我感到羞辱。我费了好一阵子才理解这种看似完全说不通的感觉。我被人所爱。有人将我当作可以被爱的人类来倾注自己的注意力，这激起了我的虚荣心。然而，短暂的虚荣心过后（这种虚荣心里可能还包含了某种惊喜），我所体验到的是一种羞辱。我感到自己就像误拿了别人的大奖——那个奖只属于名副其实的人。

但最大的感觉就是倦怠——这种倦怠比任何乏味都难受。我终于理解了夏多布里昂的那句话，之前，由于我缺乏个人经验，那句话的含义总令我百思不得其解。夏多布里昂在代表作《勒内》中写道：“人们受累于被爱。”我惊讶地发现，这与我的体验不无二致，以至于我无法否定它的正确性。

被人所爱，真正被人所爱，是多么令人倦怠啊！成为别人繁重情感的施予对象，是多么令人倦怠啊！看看你自己——你最大的渴望就是永远自由——如今却被改造成一个天天往返两地的送货员，摆出一副不会逃避的体面模样，唯恐别人以为你对感情不负责任，并将失去人类心灵所能给予的最高尚的情感。你的存在完全依附于与他人情感的关系之上，是多么令人倦怠啊！你不得不有所感觉，不得不拿出哪怕是一丁点的爱作为回报，即便这种爱不是真正的互动，这又是多么令人倦怠啊！

这段朦胧的心灵插曲转瞬即逝，如今在我的知觉或情感里没留下任何痕迹。它没有带给我任何从人类生活准则里能演绎出来的体验，因为我是人类，我的体验与生俱来。它让我悲叹过去时既不悲也不喜。我像是在哪里读到过它，事情像是发生在别人身上。它又像一本我读到一半不得不停下来的小说，小说的另一半已丢失，但我并不介意，因为故事的前半部分还在那里，尽管它已没有意义。我认识到，不管丢失的那一半里讲述着什么样的故事，那本书都将永远失去意义。

剩下的就是我对爱我之人的感激之情。但这是一种抽象的、令人困惑的感激，更多的是理智而不是情感。如果有人因此而悲伤，那么我感到抱歉。我对此感到抱歉，但仅此而已。

生活不大可能再给我一次偶遇的自然情感。在彻底分析完第一次体验后，我几乎希望看到自己再次遇到情感时会做出什么样的反应。我可能会感受到更多或更少的感情。如果这样的命运降临，那就降临好了。我对我的情感充满好奇，不管有或没有。

233. 冷漠的独立性

对一切都不屈服，对一个人、一段情、一个理念，都是如此，保持一种冷漠的独立性，不相信真理，甚至不相信获得真理的有用性——在我看来，对于那些不思考就不能活的人来说，这是一种对待内心智慧生活的正确态度。有所归属和平庸并无不同。信条、理想、爱人和职业——这一切都是牢狱和枷锁。存在意味着自由。我们引以为傲的雄心壮志都是障碍；如果我们知道，我们的雄心就像一根拴住我们的绳子，我们就不会引以为傲了。不，我们没有被拴住！摆脱自己，也摆脱其他一切，没有狂喜的修行者，没有结论的思想家，摆脱上帝，我们将在游行结束时因刽子手的分心而得到短暂的喘息。明天我们就要上断头台，或者如果不是明天，那就是后天。让我们在末日到来之前在阳光下漫步，刻意去忘记一切目标和追求。没有皱纹的前额在太阳下闪着光芒，对于放弃希望的人而言，天气是如此凉爽宜人。

我把钢笔扔在有些倾斜的桌面上，看着它往下滚，也懒得去捡。我毫无征兆地感受这一切。我的快乐存在于感觉不到的愤怒手势中。

234. 生活规则的注解

当我还是个孩子的时候，常常保存旧棉花线轴。我以一种悲伤的心情爱着它们——对此我至今记忆犹新——因为它们的不真实让我充满了同情……有一天，我把我的手放在一些杂七杂八的棋子上，那是多么幸福啊！我立刻为它们起了名字，它们进入了我的梦境。

所有这些棋子都具有明确的五官。它们有着截然不同的生活。我决定让其中一个好吵闹、喜欢运动的，住在我的梳妆台上的一个盒子里。每天下午都会有电车经过那里，而这个时间也是我和它一起放学回家的时候。有轨电车是由火柴盒的内盒做成的，用电线穿在一起。电车开动时，它会颠得上下跳动。

啊，我早已不复存在的童年！我的童年犹如一具行尸，永远活在我的胸中！当我想起这些玩具时，我已经长大，不再是当初的小男孩，一股泪意温暖了我的眼睛，一种强烈而无用的渴望像悔恨一样折磨着我。这一切仍然封存在我的过去里，清晰可见，封存在我对面是卧室的永恒不变的想法中，环绕着童年时的我（只有从内心才能见到儿时的我），从我的梳妆台到床头柜，从床头柜到我的床。原始有轨电车穿过空中，我想象着这些电车是全市交通网络的一部分，把我的可笑的木头同学带回家。

我让它们中的一些染上了坏习惯——抽烟、偷窃——但我并不好色，我相信它们在这方面的唯一行为，就是喜欢亲吻女孩，盯着她们的腿看。在我看来，这仅仅是一种玩耍的行为。我让它们在手提箱顶上的一个大盒子后面抽卷烟。有时，学校老师会过来。它们很焦虑，我也和它们一样，于是我迅速把假烟藏起来，把抽烟的人——我觉得它本人倒是对此若无其事——拉到角落里，等着老师走开，而它甚至还和老师打招呼来着……有时，它们离得太远，我无法用一只手移动这个，用另一只手移动那个，于是我不得不让它们轮流移动。这让我感到痛苦，就像今天我无法表达自己的生活一样……

啊，但是我为什么会记得这些呢？我为什么不能永远做个孩子呢？为什么我没死在那些时刻，在全神贯注于我的同学的诡计和假装老师会意外到来时？现在，我做不到这些……现在，我只有现实，而我不能玩弄现实……可怜的小男孩被放逐到了成年的身体里！我为什么要长大？

今天，当我想起这一切时，我还对其他的东西产生了怀旧之情。我内心中消逝的，不仅仅是我的过往。

235. 虔诚的信仰

不存在切实赋予美德的奖赏，也不存在明确施与罪恶的惩罚，这样的奖赏和惩罚也没有存在的必要。美德和罪恶是生物体做这事或那事时不可避免的表现形式，是对他们行善或作恶的宣判。这便是为什么一切宗教将奖赏和惩罚——应受或应得的人们什么也不是、什么也没做，因而不该得奖也不该受惩——置于另一个世界，对此，没有科学可以去证实，也没有信仰去做出描述。

那么，让我们放弃一切虔诚的信仰，以及一切会感化他人的关切。

塔德说，生活就是以一种徒劳无益的方式去寻求不存在之物。既然这是我们命中注定的，那就让我们不断去寻求这种不存在之物吧；既然没有其他途径可循，那就让我们以这种徒劳无益的方式去寻求它吧。不过，让我们自觉意识到，我们无法找到所寻求之物，沿着这条道路，没有什么是值得亲吻或值得去回忆的。

评论员说，除了去理解，我们已厌倦了一切。让我们去理解，让我们保持这种理解，让我们从这种理解中摘取影子般的花朵，熟练地编织成注定也要凋零的花环。

236. 我们已厌倦一切

“除了去理解，我们已厌倦了一切。”这句隽语的含义有时候难以解读。

我们已厌倦于思考进而便得出结论，因为我们越思考、越分析、越看得清楚，也就越难得出一个结论。

所以，我们陷入了被动状态，我们想要的只是清楚地理解争论的内容。这是一种美学态度，因为我们想要理解而不是真正感兴趣，不关心争论是否有效，只关注它的确切形式，以及它之于我们的理性之美。

我们已厌倦思考，已厌倦持有自己的观点，已厌倦为了行动而思考。然而，我们并未厌倦暂时持有他人的观点，只是体味他们的闯入，并不去步他们的后尘。

237. 雨景（二）

淅淅沥沥的雨连续下了整整一夜。我彻夜辗转难眠，雨凄冷地拍打着窗户，发出单调的声音。天空偶尔刮起一阵风，雨声呼啸，雨点飞快地掠过窗棂。而有时，在死寂的窗外，沉闷的声音催人入眠。一如既往，我的灵魂，无论在床上还是在人群中，都痛苦地意识到世界的存在。日子像快乐一样，似乎在无限延伸下去。

要是快乐和新的一天永远不会再来到就好了！要是等待和希望不会导致幻灭就好了。

深夜，偶尔经过的马车，颠簸地驶过铺路石街道，在我的窗下发出刺耳的嘎吱声，然后渐渐消失在街道尽头，消失在我不安的睡意深处，尽管这种睡意绝不会变成真正的睡眠。有时，隔壁的门砰地关上。有时，能听见踩着水的脚步声和着湿衣服的摩挲声。当脚步声越来越近的时候，一个或另一个很大的说话声变得非常突出。然后脚步声渐渐远去，寂静再次笼罩，雨无情地继续下着。

倘若我从假装的沉睡中睁开眼睛，便能看见房间里依稀可见的墙壁，悬浮着的梦的碎片，微光和黑线条，忽上忽下的模糊剪影。各种家具显得比白天更大，朦胧地衬托着夜的荒谬。门很容易辨识，与暗夜相比不白不黑，只是有些异样。

而窗户，我只能听见，却看不见。

再一次，雨拍打着窗户，模糊地流动着。时光伴随着雨声延伸着。心灵的孤独感逐渐蔓延开来，包围了我的感觉、我的渴望和我即将入梦的一切。房间里的模糊物体在黑暗中分享着我的失眠，它们的悲伤悄然移入我的孤寂中。

238. 三角形的梦（一）

灯光变成了一种非常柔和的黄色，一种带着白色斑点的黄色。事物之间的距离渐渐拉开，声音的间隔也变得有所不同，时断时续。这些声音刚一响起，便戛然而止，仿佛被什么截断了。温度看似升高，实则并未变化，尽管仍是温度。透过百叶窗的两个叶片之间的缝隙处，唯一可见的一棵树，展现出夸张的企盼姿态。它有着与众不同的翠绿，将静默注入其中。周围的气氛，像花瓣合拢的花朵。在空间的构成中，平面这样的东西改变了声音、光线和颜色占用空间的方式，使它们变得支离破碎。

239. 人类灵魂的荒唐

即便远离普通的梦——没人敢承认这些灵魂下水道排出的污物，它们使我们在夜晚感到压抑，像污秽的魅影，也像被压抑的感觉形成的肮脏的泡沫和烂泥——对于这些荒诞不经、令人恐惧、莫可名状的事物，我们的灵魂也只要稍加留意，便可从角落和缝隙里把它们认出来！

人类灵魂是一个充斥着稀奇古怪事物的疯人院。如果一个灵魂能够如实地将自我呈现，如果它的耻辱和羞怯并不比已知和已被冠名的耻辱和羞怯陷得更深，那么它将成为——如真理所说——一口井，一口凶险难测的井，井里满是阴郁晦暗的回音，蛰居着怪物、黏滑的非生命体、死气沉沉的蛞蝓和主观的秽物。

240. 幻灵

要制作邪魔鬼怪一览表，就要用文字给那些趁着夜色到来、使那些困倦的灵魂无法成眠的事物拍照。这些事物都拥有支离破碎的梦境，没有沉睡的借口。它们像蝙蝠一样盘旋在默默忍受的灵魂之上，抑或如同吸血鬼一般吸取那些灵魂的血液。

它们是山坡上残骸废墟里的幼虫，是填满山谷的阴影，是被命运抛下的残余物。有时候，它们是蠕虫，令抚育与培养它们的灵魂作呕；有时候，它们是幽灵，邪恶地在虚无中潜行；还有时候，它们如同毒蛇一般，从已耗尽的情感那荒唐的空洞里突然蹿出来。

虚伪的镇重物，它们一无是处，只能让我们变得无能。它们是从深渊中升起的疑惑，这些疑惑拖着它们冰冷且滑溜的躯体走过灵魂。它们如同烟雾一般盘旋不散。它们留下印记。它们始终是我们的意识中一些枯燥乏味的物质。有一两个就像内心的火花，在梦之间闪耀，其余的是我们看到它们的无意识的意识。

灵魂像是一条没有打结的丝带，凭自己无法存在。伟大的美景属于明天，我们早已经开始生活。对话被打断，无疾而终。谁能想到，生活竟至此等境地？

如果我找到自我，那么我会迷失；对于我所发现的一切，我心存怀疑；我并不拥有我所获得的一切。我睡觉，仿佛我在走路，可我分明清醒着。我醒来，仿佛我一直在睡觉，而且我并不属于我。从本质上来看，生活就是一场旷日持久的失眠，我们的所思所想、一举一动，都在清醒的昏迷中发生。

如果我可以沉睡，那么我会快乐不已。这就是我现在思考的事情，因为我并未入眠。今夜如此沉重，压垮了那张梦境的沉默之毯，而我一直躲在毯子之下，透不过气来。我的灵魂出现了消化不良的现象。

夜色退去，如往常一样，清晨将要来临，但和往常一样，那就太迟了。万事万物都睡着了，快乐着，唯有我除外。我休息了一会儿，并没有尝试睡觉。我是谁，这个问题的深渊之中一片混沌，那些并不存在的邪魔鬼怪的硕大头颅从中竖立起来。它们是来自深渊的东方恶龙，红色的舌头垂在逻辑之外，双目无情地盯着我那毫无生气的生命，而我的生命并无胆量回瞪恶龙。

盖子，看在上帝的分儿上，快给我盖子！快合上盖子，盖住那意识不清的生活！很幸运，透过冰冷的百叶窗，可以看到一缕暗淡的苍白光线出现在地平线上。很幸运，清晨意味着打破。那份令我厌烦的不安渐渐消失了。在这座城市的中心，一只公鸡荒唐地放声啼叫。这忧郁的一天在我蒙眬的睡意中开始。总有一天，我会睡着。车轮的嘎吱声告诉我，那是一辆马车。我的眼皮睡着了，可我没有。归根究底，一切都是命运。

241. 退休的少校

对我来说，做一个退休的少校似乎是理想的。可惜的是，一个人不可能永远只当退休的少校。

我渴望完整，这个渴望使我陷入徒劳的遗憾状态中。

生命是一场徒劳的悲剧。

我的好奇心——云雀的姊妹。

落日变幻莫测的焦虑；胆怯地在晨曦中若隐若现的索具。

让我们坐在这里。我们能够从这里看到更广阔的天空。广袤无垠的星空使人宽慰。看着它，生活少了些伤痛。一把无形的扇子将一阵凉风送来，使我们厌世的脸上顿消疲劳。

242. 受害者

人类灵魂必然会成为痛苦的受害者，遭受着意外不幸之苦，即便这些事情在预料之中。有的男人总是把善变和不忠看成是女人完全正常的行为，但当他发现情人对他不忠，就会产生一种意外的凄凉悲伤，正如他总是提出女性的忠贞和节操应该是一种教条或应有的期望。还有的人相信一切皆空，但如果他得知自己写的东西被认为是毫无价值的，或者他育人的努力是一场徒劳，或者他不可能和自己的情感交流，那么他会有一种被雷劈的感觉。

我们不必去假设，那些经历了这些和类似灾难的人会言不由衷、词不达意，即便他们在文字里预示过这些灾难。理智断言的诚恳和自发情感的自然毫无关系。奇怪或不奇怪，灵魂似乎遭遇了某些意外，所以它少不了痛苦，它仍会蒙羞，它会分摊生活中的不幸。我们对错误和苦难有着一样的容纳力。只有那些没有感觉的人才体验不到痛苦；那些最高尚显赫、最审慎明智的人，他们的经历和遭遇恰恰在他们的预料之中，被他们所鄙视。这就是所谓的生活。

243. 一切都是偶然

让我们把发生在我们身上的一切看作小说中的偶然或变数，我们用生命而不是眼睛去读它们——我们只有抱着这种态度，才能解决每天遇到的麻烦，应对世事的变化无常。

244. 行动即对抗自己

动态生活常常让我觉得它是最令人不适的自杀。在我看来，行动是对不公正和受责难的梦做出的残忍严厉的判罚。对外界产生影响，改变事情，克服困难，影响别人——这一切对我来说，似乎比白日梦里的实质更模糊不清。当我还是个孩子时，一切形式的行动蕴含的无用本质就已成为我将自己从万物（甚至从自己）中剥离开来的宝贵试金石。

行动即对抗自己。产生影响即离开家乡。

我一直在想，这是多么荒谬的事情：即便现实的实质只是一连串的感觉，还是存在像商业、工业、社会和家庭关系这样复杂的事物，从心灵对真理观的内在态度来看，这又多么令人费解。

245. 弃绝

我在外部世界放弃与人合作，除了其他方面，还导致了一种奇怪的心理现象。

完全弃绝行动，对物质不感兴趣，这使我能够带着一种绝对的客观性去看外部世界。由于我对什么都不感兴趣，或者说我认为一切都不会变化，所以我不会去改变它。

因此，我能够……

246. 艺术来自创造

纵然我想要创造……

唯一真正的艺术来自创造。但是，现代社会环境使人类精神不可能产生创造品质。

这便是科学发展的原因。如今，机器是唯一的创造物，数学证明是唯一具有逻辑链的参数。

创造性需要支撑物，需要现实的支撑。

艺术是一门科学……

它遭受着有韵律的侵袭。

我无法阅读，因为我吹毛求疵的个性只会看到事物的瑕疵、缺点和能够被改进的可能性。我无法做梦，因为我的梦过于生动形象，当我拿它们与现实做比较，很快便发现它们不真实，从而没有价值。我无法去天真地注视人和事，因为我无法抑制自己对进一步深入了解的渴望，如果没有这种渴望，我的兴趣也就不复存在，它要么死于我之手，要么自生自灭。

形而上学的推测无法令我感到满意，因为我很清楚（凭着自己的经验），一切体系都是正当有理的，都存在理性的可能。若要欣赏建构体系下的理性艺术，我将不得不忘掉形而上学思辨的目标是追求真理。

回忆中的快乐往事令我感到快乐，而现在，没有什么使我快乐或感兴趣，也不存在什么与现在有所不同的梦或可能性，能够带给我一个不一样的未来！这便是我的生活，一个我从不知晓的天堂的意识幻影，一个胎死腹中的破灭的希望。

那些自我统一的人是快乐的——焦虑会改变他们，却不会分裂他们，他们至少没有信仰，能够心无羁绊地坐在太阳底下。

247. 一本自传的片段

我先是专注于玄学臆测，进而转向科学理念，最终为社会学（概念）所吸引。然而，任何一个阶段的真理探索都无法使我减轻痛苦，找到安慰。我在这些领域涉猎不深，但我读过的理论足以让我厌倦这些林林总总的悖论。它们无不具有充分的原理，无不具有相同的概率，对事实的选择无不让人觉得一切都是事实。倘若我从书上抬起厌倦的双眼，或者分了心，将注意力转向外部世界，我将只看到一件事，那就是，将费力得来的思想花瓣层层剥去，使我相信一切阅读和思考都是徒劳无益的。我所看到的不过是事物的无限复杂性、无穷无尽的概论以及完全不可获得的少量事实，这些事实对于形成一门科学必不可少。

我逐渐感受到一无所获的挫败感。在任何事物中，除了怀疑，我找不到任何事的理由或逻辑，甚至找不到自我辩白的逻辑。我从未想过要为此治愈自己。当然，为什么要治愈自己？“健康”意味着什么？我凭什么就肯定自己的这种姿态是病态的？如果我是病态的，那么谁又能说病态不是更可取的、更符合逻辑的或比健康更好的呢？如果健康更可取，那么我会不会由于一些自然原因而生病？如果是自然原因，那么为什么要反自然？毕竟是自然——出于某些原因——让我处于病态的。

除了惰性，我无论如何也找不到任何有说服力的论据，而随着时间的流逝，我越来越敏锐地、沮丧地意识到自己的惰性，像一个放弃者一样。寻求惰性模式，逃避一切生活中的努力和社会责任—— 这就是我为自己的存在雕琢的虚构塑像的实质。

我疲于阅读，不再反复无常地追随这样或那样的美学生活模式。我从仅有的一点阅读中，学会提取只对做梦有用的成分。我从仅有的一点所见所闻中，力图获取在我心里无限延长的遥远而扭曲的映像。我努力让自己的全部思想和生活体验的全部日常章节只提供感觉给我。我赋予自己生活以审美取向，我使这样的审美体验完全专属于自己。

建立内心快乐主义的下一步就是避免对社会性事物产生感觉。我使自己避开荒谬的感觉。我学会漠视本能的呼吁，漠视……的恳求。

我将与别人的接触减少到最低限度，我尽我所能不与生活产生什么瓜葛……我甚至偶尔会摆脱对荣誉的欲念，就像一个昏昏欲睡的人脱衣上床睡觉。

研究完玄学和科学，我接着进行心理研究工作，而这对我的神经平衡构成更大的威胁。我在可怕的夜晚弓身研读神秘主义和神秘哲学的书籍，除了偶尔胆战心惊地读起，我从没有耐心去读它们。仪式、符号和圣殿骑士……这一切在很长一段时间里压迫着我。我的那段狂热时光充斥着基于玄学（如巫术、炼丹术）恶魔逻辑的、凶险的臆测。我从痛苦而令人垂涎的感觉中推断出至关重要的虚假刺激物，在这种感觉中，我总是濒临发现最高秘密的边缘。我迷失在形而上学的混乱的子系统中，这些系统充满了令人不安的类比和为清晰思维所设的陷阱，广阔而神秘的景观中，超自然的微光在边缘激起了神秘。

感觉使我变老。太多的思考耗尽我的精力。我的生活变成一种玄学狂热，我总在探寻事物的超自然含义，玩弄神秘类比之火，推迟一个正常的、清晰的、允许赤裸裸的简单的综合体。

我跌入精神失常和普遍冷漠的复杂状态中。何处才是我的避难所？我的思想使我在任何地方都找不到庇护所。我将自己抛弃，但不知道是为何。

我限定和专注自己的欲念，打磨它们。要到达无限——我相信可以到达——我们需要一个可靠的港口。只要一个，就可以起航驶向无限。

今天，我是一名自我宗教的苦行僧。一杯咖啡，一支烟，我的梦就可以很好地替代整个宇宙和那些星辰，替代工作、爱情甚至美好事物和荣誉。我几乎不需要刺激物。我的心里已有足够的麻醉剂。

我有什么样的梦？我不知道。我把自己逼到不再有想法、梦想或想象的境地。

我似乎做着更遥不可及的梦，梦里的事物模糊不清，让人无法看清。

我对生活没有什么概念。我不知道也拿不准生活到底是好是坏。在我眼中，生活残酷而悲惨，唯有令人愉快的梦处处点缀着。生活对其他人是什么样子，我为什么要去关心呢？

其他人的生活只在梦里对我有用，我在梦里的生活似乎适合每一个人。

我有一个至关重要的习惯，那就是怀疑一切（特别是与本能有关的东西），我对伪善有着自然倾向，这两者冲破了在我不停应用我的方法时所遇到的全部障碍。

一般我会把其他人转换到我的梦境之中。我采纳了他们的意见，这些意见都是我根据自己的理性和直觉提出来的，以便使之成为我自己的意见（我没有任何意见，这样我就能接受其他人的意见），符合我的品位，把他们的个性转化成类似于我的梦的东西。

我如此有天赋，可以梦到真正的生活，这样一来，当我和别人在言语上邂逅时（我只能以这种方式和别人相遇），我能够一直做梦，通过其他人的意见和感情，追踪我自己无定型人格的流动过程。

其他人是渠道或管道，我的存在之水在其中按照它们的想象流动，而且，比起水在干涸之后，波光粼粼的水在阳光下能更好地定义它们的弯曲路径。

有时候，在认真地分析后我会发现，我就是别人身上的寄生虫，但实际上是我强迫他们成为我后继情感的寄生虫的。我居住在他们那毫无生气的人格躯壳里。我用我的精神黏土重塑他们的脚步，把他们彻底吸入我的意识中，这样一来，我将用他们的脚走他们的路，比他们自己还彻底。

因为我习惯把我自己分成两份，同时展开两种不同的心理活动，所以常有一种情况出现：在我让自己理智而强烈地适应其他人的感觉时，我会对他们的未知自我、他们的思想和他们本身进行严谨的客观分析。因此，在我的梦境里，在不中断我的幻想的前提下，我不仅经历了他们间或失去情感的精华，还发现了各种知识能量和精神能量之间错综复杂的关系，并将之进行分类。

在这一切持续发生的时候，他们的相貌、衣着和姿态也没有逃脱我的视线范围。我同时活在我的梦想里，活在我智慧的灵魂里，活在他们的身体里，也活在他们的态度里。在势不可当的、统一的扩散中，我把自己融入其中，在我创造出来的我们的对话的每一刻，大量的自我——意识和无意识、分析和分辨——都联结到了一起，就像一把展开的扇子。

248. 思想是一种行动方式

思想仍然是一种行动方式。只有在绝对幻想中，没有活动干扰我们，甚至我们的自我意识也陷入泥淖——只有在这种温暖潮湿的“非存在”状态中，行动才能被有效地废止。

不再去试着理解，不再去分析……将我们当作自然来欣赏，将我们的观感当作田野来凝望——这就是真正的智慧。

249. 神性

……没有理论的神性……

250. 上帝是野兽之灵

当我傍晚时分漫步街头时，不止一次地突然强烈地意识到事物那些异乎寻常的组织结构。与其说是自然物如此有力地唤醒我的灵魂意识到这些，比如街道的布局、各种标志、盛装交谈的人们和他们的工作、那些报纸，以及这一切的逻辑性，倒不如说是一个事实唤醒了这个意识，即井然有序的街道、标志、人、工作和社会存在组合起来，向前延伸，扩大成各种路径。

当我仔细观看一个人时，我发现他和猫狗一样没有意识，他开口说话，通过一种与猫狗不同的无意识将自己纳入社会组织中，这种无意识明显要次于引导蚂蚁和蜜蜂进入它们的社会生活的无意识。创立和展示世界的智力像一盏开启的明灯，对我而言，和那些生物体的存在一样清晰，和那些条理清晰、恒定不变的自然法则一样明了。

在这种情况下，我总是想起那句话（我不记得是哪位学者说的）：“上帝是野兽之灵。”这句绝妙之语是作者的一种解释方法，用以解释低等生物由本能驱使（没有表现出任何智力，或者说只是某种智力的一种原初轮廓）的必然性。然而，我们都是低等动物，我们说话和思考都仅仅出于一种新的本能，并不比其他本能要可靠。准确地说，这仅仅因为它们是新的。因此，那位学者的那句精妙绝伦的隽语有着更宽广的适用范围。我要说：“上帝是万物之灵。”

我总是不能理解，为什么那些人停下来考虑通用钟表机械原理的惊人事实，却否定一个钟表匠，就连伏尔泰也不会去否定他。鉴于一些明显偏离计划的事情，我知道（只有了解那个计划的人才知道事实是否偏离了它）一些人为什么要将不完美归咎于这种最高智慧。我理解，尽管我不能接受。我理解它的原因是，由于世界存在恶，一个人可能不会承认创造智慧的绝对的善。我理解，尽管我仍然不能接受。但是，否定这种智慧（即上帝）存在，会带给我一种影响，就像那些白痴中的某个人有时候在他智力的某个领域遭受折磨，而在其他领域却有出众表现——譬如，那些在做加减运算时经常出错的人，或者那些（鉴于如今智力已支配美感）不懂得欣赏音乐、绘画或诗歌的人。

我说过，我不能接受钟表匠不完美或不仁慈的观点。我排斥钟表匠的不完美论，是因为如果我们知道那个计划，会发现世界的治理和组织方面看似有缺陷或无意义，但事实却正好相反。即便清楚地看到每件事的计划，我们仍可能会发现，显而易见某件事是毫无意义的。但是，如果每件事的背后都有一个原因，那么这些事是否都出于同一个原因呢？鉴于原因而非实际计划，倘若我们不知道某件事的计划是什么，我们又怎么能说这件事是在计划之外的呢？正如一个诗人，出于间歇的考虑，在韵律精妙的诗歌里插入一段无节律的诗句，也就是说，出于这种特殊的原因，他似乎走向了对立面（而一个更注重流线而非间歇的评论家会说这段诗有错误）。因此，造物主将我们狭隘的智慧看作无节奏的东西插入形而上韵律的宏伟流线中。

我承认，钟表匠不仁慈的观点更难被否定，但也只是停留在表层。有人会说，由于我们不知道什么是真正的恶，我们也就不能正确地判断某件事的好坏。但有一点可以肯定，即便一种疼痛最终是为我们好，就其本身而言也是坏的。这足以证明这个世界存在恶。一次牙痛就足以使我们怀疑造物主的仁慈。这场论证最基本的错误似乎就在于我们对上帝的计划完全无知，我们也不知道智慧无限的人会是一种怎样的有智力的人。恶的存在是一回事，而存在恶的原因又是另一回事。它们的区别可能很微妙，甚至有些诡辩色彩，但仍然是有效的。我们无法否定恶的存在，但对于恶的存在是恶的说法，我们可以否定。我承认，这个问题将持续下去，但这仅仅因为我们的不完美将持续下去。

251. 我们的幻觉生活

除了感谢上帝赐予我们生活外，还有什么是我们需要感谢上帝的？那就是无知这一天赋：对自己的无知和他人的无知。人的心灵是一个黑暗泥泞的无底洞，是位于地面上的一口从未使用过的井。如果一个人真正了解自己，他将不会喜欢自己。倘若没有源自无知的虚荣，而这种虚荣是精神生活的血液，我们的心灵便会死于贫血。无人了解别人，这也无妨。因为倘若做到了，他将发现——在他的母亲、妻子或儿子的身上——他的亲密且形而上学的敌人。

我们和睦相处是因为在我们心里彼此是陌生的。倘若那些幸福的夫妻能看穿彼此的心灵，倘若正如浪漫派所说，他们真正了解对方，对他们所说的话里隐藏的危险（尽管那些危险最终无关紧要）一无所知，那么事情会怎么样呢？没有一对夫妻是完美无瑕的，因为每一个伴侣内心深处都藏匿着一个属于魔鬼的灵魂，一个并不是她丈夫的理想男人的模糊形象，或者一个并不是他妻子的圣洁女人的朦胧倩影。最幸福的人察觉不到他们的沮丧倾向，不那么幸福的人察觉到了这一点，但选择忽略它，只有偶尔的愚蠢动作或唐突评论让人想起隐藏的魔鬼、古老的夏娃、圣骑士和风精灵西尔芙[1]。

我们的生活是一个流动的误区，是介于不存在的伟大和无法存在的快乐之间的一种幸福平均值。我们感到满足，是因为正如我们所想和所感，我们有能力不去相信灵魂的存在。在生活的假面舞会中，我们心满意足地穿上令人愉快的感觉戏服，而舞会的价值都在于戏服。我们是流光溢彩的奴仆，翩翩起舞，仿佛身处真相里。我们甚至——除非只剩下我们，才会停下舞步——对室外高远的寒夜，对挣扎在冷风中衣衫褴褛的垂死之躯，以及对我们私底下认为是本我、实际上只是仿造真我的一个精神赝品一无所知。

我们的一切所为、所言、所思或所感都戴上了同样的面具，穿上了同样的戏服。无论我们脱下多少层衣物，都绝不会变得赤身裸体，这是灵魂的一种现象，并非除去衣物所能达到。因此，我们身心衣冠楚楚，身穿像鸟的羽毛一样紧紧依附于我们的层层戏服，快乐或不快乐地度过——或者说我们根本不知道自己是如何生活的——上帝赐予我们的短暂时光，我们将取悦诸神，像孩子们一样玩着严肃的游戏。

这样或那样一些放荡不羁或可恨的人会突然发现——即便他们很少能发现——我们并不是真的我们，我们在真理问题上愚弄自己，我们认为正确的结论是错误的。而这些人在刹那间洞察了这个宇宙，并创造出一套哲学或虚构出一种宗教。然后，哲学在传播，宗教在蔓延，那些相信哲学的人披上看不见的哲学外衣，那些相信宗教的人戴上很快便被忘掉的宗教面具。

就这样，我们既不了解自己，也不了解彼此，因此快乐地生活在一起。我们和着群星大乐队的演奏声，在演出组织者冷漠而轻蔑的目光下，踩着舞步旋转起来，在休息时畅谈着——人类、琐事和正经事。

唯有他们才知道，我们是他们为我们所制造的幻觉的猎物。然而，为什么要制造这些幻觉？为什么会有这样或那样的幻觉？为什么他们用类似欺骗的手

[1] 西尔芙（sylph 或 sylphid，另译为风精、气精、风精灵者）是西方传说的一种神秘生物。——中译者注

段赋予我们幻觉？毫无疑问，其实他们也不知道。

252. 超自然的荒唐

对于神秘事物——譬如阴谋、秘密团体和超自然科学——我几乎总会感到生理反胃。尤其令我厌烦的是后面两种——某些人自负地以为，通过对诸神、主神或造物主的理解，他们（且只有他们）能够解读世界的大秘密。

我无法相信他们所声称的东西，尽管我认为，别人或许会相信。但为什么他们没有认识到所有这些人可能都是疯子或被骗了呢？原因就是，他们声称的很多东西都是虚无的，是集体幻觉。

最令我吃惊的是那些灵异界的巫师和通灵师，当他们写下符咒与神秘事物进行交流时，真是可鄙至极。一个连葡萄牙文都不精通的人，竟然能精通巫术，控制魔鬼，这简直是侮辱我的智商。为什么与魔鬼打交道要比掌握语法还容易呢？如果一个人通过长时间的专注力和意志力的训练，就能练就所谓的阴阳眼，那么他为什么不能通过不那么强烈的专注力和意志力来获得语法知识呢？有没有什么巫术教义和法事会使信徒自己不会写符咒？由于超自然法则的特点之一就是晦涩难解，我不能说他们可以写得清楚，但至少语言要优雅、流利——在这个深奥难懂的领域，应该可以做到优雅、流利。为什么人们将灵魂的能量都耗费在学习上帝的语言上，却不愿拿出丁点精力去学习人类语言的声色和韵律呢？

我不相信那些不切实际的通灵师。在我看来，他们就像那些古怪的诗人，不能像其他任何人一样写作。我能接受他们的古怪，但我更希望他们能告诉我，他们之所以如此，是因为他们优于普通人，而不是能力有限。

大数学家也可能会在简单的加法上出错，但我在此处所谈论的是无知，而不是出错。我能接受一个大数学家在做二加二的算术时得出五，任何一个人在注意力分散时都会出这种错；但我不能接受的是，他不知道加法是什么或如何去加，而绝大多数超自然的通灵师正是如此。

253. 崇高

不精妙的思想也可以崇高，然而，在某种程度上，思想若是缺乏精妙，对他人的影响力便少了几分。若失了灵巧，则只会用蛮力，最终只能造成一团乱麻。

254. 抚摩过基督的脚

抚摩过基督的脚，不能成为用错标点符号的理由。

如果一个人在喝醉后才能写出好文章，那么我要对他说："去喝得酩酊大醉吧。"如果他说，那对他的肝不好，我就会问："你的肝是什么？只是个死物而已，你活着的时候它才活着，而就算你死了，你的那些诗仍会流芳百世。"

255. 我乐于遣词造句

我乐于演说。或者说，我乐于遣词造句。对我而言，词语是摸得着的身体，看得见的佳人，是肉体享乐。或许因为我对真实肉欲丝毫不感兴趣，甚至在理性方面和梦里都是如此，欲望在我身上演变成对音韵节律的创作力，而且我会在别人的言语中发现音韵节律。有些人的精彩演说会令我颤抖。弗阿尔荷和夏多布里昂笔下的某些章节令我茅塞顿开、语无伦次、喜不自胜。甚至维埃拉所写的某些章节以其完美至极的句法设计将我打动，我就像在风中瑟瑟颤抖的树枝，经历着某种或消极或兴奋的情绪。

像所有真正充满激情的人一样，我从失去自我中感受到幸福愉悦，完全体验到缴械投降的激动紧张。因此，我写作时常常无心去思考，沉浸在客观幻想中，听凭词语拥我入怀，像拥着一个婴儿。它们组成毫无意义的句子，我能感受到它们像河水一样缓缓流淌，像被人遗忘的涓涓细流，丝丝涟漪交相汇合，随即消去，反反复复、无穷无尽。进而，思想和意象从我身上闪过，化作柔顺细滑的浅色丝绸，而想象像一抹月光微微闪动，脱下的事物斑驳陆离、模糊不清。

我哭泣，不为生活的得与失，而为那些使我黯然失色的散文。记忆中的那个夜晚发生的事如今历历在目。当时我还是个孩子，我在一本诗集里第一次读到了维埃拉所写的关于所罗门王的著名诗句："所罗门建造了一座宫殿……"我一直读到结尾，浑身颤抖，困惑不已。然而，我落下了喜悦的眼泪——任何现实中的喜悦、生活的不幸都不会令我如此哭泣。清晰而庄严的语言的神圣韵律，势不可当的词语表达的思想，像决堤的洪水一样涌来，每一个神奇音节都蕴含着理想色彩——它们像压倒一切的政治激情一样使我本能地臣服。因此，我哭泣。今天，当我想起这些时，我仍然哭泣。我哭泣，不是对童年的怀念，我并不怀念我的童年；我哭泣，只是因为怀念那一刻的情感，只是一种由衷的悲叹——第一次读到那种交响乐般的精湛之作，以后再也不会读到。

我没有社会感或政治感，然而我仍然用某种方式表现出高度的爱国情感。我的母语是葡萄牙语。倘若葡萄牙被侵略或占领，只要我平安无事，就压根不会感到困扰。我唯一真正憎恶的，不是那些写不好葡萄牙文的人，不是那些语法出错的人，也不是那些用语音代替词源拼写的人。我憎恶的是葡萄牙文本身很弱的表达能力，就好像它是一个语法出错的人；就好像应当挨打的某个人，将"i"替换成"y"；就好像憎恶痰块本身，不管是谁吐的都一样。

是的，因为拼法也是一个生命。一个词在被人们看到或听到时才算完整。而希腊语和罗马语之间转译的华美过程，给这个词披上真正的皇室长袍，使它成为一位夫人或女王。

256. 抽象事物

艺术就在于使别人感我们所感，通过将我们自己的个性赋予他们，将他们从自我中解放。我所感受到的真正实质内容是完全无法与人交流的，我的感受越深刻，便越无法与人交流。为了把我的感受传达给别人，我必须把我的感受翻译成他的语言，告诉他我应该感觉到的事情，这样他在阅读时就会产生和我完全一样的感受。这样一来，艺术所假设的某个人既不是这个人，也不是那个人，而是每一个人（也就是说，这个人代表所有人）。而我最终要做的，就是将我的感觉转化为一种典型的人类感觉，即便这意味着破坏了我的感觉的实质所在。

抽象事物是难以理解的，因为它们并不容易控制读者的注意力。因此，我会用一个简单的事例来使我的抽象思维具体化。出于这样或那样的原因（如我厌倦了记账或因无所事事而感到无聊），一种生活的莫名悲哀向我袭来，内心的焦虑使我紧张不安。倘若我试着用最贴切的语言将这种情绪表达出来，那么这种语言越贴近，就越能表达我的个人感受，也就越无法将这种感觉传达给别人。如果不与人交流我的感觉，那么只是去感受，而不将它写下来，要更明智，也更简单。

假如我想与人交流我的感觉，就得将我的感觉化作艺术形式，因为艺术是一种体现我们与他人同一性的交流形式，没有这种同一性，交流既不可能实现，也无存在的必要。我在寻找一种普通的人类情感，这种情感会有我现在出于非人的个人原因而当一个乏味的会计或无聊的里斯本人所体会到的情感的色彩、精神和外形。我得出的结论是，这种普通灵魂所拥有的普通情感也具有和我的情感一样的特性，那就是对失去的童年的怀念。

此时，我有了开启写作主题的钥匙。我要写下失去的童年，我为它哭泣，那里有关于乡下老房子里的那些人和那些家具的心酸往事。我追忆那种既无权利又无义务的无忧无虑，那种不知如何去思考和感受的自由自在——若是写得好、写得形象，会给人以深刻印象，将唤起读者心中与我相同的感觉，但与童年无关。

我说谎了吗？没有，我已理解了。除了幼稚和主动想要做梦外，说谎仅仅是对其他人真实存在的认可和使这种存在与我们自己相符合的需要，而这无法与他们自己的存在相符合。说谎只不过是灵魂的理想语言。正如我们使用词语，用一种荒谬的方式发音，将我们的思想和情感中最隐秘、最微妙的部分转化成真正的语言（它们的词语永远无法被转化过来）一样，我们会使用谎言和杜撰的方式来帮助自己理解，有些真理——个人的和不可言传的那些东西——是永远无法实现的。

艺术说谎，是因为它是社会的。艺术有两种形式：第一种是与我们的灵魂最深处对话，第二种则是与我们专注的灵魂对话；第一种是诗歌，第二种是小说；第一种以独特的结构开始说谎，第二种以独特的写作意图开始说谎；第一种意在通过遵循严格韵律的诗行来讲述真理，因此以与言语的本性相背离的方式说谎，而第二种意在通过我们知道永远不存在的现实去讲述真理。

假装就是爱。当我看到一张迷人的笑脸或一个意味深长的凝视，不管这个笑脸或凝视出自谁，我总要去探索这个正在微笑或凝视的灵魂，以便发现究竟是什么样的政客想要收买我们来给他投票，或是什么样的妓女想让我们把她买走。然而，那个买通我们的政客就爱收买我们的这种行为，正如那个妓女就爱被我们买走一样。喜欢或不喜欢，我们无法逃避这种四海皆兄弟的普遍性。我们相爱，而我们交换的亲吻就是这个谎言。

257. 伪爱

我的所有情感都浮于表面，但出于真心。我总是像个认真的演员。当我去爱时，我只是假装去爱，甚至也在自己面前假装去爱。

258. 我什么也不是

今天，一种荒唐而又正当的感觉袭来。我内心灵光一闪，意识到自己什么也不是，完完全全什么也不是。在那道灵光下，我看到自己一直视为城市的地方其实是一片荒原。在那道不祥之光下，我看清了自己，也看到了头顶没有天空。在这个世界被剥夺存在的权利之前，我就已经被剥夺了这样的权利。如果我轮回转世，那么也必定不再是我，不再有我。

我是一个不曾存在的小镇的荒郊，是对不曾写下的一本书所做的冗长书评。我什么也不是，根本就什么也不是。我不知道如何去感受，如何思考，如何期盼。我是不曾写下的小说里的人物，在空中飘来飘去，还未存在就已散去，栖身某个人的梦中，而那个人从不知道如何让我变得完整。

我总是思考，总是感受，但我的思想毫无逻辑，我的感情毫无温度。我从井口掉了下去，从高处坠入无边无际的深渊，毫无方向地空空坠落。我的灵魂是一个黑色的大漩涡，一股旋入虚空的无边涡流，虚无黑洞周围是无边无际的海洋。这股水流比真实的水流更回旋湍急，水面漂浮着我在世界上所见所闻的一切意象：房子、面孔、书本、木箱、音乐片段以及声音碎片，所有这一切都被吸入凶险无底的漩涡。

在这一切混沌中，真实的我是中心，这个中心只存在于几何构造的深渊里，周围的一切飞快旋转，而我什么也不是，我唯有存在才能让漩涡得以运转。我是中心，因为每一个圈都有一个中心。真实的我只是一口没有井壁却有着井壁黏度的井，我是被虚无包围的一切的中心。

在我内心狂笑的似乎不是恶魔（他至少还有一张人脸），而是地狱。那是已逝的宇宙在癫狂地啸叫，在实体空间中旋转的死尸，还有整个世界处在末日的大风里，缥缈无形，时光错落，看不到创世主，甚至看不到自己。这一切是唯一的现实，令人难以置信。

如果我知道如何去思考该多好！如果我知道如何去感觉该多好！

我的母亲去世得太早，我甚至还未能了解她……

259. 烦闷

我很容易感到沉闷，奇怪的是，我至今从未认真思考过什么是真正的烦闷。如今，我的心灵处在一种飘忽不定的状态，对生活或其他什么事情都不感兴趣。由于我从未这样做过，所以我决定通过印象派思想对自己的烦闷进行分析，即便这种凭空想象的分析多少会有些不真实。

我不知道烦闷是否仅仅是流浪汉那种倦怠麻木的状态，只是我是清醒的，或者我是否更高贵一点。以我的个人经验，烦闷常常以不可预见的方式侵袭，毫无规律可循。我可以整个礼拜天无所事事，却感觉不到烦闷。但我在集中精力埋头工作时，会突然体验到犹如乌云压顶的烦闷。据我所知，这与我的健康状况（或缺乏健康的状况）无关，也并非源自实实在在的自我中存在的某些东西。

也许它是一种伪装的形而上的焦虑，是一种变幻的彻底幻灭，是一个倚着可眺望生活的窗边坐下的灵魂朗读的无声诗歌——也许它是这些东西，或那些可以粉饰烦闷的类似物。就像孩子们总是这样勾画出人物形象，给它们涂上颜色，然后再擦掉勾边。但对我来说，这只是在我心灵的地窖里的喧嚣声。

烦闷……是没有思想的思考，却厌倦于思考；是没有感受的感觉，却因感觉而焦虑；是没有逃避的回避，却因厌恶而回避——所有这一切都可称为烦闷，却不是烦闷本身，充其量就是烦闷的释义或诠释。按照我们的直接感受，烦闷就好比是悬挂于灵魂城堡的护城河上的吊桥，这座吊桥已被收起来，我们只能凝视着城堡周围的土地，却不能涉足半步。在我们的内心，某些东西将我们与自我隔离开来，那些分隔物和我们一样迟钝，是一条环绕自我疏离的肮脏沟渠。

烦闷……是没有痛苦的痛苦，没有欲念的期待，没有理由的思考……烦闷就像被消极恶魔侵占，被虚无蛊惑。巫师造出我们的模型，然后施加折磨，这种折磨就会通过某种灵魂转化体现在我们身上。我要说，烦闷就像这种形象转化，如同小妖将邪恶的符咒施与模型的阴影而非模型。他们将符咒施与我的内在阴影，在我的内部灵魂的表层贴上或钉上写满符咒的纸片。我就像一个出卖影子的人，或者说，更像被这个人出卖的影子。

烦闷……我努力工作。我履行着实用道德主义者们眼中的社会责任。我履行这种责任，或者说听任这种命运，不需要耗费太多精力，也没什么明显的不称职。然而有些时候，正好在工作或休息期间，按照实用道德主义者们的说法，我应当去享乐，但我的灵魂被一种苦楚的惰性湮没，我感到厌倦，并不是厌倦工作，也不是厌倦休息，而是厌倦我自己。

我甚至对自己无所思索，又为什么会厌倦自己？如果我没有思考一切，又如何会厌倦其他的事物呢？我忙于记账或稍作憩息时，宇宙之谜浮上心头了吗？生命的普遍痛苦突然在我的灵魂转变的媒介中呈现出来了吗？为什么被赐封为贵族的人连自己的身份是什么都不知道？这是一种虚无感，一种没有食欲的饥饿感，一种就像过度抽烟或消化不良时大脑和胃产生的感觉。

烦闷……或许，它是我们灵魂深处产生的不满，因为我们并不相信烦闷，就如同孩子（我们内心就和这个孩子一样）因我们没有给他买最好的玩具而感到失望一样。它或许只是人们心中安全感的缺失，而他们需要一只援手来引路。在感情深处的黑暗道路上，人们更多感受到的是无法思考的寂静夜晚，无法沉思的空落街道……

烦闷……心有上帝的人不会感到烦闷。烦闷是神秘论的缺失。对于缺乏信仰的人来说，甚至怀疑也是办不到的，甚至他们的怀疑主义也缺乏质疑的能力。是的，烦闷是灵魂缺乏自欺欺人的能力，是思想缺乏虚构的阶梯——心灵凭借这段阶梯可以坚定地登上真理之巅。

260. 思考的沉重

我了解那种颠倒了的吃撑的感觉。我是通过感觉知道的，不是通过胃。有时候，我的内心已经吃得太多了，我的身体变得沉重，我的手势非常笨拙，我连哪怕是一块肌肉都不想动。

在这种情况下，消失了的幻想的残余部分几乎就像是一根肉中刺，从我冷漠的麻木中显露出来。我在无知的基础上制订计划，在假想的基础上建造大厦，永远不会发生的事情使我眼花缭乱。

在这些奇怪的时刻，我的精神生活和物质生活不过是我的附属品。我不仅忘了责任的概念，还忘了存在的想法，我从身体上厌倦了整个宇宙。我的所知和所梦使我昏昏欲睡，用同样的强度使我的眼睛发痛。是的，这时我比任何时候都了解自己，我是躺在无人之地的树下打盹的乞丐。

261. 去旅行的主意

去旅行的主意间接引诱着我，就好像这个完美的主意在引诱另外一个我。整个世界的大全景横贯我警觉的想象力，像一种多姿多彩的乏味。我追溯一个愿望，就像一个人疲于做出手势，潜在的风景和预想中的一样乏味，像刺骨的寒风蹂躏着我虚弱无力的心灵之花。

旅行如此，书籍也是如此，一切都是如此……我向往一种博览群书的安静生活，以古人和现代人为伴，这种生活使我通过他人的感觉来重建我的感觉，让我的内心充满矛盾思想，这些矛盾思想建立在沉思者和进行朦胧思考之人（多数为作家）之间的矛盾基础上。但是，我一从桌上拿起书，读它的想法就消失了，读书这个真实的动作剔除了所有读书的欲望。同样，如果我碰巧走近站台或出发港，旅行的想法就减弱了。我重新回到两种毫无价值的状态中，对于它们，我很有把握（而这同样毫无价值）：不起眼的路人般的日常生活和在清醒的失眠状态中做梦。

读书如此，一切都是如此……一旦我想到什么事情，可能会打断我那无声无息流逝的日子，我就会抬眼用强烈抗议的目光望着这位精灵，而如果这个可怜的人儿学会了唱歌，她也许会成为我的海妖塞壬呢。

262. 记忆中的琴声

我第一次来到里斯本时，曾听到楼上的公寓传来琴声，一个我至今未见到真人的姑娘在用钢琴弹奏出枯燥的音调。如今，通过一些不可思议的浸润过程，我发现，在我的灵魂地窖里，仍响起那些声音。如果楼下的门敞开着，琴声仍然清晰可闻，一遍遍响起。曾经弹奏钢琴的是一个姑娘，如今已成为其他什么人，一个成年女士，或者已不在人世，在松柏成荫的白色墓地里长眠。

我已不再是当年那个孩子，但是，现实中的钢琴声与记忆中的声音并无差别，每当钢琴声从它假装睡着的地方飘荡出来，便出自同样的缓慢的手指动作，同样是有节奏的单音。当我感受或思考它时，心中难免会涌起一种朦胧的焦虑、忧伤。

我会为失去的一切而哭泣，也包括我的童年。我说的不是具体的时光流逝，而是一种抽象的流逝，就像一种来自楼上的不间断的重复音阶折磨着我的大脑，那琴声毫无特征，听起来十分遥远。这是一种没有什么可以天长地久的巨大之谜，这个谜团连续不断地敲击着，但敲击出来的不是真正的音乐，而是在荒诞不经的记忆深处流淌着的怀旧之情。

我不假思索地慢慢想象出一个画面：里面是我从未见过的客厅，一个我从未见过的学生在弹钢琴，他的手指认真地弹奏出永远不变、业已消失的音阶。我看见，我再次看见了，我重构了我的所见。楼上的公寓让我产生一种昔日从未有过的怀旧之情，我用缥缈的冥想虚构出了它的样子。

然而我猜想，这一切只是一种间接感受，我所感受到的怀旧之情并不真正属于我，也并非真正抽象，而是从来路不明的第三者那里截取来的一种情感，这在他们那里是情感，在我这里则是文学——正如维埃拉所说是文学性的。我的悲伤和痛苦都来自臆想的感觉，怀旧使我热泪盈眶，而这种怀旧之情也是通过想象和臆测去感受的。

传来一种来自世界深处、形而上的敲击键盘的声音，这种敲击声连续不断、坚定不移，那个学生一遍又一遍弹奏着钢琴，也来回敲打着我记忆的脊椎。昔日的街道上行走着另一些人，如今的街道已物是人非。那是已辞世的人们以一种透明的存在方式在向我述说。那是一种我为做过和没做过的事而产生的懊恼；那是夜里的潺潺流水，在寂静的楼房间流淌。

我想在心里大声呐喊。我想要打破和摧毁这不可能存在的唱片，不让它在我心里播放不休，而我的心不属于我，这是一种无形的折磨。我想要我的灵魂，让我下车，离开我继续前行，就像一辆被别人接管的车。听这种音乐让我发疯。到最后，我——在我那极易受影响的思绪中，在我那薄如蝉翼的肌肤里，在我那过度紧张的神经中——成为发出声音的键盘，这个键盘属于我的记忆中讨厌至极的个人化钢琴。

像大脑里某个部位不听指挥一样，在我来里斯本住过的第一所房子里，在我的上方，音乐一直在响，一直在响。

263. 尼莫上校之死

最后，尼莫上校去世了。不久，我也会离开人世。

在那一刻，所有童年时光继续存在的可能性会被剥夺。

264. 嗅觉

嗅觉是一种怪异的视觉表现方式，能通过无意识出人意料地勾勒出动人心弦的景观。我常常体验到这一点。我漫步在大街上，什么也没看见，或者说，我放眼四望，看见了每个人都能看见的东西。我知道自己走在大街上，但并没有意识到，这条街的两边是由人类之手建造的形状各异的建筑物。

我漫步在大街上，面包房那边飘来的香甜的面包气味令我反胃。我在一个遥远的街区里长大，另一家面包店从那个仙境里显出来，曾经的一切悄然逝去。我漫步在大街上，突然，从小杂货店斜架子上飘来一股水果香，我的心中浮现出我在乡下度过的短暂时光——何时何地我说不清楚——那里有树林和我童年时代心中的平静祥和。我漫步在大街上，从木箱工匠那里飘来的木箱气味意外地使我失去平衡：我亲爱的韦尔德，你出现在我面前，我终于快乐了！因为通过回忆真理，也就是文学，我回到了从前。

265. 我的悲剧

我人生最大的悲剧是已读过《匹克威克外传》。（我无法回到第一次读起它的往昔时光。）

266. 得到意味着失去

艺术用一种虚幻的方式使我们从悲惨中解脱出来。当我们感受到丹麦王子哈姆雷特所遭受的不公正和苦难时，我们自己的遭遇就变得微不足道，它们因属于我们而卑微，因卑微而卑微。

爱情、睡眠、毒品和酗酒常与艺术相伴。更确切地说，它们和艺术产生类似的效果。但爱情、睡眠和毒品都会带来幻灭。爱情使人厌倦或失望。我们从睡梦中醒来，睡着时我们就不再活着。在毒品的恶行刺激下，我们以毁灭身体为代价。但艺术不会带来幻灭，因为从一开始我们就接受了幻觉。我们不用从艺术中醒过来，因为我们做着梦，却并未睡着。在欣赏艺术时，我们也不用缴税或受罚。

由于我们从艺术中获得的愉悦在某种意义上不属于我们，所以我们不必为它付出代价或过后抱憾不已。

我指的是一切不属于我们但通过艺术带给我们快乐的东西——逝去的痕迹，一个给别人的微笑，一抹晚霞，一首诗，客观存在的宇宙。

得到意味着失去。去感受并未得到的东西意味着存续和保留，因为这么做就是在汲取事物的精华。

267. 与爱无关

值得了解的不是爱，而是爱情之外的事情……

压抑的爱，比爱的真实体验更能体现爱的本性。贞洁可以是开启深刻理解的钥匙。行动自有所得，但会带来混沌。占有的同时也会被别人占有，进而失去自我。唯有思想可以看穿现实而又不至于沦陷。

268. 无穷与永恒

基督乃是一种情感形式。

在万神殿中，诸神都有自己的空间，他们排挤彼此；他们都拥有王座与至高无上的权力。诸神在这里无所不能，因为这里没有限制，甚至没有逻辑秩序，各式各样的不朽并存，允许我们去享受各式各样的无穷与各式各样的永恒共存。

269. 神与人

历史上并无确定之事。在秩序井然的时期，万物尽皆可鄙；在混乱时期，万物尽显高尚。衰落的时代富于精神活力，伟大的时代欠缺智慧的灵光。万物混淆交融，真理只存在于想象之中。

因而，如此多的崇高思想落入粪堆之中，那么多真诚的渴望，最后都落在了阴沟里！

神与人——他们在我眼中都一样，尽皆拥有不可预知的命运，混乱不堪。在这间普普通通的五楼房间里，他们从我的梦中穿过，神与人对于我的意义，相比他们对于相信他们之人的意义，不会更多。警觉而单纯的非洲人的神，偏僻之地野蛮人的动物神，埃及人那些人格化的象征物，希腊人那光辉灿烂的神，罗马人那生硬的神，太阳神和爱神密特拉，因果和慈善之神耶稣，围绕着同一个基督产生的不同形状，新城镇里的新近诸神——所有这些神明组织了一次充满谬误与幻想的送葬之旅（或许是朝圣之行，或许是葬礼）。他们行进着，走在他们身后的是梦。这些梦是投射在地上的空洞阴影，然而最差劲的梦想家则认为那些梦境扎扎实实地根植于那里：没有身体或灵魂的悲惨思想——自由、仁爱、快乐、更美好的未来、社会科学——在黑暗的孤寂中向前移动，如同乞丐偷来的皇家长袍组成的列车拖拽着的落叶。

270. 革命派的错误

革命派把贵族和平民、统治者和被统治者区分开来，是一个愚蠢而严重的错误。人与人的唯一区别是对社会的适应和不适应，剩下的就是文学与劣等文学的区别。如果一个乞丐适应社会，那么明天他就可以成为帝王，尽管这么做将使他失去乞丐的品性，甚至要越过边境丧失国籍。

在这间狭小的办公室里，这些想法令我宽慰。办公室蒙尘的窗户对着一条阴郁的街道。这些想法令我宽慰，那些与我同是世界意识的创造者，都是我的兄弟——譬如鲁莽的剧作家威廉·莎士比亚、教员约翰·弥尔顿、流浪者但丁·阿利吉耶里……国会议员约翰·沃尔夫冈·冯·歌德、参议员维克多·雨果等则组成另一个完全不同的阶层。

这便是暗影里的我们，身处小杂役和理发师中间，组成人类社会……

一边是有威望的国王、有荣耀的皇帝、有光环的天才、有光环的圣人、有权力的政治领袖、先知、富人……另一边，坐着我们——街角的小杂役、鲁莽的剧作家威廉·莎士比亚、幽默的理发师、教员约翰·弥尔顿、售货员、流浪者但丁·阿利吉耶里，还有那些被死神遗忘或崇敬的人，以及那些被生活遗忘或从未被崇敬的人。

271. 统治自己

统治世界始于我们的内心。世界的统治者既不是诚者，也不是不诚者，而是一群用做作和无意识的手段，在自己身上创建真正忠诚的人。这种忠诚构筑他们的力量，使其他人的虚假忠诚黯然失色。善于自欺是成为政客的先决条件。唯有诗人和哲学家才能看到世界的本来面目，因为只有他们才被赋予脱离幻觉的生活。要看清世事，就要无为。

272. 没有自由的灵魂

意见即粗俗，即便这个意见并非出于真心。

每一个真诚的例子都令人无法容忍。不存在真诚与自由的心灵。就此而论，根本没有自由的灵魂。

273. 真正的人

万物尽皆脆弱、平庸且无谓。我看到了强烈的同情，那似乎揭示了充满悲情色彩的忧伤灵魂的深处，可我发现，那强烈的同情只延续了片刻，那强烈的同情充满了言语，这些话形成于——多久我才会带着沉默的洞察力来观察这个——与怜悯相似的感情之中，像观察者的新鲜感一样迅速消失，抑或形成于慈悲灵魂晚宴的红酒之中。表露出来的人道主义情感，喝掉的白兰地的数量，以及因为杯中酒或冗长的焦渴带来的痛苦而做出的伟大举动，三者之间始终存在着直接联系。

这些人都把自己的灵魂出卖给了魔鬼，那魔鬼便是地狱里乌合之众中的一员，对卑鄙和懒惰渴望至极。他们醉心于虚荣和懒惰，无力地死在字里行间，死在蝎子分泌的大摊毒液中。

关于这些人最特别的事情就是他们全都没有一点重要性，任何意义上都是如此。有些人给主流报纸写文章，在虚无中获得成功。其他人在专业领域出人头地了、成功了，最终却一无所成。还有人当上了有名的诗人，然后相同的灰烬让他们愚昧的脸变得苍白无比，他们都是坟墓里经过防腐处理的死尸，手被放在屁股上，还保持着活人的姿势。

在一段很短的时间内，我如同行尸走肉，失去了七窍玲珑心，但我保留了很多记忆，拥有真正美好的有趣时刻，拥有沮丧与悲伤的时刻，拥有几个在虚无中十分突出的侧面像，还有不管女招待在上班时做出何种举动我都会摆出的姿势——总之，不过是确确实实令人恶心的烦闷和一两个有趣的笑话。

这中间有很多年纪更大的人，如同空洞的空间，带着他们那些过时的俏皮话，他们会像别人一样在背后中伤他人，而且诽谤的都是同一个人。

当我看到他们因为一些微不足道的荣耀而被这些小人物诽谤时，我从未对这些小人物的公共荣誉如此同情。然后，我就可以理解伟大的贱民为何能够取得胜利——因为他们的胜利与这些人有关，而与人类无关。

可怜虫总是贪得无厌——要么渴望食物，要么渴望名望，要么渴望生活里的甜点。任何第一次听到他们说话的人都会觉得自己是在倾听拿破仑的导师和莎士比亚的老师在讲话。

有些人成功获得了爱情，有些人在政坛功成名就，还有些人成了艺术大师。第一种人的优势是可以讲故事，因为不必让自己的爱情众所周知，一个人就可以非常成功地恋爱。当然了，其中一个这样的人长篇大论地描述他的性事，在他讲了第七次后，我们也开始产生了怀疑。那些贵族女士或知名小姐的情人糟蹋了数不胜数的女伯爵，他们诱惑女性的数字甚至会使有爵位的年轻女性的曾祖母感到震惊。

有些人擅长肢体冲突，在西亚多街角的夜晚狂欢中，杀死欧洲拳王。还有些人有力量左右大人物，这些人的话最不可靠。

有些人是可怕的性虐待狂；还有些人大声悲伤地承认他们对女性残酷至极，让她们在生活之路上随时受到鞭打，他们喝咖啡时总让别人付账。

有些是诗人，有些是……

对于这阴影的洪流，我不知道有什么比直接了解普通的人类生活更好的解药了——比如，它的商业现实，就像我在道拉多雷斯大街上遇到的那样。每当我从那座傀儡疯人院里返回，去找莫雷拉这真正的存在时，都会感到解脱。他是我的监督员，一位真诚且能干的会计员，衣不称身，身材走样，却是一个真真正正的人，而上述那些人从没有真正为人。

274. 生者与死者

大部分人不由自主地过着虚幻和奇怪的生活。“大多数人并非自己，而是别人。”奥斯卡・王尔德如是说。他说得没错。有些人终其一生追求的都是他们不想要的；有些人追求的乃他们所欲，却对他们没有丝毫用处；还有人迷失了他们自己……

然而大多数人还是不需要任何理由就会感到快乐、享受生活。人们并不会时常流泪，而当他们抱怨之际，便形成了他们的文学。悲观主义作为民主规则并不可行。那些悲叹世界疾苦的人都是孤立的——他们只为自身悲伤。莱奥帕尔迪或肯塔尔就没有心上人？那么整个宇宙就充满了痛苦。维尼感觉自己没有得到足够的爱？这个世界就是一座监狱。夏多布里昂产生了奢望？人类的生活沉闷乏味。乔布身上长满了疮？这个尘世无处不满布疮痍。有些人踏在了伤心人的玉米上，可怜他的脚啊，还有那太阳和星辰！

对这一切漠然视之，人类吃着、爱着，长此以往，从不停止，只在必须哭的时候哭，而且哭的时间短——例如，为儿子丧命而哭，但死去的儿子很快就会被忘得一干二净，只在他的生辰才会被记起；抑或因为损失金钱而哭，但更多的钱源源而来之际，或者人们对这个损失已经习以为常之际，便会停止哭泣。生存的意愿复苏，延续。死者已被埋葬。我们的损失会被遗忘。

当我看到一只猫在阳光下，总是会想起阳光下的人。

275. 感怀失去的一切

今天，他回了老家，显然不会再回来。我说的他是指那个小杂役。我视他为这个人类群体中的一部分，进而也是我和我整个世界的一部分。今天，他走了。当我碰巧在过道上遇见他时，出于对道别的惊讶在意料之中，他不无羞怯地和我拥抱。我靠着自制力没有哭出来，而独立于我的热情的眼睛则一直在催促我哭泣。

任何曾经属于我们的东西，因为它们曾经属于我们，即使只是作为我们在日常生活中所看到的一种偶然的存在，也成了我们的一部分。今天，对我来说，离开我们回到加利西亚小镇（我从未听说过）的人不是那个小杂役，而是我生命的重要部分，因为他是看得见的活生生的人类，是构成我的生命的物质。今天，我的身体少了点什么，不再和以前一样。今天，那个小杂役走了。

一切发生在生活中的事情也发生在我们的心里。一切消失在视野里的事情也消失在我们的心里。当我们看得见时，它便还在那里，而一旦离去，便从我们的心头消失。今天，那个小杂役走了。

我坐在高高的办公桌边，继续做着昨天没完成的工作，一股更强烈的厌倦感和苍老感袭来，意志力也变得更薄弱。但今天，这不完全算是悲剧的悲剧和失控的恼人思想（我不得不努力控制自己不去想），使我无法习惯性地去记好账。我唯有像自己的奴隶一样，靠着惯性才能工作下去。今天，那个小杂役走了。

是的，明天或无论哪天，钟声将无声地敲响，昭示着我要离世或离开，届时，我也将不再待在这里，陈旧的手抄账本将被放在楼梯下面的厨柜里。是的，明天或是哪天，当命运之神做出判决，那个冒充是我的我将不复存在。我是否也会回老家去？我不知道要去哪里。今天的悲剧看得见，是因为有人缺席，而这件事不值得我思量。上帝啊，我的上帝。今天，那个小杂役走了。

276. 孤独的夜

哦，在夜里，星辰假扮阳光，哦，孤独的夜是宇宙的尺码，让我身心融入你的身体，以致——仅仅是黑夜——我失去自我，也变成黑夜，没有梦想和星辰点缀心田，也不企盼太阳照亮未来。

277. 风声

起初，万物空洞的黑夜里发出一种声音。接着是一声低嗥，街上的招牌随风摇摆，嘎吱作响。然后，空中的声音变成一阵尖啸、一阵咆哮，而万物战栗，摇摆骤停。一切静得可怕，像一种无声的恐惧，起初的无言的恐惧过去后，迎来的是另一种无声的恐惧。

然后就剩下风声。我睡意蒙眬地注意到紧闭的百叶窗如何颤抖，窗户上的玻璃如何哐啷哐啷地抵抗着。

我并未入睡。我存在又不存在。意识的残留部分尚存。我感觉到睡眠的重量，但没有失去知觉。我什么都不知道。风……我醒过来，又睡过去，但我并未入眠。一种模糊而嘈杂的景观下，我是自己的陌生人。我小心翼翼，为可能入睡而喜悦。我的确已入睡，但我不确定自己是否已经睡着。在我看来，睡眠中总是有万物终结的声音、黑暗中的风声，如果我仔细听，还有我自己的肺脏和心脏的声音。

278. 荒谬的印象

清晨，最后的一点星星在天空中渐渐淡去，直至消失不见。微风夹杂的凉意也减少了几分，橙黄的光亮透过几朵低沉的云彩照射下来。我总算拖着身子——被虚无耗得筋疲力尽——从床上下来。我一夜无眠，在床上思考宇宙的问题。

我走到窗户边，双眼因彻夜未合而发痛。光线在密密匝匝的屋顶上反射出各种浅黄。我因失眠而极度迟钝地思考一切问题。光线的黄在高楼挺拔的身影中显得纤细渺小。遥远的西边（我面朝着那个方向），地平线已呈现出青白。

我知道，由于我什么也抓不住，今天我将感受到压抑。我知道，今天我所做的一切不是被我未睡的疲倦留下痕迹，而是被我的失眠症留下痕迹。我知道，和往常相比，我的存在更像是一种梦游，并不是因为我没有睡觉，而是因为我无法睡觉。

有些日子属于哲学，暗示着对生活的解释，是一种旁注——充满了批判性的观点——标记在我们的普世命运这本书中。今天似乎就是这样的日子。我有种荒谬的印象，也就是说，我沉重的眼皮和空白的大脑像一支荒谬的铅笔，将我深刻而无用的评论写了下来。

279. 死者的自由

自由存在于孤独的可能性中。如果你能够脱离人群，不用为了金钱、伙伴、爱情、荣誉或好奇心——这些无一能够存活于沉默和孤独中——而寻找他们，那么你才算是自由的。如果你不能一个人活着，那么你就天生为奴。你或许拥有卓越的精神和灵魂，在这种情况下，你是一个高贵的奴隶或聪明的奴仆，但你不自由。你不能视之为你自己的悲剧，因为你的出生只是命运的悲剧。然而，如果生活压迫你，以致你被迫沦为奴隶，那么你是不幸的。如果你生来自由，具有与世隔绝和自给自足的能力，而贫穷迫使你与人交往，那么你是不幸的。是的，这样的悲剧就是你自己的，并将伴随着你。

生来自由是人类最大的辉煌，使淡泊名利的隐士要高于君王甚至诸神。诸神只有运用权力才能自给自足，而不是蔑视权力。

死亡是一种解脱，因为人死之后，就不需要任何人了。死亡迫使可怜的奴隶摆脱了苦与乐，以及梦寐以求的生活。死亡使君王失去了并不想放弃的统治权。死亡使滥情的女人失去了她们珍爱的凯旋。死亡使热爱征服的男人失去了命中注定的胜利。

我们那可怜而荒谬的尸体永远也不知道，它们被衣着华丽的死亡装饰，变得高贵起来。死去的人是自由的，即便他不想要自由。死去的人不再是一个奴隶，即便他为结束奴役生涯而哭泣。像君王这样的人，他的最高荣耀是他的君王头衔。尽管作为一个人，他是可笑的，但作为一个君工，他高高在上。因此，或许死去的人变得丑陋，但他仍然卓越，因为死亡使他自由。

由于疲惫，我拉上百叶窗，将自己与世隔绝起来，于是有了片刻的自由。明天我将重新做回奴隶，但此时——我独自一人，不需要任何人，只是唯恐被什么声音或什么人打搅——我有属于自己的短暂自由和荣耀。

靠坐在椅子上，我忘了令我压抑的生活。除了感觉到痛感，没有什么令我痛楚。

280. 不要去碰生活

让我们连指尖也别碰到生活。

让我们想也别想恋爱。

但愿我们永远也别知道女人的吻是什么感觉，哪怕在梦里也别知道。

作为病态的工匠，我们要善于教会别人如何去制造幻想。作为生活的旁观者，让我们躲在所有的墙头偷窥，我们因知道看不到什么新鲜美好的事物而预先感到厌倦。

作为绝望的织布工，让我们只编织裹尸布——白色裹尸布裹住我们从未做过的梦，黑色裹尸布裹住我们辞世的日子，灰色裹尸布裹住只出现在我们梦里的身姿手势，蓝紫色裹尸布裹住我们徒劳无益的感觉。

猎人在山上猎杀野狼，在峡谷里追赶小鹿，沿着沼泽和湖岸捕捉野鸭。让我们去恨他们吧，不因为他们杀生，只因为他们过得快乐（而我们不能）。

让我们面露苍白笑容，像是即将哭泣。让我们目光凝滞，像是不想去看。让我们的音容笑貌都透露着鄙夷，像是鄙视生活，而且只为了鄙视生活而活。

让我们鄙夷那些工作和奋斗的人，让我们憎恶那些存在希望和信任的人。

281. 我从未醒过

我几乎确信自己从未醒来过。我不知道自己在生活中做梦，还是在梦里生活，或者说，对我而言，梦与生活彼此交错，组成我的自我意识。

有时候，当我积极地活着时，对自己的认识和对别人的认识一样清晰，我的心里会被一种奇怪的疑惑感困扰：我不确定我是否存在，我想知道我会不会可能是别人的梦想。我几乎觉得我可能是小说里的人物，按照书里的冗长文字，在繁杂叙述下的现实中活动。

我经常注意到，在现实生活中，某些虚构的人物具有一种朋友和熟人所无法企及的独特之处，朋友和熟人会在可见的现实生活中与我们交谈。这使我产生一种幻想，觉得世界上的一切事物是互相连接的一连串梦和小说。就像将小盒子叠进大盒子，以此无限堆叠下去，每件事都是故事里的故事；就像《天方夜谭》，虚构的故事在没有尽头的夜里无限延续下去。

如果我思考，那么一切对我来说很荒谬；如果我感觉，那么一切对我来说很陌生；如果我渴望，那么是我的心在渴望；如果我做了什么，那么我可以肯定那与我无关。我做梦时就像被人描写，我感觉时就像被人描画，我渴望时就像要被上交的货物，被装进货车，就像我继续做一个我想象是我自己的动作，朝着我不想去的目的地进发，直到抵达那里。

一切是多么混乱不堪！只看不想、只读不写该有多好！我的所见将我欺骗，但我不认为那是我的所见。我的所读令我苦恼，但我不必因写下它而感到难受。当我们把每件事都看作是有意识的思考者时，当我们把它们看作是反思的存在时，是多么痛苦啊！尽管天气很好，但我还是情不自禁地如此思考。去思考还是去感受？或者说生活的幕后还有第三种选择？昏暗无序的单调，合拢的扇子，不得不生活的倦怠感。

282. 年轻的我们

仍然年轻的我们走在乔木下，走在森林的轻柔细语里。我们漫无目的地走在小路上，旷野跃然呈现在眼前，在月光映照下，池塘分外显眼，枝条交错的池岸比黑夜还要黑。微风在树丛中叹息。我们谈论着不存在的事情，我们的声音成为黑夜、月色和森林的一部分。我们聆听自己的声音，仿佛它属于别人。

昏暗的森林里不是完全没有路，我们在本能的驱使下择路而行，在树影斑驳的森林里、冷硬的金色月光下行走着。我们谈论着不存在的事情，而这个真实生活的景色也仿佛并不存在。

283. 完美

我们因得不到完美而崇拜它。倘若得到完美，我们将会排斥它。完美是非人类的，因为人类不完美。

我们暗地里憎恨天堂。我们的渴望像可怜人向往天堂的乡村。确实，这并非什么抽象的狂喜或绝对奇迹，能够蛊惑人的心灵感受。它是田园和山坡，蓝色海洋中的绿洲，林荫小径，在先祖留下的农庄里度过的悠闲时光，尽管我们从未拥有过这一切。如果天堂里没有土地，那最好也不要有天堂。最好一切归于虚无，没有情节的小说走向终点。

追求完美需要一种对人类的冷漠态度，追求完美的人将失去热爱完美的人类之心。

我们敬畏伟大艺术家追求完美的热忱。我们热爱他们对完美的接近，但我们爱的只是这种接近。

284. 本来面目

我构建复杂梦想的能力让我在生活中制造了无用的障碍。

这破坏了我精神的统一性。我释放了那些善于隐藏和潜伏的微小冲动，因为它们微妙而有抵抗力，但又足够大，使它们自己成为本能——可实现的本能。

由于做了那么多梦，我在梦中变得生动起来，看到了自己的本来面目，又丑又怪异，以至于梦本身也让我失望了。

我甚至不能自怜，因为我不是驼背、不是残废，更没有缺一只胳膊。我完全缺乏美感。

即使在梦中，我也不认为自己配得上爱，那我怎么能对爱有所了解呢?

285. 镜子的悲剧

古人几乎看不到自己。然而今天，我们能看到自己的各种姿势，因此，我们会有自我恐惧和自我厌恶。

每个男人，为了能够生活和爱，都需要把自己（最终，还有他所爱的人）理想化。这就是我们爱的原因。但是，当我看到自己，并把我所看到的与人类美的理想——不光是高的，还有低的——进行比较时，我就放弃了现实生活和爱。

286. 永远不要去写作

如果《李尔王》是我写的，那么我的余生将被懊恼所困扰。因为这部作品绝对严重地放大了它的缺陷，可怕的缺陷，那是某些场景和它们尽善尽美的可能性之间最微小的东西。这和被黑点玷污的太阳不同，它就像破碎的希腊雕像。一切在被完成后便充斥着差错、错误的观点、无知、粗俗的迹象、不足和纰漏。没有人有这种神圣的能力，也没有人会这样幸运，写出一部伟大而完美的杰作。心灵的参差不齐，使我们无法在一次单独的情感爆发下完成任何作品。

抱着这种想法，我的想象力被叹惋、痛苦击倒：我将永远无法为实现完美而有所作为。实现完美的唯一办法就是成为上帝。殚精竭虑需要耗费时间，这些时间流经我们不同的心理状态。每种状态都各不相同，每种状态的作品都有自己的个性特点。我们在写作时，唯一能确定的事实就是我们写得很糟糕。唯一伟大而完美的作品就是我们从不曾梦想能够完成的作品。

仅仅带着同情洗耳恭听就行了。听我说完，然后告诉我做梦不比生活更美好……

努力写作永远不会有回报。努力不会带来任何结果。唯有放弃是高贵而高尚的，因为它使我们认识到实现的东西总是低劣的，我们写下的作品总是我们梦想中作品的可笑影子。

我多么希望能够在纸上用笔写下来，以便他人能够大声朗读并倾听我想象的戏剧中的人物对话啊！这些戏剧里的动作一气呵成，对话完美无瑕，但我不能在空间上描绘出那些动作，以至于无法在实质上将它表达出来，那些内在对话的内容也不包含真实语言，我无法凑近去倾听并抄在纸上。

我喜欢某类抒情诗人，恰恰是因为他们不是叙事诗人或戏剧诗人，而是因为他们的直觉智慧使他们想表达的东西永远不会多于强烈的感觉或梦中的时刻。能够无意识地写作，是使完美成为可能的确切办法。莎士比亚的任何一部戏剧都不如海涅的一首抒情诗令人满意，海涅的诗歌是完美的。然而，一切戏剧——莎士比亚或任何其他人的——都免不了有缺陷。啊！让我们构建一部完整的“全部”，撰写和人的身体相类似的东西，使所有部分水乳交融，赋予它生命，和谐一体的生命，把特点各异的各个部分连接起来！

你们在听我说，却无法听得懂，你们永远不知道这是怎样的悲剧！父母双亡、得不到荣耀和快乐、没有朋友和恋人——这一切尚可容忍，不能容忍的是，梦中出现的美好东西却不可能化作文字或行动。

对一部完美作品的认识，对一部已完成的作品的满足——在宁静夏天的树荫下，睡眠是一种抚慰。

287. 梦中的天才

当我向后靠坐着，和生活保持着遥远的距离，出于惯性，我是多么顺畅地想出了我永远也写不出来的文字，我在沉思中清晰地描述出了我永远都无法描述的风景！我使用完整的句子，没有一个词不是恰到好处；戏剧的详细情节在我的脑海中铺展开来；我能够逐字逐句感觉到伟大诗歌的音韵节律，一股强烈的热忱像阴影中看不见的奴仆跟随于我。但我若是从椅子上站起来，这种几近逼真的感觉就会消失，而当我走到桌前要把它写下来时，语言便逃走了，戏剧消亡了，行文韵律的关键衔接消失不见，只剩下遥远的怀想，如同残留在远山的一点阳光，拂动田野边缘的树叶的一缕清风，一种从未表露的亲情，别人的狂欢，还有那个我们渴望她能转过头来却并不真实存在的女人。

我承接了每一个靠想象得出的计划。我所创作的《伊里亚特》在有序地衔接长短句时遵循一种结构逻辑，荷马永远也做不到这一点。我未成文的诗篇达到了一种极致的完美，使维吉尔的精准变得粗劣，使弥尔顿的力量变得衰弱。在情节一环扣一环的象征手法上，我的寓言讽刺诗超越了乔纳森·斯威夫特的所有作品。我曾多少次成为贺拉斯啊！

每当我从椅子上站起来，事实上，这些不都是梦，我经历了双重的悲剧，我发现，它们既没有价值，又不是纯粹的梦，有些东西还残留在思想和它们之存在的抽象门槛上。

我在梦中是一个天才，而在生活中是一个白痴。这就是我的悲剧。我是赛跑中的领跑者，直到最后，距终点线仅有一步之遥，却倒在了地上。

288. 不要去原创

如果艺术中有改进者这样的职务，那么我的人生就有事可做了，至少在生活中，我可以作为一个艺术家而工作。

让我们从别人的作品开始，只去做一些改进工作……或许《伊里亚特》就是用这种方式写下来的。

绝对不要去尝试原创!

我多么羡慕那些小说创作者，那些动笔写下并完成小说的人！我能够一章一章地去想象小说，有时会想象出真实的对话和穿插其间的述论，但我无法将这些创作之梦写在纸上……

289. 轻蔑一切

从战争到逻辑推理，每一种形式的行动都是有缺陷的，每一次放弃也是有缺陷的。如果我能够既不去行动又不放弃行动，该有多好！那将是象征我的荣耀的梦中皇冠，象征我的伟大的静默权杖。

我甚至不觉得苦恼。我彻底地轻蔑一切，甚至轻蔑我自己。我对别人的苦难不屑一顾，对自己的苦难也是如此。我的所有苦难被我的轻蔑踩在了脚下。

哦，不过这使我遭受了更多的痛苦……因为重视自己的苦难意味着用傲慢的太阳给它镀金。强烈的苦难使受难者产生一种被痛苦缠身的幻觉，由此……

290. 悲伤的间奏（五）

一个人若是看书时间长了，自然光线也会令他感到刺眼。同样，当我看自己看得太久，抬眼时，那些生动鲜明且独立于我的外在世界、他人的存在以及空间里各种事物的位置和相互关系都将我的眼睛灼伤。我碰巧发现其他人的真实感觉。他们的精神与我的精神对抗，阻碍了我，绊倒了我。我的脚一滑，跌落在地，他们奇怪的说话声在我耳边响起，他们坚定而明确的脚落在真实的地板上，他们的动作真实存在，他们的种种复杂的存在方式不过是我的存在方式的变体。

当我坠入其中一个深渊时，我突然感到无助而空虚，仿佛虽死犹活，像一个痛楚而苍白的阴影，风一吹就倒地，身体一接触就化作灰烬。

于是，我在想：我费力孤立自己、提升自己，这样做值得吗？为了被钉死在十字架上的荣耀，我一生忍受磨难，这样做值得吗？即便知道这样做值得，此时此刻，我却觉得不值得，且永远不值得。

291. 财富意味着自由

金钱，孩子，疯子……

如果不是用柏拉图的方式，那永远都不应该嫉妒财富。财富意味着自由……

292. 金钱很美好

金钱很美好，因为它使我们自由。

想在北京去世却做不到，是众多使我感到大难临头的事情之一。

有的人喜欢买不实用的东西，他们比一般人想象的更聪明，因为——他们买的是小小的梦。在得到物品的时候，他们就会成为小孩子。当有钱的人被那些不实用的小东西吸引住并得到它们后，会像小孩子在沙滩上拾到贝壳一样高兴——这是最能表达小孩子兴高采烈的一幅画面。他在沙滩上拾贝壳！在孩子眼里，没有两个贝壳是完全一样的。他睡着时，手里握着两个最漂亮的贝壳，如果它们丢了或被谁拿走了（罪过啊！他们偷走了他的一小块外露的灵魂！他们偷走了他的一小块梦），他就会号啕大哭，就像上帝被抢走了刚刚创立好的宇宙。

293. 似是而非的爱

荒谬且充满矛盾的爱，是悲伤中含有的动物般的快乐。就像正常人说些毫无意义的话，带着热情和活力拍别人的后背，那些没有快乐和热情的人在思想中翻筋斗，在生活中用他们自己的冷淡方式做出热情手势。

294. 归谬证法

归谬证法是我最喜欢的饮料之一。

295. 生命的全部

万物皆荒唐。有人终其一生赚钱与存钱，可他并没有子嗣来继承他的财产，也不能指望天国里会给他预留一份超脱物质世界的命运；有人努力赚取死后的名誉，却不相信人有来世，让他享受名声带来的荣光；有人为追求根本不在乎的东西而让自己筋疲力尽；还有人……

有人为了学习而读书，到头来一无所得；有人为生活而享受人生，到头来一无所得。

坐在一辆有轨电车上，和往常一样，我近距离观察着我周围人们身上的每一个细节。对我而言，细节犹如事物、声音和语句。就拿我前面那个女孩穿的裙子来说，我将之拆成做成这件衣服的织物以及做成这件衣服所费的功夫（这就是我看待一件裙子的方式，而我看到的不仅仅是织物），在我细看之下，领子上装饰的精巧刺绣被分解成刺绣这些图案的丝线以及刺绣所花费的功夫。接着，突然间，我仿佛进入了基础经济学的教科书一样，工厂和那些功夫都在我面前展现：制作这件衣服的工厂；制作领口花饰的工厂；工厂里的各个部门、机器、工人。在心里，我看向那些办公室，只见经理们努力保持镇静，我看到所有的一切正被记录到账簿内。可这并不是全部，除此之外，我还看到在这些工厂和办公室里工作的人的私生活。整个社会存在在我眼前打开，仅仅因为在我前面——在那位女性深色的颈背上，而我并不知道她的脖子前面是什么样——我看到浅绿色的裙子上有普普通通的不规则的深绿色刺绣图案。

此外，我还感觉到了所有付出辛劳的人的爱、秘密和灵魂。有了它们，电车里我前面的女人可以在她那普通的脖子上围一条弯曲乏味的深绿色丝绸围巾，围巾上还有浅绿色的布料做成的毫无用处的花饰，装点她那件浅绿色的衣服。

我头晕。电车座位是用结实的编织紧密的稻草做成的，它把我带到遥远的地方，并在我身上扩散开来，成为工业、工人、他们的房子、生活、现实以及其他一切。

我下了电车，头昏目眩，筋疲力尽。我刚刚经历了生命的全部。

296. 舞台

每次不管我走到哪里，都会是一场无边的旅途。乘坐火车去卡斯凯什使我感到疲倦，穿过城乡景观的这段短暂时光仿佛像是过去了四五个世纪。

我想象着自己在我经过的每一幢房子、每一间小屋、每一座被石灰和静默刷成白色的偏僻农舍里都住上片刻——先是高兴，再是厌倦，然后忍无可忍。一旦我离开了其中的一所房子，就对我在那里生活的时光充满了怀念。所以，每一次旅途都充满大喜大悲的痛苦和快乐，还有数不清的虚假怀念。

当我经过那些别墅和农舍，我过着和那里的居民一样的日常生活，和他们同时生活。我是父亲，是母亲，是儿子，是堂亲，是女仆和女仆的堂亲，同时是一切。我的特殊才能使我有幸能同时产生这么多纷杂的感觉，同时过这么多种生活——从外部看见他们，从内心感受他们。

我在内心创造了各种不同的个性。我不断创造个性。每一个梦，一旦我开始做梦，它就马上附在别人身上，那个人就是做梦者，而不是我。

为了创造，我毁灭了自己。我将内心的东西外在化，我的外在才是我的存在。我是一个空空的舞台，等着各种演员登台做各种表演。

297. 三角形的梦（二）

我在梦里的甲板上颤抖：一股令人胆寒的不祥预感袭过我那颗遥远王子之心。

喧嚣而可怕的寂静像一股青灰的微风，侵入房间里看得见的空气。

这一切都归结于月光照耀下的海洋发出的刺眼而令人不安的光辉，海水不再翻滚，而是在颤抖。虽然我还是听不见，但很明显王子的宫殿旁边有柏树。

第一道闪电铸成的长剑在远处隐约划过。海上的月光是闪电色，这一切意味着，那位王子（从来不是我）的宫殿在遥远的过去就已变成一片废墟。

船越来越近了，发出的沉闷的声音划破了海水。房间里一片漆黑，他没有死，也没有被俘虏，但是我不知道王子怎么样了。如今，他将面临什么样的冷酷和未知的命运呢？

298. 锻造灵魂

若想拥有新的感觉，唯一的办法就是锻造新的灵魂。不用新的方式去感觉，就想感受到新的东西，是徒劳无益的。你若不改变你的灵魂，是无法用新的方式去感觉的。事物正如我们的所感——你都不知道的东西，又能了解多深呢——新事物存在并被我们所感受到的唯一方式，就是我们如何发现一些新奇之处。

改变你的灵魂。如何改变？这就需要你去发现。

我们从出生到死亡，我们的灵魂像肉体一样慢慢改变。找出一个使它更快得到改变的办法，正如我们在遭受某种疾病的侵袭或者痊愈时，我们的肉体也会很快发生改变。

我们永远不要俯身发表演说，免得别人以为我们有什么想法，或者要屈尊与公众讲话。如果公众愿意，让他们来读我们。

此外，演说者就像一个演员——艺术的跟差，一个任何优秀艺术家都不屑一顾的角色。

299. 双重思考

我发现，我总是同时关注和思考两件事情。我想每个人多少都会有类似的感觉。某些观感如此模糊，我们只有在过后去回忆时，才发现我们有这样的观感。我相信，这些观感构成我们所拥有的双重注意力的一部分——或许是内在部分。就我而言，引起我注意的两种现实同样生动鲜明。这便构成我的本原，或许也构成我的悲剧，并赋予它滑稽元素。

我埋头聚精会神地抄写着账本，而账目记录的是一家不起眼的公司徒劳无益的历史。与此同时，带着同样的注意力，我的思绪搭乘着想象之船，领略了幻想中东方的奇异景观。对我而言，两件事同样历历在目，同样清晰可见：一方面，我小心翼翼抄录的是维斯奎兹公司的商业史诗；另一方面，在靠近被漆成斑马线的甲板那边，我站在甲板上凝神观察的，是一排排躺椅和躺在上面舒展双腿放松休息的旅客。

吸烟室挡住了我的视线，所以我只能看见他们伸长的双腿。

我将笔蘸了蘸墨水，那间吸烟室的门打开了——就在我感觉自己所在的地方——陌生人的面孔浮现出来。他背对着我，向别人走去。他走得很慢，我从他的背影看不出什么来。他是个英国人。我转向其他账目，试图找出哪里出了错。马奎斯的账目应记入借方而不是贷方。（在我看来，他胖乎乎，和蔼可亲，爱开玩笑，而突然之间，那艘船消失在远处。）

如果一辆童车从我身边经过，那辆童车也将成为我的历史的一部分。

300. 行动家

世界属于没有感觉的人。成为一个实干家，最基本的条件就是没有感觉。对生活的实用表达的首要条件就是意志，因为意志主导行动。两种事物可以阻碍行动——感觉和分析思维，而后者就是加上感觉的思维。一切行动究其本质，不过是我们的个性向外部世界的投射。由于外部世界首先且主要是由人类构成，那么，这种个性的投射从根本上说与其他人的路径形成交集，根据行动方式的不同来妨碍、伤害或践踏他人。

一个人在采取行动时，就无法想象他人的个性、快乐和痛苦。同情导致麻痹。行动家将外部世界看成是由排他的无生命物质组成的——或者说，世界的本质是无生命的。就像一块拦路石，要么跨过去，要么踢到一边。或者像一个没有抵抗能力的人，这个人也正如一块拦路石，他要么被跨过去，要么被踢到一边。

实干家的最好例证是军事战略家，因为他能将每一次行动的全部注意力与它的极端重要性联系起来。生活如战场，战斗是生活的综合体。战略家对待生命的态度，就像棋手将棋子玩弄于股掌之中。倘若一个战略家想到他所走的每一步都将给1000个家庭带来黑暗，给3000颗心灵带来痛苦，那么他会怎么样呢？倘若我们还有人性，世界会变成什么样子呢？倘若人类真正有感觉，文明将不复存在。艺术是感觉的避难所，行动不得不被遗忘。艺术是深居闺中的灰姑娘，因为那是不得已而为之。

从根本上说，每一个行动家都很快乐，因为没有感觉的人是快乐的。一个人若是从不情绪低落，你便可依此判断他是一个行动家。一个在情绪低落时工作的人是行动的附属物。在整个漫长的人生规划里，他可以是一个会计，正如我在某种特定的人生境遇里恰巧也做了一个会计，但他无法成为人或事物的统治者。统治之术需要感觉的缺失。任何人在统治时都是快乐的，因为人只有在感觉时才会悲伤。

今天，我的老板维斯奎兹先生做成了一笔交易，使一个可怜人和他的家庭破产了。他在商谈这笔生意时，只把这个人当作商业对手，完全忘记了他作为一个人的存在。生意谈成后，他才动起了恻隐之心。当然，这是在事后，否则这笔生意是无论如何也谈不成的。“我对那个家伙感到抱歉，”他对我说，“他几乎就要一贫如洗了。”然后，他点燃一支雪茄，补充道，“好了，如果他需要点什么帮助。”——他指的是某种施舍——“我不会忘记对他的感激，毕竟赚了他这么多钱。”

维斯奎兹先生不是个骗子，他不过是个行动家而已。当然，这场游戏里的输家将来能够获得我的老板的施舍，因为他毕竟是个慷慨的人。

维斯奎兹先生和所有行动家一样，这些行动家包括商业领袖、工业家、政治家、军事指挥官、社会以及宗教理想主义者、大诗人、大艺术家、漂亮女人以及随心所欲的孩子。发号施令的人没有感觉。成功的人只在乎成功。而余下的芸芸众生——没有明确目标的、多愁善感的、富于想象力的和思想脆弱的人——不过是舞台背景。在他们的衬托下，演员们的表演持续到木偶戏的结束。他们不过是死气沉沉的平板棋盘，棋子在棋盘上移动，直到某个大玩家将他们扫进棋盒，而这个大玩家用一种双重人格在自娱自乐，永远是自己和自己对弈，借此消磨时间。

301. 信仰

信仰乃行动之本性。

302. 我们由死亡构成

多少次，在古老的世界轨道上，流浪的彗星可能把地球带到了终结之地。这样一场彻底的实质性的灾难决定了这么多精神和精神工程的命运。死亡像幽灵的姐妹一样监视着我们，而命运……

死亡是我们受制于外界的某种东西，而我们在生命的每一刻，都只是周围事物的反映和结果。

死亡潜伏在我们活着时的每一个行为中。我们出生时面对死亡，活着时面对死亡，在我们死的时候早已死亡。我们是由靠分裂存活的细胞组成的，我们是由死亡构成的。

303. 我们没有信仰

我属于这样一代人，继承了对基督教的不信仰，从而也不信仰其他宗教。我们的父辈仍然保持着某种信仰的冲动，他们的信仰对象从基督教转向其他形式的事物。一些人热衷社会平等，一些人完全迷恋美色，还有一些人相信科学及其应用。此外，另一些人则变得更虔诚，远赴东方和西方，去寻找新的宗教形式，来填补他们只剩下生活的空虚意识。

我们失去了这一切。我们生来就得不到任何慰藉。每一种文明都沿着某种宗教的独特轨迹向前发展。信仰新的宗教意味着失去曾经的信仰，最终也将导致失去一切信仰。

我们失去了一种信仰，从而失去了一切信仰。

因此，我们离开了。每个人对他自己而言，在孤寂中感觉到自己还活着。一条船的目的似乎只在于航行，但它真正的目的是抵达港湾。我们发现自己在大海上漫无目的地航行，我们甚至不知道自己的港湾在何处。阿尔戈英雄冒险格言的痛苦版本在我们身上得以重现：生活并不重要，跋涉才是一切。

失去幻想，我们靠做梦活着，而梦是没有幻想的人的幻想。我们依靠内在自我而活，而这吞噬着我们，因为一个完整的人并不了解自己。没有信仰就没有希望，没有希望也就没有真实的生活。我们不知道未来，也就不知道现在，因为对行动派而言，今天只是未来的序言。战斗精神在我们身上消失殆尽，我们生来就不具有战斗精神。

我们中的一些人还停留在对日常生活的愚蠢征服中，为了每天的面包而卑微挣扎，却不愿付出辛勤劳动和精神上的努力，不愿体会成功的喜悦。

另一些人思想高尚，对国家和社会不屑一顾，无欲无求，试图扛起简单生活的十字架，走向赦免的受难地——这是一种任何人都没做过的艰苦尝试，就像背着十字架的人，意识里闪耀着神圣光芒。

还有一些人，他们在心灵之外忙忙碌碌，致力于喧嚣嘈杂的祭仪活动。当他们听见自己的声音，便以为自己还活着；当他们描画出爱情的外在形式，便以为自己还爱着。活着之所以痛苦，是因为我们知道自己活着；死亡之所以没吓跑我们，是因为我们对死亡是什么没有一个正常的概念。

然而，那些走到人生终点的人，在最后时刻的精神边缘，甚至也没有勇气放弃一切，寻求庇护。我们活在放弃、不满和悲伤之中。但我们只活在其中，哪里也不能去，永远被关在（至少我们的生活方式是如此）我们房间的四面墙之间，以及无为这四面外墙之间。

304. 挫折的美学（二）

尽管不能够从生活中提取美，但我们至少要试着从这种不能够中提取美。让我们转败为胜，将失败变成积极高尚的东西，赋之以威严和我们的首肯。

倘若生活只给我们一间囚室，我们至少要尽力装饰它，即便只用梦的影子，它们的多彩线条将我们的遗忘刻在静态的围墙上。

像每一个做梦者，我常常感到，我的使命就是创作。但我从未付出过一丝一毫的努力，也从未将我的意向付诸实践。因此，创作对我而言就意味着做梦、需要或渴望，而行动则意味着在梦里完成我希望完成的目标。

305. 活着的天才

我把我的无能称作“活着的天才”，我把胆小称作“文雅”，来美化我的怯懦。我将自己放在——上帝用伪造的黄金给我镀金——被涂成大理石色彩的纸板祭坛上。

即使在我的记忆中，我也没能欺骗我自己。

306. 雨景（三）

歌颂自己的快乐……

在我看来，这是一种冷酷、遗憾、无望的气味，在通往任何理想的道路上都弥漫着这种味道。

如今，女人们过于关注她们的面容举止，她们给人一种转瞬即逝、绝无仅有的恼人印象。

她们把自己装扮得过于绚丽多彩，变得比她们活着的肉体还富有装饰性。形象地说，她们就是雕塑[1]、图画或油画。

哪怕是把一条简单的披巾裹在肩部，做这样的简单动作时，她们都会比任何时候更注重披巾的视觉效果。过去，披巾只是女人基本服饰的一部分。如今，它是一个附加饰件，它的使用仅仅取决于她们的审美情趣。

在这个五彩斑斓的时代，几乎一切都变为艺术，一切都从意识领域摘取花瓣，并融入奇思妙想中。

这些女性形象都是从没有被画出来的画里逃出来的。她们有的人被画得太过细致……某个侧面轮廓太过引人注目，就好像她们在试着使自己看起来不真实，她们的线条独立于背景。

307. 我的灵魂是一支隐秘的乐团

我的灵魂是一支隐秘的乐团，但我不知道是由哪些乐器——弦乐器、竖琴、钹、鼓——在我心里演奏着。我只知道演奏的那支交响乐便是自己。

一切努力都是犯罪，因为一切动作都是逝去的梦。

你的双手是被囚禁的鸽子。你的嘴唇是沉默的鸽子（我的眼睛看见它们在咕咕叫）。

你的全部身姿犹如飞鸟一般。当你俯身时是燕子，看着我时是秃鹰，做出贵妇般一脸轻蔑的样子时是苍鹰。望着你，我看见池塘的水面被很多翅膀拍打着……

[1] 柱顶过梁和挑檐间的部分叫雕塑。——中译者注

除了翅膀，你什么也不是……

下雨，下雨，下雨……

呻吟，无情的雨……

我的身体甚至让我的灵魂都在颤抖，天气并不寒冷，我的寒冷源自观雨的心情……

每一种快乐都是罪恶，因为每一个人都在生活中找乐子，而最大的罪恶就是做每个人都做的事情。

308. 生活使我窒息

有时候，出乎我的意料，也毫无理由，普通生活的压抑感会使我感到窒息。那些所谓的同伴，他们的声音和动作都使我感到生理不适。这是一种瞬间的生理不适，我的胃和头部不由自主地产生这种感觉。我的警觉性带来了这种深刻而乏味的影响。每个与我交谈的人，他们的目光注视着我，像是在侮辱我，也像是向我抛来的一块垃圾。他们的一切都让我感到厌恶。我感觉到自己在感觉他们，不由得头晕目眩。

肚子痛的时候，几乎总有一个男人、一个女人或者一个孩子站在我面前，他们是庸俗的化身，折磨着我。没有一个化身是按照我的沉思和主观思想出现的，他们都按照客观真理去思索情感，他们的外在表现和我的内在感觉相一致，通过类比魔法出现在我面前，这是一个符合我构想规则的范例。

309. 只言片语

有些时候，我见到的每一个人，特别是那些我每天不得不接触的人，都好像一个个符号，他们单个或连起来组成一篇预言或神秘文字，用晦涩难解的方式描述了我的生活。办公室变成一页纸，里面的人是字。街道是一本书，我与熟人或陌生人的谈话是短语，虽无字典可查，但我大概明白他们的意思。他们演说或讲述，但谈的不是自己。这些话不会公开出现，却能让人瞥见。在我的微弱视线里，我只能模模糊糊地分辨出事物表面的这些突然出现的玻璃窗，从它们所遮蔽和揭示的内部揭露了什么。我像一个听人描述色彩的盲人，可以领会，但并未见过。

我漫步街头时，常常听到一些私人谈话的只言片语，几乎都是关于另一个女人、另一个男人、这个女孩的男朋友或者那个男人的情妇……

这些阴暗的人类谈话（它们几乎占据了人类整个有意识的生活）令我感到十分反感乏味，就像跌进蜘蛛网一样痛苦不堪。我突然意识到一种被现实人类包围的羞辱感，就像我是个佃户，注定暴露在地主和整个街区的人的目光下，而我和街上的其他人并无区别。我透过仓库的后窗栏杆，窥视到所有人的垃圾在雨中堆积在泥泞肮脏的院子里，而那就是我的生活。

310. 植物状态

那些并不知道自己不快乐的人，我厌恶他们的快乐。从真正意义上说，他们的人类生活充满了使人过度焦虑的东西。不过，他们的真实生活处于植物状态，他们的疾苦来来去去，不触及灵魂。他们的生活只能和那些交了好运但牙痛的人相比——无意识的生活是真正出乎意料的好运，是诸神最大的恩赐，因为这种恩赐和他们本人一样优越（尽管通过不同的方式），有快乐也有痛苦。

这便是为什么我不计一切地去爱他们。我亲爱的植物们!

311. 惰性准则

我想为现代社会的杰出灵魂制定一套惰性准则。

如果不将思想敏锐的智者纳入其中，社会将自发地进行自我管理。你可以相信，他们是唯一阻碍社会这么去做的人。原始社会之所以快乐，是因为那个时代没有这类人。

遗憾的是，杰出灵魂一旦被赶出社会就会死去，因为他们不知道如何去工作。他们如果得不到任何乏味的空闲，就会死于倦怠。但这里我所关心的是整个人类的快乐。

每一个出现在社会的杰出灵魂都会被放逐到一座“杰出之岛”[1]。杰出人物会像笼中困兽一样，被正常社会圈养起来。

请相信我：如果没有智者去指出人类的各种苦难，人类甚至不会注意到它们。那些敏锐的受难者使其他人全都遭受苦难。

由于我们暂时寄居社会，作为杰出者，我们的一项职责就是，将对部落生活的参与减少到最低限度。例如，我们不应该读报纸，或者仅仅为了发现什么无趣和不重要的事情才去读报。你无法想象，地方性报纸的综合报道给我带来多大的乐趣，正是那些名字为我开启了通往无边无际的大门。

对于一个杰出的人来说，最高的荣耀就是不知道自己国家元首的名字，或者对于自己是生活在君主制还是共和制的国家一无所知。

他应该小心地让自己摆出一种姿态：即使世事变幻，也不会影响他。否则，他就不得不对他人产生兴趣，以便能够找到自我。

312. 浪费时间的美学

有一种浪费时间的美学。有一本没有写出来的关于惰性的手册，针对那些培育感觉的人而写的，里面详尽阐述了各种培育方法。形成一种正确的策略，去对抗社会道德观念，对抗本能的冲动，对抗感情的诱惑，需要进行研究，并非任何美学家都能做得到。严格说来，我们在对常态进行让步时，通过对它的讽刺性诊断可以得知，我们的疾病来源于良心上的顾虑。我们还必须学会抵挡生活的入侵；为了不受外界观念的影响，保持谨慎很重要。在与

[1] 又叫作“杰出之城”。——英译者注

他人共存时，让我们保持一种柔软的冷漠态度，使我们的灵魂避开他人的无形打击。

313. 内心平静的美学

一种内心平静的美学生活，让生命和生活中的种种冒犯和羞辱不再靠近我们，只让这些令人憎恶的东西处在我们感觉的外围，在有意识的灵魂的围墙之外……

我们或多或少都令人讨厌。我们都有自己犯下的罪行，或者是我们的灵魂不允许我们犯下的罪行。

314. 如何存在

我经常关注的事之一，就是试图理解其他人是如何存在的，怎么会有不属于我的灵魂，怎么会有与我的意识无关的意识——因为那是一个意识——而那个意识在我看来似乎是独一无二的。站在我面前的那个人，他像我一样说话，做着我会做或者能够做出来的手势，我承认，在某种意义上他是我的同类。而我想象中的插图人物，我在小说中看到的角色，以及通过在舞台上扮演他们的演员与我进行对话的剧中人，他们也是我的同类。

我认为，没有人会真正容纳他人的真实存在。我们可能会承认，其他人也活着，他们像我们一样思考和感受，但某种未知的差别因素和具体化的不平等是永远存在的。比起那些在柜台后面与我们交谈的冷漠身体，或者偶尔在电车上瞥了我们一眼的乘客，或者在街头与我们擦肩而过的路人，那些历史人物和书里的形象要更加真实。对我们而言，其他人不过是一种景物，是我们熟悉的那些不显眼的街景。

比起那些所谓的真实人物，也就是在形而上被称作“血肉之躯”的渺小人物，某些书里刻画的角色和画里的形象更令我感到亲切。事实上，用“血肉之躯”来形容十分贴切，足以表现出他们那形而上的渺小：他们就像肉店橱窗里的肉块，犹如淌血的死物、命运的肢体和肉片。

这种感觉并不会让我感到羞愧，因为我发现每个人都有这样的感觉。人类互相轻蔑，彼此漠不关心，甚至像杀手一样杀了人却浑然不觉，或者不假思索地互相残杀。而造成这一切的原因，似乎就在于人们忽略了这个显而易见的深奥事实：别人也是生灵。

在某些日子，在某些时刻，莫名之风向我吹来，神秘之门朝我洞开，我突然感到街角的杂货商是一个精神实体，而那个此刻正在门口俯身收拾一袋马铃薯的帮手，也是一个真正能感受到痛苦的灵魂。

昨天，有人告诉我，烟草店的收银员自杀了，我简直不敢相信。可怜的人，他也曾经存在过！我们所有人已忘记这一点。我们对他的了解并不比那些从未见过他的人多。明天我们将更彻底地忘记他。但他显然也有灵魂，因为他杀死了自己。感情？焦虑？毫无疑问……但是我，甚至全人类，唯一记得的就只有他木讷的笑容和那件耷拉在高低不平的肩上的破旧外套。这就是这个人给我留下的全部印象。他的感觉如此之多，除了感觉，他还有什么理由去自杀呢？有一次，我找他买烟时，偶尔发现他过早地秃顶了。现在看来，他没有机会秃顶了。这便是他给我留下的其中一点回忆，如果连这点也算不上回忆，而只能算是我的一点想法，那么我还有什么其他关于他的回忆呢？

我仿佛突然看见他的尸体、那口装他的棺材以及人们最终将他送入的陌生墓地。我渐渐明白，那个衣衫褴褛的烟草店收银员，在某种意义上就是整个人类的缩影。

这只是一瞬间的想法。今天，此刻，作为人类，我清楚地知道他死了，仅此而已。

不，其他人并不存在……沉重的日落只为我流连，色彩生硬而模糊。落日下熠熠闪光的大河只为我流淌，尽管我看不到河水的流动。观河广场只为我而建，此时的河水正在涨潮。今天，那位烟草店收银员被葬入公墓了吗？那么，今天的太阳并非为他而落了。因为这样想，太阳也违背了我的意愿，不再为我西沉。

315. 陌生的航行

……船驶过黑夜，既没有发出信号，也认不出彼此。

316. 内心的海洋

我现在意识到，我已经失败了。我吃惊，只是因为我没有预见到自己会失败。在我身上，是什么暗示着我会成功？我既没有征服者的蛮力，也没有狂人的眼力。我像寒冷的天气，清澈而忧伤。

明朗而灿烂的事物将我慰藉。在蓝天下看着时光流逝就已足够。我模模糊糊地忘了自己，忘记的比想起的要多。过多的事物充斥着我失重而透明的心，仅仅去观看，就有一种甜蜜的满足感。我永远只会去做无形的凝视，我唯一的灵魂是一缕拂过的轻风。

我有着一种放荡不羁的精神，任凭生活悄悄溜走，就像我在想起什么时，抓东西的手松懈下来，使得什么东西从指间溜走。但我的外表从来看不出放荡不羁的样子——我逍遥自在地忍受着来来往往的情感。我不过是一个孤独的放浪者，一种荒谬的存在；或者一个神秘的放浪者，一种不可能的存在。

我在天性面前度过某一短暂时刻，那是用与世隔绝温柔地雕刻出来的时光，它总像是授予我的勋章。在这些时光里，我忘了所有生活的目标，忘了所有我要走的路。平静的心灵无边无际，变成蓝色的渴望，使我享受着虚无的感觉。但我从未真正享受过某些未被玷污的时刻，从未摆脱任何失败和阴郁的内在精神。在我的心灵得到释放的任何时刻，一种隐匿的悲伤在意识这堵墙外的花园里若隐若现地开放。凭着本能，这些悲伤之花的气味和特有的色彩穿过石头墙，在“我是谁”这个难解之谜中，在日常存在的倦怠中，石墙的远侧（玫瑰开放的地方）总是变幻成一种朦胧的近侧。

在内心海洋里，我的生活之河不再流淌。我的梦中宅邸周围，树叶因为入秋而泛黄。周围的风景是我灵魂的荆棘皇冠。我生活中最快乐的时刻就是做梦，而且是悲伤之梦。我看见自己站在池塘旁边，像一个盲眼的那耳喀索斯[1]，他俯身享受着池水的凉爽，通过一种内在的夜视，去感受自己的倒影，这透露了他的抽象情感——他想象深处的母性崇拜。

你的人造珍珠项链爱上了我最美好的时光。我们喜爱康乃馨，或许因为它们不华丽。你的嘴唇用庄严赞美你充满讽刺的微笑。你真的理解你的命运吗？你知道命运，却不理解它，你眼里写满悲伤与神秘，给你顺从的嘴唇蒙上一层阴影。我们的祖国与玫瑰离得太远。在我们的花园里，透明的小瀑布无声淌下，流水从岩石的小洞里淌出，童年和梦境的秘密与旧时的玩具小锡兵一样大，我们可以把小锡兵放在小瀑布的石头上，让它静态地执行大型军事任务。在梦里我们什么也不缺，在想象中我们什么也不落后。

我知道我失败了。我享受着失败的朦胧妖娆，就像一个精疲力竭的人感激使他病倒的高烧。

我有某种交友的天赋，但我从来没有朋友，要么是因为他们还没有出现，要么是因为我所想象的友谊沾有梦的错误。我总是独自生活，越有自知之明，就越孤独。

317. 秋天（一）

夏季将尽，骄阳不再似火，秋季尚未开始，就有了一丝秋意，空气中弥漫着恬淡而又迷蒙的无尽哀愁，仿佛天空也高兴不起来。天空时而变得更蓝，时而变得更绿，已失去高贵色彩的实质。云彩的淡紫色调蕴含着某种被遗忘的气息。云朵飘过的孤独苍天，不再迟钝，而是单调和孤独，那里正是云的去处。

---

[1] 希腊神话中一个俊美而自负的少年，因迷恋自己的水中倒影而死。——中译者注

当一丝凉意掠过，天空的色彩渐渐暗淡下来，天地间多了很多阴影，风景蒙上了一层朦胧的色彩，万物的轮廓也变得模糊起来，秋天才真正开始。一切尚未开始消亡，但万物——仿佛在用浅浅的微笑——回望生活。

真正的秋天终于来临。天气转凉，而且多风。树叶并未枯萎，却发出干枯的沙沙声。地面的色泽和形貌像游移的湿地一样难以捉摸。随着眼帘垂下，动作渐缓，最后的微笑逐渐消失。万物皆有所感，或者我们想象它们有所感受，将它们的道别紧抱于胸前。庭院里回旋的风声拂过我们的意识，成为别的什么东西。休整期作为一种真正去感受生命的方式而吸引着我们。

然而，深秋却落下第一场冬雨，冷漠地冲刷掉这些半色调。狂风向一切固定的东西发出怒号，搅动一切拴住的东西，掠走一切可以移动的东西，在哗哗大雨中发出它的无声抗议，那是悲伤到近乎愤怒的抑郁绝望之声。

最后，秋天带着冰冷和灰暗的颜色结束了。随之而来的是深冬，曾经的尘土飞扬变成了泥泞不堪。然而，严冬的好处也能预先体验到：酷暑刚刚过去，春天在路上，秋天最终被冬天取代。在高远的天空中，阴暗色调不再让人想起酷热和悲伤，一切都有利于无尽的冥想。

这些便是我未经思索的感觉。倘若我今天写下来，那是因为我想起了这一切。我拥有的秋便是我失去的秋。

318. 机会是一首歌

机会就像金钱，细想一下，它只不过是一个机会。对于那些行动者，机会和意愿有关，而我对意愿不感兴趣。对于像我这样不行动的人来说，机会是一首歌，没有歌声迷人的女歌手去唱它；我们应该像摒弃声色犬马一样摒弃它，把它当成完全无用之物甩掉。

“有机会去……”省略号后面将出现放弃的语调。

啊，在太阳底下延伸的田野里，只看着你一个人的旁观者在树荫下凝视着你。

啊，华丽辞藻和冗长句子的酒精味像潮水一样涌现，它们和着音韵节律撞击在一起，微笑着，如扭在一起的蛇嘲讽地吐着泡沫，若隐若现的影子呈现一种忧伤的壮丽……

319. 行动不完美

人的每一个动作无论多么简单，都是对内心秘密的触犯。人的每一个动作都是一次革命性举动，或许也是对我们真实意愿的一次放逐。

行动是思想之疾、想象之瘤。行动是一种自我放逐。每一次行动都不彻底、不完美。我梦见的诗歌在我用笔写下来之前都是完美无瑕的。这类现象在耶稣神话里可以找到。上帝一旦变成人类，就只能以殉难告终。至高无上的梦想家，他的最大殉难者便是自己的儿子。

树叶间斑驳的暗影，鸟儿颤抖的歌声，悠长的河流在太阳底下闪烁着清冷的光，各种植物，单纯的感官——当我感受到这一切时，我便对它们产生一种怀念之情，就好像在感觉它们时我并未感受到它们。

时光像一辆在黄昏中行驶的马车，咯吱咯吱地在我思绪的阴影中返回。倘若我从思绪中抬起头，我的双眼将被世间的景象灼伤。

若要实现一个梦，就必须先忘记它，将注意力从它那里移开。若要实现什么，就不要去实现它。生活充满悖论，如同玫瑰长满刺。

我想要谱写的颂词，是写给一种新的无序状态，能够为灵魂的新无政府状态提供一种负面宪章。我常常感到，消化自己的梦对人性不无裨益，这便是我从不去尝试编织梦想的原因。想到我做的某件事可能会对你有所帮助，我感到很难堪，心里直打哆嗦。

我在生活的郊外有自己的住宅。我逃离行动这座城市，在幻想的花草树木中安享时光。生活中，我的行动没有激起半点回音，来侵扰我的休憩处。我的回忆催我入眠，这些回忆像一支望不到尽头的队伍。我端起冥想的高脚杯，畅饮这金色美酒的浅笑。我只用眼睛来喝酒，然后闭上眼睛，生活便消逝了，像远处的一叶孤帆。

阳光灿烂的日子似乎是我从未拥有过的。湛蓝的天空，雪白的云朵，绿树成荫，遗失的长笛——树枝的沙沙声并没有把牧歌吹完……这一切是静默的竖琴，我的手指轻轻拂过琴弦。

静默的植物园……你的名字听起来像罂粟……池塘……我的故乡……狂热的牧师在主持弥撒期间发了狂……这些回忆来自我的梦……我睁开眼，但是什么也看不见……我所看见的一切不在此处……沃特斯……

穿过一片杂乱之地，绿树成荫的丛林构成了我的血液。生活在我遥远的心里悸动……我不想寻找现实，但生活却找到了我。

命运的苦痛啊！明天我就要死去！甚至今天，某些可怕的东西也要降临到我的灵魂中！当我想起这一切，我偶尔会被这至高无上的暴政吓坏，我们不得不向前走，却不知道自己将走向何方。

320. 打电话

雨悲伤地下着，但下得没那么猛烈了，仿佛宇宙也疲惫了。闪电停了下来，远处出现轰隆隆的雷声，时断时续，迟疑不决，就好像它也疲惫了。雨突然停了下来。一个职员打开朝向道拉多雷斯大街的窗户，一阵凉风夹杂着残余的温暖，钻进偌大的办公室里。维斯奎兹先生在他的私人办公室里大声打着电话："什么，还占线吗？"接着是冷冰冰的小声嘀咕——估计是说给电话那头的接线员听的下流话。

321. 消除幻想

要成为一个成功的梦想家，重要的是你知道如何避免幻想。

用这种方法，你将达到梦中欣然放弃的顶峰，感觉混在一起，情感溢出，思想纠缠不清。颜色和灵魂尝起来像彼此，仇恨尝起来像爱，活泼的感觉像乏味的感觉，具体的东西像抽象的东西，抽象的东西像具体的东西。连接且分隔一切的结——因为它们使每一个要素孤立起来——被解开了，一切事物融合在一起。

322. 虚构的插曲

虚构的插曲，用它的绚丽多彩将内心不信仰的麻木和怠惰掩盖。

323. 梦与现实

我不做梦，不生活。我梦见真实的生活。如果我们有能力去做梦，一切航船都翩然入梦。梦想家做梦时不去生活，他会因此而死；行动家生活时不去做梦，便会受到伤害。我将梦的美和生活的现实融合为一种幸福的单色。无论我们有多少梦，也无法像拥有口袋里的手帕一样拥有它，或者，也无法像拥有我们的肉体一样拥有它。无论一个人的生活是持续的、疯狂的还是混乱的，他都永远无法摆脱与他人接触，无法摆脱被障碍绊倒的痛苦。即使是小的障碍，也无法阻止时间的流逝。

杀死我们梦里的生活就是杀死我们，毁灭我们的灵魂。梦是真正属于我们的东西，它坚不可摧，无法改变。

生活和宇宙——无论它们是现实的还是虚幻的——都属于每一个人。每个人都可以看见我的所见，拥有我的所有，或者，他们至少能想象自己看见并拥有它们，这便是……

但是，除了我，没人能看见或拥有我所梦见的事物。如果我看外部世界和别人有不同的感觉，那是因为我无意之中将我在梦中耳闻目睹的事物并入我的所见。

324. 晴天没有战争

在这晴朗美好的日子里，就连轻柔的声音都是金色的，处处都是柔意。如果有人告诉我，战争爆发了，我会说没有战争。在今天这样的天气里，没有什么可以搅坏这份在一切中弥漫的柔意。

325. 倾听

伸出你的双手，放在我手上，然后，请听我说，我的爱人。

我想用一个提出忠告的自白者那轻柔而舒缓的声音告诉你，我们渴望得到的东西远不及我们得到的多。

用我的声音和你的专心，让我们共同为这冗长的绝望而祷告。

艺术家的作品不可能更完美了。当我们逐字逐句地读下去时，会发现，诗歌的最伟大之处在于，我们很难从中找到可以去完善的诗句，也很难用更生动的语句去描述诗里的场景，整首诗完美至极，好得不能再好。

唉，当艺术家注意到这一点，碰巧某天考虑到这些时，会感到悲哀！他将永远不可能带着快乐去创作，或安静地入眠。他将成为一个不再年轻的年轻人，带着不满渐渐老去。

为什么一个人要表达自己呢？说得少不如不说。

如果我能说服自己相信弃权是美好的，那么，我将永远活在悲哀的快乐中！

我常常用耳朵倾听自己的所言，你同样用耳朵去倾听这些你不爱听的东西。即便我大声说话，我的耳朵听到的我的想法，也不像我的内心之耳听到的那样清晰。甚至我在听自己说话时，仍会感到迷惑，总不能弄明白自己的意思，那么别人也必定会误解我！

这是别人在理解我们时，产生的多么精妙的误解形式啊！

那些希望被理解的人无法体验到被理解的快乐，因为他们太过复杂，让人不能理解。而单纯的人能够被人理解，却从不曾渴望被理解。

没有人完成任何事情……什么都不值得做。

326. 肉欲与生活

你是否想过，心爱的他者，我们在彼此眼里是无形的？你是否想过，我们对彼此了解得太少？我们看着彼此，但没有看清。我们在听彼此说话，但一句也没听进去。

他人的话是我们的听力错误，理解的残骸。我们太过自信，以为自己听懂了别人的话。他们表达肉欲的幸福时，我们听成了死亡。我们从他们嘴里漏出来的最无关紧要的浅薄话语中读到了肉欲和生活。

你解释了小溪的声音，纯粹的解释……大树的沙沙声和我们的话有着同样的含义……啊，我未知的爱，这就是我们和我们的幻想曲，一切灰烬，从我们牢房的栏杆漏下！

327. 美丽无用

或许并不是一切事物都是虚假的，我的爱，或许没有什么可以把我们从谎言中拯救出来，这种谎言透着一种几乎令人欣喜若狂的东西。

微妙至极！完全的堕落！荒谬的谎言具有乖张违逆的魅力，甚至具有更强烈的、天真无辜的终极魅力。故作天真无辜——还有谁能超越这种微妙？颠倒黑白甚至并不希望给我们带来快乐，也缺乏使我们痛苦的狂暴，它跌落在快乐和痛苦之间的地板上，像无用可笑的劣质玩具，大人拿它来消遣。

难道你不知道，精致的人买你不需要的东西的乐趣吗？你是否知道，如果我们心烦意乱地走错路，误入歧途，那这些路会有多么高兴？什么样的人类行为有着和赝品一样优美的色彩……这是在对自己的本性撒谎,和它的自身目的相矛盾。

浪费本来有用的生命，从来不想去完成必然美丽的艺术品，放弃通往成功的必经之路，是多么令人崇敬的事情啊！

啊，我的爱，作品永远丢失，论文只剩下标题，图书馆被烧毁，雕像被拆毁，这是多么伟大的荣耀！

艺术家点火烧了美丽的作品，是多么幸福的荒唐事！或者，艺术家本可以创造出美丽的作品，却刻意造出平庸之作！或者，伟大的静默诗人明知道自己能够写出至臻之作，却决定永远不写出来。（写一首不完美的诗和不写没什么两样。）

如果我们见不到《蒙娜丽莎》，这幅画会美丽得多！如果有人偷走并烧掉它，那这个人就是一个艺术家，甚至比作画的画家更伟大！

艺术为什么美丽？因为艺术无用。生活为什么丑陋？因为生活充满了目的、目标和意愿。所有的路都是从一个点通往另一个点。如果有一条没有人来来往往的路该有多好！如果有人倾其一生去修建一条连接两个中间地带的路该有多好！这条路若是往两边的尽头延伸就有用，但如果只是保持在中间地带，则是至尊至贵的。

废墟为什么是美丽的？因为它们不再有用。

往昔是美好的？对往昔的回忆，回忆意味着使它成为现在，但它既不是现在也不可能成为现在——荒谬，我的爱，荒谬！

我写下这一切——为什么我要写这本书？因为我知道它不完美。梦见的是完美的，写下的却变得不完美，这便是为什么我要写下来。尤其因为我提倡无用和荒谬——我写书以便自欺，以便偏离我自己的理论。

这一切中无上的荣耀，我的爱，就是认为或许没有一句话是真的，我甚至也不相信它是真的。

当谎言开始带来愉快，让我们实话实说来撒谎。当谎言让我们焦虑时，让我们停下来，这样痛苦就不会是有意义的，也不会让我们感到反常的快乐。

328. 灵与痛

我忍受着头痛和宇宙。显然，身体的疼痛比精神的疼痛更严重，它反映在精神上，并导致悲剧。它使受害者对一切都感到愤怒，这自然包括天上的每一颗星星。

将我们看作活着的灵魂，我们是被称作人脑的物质的产物，而大脑产生并存在于被称作颅骨的另一种物质里。对于这样的腐朽思想，我不能也从未苟同，甚至也不能想象去苟同。我无法成为一个唯物主义者，我认为，唯物主义者便是这种思想的追随者。这是因为我无法在有形的灰色谜团和无形的彩色事物中建立一种明确的联系——我指的是视觉上的联系，这种情形下，我大脑里的那个我仰望着天空，思考和想象着不存在的天空。不过，即便是我，也不会陷入假想的深坑——仅仅因为两者处在同一个地方，就假定此物为彼物，就像一堵墙和投射在墙上的我的影子。或者说，当我旅行时，我的灵魂对大脑的依赖程度远没有我们对交通工具的依赖程度大。我相信，在我们身上的纯粹的“灵”和身体的“灵”之间存在一种社会关系，两者会产生分歧。越是平凡的两个人，越容易搅动彼此的神经。

今天我头痛，或许是胃痛引起的。但这种痛，一旦由胃部转移到头部，我的有机大脑里的思维就被打断。遮住我的双眼不会使我失明，但会让我看不见。因而，面对外界的变幻，此刻的头痛使我找不到任何值得称赞或值得去做的事情，在这荒谬而单调的时刻，我甚至不想看到这个世界。我头痛，这意味着我意识到什么事情冒犯了我。当我遭到冒犯时，我会充满愤恨，任何人都会容易激怒我，包括没有冒犯我但恰巧在我身边的人。

我只想死，至少暂时如此。但如我所说，这仅仅因为我头痛。我突然想起，一个伟大的散文作家会多么动人地描述这种感觉。他会一句一句详尽地阐述这个世界的莫名悲伤；在他的字里行间，想象的眼睛扫过世间的悲欢离合；在太阳穴的狂热悸动下，整个形而上学的悲哀和痛苦跃然纸上。但我不具有动人的文风。我因为头痛而头痛。因为头痛，宇宙伤害到我。但是，伤害我的宇宙不是真正的宇宙，它存在是因为它不知道我存在。而另一个宇宙只属于我，我的指尖捋过头发，这使我觉得，每一缕头发都毫无理由地使我遭受着痛苦。

329. 理性

我惊讶于自己这么容易焦虑。尽管我通常不喜欢形而上学的推测，但有些时候，我的内心紧张不安，甚至在探索形而上学问题和宗教问题的答案时会感到身体上的焦虑……

我很快意识到，对我而言，宗教问题的谜底意味着从理性角度解决情感问题。

330. 戈尔迪之结

任何问题都没有解决办法。我们中间无人能解开戈尔迪之结[1]。我们要么放弃它，要么切断它。我们粗暴地凭感觉解决智力问题，我们或者因为疲于思考，或者因为害怕下结论，或者因为理解某种东西有着难以言表的需要，或者因为想回到其他人身边，回到群居状态。

由于我们对一个问题牵涉的所有因素一无所知，也就永远无法解决这个问题。

要找到真理，我们需要更多数据，以及那些倾其所能解读这些数据的知识分子。

331. 苍蝇

我已数月没有动笔。我活在一种精神麻木状态中，这使我在生活中成了另一个人。我常常感受到一种间接的快乐。我不存在。我是别人。我活着，但不思考。

今天，我突然找回了真实的我，或者梦中的我。完成一项乏味的工作后，那个时刻我感到极度疲惫。我把手肘放在高高的倾斜桌面上，手支撑着头闭目养神，重新找回自我。

[1] 戈尔迪是古希腊神话传说中小亚细亚弗里吉亚的国王，他在自己以前用过的一辆牛车上打了个分辨不出头尾的复杂结子，并把它放在宙斯的神庙里。神示说能解开此结的人将能统治亚洲。这就是被人们广为传说的“戈尔迪死结”。然而，无人破解。最后，亚历山大挥剑将此死结劈成两半，“戈尔迪死结”也就被破解了。“戈尔迪死结”常用来比喻缠绕不已、难以厘清的问题。——中译者注

在悠闲的假休眠中，我回忆起自己曾经经历过的一切，我突然清晰地看见，在一切事物的前后，老农场的一侧是一片开阔的田野，空旷的打谷场出现在一个场景中间。

我立即感到生活是多么徒劳。我所看到的、感觉到的、想起的和忘记的一切，都被我的胳膊肘隐隐作痛的感觉、街上微弱的喧闹声以及像往常一样在安静的办公室里工作时发出的轻微的声音融合在一起了。

我把手放在写字台上，用一种面对死气沉沉的世界的阴沉目光环顾四周，我的肉眼看见的第一件东西就是一只停在墨水瓶上的绿头苍蝇（它柔和的嗡嗡声不属于这间办公室）。我从无名而警觉的深渊深处看着它。它那绿莹莹的光泽令人厌恶，但并不丑陋。它是一个生命！

谁知道为了什么更大的力量——神或真理的恶魔，我们在他们的阴影里游荡着——我可能只是一只闪亮的苍蝇，在他们面前停留片刻？肤浅的假想？陈腐的观察？没有真正思想的哲学？或许……但我不去思考，我去感觉。我在这种世俗的、直接的、强烈的厌恶中做出这种可笑的对比。当我把自己比作一只苍蝇时，我就是一只苍蝇。当我想象我感觉自己是只苍蝇，我就真正觉得自己是只苍蝇。我感到自己有苍蝇的灵魂，像苍蝇一样睡觉，像苍蝇一样孤独。最令人恐惧的是，我同时还感觉我是我自己。我不假思索地抬眼望着天花板，害怕高高的木质苍蝇拍会猛地向我拍过来，就像我要拍死那只苍蝇一样。我目光低垂，那只幸运的苍蝇悄无声息地逃走了，至少我没有听见任何声音。无意识的办公室里再次没有了哲学的思索。

332. 感觉是一种讨厌的东西

“感觉是一种讨厌的东西。”我在餐馆遇见过一个陌生人，他随口说出了这句话。从那时起，这句话就在我的记忆中熠熠生辉。平淡无奇的语言给这句话增添了情趣。

333. 理解的方式

我不知道有多少人会集中注意力去观察有人行走的空旷街道。从句式上看，这句话似乎想说明一些其他的东西，事实也的确如此。一条空旷的街道不代表没有人行走，而是指人们走在上面时就好像空无一人。假如你见过这样的街道，就不难理解：只认得驴子的人不见得知道什么是斑马。

我们的感觉随着我们的理解及其程度而改变。理解的方式多种多样，要明白这些方式，需要一些独特的方法。

有段时间，一种对生活的倦怠、苦闷和焦虑感从脚底传遍我的全身，如果不是我已接受的事实，我想说这是令人无法忍受的。那是一种对我内在生命的扼杀，一种浑身上下每一个毛孔都想变成其他人的渴望，是对末日的短暂一瞥。

334. 倦怠（二）

我最大的感受就是倦怠，而当倦怠没有理由存在而存在时，不安和倦怠是一对“孪生子”。我害怕做出手势，在理智上我羞于谈话。一切已事先让我觉得徒然。

所有这些面孔让人沉闷不堪，无论是否聪明，都显得愚蠢；无论是否快乐，都透着令人生厌的怪诞。丑陋是因为他们存在，这些异类生物与我无关……

335. 他人

在这些超然的偶然时刻，当我开始意识到，我作为个体被他人当作“他人”时，我总是担心，我必须给那些注意到我并和我说话的人留下实体的甚至精神上的印象，无论那些人是每天与我共事的，还是偶然相识的。

我们都习惯于将自己看作首要的精神现实，将他人看作直接的实体现实。至于我们在考虑如何去看待他人时，我们模糊地将自己看作实体的人，将他人看作精神现实。只有在我们坠入爱河或发生冲突时，才真正明白过来，他们和我们一样，都是灵魂占主导地位。

有时，我在徒然地寻思别人对自己的看法时迷失了自我：我的声音听起来如何？我在他们的非自主记忆中留下了什么样的印象？我的言谈举止和看得见的生活是怎么印刻在他们的视网膜上的？我总是无法从外部世界看自己。镜子不能从外部将我们展现在自己面前，因为镜子无法使我们脱离自己。我们需要一个不同的灵魂，不同的观察和思维方式。如果我是一个被投射在银幕上的演员，或者我把声音录下来，我确信我仍然不知道在外部世界里我是什么。因为不管喜欢还是不喜欢，不管我可能录下了什么，我总是生活在内心世界里，被高墙隔绝在自我意识的私人领域中。

我不知道别人是否和我一样。如果生活的科学本来就在于疏远自己，而这种疏远变成我们的第二天性，那么，一个人就可以将生活看成是一种从自我意识中分离出来的东西。又或许，比我还要固执己见的其他人，也更彻底地沉迷于自我存在的非理性，他们的外在生活和蜜蜂或蚂蚁十分相似，通过同样的奇迹，蜜蜂组成的社会远比任何国家高效有序，蚂蚁通过小触须交流语言，产生的效果超过了人类用于互相误解的复杂的语言系统。

现实意识的地形是一种极具复杂性的不规则的海岸线，那里有此起彼伏的山脉和形形色色的湖泊。如果我进一步思考，我会把这一切看作一种地图，就像《温柔之国》[1]或《格列佛游记》[2]——有着严谨的幻想，具有讽刺或玄幻意味，那些精英用这些书来消遣，他们知道哪里的乡村是真正的乡村。

---

[1]《温柔之国》又叫《温柔之国地图》，是法国女作家玛德琳·斯库德芙写的一部描写爱情和求爱的小说，第一卷出版于1654年。玛德琳的小说用浮华辞藻描写女性的高贵典雅、端庄行为及柏拉图爱情，在女性读者中极受欢迎，却被男性读者所诟病。——英译者注

[2]《格列佛游记》是乔纳森·斯威夫特（又译为江奈生·斯威夫特）的一部杰出的游记体讽刺小说，以较为完美的艺术形式表达了作者的思想观念。作者用丰富的讽刺手法和虚构幻想的离奇情节，深刻地剖析了当时的英国社会现实。——中译者注

对于爱思考的人来说，一切都是复杂的。毫无疑问，他们乐于使事情变得更复杂。不过，他们觉得需要用一大堆谅解书为自己的放弃做辩护，他们陈述众多夸大的细节（就像骗子做出很多解释），一旦泥土被冲走，下面的根基就会显露出来。

一切都很复杂,或者说复杂的是我。但不管怎样,这无关紧要,因为不管怎样,一切都无关紧要。这一切，这一切思绪飘散在宽阔的大路上，在遭受驱逐的神的花园里生长，就像攀缘植物离开了它们的墙。今夜，我做出这些没有结论的考虑，我对关键的讽刺一笑置之：在星星出现之前，这些思虑就出现在人类的灵魂中，是命运宏伟目标的一个孤儿。

336. 落日遗弃的湖面

落日遗弃的湖面仍然金光闪闪，那抹金色在我的倦怠表层徘徊。我看见想象中的湖泊，就像看见自己，我在湖里见到的便是我自己。我不知道如何解释这样的图景、这样的象征或这个想象中的我。但我理解我的所见，正如我在现实中看见太阳躲在山后，将垂暮的光线投向湖面，发出暗淡的金色光芒。

思考的危险之一是在思考时可以看见。那些用理性思考的人会因此而分神。那些用情感思考的人会因此而睡着。那些用渴望思考的人会因此而灭亡。然而，我用想象思考，内心的所有理性、悲伤和冲动都变成遥远而与我无关的东西，就像岩石环绕的、死气沉沉的湖泊，夕阳的余晖流连忘返，不忍离去。

湖面因我的停滞而波动。太阳因我的沉思而闪躲。我闭上沉重而困倦的双眼，眼前除了湖区，一切都已消失，白昼的湖面熠熠闪光，深棕的水面上水草漂浮，而这一切，开始被黑夜取代。

因为写作，我沉默不语。我的印象是：存在物永远在山那边的另一个地方，倘若我们足够有心，一次伟大的旅程正等着我们去完成。

我已停下来，像我的风景里的太阳。我的所言或所见散失殆尽，只剩下已降临的黑夜,低地上满是色彩暗淡、死气沉沉的湖泊,没有一只野鸭,流动的死寂,潮湿而险恶。

337. 我不相信风景

不，我不相信风景。我这么说不是因为我相信亚米哀的那句“风景是一种感情状态”，这是他不堪忍受内心风景时说出的一句话。我这么说是因为我不相信风景。

338. 写作是对自己的正式访问

日复一日，在我卑微的灵魂深处，我注意到那些印象形成了我的自我意识的外在本质。我用飘忽不定的语句写下它们，它们一旦被写下，便弃我而去，独自在意象的山坡和草地上漫步，沿着观念的大道而行，走过困惑的小径。它们对我毫无用处，因为任何东西对我都毫无用处。然而，写作使我变得更冷静，就像一个病人，即便疾病在身，也仍然能轻松地呼吸。

有些人心不在焉地坐在写字台前涂鸦一句句话和荒唐的名字。这些纸页就是我自己智识的无意识涂鸦。我带着一种对一切感觉麻木不仁的态度写下它们，像一只躺在太阳底下的猫。当我偶尔重读它们时，会有一种模糊而滞后的惊奇感，就像突然想起什么早已忘却的事情。

写作是对自己的正式访问。我有自己的专属房间，在自己想象的间隙被别的什么人记住，我在那里欣悦于分析自己所没有感受到的东西。我审视自己，像审视阴暗角落里的一幅画。

我在出世前就已失去属于我的古城堡。先祖宫殿里的挂毯在我出生之前就已被变卖。只有在特定的时刻，当月亮照耀着我心里的河边的芦苇时，我才忘记了我对那个地方有多怀念。乱七八糟的石墙废墟，黑漆漆的，天空中泛起乳黄色，墙壁显得不那么黑了。

我像斯芬克斯怪兽一样审视着自己。我的灵魂成为一个被遗忘的线球，从女王的膝头滑落——对她毫无用处的刺绣来说不过是一点微不足道的损失。我的线球滚到雕花壁橱下，我的一部分像是一双眼睛一样随之滚了过去，消失在致命且悲哀的恐惧之中。

339. 醒着做梦

我从未睡着过。我活着，我做梦。或者说，我活着和睡着时都在做梦，梦也是生活。我的意识从未中断：如果我没有睡着，或者半梦半醒，我能够意识到周围的一切；我一真正睡着，就开始做梦。我是一连串不断展开的图像，有的相连，有的不相连，但总是假装成为外在之物。如果我醒来，就与日光下的人为伴；如果我睡着，就与黑暗中的幻影为伴，而黑暗则将梦照亮。我的确不知道如何将两种状态区分开来，或许我醒着时真正在睡觉，睡着时又是清醒的。

生活是一个被什么人胡乱卷起来的线球。如果它被卷成一团还说得过去，或者没被卷起来，而是散开来也行。但问题是，生活就像这样一个线团，它没有成形，而是乱糟糟、毫无头绪地缠在一起。

我只是处于半醒状态，我思考着这些过后将被我写下来的东西（我已经梦见将要使用的语句）。我看见朦胧梦境里的风景，听见外面滴滴答答的雨声，这种声音使我的梦变得更朦胧。它们是来自虚空的谜，在虚无中颤抖。透过它们，我感觉到了不断落下的雨的无用且外在的呻吟，这是听觉景观中不可避免的一个细节。希望？没有。只有风声萧萧，忧伤的雨从看不见的天空哗啦啦地倾泻下来。我继续睡着。

毫无疑问，生活导致的悲剧发生在公园的大道上。有两个人，她们漂亮且渴望有所变化。爱情在单调的未来等着她们，对那些尚未到来的东西的怀旧之情，就像她们未曾经历过的爱情的月光。月光透过附近的树林洒在地上，她们手拉着手，漫步在荒芜的废弃小道，没有欲求或希望。她们完全像个孩子，因为她们并不是真正的孩子。走过一条又一条小径，走在森林的树荫里，她们像剪纸里的人物，穿过无人的舞台布景。最后，她们若即若离地走到水池附近。渐渐停止的模糊的雨滴声，此时变成了喷泉的水声，她们朝那水声走去。我就是她们分享的爱，这便是为什么在这样的无眠之夜我能听见她们，这也是我能够在没有快乐的情况下生活的原因。

340. 一天（一）

如果我能够成为后宫里的嫔妃，该有多好啊！真可惜这不是我的命运！

今天快过去的时候，留下的正是昨天留下的和明天将要留下的东西：无边无际的、无法满足的渴望总是相同而又不尽相同。

沿着我的梦想和疲惫的阶梯从你的非现实中走下来。走下来，取代这个世界。

341. 娶一个现世女人为妻

如果有一天我要娶一个现世的女人为妻，请为我祷告，让我实现这个愿望：她至少应该是不育的。我还会要求你为我祈祷，祈祷我永远也不会遇到这样一个臆想的妻子。

342. 神秘的爱

我不会渴望去拥有你。为什么要去渴望呢？这只会贬损我的梦境。拥有身体是一种庸俗。如果可能的话，梦到拥有身体或许更糟糕，也就是说，梦到自己变得庸俗——简直是无上的可怖。

由于我们希望不育，那也让我们保持贞洁。本来可以生育却加以否认，反而坚持伪证，没有什么比这更不道德和卑劣的了。不彻底的高贵态度是不存在的。

让我们像死者的嘴唇一样贞洁，像梦中的身体一样纯净，像痴迷的修女一样听天由命吧。

愿我们的爱成为祷告……让我注视着你，带着对天父的倦怠和对万福玛利亚的焦虑，我要把梦见你的那些时刻变成一座玫瑰园。

让我们永远停留在那里，像一个男人站在一扇彩色玻璃后面，而一个女人站在对面的另一扇彩色玻璃后面……人们从我们中间匆匆走过，影子的脚步声发出冷冰冰的回音……祷告者的私语……秘密……有时，空气中弥漫着焚香的气味。还有时候，有人穿着圣衣在这边和那边洒圣水……我们永远是同样的彩色玻璃窗，当太阳照射我们时，我们是明亮的颜色；当夜幕降临时，我们只是轮廓……时间的流逝也无法触碰到我们玻璃似的沉默……在外面的世界，各种文明不断更迭，革命随时爆发，盛宴如旋涡被狂暴翻搅，和平有序的人们继续过着他们的日子……而我们，我幻想的爱情，总有着同样徒然的表现，同样虚假的存在，同样……直到有一天，各个世纪和帝国走到尽头时，教会终将轰然坍塌，一切也终将停止……

尽管如此，我们仍无视教会，并将继续存在——我不知道以什么样的方式，在什么空间，通过什么时间——永恒的彩色玻璃窗，被一些在哥特式坟墓里沉睡了很久的艺术家装饰着。在玻璃上，两个天使双手紧握，将死亡的理念凝固在大理石上。

343. 梦境中的万物

我们梦境中的万物只有一面。我们无法绕过它们，去瞧一瞧另一面。生活中的万物存在一个问题，那便是我们可以从各个角度观察它们。和我们的灵魂一样，我们梦境中的万物不过是我们能够看到的那一面。

344. 不会发送的信件

在此，我同意你不出现在我关于你的想法中。

你的生活……

这并不是我的爱；这仅仅是你的生活。

我对你的爱，就像我对日出和月光的爱：我希望这一刻能成为永恒，但在这一刻里我想拥有的只是拥有这一刻的感觉。

345. 戏里人生

没有什么比他人的爱更令人痛苦——就连别人的恨都不会如此，因为相比爱，恨意起码会断断续续地出现；作为一种令人不愉快的情感，恨意自然不那么常常出现在怀有恨意的人身上。可是，爱与恨都一样令人痛苦，这两种情绪在找寻我们、追逐我们，不会让我们过清静日子。

我的理想就是经历小说中的一切，然后在真实的生活里休息——阅读我的情感，经历我对他们的轻蔑。对于某些拥有敏锐想象力的人来说，虚构出来的主人公的探险具有充足的情感，甚至是感情满溢，因为我们和这个主人公都经历了这样的探险。没有比让可爱的麦克白夫人真正和直接地感受到爱更浪漫的探险了。在经历了这样一场爱情后，除了休息一下，不去爱真实世界里的任何人，人们还能做什么呢?

我被迫踏上的这段旅程，在一个又一个夜里，与整个宇宙为伴，我不知道这到底有何意义。我知道我可以看书以便自娱自乐。无论是在这段旅途中，还是在其他旅途中，对我而言，阅读似乎是打发时间最容易的办法。我偶尔把视线从给我真正感觉的那本书上移开，作为一个陌生人，我看了看从眼前飘过的风景——田野、城市、男人和女人，充满深情的爱慕之情，渴望——于我而言，所有这些都与我睡梦中出现的事儿差不多，只不过可以让我偷个懒，让我的眼睛从我一直专心阅读的书上移开。

只是我梦到的都是真实的自我，因为其他一切在实现之后，都属于这个世界，属于所有人。如果我要实现一个梦想，我就会嫉妒，因为它如果允许自己成真，就是对我的背叛。“我已经完成了所有我想要做的事情。”那软弱的人如是说，而且这只是个谎言。事实是，他预言性地梦到了经由他而实现的生活。我们什么也没有实现。生活把我们像块石头一样猛掷出去，我们在空中滑行，还说“瞧，我在动”。

在太阳这个聚光灯和星辰这些亮片之下，无论这个幕间揭幕结局如何，知道这是一个插曲定没有害处。如果剧场门外是生活，那我们将活下去；如果是死亡，那我们将死去，而这个节目与结果如何毫无关系。

每当想起这些事情，我就感到困惑。我感觉这些地方出了错，但我不知道具体哪里出了错。就好像我在看一场魔术表演，明明知道是戏法，却看不出戏法背后用的是什么道具。

然后，诸多荒谬的想法出现在我的脑子里，却又不能说是荒谬至极。我不知道，一个人在疾驰的车里缓缓地思考，那么他是在疾驰还是在缓行。我不知道，一个跳海自杀的人和一个站在露台上不小心掉下去的人是否会以同样的速度落下去。我不知道，我吸烟时写下这段话，并做这种费力的思考——这一切都发生在同一个时段——是否真的是同时发生的。

我们可以想象，同一个轴上的两个轮子，总有一个在另一个的前面转，尽管它们只有毫厘之差。一架显微镜能将这种毫厘之差放大到令人难以置信的地步——到不可能的地步，使它变得不真实。为什么显微镜不能像我们的弱视一样真实呢？

这些思考毫无用处吗？当然如此。它们是理性的戏法吗？我不否认这种说法。那个没有任何测量方法去测量并灭杀我们的东西，到底是什么？在这些时刻，我甚至不知道时间是否存在，时间对我来说就像一个人，我想去睡觉。

348. 纸牌游戏

晚上，在宽敞而有回声的乡间房子里，煤油灯照着，女仆在茶壶的沸腾声中打瞌睡，而老伯母则以玩纸牌这种有规律的、重复的消遣来打发时间。我心中的一个人取代了我的位置，对于曾经那份无用的平静，他十分怀恋。茶来了，旧牌被整齐地摞在桌子一角。巨大瓷器柜的阴影让昏暗的餐厅显得更加暗淡。女仆睡了一脸汗，我看到了这一切，既痛苦又怀恋，这两种感觉与任何事都无关。我发现我自己在考虑玩牌之人的心理状态。

349. 春天的来临

我看见春天的来临，不是在旷野或大花园里，而是在城里一个小广场的几棵矮小的树上。那种新绿格外惹眼，像一个特别的礼物，又像某种令人愉快的温暖忧伤。

我喜欢这些穿插在交通稀疏的街道之间的寂寥的广场，广场上同样人迹罕至。它们是无用的空地，永远在被人遗忘的喧嚣中等待着。他们是城里的一点乡野气息。

我来到一个小广场前，走在一条通往那里的街道上，然后从同一条街道往回走。从不同方向看，广场会有所不同，但落日给同样的宁静突然染上一层怀旧色彩——我沿着街道走过来时并没有看到这样的景观。

一切都是无用的，我就是这么觉得的。我已经忘记了我所经历的一切，仿佛我只是模糊地听到过那些经历。我不记得我将会成为什么，就好像我已经经历过并将其忘记了。

落日的点点哀愁在我周围挥之不去。一切变得清冷起来，倒不是因为天气转凉，而是因为我已走进一条窄街，广场消失不见了。

350. 请不要回到现实

市镇边缘，稀疏的房屋点缀着那些斜坡，黎明已悄悄来临，天气不算太冷，也不算太热。在昏昏欲睡的山坡上，一层薄薄的、大范围觉醒的雾慢慢地分解成没有形状的碎片。要不是生活不得不重新开始的事实，天气并不会给人带来凉意。这一切——带着湿气和凉意的温和早晨——与他从不曾感受过的快乐颇有些相似。

电车缓缓向大路驶去，当它靠近房屋密集的地方时，一种朦胧的失落感向他袭来。人类的现实开始出现。

在这些清晨时分，阴影散去，它们的残留物仍在徘徊。屈服于这个时刻的灵魂渴望到达日光沐浴下的旧海港。他渴望的不是像庄严的风景或河上的月光那样，让这一刻静止不动，而是拥有一种不同的生活，让这一刻有一种不同的、更有意义的个人味道。

缥缈不定的雾越来越薄。太阳更深地刺入万物。在每一个地方，生活的声音都越来越大。

这样的时刻，正确的做法就是，永远不要回到现实生活，尽管我们命中注定要面对生活。在雾中和清晨失重地盘旋，不是在精神上，而是在精神化的身体上，在有翅膀的现实生活中——这是最能满足我们寻求庇护的愿望的方法，尽管我们没有理由寻求庇护。

虚无缥缈的感觉让我们变得冷漠，从得不到的失落中解脱出来：我们的心灵感受还在萌芽时期，无法令人理解，人类活动和对事物的深刻感觉完全保持一致，激情和情感在其他成就中消失了。

街道两边的树木与这一切毫无关联。

早晨的时光在城市里消失，就像船靠岸时河对岸的斜坡一样。只要船不靠岸，从它的舷侧就可以看到对岸的景色；船舷撞击岩石的声音使景色逐渐消失。一个裤腿卷至膝盖的人在绳子上安了一个夹具。他的行动非常自然，目的明确，形而上学地使我的心灵不能再去欣赏这模糊不清的焦虑。码头上的小伙子们用一种打量正常人的目光打量着我，而一个正常人从来不会在船靠岸的实践环节产生这种不合时宜的感觉。

351. 热，隐形衣

热，就像一件隐形衣，让人们很想将之脱下。

352. 闪电

我已感到心神不宁。毫无征兆，静默已停止呼吸。

突然，地狱之光像铁一样炸裂开来。我像个动物一样蹲在桌子上，双手徒劳地抓着光滑的木头。无情的闪光掠过所有角落和灵魂，声音像旁边的山倒塌一样从天而降，一声轰鸣，像撕开地狱的冷酷面纱。我的心停止跳动。我的喉咙已哽住。我的意识停滞在一张纸上的一滴墨水渍上。

353. 雨后的宁静

酷热退去，雨轻轻地下着，后来越下越大，声声入耳，空气中透着一股暑天没有的宁静，微风习习，泛起一种清新的安宁。明朗的喜悦弥漫在毛毛细雨里，天空不再阴郁，也没有暴风雨的噩兆。甚至那些没有身披雨衣也没带雨伞的人（几乎是每个人）也大声说笑着，在亮闪闪的马路上快步向前走去。

在一个空闲的时刻，我走到办公室另一边的敞开的窗户前。由于天热，窗户一直开着，但连下雨时也没有关闭——按照习惯，我全神贯注而又漠然地向外看着，看到了之前还未看到就已详细描绘过的场景。是的，街上走着两个快乐的普通人，他们在蒙蒙细雨中欢声笑语，走得不算匆忙，但脚步很轻快，走在细雨朦胧却又清澈明亮的天空下。

在某个街角后面，一个外表寒酸、贫穷但不谦卑的老人突然出现在我的视野里，他不耐烦地走在渐渐停下来的雨中。他显然是漫无目的，但至少显得很不耐烦。我仔细打量着他，不再用那种对待其他事物的漫不经心的目光，而是那种领悟象征的目光。他是小人物的象征，那便是他匆匆走过的原因。他象征着那些从来什么都不是的人，这便是他烦躁的原因。他不属于那些走在令人不适的雨中还能满心欢喜地微笑的人，他和雨是一类——他是一个活在无意识中、只能感受到现实的人。

然而，这不是我想说的。某些东西横插在我对那个路人（由于我没再看他，他也就消失在我的视野里）的观察和我的思绪之间。某种未被察觉的奥秘，某种来自灵魂的紧迫感插入进来，使我无法继续沉思下去。就在我深陷沉思的时候，我听到（但没有听见）办公室最里头的仓库那边传来打包的声音，尽管看不见，但我仿佛看到，在后窗旁的桌边，和着说笑声和剪刀的“咔嚓”声，厚牛皮纸包装盒被人用捆扎包裹用的细绳捆了两圈，并打上两个结。

看只是为了看。

354. 向每个人学习

生活的一条定则就是，我们能够也应当向每个人学习。我们从骗子和恶棍那里学到重要的东西，从傻瓜那里学到哲学，通过偶然机会从偶然相识的人那里学来诚信公正的教训。一切包含在一切之中。

在冥想的某个特别清醒的时刻，就像在这样的午后，当我漫步街头四处张望时，每个人都给我一种新奇感，每幢房子都带给我一些新鲜东西，每张布告都带给我一个消息。

我无声的脚步是一段连续不断的对话，一切——人、房子、石头、布告和天空——组成一个和谐友好的巨大群体，在命运的伟大队列中，每个人用语言互相推挤。

355. 伟大的人

昨天，我耳闻目睹了一个伟大的人。我指的不是一个声名显赫的人，而是一个真正的伟人。如果世界上有价值存在的话，那么他很有价值。人们看到了他的价值，而他也知道他们看到了。因此，他符合所有被我称作伟人的人所应具有的条件，我也是这样称呼他的。

从外表上看，他属于那种久经沧桑的生意人。他面露倦色，可能是想得太多，或者仅仅是生活过得不够好。他的手势毫无特征，眼里闪耀着某种光彩——那是一种深谋远虑的优越感。他的声音含混不清，就好像一种全身麻痹症开始影响他的灵魂的某种独特的表达力。他的灵魂絮絮叨叨地谈论了很多关于政党政治、埃斯库多的贬值或同事们孰是孰非的观点。

如果我不知道他是谁，就无法通过他的外貌来看出他是谁。我知道，一个伟大的人不需要符合普通人心里的理想英雄形象，由此，一个伟大的诗人永远都有着阿波罗的身体和拿破仑的模样，或者显要人物至少要有一张富于表现力的脸。我知道，这些想法很荒谬，正如他们是人类一样荒谬。但是，即便我们不能对一切或差不多一切事物有所期望，我们仍然可以期待某些东西。撇开一个人的外貌，让我们来看看说话的那个灵魂，尽管我们不能期望他有活力和气魄，但我们至少应当指望他的话里透出智力和一点庄严。

这一切——这些人类的幻灭——使我们不得不质疑在灵感的普通观念中存在着什么样的真理。似乎一个商人的身体和一个有礼貌的人的灵魂，当他们走到一起的时候，一定会被神秘地赋予一些与他们无关的内在的东西。他们似乎并没有说话，但一些声音从他们嘴里发出来，如果他们说了，那将变成谎言。

这些都是胡思乱想，我甚至后悔产生了这些想法。有时，我为自己沉湎其中而懊恼。它不会贬损那个人的价值，也不会增加他肉体的表现力。但是，没有什么可以改变什么，我们的所言和所为仅仅是拂过山顶，而山谷里，一切都在沉睡。

356. 不可知

没有人理解别人。正如有位诗人[1]写到，我们是生命之海上的岛屿，我们之间隔着大海，大海为我们划定了界限，将我们分隔开。人的灵魂，无论多么努力地了解别人，也只会被告知一句话——他的理解是地上一个不成形的影子。

我热爱表达，因为我对他们表达的一无所知。我就像法国哲学家圣马丁的主人一样：我满足于被给予的。[2]我去看，这就足够了。谁能理解什么呢？

或许，正是这种关于理解力的怀疑主义，使我们用完全一样的方式看待一

[1]这里的诗人是指马修·阿诺德，文中指的是他的诗作《致玛格丽特》。——英译者注

[2]佩索阿可能指的是《路加福音》里记载的一个故事，耶稣责怪玛莎太注重对他的招待，而没有像她的妹妹玛丽一样听他讲道。或者，他可能指的是《约翰福音》中耶稣为玛丽给他的脚涂抹昂贵膏油的“浪费”行为做辩护的故事。——英译者注

棵树和一张脸、一张海报和一个笑容。（一切皆自然，一切皆人造，一切皆相同。）对我来说，我所看见的一切是有形的，无论是被黎明到来前的白绿色渲染的高远的天空，还是亲眼看见所爱的人死去时脸上表露的虚假难过。

我们看着素描、插图和页面，然后转过身去……我的心不在那上面，我只是瞥了一眼它们的外壳，就像苍蝇掠过一页纸。

我是否知道我在感觉、思考、存在？我只知道，有一个关于颜色、形状和印象的客观组合，我是无用的旋转镜子。

357. 咖啡馆

那些真实的普通人，他们走在生活的大道上，心中的目标自然天成，偶尔产生。那些坐在咖啡馆里的人，他们出尽风头，只能通过把他们和梦境中的精灵来比较，才可以描述他们的风头正盛。精灵这种生物既不会让人觉得害怕，也不会令人觉得痛苦，但是当我们醒来以后，对它们的记忆会在我们口中留下一种恶臭的味道。我们并不十分了解这种味道，这种深深的反感并非直接针对这些精灵，而是针对它们所代表的东西。

我看见这个世界里的真正天才和征服者——既伟大又渺小——在万事万物构成的夜里航行，却并没有注意到他们傲慢的船首在那片一包包稻草和碎软木头组成的马尾藻大海里横冲直撞。

在那些咖啡馆里，万事万物都被概括起来，就像在那栋办公大楼的内院里，透过仓库窗格看，那里就像一座关押废物的牢房。

358. 艺术的价值

真理——主观信仰真理，主观现实真理，或金钱与权力的社会真理——始终赋予值得奖赏的寻找真理之人终极智慧，即真理并不存在。生活的丰厚奖励只会赐予那些意外买到票的人。

艺术的价值在于它会将我们带离当下。

359. 道德律法

遵照更高等级的道德律法，打破普通的道德律法，属于合法行为。虽然饥饿不是偷盗面包的理由，但一位艺术家可以为了保证两年内衣食无忧、清静创作，去偷一万埃斯库多，从而提供出作品，推进人类文明。如果只是一件给人以美感的作品，那么这个论断就不成立了。

360. 爱意味着占有

我们不能去爱，孩子。爱是幻觉中最肉欲的部分。听着，爱意味着占有。一个去爱的人占有了什么？身体？占有它，我们就要吸纳它、吞噬它，使它的实质融入我们。这种不可能如果成为可能，也并未结束，因为我们的身体会死、会转化，因为我们甚至并未拥有自己的身体（仅仅是我们所感觉到的身体），还因为一旦被爱的身体被占有，它就变成我们的身体，不再属于他人，而随着他人的消失，爱也跟着消失。

我们占有了灵魂吗？仔细听我说：不，我们没有。甚至我们自己的灵魂也不属于我们。一个灵魂又如何能够被占有呢？在两个灵魂之间隔着不可逾越的鸿沟，有着他们是两个灵魂这个事实。

我们占有了什么？我们占有了什么？是什么使我们坠入爱河？美？我们去爱时占有了美吗？如果我们倾尽所能完全占有了一个身体，我们真正占有的是什么呢？不是身体，不是灵魂，甚至也不是美。当我们抓住一个有吸引力的身体时，我们抓住的不是美，而是我们所拥抱的肥胖的、多细胞的肉体；我们吻到的并不是美的嘴唇，而是正在腐烂的膜状嘴唇；甚至发生关系，尽管我们应该承认这是一种亲密而激烈的接触，但它仍然不是一个身体对身体的真正渗透。我们占有了什么？我们真正占有了什么……

至少我们拥有自己的感觉，至少爱是一种通过感觉去拥有自己的方法，不是吗？至少爱是一种使梦变得生动进而壮丽的方式，梦便是我们的存在，不是吗？一旦感觉消失，至少回忆将永远伴随我们，以便使我们真正拥有……

让我们抛开这种错觉。我们甚至没有自己的感觉，甚至不能通过记忆……记忆只不过是我们对过去的感觉。每一种感觉都是幻觉……

听我说，继续听下去。听着，不要看窗外远处平坦光滑的河岸，不要看夕阳，也不要听火车的汽笛声划过朦胧的远方……认真听我说：

我们并不拥有感觉，通过感觉我们无法拥有自己。

（倾斜的、装满暮色的壶将油画颜料泼向我们，时光像玫瑰花瓣一样四处散落，飘浮在空中。）

361. 我是我吗

当我甚至没有拥有自己的身体时，我又如何能用身体去拥有其他东西呢？当我甚至没有拥有自己的灵魂时，我又如何能用灵魂去拥有其他东西呢？当我甚至不理解自己的思想时，我又如何能理解别人的思想呢？

我们既不拥有身体或真理，甚至也不拥有任何幻觉。幻想的阴影，我们的生活内外都是空虚的。

有谁能知道自己灵魂的界限，并能够说“我是我”呢？

但我知道，我是感我所感的那个我。

当其他人拥有自己的身体时，他也和我一样拥有身体里的感觉吗？不，他拥有的是另一种感觉。

我们拥有了什么呢？如果我们不知道自己是谁，又如何知道我们拥有了什么？

如果提到你在吃什么，你会说“我拥有了它”，那么我会理解你。因为你显然将你所吃的东西吸收到身体里去了，你把它转化为你身上的物质，你觉得它进入了你的身体，并归你所有。但对于你所吃的东西，你不能把它说成拥有。你把拥有叫作什么？

362. 堕落是我的命运

把疯狂称作肯定，把弊病称作信仰，把恶行当成一种快乐——这些都是世间的乌烟瘴气，是一种令人悲伤的东西，这便是凡尘俗世。

保持冷漠。爱夕阳和黎明，因为它们毫无用处，甚至对你也无用，让我们去爱它们。将徐徐垂落的夕阳的金色披在身上，像一个在玫瑰盛开的清晨被废黜的国王，白云飘飘的五月天，深居闺中的处女的微笑。让你的渴望在香桃木中凋零，让你的烦闷在罗望子里结束，但愿流水声伴随着这一切，犹如站在河岸边的薄暮中，它的唯一意义就是无止境地流向遥远的大海。剩下的便是生活留给我们的东西，我们眼中暗淡下去的闪光，还未被穿上就已磨得破旧不堪的紫袍，照耀着我们的流放之路的月光，星辰的静默弥漫在我们的幻灭时光里。勤勉是一种没有结果的、温和的悲伤，将我们和爱并肩拴在一起。

堕落是我的命运。

我过去的领地在深谷里。在我梦中的世界里，响彻着从未被鲜血污染的流水声。在我的遗忘里，凡是忘记的生活之树的叶子，总是绿的。月亮像石头之间的水一样流动。爱情从未到达那个山谷，所以那里的一切都是幸福的。寺庙里没有爱情，没有神，只有梦，在微风中飘过，在分分合合的时间里，对醉人而毫无用处的信仰没有任何留恋。

363. 茶杯上的风景

中国茶杯外壁上的风景，始于手柄处，又突然止于手柄处。茶杯总是如此小……如果风景延伸越过茶杯的手柄，它又会延伸到什么地方，出现在什么样的瓷器上？

某些灵魂能由衷地感受到悲伤，因为中国扇子上的风景不是三维立体图画。

364. 灵物

……花园里的菊花黯然枯萎，结束了病态的生命，它们的存在使一切变得阴郁起来。

……日本人的繁茂华美只有两个明显的维度。

……五颜六色的日本人物肖像浮现在茶杯的半透明外壁上。

为精致的茶会而准备的茶具——不过是为完全无结果的谈话而编织的托词——在我看来总像个活物，一个带有灵魂的个体。它形成一种如有机体一般的综合体，不仅仅是各个部件的简单总和。

365. 想象中的花园

在想象中的花园里，那些对话若隐若现地围着某些茶杯展开了吗？两个人坐在茶壶的另一边，他们在用什么样的崇高语言交谈啊？我听不见他们的谈话，我是一个生活在多彩人群中死气沉沉的一员！

真实的静态事物构成的优雅哲学，一门永恒交织的哲学！画中人物脸上的表情，从看得见的永恒之巅向我们的短暂狂热投来轻蔑的目光，从不采取明确的态度，也不做出具体的手势。

住在画中的色彩斑斓的人们的传说一定很有趣！刺绣人物的爱情——以二维几何的纯洁为标志的爱情——对好冒险的心理学家来说一定是一种（引人入胜的）娱乐。

我们没有去爱，我们只是假装去爱。真爱，不朽而无用，属于那些有着不变感觉的人物，因为他们天生就是静态的。那个坐在我的茶壶凸面上的日本男人，从我知道他起，他就从未动过。他从未牵过那个女人的手，他永远也够不着。暗淡的色彩，像精疲力竭、倾尽光热的太阳，总使山上的斜坡变得不真实。整个场景见证了一个悲伤的时刻。比起那些毫无用处地折磨我的假装脆弱的疲倦时光，这一刻更真切。

366. 真实不真实

在未开化的金属时代，唯有对我们的能力进行无情的教化——这些能力包括做梦、分析和吸引，才能避免使我们的个性堕落至虚无，或者变成一种和其他人一样的个性。

在我们的感觉中，任何真实的东西都恰恰不属于我们。我们共同拥有的一切感觉组成了现实。因此，感觉的个性存在于任何错误之中。观看鲜红的太阳会带给我什么样的欢乐？我的感觉是多么彻底和独特啊！

367. 虚幻的对话

我永远不会让自己的感觉知道，我将让它们有什么样的感觉。我与感觉嬉戏，就像百无聊赖的公主在逗弄凶猛敏捷的大猫。

我砰地关上内心之门，某种感觉要从那里出来，以便被人认识。我迅速扫清道路上的精神客体，这些目标可能会用特定的手势标记它们。

我们在假装进行的对话中插入了一些废话，那是一些来自他人的灰烬的毫无意义的主张，一些同样毫无意义的主张……

你的目光让我想起绿荫环绕的神秘之河对岸一艘小船上传来的音乐……

不要说是因为月夜。我憎恨月夜……有些人竟然在月夜播放音乐……

还有一种可能……当然，这是很不幸的可能……但你的目光明显表露出一种思念之情……它缺乏它所表达出来的这种感觉……从你那虚假的表情里，我看到了很多我也曾经有过的幻想……

我向你保证，有时候，我能感觉到我说的。甚至，尽管我是个女人，但是我还能感觉到我通过目光说了什么……

你难道不是对自己要求太高了吗？我们自认为的感觉就是真正的感觉吗？譬如，这段对话和现实有什么相似之处吗？当然没有。这在小说里都令人难以接受。

有充分的理由……看，我不能绝对肯定我是在和你交谈……尽管我是个女人，成为一个疯狂艺术家的绘本里的一幅插图是我的义务……我的某些细节被画得过于精准……我发现，它给人一种过度紧张的印象，某种迫不得已的现实……对我来说，成为插图是唯一值得一个当代女性追求的理想……当我还是个孩子时，我就希望自己成为家里一副旧纸牌里的其中一张牌上的女王……这对我来说，就像是一个富有同情心的传令官的天职……当然，对于一个孩子来说，这种道德愿望是很普遍的……直到后来，当所有人的愿望变得不道德，我才真正考虑起这些来……

尽管我从不与孩子们交谈，但我相信他们的艺术本能……你看，即使现在，我在说话时仍在试图彻底了解你告诉过我的那些事情的真正含义。你原谅我了吗？

不完全原谅……我们应当永远不要去探索其他人假装拥有的感觉。它们总是太过私密……不要以为分享这些私人秘密不会伤害我，所有秘密都是假的，却描绘了我可怜灵魂的真实碎片……相信我，关于我们的最可悲的事情就是我们不是什么，我们最大的悲剧发生在我们对自己的观念里。

这很对……为什么这么说？你已经伤害了我。为什么毁掉我们这永远虚幻的谈话？这几乎成为一个美丽的女人和一个感觉的做梦者在茶几边进行的似是而非的对话。

你是对的……现在轮到我请求宽恕了……但我心烦意乱，的确没注意到我说的话有意义……让我们换一个话题……总是太晚改换话题！我刚才说的话终究是毫无意义的，所以不要再生气了……

不要道歉，对我们的谈话不要放在心上……任何好的谈话都应当是一种双向独白……我们应该无法说清我们是在和人交谈，还是只是纯粹想象出这段谈话……最好的、最深刻的谈话以及最不道德的说教，都发生在小说家的作品里的两个人物角色之间。例如……

老天！别告诉我你要举个例子！只有在语法方面才需要举例子！也许你已经忘了，甚至连学校老师都懒得去读它们。

你读过语法书吗？

从没读过。我从来都不屑知道说话的正确方式……语法书里我最喜欢的东西就是那些例外和赘语……避开规则，说些无用的东西，从本质上形成一种现代姿态。我说得对不对？

完全如此……语法书里格外气人的是（你有没有注意到，我们居然在讨论这件事情）——语法书里最气人的部分就是动词那一章，因为那部分给句子赋予了含义……一句可靠的句子应当总是包含多种可能的含义——动词……我的一个自杀的朋友——每次我与人做冗长的谈话时都要使一个朋友自杀——将要牺牲自己毁灭动词。

他为什么要自杀？

等等，我也不知道……他想要发现并运用一种私底下不去造完整句子的方法。他过去常说，他在寻找含义里的微生物……他自杀了——是的，当然——因为有一天，他发现他承担着巨大的责任……问题的严重性使他发了疯……一把左轮手枪……

不，这太荒谬了……难道你不知道，他不可能用左轮手枪吗？一个那样的人不可能对自己的头部开枪……你对你从未有过的朋友了解甚少……你知道，这是一个严重的缺陷……我最要好的女性朋友和一个我虚构出来的迷人的年轻男子……

你取得进展了吗？

我们尽力了……但那个女孩，你不能想象……

两个人坐在茶几旁，毫无疑问没有做这样的谈话。但他们穿戴得如此考究，不做这样的谈话有些遗憾……这便是为什么我会为他们写下这段不存在的对话……他们的手势、怪癖、幽默的一瞥和微笑——当我们不再感觉到自己的存在时——这些对话中的短暂插曲——清晰地表达了我正好装作想要写下的东西。他们分道扬镳后，各自都结了婚（因为他们认为彼此太像，以至于不能和彼此结婚）。如果有一天，他们碰巧看到这些纸页，我想他们会认出这些他们从未说过的话，并对我表示感激。因为我不仅如此准确地诠释了他们是什么，还描述出了他们从未有过的希望或并不了解的自己……

如果他们看了我的作品，希望他们会相信，这些就是他们真正说过的话。在他们显而易见的交谈中，有太多的东西不见了，比如那个时刻的香味、茶的香味、她胸前佩戴的胸花的含义……他们忘了说这些话，而这也是谈话的一部分……所有东西都在那里，我的任务不是写文学作品，而是记录历史。我将重组，将遗漏部分补充完整，作为窃听他们并未说起也不想说起的话语的借口。

368. 荒谬的赞歌（一）

我在严肃而悲伤地陈述。这不是一个快乐的问题，因为梦想的快乐是矛盾的，带有一丝悲伤，必须以一种特殊而神秘的方式去享受。这个问题和快乐无关，因为做梦的乐趣既矛盾又阴郁，必须通过一种特殊而神秘的方式去享受。

有时候，我会在内心公正地观察令人愉快的荒唐事物，我甚至都不会想象看到这些事物，因为它们看起来不符合逻辑——连接虚无和虚无的桥梁，没有起点和终点的道路，乱七八糟的风景，荒谬的、不合逻辑的和矛盾的，这些东西使我们脱离现实及其大量的附属物——实用思想、人类情感和有利于活动的一切观念。对于梦是一种甜蜜的愤怒这个想法，荒谬能够阻止它变得过于乏味。

我用一种奇怪而神秘的方式去想象这些荒谬。在某种程度上我无法解释，我看到的这些东西在视觉上是不可想象的。

让我们把生活变得荒谬，从东到西。

369. 荒谬的赞歌（二）

在我的心里，我的每一个想法，无论我多么想把它们保存完好，迟早都会变成幻想。如果我想要阐述原因或者展开一系列的讨论，从我这里得到的将是最初表达这个思想本身的句子，然后是与最初那些句子相辅相成的短语，最后是这些附属短语的影子和衍生物。我开始沉思上帝是否存在，不久就发现自己在谈论遥远的公园、封建游行、在我的沉思之窗下几乎无声地流过的河流……而且，我发现自己在谈论它们，因为我发现自己看到了它们，感觉到了它们。有那么一瞬间，一股真正的微风拂过我的脸，微风从梦中的河流表面吹起，吹过隐喻，吹过我自我放弃的封建主义风格。

我喜欢思考，因为我知道不久我就会停止思考。这是一个让我高兴的出发点——一个冰冷的金属港口站，从这里出发，驶向遥远的南方。有时候我试着把我的思想集中在形而上学的甚至社会的重要问题上，因为我知道，在我的理性的嘶哑的声音中，孔雀尾巴已经准备好了，只要我一忘记我在思考，它就会为我开屏。我知道人性是并不存在的一面墙上的一扇门，所以，我一打开门，就能看到我喜欢的花园。

谢天谢地，人类命运中具有讽刺意味的因素，使梦成为穷人在生活中的思维方式，甚至使生活成为穷人在梦中的思维方式，或思想成为生活方式。

但即使是通过思考来实现的梦想，最终也会让我感到厌倦。然后我从梦中睁开眼睛，走到窗前，把我的梦转移到街道和屋顶上。正是在我心不在焉而又深刻地思考着这么多被分割成屋顶的瓦片，覆盖着街道上密密麻麻的人时，我的灵魂才真正地与我分离。我不思考，我不做梦，我看不见，我不需要这样做。然后，我真正地思考自然的抽象，思考人与上帝的区别。

370. 生活

生活是我们不知不觉间经历的一场经验之旅。生活是一场穿越物质的精神旅行，既然是我们的精神在旅行，那就是我们所生活的地方。因此，那些热衷于沉思的灵魂比那些生活在外部世界的灵魂过着更尽兴、更喧闹的生活。最终结果至关重要。我们的感觉就是我们的生活。一场梦和体力劳动一样能使我们筋疲力尽。当我们思绪纷飞时，生活永远没有思想那样艰难。

在舞厅角落里的那个男人与所有舞者跳舞。他看见了一切，因为他看着一切，他在一切中活着。由于一切最终不过是我们自己的感觉，与身体的真实接触并不比看见它或回忆它更有价值，因此，当我看见别人跳舞时，我也在跳舞。我赞同一位英国诗人[1]写的《我躺在草地上》，他躺在草地上，看见远处有三个人在割草，便写道："第四个人在割草，那个人就是我。"

这一切都表达了我的感受，和我今天产生的强烈疲倦感有关，来得这么突然，没有明显的原因。我不仅厌倦，还感到怨恨；这种怨恨也是一个谜。我痛苦至极，几乎就要落泪——不是哭泣，而是一种内在的痛苦。让我流泪的是灵魂的病痛，而不是感觉上的疼痛。

我在不活中活了多少回啊！我在不思考中思考了多少回啊！我在充满静止暴力的世界里筋疲力尽，我寸步不移地经历了冒险活动。从未有过的和将来也不会有的东西使我感到厌腻，至今不存在的神使我倦怠。我所躲避的战斗让我受伤。我的肌肉因我从未想过要去做出的一切努力而酸痛。

枯燥、沉默、缺乏生气……不完美的、死气沉沉的夏日的高空。我仰望天空，就好像天空不在那里。我在思考时沉睡，我像行走一样躺着。我因没有任何感觉而痛苦。我强烈的怀旧情绪什么也不为，什么也不是，就像我看不见的高空，我冷漠地凝望高空。

371. 如果我是别人

碧空如洗，然而充满阳光的天空凝滞了。这既不是未来的暴风雨给现在带

[1]指的是英国诗人埃蒙德·戈斯。——英译者注

来的压力，也不是无意识的身体产生的一种不适，更不是湛蓝的天空中出现的一团迷雾。一想到不工作，我们就觉得没精打采，就像我们打瞌睡时，一根羽毛在我们的脸上挠痒痒。天气闷热，但现在是夏天。郊野吸引着那些不喜欢它的人。

如果我是别人，对我来说这无疑是快乐的一天，因为我会去感受，而不是去思考。我会盼着完成一天的正常工作——对我来说这是无数异常单调的日子中的一个——然后和一些朋友乘坐电车去本菲卡。我们会在太阳落山时坐在一家花园餐馆里吃晚饭。在那一刻，我们的快乐会成为风景的一部分，被看见我们的人欣赏。

但是，由于我就是我，我想象自己是别人所得到的快乐，我自己一点也感受不到。是的，很快，那个走在树下或凉亭下的“他我”将两次吃喝到我所能吃喝到的，两次露出我所能想象出来的笑脸。不久后的他，现在的我。是的，我暂时是别人。作为别人，我像被衬衫遮掩的动物一样存在，看见并生活在人类的卑微快乐中。真是美好的一天，这使我梦见了这一切！天特别蓝，就像我有一个短暂的梦，我向往成为一个精力充沛的销售员，完成一天的工作后去度假。

372. 格言几则

我们不在的地方，就是乡村。在那里，也只有在那里，树木和树荫才真实存在。

生活是感叹号和问号之间的踟蹰。句号解决疑问。

奇迹产生于上帝的懒惰——更确切地说，我们创造奇迹时把它归因于上帝的懒惰。

上帝是我们永远不可能成为之物的化身。

对一切臆想的厌倦……

373. 醉酒

轻度醉酒的微温，带着一种柔和而有穿透力的不适，使我们疼痛的骨头发冷，太阳穴跳动，眼眶发热——我钟爱这种不适，就像奴隶钟爱他的压迫者。醉酒使我处于一种虚弱的、颤抖的被动状态，在这种状态中，我瞥见了幻象，转过思想的角落，感到自己分散在突然而又意想不到的感情之中。

思绪、感觉和愿望变成一种单一的困惑。信仰、情感、想象之物和真实之物全部混在一起，像抽屉被翻转，里面各种各样的东西掉在地板上。

374. 遥远的感觉

康复的感觉有一种忧伤的快乐。如果之前的疾病影响我们的神经，则更是如此。我们的情绪和思想正处在秋天，更确切地说，由于天空中见不到秋天才会有的落叶，则更像是初春。

我们的疲倦令人愉快，这种愉快只会带来一点点伤痛。我们觉得有点远离生活，尽管身在其中，犹如待在生活这间房子的阳台上。我们陷入沉思，不再进行真正的思考；我们去感受，却没有产生任何可以描述的情绪。我们的心情越发平静下来，因为我们已完全不需要它。

就这样，某些回忆、希望和模糊的欲求缓缓地爬上意识的斜坡，像是站在山顶上隐约可以看见的旅行者。对无用之物的回忆：那些没有实现的希望其实并不重要；欲望在本质上和表达上都不是暴力的，从不坚持存在。

如果这一天的天气符合我们的某些情绪——比如说今天，尽管时值夏季，但天空乌云密布，由于微风没有一点暖意，我们几乎觉得发冷——那么，在这种心境下，我们的思想、感觉和生活的印象就会格外明显。并不是说，我们已经产生的那些回忆、希望和欲求变得更清晰了。但我们对它们的感觉变得更强烈，它们飘忽不定地凑在一起，荒谬地压在我们的心头。

这一刻，我感觉自己异常遥远。我站在生活的阳台上，是的，但未必就是现在的生活。我站在生活之上，俯瞰着生活。它展现在我面前，各种斜坡和梯田，朝着山谷村寨里白色房屋的袅袅炊烟向下延伸。我闭上眼时仍然在看，因为我并未真正在看它们。我睁开眼时不能看见更多，因为我从一开始就并未在看它们。我除了感觉到一种朦胧的怀旧之情外，什么感觉也没有，不为过去，不为将来，而是为现在—— 一种毫无特点、无穷无尽、难以理解的感觉。

375. 分类

事物的分类学家们，我是说，那些仅仅把分类当作科学的科学家，他们通常没有认识到可分类的东西无穷无尽，因此无法将其分类。但真正让我吃惊的是，他们对隐藏在知识裂缝中的可分类的东西——灵魂和意识的东西——一无所知。

也许因为我想得太多，抑或梦得太多，或者可能出于一些其他原因，我无法将存在的现实和不存在的现实（梦中的世界）区分开来。因此，在我对天地的沉思中，我把太阳没有照到或脚没有践踏到的东西嵌入其中——那是想象中的流动的奇观。

我用我虚构的晚霞将自己镀成金色，但我虚构的东西只能存活在我的虚构中。尽管想象中的微风使我欢欣，但想象中的东西只有在被想象时才存在。各种构想赋予我灵魂，每一种构想都将属于它自己的灵魂赋予我。

唯一的问题是现实，它难以解释是因为它是活生生的。一棵树和一个梦之间的差异在哪儿呢？我可以摸到树；我知道我有梦。这一切究竟意味着什么呢？

我独自待在寂寥的办公室里，可以生活在想象中，而不用去放弃我的智慧。我的思绪不会被空空的写字台和只剩下牛皮纸与线团的船务部打断。我没有坐在我的凳子上，而是靠坐在莫雷拉那张舒适的扶手椅子上，预先享受晋升的感觉。或许周围的环境影响了我，我有些心不在焉。这些炙热的日子里，我昏昏欲睡；我因精神不振而无眠地睡着。这就是我产生这些想法的原因。

376. 悲伤的间奏（六）

我厌倦了街道，但不，我不厌倦——生活就是街道。我头朝右转，就能看见对街的酒馆，头朝左转，就能看见制造板条箱的店铺。而在中间，如果我转身朝后看，就只能看见中间的阿非利加公司办事处，补鞋匠在门口不断敲着他的锤子。我不知道上面的楼里是什么，据说四楼的公寓在进行不道德交易，但其实一切都是如此，这就是生活。

我厌倦了街道？我不过是厌倦了思考罢了。当我去看或去感受街道时，我没有思考。我安坐在属于自己的角落，内心极其平静地工作，我是记账的小人物。我没有灵魂，这里的人都没有灵魂——这间大办公室里只有工作。在遥远的地方，百万富翁过着对他们自己而言永远陌生的美好生活，那里同样有工作，同样没有灵魂。能名留青史的只会是诗人。但愿我写下的某句话能流传下去，并且被人说"写得好"。就像我抄写的数字，录进我一生的账簿之中。

我想我永远只会是纺织品货栈的助理会计，我真诚地希望，我永远不会升到主管会计的位置。

377. 秋天（二）

很长一段时间——我不确定是几天还是几个月——我脑中一片空白。我不思考，因而我便不存在。我忘了我是谁。我无法写作，因为我不能写。经历了一段间接的麻木状态后，我变成了其他人。意识到我不记得自己，意味着我醒了过来。

我昏厥了一段时间，与我的生活隔绝起来。我变回我自己，却想不起我是谁，关于我曾经生活的回忆被打断。我有一种困惑的印象，是一段玄秘难解的插曲。我的一部分回忆挣扎着寻找另一部分回忆，却总是徒劳。我无法将自己组合起来。如果我还活着，我甚至忘了我曾经意识到了这一点。

并不是说，给人以秋天之感的第一天——微弱光芒将死气沉沉的夏天装饰，这一天凉爽得令人感到不自在——通过某种颠倒的明晰，带给我一种意志消亡、欲望虚幻的感觉。也并不是说，在这段遗失一切的插曲里，有一丝徒劳追忆留下的苍白无力的痕迹。事情远比这样更令人痛苦。那是一种试图回忆起那些无法回忆的事情的单调乏味，是一种因我的意识在芦苇和海藻中消失的痛苦，而我什么都不知道。

我知道，这晴朗而平静的一天有着真正的天空，这天空的颜色比深蓝色稍浅一些。我知道，太阳虽然不像之前那样金光闪闪，但也在用湿润的微光沐浴着墙壁和窗户。我知道，尽管没有起风，也没有一丝微风去召唤和否定它，但一股催人觉醒的凉意在薄雾笼罩的城市里蛰伏。我知道这一切，但我不会思考这一切，也不会相信这一切。我昏昏欲睡，只因为我想起自己就要睡着；我的心里泛起怀旧情绪，只因为我焦虑不安。

我从未曾患过的病中遥远而无用地痊愈了。我完全清醒过来，为从不敢做的事情做着准备。是什么样的睡意使我不去睡觉？是什么样的爱慕拒绝与我交谈？变成别人，在生机勃勃的春天里深吸一口冷空气，是多么美好的事情啊！至少我可以想象，当我身在远方，在我回忆起的画面里，蓝绿的苇草沿着河畔轻轻摇摆，而那里见不到一丝风的痕迹，这远比生活要美好得多！

我曾多少次回忆起我不是什么人，我把自己当成一个年轻人，而忘了其他的一切！我从未见过却真实存在的风景变得不同，而我见过却并不存在的风景对我来说非常新鲜。为什么我要在乎这些？间歇时我停止回忆，偶然间又开始继续。此时，太阳似乎释放出凉意，夕阳西下，河边阴郁的苇草冷冰冰地沉入睡眠。我看得见夕阳，却并不拥有。

378. 再说烦闷

还没有人用一种通俗易懂的语言向那些从未经历过烦闷的人对烦闷做出定义。有些人不过是将烦闷称为厌倦，另一些人却用来指恼人的不适，还有些人认为烦闷就是疲惫。不过，虽然烦闷包含了厌倦、不适和疲惫，但它们的关系就像是水与氢、氧的关系一样，是构成的关系，而不是相似的关系。

如果有些人对烦闷持有一种有限而不完整的见解，另一些人则认为烦闷的含义在某种意义上远非如此——比如说，他们用这个词来表达对世界的多样性和不确定性的一种智识或发自肺腑的不满。使人打呵欠的是所谓的厌倦，使人焦躁的是所谓的不适，使人动弹不得的又叫作疲惫——这些都不是烦闷。但是，它们和烦闷都不是那种生命空洞的深刻意识，以至于受挫的抱负浮上心头，失意的渴望浮现，植入未来的神秘主义者或圣人的心灵。

是的，烦闷是对世界的厌倦，对生存的恼人不适，对活着的疲惫。事实上，烦闷是对万事皆无边虚空的肉体感觉。但是，更进一步说，烦闷是对其他世界的厌倦，无论那个世界存在于现实之中还是想象之中；烦闷是对不得不活下去的不适，尽管用另一个人的身份以另一种方式在另一个世界活下去；烦闷是一种不仅对昨日和今朝，甚至对明天和永恒的疲惫，如果永恒存在的话，或者是对虚无的疲惫，如果这种虚无就是永恒的话。它不仅是万事万物、芸芸众生的空洞虚无，灵魂遭受折磨所致的烦恼，也是对其他一切事物的幻灭——是灵魂对自身虚无的感觉，是一种激发自我厌恶、自我排斥的幻灭。

烦闷是一种混沌不堪的身体感受，一种一切皆混沌的感觉。这种厌倦、不适、疲惫的感觉，让人觉得自己像被关在狭小牢房里的犯人。那些痛恨生活困顿的人感觉自己在一间宽大的牢房里披枷戴锁。不过，那些被烦闷所困的人感到自己在一间无边的囚室里，被毫无意义的自由所囚禁。那些厌倦、不适、疲惫的人或许会被狭小牢房的高墙隔离。那些痛恨生活困顿的人，镣铐可能会掉下来，让厌恶琐碎生活的人得以逃脱，又或者，他们在徒然挣扎着摆脱枷锁时，那些枷锁会带给他们痛苦，这种疼痛的体验使他们苏醒过来，忘记昔日的憎恨。但是，无边的囚室里的高墙无法摧毁我们，将我们埋葬，因为它们并不存在；我们也不会因为挣脱枷锁所带来的痛苦而苏醒，因为没人给我们戴上枷锁。

这就是我在宁静的下午的美消逝于永恒的黄昏之前的感受。我凝望着高远的碧空，看见模糊如云影的粉红色的形状，就像展翼飞翔的、遥不可及的生活拍落的一片无法触及的、柔软的羽毛。我低头望着永恒晶莹的河水，河水是蓝色的，倒映的似乎是更蓝的天空。我举目望向天空，在看不见的空气中，那团模糊的色彩没有破绽地散开了，现在却染上了一层暗淡的白色，仿佛在更高远、更纯净的万物层次上，有属于其自身的实质上的烦闷，一种不可能存在的感觉，一种无法衡量的肉体上的痛苦和孤寂。

但是，在那高远的天空中，除了高远的天空，还有什么？除了本就不属于它的色彩，还有什么？除了已经放弃的夕阳反射出来的一点点柔和的光线，在那些支离破碎的东西里还有什么？它们甚至不是云彩（那些云彩是否存在都值得我怀疑）。除了我自己，那里还有什么？啊，那是烦闷，只有烦闷。这里的一切——天空、大地和世界——除了我，一切都不存在！

379. 烦闷是我的伙伴

我已经达到了这样一个境界，乏味就是一个人，是我自己构思的具体化小说。

380. 生活舞台上的演员

外面的世界就像是舞台上的演员，你可以看到他，但看到的不是真实的他，而是另外一人。

381. 挫败感

……一切都是一种无药可救的顽疾。

慵懒的感觉，不知道如何行事的挫败感，行动无力……

382. 雾还是烟

雾还是烟？它是从地上升起，还是从天而降？无法说清。它更像空气患的病，而不是散发的或由天而降的东西。有时候，它似乎不是一种自然界的现实，而是我们的眼睛出了问题。

无论它是什么，整个景观笼罩在朦朦胧胧的不安宁的气氛中，遗忘和衰败则构成了整个的不安宁。就好像渎职的太阳的沉寂具体化成了一个不完美的躯体，又像是某种普通的直觉，某些事情就要发生，可见的世界不得不因此伪装起来。

很难说得清，天空中满满的是云还是雾。也许它只是一种蛰伏的薄雾，给每一处染上颜色，显出稍稍发黄的灰白。但也有例外，有的地方变成虚假的粉红，或定格成湛蓝色,这种蓝可能是天空的颜色,透过覆盖在其上的另一种蓝显现出来。

没有什么是确定的，即使是不确定的事物。这就是为什么称雾为烟是很自然的，因为它看起来不像雾，或者不知道它是雾还是烟，这根本不可能看出来。即使是空气的温度，都能影响我们的判断，使我们产生疑问。它谈不上热或冷，或不热不冷,不过,组成它的成分似乎和热量毫无关系。事实上,雾看起来很凉爽，却似乎给人温热的触感，仿佛视觉和触觉是同一种感觉能力的两种不同的表现方式。

在树木轮廓或楼角四周，我们甚至找不到真正的雾勾勒的模糊轮廓，也没有真正的移动的烟若隐若现。就好像万物向四面八方投射出朦朦胧胧的只有白天才会有的影子，没有任何光源能衬托出它们是影子，也没有任何特定的场地用于投射这些影子，以证明它是可以被看得见的。

事实上，它本身也是模糊的。它不过像是某种快要现形的东西，但同样笼罩着天地，就好像它在犹豫是否要现形一样。

是什么样的感觉占了上风？不可能拥有任何感觉，心裂变成碎片，所有感觉变得杂乱不堪，意识在恍惚中存在，某种类似于听觉能力的东西在加强——却是在灵魂中——以便竭力去理解具有决定性的却毫无用处的天启，那个天启像是马上就要出现，就跟真理一样，却又总是不肯揭开面纱；也跟真理一样，永远不会现形。

我的思绪又回到了我的睡意上，但现在这睡意早已消失，因为仅仅是打呵欠似乎就费了不少工夫。哪怕不再观看下去，我的双眼也感到疼痛。整个灵魂已然游离，毫无生机，唯有外部的、遥远的声音还在为不存在的世界留存。

啊，另一个世界，另一些事物，用另一个灵魂去感受这一切，用另一个思想去认识这个灵魂！任何事物，甚至烦闷——只要不是模糊不定的灵魂和事物，只要不是万物这略带蓝色的、绝望的不确定！

383. 漫步在森林里

我们沿着森林里峰回路转的小径向前走着，既在一起，又是分开的。让我们觉得陌生的是，我们迈着一致的步子走在沙沙作响的柔软落叶上，黄绿相间的树叶散落在凹凸不平的地面上。但是，我们也会各行其道，因为我们的想法不同。除了我们以同样响亮的步子走在同样的地面上这个事实，再无相同之处。

秋天已经来临，无论我们走到哪里，或曾经走过哪里，脚下都有落叶，在风的粗糙伴奏声中，我们能听见树叶不断飘落，发出沙沙声。眼前除了森林，别无其他景致，森林已将一切蒙上一层面纱。不过，对于我们这类人（我们的唯一生活就是时而步履凌乱、时而步伐一致地走在垂死的地面上）来说，这是一个相当不错的地方。我相信，这一天要结束了，这一天或任何一天，或一切日子都结束了，在这象征性的、真实的森林里，这个秋天和所有秋天一样。

我们甚至不能说，我们遗弃了什么样的家庭、责任和爱情。在那一刻，我们不过是旅行者而已，徘徊于遗忘和未知之间，就像守卫着被遗弃的理想的步行骑士。但是，随着不断被践踏的落叶声和永远粗糙的飘摇无常的风声，我们离别或返途的原因得到了诠释。因为不知道路在何处，或者说，我们不知道是去是留。我们周围，落叶声用哀伤让森林安抚入眠，而我们并不知道这些叶子落在了哪里，我们看不到它们。

尽管我们从未注意到彼此，但我们不会继续孤独。我们以彼此为伴，双方都感到倦意绵绵。我们的脚步声如此一致，帮助我们在没有彼此的情况下思考。然而，我们各自孤独的脚步声又使我们记起了彼此的存在。森林是一片虚假的空地，就好像森林本身就不真实，但无论是森林还是虚假，都不会结束。我们继续踏着一致的步伐，在树叶被践踏声中，我们听见，森林里响起非常柔和的落叶声，这便是一切。森林便是宇宙。

我们是谁？我们是两个人，还是一个人的两种形式？我们不知道，也不问。薄雾朦胧的太阳或许依然存在，因为森林的夜晚并未到来。模糊不清的目标或许依然存在，因为我们仍在继续行走。某个世界或另一个世界或许依然存在，因为森林依然存在。但它究竟是什么，或者可能是什么，对我们来说是陌生的。两个永不停歇的行人步调一致地踩在枯叶上，不知姓名，也不可能听到落叶的声音。他们什么也没有。时而刺耳、时而温和的神秘风声在低鸣，时而响亮、时而柔和的落叶的沙沙声，一个痕迹、一个疑惑、一个目标业已消逝。一个从未存在的幻觉——森林，两个步行者，还有我，不确定哪个人是我，或者说两个人都是我，或者都不是。还未看到结局，我便见到除了秋天、森林、总是飘摇不定的粗糙风声，以及已经飘落或正在飘落的树叶，什么也不曾存在的悲剧。一直以来，我们可以清楚地看见——无处存在——在喧嚣而又寂静的森林里，仿佛太阳就在那里，一天就要结束。

384. 颓废者

我猜想，我就是被他们称作“颓废者”的那类人。表面上，这类人的精神被定义为闪着忧郁光芒的虚伪怪癖，用一些不同寻常的词语来体现一个焦虑的、狡猾的心灵。是的，我想这就是我，我很荒谬。这便是为什么本着一个古典作家的精神，我至少要把我的替代灵魂的矫饰华丽的感觉融入意味深长的数学中。当我在某种程度上陷入写作构思时，我就会忘记我到底在专注于什么——是试着描述神秘挂毯画时的纷乱感觉，还是在我试着描述这种行为时用心斟酌的语句？到底是什么吸引着我，却又令我分心，使我看到了其他事物？

由各种想法、影像和词语构成的、清晰可见的自由联想将我困扰，我想象中的感觉和我的真实感觉一样多。我无法区分来自心灵的启发和从心灵跌落到地的想象的果实。我也不知道，是否那些不和谐词语的声音或偶然出现的措辞的节律，会不会将我的注意力从已经模糊不清的观点和深藏在心的感觉中转移开来，从而使我不去想，也不去说，就像为了让我分心而进行的长途航行。即便是在我说上述内容的时候，所有这一切，在我心里激起一种徒劳、失败和痛苦的感觉，只给我插上金色的翅膀。

当我开始谈论影像时，即便不应该去滥用它们，那些想象也开始在我脑海中滋生。当我抽离自身，否定那些我没有感觉到的事物时，我开始有种特别的感觉，甚至我的否定也被粉饰修剪了一番。当我想把自己弃于风中，不再相信我的努力时，一个温和的短语或一个清晰而具体的形容词突然像阳光照过一样，使我豁然开朗，我清楚地看见眼前的纸页，我执笔写下的字母就像荒谬地图上的神奇符号一样出现了。像对待我的笔一样，我把自己搁置一边，用飘逸的披肩裹着，不经意地向后仰，遥远的、中间的、顺从的，像一个溺水的漂流者看见不可思议的岛屿，被同样紫色的海水吞没——他在遥远的床上如此真实地梦见这一切。

385. 文字

让我们赋予感觉纯文学的接受能力。当我们的情感不惜屈尊变得透明起来，让我们把它们转变成看得见的物质，变成雕像，刻着流畅的、熠熠闪光的文字。

386. 冷漠的创造者

我想用“差异的创造者”当作今天的我的座右铭。我希望生活中的活动首先能包括：教导别人要更多地注重自己的感觉，同时更少遵守动态的集体主义原则。通过精神消毒来教导人们，防止他们被共性和粗俗感染，是我所能想象到的内在规律的教导者的最高命运，而我渴望成为这样的教导者。如果我的读者能够达到——当然是渐渐地达到我的研究主题的要求——对他人的观点甚至目光完全不敏感，这足以编成花环，来弥补生命中学术的停滞不前。

我的无为已经成了形而上学方面的疾病。我总是觉得，做任何动作都意味着对外在世界的干扰和反馈。我总有这么一种印象，或许我的任何一个举动都会搅得地动山摇，令星辰不安。因此，哪怕最细微的一个动作都能使我觉得有一种形而上学的、令人吃惊的重要性。我形成一种对待一切行动的至诚态度，自从这种态度在我的意识中固定下来，它便使我不再和有形世界产生任何强有力的联系。

387. 信仰的艺术

找到信仰的方法仍是一门艺术，这门艺术能使一个高尚的人变得完美，与众不同。

388. 自我欺骗的方式

自从我利用闲暇时刻来观察和思索，我注意到，人们并不赞同或者了解生活中真正重要事物的真相以及有用事物的真相。最为严密的科学是数学，数学有其自身的一套法则和定律。它能被应用到实际中——是的，它能够用来解释其他科学，但它只能阐明已经被发现的事物——它不能被应用到发现事物的过程中去。在其他科学中，只有那些和生活的最高目的无关紧要的事实才是确凿的、公认的。物理学知道铁的膨胀系数，但它不知道组成世界的真正结构。我们越是进一步了解想知道的事物，就越落后于我们已经知道的事物。形而上学似乎是最高向导，因为它关注的是终极真相和生活的最高目的。它甚至不是一门科学理论，而只是一堆砖块，这样或那样的双手笨拙地将它们垒成临时房屋，却没用灰泥把它们黏合在一起。

我还注意到，人和动物的唯一区别在于他们欺骗自己的方式以及对生活的无知状态。动物不知道它们在做什么：它们出生，它们长大，它们生生死死，没有思想、反思或真正的未来。有多少人活得和动物不一样？我们都会睡觉，但唯一的不同之处在于我们会做梦，在于我们做梦的层次和质量。或许死亡会唤醒我们，但我们也无法确定，除非通过信仰（相信就是拥有）、希望（想要就是占有）或宽容（因为给予就是获得）。

在这寒冷而忧伤的冬日下午，天下起雨来，这雨就好像一直没有停过，自从这个世界诞生以来一直这么下着，毫无变化。天下起雨来，我的感觉就像被雨水冲刷成一团，我垂下迟钝的目光，凝视着城市的地面，那里雨水横流，什么也没被灌溉，什么也没被冲刷，什么也没有振作起来。天下起雨来，我突然有一种沉重感，仿佛自己是一种动物，我也不知道那是什么动物，我梦见它的思想和情感，退缩到一个空间中，就像躲进一间茅舍，一点点暖意就像永恒的真理那样令我心满意足。

389. 存在即拒绝

“人”就是寻常之人。

被称为“人”的这些家伙的最大特征就是对其本身利益非常关注，以及尽己所能地对他人利益小心排斥。

当人们失去传统之际，也就意味着这个社会纽带被切断了；而当这个社会纽带被切断之际，那么人和与他们不一致的少数派之间的纽带也被割裂了。少数派和人之间的纽带断了，就意味着死亡的艺术及真正的科学，人类文明所依存的主要媒介也终结了。

存在即拒绝。活在今天，却否认了昨天的我，那今天的我是什么？存在即与自身互相矛盾。生活的最好象征，莫过于那些新闻消息，因为昨天报纸上说的与今天的报道互相矛盾。

想要即无力实现。有些人需要他已经得到之物，其实他并不需要，只有到了他有能力得到所需之物之际，情况才会改变。想要某个东西的人永远不能得到所需之物，因为在想要的过程中人会迷失自我。这些于我而言似乎堪称基本原则。

390. 声音

……正如我们为之奋斗的目标那样卑劣，那些目标不是我们所选择的。

即便不是全部，也是大多数人都过着“卑劣”的生活：卑劣存在于生活所有的快乐之中，卑劣存在于生活所有的痛苦之中。除了那些与死亡打交道的人，因为神秘在这些因素中起到了一定的作用。

通过我漫不经心的过滤，我听到了流畅、分散的声响，一如从外面传来的、随机流动的波涛之声，仿佛来自另一个世界：小贩们兜售蔬菜类天然之物以及彩票这类社会之物时的吆喝声；手推车和货车急匆匆向前奔去，轮胎发出的洪亮的刮擦声；小汽车在转向时闹出的动静比汽车发动机的声音还要大；人们在窗户里抖动衣服的声响；一个小男孩吹口哨的声音；上一层楼内传来的嬉笑声；一辆电车在街道上驶过，传出了金属吱嘎声；十字路口传出了嘈杂声；大声、小声、寂静无声，全部混杂在一起；往来车辆的轰隆声断断续续；脚步声；人们开始说话，聊得热火朝天，然后结束对话——这一切对我而言都是存在，我在睡梦中思考，就像一块石头从它不属于的丛草里突出来。

通过我的租住屋的墙壁，一阵日常住家的声音传来：脚步声，碗碟碰撞的声音，扫帚扫地的声音，被打断的歌声（法朵）[1]；昨夜阳台上的集会，因为餐桌上的什么东西丢了，引发了怒火，有人想要厨柜顶上的烟——所有这些都是现实，这些会导致性欲的现实在我的想象力中不占有一丝分量。

低调的女仆脚步轻微，我想象她穿着一双红黑色编织拖鞋。因为我如此想象，拖鞋的声音呈现出某种红色编织物的特质。那家的儿子穿着靴子走着，发出响亮的声音，他出了门，大喊着“再见”，门砰的一声关上了，阻断了那随之而来的一声“再见”。一片死寂，仿佛五楼的世界终结了。碗碟被拿到厨房清洗，水哗哗流着。“我没告诉过你吗”……寂静从河上吹响了哨子。

可我在打瞌睡，梦境不断，而且睡一睡很有助于消化。在共同感觉之间，我有的是时间。如果现在有人问我，对于这短暂的生命，我最需要的是什么，我觉得最好的莫过于这些长且慢的时间，不思考，没有感情，不行动，几乎不存在感觉，以及内心之中的欲望消散与衰落，这样想非常特别。随后，在几乎

[1] 葡萄牙传统民谣。——英译者注

没有思考的情形下，我忽然意识到，即便不是全部，也是大多数人都如此生活，意识更强烈，抑或更微小，向前迈进，抑或止步不前，昏昏沉沉地对终极目标漠不关心，放弃他们的个人目标，过着大打折扣的生活。每当我看见一只猫躺着晒太阳，我就会想到人类。每当我看到有人睡觉，我就会记起，万事万物都处于休眠状态。每当有人告诉我他做梦了，我就想知道他是否意识到，除了做梦，他根本没做过其他事情。街上的动静更大了，仿佛门开了，门铃响了。

什么都没有，门立刻关上了。脚步声消失在走廊尽头。洗过的盘子，传出了一首水流和瓷器的交响曲。一辆卡车驶过，公寓楼背面开始震颤，万事万物走向终结，于是我停下思考，站了起来。

391. 另一种梦幻

我随意推理，正如我随意做梦，因为推理正是另一种梦幻。

哦，美好日子里的王子，我曾经是你的王妃，我们用另外一种方式互相爱恋，那段记忆令我充满了遗憾。

392. 星象

轻柔与空灵的时间就如同给祈祷者设的圣坛。根据星象，我们的会面会如何发展？肯定是在星宿的合点，吉祥无比——如此微妙，如此高雅，我们瞥见的梦境里的模糊物质和我们的感情意识交织在一起。我们有一个苦涩的信念，即不值得生活的生活早已走到了尽头，一如又一个夏天。那年春天重生了，我们现在可以想象（虽然有些令人失望）这个春天属于我们。林间的池子与人类极为相似，这一点颇为耻辱，这些池子也会感觉悔恨，周围的玫瑰长在没有阴影的花坛里，还有不确定的生活旋律——都无须负责任。

辨别或预见毫无用处。整个未来都是围绕在我们周围的迷雾，而当明天我们瞥见之际，会发现明天与今天没有不同。我的命运就是被大篷车甩在后面的小丑，没有哪里的月光会比洒在宽敞公路上的月光更美好。除非在风儿的吹拂下，否则叶子不会颤抖。那一刻，不确定性产生了，我们有一个信念，即它们都在抖动。淡淡的紫红色，转瞬即逝的影子，不完整的梦境，不要寄希望于死亡能使梦境完整，正在落山的太阳散发出的光线，山上那栋房子里的灯光，极度痛苦的夜晚，书中间弥漫着死亡的气息，孤零零地生活在外在，在苍茫的夜里树木散发着绿色的气味儿，山那边的星星更多……你的痛苦组成了庄严和仁慈的联盟。你把不多的话语庄严地献给那段航程，没有船返回，就连真正的船也没有回来。生命的烟雾让万事万物都褪去了轮廓，只剩下阴影和框架，从远处透过大门看着黄杨木间不祥的池子里的苦水，令人痛苦，不再重复。千年的时光只是为了让你到来，可这条路没有转弯，所以你永远不会到达。高脚杯是为了装那注定的毒药而保留的——不是你的毒药，而是我们所有人生活中的毒药。在隐蔽处，我们只能听到无力的翅膀扇动的声音。与此同时，在这个不安且令人窒息的夜里，我们的思想慢慢地浮现，穿过焦虑……黄色、墨绿色、可爱的蓝色……所有都已死亡，我神圣的保姆，所有都已死亡，所有的船从未起航！为我祈祷吧，或许上帝即将存在，因为你在祈祷。远处的喷泉发出轻柔的滴答声，生活里充满了不确定性，村庄里的烟雾渐渐消散，在那里夜幕降临，我的记忆是如此朦胧，那条河是如此遥远……蒙准我将入眠，蒙准我将忘记我自己，模糊设计的女士，妈妈的爱抚、祝福，与我的存在极不相称。

393. 无数个我

最后的雨离开天空，滴落到地上，天空变得清明，大地成了一面潮湿的镜子。清晰得闪闪发亮的生活，带着天空的蔚蓝和雨水的清新兴高采烈地回归，在大地上欢腾。生活离开了它在我们灵魂中的天空，那是我们心里的清新。

无论我们喜欢与否，我们是此刻以及它的形状、色彩的仆人，我们是天空和大地的臣民。甚至那些只关注自己而鄙视周遭的人，也会在下雨和雨过天晴时探索不同的道路。可能只有在抽象的感觉深处觉察到的模糊不清的变化，才会因为下雨或雨停而出现。它们不需我们感觉就可被感知，因为我们感觉不到的天气能让自己被感知。

我们每一个人都有几面，甚至有很多面，有很多自我。所以，那个鄙视周遭的自我，不同于那个在周遭中受难或自得其乐的自我。我们的存在犹如一块辽阔的殖民地，在其中，有不同种类的人，他们以不同的方式思考和感知。此刻，得空休息一下是可以理解的，因为今天工作不是很多，是我在聚精会神地记录，是我庆幸自己现在不必工作，是我看到外面的天空，这在室内是看不到的，是我在思考这一切，是我感到自己的身体很满足，但双手还是有点冰冷。那些不知彼此的灵魂投射到我的整个世界里，就像一个结构复杂但紧密坚实的群体，就像一个统一的影子——我负责记账的身体平静地向博格斯高高的书桌靠过去，拿回了他借我的吸墨纸。

394. 童心不再

黎明到来时，城市里斑驳陆离的光影（或者说那些或亮或暗的光线）洒落在建筑物中间。照亮清晨的似乎不是太阳，而是城市本身，光照似乎是从墙垣屋顶中射出的——在物理上并非如此，而是因为墙垣屋顶碰巧就在光源之处。

我的所见所感使我感受到一种莫大的希望，但我知道，希望只存在于书面上。清晨、春天和希望——表达美好意愿的音乐用旋律将它们联系在一起；表达同样意愿的心灵用同样的回忆将它们联系在一起。不，如果我像观察城市一样观察自己，我会发现，我只能去期待一天的结束，就像一切日子的结束。理性同样看见了黎明。无论我对这一天抱什么样的希望，那个希望都不属于我，它只属于那些为打发时光而生活的人，在某一刻，我碰巧会把他们的外在理解方式表现出来。

希望？我为什么而心存希望？白天唯一能给我许诺的就是白天的存在，我知道，这一天要持续一段时间，并且会有一个终点。光亮使人振作，但无法改变我，因为，作为同一个人，我终将离开——只不过是渐渐老去，快乐或更快乐的感觉，悲伤或更悲伤的思想。当什么事物诞生时，我们可以将其当成新生物来感觉，也可以认为它即将死去？

此时，在灿烂的阳光下，城市的景象如同一片充满建筑物的旷野——自然、开阔而又和谐。但即使看见这一切，我能够忘记我的存在吗？我对这座城市的意识，究其核心，就是我对自己的意识。

我突然想起，我儿时见过的、如今却看不见的城市里的黎明。当时，黎明为生活而非为我到来，因为当时我就是生活，只是我当时没有意识到。我看见黎明到来时，感觉很快乐。今天，我又看见黎明到来了，感觉到快乐，但变得悲伤。孩子还是那个孩子，却变得沉默起来。我用曾经的方式去看，但我用我的大脑看到了自己在注视着黎明到来，这足以使太阳暗淡下来，使绿树变老，使鲜花还未开放就已枯萎。是的，我曾经属于这里，但今天，站在这些风景面前，无论它们多么清新宜人，我都不过是一个外来者、一个访客、一个朝圣者，我是我的所见所闻的局外人，我已变老。

我已看见过一切，甚至包括那些从未见过或永远也看不见的事物。关于未来风景的憧憬也在我的血液中流淌，我不得不再次见到那些风景，我十分焦虑，而那些风景对我来说已变得单调乏味。

我靠着窗台，在暖暖的日光下凝视着整座城市的千姿百态，心中只泛起一个念头——我深深地渴望死去，渴望结束，渴望不再见到照耀这座城市或任何城市的阳光，不再思考和感觉，忘掉时光的流逝和太阳的存在，就像忘掉一张包装纸，脱掉沉重的大衣，放在宽大的床边——一种存在的无意识动作。

395. 我渴望命运的眷顾

我从直觉上肯定，对我这样的人，没有任何物质环境是有利的，没有任何情况会产生有利结果。如果我已经有了合理的理由从生活中撤退，那么这就是另外一个理由。这些事件的过程让一个普通人必定会获得成功，而在我身上会出现意料之外的不良反应。

有时候，这样的观察会让我对神圣的敌意产生一种痛苦的印象。似乎唯有通过对事件有意识的操纵，从而使这些事对我产生消极影响，才能让一连串明确我的生活的灾难发生。

这一切导致的结果就是我从不曾付出太多努力。如果命运愿意的话，让命运眷顾我吧。我非常清楚，我付出最大的努力也不会获得别人付出努力后得到的结果。这就是我向命运投降的原因，而且我不会希望从它那里得到什么。我应该期待什么呢？

我的禁欲主义具有有机必要性；我需要保护我自己，抵御生活。因为禁欲主义毕竟是享乐主义的严格形式，我尝试从我的不幸中寻求一些乐趣。我不知道自己能够做到什么程度，我不知道在所有的事情上我能做到什么程度，我不知道任何事物可以在多大程度上完成……

另外一个人，与其说是因为努力而成功，倒不如说是因为与环境有关的必然而成功。不论是因为必然还是因为努力，我都不会成功，都不能成功。

从属灵的意义上讲，我似乎生在一个短暂的冬日。由于我的出生，夜幕早早地降临。我唯一的生存之道就是身处沮丧和忧伤之中。

所有这一切没有一点符合禁欲主义。只是在文字上，我的痛苦是高贵的。我像个生病的女仆一样怨天怨地，像个家庭主妇一样烦躁。我的生活是彻底的微不足道，充满了彻底的忧伤。

396. 踟蹰

我对生活的要求，也正是第欧根尼对亚历山大的要求：不要挡住我的阳光。有些东西是我想要的，但我否认任何渴望得到它们的理由。至于我所发现的东西，在真实生活中去发现或许会更好。做梦……

我出门散步时酝酿出来的完美措辞，一回到家就会全部遗忘。我不确定这些绝妙的诗句是否只是它们曾经的样子，或者有些部分已经改变。

我对一切事情都踟蹰不定，自己也常常不知道为什么。我常常寻找——正如我自己版本的直线，在我的意识里，我把它当作理想的直线——两点之间最长的距离。我从来没有过积极生活的诀窍。我总会走出错误的一步，别人则不会。在别人看来顺理成章的事情，我做起来总是费力伤神。我渴望做到的事情，别人总是无意中就能做到。我和生活之间总是隔着一片片磨砂玻璃，我既不能触摸也不能看到生活，所以我没有直接生活在生活中，也没有二维的生活。我是我渴望成为的白日梦。我的白日梦在我的意志里开始，我的目标一向都是我从未写出来的第一篇小说。

我永远也不知道，我不知道，是我太过敏感影响了我的智识，还是太过机智影响了我的感觉。我总是反应太迟，我不确定是因为前者还是后者，或者两者都是，或者还存在第三种影响反应的事物。

几千年来的梦想家——社会主义者、无政府主义者、人道主义者等——让我感到不适。他们是没有理想的理想主义者、没有思想的思想家。他们被生活的表面所蛊惑，因为他们的命运就是去热爱漂浮在水面上的浮萍，他们认为它们很美丽，因为零散的贝壳也漂浮在水面上。

397. 廉价香烟

闭上眼睛，吸一支昂贵的雪茄——做个富人，就是这么简单。

就像某个人重访旧时故居一样，吸一支廉价香烟，我就能在心中和灵魂上完全回到曾经吸这种香烟的时光中。透过淡淡的烟味，昔日的全部生活浮上心头。

而有的时候，某一种糖果也是如此。一小块巧克力就能激起我的无限回忆，挑动我的神经。童年！当我的牙齿咬着柔软的黑色糖块，我就咀嚼和品味着卑微的欢乐，就像我的小锡兵有了快乐的玩伴，就像挥鞭的骑士恰好遇见自己的马。我热泪盈眶，从巧克力的滋味中品尝到昔日的欢乐和遗失多年的童年，我从悲伤中贪婪地吸食甜蜜。

尽管这种品尝仪式很简单，但它或许和任何其他仪式一样庄严肃穆。

但正是香烟的烟雾，在精神上以最微妙的方式重塑了我的过去。因为它只是擦破了我对品味的感知，它唤起了我对死亡的朦胧记忆；它使它们更遥远地呈现在我面前，当它们包围我时，就会变得更加朦胧，当我将它们具体化时，就会变得更加空灵。一支普普通通的香烟，或者一支便宜的雪茄，都能把我的某些时刻包裹在甜蜜的温柔之中。我以一种微妙且貌似可信的方式——味觉与嗅觉相结合——复活了死去的舞台布景，重新上演了我过去的戏剧。它们总是以一种令人厌倦而又淘气的超然态度呈现出18世纪的风貌，以一种无法弥补的失落呈现出一种中世纪的风貌！

398. 痛苦与忘却的华丽盛会

把耻辱提升为光荣，我为自己举办了一场痛苦与忘却的华丽盛会。我没有出于痛苦作诗，但我用它造出了一个随从。从那扇望着我自己的窗户里，我敬畏地凝视着紫色的夕阳，以及我那无缘无故的忧伤的朦胧的黄昏，那里的小丑、书页和服装，代表着我天生无力存在，从我漫无目的的游行队伍中走过。我内心深处的那个永不消失的孩子至今仍为能亲眼看见我表演的马戏而激动不已。他戴着彩带，对着小丑大笑，尽管外面没有马戏团。他的目光停留在那些特技演员和杂耍艺人身上，就好像他们便是生活的全部内容。就这样，在我房间的四面墙里，一个人的怀有未知痛苦的灵魂毫无疑问地要崩溃了，一颗被上帝遗弃的心无可救药地绝望着，天真地枕着那张皱巴巴的丑陋的墙纸睡着了，既不快乐，也不满足。

我走在自己的悲伤里，而不是走在大街上。道路两侧一排排的建筑物都是不可能之物，包围着我的灵魂……我的脚步声响彻人行道，像敲响荒谬的丧钟，黑夜里幽灵般的噪声，像一条收据或一座坟墓一样终结。

我抽身后退离开自己，看见我是一口井的井底。

从来不是我的那个人已死。上帝忘了我本应该是谁。我只是一段空白的插曲。

如果我是一个音乐家，我会为自己写葬礼进行曲，我有着相当充足的理由！

399. 顽石或尘埃

转世成为一块顽石，或一粒尘埃——带着这份渴望，我的灵魂泪如雨下。

我失去了对万事万物的辨别能力，甚至连发现万物皆枯燥的辨别能力都消失了。

400. 伤逝

我并不是要说我能看穿一切……生活重重地压着我……任何情感对我来说都太过沉重……唯有上帝知我心……是什么样的旧时游行，使我对不被人记得的光辉产生了烦闷，从而有了怀旧之情？是什么样的华盖、什么样的星序、什么样的百合花、什么样的三角旗？又是什么样的彩绘玻璃窗？

我最美好的幻想走过了怎样的神秘林荫小路？在这个世界上，对涓涓细流、柏树和黄杨树林的记忆依然历历不忘，除了在退位的果实中，它们找不到游行的天篷。

别出声……你说得太多了……我情愿不曾见到你……你何时才能只成为我的一段美好记忆？你要成为多少个女子才能满足我的心愿？而我常常以为，我能在一座人迹罕至的旧桥上与你相逢……是的，这就是生活。其他人丢掉他们的船桨……军团军纪尽失……骑兵团带着铮铮作响的长矛，在黎明到来时离开……你的城堡静静地等待被遗弃……没有一丝风在山顶的树上遗留……毫无用处的柱廊，隐藏起来的银器，灵验的符号——这一切只属于古代神庙里被征服的薄暮，而不属于我们此刻的相遇。除了你的手指和缓慢的手势，菩提树毫无理由为人遮阴……

我们更有理由为那遥远的疆域……彩绘玻璃上的国王签署的条约……宗教绘画里的百合花[1]……扈从们在等候着谁……失踪的鹰飞向了何处？

[1] 文艺复兴时期，百合花是宗教绘画中不可缺少的题材。在基督教里，百合被视为“圣母之花”和“天堂之花”，是复活节不可缺少的花饰。《圣经》中更详细地记载着，百合是由夏娃流下的悲伤眼泪变成的。此外，在外国的一些宗教题材的画作中，如罗赛蒂的《受胎告知》，百合象征天赐福音。——中译者注

401. 让我们成为两个国王

将世界缠绕在我们的手指上，像靠着窗边做白日梦的妇女在指间缠绕一个线球或一卷丝带……

归根结底，一切不过是我们试着用这种并无害处的方式去感受烦闷而已。

同时成为两个国王是有趣的：不是两个国王拥有同一个灵魂，而是拥有两个不同的国王的灵魂。

402. 我们的生活方式

对大多数人而言，生活是他们几乎注意不到的恼人小事，是一种掺杂着短暂愉悦的伤心事，就像一个守灵人讲述奇闻异事来打发漫长而寂静的夜，以履行他守灵的职责。我总是在想，将生活看作是眼泪之谷是毫无意义的。是的，生活是眼泪之谷，但我们很少去那儿哭泣。海涅说，大难过后我们通常也只是抽抽鼻子。作为一个普通人，他了解人类的普遍本性。

如果我们对生活保持清醒意识，那么生活是难以忍受的。幸运的是，我们没有这样做。我们无意识地活着，像动物一样活得毫无意义和目的。如果我们预想死亡，而假定动物不会去预想（尽管不确定是否如此），但我们会遇到各种令人分心的事物，我们会有娱乐活动，遗忘的方式也有很多，那么，我们很难说我们会考虑死亡。

这便是我们的生活方式，在这脆弱不堪的基础上，我们认为自己要比动物高级。我们与动物的区别纯粹在于说与写这些外部细节，在于使我们脱离具体智慧的抽象智慧，在于我们想象不存在之物的能力。然而，这一切只是我们的机体本质并附带结果。说和写对我们的原始求生欲并无作用，我们不知道如何去做，也不知道为什么去做。我们的抽象智慧只作用于精密系统或准系统的思想，这对动物来说，相当于它们躺在太阳底下。想象不存在之物或许不是我们的专享。我曾见过猫在凝视月亮，它们很可能在渴望得到月亮。

世界和生命的全部，是一个范围广泛的系统，通过个体意识去体现无意识。就像两种气体，在电流通过时就变成了一种液体，而两种意识——来自我们的具体存在和抽象存在——在生命和世界通过时就变成了一种更高级的无意识。

不思考的人是幸福的，因为他凭着本能和生命定数做事，而我们则必须经历许多曲折，然后凭着无生命或社会定数才能做事。与动物最接近的人是幸福的，因为他毫不费劲地活着，而我们则必须通过努力工作才能活着；因为他知道回家的路，而我们只能穿过虚构的偏僻小道和雾蒙蒙的归途才能回家；因为他像一棵生根发芽的树，组成风景的一部分，是美丽的，而我们只是在传递神话，是如同布偶一样的龙套演员，代表着无用和遗忘。

403. 动物的快乐

我不是很相信动物会感到快乐，除非我想用这种说法强调某种特殊的感觉。若想快乐，你必须知道自己是快乐的。我们从一夜无梦的睡眠中得到的快乐是，当我们醒来时，意识到我们睡觉时没有做梦。快乐在快乐之外。

不知便没有快乐，但是知道快乐又会导致不快乐，因为要知道你快乐，就得意识到你正在经历一个快乐的时刻，而这个时刻很快就会结束。知道即扼杀，对快乐如此，对其他亦如此。但是，不知道，却是不存在。

只有绝对的黑格尔能设法让存在和不存在并存，但仅限于写作。在生活的感觉和规则中，存在和不存在既不能混合，也不能融合，它们因为逆向合成而排斥彼此。

怎么办？像孤立一个事物般将此刻孤立，现在就开始快乐。此刻，我们感到快乐，不作他想，彻底排除万物，只想我们此刻的感受。将所有的思想沉入我们的感官……

这是我今天下午的信仰，不是明天早上的信仰，因为明天早上我会是另一个人。明天我会变为一个怎样的信徒？我不知道，得到明天才能知道。就是永生的上帝，就是我今日所信的上帝，也不能知道这事。今天不能，明天也不能。

因为今天我是我，明天他可能永远不会存在。

404. 永远的孩子

上苍让我成为孩子，并用意志力让我一直做个孩子。他为何还让生活一再痛苦地打击我？玩耍时，拿走我的玩具，留我孤零零一个人，我用无力的双手紧紧抓着浸满泪痕的蓝色罩衣。若我没有慈爱的关怀便不能生活，那为何还要将其和垃圾一起丢掉？啊，每当我看到一个孩子孤零零地站在街上哭泣，我疲惫的心就会泛起恐惧，这比孩子的悲伤还令我痛苦。我情感生命的每个毛孔都在伤心，是我的手在扯动孩子的衣角，是我的嘴因为哭泣而扭曲，是我的脆弱、我的孤独……而从我身边走过的成年人的笑声刺痛了我，就像火焰炙烤着我那敏感的心。

405. 街头歌手

他用轻柔的声音唱着一首来自遥远他乡的歌曲。音乐使陌生的歌词变得熟悉，听起来就像来自灵魂的法朵，尽管歌声和法朵之前毫无相似之处。

通过隐晦的歌词和充满人性的旋律，这首歌讲述了没人知道的我们的心声。他在恍惚的状态中歌唱，此时，街道上弥漫着一种狂喜的氛围，他无视听众。

人群会集，倾听着他的歌声。丝毫不见有人嘲弄他。歌声属于每一个人，歌词时不时地在对我们诉说——某些遗失种族的、关于东方的秘密。城市里的喧嚣我们充耳不闻，小货车擦肩而过，其中一辆甚至擦过我的外套。我感觉到了，但没有听见。陌生人的歌声里透着一股令人入迷的力量，抚慰着我们心中的梦想或失败。这是街头事件，我们都注意到，警察慢条斯理地拐进街角。他同样慢条斯理地走进来，然后在卖雨伞的男孩后面静静地站了一会儿，似乎发现了什么。这时候，歌声停了下来。没有人说话。然后，警察开始介入。

406. 独处

出于这样或那样的原因，我一个人待在办公室里。尽管我现在才突然发现这一点，但我早就模模糊糊地感觉到了。在我意识的某些角落，我感到一种莫大的安慰，像是用不同的肺深深地呼吸着。

这是一种最为新奇的感觉，唯有偶遇和缺席这种偶然事件才会带来这种感觉：发现我们独自待在一个地方，而那里平时总是嘈杂拥挤，或者属于别的什么人。我们突然会有一种完全占有的感觉，毫不费力地获得了巨大的统治权——正如我所说——并且体会到了轻松和平静。

完全独处的感觉真是太好了！可以对自己大声说话，到处走来走去，而不用担心众目睽睽；可以沉浸在不被人打搅的幻想之中。所有房子都变成一片旷野，所有房间都变成开阔的田野。

司空见惯的声音都变得陌生起来，就好像它们属于一个虽在附近却完全独立的宇宙。我们终于成了国王。这也是我们所有人真正渴望实现的目标。比起那些兜里装满假冒黄金的人，我们中间最普通的人更渴望实现这种目标。在那一刻，我们是宇宙的食禄者，有着稳定的收入，活得无忧无虑。

啊，但是，楼道里响起上楼的脚步声，我意识到什么人来了，这个人将打破我从容不迫的孤独。我的隐秘帝国就要被蛮夷入侵。我没有听出这是谁的脚步声，也不曾记得听过这个声音，但直觉告诉我，那个人是朝着我走来的。那个人上楼后，我正在寻思是谁上了楼，便突然看见了他。是的，那是公司的一名职员。他停了下来，门开了，他走进来。我看清楚他了。他进来时说道：“索阿雷斯先生，你一个人吗？”我回答道：“是的，有好一会儿了……”接着，他脱下夹克，目光停留在衣架上挂着的另一件旧夹克上，说：“一个人待在这里真是无聊透了，索阿雷斯先生。不仅如此……”“真的是无聊透了，毫无疑问。”我答道。“你是不是觉得快要睡着了？”他一边说着，一边穿上那件磨破了的夹克，朝他的办公桌走去。“的确如此。”我笑了笑，表示赞同。伸手去拿我那支被遗忘的笔，开始记账，重新回到了毫无特征却有益健康的正常生活中。

407. 整体与个人

只要可以，他们都会坐在镜子前。当他们和我们交谈时，他们出神地望着镜子里的自己。有时候，就像坠入爱河的人，他们在谈话时总是心不在焉。他们一直青睐我，因为我对自己成年外貌的厌恶使我一看见镜子就会不假思索地转过身去。他们总是善待我，因为他们本能地意识到，我是一个不错的听众，我总是听凭他们炫耀自己，开坛布道。

作为整体，他们不算太糟，而作为个人，一些人变得更好，另一些人变得更糟。他们有着举止平凡的观察者不曾料想的、温顺慷慨的性格，有着普通人难以想象的、卑微拘谨的姿态。悲哀、嫉妒和自欺欺人——用这些词就可以将他们概括，在这种环境浸润下的那些伟人，他们的工作中任何一部分内容都可以用同样的词语来概括。他们碰巧陷入困境时一度被发现。（在费阿赫的作品里，这阐释了公然嫉妒、等级低下和缺乏优雅的粗劣的存在。）

一些人机智幽默，另一些人除了机智什么也没有，还有一些人根本就不存在。咖啡馆里人们表现出来的机智包括拿那些不在场的人开玩笑、嘲弄那些在场的人。这种机智在别处不过是被当作一种粗俗的表现。除了以牺牲别人为代价，再也无法机智起来，与此相比，没有更合适的证据来证明一个人已经江郎才尽了。

我经过了，我看见了——不像他们——我胜利了。因为我的胜利只限于我看见的。我看见，他们和其他低等的社会群体并无不同。在自己的出租屋里，我看见了一个同样卑劣的灵魂，咖啡馆已将其显现，但他并不抱有——谢天谢地——在巴黎一炮走红的任何妄想。我的女房东梦想搬去里斯本的新城区，但她从不妄想出国，我的心受到了触动。

从那时起，我在人类意志的坟墓里消磨时间，我回忆起几个有趣的笑话，不然就会觉得枯燥乏味。

他们朝着墓地走去，他们的过去似乎遗留在咖啡馆，因为如今他们甚至从未提起过。

……他们的后裔永远不会了解他们，那些东西永远被隐藏在他们在口头争论中赢得的腐烂败坏的那一堆三角旗中。

408. 傲慢与虚荣

傲慢是在情感上对我们自身伟大的肯定。虚荣是在情感上肯定别人看见了这种伟大，或者认为这种伟大属于我们。这两种感觉不一定一样，也并非彼此对立。它们彼此不同，但可以共存。

单说不带有虚荣的傲慢，通过一种羞怯的行为表现出来。一个人感觉自己伟大而又不确定别人是否认同他的伟大，在这种情况下，他会害怕和别人有不同的观点。

单说不带有傲慢的虚荣，这种情况很少见，但会发生，通过一种大胆行为表现出来。一个确信别人对其有高度评价的人，他什么也不会惧怕。没有虚荣，生理勇气和道德勇气也能存在，但胆量不能。我这里所说的胆量是指积极主动的胆量。没有生理勇气或道德勇气，胆量也能存在，因为这些性格特征处在一种不同的、无法比较的秩序中。

409. 悲伤的间奏（七）

我甚至没有骄傲之处聊以自慰。我不是我自己的创造者，我有什么可骄傲的呢？纵然我有什么可吹嘘之处，但值得羞愧的地方却更多！

我常常躺着打发日子。我即便在梦里也不想爬起来，我完全无力做出任何努力。

形而上学体系和心理学分析的创立者们仍处在受难的初始阶段。除了建构，还能系统化和分析什么？所有这一切——安排、整理、组织——除了通过努力，还能如何去完成？这就是生活，可叹可悲！

不，我不是一个悲观主义者。能够把自己的痛苦转化为一种普世原则的人是快乐的。我不知道这个世界是悲伤的还是邪恶的，我不关心这个，因为我对别人的苦难毫无兴趣。只要他们不哭不呻吟（那样使我厌烦，令我不快）就行，我懒得理会他们的苦难。我对他们就是这么鄙夷。

我倾向于认为生活是半明半暗的。我不是一个悲观主义者。我不会抱怨生活的凄惨，我只会抱怨自己生活的凄惨。我唯一焦虑的事实就是，我不仅活着要受苦，而且做梦也无法摆脱受苦的感觉。

快乐的做梦者都是悲观主义者，他们按自己的模式铸造世界，所以总能感到轻松自在。最令我悲痛的是世界的欢乐喧嚣与我阴郁乏味的缄默之间形成的差距。

对于珍惜生活的人来说，所有悲伤、恐惧和失望都是幸福美好的事情，就像乘一辆破旧的公共马车去旅行，只要有个好的旅伴就够了（就可以享受旅行）。

我甚至从自己的苦难中看不出什么伟大意味。我不知道事情是否如此。但我所受的苦难如此微不足道，伤害我的事情又是那么平庸。我宁愿不要接受这个假设，以免侮辱我可能是个天才的假设。

日落的华美绚丽使我伤感。当我凝望日落时，总是在想：快乐的人看到它，该有多么欢心雀跃！

这本书是一首挽歌。完成之后，它将取代《孤独》[1]成为葡萄牙文坛中最伤感的书。

与我的痛苦相比，别人的痛苦似乎显得不真实或微不足道，那些痛苦是快乐的、珍惜生活或抱怨生活的人才会有的。我的痛苦属于自我禁闭于生活之外的人。

在我和生活之间……

因此，我看见所有事物都只会带来痛苦，我感觉没有任何事物能带来欢乐。我发现，痛苦是看见的而非感觉到的，而快乐是感觉到的而不是看到的。因为，

[1] 诗集《孤独》的作者为葡萄牙最杰出的诗人之一安东尼奥·诺布雷。——英译者注

人如果不看不想，就会获得某种满足，类似于神秘教派、波西米亚人和流氓的那种满足。苦难要通过思想之门和观察之窗才能进入我们的屋子。

410. 为梦而生

让我们活在梦境中，为梦而生，根据每一个梦境中的奇思妙想，把宇宙拆除、重组。让我们在有意识地意识到这么做毫无用处之际来这么做。让我们用我们的整个身体来忽略生活，用我们所有的感情来偏离现实，用我们的整颗心来放弃爱。让我们把搬到井边的水罐装满没用的沙子，然后倒出，再装沙子，再倒出，重复这徒劳的行为。

让我们来做花环，一旦做好，就可以把它们深入细致地拆开。

让我们在调色板上把颜料混合在一起，但不要在画布上画画。让我们买雕凿用的石头，但不要买凿子，也不要成为雕刻家。让我们使万事万物变得荒唐，把所有枯燥乏味的时间变成纯粹的无价值之物。让我们带着生存的意识来玩捉迷藏。

让我们聆听上帝对我们的讲解，我们存在，唇上挂着一抹快乐和怀疑的微笑。让我们看时间图画这个世界，然后发现那幅画不仅虚假，而且空荡。

让我们用互相矛盾的语句思考，用那些不是声音的声音大声说话，使用不是颜色的颜色。让我们肯定——并理解什么是不可能的——我们意识到我们根本没有意识，我们根本不是我们。让我们用隐藏且矛盾的方式来解释这一切，即万事万物拥有它们神圣且矛盾的特征。让我们不要过于相信这个解释，这样我们就不必放弃了……

让我们在无用的沉默中雕刻我们所有说话的梦想。让我们所有关于行动的思想在麻木中凋萎。

愿生活的恐怖高高地悬于这一切之上，就像蔚蓝而一望无际的天空。

411. 梦到的景致

然而，我们梦到的景致只是我们曾经见过的景致的阴影，梦到这些风景，几乎和看这个世界一样烦闷。

412. 想象中的人

相比真正的人，想象出来的人更有深度，也更真实。

于我而言，我想象出来的世界一向是唯一真实的世界。对于我自己创造出来的人物，我的热爱如此真实，如此充满活力，如此热血沸腾，如此生机盎然，如此纯粹！我想念这份热爱，因为和各种各样的爱一样，这份爱也会时隐时现……

413. 与自己对话

有时候，我在想象出来的复杂午后进行内心对话。在虚构的客厅，趁着暮光，继续令人疲惫的对话之际，在讨论间歇，我会发现我自己单独面对一位对话者（这位对话者不是别人，正是我），我问自己，为什么我们的科学时代没有把对理解的热情扩展到人造无机物上。最令我关心的问题之一就是，在发展出了人类和近似人类生物的普通心理学之时，为何没能发展出有关人造人物和只存在于地毯和图画中的生物的心理学（它们当然有心理活动）。这种对现实的看法令人悲痛，人会将注意力局限在有机物领域，而不会认为雕塑和刺绣品具有灵魂。有形的东西才有灵魂。

这种私人的深思熟虑并非无聊的消遣，而是一种科学上的刻苦钻研，就和其他科学钻研一样。于是，在得到答案之前，在不知道能否得到答案之前，我思考着，如果有了答案会怎样。基于我的内心分析以及高度专注，我把这个已经实现了的目标的可能结果设想了一番。我刚一开始这样思考，科学家立刻就出现在我的脑海里，弯腰驼背地看着那些他们知道确有生命的图案——研究经纬线的专家从地毯中现身，物理学家从宽阔、打旋儿的图案边缘出现，化学家从图画中的形状和色彩构思中出现，地质学家从雕塑的不同分层中出现。最后，最重要的心理学家出现了，他负责一一记录和分类一座雕塑的所觉所感，画中或彩色玻璃上的人物那丰富多彩的心灵里闪现的想法，狂乱的冲动，放纵的激情，偶尔的仇恨和同情，在浮雕永恒的姿态中，或在绘画人物无形的动作中，都表现出一种奇怪的静止和死亡。

文学和音乐都是心理学家展现敏锐感觉的沃土。我们都知道，小说里的人物都和我们一样真实。某些声音具有长了翅膀的灵魂，可它们依旧容易受到心理和社会的影响。我们要让所有无知的人都知道：真正的社会存在于各种颜色、声音和文字中，政体、革命、王国、政治实际（并不是打比方）都存在于交响乐的数学群体中，存在于有条理的小说中，存在于一幅一平方英尺的复杂图画中——那里有战士摆出各种各样的姿势，爱人和有象征意义的人物发现快乐和痛苦交织在了一起。

当我的一个日本茶杯摔碎的时候，我知道这不仅仅是因为女仆粗心。我研究了生活在那件弯曲瓷器上的人物的焦虑，我对他们做出自杀的可怕决定并不感到惊讶，而这种念头已经控制了他们。他们利用了女仆，就像我们当中有人可能会用枪一样。知道这一点（我非常明确地知道这一点），就已经超越了现代科学。

414. 读书

我知道读书的乐趣是无与伦比的，而我很少读书。书籍是梦境的介绍，而对于可以自由且自然地与梦境对话之人，则无须介绍。我从不曾在书中迷失自己；在我阅读之际，我的智慧或想象力做出的评论往往会成为流畅叙述的阻碍。几分钟后，我便开始写作，而我所写的根本无从发现。

我最喜欢读乏味的书，这些书就放在我的床边，与我一同安睡。我把两本书时常放在身边：菲格雷多神父的《修辞学》和弗莱雷神父的《葡萄牙语的反思》。我经常快乐地重读这些书，当我确实读了很多遍这些书时，我也确实没有读完这些书。我欠这些书一条行为准则，而我怀疑凭我一己之力根本不能做到：带着客观性写作，带着理性写作，那是人们始终的向导。

菲格雷多神父的写作风格有些做作，枯燥无味，很有禁欲风格，这即是一条行为准则，让我的智慧充满喜悦。弗莱雷神父总是写些不规范的赘言，让我的心情愉悦，而不致疲倦，给我启迪，而不致引发任何恐惧。他们两人既博学，又无忧无虑，让我重新确认我不想成为他们或其他人那样。

我阅读自身，放弃自身，并非因为阅读，而是因为我自身。我阅读、睡觉，仿佛我那双已经开始做梦的眼睛依旧在看菲格雷多神父对修辞手法的描述，而在魔法森林中，我听到弗莱雷神父在解释，人们应该说“Magdalena”，因为只有愚昧的人才会说“Madanela”。

415. 憎恨读书

我憎恨阅读。仅仅想到那些陌生的书页就令我厌烦不已。我只能阅读我熟识的文字。摆在我床边的书是菲格雷多神父的《修辞学》，每天晚上我都会在床边阅读这本书，而我已经将其读了千百遍，这本书使用的葡萄牙语非常准确，而且很有神职人员的风格，写到了各种修辞手法，这些修辞手法的名字我到现在都没记住。可书里的文字令我获得平静……如果我放弃他小心翼翼地用 c 写的那些话，我就会断断续续地睡着。

然而，我必须相信菲格雷多神父书中夸张的语言纯正主义，因为我借鉴了这本书里的谨慎风格——尽我可能搜集更多，以便恰当写下可以表达自我的文字……

我读到了这些文字：

（菲格雷多神父书中的一句话）

开始，中间和结尾，这让生活变得更容易忍受。

抑或这些文字：

（关于修辞方法的一段描述）

可以追溯到前言。

我并没有夸张那一点点言辞：

我感觉到了这一切。

和别人阅读《圣经》中的章节一样，我阅读《修辞学》中的章节。不过我有两个优势：彻底的安详和缺乏忠诚。

416. 琐事

日常生活的琐事像灰尘，用丑陋肮脏的线，衬出可耻堕落的人类存在：账本摊在眼前，我的眼睛却在做着无数东方的梦；办公室经理无伤大雅的笑话冒犯了整个宇宙；当我在思考一个无用的美学理论中与性联系最少的部分时，维斯奎兹先生的女友某某小姐打来电话，让他回电话。

还有某人的朋友，一群不错的小伙子，的确很不错的小伙子，很好相处，也很好说话，与他们一起吃午饭、晚饭很开心，但是，不知为何，我感觉这一切很肮脏、可悲，而且毫无意义。因为即使上街，我们也还是待在面料仓库里；即使到海外，我们仍然坐在账本前；即使进入无穷尽，我们还有老板。

每个人都有个说着不合时宜的笑话的办公室经理，每个人都有与宇宙不协调的灵魂。每个人都有个老板和老板的女友，还会不可避免地在很不方便的时间接电话——夜幕优雅地降临，女友编造这样或那样的借口，要我们传达一个信息：他的女朋友正在吃茶点，但我们早就已经知道这件事了。

每个做梦的人——即便他们在里斯本市中心的办公室里不做梦，只是俯身做纺织品仓库的账目——面前都有账簿，这个账目可能是他们的妻子，或是对他们继承的财产的管理，或是任何积极存在的东西。

我们这些做梦和思考的人，要么是布料仓库的助理簿记员，要么是这个或另一个市中心的仓库的助理簿记员。我们输入数额，又丢失它们；我们合计总数，然后继续工作；我们合上账本，那看不见的平衡一直在对抗我们。

我写的这些话让我笑了，但是我的心却快碎了——像东西被摔成碎片一样，残渣遍地，装在垃圾桶里，不知被谁扛到了每个城市议会的永恒垃圾车里。

一切都在等待，盛装打扮，充满期待，等着将要到来和已经到来的国王，等着他的随从扬起的尘埃在慢慢出现的东方朝阳中再次形成一层薄雾，等着早已风驰电掣般而去的骑士。

417. 丧礼进行曲（一）

走廊里排列着来自神秘阶层的人物，等着你们——金发的侍从、身带光亮刀剑的年轻男子，头盔和黄铜上反着光，丝绸和暗淡的黄金发着微光。

想象所感染的一切，丧葬之感使盛大庆典变得忧郁，使胜利令人生厌，虚无的神秘主义，绝对否定的禁欲主义……

温暖的阳光下，碧绿的草地旁，覆盖住我们紧闭的眼睛的，不是深 6 英尺的冰冷泥土，而是超越我们生命的死亡，而它本身就是一种生命——它存在于某些天神身上，我信仰的多神教里的那个未知之神。

恒河也流过道拉多雷斯大街。一切时代都存在于这个狭窄的房间里——呈现出各种风俗的、五颜六色的混合列队，还有各种文化和民族之间的差异。

在这里，在一种无名恐惧夹杂的纯粹狂喜中，我知道如何在城垛和刀剑之间等待死亡。

418. 想象的旅行

在夜幕降临的似是而非的亲密氛围中，我在可以俯瞰无穷的五楼房间的窗前，面对着逐渐闪现的满天繁星，我的梦——和着可见距离的韵律——踏上未知的、想象中的或通往完全不存在的国度的旅途。

419. 金色的月光

金色的月亮的金黄光芒从东方散发出来。更广阔的大河蜿蜒迂回向大海蔓延，月亮的微光洒在水面上。

420. 帝国的灭亡

在奢华绸缎和混乱紫袍的修饰下，帝国在异国旗帜下走向死亡，那些旗帜摆放在宽敞的道路两侧和经停地华丽华盖的周围。人群举着华盖走过。道路时而昏暗，时而整齐有序，让队伍通过。武器在庄严缓慢、毫无目标的队伍里闪着冰冷的光芒。郊野的庭园被人遗忘，喷泉不过是将仅有的一点水继续向外喷射。笑声从远处传来，落入光的回忆里，这并不是说，路旁的雕塑开口说话了，也不是说，一系列的黄色扼杀了装饰坟墓的秋天的色彩。长戟[1]就像是一个个角落，绕过角落，可以看到身着墨绿官袍、有些褪色的紫袍和深红长袍的人。在所有的逃避后面，广场是空的；再也不会有抛弃沟渠轮廓的阴影漫步在万物凋零的花坛之间。

鼓声像雷鸣一般，响彻令人战栗的时光。

[1]15—16世纪使用的一种武器。——中译者注

421. 阳光与阴影

每一天世界上都会发生一些事情，我们却无法用我们所知道的法则来解释它们。它们每天都被提起，然后又被遗忘，它们以同样神秘的方式出现和消失，它们的奥秘逐渐被遗忘。这就是无法被解释的事物注定会被遗忘的规律。有形世界像往常一样在阳光下继续向前发展，他物则在阴影下注视着我们。

422. 做梦是一种折磨

做梦本身成为一种折磨。在梦里，我心思清明，我所见到的梦中之物都像真的一样。因此，我失去了所有让它们成为梦的东西。

我梦见自己成名了吗？接着，我感受到一切在公开场合露面时获得的荣光，避免个人隐私暴露和隐姓埋名的功能完全丧失，这使荣光变得痛苦不堪。

423. 智慧的开端

我们将最大的焦虑看作一件无关紧要的小事，不仅在宇宙生活中，在我们自己的心灵生活中亦是如此，这便是智慧的开端。当我们身处焦虑之中时，以这种方式思考便有了智慧的高度。当我们真正受难时，我们人类的痛苦看似无穷无尽。不过，人类的痛苦并不是无穷无尽的，因为属于人类的东西没有什么是无穷无尽的，我们的痛苦除了给我们以痛苦的感觉之外，没有任何价值。

我曾屡次被看似疯狂的烦闷或看似要盖过烦闷的焦虑所压迫，我停下来，犹豫起来，然后反抗。我犹豫着停下来，然后崇拜我自己。在这一切痛苦中——无法领悟世界之奥秘的痛苦，不被爱的痛苦，受到不公平待遇的痛苦，受到生活压迫、扼制和束缚的痛苦，牙痛或脚挤脚的痛苦——有谁能说得清，哪种痛苦对他自己来说最糟糕，更不用说对别人，或者对存在的大多数人来说，哪种最糟糕了。

有些和我交谈的人认为我的感觉迟钝，但我认为，我比绝大多数人要敏感。我是一个敏感的人，我了解自己，因而知道什么是敏感。

呵，认为生活痛苦或者认为思考生活是痛苦的，这种想法并不正确。正确的是，只有我们假装我们的痛苦很严重，它们才会如此。如果听之任之，它们怎么来就会怎么去，怎么产生就会怎么消亡。一切都无关紧要，我们的痛苦也是如此。

我在烦闷的重压之下写下这些文字，而这烦闷似乎超越了我的承受范围，或者说，它需要比我的心灵更大的空间。一种将一切人和事物纳入其中的烦闷令我窒息，使我发狂。一种彻底不被理解的身体感觉使我焦躁，将我压垮。我抬起头，仰望着并不了解我的蓝天，我的脸不知不觉地感受着凉爽的微风。看完天空，我闭上眼帘，感受过微风后，我忘记了我的脸。这并未使我感到好受一点，却令我有所不同。看着自己从自我中抽离出来，我几乎面露微笑，并不是因为我理解了我自己，而是因为我变成另一个人，不再能够理解我自己。高空中飘浮着一片宇宙遗留下来的细小的白云，像是一种看得见的虚无。

424. 女人是梦想的富矿

我的梦：我在梦里创造朋友，与他们做伴。他们身上有另一种不完美。

保持纯洁，不是为了保持高贵或坚强，只为能做你自己。付出爱就是失去爱。

放弃生活，这样你才不会放弃自己。

女人是好的梦境来源，永远不要触碰她们。

学会把感性和快乐的概念分开。学会为每一件事感到由衷的高兴，不因为它本身，而因为它唤起的想法和梦。（因为万物都非本身，只有梦却永远是梦。）为了实现这个目标，你应该什么都不触碰。只要你一碰，你的梦就会幻灭，被碰到的事物就会影响你感知的能力。

看和听是生命中唯一高贵的东西。其他感觉若非粗鄙，便是世俗。唯一的贵族精神就是永不触碰。避免太过亲近——这是真正的高贵。

425. 关于不在乎的美学

对于每一个单独存在的事物，做梦者都应当试着做到彻底地不在乎，而冷漠是从心里产生的一种感觉。

从每个物体或事件中自发地抽象出任何可以梦见的事物的能力，把所有的现实都当作死物留在外面的世界里，这是智者应该为之奋斗的东西。

永远不要发自内心地去考虑自己的感受，把这种苍白的凯旋提升到冷眼看待自己的雄心、渴望和欲求的境地。历经喜怒哀乐却无动于衷，对待自己就像对你毫无兴趣的、擦肩而过的路人……

最大限度的自制就是对自己不在乎，将我们的肉体和灵魂当作命运让我们在里面度过一生的房屋和庭院。带着俨如王侯的傲慢态度去对待我们自己的梦想和最深的欲望，委婉而谨慎地忽略它们。我们在自己面前也要毕恭毕敬，要认识到，我们从来都没有真正地独处过。因为我们是自己的目击者，所以应当像面对陌生人那样面对自己，采取一种刻意而冷静的态度——因为高贵而变得不在乎，因为不在乎而变得冷漠。

为了不被自己看低，我们应当做的就是，不再怀有雄心、激情、欲求、希望、虚妄或紧张不安的感觉。关键要记住的就是，我们永远有自己陪伴——我们从来都不曾独处，从来都不能感到心安理得。出于这种考虑，我们应该避免自己拥有激情和雄心，因为它们使我们变得脆弱。我们不能拥有欲求或希望，因为欲求和希望是粗俗不雅的姿态。我们不能变得虚妄或感到不安，因为在他人眼里，草率行为使人不快，冲动永远是一种粗俗的行为。

一个贵族永远都不会忘记，他从来都不是独自一人。这便是为什么规矩和礼仪总是贵族的特权。让我们在心里成为贵族。让我们把这个贵族从庭园和客厅里弄出来，把他放进我们的灵魂和存在的意识里。让我们带着计划性和为他人着想的姿态，对自己以礼相待。

我们每一个人都是整个社交圈，是伟大奥秘的整个邻里社区，我们至少应当确定，我们邻里社区的生活与众不同、优雅讲究。感觉的盛宴需要我们温文尔雅、内敛矜持，思想的宴会需要我们彬彬有礼、端庄高贵。由于其他灵魂可能会在我们周围构建卑劣肮脏的邻里社区，我们应当清楚地划定自己的领域界限，从感觉的外墙到羞怯的凹室，一切都应该是高贵的、宁静的，铭刻着节制，除去虚饰浮华。

我们应当试着寻找一种平静的方式去认识彼此的感觉。我们应当将爱情弱化成爱的梦影，形成一种在月光下的两轮微弱光波之间的暗淡的、战栗的间距。我们应当将欲求变成无用又无害的东西，一种灵魂里的会心微笑，把它变成我们从未梦想过去实现或者甚至去表达出来的东西。我们应当将憎恨安抚入眠，就像去哄一条被俘获的蛇。我们应当让恐惧放弃所有外在表现，除了将痛苦残留在我们的凝视中，或者说残留在我们灵魂的凝视中——唯有这种态度与美相一致。

426. 冷遇

我这一生，在每一个环境中、每一个社交场合里，所有人都视我为入侵者，或者至少视我为陌生人。不论是在亲人眼里，还是在熟人心中，我总被他们当成一个外人。我并非在说他们是处心积虑地这样对待我，这只是我周围大多数人的自然反应。

每一个地方的每一个人都友善待我。我怀疑，如我这样的罕见异类，不会惹得别人加大音量、皱起眉头、怒气呵斥或白眼相对。可我遇到的友善往往没有夹杂感情。对于那些和我最亲近的人来说，我一直是他们的客人，因此我受到了很好的款待，但总是像对待陌生人一样毫无感情，就像对待不速之客一样。

我肯定，其他人秉持的这种态度主要来源于我自身性格中某些固有的晦涩因素。或许是我在与人交往时态度冷漠，才使得其他人不自觉地也表现出我这种无情的态度。

我天生能很快和别人打成一片，人们立刻会对我十分友善，可我从来没有被人真心对待过，从未有人诚恳待我。于我而言，被爱似乎永远是一件不可能之事，如同一个陌生人永远无法喊出我的名字。

我不知是否该为此感到遗憾，或者我是否应该接受这一切，将之当作无关紧要的命运，没有任何理由去遗憾、去接受。

我始终希望获得别人的青睐。被人漠然视之于我总是一种伤害。如同被命运抛弃的孤儿，我需要——和所有孤儿一样——别人爱我。这种需要如同渴望一样，永远不会被满足，我如此彻底地适应了这种注定的饥渴，有时候我不知道自己是否真的有吃饭的需要。

无论原因为何，生活都伤害了我。

其他人都有人爱，甚至从没有人想到过要为我付出。其他人受人宠爱，而我只是被人善待。

我知道自己有能力激起别人的尊重，但不能赢得别人的爱。很遗憾，我从未做过一件事能向其他人证明，他们一开始对我的尊重是正确的，因此，他们最终并不真正尊重我。

有时候我觉得我必须享受痛苦，可我知道，我别有他好。

我不具备成为领导者或跟随者的品质，甚至不能成为一个知足之人。在我不具备其他品质之时，知足常乐应是我最后的底线。

其他人不及我的聪明才智，却更加坚强。他们擅长对生活曲意逢迎；他们让自己的智慧发挥了更大的作用。我拥有所有品质可施加影响，却没有本领将之付诸行动，甚至连这样做的意愿都没有。

如果我会爱上别人，那么我必将不会得到爱的回报。

我不得不做之事便是希冀某些事物行将毁灭。我的命运欠缺致命的力量，而对于我所特别关心的人与事，这份致命的力量就变得脆弱不堪。

427. 清醒

疯汉头脑清醒地利用逻辑方式，向自己和他人证明他们的疯狂想法正当合理，见识了这样的行为后，我再也无法肯定我的清醒是为清醒。

428. 本性的缺失

我生命中最大的悲剧——不过是一个鬼鬼祟祟的悲剧，即那种发生在阴影下的悲剧——就是我不能自然地感受到万事万物。我可以像别人那样去爱、去恨，而且和他人一样感到恐惧与付出热情。然而，我的爱、恨、恐惧与热情都不像真情实感。要么是它们缺乏某种因素，要么就是具有某种不属于它们的因素。无论如何，这些感情并非它们本身，而我的感受与生活不相一致。

在被恰当地称为谨慎的性格方面，在深谋远虑和严谨的利己主义基础上，感受才会形成，如此一来，这些感受看上去就成了另外一副样子。在被明确称为一丝不苟的性格方面，也可以观察到这些天性被取而代之了。在我身上存在着一个类似的苦恼，我的感情里缺乏清晰性，然而我既不谨慎也不一丝不苟。没有理由我会有异常感受。我本能地失去了我的本性。我即将走向错误的道路，这并非我的本愿。

429. 侮辱

我自己的个性和我的情况的奴隶被他人的冷漠冒犯，而且他们自认为的对我的热情也使我感到不安——这便是命运强加给我的人身侮辱。

430. 局外人

身处他们之中，我确实是一个局外人，但所有人都没有意识到这一点。我就像一个生活在他们中间的间谍，没有人怀疑我，甚至我自己都深信不疑。他们视我为亲戚，没有人知道，我从一出生就被调了包。因此，我和他们平起平坐，却毫无相同之处，我是他们的兄弟，却不属于他们那个家庭。

我来自奇乡异土，那里的风景比生活要迷人得多，但我从不对人提及那片土地和我在梦里见到的大好风景。我的双脚和他们的双脚一样，踏在木地板和石板上，但我心系远方，尽管它在我体内跳动着，是疏离和流亡的身体的虚假主人。

我戴着相似的面具，没人能认出我来，甚至都没人认出我戴了面具，因为没有人知道，在这个世界上还存在戴面具的人。没有人能想象得到，我还有另一面，而那才是真正的我。他们总是把我当成真正的我。

他们将我安顿在房子里，他们的双手握住我的手，他们看见我走在大街上，就好像我真的在那里。但真正的我从来没有在他们的起居室里待过，我（我过着我的生活）从来不曾和他们握手，我所知道的我从来不曾走在大街上，除非这就是所有的街道，我从来没有被人看见过，除非我就是所有其他人。

我们都隐姓埋名地生活在遥远的地方，我们全都伪装着，不为人知。然而，对于有些人来说，他和他的本我之间的距离从来不曾显露出来；对于另外一些人来说，这种距离偶尔被无边的闪光照亮，令他们惊恐或忧伤；但还有一些人，对他们来说，这只是痛苦的现实生活而已。

我们应当知道，我们无法了解我们是谁，我们的所思和所感总在变化，我们现在想要的和以前想要的不一样，或许也不是任何人的所望——在每一个时刻认识到这一切，在每一种感觉里感受这一切——对于我们的心灵来说，这难道不是陌生的？在我们自己的感觉里，我们难道没有被放逐吗？

然而，在这狂欢节的最后一夜，我一直凝视着的这个面具人在街角和一个没有戴面具的人交谈过后，与他笑着握手道别。没有戴面具的人左转，离开了。而面具人——一个无趣的人——继续向前走去，最终消失在影子和时有时无的灯光之间，与我所想象的情景毫无关系。直到那时，我才注意到，街上除了亮堂堂的街灯，还有些别的东西，街灯没有照到的地方，还有朦胧的月光，隐秘而宁静，包裹着虚无，如生活一般……

431. 月光

……受潮，被锈蚀，变成死气沉沉的棕色。

……被冰雪覆盖的、层层叠叠的屋顶上透着灰白，受潮，被锈蚀，变成死气沉沉的棕色。

432. 停滞

……它在黑暗的丘陵之间延伸，一面被白色勾勒出轮廓，泛起冷珍珠层的蓝色底纹。

433. 雨

最后，早晨的寒光——我之所以能看见，是因为我记得——像天启的折磨一样，冲破了笼罩着屋顶的黑暗。又是一个渐渐消失的漫漫长夜。又是一次惯常的恐怖：白天，生命，虚假的目标，不可避免的活动。又一次，是我那有形、可见和社会化的个性，与毫无意义的词相连，被他人的行为和意识利用。又一次，我是我，恰如我不是我。光在百叶窗的缝隙（唉，窗户一点都不严实）里闪动，充满了灰色的疑问，我开始意识到我不能再躲在床上，不睡觉，但仍然希望睡觉，做梦却不记得真相和现实；我不能再窝在干净、清爽、温暖的被单里，只是感到舒适，而无视身体的存在。我意识到我丢失了快乐的无意识，因为这无意识，我才能一直享受我动物般困倦的意识，在这意识里我观察——像太阳下慢慢眨着眼睛的猫——我自由地想象用逻辑来描述这些动作。我意识到黑夜的特权已然消失，一同消失的还有在我那如低垂树木的睫毛下慢慢流动的河水、在我耳朵里缓缓流动的血液和淅淅沥沥的小雨之间丢失的喁喁独语的瀑布。我为了活着，丢失了自己。

我不知道自己是在睡觉，还是只是感觉自己在睡。确切来说，我不是在做梦，更像是从蒙眬的睡意中醒来，因为我听见城市里最早的生命声音像洪水般从下面一个模糊的地方传来，那里上帝创造的街道四通八达。这些声音很快乐，穿过正在飘落的或已经停下的悲伤的雨，因为下雨声已经听不见了。我只知道雨给透过缝隙照射进来的阳光蒙上了一层深深的灰暗，在早晨的这个时间里，影影绰绰，光线太过暗淡。对我的心而言，这些微弱的声音既快乐又痛苦，好像它们召唤我去考试或行刑。每天，若我听见它们从我甜蜜且无意识的床上传来，这一天都像是我人生中极其重要的一天，而我却没有勇气去面对。每天，若我感到它们从它们那阴影床上爬起来，床单落到街上，我都感觉到它们是来传唤我去法庭的。每天，我都要被审判。我内心的那个人一次又一次地被判刑，因为他紧偎着他的床，像紧偎着他失去的母亲；因为他抚摩着他的枕头，好像他的保姆会保护他免受百叶窗的伤害。

在树荫下幸福地睡觉的大型动物，躺在高高的草丛中的疯癫疲惫的流浪汉，暖洋洋的下午，迟钝的黑人疲惫地打着哈欠，享受着其中的快乐，所有能让我们忘记并带来睡意的东西，轻轻地关上我们灵魂的百叶窗，睡眠带来了无名的爱抚，心灵在休息时的平静，睡眠的匿名的爱抚……

睡眠，去远方，遥远却对此茫然无知，用肉体去忘记，自由地享受无意识的自由，像一个难民在一片被遗忘的湖泊上等待着，在大森林深处茂密的树叶下停留……

会呼吸的虚空，温和的死亡，我们会精神饱满但怀旧地从死亡中醒来，带着一丝怀恋，深刻地遗忘抚摩着我们灵魂的组织……

我再次听到，就像一个不愿放弃的人再次抗议，喧嚣的雨突然洒落明亮的世界。我想象的骨头感到一阵冷战，就像我在害怕。最后的黑暗将我抛弃，我一个人，孤独地蜷缩在自我的无意义中，开始小声哭泣。是的，我为孤独和生活而哭泣。我徒然的悲伤如一辆无轮的马车，行驶在现实的边缘，被淹没在被遗忘的粪便中。我为一切而哭泣——我曾躺过的膝头已然不在，曾向我伸出的手早已不见，那双臂，我从未知晓它们的拥抱，那供人依靠的肩膀，我从未拥有。白天决然地到来，将悲伤带进我的心，像是白天里赤裸裸的真相。我梦过、想过或忘记过的一切——这一切，像影子，是虚构和懊悔的混合物，融进了过去的世界留下的尾迹，加入了纷繁的生活，像一串葡萄的骨架，而葡萄被半大小子一哄而抢，躲在角落里吃掉了。

白天的噪声陡然变大，像是召唤人们的铃声。在楼里，我听见第一个出去生活的人轻轻地打开门闩。我听见通向我心的荒唐走廊里传来拖鞋摩擦地面的声音。我像一个终于成功自杀的人，猛然掀掉盖在僵硬的身体上的舒适的被子。我醒来了。雨声渐小，在户外无限的空间里向更高的地方移动。我感觉好多了。我实现了什么。我起床，走到窗前，毅然决然地打开百合窗，下着雨的阴天映入我的眼帘，湿冷的空气打湿了我温暖的皮肤。下雨了，是的，尽管是我一直听着的雨，但它毕竟还是小了不少。我想振奋，想生活，我向生活探出脖子，一如探向一个巨大的牛轭。

434. 城市里的田园生活

有时候，一种田园般的平静会光临这座城市。在阳光灿烂的里斯本，特别是在夏日的午后，农村的氛围就像一缕清风一样入侵我们。我们在这里，在道拉多雷斯大街上安睡。

在静谧的秋天，太阳平稳地高挂在空中，这些装满稻草的大车，这些半成品板条箱，这些悠闲的行人，在一个迁来的村庄里，这对灵魂而言，是多么心旷神怡啊！我孤零零地待在办公室里，透过窗户看着这些人与景，我万分激动：我身处乡间一个安静的小镇，抑或在一个陌生的小村子里滞留。因为我别有感受，所以我很开心。

我知道：如果抬眼观望，必定会见到对面一排排肮脏的高楼大厦，看到所有市中心办公室的肮脏窗户，看到依旧有人居住的楼上那些不协调的窗户，看到在顶楼的山墙之间，在一片花盆和植物中，永远都有洗好的衣物在阳光底下晾晒。我知道这种情形会发生，可照耀在万事万物上的阳光是如此轻柔，我周围平静的氛围是如此没有意义。即便我看见了这些，也不能拒绝承认这个我幻想出来的村庄，在我想象的乡村小镇里，贸易都变成了纯粹静谧的活动。

我知道，我知道……其实只是午餐或休息时间到了，或者什么都不做的时间到了。万事万物都在生活表面上平稳存在。即便是在我睡觉之际，我的身体靠在阳台上，仿佛靠在一艘轮船的栏杆上，而这船正驶过一片陌生的风景。就连我都让自己的思绪停歇下来，仿佛我就在这片乡野中。忽然之间，在我面前，另一番风景隐约可见，主宰着我：正午之后，我看见了这个小镇里的所有生活；我见到家庭生活那强烈且愚蠢的快乐，田野中的生活那强烈且愚蠢的快乐，平和、悲惨中所蕴含的强烈且愚蠢的快乐。因为看得到，所以看得到。但我没看到，于是我醒来了。我带着微笑四下观瞧，所做的第一件事便是把我那套倒霉的深色西装上的尘土抖落，西装袖子方才被我放在阳台栏杆上，从不曾有人擦拭过那里，而且阳台栏杆不曾意识到，有一天，即便只是一小会儿，它会充当一艘完美观光邮轮的甲板栏杆（从逻辑上讲，甲板栏杆上是不会有灰尘的）。

435. 夜的剪影

夜晚的绿色冲淡了天空的蓝色，夏日的地平线上，高高低低的冰冷建筑物被勾勒成参差不齐的、棕黑色的剪影，朦朦胧胧地笼罩在黄灰色中。

在另一个时代，我们掌握着物质海洋，从而创造了普世文明。如今，让我们掌握精神海洋、情感和大自然，从而创造精神文明。

436. 去教堂

我的感觉达到令人痛苦的强度，即便这些感觉是快乐的；我的感觉达到令人喜悦的强度，即便这些感觉是悲伤的。

我在星期天写作，早晨就快过去了，这一天都充满柔和阳光，城市参差不齐的屋顶上方，永远都是崭新的天空用蓝色淹没了神秘的星辰。

在我心里，这也是星期天……我的心就要去它也不知位于何处的教堂。它披着一件儿童的天鹅绒外衣，在宽大的衣领上方，它的脸上泛起笑容，因最初的印象而变得红扑扑的，眼里看不见一丝悲伤。

437. 静夜思

在那个漫长的夏天，每天清晨，当那一天醒来的时候，天空都会呈现出暗淡的蓝绿色彩，很快被无声的白染成灰蓝。然而，西边的天空变成我们通常认为的天空应有的色彩。

人们感觉到脚下的地面在移动，接着，有一些人开始讲述真理，去希望和寻找，否认世界的幻觉。他们的英名是如何被标上大写字母的？就像在地图册上能找到的那些——清晰的视野和内容丰富的纸页。

出现在明天的那些各地的风土人情从来就不曾有过。时断时续的情感散发出琉璃色。你还记得吗，仅仅是视觉，一个错误的假设能包含多少记忆？在一种充满各种确定性的癫狂状态下，柔和而欢快的潺潺水声从所有公园喷涌而出，就像情感从我的自我意识深处涌现出来。旧长凳上空无一人，周围的蜿蜒小径散发着空旷街道的阴郁哀愁。

黑里欧波里斯[1]之夜！黑里欧波里斯之夜！谁将向我诉说这些无用之语？通过血液和优柔寡断，谁将给我补偿？

438. 共在

在那夜色下的荒凉之地，一盏无名之灯高挂在窗后。在这座城市里，我能看到的其他事物就是黑暗，唯有微弱的光线朦胧地出现在街道上，苍白倒映的月光洒落四处。夜里一片漆黑，难以辨认那栋建筑物的不同色彩，抑或是色彩的深浅度；唯有朦胧的、看上去十分抽象的差异打破了整齐划一又密集的色彩。

一条隐形的线把我和那盏灯的未知主人联系在一起。我们有了联系，并非因为我们此刻都醒着。此刻我们不能交流，因为我的窗户里一片黑暗，所以他根本看不到我。总有些其他原因，这原因与我自身有关，关于我的孤独感，这

[1] 尼罗河三角洲的古埃及城市。——中译者注

份感觉融入夜色、融入寂静，选择那盏灯作为精神支柱，因为那盏灯是唯一可以找到的精神支柱。似乎正是因为那盏灯闪闪发光，所以这夜才变得如此黑暗。我醒了，在黑暗中做着梦，这使得那盏灯熠熠生辉。

一切事物之所以存在，或许就是因为其他事物的存在。万事万物同时存在，或许这就是真理。如果那盏灯没有在那里闪烁光芒，如果它只是一座毫无意义的灯塔，徒有华而不实的高度优势，那么，此时此刻，我就会感觉我并不存在，抑或至少不会带着当下自我的意识，按照我现在存在的方式存在——因为这就是意识与当下，是此时此刻全部的我。因为我感受不到任何东西，所以我才有了这份感觉。我想这是因为万物皆虚无。虚无，虚无，那是黑夜的一部分，是寂静的一部分，我与这黑夜和寂静一起分享空虚、分享消极、分享我与自我之间的差距——那个中间地带，而这，已被神明和其他存在抛之脑后了……

439. 无用的文字

当我在毫无智慧的情况下，聪明地自娱自乐，想要睡却睡不着时，我会重读那些章节，将这些文字连在一起，就组成了我那本关于随机印象的书。这些文字就像一股熟悉的味道，给人一种千篇一律的无趣印象。即便是口中说着我始终在变化，我依然感觉我是在说同一件事；我与我自己的相似度超过了我愿意承认的程度。也就是说，即便是那些书协调一致，我也没有胜利后的快乐，更没有失败后的失落。我缺乏一种自我平衡——积极的或消极的。我的自然状态是一种扁平的平衡，它使我变得虚弱和消沉。

我曾经写下的所有文字都是灰色的。我的生活，尤其是我的精神生活，就像一个下着毛毛细雨的日子，在这个日子里，万事万物从不曾出现，到处一片混沌，只有空洞的特权和已经被遗忘的目标。我在破烂的丝绸中痛苦挣扎。我清醒而沉闷地不了解自己。

我带着谦卑的姿态，尝试起码表明我是谁，要像一个神经机器一样，记录我那主观和超灵敏生命中最微不足道的印象——这些印象都被清空了，就像一个被掀翻的桶，水泼洒在地上。我给我自己涂上了伪色彩，结果就像一个被制造成帝国的阁楼。我的心（我用它来编织生动的散文事件），在今天的我看来——在这些很久以前写下的书页里，现在又以另一种不同的灵魂重读——就像一个宅地上的水泵，本能地安装好并投入使用。在一片无风无雨的海上，我遇到了船难，我的脚触不到海底。

我询问那些我依旧保有的有意识的退化器官，在不存在的事物之间一系列混乱的间隔中，我用那些我相信属于我自己的语句，用那些我感觉从我心中油然升起的感情，用那些旗帜（这些旗子不过是坐在屋檐下的那个乞丐女儿用唾液把碎纸粘在一起做成的），写成了一篇篇如此之多的文字。我这么做又有什么好处呢？

我询问残余的自我，我到底为什么要劳心费神地写这些无用的文字，为这些垃圾献身？甚至在命运那些被撕碎的纸张存在之前，我就已经迷失了。

我一边问着，一边继续书写。我把这个问题写下来，用全新的词句来包装，用全新的感情来阐释。明天我将继续写我那本愚蠢的书，我缺乏信念，感情冰冷，而我会把每天对此的感想草草记下。

让该来的到来吧。一旦多米诺骨牌全都被摆好，无论这个游戏是赢是输，这些牌全都会被推倒，而这场已经终结的游戏则毫无希望。

440. 我用自身写作

在我的内心，有着何等的地狱、炼狱和天堂啊！可谁看到过我做过与生活相悖的事——我，是如此平静、如此安详！

我不是用葡萄牙文写作。我用我自身的全部来写作。

441. 打发时间的囚徒

除了生命，一切都变得令人难以忍受。办公室、家、街道——甚至它们的对立物，如果这便是我的命运——都将我淹没和压迫。只有它们构成的整体能给我带来安慰。是的，任何有关这个整体的东西都足以让我宽慰：永远都会照进死气沉沉的办公室里的一缕阳光，透过窗子进入我房间的小贩的叫卖声，人们的存在，气候和天气变化的事实，世界令人惊奇的客观规律……

一道阳光为我射进办公室，突然之间，我发现了它……实际上，它锋利无比，像一把几乎没有颜色的光刀，划破阴暗的木地板。光线所到之处，一切都有了生气，包括旧钉子、地板条之间的缝隙，还有密密麻麻全是黑色表格的纸页。

阳光照进寂静的办公室里，它的影响几乎难以察觉，我却观察了几分钟……打发时间的囚徒！唯有囚徒才会用这种方式去观察日光的移动，就像有人观察一群蚂蚁一样。

442. 烦闷是一种病

据说，烦闷是闲人得的一种病，或者说，只有那些无所事事的人才会染上这种疾病。不过，事实上，这种心灵之病是比较微妙的：那些本身就有此倾向的人更易患病，而那些在工作或假装在工作的人（他们归根到底是一回事）并不比那些真正的闲人更容易幸免于烦闷之疾。

最为糟糕的事情莫过于对内心生活散发出的自然光芒（印第安人及其尚未开发的土地）和日常生活的脏乱不堪（即便它算不上真正的脏乱不堪）做出比较。如果闲散不是理由，烦闷则变得更令人压抑。那些努力奋斗过的人，他们的烦闷是最为糟糕的一种。

烦闷不是因无事可做而百无聊赖的疾病，而是一种更为严重的疾病，也就是说，觉得凡事都不值得做。这意味着，做的事情越多，就越发感到烦闷。

从账簿上抬起头来，我常常感觉大脑一片空白！我情愿保持闲散状态，什么也不做，没有什么可做。因为这种烦闷，即便足够真实，至少我还能从中取乐。在眼前的烦闷状态下，任何休憩、高贵和幸福都不能防止我感到不适。我宁愿我的每一个动作都被抹去，也不愿从我从未有过的动作里感受到潜在的疲惫。

443. 欧玛尔·海亚姆（一）

欧玛尔·海亚姆[1]沉闷，不是那些不知道该做什么的人的沉闷，因为他们不知道该怎么做。后者的烦闷属于那些生来即死的人，他们求助于吗啡或可卡因是可以理解的，而那个波斯圣人的烦闷更高贵、更深刻。拥有这种烦闷的人认真地思考并发现，一切事物都是模糊的。他观察一切宗教和哲学，他和所罗门说的是一样的："我明白，一切是精神的虚空。"或者引用另一个国王——塞维鲁的一句话，当他与权力和世界道别时，他说道："曾经一切皆是空。""我就是一切，没有什么是值得的。"

塔德说，生活就是以一种徒劳无益的方式去寻求不存在之物。这正是欧玛尔·海亚姆要说的。

这便是那个波斯人酷爱喝酒的原因。"喝吧！喝吧！"这句劝酒词概括了他的实用哲学。饮酒不是因为快乐，而是为了变得更快乐、更自我。饮酒也不是因为失望，而是为了去遗忘，变得不那么自我。酒中含着活力和爱，从欧玛尔·海亚姆的作品中我们却看不到活力和爱。偶尔出现在《鲁拜集》里的柔美纤弱的人物萨基只不过是一个"手持美酒的姑娘"。诗人欣赏她的优雅身姿，正如她欣赏盛酒的双耳瓶一样。

迪恩·艾瑞奇也是一个能从酒中读出快乐的范例。

如果我想的一切都是真的，
我们有五个喝酒的理由。
美酒——朋友——或口渴——
或者我们迟早要喝——
或者其他任何原因。

[1]欧玛尔·海亚姆（1048—1122），生于霍拉桑名城内沙布尔，波斯诗人、哲学家、天文学家。——中译者注

444. 我们的冷漠

我们终究对一切宗教、哲学和被证实毫无用处的假说（我们称之为“科学”）的真实性或虚假性漠不关心。我们亦不关心所谓人类的命运，以及人类在总体上遭受或未遭受的苦难。是的，正如《福音书》所说，要对我们的“邻居”仁慈，而对于人类，《福音书》什么也没说。我们在某种程度上都这样认为。一次大屠杀对我们当中最优秀的人造成了多大的干扰？而看见一个孩子无缘无故当街挨一巴掌，就连最富有敏感想象力的人，也会感到心碎。

慈悲为怀，大爱无疆。因此，菲茨杰拉德在他的一篇手稿里翻译了欧玛尔·海亚姆伦理观的某一个方面。

《福音书》提出要对邻居友爱，但它并没有提到要对人或人类友爱，没人能治愈别人。

有些人可能想知道我自己是否像在这里重申和解读（我相信我的重申和解读是十分准确的）的那样，赞同欧玛尔·海亚姆的哲学。我要说的是，我不知道。有时候，他的哲学对我来说似乎是最好的，也是唯一的实用哲学。但有时候，它却使我感觉虚空、死气沉沉、徒劳无益，像一个空玻璃瓶。因为我想我不了解自己。我也不知道我真正在想什么。如果我有信仰，或许我会有所不同。但如果我是疯狂的，我也会有所不同。是的，如果我曾经有所不同，那么我一定会变成另外一番模样。

当然，除了这些俗世的教义，还存在玄奥秩序的神秘教义，这些神秘事物被公开承认，却保持着严格的神秘性，这些隐晦的神秘事物通过公共仪式表现出来。在伟大的通用仪式中，譬如罗马教会对圣母玛利亚的礼拜仪式或者共济会的精神仪式中，都存在这些被遮掩或半遮半掩的事物。

然而，有谁能说进入神秘圣所的初衷，不仅仅是对一种新的幻觉的热切渴望呢？如果一个疯子对他的狂妄想法深信不疑，那么他还能得到什么确信无疑的东西呢？斯宾塞将我们的知识比作一个球形，当它扩张时，我们接触得越多，知道得也就越少。至于那些神秘的开启者以及他们带给我们的东西……我还能记起魔法师阿莱斯特·克劳利的一句可怕的话：“我能看得见伊希斯，也摸得到她，但我不知道她是否存在。”

445. 欧玛尔·海亚姆（二）

欧玛尔·海亚姆有一种个性，而我，无论好坏，都没有。一小时以后我便偏离了此刻的我，明天的我将忘记今天的我是什么。那些像欧玛尔一样的人，他们便是他们自己，他们仅仅生活在一个外部世界中。而那些像我一样的人，他们不是他们自己，他们不仅生活在外部世界中，还生活在一个丰富多彩、变化莫测的内心世界中。我们尽自己的努力，也终究无法拥有和欧玛尔一样的哲学。我躲在自己的避风港里，像那些可有可无的灵魂和那些被我批判的哲学家。欧玛尔或许会排斥他们，因为他们与他毫不相干，但我无法排斥他们，因为他们就是我。

446. 另一种生活

有些内在的感觉非常微妙，我们不能分辨它们是身体的感觉还是灵魂的，无法确认是我们感觉生活只是徒然而产生的焦虑，还是源自某个有机深渊，例如胃、肝和大脑出的一点小毛病。多少次我的正常的自我意识随着痛苦的停滞而变得浑浊不堪！多少次我因为存在而痛苦，莫名地恶心，以至于我不确定这是因为无聊还是预示着我要呕吐！多少次……

今天，我的灵魂对着我的身体感到悲伤。我身上的一切都在疼痛：记忆、眼睛、胳膊，好像全身都得了风湿病。白日透彻的明亮，蓝得纯粹的天空，稳定的高潮水般的散射光都没能触碰到我的存在。凉爽的微风，纵然带有秋日的味道，却让人回想夏天，让空气拥有了自己的性格，我却不能被它安抚。没有东西触碰到我。我悲伤，这悲伤不明确，但也不含糊。我在堆着凌乱的货箱的街道上悲伤。

表情不能精确地传达我的感觉，因为任何事物都不能准确地表达人的感觉。

我绞尽脑汁，想要多少表达一下我对于自己和街道上多样的景观的看法。自从我看到这些景观，它们就以无法了解的深奥成为我的一部分。

我想在遥远的国土过不一样的生活，我想成为别人，在陌生的旗帜下死去，我想被人热情地称作其他时代的皇帝。最好是今天，因为它们不属于今天。我们都觉得那些时代朦胧不清、难以理解，但丰富多彩、新奇独特。我想拥有所有能让我变得荒谬的东西，恰好因为它们会让我的本质变得荒谬。我想，我想……但是，日光照耀时总有太阳，夜幕降临时总有黑夜。当悲伤困扰我们时，总会有悲伤；当梦使我们平静时，总会有梦。事情总是它们存在的样子，而非它们应该存在的样子，不是为了更好或更坏，而是为了不同。总有……

工人把街上的货箱搬走了。嬉笑怒骂之间，他们把箱子一个个放到货车上。我从办公室的窗户俯视他们，眼睛无精打采，眼皮充满睡意。有一种微妙而神秘的东西把我的感受同工人的劳动联系起来；某种奇怪的感觉把我所有的烦闷、焦虑或恶心都变成了一个板条箱，这些东西被一个正在大声开玩笑的人扛在肩上，然后装上一辆不在那里的马车。窄窄的街道上，一直很宁静的阳光斜斜地洒在他们搬抬货箱的地方——不是洒在货箱上，货箱在阴影里，而是洒在远处无所事事、犹豫不决的送报员所在的角落。

447. 雨过天晴

像一种阴沉的预感，一些更为不祥的东西此刻在空气中徘徊，甚至连雨都像是受到了什么恐吓。一种无声的黑暗弥漫在空气中。突然，像一声尖叫，可怕的白昼支离破碎。从冰冷地狱射出来的一道光掠过一切，接着填满我们的思维和每一个裂缝。一切都倒抽了一口气，然后松了一口气，因为罢工已经过去了。雨下得很大，几乎发出人的声音，令人高兴。心脏机械而僵硬地跳动，思考使人眩晕。办公室里滋生出一种朦朦胧胧的信仰。无人成其为自己。维斯奎兹先生出现在他的办公室门口，说他不知道是怎么回事。莫雷拉笑了笑，他的侧脸在这突然的惊吓下显得更黄了，他的笑容则毫无疑问地说，打雷还会继续。

一辆四轮马车从街道疾驰而过，发出和往常一样的巨响声。电话失控了似的丁零零地响。维斯奎兹没有回到自己的私人办公室，而是走向大办公室的电话旁。所有的声音霎时停下，周围一片寂静。雨降落下来，如噩梦一般。维斯奎兹忘了电话的事，而铃声也停了下来。那个勤杂工在办公室的后面坐立不安，像一个令人生厌的家伙。

一种饱含释然和明镜止水的巨大喜悦，令我们所有人惊慌失措。我们有些头晕眼花地恢复了各自的工作，不由自主地互相交往、友好起来。那个勤杂工敞开窗户，没人叫他这么做。一股清新的芬芳夹杂着潮湿的空气飘进办公室。此时，绵绵细雨轻轻飘落。街上的声音一如既往地响起，却显得有所不同。马车夫的吆喝声声入耳，的确有不少人。街心的有轨电车发出清脆悦耳的铃声，给我们的社交增添了一些色彩。街上传来一阵孩子的笑声，像金丝雀跃然飞过平静的天空。毛毛细雨渐渐停了下来。

现在是晚上 6 点钟，办公室即将关门。维斯奎兹先生在他私人办公室半掩着的门口说道："你们都可以回去了。"他的话像一种商业恩赐。我站起来，合上账簿，将它收了起来。我从容地将笔放回墨水台，一边说着"明天见"，一边朝莫雷拉走去，然后和他握了握手，就好像他给了我什么莫大的帮助。

448. 活着就是旅行

旅行？只要活着就是旅行。我从一天去到另一天，一如从一个车站去到另一个车站，乘坐我身体或命运的火车，将头探出窗户，看街道、看广场、看人们的脸和姿态，这些总是相同，又总是不同，如同风景。

若我想象，就能看见。我旅行时还做过什么？只有在极度缺乏想象力的情况下，才有理由四处走走去感受。

"任何道路，像这条简陋的恩特普福尔路，都能引你到世界的尽头。"但当我们绕世界一周来到尽头时，会发现那就是我们起程的恩特普福尔路。世界的尽头，就像开端，其实是我们对世界的定义。我们内心有美丽的风景。若我想象，便能创造；若我创造，便能存在，然后我看到不一样的风景。那为何还要旅行？在马德里，在柏林，在波斯，在中国，在北极或南极，若我不在自己心中，不在我独特的感觉中，又将在哪儿？

生活由我们创造。旅行就是旅行者自身。我们看到的不是我们看到的，而是我们。

449. 孩子的智慧

我认识的唯一有灵魂的旅行者是我之前工作过的公司里的一个小勤杂工。这个年轻的小伙子收集城市、农村和运输公司的宣传手册，他有从各种出版物上撕下来的或到处要来的地图；他有许多风景、外国服装、小舟和大船的图片，都是他从报纸杂志上剪下来的。他会捏造一家公司或套用一家真正的公司的名字，甚至以自己所工作的公司的名义到旅行社索要去意大利、印度旅行的小册子，或讲述往返于葡萄牙和澳大利亚之间的轮船情况的手册。

他不仅是我知道的最伟大的（因为最真实）旅行者，也是我有幸见到的最快乐的人。我后悔没有了解他之后怎么样了，或者说，我假装自己应该后悔，实则不后悔。到现在为止，我们认识已经10多年了，他一定长大了，成了个只知道履行职责的傻瓜，或者已经结了婚，得维持生计——即使活着，也犹如死了。也许曾经有过那么好的灵魂旅行经历的他，甚至还真真正正地四处旅游呢。

我只记得：他知道从巴黎到布加勒斯特的火车的行驶路线，对在英国旅行的火车路线也了如指掌，尽管他发音不准，但我能看到他伟大的灵魂非常确定地闪着光。是的，今天，他可能如行尸走肉般活着，也许某一天，他老去的时候，他会记起，梦中游波尔图比真正去一趟波尔图更好，也更真实。

这一切可能也有别的解释：他也许只是在模仿某人。或者……是的，有时我想，孩子的智慧和成年人的愚蠢之间的差别之大令人骇闻。孩童时期，守护神陪伴着我们，将他自己的灵魂智慧借与我们，后来，也许被某种高级规律所逼迫，他不得不忧伤地将我们抛弃——一如动物妈妈养大它们的孩子之后将其抛弃——然后抛给我们坎坷的命运。

450. 时光的微笑

我在这间咖啡厅的露台上胆怯地看着生活。我看到的只是它广大的充满多样性的冰山一角出现在这个完全属于我的广场上。一阵如同刚喝醉时的轻微晕眩让我看到了事物的灵魂。有形一致的生活在我之外迈着路人清晰可辨的步伐行进，它的动作透着一种被压抑的怒火。这一刻，我的感觉只是一个清晰又迷惑的错误，我的感官停滞了，万物都成了其他，我伸展双翼，像一只假想的神鹰。

我是个理想化的人，也许我最大的野心就是一直坐在这间咖啡厅的这张桌子旁。

一切都是徒然的，像被搅起的死灰，也是模糊的，像黎明降临之前的时刻。

光完美、宁静地洒在万物之上，为它们镀上现实悲哀的微笑。世上所有的玄秘都尘埃落定，我看着它们成形，变成平凡的街道。

啊，所有的玄秘被我们之间的普通事物打磨。想到它们就在这里，在我们复杂的人类生活被阳光普照的表面，时光便在玄秘的嘴唇上不确定地笑着。这一切听起来多么现代，但又多么古老，多么神秘，又多么意味深长！

451. 读报

从一种美学角度来看，读报总令人感到不愉快；从一种道德角度来看，甚至对于那些不在意道德的人来说，也是如此。

当读到战争和革命的影响时——新闻里总会有这样或那样一类事情——我们会感觉烦闷，而不是害怕。真正使我们的心灵感到不安的，不是一切死伤者的残酷命运，也不是所有战死或不战而死的人的牺牲，而是将自己的生命和财产贡献给一些必定徒劳一场的事业的愚蠢行为。所有的理想和雄心壮志不过是长舌妇歇斯底里的呐喊。

没有一个帝国是值得为之去打碎一个孩子的玩具的。没有一个理想是值得为之去破坏一辆玩具火车的。什么样的帝国才算有用？或者，什么样的理想才有意义？一切源自人性，人性从来都不会改变——变化多端但无法完善，起伏不定但不会进步。考虑到这无可挽回的事物状态，考虑到我们不知道为什么被给予和不知道何时会失去的生活，这一万次的棋局博弈以相同又相异的方式构成了我们的生活。对于永远无法完成的事情，我们一直做着无谓的思索，也因此产生了乏味感……考虑到这一切，一个明智的人除了要求抽身退出，不去思考生活（因为生活本身就是一种负担），拥有一点点阳光和新鲜空气，以及至少拥有山那边宁静祥和的梦，还能做些什么呢？

452. 过客

生活中的一切使我们显得可笑、可鄙或不可原谅的不幸，都会被内心平静的我们看作旅途中的风景。我们不过是这个世界的匆匆过客，愿意或不愿意，我们在虚无和虚无、一切和一切之间旅行。我们不应该过于担忧路途的颠簸和旅程中的灾祸。这个想法令我欣慰，因为它所蕴含的某些东西令人欣慰，或者仅仅因为它使我感到安慰。即使我不去想它，虚构的慰藉就已足够真实。

令人欣慰的事物太多了！千奇百怪的云彩总在明朗宁静的蓝天上飘浮。微风拂过乡间浓密的树枝，拂过城里晾晒在四楼或五楼上的衣服。天气暖和时我们感受到温暖，天气转凉时我们感受到凉意，乡愁、希望以及空空的窗外那陌生人的微笑，总能勾起我们的回忆，我们像救世主门前的乞丐，想要敲开解开自我之谜的大门。

453. 我是自己的伪装

我已久未动笔！在过去的几天里，我对是否放弃犹豫不决，就像经历了几个世纪。我像一潭荒芜的池水，在并不存在的风景里淤滞。

我熬过了生活中充满各种单调的每一天，度过了由一连串变化构成的一成不变的时光。生活一切正常。如果我已入睡，一切并无什么不同。我像一潭荒芜的池水，在并不存在的风景里淤滞。

我常常不能了解自己，在那些了解自己的人中间，我显得与众不同。我观察活在各种伪装下的自己。无论一切怎么变化，我依然如故；无论我完成什么，其对我来说都归于虚无。

在我的内心有着遥远的回忆，我仿佛回到乡村旧宅的单调中去，而那种单调和此时感觉到的单调如此不同……我的童年在那座房子里度过，但我说不清（如果我想做出比较）那段时光比今天的生活更快乐还是更悲伤。那是生活在往昔的另一个我。那段生活和这段生活不同，无法去比较。从外表看来，同样的单调将两个我连接在一起，而在内心，两种单调无疑不同。它们不只是两种单调，还是两个生命。

我何苦要去回忆？倦怠。记忆是一种放松，因为它意味着什么也不做。为了获得更大的放松，我有时会想起从未有过的东西，而我对真正生活过的乡村的记忆，远不如那些飘过我从未生活过的古老而吱吱作响的大房间的地板的记忆那么生动和珍贵。

我完全成了自己的虚构，我的任何自然的感觉一旦产生，就直接转化成一种想象的感觉。回忆变成梦，梦变成梦里的遗忘，自我认识变成一种自我思考的缺失。

我将自己从身上剥离开来。只有披上伪装时我才是我自己。周围的一切渐渐消失，未知的落日给我从未见过的风景镀上一层金色。

454. 现代事物

现代事物包括：

（1）镜子的发展；

（2）衣柜。

我们的肉体和灵魂都演变成着装的生物。由于灵魂总是依附肉体，所以它演变出一套无形的衣服。我们发展到拥有一个只穿着基础服装的灵魂，同样，我们发展到——作为肉体的人——成为一种着装的动物。

问题不在于衣服已成为我们不可分割的一部分，而在于衣服的复杂性，令人奇怪的是，它和我们自然文雅的体态动作毫无关系。

如果有人要和我探讨，是什么社会因素使我的灵魂变成现在这个样子，我会默默地指向一面镜子、一个衣架和一支墨水笔。

455. 思想的旅行者

在春天清晨的薄雾中，商业区昏昏沉沉地醒来，太阳摇摇晃晃地升起。在微冷的空气中有种平静的喜悦，一种不是微风的风柔和地吹着，寒冷已过，但生活还是微微打了个冷战——不是因为凉意本身，而是因为有关寒冷的记忆；不是因为今天的天气，而是因为与即将到来的夏天进行了对比。

商店尚未开始营业，只有咖啡厅和日间酒吧开了，但这种静寂不是周末那种懒散的氛围——就只是静寂。一束金光划过开始放晴的天空，穿过正在消散的薄雾，蓝色变得有点红。街上开始出现星星点点的活动迹象，行人一个个地站着，可以看到少数几扇开着的窗户里人们在忙碌。叮当作响的有轨电车在空中留下了带有编号的黄色痕迹。渐渐地，街道开始退去荒凉的迹象。

我没有思想、没有感情地到处游荡，只是在加深对周围环境的印象。我起床很早，毫无准备地走到街上。我像做白日梦一样观察，像陷入沉思一样看。一股柔和的情感荒谬地在我心中升腾而起，好像外面消散的雾渗入了我的内心。

我意识到自己一直在无意地思考自己的生活。我没注意到，但一直都在这样做。我认为我不能再悠闲地散步，而应该成为一个特定景象的反射体，成为一面空白的显示屏，现实在上面透射出颜色和光，而不是影子。其实在不知不觉中，我已经这样做了。我还是我自我否定的灵魂，甚至我抽象的观察也是否定。

薄雾逐渐消失，空气变得清新，充满一种惨白的光。我突然意识到此时更加嘈杂，而且有更多人存在。现在更多的行人的脚步慢了下来。活泼的卖鱼妇迈着轻快的步伐映入我的眼帘。面包师顶着他们奇大无比的面包篮摇摇晃晃地走来，里面的面包颜色比面包种类还多。面包师那没有放好的奶罐互相碰撞叮当作响，像荒谬的空心键。警察一动不动地站在路口，像是文明穿着制服，对即将到来的无形的一天做出否定。

此刻，我与这景象唯一的联系是视觉，能看到这些，我是多么欢喜呀——用一个刚到达生活表面的成年旅行者的角度去看待这一切。不需要从一出生就学着给这些事物贴上预定的标签意义，能看到它们自然的自我表达，不用在意那些强加在它们身上的意义。比如，能认识这个卖鱼妇真实的人性，不用在意她被称作一个卖鱼妇的事实，更不用在意我对她的了解——这个人存在并卖鱼；能像上帝一样看待警察。我能第一次注意到所有的事物，不是对生活的玄秘的预示，而是现实的直接表现。

一个大钟表敲响了，我没有计数，但知道一定是 8 点钟。我从自我中醒来，是因为陈腐的计时方法，这是社会强加于连续不断的时间的修道院，是包含抽象的边界，是围绕未知的界限。我从我自己中苏醒，看着周围的一切。现在，四周充满了生活和往常一样的人性，我看到天空的雾完全消散了（只有一抹淡蓝色依然留在天空中），而雾渗透到我的灵魂，并渗透到与我的灵魂有关的事物的深处。我失去了视觉，我看不到我的眼睛所看到的景象。我的眼睛能看到，但我是盲目的。我现在用陈腐的知识看待一切。这不再是现实，而是生活。

……是的，我属于生活，生活也属于我，不再是只属于上帝或其本身的现实，没有玄秘，没有事实。这种现实——因为它是真实的，或假装是真实的——始终存在于某个地方，剥离了世俗和永恒，只是一个绝对的形象，是灵魂的外化。

我转身慢慢离开，步伐比预想中快，回到我的出租屋前面。但是我没进去，我犹豫了一下，继续走，无花果广场上摆着五颜六色的小商品，熙熙攘攘地挤满了小贩和顾客，挡住了我的视线，我看不到地平线。我慢慢地前行，毫无生机。我的视觉已经不再属于我，它不再是任何东西，而是一个人类动物的视觉，这个人类动物不经意地继承了希腊文化、罗马秩序、基督教义和其他所有的意象，形成了我感觉并感知的文明。

活着的人在哪里？

456. 我喜欢住在城市里

我希望住在乡下，这样才能喜欢住在这座城市里。我喜欢住在这座城里，可如果我住在乡下，我会更加喜欢住在这座城市里。

457. 自我审视

感情越强烈，感受的能力越微妙，感情就会为了芝麻小事而越发荒唐地发抖震颤。因为天色阴暗，所以需要非凡的智慧来感受焦虑。人类从根本上来说都是感情迟钝的，他们不会因为天气而感觉焦虑，因为天气总是不停变化的。除非雨落到头上，否则人类不会感觉到一滴雨水。

天色朦胧，万物迟缓，潮湿闷热。独自一人留在办公室里，我开始审视我的生活，而我所看到的就像今天的天气，让我感觉沉重与苦恼。我看到我自己像个小孩子一样毫无因由地感觉快乐，像个少年一样踌躇满志，像个成年人一样既不快乐也没有抱负。这一切都发生在雾霾之中，发生在呆滞的状态下，就像今天这个日子，呈现在我眼前，让我永志不忘。

我们中间有谁在回头看那条没有退路的路时，能说自己走了一条正确的路？

458. 自闭

我知道，最细微的事物都能轻易地折磨我，所以，我会小心翼翼地避免接触最细微的事物。如果一片云在太阳下掠过都可以让我痛苦，那么我要如何才能不去承受生命中无边无涯的黑暗？

我与世隔绝并非为了寻找快乐（我的灵魂不知道如何感受快乐），也不是为了寻找宁静（除非从未真正失去宁静，否则无人能获得宁静），而是为了安睡，为了忘却，为了适度地放弃。

我那肮脏房间的四面墙，既是一间牢房，又是一间很远的屋子，一张床和一口棺材。脑海里一片空白，无所求，无所梦，迷失在麻木之中，如同意外生长的植物，如同生长在生活表面的苔藓，这便是我的快乐时光。我品尝着这份荒唐的虚无，没有一丝苦涩，预先体会到了死亡和破灭的滋味。

从未有人能让我称为“老师”。没有基督为我而死。没有佛陀为我指明道路。亦没有阿波罗或雅典娜现身在我最崇高的梦中，接近我，给予我的灵魂启蒙。

459. 自我放逐

我将自己从生活的行动和目标中放逐出来，我试着割断自己和事物之间的一切联系，这么做，恰恰让我无法逃离我想逃避的。我不想去感受生活，或者触及任何真实的东西，因为与这个世界的接触带来的体验告诉我，生活总是给我以痛苦的感觉。但是，这种逃避接触的自我隔离加剧了我过度紧张的感觉。如果能够彻底切断与事物的一切联系，那么我的感觉就没有问题。但我无法实现这种彻底隔离。无论我怎样无为，我仍在呼吸；无论我怎样不动，我仍在移动。由于孤独恶化了我的感觉，我发现，再渺小的事物，哪怕它曾经完全无害于我，也开始给我以大难临头的感觉。我选择了错误的逃避方式，从一条令人不适的、迂回曲折的路上逃走，到达和起点在同一个地方的终点，旅行带来的精疲力竭加剧了我在那里生活的恐惧。

我从未将自杀看作一种解决办法，因为我对生活的恨源自对生活的爱。我花了很长一段时间认识到了“我要如何自处”这个令人遗憾的问题。由于认识到这一点，我感到沮丧。每当我说服自己相信什么东西时，都会有这样的感觉，因为对我而言，每一次新的认识都意味着另一种幻灭。

我通过分析来“杀灭”我的意志。如果我能在分析心愿之前回到我的童年，哪怕是回到我产生意志之前，那该多好！

我的公园全都沉入死寂的睡眠，公园里的池塘在正午的太阳下淤积，虫子的叫声越来越大，生活使我感到压抑，这种感觉不像是一种悲伤，而像是一种持续不断的身体的疼痛。

遥远的宫殿，阴郁的公园，远处的小径，再也无人去坐的石凳失去了吸引力——逝去的显赫，消散的吸引力，失去的光芒。啊，我那被忘却的渴望，如果我能找回梦见你的那种忧伤感觉，该有多好！

460. 平静

平静终于来临。这一切都是渣滓，从我的灵魂里消失不见，仿佛这一切从不曾存在过。我很孤独，也很平静。就像这一刻，我从理论上皈依于一种宗教。不过我不再受尘世里所有事物的吸引，也不会受天国里所有事物的吸引。我感觉非常自由，仿佛我已经不再存在，并且已经意识到了这个事实。

平静，是的，平静。一种巨大的平静如同某些过剩的东西向我压过来，一直到我的内心深处。我读的书、完成的任务，生活的变化与沉浮——这一切对我而言都变成了一个微弱的影子，一种几乎看不见摸不着的光环，环绕着某个平静的东西，这东西我根本不认识。付出努力时我会忘了我的灵魂，沉思时我会忘了所有行动——努力与沉思回归于我，就像一种不带感情的亲切，一种微不足道的空洞怜悯。

这并不是一个温暖且阴沉的多云日子。那微风非常微弱，几乎并不存在，比凝滞的空气更加难以察觉。那模糊且有污点的蓝天也不是无色的。一切皆虚空，因为我什么都没有感受到。我不想看到，却看得一清二楚，无助极了。我聚精会神地看着这些非奇观景象。我没有感受到我的灵魂，只有平静。所有身外之物都是不同的，此刻一动不动。它们对我的意义，就像是这个世界对上帝的意义，上帝俯身看着万事万物，而撒旦则在诱惑它们。它们皆虚无，我可以理解为什么上帝不会受到诱惑。它们皆虚无，我不能理解为何聪明的撒旦认为它们会受到诱惑。

快速经过，不被感觉到的生活，被遗忘的树下的一条河静静地流淌着。轻轻经过，不被知晓的灵魂，巨大的树杈掉落下来，发出听不见的沙沙声。无用地经过，毫无意义地经过，有意识地意识到虚无，在落满树叶的远处空地之中朦胧一闪，来的地方和去的方向我们都无从得知。快，快，让我忘记吧！

某些从不敢生存的东西发出幽微的呼吸声，没有感觉的东西发出低沉的叹息，拒绝思考的东西发出无用的低语声。缓慢地走，懒散地走，在你不得不拥有的旋涡里走，在你被给予的洼地里走，走向阴影，或走向光明，它们是这个世界的兄弟，走向荣耀或走向深渊，它们是混乱和夜的儿子。然而，让你模糊的那部分自己记住，神明随后会到来，它们也会与你擦身而过。

461. 梦想的本钱

无论是谁看到这本书，现在都会得出肯定的结论：我是个梦想家。其实，他们大错特错。我没有钱，根本成不了梦想家。

强烈的忧郁和充满沉闷的悲伤只能存在于舒适和清醒奢侈的气氛中。所以，生活在祖传古堡里的坡·埃加乌斯才会一连好几个小时病态地陷入沉思中，而在死气沉沉的客厅大门另一边，无形的男管家正在打理房子，准备饭菜。

伟大的梦想需要特殊的社会环境。有一天，我写下的某一段文字具有了悲伤韵律，让我兴奋地想起了夏多布里昂。片刻之后，我便记起，我既不是子爵，也不是布列塔尼人。还有一次，当我写的一些东西的主旨让我想起卢梭时，我也很快意识到，除了不是城堡的贵族领主，我也没有特权做一个来自瑞士的流浪者。

可是道拉多雷斯大街也是个包罗万象的地方。在这里，上天也赐福给谜一样的生活，让它无限发展。我的梦想或许可悲，可这就是我所拥有的梦想，也是我有能力拥有的梦想，就像我根据车轮和木板想象出了大车和木板箱一样。

诚然，日落在他方。可即便是从五楼的这个房间里俯瞰这个城市，也有可能思量无限。这种无限建立在下方的仓库之上，上方则是繁星点点……是日之将近，我从高高的窗户向外看，突然有此感触：身非资产阶级令我心存不满，无法成为诗人令我心有悲哀。

462. 失眠（二）

夏天的到来令我悲伤。夏的光亮，尽管刺眼，应该给那些不了解自己是谁的人以抚慰，但并未给我以抚慰。外界的丰富生活和我那永远不会被埋葬的感觉（我的所感和所想，而我不知道如何去感受和思考）的尸体之间，形成了巨大的反差。在这被称作宇宙的无界国度里，我感到自己生活在暴政下，它并未直接压迫我，但仍然触犯了我灵魂中的一些秘密原则。然后，一种对某些未来的、不可能的放逐的荒谬憧憬缓缓地、轻柔地抓住了我。

我最大的感觉就是困倦。即使是由疾病引起的睡眠，也不会带来潜在的困倦，因为这是身体休息的特权。没有一种睡意，会使人忘记生活，也许还会使人做梦。在它接近我们灵魂的盘子里，盛着一大份戒掉的安慰礼物。不，这是一种无法入睡的麻木，压在眼皮上，眼睛却闭不上，我们因怀疑而噘起嘴唇，就好像要表达一种乏味和反感。这是一种睡意，当一个人的灵魂忍受着严重失眠时，它无用地袭过他的身体。

只有夜幕降临，我才能获得休憩，由于其他休憩是愉快的，通过类比，它应该是快乐的。然后，我睡意全无，由此带来的混乱的精神薄暮开始逐渐消失，直到天空有些微明。有段时间，那里潜伏着对其他事物的希望。不过，这种希望转瞬即逝，随之而来的是绝望、无眠的烦闷、从未睡着的人醒来后的不愉快。从我房间的窗户里，我感到灵魂的贫乏和身体的疲惫，我凝视着无数的星星，虚无，虚无，只有无数的星星……

463. 镜子

人不应该看到他自己的脸——没有比这更凶险的东西。自然给予人一份厚礼，让他看不到自己的脸，不能够盯着自己的眼睛。

只有通过河水和池子里的水，人才能看到自己的脸。他不得不采取的任何姿势都具有象征意义。他不得不俯身、弯腰，承受耻辱来注视自己。

发明镜子的人毒害了人类的心灵。

464. 悲哀的脸

他聆听我朗读自己的诗句——那天我读得很好，因为我很放松——他带着自然法则的朴素对我说："你知道的，换了张脸，你会更有魅力。""脸"这个词——它的意义远不止它的本义——拉着我的无知的衣领，猛地将我从自身中拉出来。我在房间里看着镜子里那个并不可怜的乞丐的那张可怜而悲哀的脸。然后，镜子移开了，道拉多雷斯大街的幽灵像一个涅槃的信使，出现在我面前。

我的敏锐感觉像一种与我无关的疾病，它折磨着其他人，我只是那个人身上生病的部位。因为我知道，我必须依靠更强有力的感觉。我像一种特殊的组织，或者仅仅是一个细胞，首当其冲地承担着支撑整个生物体的责任。

我思考，因为我在游荡；我做梦，因为我醒着。我的每一部分都与我的其余部分纠缠在一起，以至于我的每一部分都不知所措。

465. 抱歉

我们时常生活在抽象中，那就成为这抽象思想的本身，抑或成为抽象的思想知觉，与我们自己的情感相悖。现实生活中的事物很快会成为幽灵，就连在我们特殊的个性下让我们感受最强烈的东西也不例外。

无论我与某人多么交好，情感多么真挚，他生老病死的消息只会给我留下模糊不清的印象，这印象让我尴尬不已。只有直接接触，真实的情景才会激发我的感情。我们靠想象过活，便会用尽全力去想象，尤其是想象那些真实的存在。让我们的精神生活远离现在不存在且永远也不会存在的事物，不过这样我们就丧失了思考可以存在的事物的能力。

今天，我发现一位好久不见但我时时真心怀念的故友刚刚住院做了手术。这个消息在我心中激发的唯一清晰确定的感觉就是，一想到不得不去探望他，我就很烦恼，甚至我想放弃这次探望的机会，并为此感到愧疚。

就这么多……面对太多的阴影，我自己也变成了阴影——我思想，我感知，我是我。我的存在的实质是对我从未成为过的正常人的怀念。这个，只有这个是我的感觉。我其实并不为将要做手术的友人感到伤心。我其实不为任何要做手术的人或是遭受苦难的人或是悲伤不已的人感到伤心。我只是为不能成为一个会伤心的人而伤心。

突然间，不知是被何种力量所驱使，我无助地想起了另一个人。好像我产生了幻觉，我从未感受过的也从未成为过的一切与沙沙作响的树木、汩汩流入池塘的水和并不存在的农场交织在一起……我试着感觉，但我不知道如何感觉。我变成了自己的影了，好似我的存在在向它屈服。与德国故事里那个叫彼得的傻子恰恰相反，我将我的肉体卖给魔鬼，而不是影子。我因不痛苦、因不知如何痛苦而痛苦。我是活着，还是仅仅在假装活着？我睡了还是醒着？炎热的白天，吹来一股凉凉的轻风，我忘记了一切。我的眼皮惬意地变沉……我想起同样的太阳正照着我不是也不希望成为的田野……嘈杂的城市突然变得寂静……这是多么柔和！但若我能感受到，它会柔和得多……

466. 我为什么要写作

甚至写作也失去了它的吸引力。用语言表达情感，精心地遣词造句，这些都变得像吃喝一样平庸。我做这些事情时或多或少带着些兴趣，但总是带着某种超然，没融入真正的热情或才智。

467. 鱼钩

开口说话，就会表现出太多对他人的关心。就在他们张开口之际，鱼和奥斯卡·王尔德如宿命一般地上钩了。

468. 幻觉和假象

只要我们把世界看作是一种幻想和错觉，就会把发生在我们身上的任何事情看作一场梦，看作我们睡着时假装它们存在的东西。对于生活中的一切挫折和灾难，我们会用一种巧妙而彻底的冷漠对待。已死的人拐进街角，这就是我们再也见不到他们的原因；遭受苦难的人从我们眼前经过，如果去感觉，他们就是噩梦，如果去思考，他们就是令人不快的白日梦。我们自己的苦难甚至和这种虚无并无不同。在这个世界上，我们向左边侧睡，即便在梦里也能听见受到压迫的心跳声。

没有别的东西了……一点阳光，一缕清风，远处的几棵树，对快乐的渴望，对时光流逝的哀叹，永远令人怀疑的科学，永远找不到的真理……就是这样，没有别的东西了……没有了，没有别的东西了……

469. 虚无

获得满意的神秘状态，而不承受其所带来的艰苦。尽管没有起始，依然要在无神、无神秘和无祭祀之路上做一个疯狂追随者。想象一个你不相信的天堂，借此打发时间——对于那些知道什么是一无所知的灵魂来说，这一切都是美好的体验。

寂静的云在我头上的高空里飘动，一具肉体处在阴影里；隐藏的真理在我头顶上的高空飘动，一个灵魂被囚禁在一具肉体里……万事万物都在高处飘过……高高在上的一切飘过，就像是地上的万物一样。没有云，只留下雨，没有真理，只留下悲伤……是的，高尚的万事万物都在高处飘过，令人满意的万事万物都在远方，远远地飘走了……是的，万事万物都具有吸引力，万事万物都是陌生的，万事万物都飘走了。

我知道，在阳光下或在雨中，作为一具肉体或一个灵魂，我也可以飘走，可这有何意义？毫无意义——只能希望，万事万物都是虚无、是虚空，因此，又成为万事万物。

470. 上帝

不少人都信仰上帝，然而没有一个心智健全的人信仰一个具体的上帝。有这样一种既真实又不可能的存在，他统治着万物，而他的容貌外表（如果他有容貌外表的话）无法被定义，他的目的（如果他有目的的话）也无法被看穿。通过把他称作上帝，我们其实在说一切，由于“上帝”这个词——没有明确的含义——一言不发地证实了他。我们有时把“无限”“永恒”“全能”“公正”或“博爱”这些定语加在“上帝”的前面，但都被去掉了，就像名词前面的所有多余的形容词。这个上帝是无限的，不能被赋予属性，所以是绝对名词。

同样的确定性和同样的难懂性与灵魂的存活共存。我们都知道我们会死；我们又都觉得我们不会死。使我们产生关于死亡是一种误解的朦胧直觉的，不只是我们的欲求或期望，还有一种出自本能的逻辑，摒弃……

471. 一天（二）

我没有吃午餐——吃午餐是我每天必须做的事——向塔古斯河走去，然后沿着街道往回走，甚至不愿假装知道见到河水对我有好处。即便如此……

生活不值得这么麻烦，唯有看才值得。只看，不生活，给人带来快乐，但就像我们梦见的一切，这是不可能实现的。不将生活纳入其中的快乐是多么伟大的事情!

至少，要创立一种新的思维，借此我们能够获得一种幻觉，以为我们留住了自己的某些东西——哪怕是不好的东西。

472. 思考

“你在笑什么？”莫雷拉并无恶意的声音从两座书架那边飘过来，那些书架成为我的小尖塔的边界。

“我将一些名字弄混淆了。”我回答道。我的肺部也平静下来。

“哦。”他飞快地说，飘满尘埃的办公室再次寂静下来，我也平静下来。

夏多布里昂子爵在看这些书！亚米哀教授坐在这把皇家高凳上！阿尔弗雷德·德·维尼伯爵在格兰德拉百货商店记账！瑟南古走在道拉多雷斯大街上！

甚至没有可怜而又可悲的布尔热[1]，他的书像没有电梯的大厦一样令人讨厌……我转身探出窗外，再次看着圣·日耳曼大街。恰恰在这个时候，农场主的合伙人从隔壁窗户向外啐唾沫。

我处在思考和吸烟之间，不去将一件事和另一件事联系起来。当我在精神上发笑时，感受到烟味飘进我的喉咙，演变成一阵轻微的、听得见的笑声。

473. 怀旧与现实

似乎很多人会觉得，我只为自己而写的日记太过虚伪。但对我而言，只有自然的事物才是虚伪的。除了仔细记下这些心理笔记，我还能用什么聊以自慰？不过我并不十分在意如何去记录。事实上，我草草写下它们，既没有按照特别的顺序，也没有花费特别的心思。我自然是用这种经过精雕细琢的语言来思考的。

对我而言，外在世界是一种内在现实。我的这种感觉并非是按照形而上学的方式得到的，而是一种通常被用来掌握现实的感觉。

---

[1]布尔热（1852—1935），法国小说家、文学评论家。布尔热的重要作品有《残酷的谜》（1885）、《爱之罪》（1886）、《安德雷·科内利》（1886）、《谎言》（1887）、《门徒》（1890）、《国际都市》（1892）等。——中译者注

昨天的琐事是一种怀旧之情，侵蚀着我今天的生活。

这就是这一刻的隐居地。夜幕降临在我们的逃避之上。池塘那双充满绝望的蓝眼中闪现着垂暮的太阳。我们是这些古老花园里的东西，这些雕像和英式布局的林荫小道将我们体现得如此艳丽多姿。戏服、花剑、假发、优雅的动作和队列，这一切不过是我们精神实质的一部分。然而，这个“我们”到底指的是谁呢？正如废弃花园里的喷泉喷出来的水花，在忧伤地尝试飞行后，喷射的高度还不如从前。

474. 百合花

……还有遥远寒冷河岸上的百合花——在真正的大陆上，永远消失在一个没有别的东西且永无休止的夜晚。

475. 月夜景色

整个景色就像完全不存在了。

476. 荒谬的哀愁

我站在影影绰绰的斜坡上往下看，冰封的城市在月光下沉睡。

一种永远困在自己内心深处的对自我的绝望焦虑，淹没了我的整个生命，叫我无处可逃，把我变成了温柔、恐惧、悲伤和凄凉的混合体。

一种难以言表的过于荒谬的哀愁，一种悲伤，孤独而荒芜，形而上学的我……

477. 夜色朦胧的城市

寂静而朦胧的城市在我怅然若失的目光下延展开来。

这些建筑各不相同，杂七杂八地聚在一起，这些死气沉沉的凸出物被困在了变幻莫测的珍珠色月光下。那里是屋顶和影子、窗户和中世纪，但市郊什么也没有。在我所看到的一切中，有一丝遥远的微光。我所站之处的上方是黑色的树枝，整个市镇沉睡着，充斥着我幻灭的心。月光下的里斯本，我的倦怠，只因为明天！

好一个夜晚！这样的夜晚，令任何塑造世界细节的人感到欢欣。在这孤寂的月夜时分，我不再了解我所熟悉的那个我，对我而言，没有比这更好的旋律或时刻了。

我并未思考，也没有微风和人来打扰。我像醒着一样沉睡。我只在我的眼皮里感觉自己，好像有什么东西把眼皮压得很重。我听到我的呼吸声。我是睡着了，还是醒了？

我拖曳着双腿走在回家的路上，感觉像灌了铅一样沉重。消失的爱抚、化为虚无的花、从未被念出的我的名字、犹如河岸之间的河流一般的我的不安、放弃义务的特权，以及祖先花园里的最后一个弯道——那是另一个世纪，像一座玫瑰园……

478. 理发师之死

我像往常一样走进理发店，带着一种走进熟悉地方的愉快感觉，十分轻松自如。新事物总使我感到不适，只有待在曾经到过的地方，我才觉得舒服。

我在椅子上坐下以后，年轻的理发师用干净冰凉的围巾围住我的脖子，我突然想起要问候一下他的那位年老的同事。那位老者总在右边的椅子那儿干活，他虽然生病，但动作麻利。我提问并不是要无话找话，而是这个地方让我想起了他。理发师把亚麻布塞在我的衬衫领子和脖子之间，然后把手抽出来，在我身后淡淡地回答道：“他昨天晚上去世了。”想到再也看不到那个理发师出现在旁边那把椅子处，我整个毫无理由的好心情顿时烟消云散。一丝寒意袭遍整个思想。我说不出话来。

怀旧之情！我甚至怀念对我无足轻重的人或事物，因为时间的流逝令我感到痛苦，生活之谜是一种折磨。我在走惯了的街上见到那些见惯了的面孔——如果我看不见他们，我会感到伤心。或许，除了是一切生活的象征，他们对我无足轻重。

我经常在上午 9 点半遇到的那个绑着腿脏兮兮的普通老头儿……总对我纠缠不休却白费工夫的跛脚的彩票兜售者……在烟草店门口抽雪茄的面色红润的肥胖老人……脸色苍白的烟草店老板……因为我经常见到而变成我生活的一部分的这些人，他们身上到底发生了什么事？明天我也会消失在普拉塔大街、道拉多雷斯大街和范奎罗斯大街上。明天我也——我和这颗感受与思考的心灵，我是我自己的宇宙——是的，明天我也将不再行走在这些街道上，会突然被其他人隐约想起来，并问起："他怎么了？"我的一切所为、所感和一切生活，我仅仅是某座城市某条街道上的路人。

不安选集

在一篇关于如何编排《不安之书》的注释（附录三）中，佩索阿考虑将部分有标题的文章单独出版成册。这部分有标题的文章包括 1910 年以后的作品，并按字母顺序排列。

对不幸的已婚妇女的忠告

（不幸的已婚妇女包括所有已婚和部分单身妇女。）

最重要的一点是，要谨防训练有素的人文情怀。我冷静地、理性地写下这些话，是为你们好，你们这些可怜而又不幸的已婚妇女。

你的艺术和自由完全取决于你是否尽可能地拒绝屈服于你的精神，而让你的身体屈服。

不检点的行为是不可取的，因为那样会贬低你在别人眼中的品格，使你变得庸俗。你应该在得到周围每一个人的尊敬时，内心却充满激情。成为一个相夫教子的贞洁妻子和母亲。

按照你们的优势，读到这篇文章的女性灵魂是否能够看明白我在说什么？一切快乐都在心中；所有的罪行，就像某人或其他人说的，“只在我们的梦里发生”。我想起一个从未发生的、完美而真实的故事。我们不记得的，才是美妙的故事。博尔吉亚犯下过美妙罪行吗？相信我，那不是他所为。犯下美丽、高贵、奢华罪行的人是我们梦想中的博尔吉亚，是我们对博尔吉亚的想法。

我公正无私地给你们提出这个建议，将我的方法应用到我个人并无兴趣的案例中。我的梦充满尊贵和荣耀，毫无半点肉欲可言。但我希望这个方法对你们有用。如果说除了令我烦恼没有其他理由，那是因为我讨厌有用的东西。我用我的方式践行着利他主义。

*

现在让我来告诉你们如何在想象中避免对丈夫不忠。

绝不犯错：只有平凡的女人才真正会对她的丈夫不忠。端庄是获得激情的必要条件，而委身于多个男人则毁灭了这种端庄。

我承认，女性的卑微使她们需要男性这样的物种。但我认为，每一个女人应当只委身于一个男性，如果必要的话，使他成为想象中的男性扩展圈的中心。

做这些事情的最佳时间是在生理期前的那些日子。

具体如下：

想象你丈夫的身体的肤色更白。如果你擅长于此，你会感到他的白色身体在你的上方。

不去做过多的肉欲姿势。亲吻在你身上的丈夫。

快乐的木质是多元的。将你内心猫一样的机灵释放出来。

如何惹怒你的丈夫……

偶尔惹怒你的丈夫是很重要的。

学会在不放松外在戒律的同时，沉湎于邪淫之事。最无法无天的内心与最严于律己的外表结合，构成完美的感官感受。每一个实现梦想或愿望的行动都无法在现实中实现。

*

我亲爱的门徒们，我对你们的期望就是，如实按照我的建议去做，你们将体验到一种极大的多重感官愉悦。

鸟儿起飞前都会用脚蹬地。女孩们，愿这样的画面成为唯一存在的精神戒律的永久提示。

感官感受的至高愉悦（如果你能获得），就是成为能想象得到的充满激情的女人，却从不背叛你的丈夫，甚至就连眼睛也不背叛。

世界末日的感觉

我在生活中每迈出一步，都让我越发靠近那使人毛骨悚然的全新未知。我遇见的每一个人都是未知的一个活生生的碎片，我把这些碎片放在我的桌子上，以供我每天做我那些可怕的冥想，于是我决定戒除万事万物，决定走向虚无，决定将自己的行为降到最低限度，决定为人们增加难度，为活动设置障碍，不让他们找到我，并将禁欲提升到新高度，成为一个拜占庭式的禁欲艺术家。这就是这折磨人的生活恐吓与折磨我的地方。

做决定，完成某件事，摆脱怀疑和模糊的领域——于我而言，这些事情似乎就如同浩劫或者宇宙灾难。

据我了解，生活就是一场灾难，就是一份天启。每过去一天，我就感觉自己越发无能为力在清晰的现实处境里去注意人们的行为或表达自我。

随着每一天的流逝，其他人的存在——往往我的灵魂遇到他们时都会受到粗鲁无礼的惊吓——都变得越发令人痛苦与压抑。和别人说话，我就毛骨悚然。如果他们对我有任何兴趣的话，我就会逃跑。如果他们看着我，我就会颤抖。如果……

我处于永恒的自卫状态。生活令我痛苦万分，其他人也令我备受折磨。我不能与现实面对面。就连太阳都让我泄气，令我压抑。只有在深夜，我一个人独处，逃避，遗忘，迷失，不与任何真实或有用的人和物发生联系——我方能找到自我，感觉舒服。

生活令我感觉冰冷。我的存在就是潮湿的地窖和暗淡无光的地下墓穴。我就像支撑最后帝国的最后军队遇到了惨败。没错，我感觉到，仿佛我身在一个号令天下的远古文明的末期。我过去常常支配别人，如今却孤身一人，遭遇遗弃。一直以来都有谋士指引着我，如今却无朋无友，迷失方向。

我的内心始终在祈求怜悯，我的内心为了自己而泪如雨下，正如为了一位死亡的神明泪如雨下一样，在如同白色波涛一般的年轻异族攻击边界的时候，这位神明的圣坛被全部摧毁，生活如期而至，并且想要知道这个帝国到底对幸福做了什么。

我一直非常害怕别人和我说话。我一事无成。我不敢想自己成了什么人；我甚至不敢梦到我在想自己变成了什么人，因为即便是在梦里——作为一个纯粹的梦想家，我所处的那种幻想状态——我都意识到，我与生活格格不入。

这个世界里没有一种感情能把我的头抬离枕头，而我则带着绝望的情绪让自己的头沉浸在枕头里；没有一种感情能够应付我的身体，以及我觉得我依然活着的这个想法，甚至不能应付抽象的生活概念。

我不会说任何现实中的语言，我在生活的琐事之中蹒跚而行，像个病人一样——他在卧床不起几个月之后终于站了起来。只有躺在床上，我才感觉自己融入了正常的生活。当我发烧时，它就像我平躺着的自然状态一样让我高兴。如同风中的一簇火焰，我摆动着，有些头昏目眩。唯有在封闭房间内不流通的空气里，我才能闻到正常生活的气味。

我甚至不会想念海风。我甘心把我的灵魂当成一座修道院，我甘心做我自己，不愿意成为干旱贫瘠的地里的秋日，而我只有微弱的鲜活生命，就像一盏灯，在黑暗的小池塘里熄灭。我没有活力，失去色彩，只有当太阳落山之时，流亡的紫色光辉射来……

我唯一的真实愉悦是分析我的痛苦，而我唯一的感官快乐就是当感情崩溃或腐烂之际，看着情感令人毛骨悚然地渐渐消散——朦胧的阴影里传来轻微的脚步声，我们甚至不用转身去查看那是谁的脚步声；远处传来微弱的歌声，我们没有尝试听清歌词，因为歌声的朦胧感和所处位置的神秘感更能让我们平静下来；苍白的水域有着朦胧的秘密，夜空里充满了空灵的氛围，远处的马车上传来铃响，谁知道他们自何处返回，或者他们有着怎样的欢乐？沉闷麻木午后的沉寂马车，此时，夏天让位给了秋日……

花园里的花都枯死了，枯萎的它们变成了别样的花朵——更老、更壮丽。枯萎的黄色花瓣非常神秘、沉寂、寂寞，显得很是协调。池子里的水冒着泡，池面也是梦境的一部分。远处的青蛙呱呱直叫。啊，我的内心之中有一个死气沉沉的乡下！啊，多么具有乡村般宁静氛围的梦境啊！啊，我的生活，多么缺乏斗志，就像一个不中用的懒汉，他睡在路边，他的睡眠清新晶莹，草地的芳香就像雾气一样飘入他的灵魂，醇厚、永恒，就像和其他事物没有联系的万事万物，在星辰冰冷的怜悯下，如暗夜一般，缺乏特性，到处游荡，令人厌烦。

我随着我的梦到处游荡，让一幅幅画面变成台阶，以便可以令其他画面出现；像扇子一样，我让每一个随机的隐喻都演变成一幅巨大的、只能在心里看到的图画；我把我的生活抛弃，就像抛弃一件过于紧绷的西装。我躲藏在树林中，远离公路。我迷失了自我。在一些不重要的时刻，我可以忘记对生活的品味，可以埋葬关于日光和喧嚣的思想，可以有意识且荒唐地在感情里走向终结，带着一个痛苦的放弃的帝国，在胜利的旗帜和鼓声中有一个宏伟的入口，由此进入一个光荣的终极城市，在那里我不会为了任何事物哭泣，什么也不会渴望，甚至不会要求我自己存在。

我为了我在梦境里创造出来的那令人不快的池子表面而深感痛苦。我的痛苦就是我想象出来的那长满绿树大地上的苍白月亮。我的痛苦就是停滞的秋日天空产生的疲倦，我记得那天空，却从未亲眼见到。我所有的死寂人生、我所有的缺陷梦境以及我所有的却不属于我的东西，全都在我内心的天空中，在我灵魂之河那看得见摸得着的涟漪中，在平原上的麦田里那焦躁不安的宁静里（我见过却也没见过这麦田），向我压来。

一杯咖啡，一点烟草，我抽烟的时候烟味从我身边飘过，在这间半明半暗的房间里我的眼睛半睁半闭——这一切以及我的梦境，都是我希望从生活里得到的东西。太渺小了吗？我不知道。我怎么才能知道什么是贫乏、什么是富有？

啊，外面正值夏日，我多么想改头换面……我打开窗户。外面的一切是那么柔软，可那一切却能割伤我，带给我无限的痛苦，就像一种朦胧的不悦感觉。

最后一件事情将我割伤，把我撕裂，将我的灵魂扯成碎片。此时此刻，在窗边，这件事就是，我想到了这些悲伤与轻柔的事物，我应该成为一个有吸引力且唯美的人，就像是画中人一样——而且我甚至不是……

让这一刻赶快过去吧，赶快遗忘吧……让今夜到来，让夜色越来越深沉，让夜色笼罩一切，永不退去。让这抹灵魂永远成为我的坟墓，在黑暗中被绝对化，愿我再也不能生活，再也不能感受，再也不能想要任何东西。

有效做梦的技巧

首先，要确保你不敬仰一切，也不相信一切。然而，当你表现出不敬时，应当保持着敬仰某些事情的欲念；当你鄙视你不喜欢的人时，应当保持着去喜欢某个人的痛苦渴望；当你藐视生活时，应当认为生活是美好的，值得你活着和去珍惜。（通过）这么做，你将为你的梦想大厦奠定基础。

记住，你正在从事最崇高的事业。做梦就是发现自我。你将成为自己心灵的哥伦布。你将要发现你自己的风景。要确保你的路线正确，你的仪器不能指错了方向。

做梦这种技巧，因为被动，所以艰难。在梦里，我们尽一切努力去避免做任何事。如果存在睡眠技巧，那么它毫无疑问与之相似。

注意，做梦技巧并不是一种指导做梦的技巧。指导即行动。真正的梦想家对自己缴械投降，被自己所支配。

避免一切物质刺激。起初，你将忍不住酗酒、吸食鸦片……这些都是努力和寻觅。要成为一个优秀的梦想家，你就不得不只做一个梦想家。鸦片和吗啡在药房都能买到——你又如何能指望通过它们去做梦呢?

你应当始终把自己想象得更凄惨、更可怜。这样做并无害处，甚至可以当作一种通往梦境的云梯。

*

推迟一切。可以留到明天的事情绝不今天做。事实上，无论明天或今天，你都不需要做任何事情。

永远不要去想你要做什么。不要这么做。

过你的日子。不要把重心都放在生活上。对或错，快乐或悲伤，做你自己。

你只能在梦里这么做，因为你的现实生活和人类生活都不属于你，而属于别人。你必须将生活和做梦置换过来，将精力集中在做完美的梦上。从生到死，在你真实生活的一切行动中，你没有行动——而是被行动。你没有生活——而只不过是被生活。

成为别人不能理解的斯芬克斯。将自己闭关在象牙塔里，但不关门。你的象牙塔就是你。

如果有人告诉你这样做既虚假又荒谬，不要去相信。但也不要相信我所说的，因为一个人不应当相信任何事情。

藐视一切，但要做到，你的藐视不会让你心烦。不要因为藐视一切而认为自己高人一等。这就是掌握高贵藐视技巧的关键。

*

梦想太多，生活中的一切都会让你更痛苦……

这是你不得不背负的十字架。

有效的形而上的做梦技巧

推理——一切都很简单，因为对我来说一切都是一场梦。我决定梦见什么，就会梦见什么。有时，我在自己身上塑造了一个哲学家。当他有条不紊地阐释哲理时，作为一个年轻侍者（我是他的灵魂）的我，在他女儿的窗下向她求爱。

诚然，我只能局限于自己的所知。我不能塑造出一个数学家。但我对自己的所有心满意足，足以使我排列出各种组合，做不计其数的梦。或许，通过做梦我将实现更多东西。尽管这的确不值一提，但我已感到十分满足。

摧毁人格：我不了解自己的想法、感觉或性格……当我去感觉时，对于出现在面前的某个可视化的这个人或那个人，我只有一种模糊的感觉。我将自我替换成我的梦。每个人都不过是他自己的梦，我甚至连梦都不是。

永远不要将一本书读到结尾，也不要按顺序读，要跳读。

我从不了解自己的所感。每当人们对我说起这样那样的情感，并对之做出描述时，我总是感到他们在描述我的灵魂。然而，当我过后回想起来时，我又总去怀疑这一切。我总不明白，我所感受到的我是否就是真实的我，或者，只不过是想象中的我。我是一场戏里的角色，而这场戏就是我自己。

努力徒劳无用，却给人欢愉。推理毫无结果，却十分有趣。恋爱使人烦恼，但或许比不爱要更好。然而，做梦可以取代一切。在梦里，我不用做出实际努力，却能获得努力的印象。我可以进入战斗，不用担心受惊吓或受伤。我可以去推理，不用刻意去发现什么真理（很遗憾，我无论如何都发现不了），不用设法去解决什么问题（我知道我永远也解决不了）……我可以去恋爱，不用担心被拒绝或背叛，也不会感到厌倦。我可以换心上人，而她始终如一。如果我希望被背叛或抛弃，我可以让这样的事情发生，并且总是用我希望的和让我愉悦的方式。在梦里，我可以体验到最坏的焦虑、最残酷的折磨和最伟大的胜利。我可以体验到这一切，就好像它们发生在生活中。我的梦是否生动、清晰和真实取决于我自己的能力。这需要研究和内在耐性。

做梦的方式有很多种，其中一种便是，彻底对你的梦缴械，不要试图使梦清晰而明朗，让自己进入梦唤起的朦胧感觉。这是一种低级无聊的做梦形式，因为它很单调，总是千篇一律。另一种大为不同的方式就是，使梦清晰，控制梦。然而，通过这种控制梦的努力，梦显然变得不真实。至高的艺术家——像我这样的梦想家——只会努力让梦变成这个样子或那个样子，使之契合他的幻想，展现在他面前的梦正是他渴望得到却从不曾想过的，因为脑力劳动会使他筋疲力尽。我想把自己梦成一个国王。我突然觉得，这就是我想要的，看哪，我就是某个国家的国王。梦将告诉我，我是哪个国家的哪种类型的国王。我已成功驾驭了梦，它总是出乎意料地带来我想要的东西。他们常常完美无缺，把他们从我这里获得的模糊想法清晰地呈现出来。我将完全无能地有意识地想象我在梦中经历的不同空间和不同地球上的不同中世纪。我从未发现自己有这么丰富的想象力，我对此感到吃惊。我任由自己的梦驰骋……它如此纯净，总是超过我的预期。它总比我期望的更美丽。然而，只有最高等的梦想家才有希望达到这一步。我数年来致力于做这样的梦，而如今，我不费吹灰之力就实现了。

开始做梦的最佳途径是通过书籍。对于一个生手，小说尤其有用。第一步就是学会彻底沉浸于你的阅读，完全融入小说的人物角色里。当你自己的家庭和家里的麻烦相比之下显得平淡无奇、令人生厌，那么你会发现，你已取得了进步。最好不要阅读纯文学小说，因为它会将你的注意力转移到形式结构上去。

我毫无羞愧地承认，我就是这样开始的。奇怪的是，我总是本能地阅读侦探小说，而言情小说我总是读不下去。但这出于个人原因，我即便在梦里也不愿看到言情小说。每个人都可以去培养他独有的爱好。让我们永远不要忘记，做梦就是探索自己。从读书的角度看，肉欲灵魂应当选择与我所读书籍相反的读物。

当做梦者体验了身体感受——当一部关于战斗、射击的小说使他真正感到筋疲力尽、四肢酸疼——那么他已度过了做梦的第一阶段。对于一个肉欲灵魂，他应当能够——只去做精神意淫——在阅读期间的某个适当时刻体验到一种兴奋。

然后，做梦者应当试着将这一切转移到心智层面。他应当在梦里感觉到实际并未发生的事情（我举的是最为强烈和明显的例子）。疲惫感加剧，但快乐感也将变得无比强烈。

在第二阶段，一切感觉都变得精神化。这加剧了快乐感和疲惫感，但身体不再有任何感觉。我们不再四肢疲惫，取而代之的是我们的思想、想象以及情感的松懈和倦怠……到达这一步，就是走向做梦的高级阶段的时候了。

第三阶段，就是为你自己的乐趣而建构小说。如前所述，你只有在梦完全精神化时才能做这种尝试。否则，建构小说的动态过程将阻碍精神化快乐的顺利进行。

第四阶段，我们完成对想象力的培养后，就可以将梦塑造成任何我们希望的样子。

此时，我们不再感到精神疲劳。人格已彻底分解。我们化作有灵魂的灰烬，但没有形状——甚至连水都不如，而水的形状取决于盛水的容器的形状。

彻底达到这一步后，完整而自发产生的戏剧在我们面前逐渐呈现。我们再也没有精力去写作，但这无关紧要。我们可以间接地创作，可以想象我们身上有个诗人用一种方式写诗，而其他诗人则会用不同的方式。我将这种技巧锤炼到炉火纯青的程度，能够用不计其数的方式去写作，每一种都独具匠心。

做梦的最高阶段就是，创造出一幅有各种人物的画面，画里的人物和我们同时存在，我们与这些灵魂相互联系、互相影响。这在极大程度上将我们的人格解体，将我们的精神化作灰烬。我承认，在整个人生中，我们很难不感觉到一种倦怠。这是多么大的胜利！

这只是一种终极禁欲主义。这是一种没有信仰的禁欲主义。

瀑布

孩子们知道洋娃娃不是真的，但待它们如真人一般，如果洋娃娃破了，他们甚至会为之哭泣。孩子们的做法是一种非现实的做法。在这种容易哄骗的年龄，当生活中没有性的存在，现实被游戏替代，真实的东西被不真实的东西替代，这是何等幸福的事情！

如果我能回到过去，永远当一个孩子，对大人给事物标上的价值和他们彼此建立的关系一无所知，该有多好！我小时候常常将我的小锡兵头朝下放着。有什么令人信服的逻辑论证可以向我们证明，真正的士兵不能头朝下向前走呢？

对于一个孩子来说，金子并不比玻璃值钱多少。金子的价值真的更大吗？一个孩子会朦胧地感觉到，大人的手势中表现出来的愤怒、热情和恐惧是荒谬的。难道我们的恐惧、憎恨和爱情真的有用和不荒谬吗？

孩子们的直觉有着神性的荒谬！我们常常给事物的真实图景蒙上惯例的外衣，不论它在我们眼前有多么暴露；我们总是把自己的思想搅得一片模糊，不论我们是多么直接地凝视着它！

难道上帝不是一个大孩子吗？难道整个世界不像一场游戏、一个淘气包的恶作剧吗？如此不真实……

我笑着说出这个想法以供考虑，眼下，我从远处审视这个观点，发现它是多么可怕。（谁又能说它不是真的？）它跌落在地，落在我的脚下，将我的秘密摔成碎片和骇人的粉末……

我醒来是为了确定我的存在……

越过蜂房，在庭院的乏味尽头，和着小瀑布迷人的潺潺水声，一种无边无际的巨大单调在汩汩作响。

无名战士墓

没有遗孀或遗孤将银币放在他的嘴里，向冥界渡神付船费。我们永远不会知道他用什么样的眼神渡过冥河，看到自己的脸——永远不让我们看见——九次倒映在冥界的水里。他的影子在阴暗的河岸上游荡，影子的名字对我们来说只是另一个影子。

他为国牺牲，不知如何，不知为何。他默默无名地牺牲，这是一种荣耀。他全心全意地奉献自己的生命，出于本能，而非职责。因为他热爱他的国家，不是因为有意识这一点。他像儿子保护母亲一样保卫自己的国家，母子关系是天生的，而非逻辑的。出于对原始秘密的忠实，他没有考虑自己的死亡或希望自己死亡，只是本能地接受，一如他接受自己的生命。他现在栖息的影子，与在塞莫皮莱山口跌落的影子是同胞兄弟，血肉之躯忠于他们出生时立下的誓言。

他为国牺牲，如同太阳每日升起。他天生就是死神想要他成为的样子。

他不是为某种狂热的信仰而倒下，也不是由于某个伟大理想的卑鄙理由而被杀害。他未受信仰和人道主义的驱使，他并非为维护某个政治理念、人类的未来或一个新的宗教而死去。他直视死亡的降临，不期望还有生命；他目睹生命离开自己，不奢望有更好的生命。

他像风、像日子一样自然地死去，带着让他与众不同的灵魂。他钻入阴影，一如人来到门前，径直走进去那样。他为国牺牲，这是我们唯一知道并了解的事情。

他不知道他是谁，正如我们不知道他是谁一样。他履行职责，却不知自己做了什么。他被那种让玫瑰花开、枯叶美丽的力量所引导。生没有更高的目标，死也没有更好的回报。

现在，他得到众神的许可，去参观无光的世界。他经过科赛特斯河的悲痛和弗列格桑的火焰，在夜晚听到缓慢的冥河水流在怒吼。

他像杀死他的本能一样无名。他没想过会为国捐躯，却这样做了；他没想过履行职责，却也履行了。既然他的灵魂没有名字，我们也就不要询问他肉身的名字。他是葡萄牙人，却不是这个或那个葡萄牙人，他代表普遍的葡萄牙人。

他的位置不在葡萄牙的创造者旁边，他们处于不同的境界，有不同的意识。他不属于我们的半人神的行列，他们勇敢地开拓了航线，让我们到达更多的陆地。

不要用雕像或石头纪念这个代表我们每个人的灵魂。既然他是整个民族，他的坟墓就应该是整片国土。我们应该将他埋在他自己的记忆中，用他的榜样事例做墓碑。

差别宣言

城市和国家的事务与我们无关。那些阁僚和他们的侍臣不知羞耻地耽误国事，这也没关系。这一切为身外之事，就像雨天的泥浆。不管它们和我们怎样密切相关，我们和它们都毫无关系。

我们同样对战争和国际危机等重大动荡无动于衷。只要它们不降临到我们头上，我们就不去关心它们降临到谁头上。这种态度看似建立在对他人的极度轻蔑上，而实际上不过是建立在对自己持怀疑态度的基础上。

我们既不仁慈，也不慷慨。不是说我们与此相反，而是因为我们既算不上仁慈，也算不上不仁慈。仁慈是一种微妙形式，只有原始灵魂才具有仁慈。它作为一种发生在别人身上的现象吸引着我们，别人有别人的思维方式。我们翘首旁观，既不赞成也不反对。我们的天命就是成为虚无。

如果我们出生在自称为“贫困阶层”的阶级，或者可以在上下层社会中任意游走的其他阶级，那么我们就是无政府主义者。但是，我们多半是在等级和社会阶层之间的隙缝里出生的个体——几乎总是活在贵族和中上阶层之间、社会天才和狂人（也许我们可以和他们相处下去）之间的颓废空间里。

行动困扰我们，在一定程度上，这是因为我们的身体胜任不了，但主要是因为它冒犯了我们的道德感。我们认为行动不道德。在我们看来，每一种思想，一旦用语言把它表达出来，就会遭到贬损，因为语言把思想变成了别人的财物，使任何人都能去理解它。

我们赞同神秘学和秘术。然而，我们不是术士。我们天生不具有这种意志，更不用说有耐心把这种意志培育和发展成术士的完美工具。但我们赞同神秘学，尤其是它倾向于以这样一些方式表达自己：尽管许多人读它，并认为能读懂它，但实际上却没有读懂。它以玄秘难解的姿态傲视一切。此外，它蕴藏了大量神秘可怖的感觉：星际幼体，离奇身体在寺庙里通过仪式魔法激发的离奇存在，徘徊在迟钝感觉周围的非物质存在，身体的静默和心灵的声音——这一切抚慰我们，用它们湿热可怕的手在黑暗和孤独中爱抚我们。

但如果术士充当人道主义的传道者和捍卫者，那么我们就不能苟同；这剥去了他们的神秘性。一个术士用占星盘占卜时，唯一正当的理由就是出于更高美学的考虑，而不是出于服务于他人这个目的。

我们疲弱和优柔寡断的灵魂的眼睛迷失在——像一只发情的母狗——颠倒黑白的理论、颠倒的礼数、派生物的险恶曲线和逐层下降的等级制度中。

喜欢或不喜欢，撒旦都对我们施了法，像男人对女人下了蛊。肉体智慧的毒蛇缠绕着我们的心，就像缠绕着象征性的墨丘利节杖，它传达了上帝的旨意——墨丘利，上帝的传译。

对行动的厌恶会使我们变得女性化。因为身陷当前肉身的混乱，我们像主妇和无所事事的女主人一样，失去了真正的欲望。尽管我们一点也不相信，但我们似乎表现出某种讽刺意味。

这并不卑鄙，只是出于软弱。我们私底下崇拜恶，不是因为它是恶，而是因为恶比善更强大、更激烈，一切强大激烈的东西都吸引我们本该属于女人的神经。“大胆犯罪”不适用于我们，因为我们没有力量，尤其没有智慧的力量，而这是我们曾经唯一需要的东西。带着强烈的感觉想象犯罪——这是我们带着严厉宣言唯一能做的。但这并不总是可能的，因为我们的精神生活有其自身的现实性，我们有时感到痛苦，只因它是一种现实。由于天生缺乏纪律性，法律管理思想（连同其他一切心理操作）对我们是一种侮辱。

神的嫉妒

当我与他人一起体验愉悦感觉时，我嫉妒他们在这种感觉中扮演的角色。他们和我有同样的感觉，他们应该用他们自己和谐的情感的灵魂来侵犯我的灵魂。

令人痛苦的事实就是，当他人必定出于和我一样的原因去凝视风景时，我又怎么能够以这些风景为傲呢？诚然，在某时某刻，发现它们的差异对我来说是一种难以实现的迂腐慰藉。我清楚这种差异微不足道，他们带着同样的凝视精神，以一种与我相似却不完全相同的方式去看风景。

这便是我常常力图改变所见从而无可争辩地拥有它的原因——改变山脉的轮廓，却保持与原貌丝毫不差的壮丽；用另一些完全不同却又极其一致的花草树木去替代某些花草树木；在夕阳下观看另一些有着同样效果的色彩。我创造的这种方法，得益于我观看事物时与生俱来的体验和习惯，一种对外部世界的内心解读。

这是替换有形世界的最低层面。在我更美好、更专注于做梦的时刻，我改变并创造了更多。

我会使风景如同音乐一般感染我，唤起我的视觉影像而获得愉悦观感——这是一种奇异而难实现的狂喜，因为引人遐思的替代品与它唤起的感觉有着同样的秩序。处在这种状态下，我最大的快乐在于，当光线模糊、气氛朦胧时，我注视着索德烈码头的广场，真切地看到一座宝塔，它的瓦顶上方悬挂着各种古怪的钟，像一些荒诞不经的帽子——像是画在空中的奇特的宝塔，我不知道人们是怎么把画画在缎子般的空间上的，如何能在空间里持久不变。这一刻看起来就像是挂在远处的一件衣服，是一种对现实的无限嫉妒……

丧礼进行曲（二）

有什么人能做点什么去扰乱或改变这个世界呢？每一个有价值的人，不是总有另一个和他价值相当的人吗？一个普通人和另一个普通人的价值相当；一个行动家的价值和他的行动力相当；思想家的价值和他的创造物相当。

你为人类创造过的任何东西都要听凭地球的缓和运动。你为后人留下的任何东西都带有你的特点，别人不会理解；或者，它表现你那个时代，后世不会理解；或者，它属于万世，万世沉入的最后的深渊不会理解。

我们在阴影里迈开脚步，做着手势，而在我们背后却有着神秘……

我们终有一死，寿命有一定的期限——不会更长或更短。有些人死了就消失了，有些人在见过他们、听说过他们的人的回忆中继续活了一段时间；有些人继续活在他们祖国的记忆中，还有些人进入他们所属的文明的记忆中；极少数人能够在有着对立倾向的不同文明中持续活下去。但我们都被时光的深渊包围，终将从那里消失；饥饿的深渊将吞噬我们每一个人……

经久不衰只能是一个愿望，永生永世是一个幻觉。

死亡就是我们和我们的生活。我们出生时就已死亡，我们死一般地存在，我们濒临死亡时就已死去。

任何活着的事物都因变化而活着，它因终止而变化，因终止而死去。任何活着的事物总在不断地转变成其他事物——它不断否定自己，永远在逃避生命。

因此，生命是一段间隔、一个连接、一种联系，它是已经过去和即将过去之间的联系，它是死亡和死亡之间的一段停滞的间隔。

……智慧，一种浮于表面的错误虚构。

肉体生命是纯粹的梦，或者仅仅是原子的组合，它不在我们的理性推断和情感动机范围之内。因此，生命的本质是一种幻觉、一种表象，不是存在就是非存在，既然幻象和表象都不存在，它们就一定是非存在——生即死。

受不死的幻觉所蛊惑，我们在创作上的所有努力是多么徒劳无功啊！我们写“永恒的诗篇”或者“不朽的文字”，然而，地球在终结物质时不仅会带走覆盖它的生命，还会带走……

一个荷马或一个弥尔顿所能做到的，不会比撞击地球的一个彗星更多。

巴伐利亚国王路德维希二世的丧礼进行曲

今天，死亡来我的门前推销，她逗留的时间比平常要久。她用比以前还慢的动作，在我面前一一展开遗忘和慰藉的毯子、绸缎、亚麻布。她微笑，对自己展示的东西很满意，一点也不在意我看到她笑。但是，正当我经不住诱惑想要购买时，她却告诉我这些是非卖品。她不是来让我买展示的这些东西的，她是想用这些东西吸引我要她。她说，这些毯子让她远方的宫殿无比优雅，在黑暗的城堡里，她穿的就是跟这里的绸缎一模一样的绸缎，她在地下世界的住所里的亚麻餐布比她给我看的要好得多。

她轻轻地阻断我和我那个不加装饰的朴素的家之间的联系。“你的壁炉，”她说，“没有火，那你为什么还要这个壁炉？”“你的桌子，”她说，“上面没有面包，那你还要桌子干吗？”“你的生命，”她说，“没有朋友和伴侣，那这生命还有什么可吸引你的？”

她说：“我是冰冷的壁炉里的火，是空荡荡的桌子上的面包，是孤独者和被误会者的忠实伴侣。这个世界失去的光荣，是我黑暗的统治下的荣耀。在我的王国，爱不会使人疲倦，因为它不渴望占有，也不会因为从未占有过而绝望沮丧。我的手轻轻地放在思想者的头上，他们就会忘记；那些徒劳等待的人，最终会靠在我胸前，相信我。

“人们对我的爱，没有带毁灭性的激情，没有会令人发狂的嫉妒，没有影响记忆的健忘。人们爱我像夏夜一样平静，乞丐可以在这样的夜里像路边的石头一样露天而眠。我的嘴唇不会唱海妖唱的那种歌曲，哼不出树木和喷泉演奏的旋律，但我的静寂像微弱的音乐一样欢迎你，我的宁静像慵懒的轻风一样安抚你。”

“是什么，”她说，“让你牵挂着生活？爱情不追随你，荣耀不来找你，权力也落不到你身上。你继承的房子成了残垣断壁。你在土地上第一次种的庄稼毁于霜冻，以后的也被太阳晒得枯萎。你在农场的井里从未发现过水。你还没来得及看见，树叶就已经在池塘里腐烂。你从未走过的小径上早已荒草丛生。”

“但在我的领土，黑暗统治一切，你会感到慰藉，因为你不再希冀能够遗忘。你的欲望会消失，你最终会得以安息，因为你已经没有生命。”

她告诉我，人若生来没有能理解更好的日子的灵魂，对更好的日子的希冀就只是徒劳无功。她告诉我，做梦从来不会让人得到慰藉，因为醒来时，我们会被生活伤害得更深。她告诉我睡眠不是休息，因为里面永远充斥着妖魔鬼怪、事物的阴影、张牙舞爪的鬼魂、未曾实现的愿望和生活这条沉船的浮渣。

她说话时，慢慢地收起——前所未有地慢——诱惑我的眼睛的毯子、遮盖我心灵的绸缎和早已落上我的泪水的亚麻桌布。

“既然你注定要做自己，为何还要费尽心思成为别人呢？既然连开怀大笑时的快乐都是假的，这种虚假的快乐源于你忘记了你是谁，那为何还要笑呢？如果哭泣没用，如果你哭泣不是因为眼泪能让你感到慰藉，而是因为眼泪不能让你慰藉，那为何还要哭泣呢？

“如果你笑时很开心，那么你笑时我赢了。如果你开心，那是因为你不记得你是谁，那么想象一下，你跟我在一起的话，不会记得任何事情，你得有多开心！如果你偶尔休息得很好，睡着了却没有做梦，那么想象一下，躺在我的床上，睡觉从不做梦，你休息得有多充分！如果你有时候因为看到美，忘记自己，忘记生活，从而感到很兴奋，那么在我的宫殿里，黑暗之美一直和谐地存在，不老去，不衰败；在我的大厅里，没有风吹皱窗帘，没有灰尘落在椅子上，没有灯光会照得天鹅绒和丝绸逐渐褪色，没有时间会将雪白的墙壁变黄，那你得有多么兴奋！

“接受我的好意吧，它从不改变；接受我的爱吧，它没有终结！从我的金杯里饮用取之不尽的琼浆玉液吧，它不酸，不苦，不让人恶心，也不醉人！从我城堡的窗户向外望去，不要凝视月光和大海，它们很漂亮，却不完美，凝视无尽的母亲般的黑夜和无底深渊的壮美吧！

“在我的怀里，你甚至会忘记到来之前所经历的种种苦难。偎在我胸前，你甚至感觉不到促使你来找我的爱。坐在我的宝座旁，你将永远是不能推翻的玄秘和圣杯的君主，你会和诸神、天命共存，你会像他们一样，成为虚无，没有现在，没有将来，你将不需要你富有的东西或缺少的东西，甚至是让你真正满足的东西。

“我会做你母亲般的妻子，做你失散多年又重逢的孪生姐妹。将你的诸多不安嫁与我，将你徒劳地在找寻自己的一切托付于我，你就可以在我神秘的本质里，在我之前放弃的存在里，在我让人窒息、让灵魂溺死、让诸神消失的怀里失去自己。”

*

超脱和舍弃的至高无上的国君，死亡和沉船的皇帝，在世界的遗址和废墟之间游荡的伟大的君主，在梦中而活！

绝望和荣耀的至高无上的国君，不满足的宫殿里悲伤的君主，游行和庆典的主人，永远不会成功地掩盖生活！

出身于坟墓的至高无上的国君，在夜的月光照耀下向生者讲述你的生活。花瓣凋落的百合花皇家卫士，冰冷象牙的皇家使者！

守卫至高无上的牧羊人的国君，没有荣耀，没有女仆陪伴左右的焦虑的国君，在月光照耀的路上独自前行。森林中、斜坡上的君主，一个戴着头盔的背影，孤独地穿过峡谷，在村庄中遭到误解，在城镇里受到嘲笑，在城市里被人鄙视。

被死神专属供奉的至高无上的国君，苍白且荒唐，被人遗忘且无法辨认，在可能的边缘，坐在磨破的天鹅绒和肮脏的大理石中间的宝座上行使权力，周围是他虚幻朝廷的影子，守卫他的是他想象中的没有士兵的神秘军队。

所有的卫兵、女仆和下人端起高脚杯、大浅盘和皇冠！将这些端到死神要举办的宴会上！头戴长春花环，穿上黑色衣服，端过来吧！

在高脚杯和大浅盘里放上曼德拉草的根，用紫罗兰和所有让人悲伤的花朵做成你们的花环。

国君要和死神在她那处在高山湖畔的远离生活、与世隔绝的古老宫殿里共进晚餐。

让那支为宴会彩排的乐队用特殊的乐器奏出催人泪下的曲调。让仆人们穿着不知颜色的庄重制服，大方朴素，像英雄的灵柩。

宴会开始前，让身着暗紫色长袍的中世纪随从，在开阔的公园的林荫道上走过，静静地举行一场壮观的仪式，像美女穿过噩梦。

死亡是生命的胜利。

我们依赖死亡而存在，因为我们的昨天死去，今天才能存在。我们依赖死亡才有希望，因为我们确信今天会死去，才能相信明天。我们依赖死亡才能在做梦时活着，因为做梦就是否定生命。我们依赖死亡，才能在活着的时候死去，因为活着就是否定永恒。死亡引导我们，死亡找寻我们，死亡永远陪伴我们。我们拥有的只有死亡，我们想要的只有死亡，我们希望得到的只有死亡。

一阵专注的微风吹过队伍。

他来了，在没人见过的死神和从未到达过的（……）的陪伴下。

先锋们，吹响你们的号角吧！立正！

你对梦中事物的热爱是你对现实事物的轻蔑。

鄙视爱情的处男国君，

嫌弃光明的阴影国君，

拒绝生活的梦境国君！

在喧天的锣鼓声中，冥界向你欢呼，君主！

……死亡和整个天堂都在背景中若隐若现。

帝国传奇

我的想象是一座东方的城市，它占据的现实空间中的全部材质有长毛毯子那种舒适的感觉。街上色彩鲜明的帐篷和货摊，点缀在奇怪的背景上，显得毫不协调，好像淡蓝的缎子上有红色或黄色的刺绣。这座城市的全部历史像我房间阴影里一只几乎看不见的飞蛾，绕着我梦的灯泡飞舞。我的幻想曾经生活在荣耀之中，从女王的手中接过被时间污染的珠宝。柔软的天鹅绒覆盖着我之不存在的沙滩，海草像一团团模糊的烟雾清晰地漂浮在我的河流上。所以，我是失落文明的门廊，是损坏的饰带上发热的阿拉伯图案，是破裂的柱子缝隙中永恒的黑暗，是远方的失事船只上孤独的桅杆，是推倒的宝座上的石阶，是看似只遮盖阴影的面纱，是像香炉中的香烟一样从地上升腾起的鬼魅。我的统治一片暗淡，持续不断的边疆战事搅乱了我皇殿上的和平。远处经常会有隐隐约约的集会噪声，总是会有队列经过我的窗下，但是我的池塘里没有金鱼，静静的绿色花园里没有苹果，就连果树后面那些幸福的人住的简陋的小木屋的烟囱里也没有炊烟冒出，也没有简单的歌谣催我不安的神秘自我意识入眠。

隔离的森林

我知道我醒来时仍然睡着。我精疲力竭的古老身体告诉我，时间还早得很……我模糊地感觉自己发烧了。我重压于自己，却不知道为什么会这样……

在一个仅仅是梦影的梦里，我半醒半睡地停滞在一种清醒的、沉重的无形麻木中。我的注意力在两个世界之间飘浮，两眼茫茫地望着海天深处，它们互相融合、彼此渗透，我不知道自己身在何处，也不知道自己梦见了什么。

一股阴影将化作灰烬的死灭的意愿吹过我的清醒部分。温暖的沉闷甘露从未知的苍穹滴落。一种巨大而迟钝的焦虑从我的灵魂掠过，模糊地改变着我，就像微风改变了树顶形成的线条。

在我这暖和而慵懒的凹室里，快要破晓的天空呈现出一片朦胧的光晕。我被一阵寂静的混乱弄得不知所措……为什么天一定要亮呢？知道天会亮是一种重负，就好像我不得不做点什么，才能让天亮。

慢慢地，仿佛在恍惚中，我冷静下来，然后变得麻木。我在空中徘徊，未醒来也未睡着，发现自己被另一种现实吞没，不知出现在何处……

这新的现实——一个奇怪的森林——出现在我面前，却并没有抹去我这温暖凹室的现实。我被两种共同存在的现实深深吸引住，它们就像两股融合在一起的气流。

那震撼的、透明的风景多么明显地属于它自己，属于另一个现实……

这个用她的目光和我一起给他者的森林披上外衣的女子是谁？为什么我要停止自问？我甚至不知道如何才能想去知道……

这朦胧的凹室是一块黑玻璃，我透过它清醒地看风景……我早已熟悉这风景，并且和这不认识的女子一起走了很长一段时间，透过她的非现实漫步于一种不同的现实。在内心深处我能感觉到，许多世纪以来，我熟悉这些树木、花草和迷径，还有在那漫步的、在我视线下的——这种视线因身处凹室的意识而变得模糊——古老而清晰可见的我。

有时，在那远远看见并感觉到自己的森林里，微风吹散薄雾，那雾就是黑暗而清晰的景象，取景于我在现实中所处的凹室，弥漫在那几件家具、几条窗帘和夜的昏沉中。接着，风停了，这另一个世界的风景又恢复成完整而独特的自身风景……

其他时候，这间小屋不过是另一片土地的地平线上浮现的一团灰雾……有时，这个摸得着的凹室便是另一片土地上被我们踩在脚下的地面……

我做着梦，失去自我，我既是我自己，也是那个女人……我被一团精疲力竭的黑色火焰焚烧……我被一种带着巨大消极渴望的虚假生活禁锢……

啊，被玷污的幸福！站在十字路口的永恒的踟蹰！我做着梦，在我的意识背后，某个人和我一起在做梦……或许我只是不存在的那个人的梦……

窗外的黎明是那么遥远，而森林距离我的另一双眼睛是那么近！

远离那片森林时，我怀念它，而拥有它时，我却又几乎将它遗忘。漫步在森林里，我黯然落泪，对它心驰神往……

那些树！那些花！那些隐藏在灌木丛中的小径……

有时候，我们手挽手走在香柏和紫荆树下，谁也不去思索生活。我们的身体是丝丝缕缕的芳香，我们的生命是涓涓流淌的泉水。我们手挽着手，我们的目光想知道，变得感性和生活在爱欲的幻觉里是什么样的感觉……

我们的花园里，各种鲜花争奇斗艳：褶边玫瑰、白里透黄的百合、不露出猩红色便难以辨别的罂粟、花坛青翠边缘的紫罗兰、娇柔的勿忘我、无香的山茶花……在高高的草丛上方，孤独的向日葵用惊诧的目光凝视着我们。

我们的灵魂是纯粹的视觉，轻抚苔藓时能看见凉意。在经过棕榈树时，凭着直觉，我们依稀感觉到另一片土地……想到这里，泪水涌上我们的眼睛，因为在这里，我们即使快乐时也不快乐……

生长了几百年的老橡树，用它枯死的粗根将我们绊倒……悬铃树一动不动地矗立在那里……穿过附近的树木，我们可以看见，在远处的格子葡萄架上，静静地挂着一串串深黑的葡萄……

生活的梦想在我们的前方展翅飞翔，我们带着同样超然的微笑，会心一笑。我们互不相望，只凭着两臂相交去感受彼此的存在，心中保持着默契。

我们的生命没有内在维度。我们是外在的、相异的。我们不再认识自己，仿佛经历了一场梦的旅途后，我们又回归到自己的灵魂……

我们忘了时间，无边的空间在我们的眼里变得渺小。除了附近的树、远处的葡萄藤和地平线上最后的丘陵，还存在什么真实的、值得我们去心驰神往的事物呢……

在不完美的漏壶里，梦的水滴不断滴下，计量不真实的时辰……没有什么是值得的，我遥远的爱啊，除了知道什么都不值时的那种美好感觉……

树木静态的活动；喷泉不安的宁静；树液深沉脉动的微弱呼吸；缓缓垂下的夜幕似乎不是降落到万物上，而是由万物引生，将它在精神上同根同源的手伸向遥远的悲伤（如此接近我们的灵魂），这种悲伤来自天堂那高傲的沉默；树叶不断徒劳地飘落，零星的间隙中，风景只存在于我们的听觉中，它成为我们心中的悲凉，就像令人难忘的故土——所有这一切松松垮垮地将我们捆住，就像一根松开的腰带。

在那里，我们生活在或许无法流动的时光里，生活在一个甚至做梦也不能度量的空间里。在时光之外的流动中，一个并未遵从空间现实规范的广阔区域……徒然为我的烦闷做伴的灵魂伴侣啊，我们在那里度过了多少时光！所有那些假装属于我们的、不安的快乐时光啊！所有那些化作精神灰烬的时光，那些空间怀旧的日子，那些外在风景的内心世纪……我们不去问这一切都是为了什么，因为我们满心喜悦地知道，它什么也不为。

在那里，我们凭一种肯定不是我们自己的直觉知道，在这个悲伤的世界里，我们是两个存在——如果是存在的话——在最远的那条线之外，那里的山朦朦胧胧的，我们知道在那条线之外什么也没有。正是这个矛盾，使我们度过的时光像迷信国度的洞穴一样黑暗，我们对这个矛盾有一种怪诞的认识，像薄暮中的摩尔人的城镇被秋天的阳光勾勒出的剪影……

在听觉的地平线上，未知的海水拍打着我们永远也看不见的海岸。听到并且在内心看见可能有帆船在大海中航行，是一种快乐。除了在地球上航行的有用目的，它们为了一些其他的目的而扬帆航行。

如同某个人意识到自己还活着，我们突然发现，婉转鸟语响彻天空，我们被树叶响亮的沙沙声打动——就像锦缎被洒上古老的香水——这份感动甚至超过了我们听到这种声响的意识所带给我们的感动。

就这样，啁啾鸟鸣、飒飒树声，以及单调的、被遗忘的、永恒之海深处那种不再了解生活的光晕将我们放弃的生活环绕。在那里，我们用睡觉来度过清醒的日子，欣悦于什么也不是，无欲无求，忘了爱的颜色和恨的味道。我们认为自己获得了永生……

对于在那里消磨掉的时光，我们以一种全新的方式感觉到，那些不完整的时光因为虚无而变得完整，变成生活的矩形确定性的完美对角线……帝王被废黜的时光，身穿破旧紫袍的时光，从彼世界坠入此世界的时光，以分解焦虑为傲的时光……

享受这一切是一种痛苦，一种真正的痛苦……放逐，尽管平静，让我们看到的风景却使我们忘了自己属于这个世界，处处是透着朦胧、单调的浮华，一如某些不为人知的帝国衰败时的阴郁、凄惨，苍茫而堕落。

清晨，光影投射在我们凹室的窗帘上。我知道我的双唇变得苍白，它们互相品味时就好像不想继续存在下去。

在我们这中性色调的房间里，空气沉重得像一道门帘。面对这一切的神秘性，倦意使我们柔软无力，像拖着长尾的裙裾在薄暮中穿过庆典仪式的地面。

我们的渴望没有存在的理由。我们专注的目光，是插上羽翼的惰性所能容忍的一种荒谬。

我不知道我们对身体的想法被涂了什么半明半暗的膏油。我们所感觉到的疲倦是疲倦的影子，它来自遥远的地方，就像我们的生活存在这种想法……

我们都没有似乎可信的存在性或名字。如果我们能笑出声来，直到以为自己在发笑的程度，我们无疑会嘲笑，我们居然会相信自己活着。暖热了的床单摩挲着我们（无疑是你和我）互相触碰到的裸脚。

让我们停止对生活及其方式的自欺欺人。我的爱啊，让我们逃离自己……让我们永远不要摘掉魔术戒指，转动它可以召唤静默仙子、黄昏的精灵和遗忘的侏儒……

就在我们想要提起那座森林的时候，它就再度出现在我们面前，茂密如初，但此时，它因我们的痛苦而变得更痛苦，因我们的悲伤而变得更悲伤。它一出现，我们对于真实世界的想法就烟消云散，我在梦里漫步在那片神秘的森林里，再度找回了我自己。

啊，那些花，在那儿与我相伴过的那些花！我们的眼睛认得并叫得出名字的那些花……我们用灵魂采集到花香——我们不是从花里，而是从花名的旋律中采集到花香……那些花，它们被逐一念出的花名是充满芬芳的铿锵乐队……那些树，它们的青翠欲滴给树名带来阴凉……那些果子，它们的名字是牙齿咬着果肉的灵魂……那些影子是快乐往昔的废墟……空地，敞亮的空地是风景的灿烂笑容，笑过后是呵欠……五彩斑斓的时光啊……花的时时刻刻，树的分分秒秒，凝滞在空间的时间，在空间死去的时间，覆盖它们的是鲜花、花香和花名的芬芳……

梦中的疯狂，在隔离的静默中……

我们的生命是生命的全部……我们的爱情是爱情的芬芳……我们活在不存在的时光里，完全被自己装满……这都因为我们身上的每一寸肌肤都明白，我们并不真实……

我们没有个性，没有自我，完全是另外一番模样……我们是在自我意识中烟消云散的风景……正如在现实和幻觉中存在两种风景，我们也是朦朦胧胧的两个人，彼此都不敢肯定自己是不是对方，飘忽不定的对方是否真的有生命……

我们突然发现自己来到停滞的池塘之前，我们很想哭……在那里，风景的眼睛池水涟涟，完全静止不动，充满着对存在的无尽厌倦，充满着对不得不成为现实或虚幻中的什么的厌倦——那些池塘是这厌倦的故土，厌倦的声音在那些池塘的无声流亡中响起……尽管我们继续前行，漫不经心，毫无欲求，但我们似乎仍在池塘边缘流连徘徊，我们如此投入地留在那里，被象征化，入了神……

多么新鲜、愉快，令人惊诧，那里什么人也没有！甚至在那里漫步的我们也不在那里……因为我们并不存在。我们根本就什么也不是……我们没有生命可供死神掳去。我们太过纤细脆弱，风都能将我们吹倒。时间的流动爱抚我们，就像微风拂过棕榈树顶。

我们不属于任何时代，没有任何目标。对我们而言，万事万物的终极目标仍停滞在“缺失”天堂的门口。为了体验我们对它们的感觉，周围的灵魂完全归于沉寂：从树枝的木质灵魂到四处延伸的树叶的灵魂，从鲜花的曼妙灵魂到累累硕果的灵魂……

这样，让我们结束自己的生活。我们致力于结束它，以至于从未注意到我们只是一个人，我们是彼此的一个幻觉。我们作为一个独立的自我，内心除了自我的回声，什么也没有……

一只苍蝇嗡嗡地叫着，踟蹰而渺小……

我的意识中出现一些声音，微弱而断断续续，但确确实实存在。声音传遍我意识中的我们的房间，告诉我天已破晓……我们的房间？如果我独自一人待在这里，那是我和谁的房间？我不知道。一切都混在一起，剩下的只是现实的短暂迷雾，在其中，我的不确定垮掉了，我的自我理解被鸦片催眠……

晨曦来临，仿佛从时光苍白无力的巅峰垂落……

我的爱，梦的余烬在生活的火炉里燃尽消散……

让我们放弃辜负我们的虚幻希望，放弃令人厌倦的爱，放弃过于放纵却无法得到满足的生活，甚至放弃死亡，因为它所带来的东西超过我们的需要，却达不到我们的期望。

啊，蒙上面纱的人，让我们放弃烦闷，它已将自己耗尽，再也无法将一切焦虑纳入其中。

让我们不要流泪，不要憎恨，不要渴望……

啊，缄默的灵魂伴侣，让我们用一块亚麻细布来覆盖我们不完美的、僵死的轮廓……

占有的湖

我把“占有”视作一个荒谬的湖——大而浅，十分幽暗。水之所以看起来深，只是因为它被错误弄浑了。

死亡？但死亡是生活的一部分。我完全死了吗？我对生活一无所知。我活下去了吗？我继续活着。

做梦？但做梦是生活的一部分。我们活在梦中吗？是的，活在梦中。我们只是梦见我们的梦吗？我们死去了。但死亡是生活的一部分。

生活像我们的影子追随我们。当只剩下影子时，影子才会消失。只有当我们对生活缴械投降时，生活才不再追随我们。

在梦里，最痛苦的事情就是我们并不存在。在现实中，我们不能做梦。

“占有”意味着什么？我们不知道。那怎么可能去占有？你会说，我们不知道生活是什么，可我们活着……但我们真的活着吗？活着却不知道什么是生活——这也算是活着吗？

*

无论它是原子还是灵魂，没什么是互相贯通的，这便是为什么“占有”成为一种不可能。从真理到一块手帕——没有什么是可以被占有的。所有权不是一种盗用，它什么也不是。

一封信（一）

数月以来，你看见我在凝视着你，常常凝视着你，用一种始终如一、迟疑不定、饱含牵挂的目光凝视着你。我知道，你对此也有所察觉。即便如此，你一定觉得这种凝视很奇怪，不能称为真正的畏缩，也绝不暗含什么蕴意。这种凝视殷切而朦胧，始终坚定不移，犹如对成为这一切的悲伤而心满意足……仅此而已……当你想到这些——当你想起我时，不管你有什么感觉——你一定想到了我的意图可能是什么。即便不能确信无疑，但你一定会推断，我若不是一个畏缩不前的异类，就是一个几近癫狂的疯子。

我可以向你保证，夫人，就我凝视你的习惯而言，我既算不上羞怯，也绝不癫狂。首先，我必须解释的是，事情是另外一回事，对于你是否相信，我并不抱多大的希望。我常常对梦中的你喃喃私语：“尽你的本分，做一个无用的双耳瓶，完成你当一个容器的使命。”

当有一天我得知你已婚，我是多么怀念曾经想拥有你的感觉！这对我的人生而言是多么大的一个悲剧！我并不嫉妒你的丈夫。我从未想过你是否有丈夫。我只是单纯地怀念观念中的你。如果我得知油画中的女子——是的，油画中的女子——已婚的荒唐事实，我会感到遗憾的。

占有你？我不知道如何能够做到。纵然我也有人性的污点，知道怎么去做，但那对我来说是何等的耻辱。倘若我甚至想要将自己等同于你的丈夫，那对于我自身的尊贵又是多么公然的侮辱！

占有你？某一天，当你碰巧一个人走在黑暗的街上时，某个强奸者便可以侵犯你、占有你。他甚至可以使你怀孕，在你的子宫里留下点什么。如果拥有你意味着占有你的身体，那又有什么意义呢？

那个强奸者可以拥有你的灵魂吗？那么，如何才能拥有一个人的灵魂呢？有能够聪明到拥有你的"灵魂"的恋人吗？我将这个任务交给了你的丈夫。或者说你希望我堕落到和他一样的地步吗？

我悄悄地与我想象中的你相处了多少时光！在我梦里，我们彼此是多么相爱！但我发誓，我从未梦想过占有你。即便在梦里，我仍然是一个彬彬有礼的绅士。我尊重想象中的美丽女子。

我不知道如何让我的灵魂有兴趣逼我的身体占有你的身体。一想到这个，我就会在我的心里跨过看不见的障碍，并被卡在晦涩的内心迷网中。想想看，如果我真的占有你，我会怎么样？

我再说一次，我不能做出这种尝试，甚至在梦里都不能。

夫人，为了配合你那不由自主的疑问目光，我不得不这样写。在这本书里，你会第一次读到这封写给你的信。如果你没有发现这封信是写给你的，那也没关系。我写信更多是为了获得愉悦，而非对你说些什么。只有商业书信是写给他人的。而个人书信，至少对于一个优秀的灵魂而言，应当只是自己写给自己的。

我对你没有其他想说的了。我保证，我会尽我所能地尊重你。倘若你偶尔想起我，我会感到荣幸。

一封信（二）

啊，如果你明白，你的职责仅仅是成为一个做梦者的梦，该有多好。只成为幻想中大教堂里的香炉就已足够。像追梦一样追随你的身姿，仅仅像一扇窗户，开启后面对你心灵的新景观。美梦过后，塑造你的身体作为完美无瑕的典范，没人会在看见你后不浮想联翩。除了自己，你忘记这个世界的一切，你将看到自己在聆听音乐，在一潭满是宏伟图景的死水中梦游，在朦胧而静谧的森林里飘荡，迷失在流逝的岁月深处。那些看不见的情侣体验着我们体验不到的感受。

我对你唯一的渴望就是不拥有你。如果我做梦时你出现了，我情愿想象我仍然在做梦，可能没看见你。尽管或许我注意到了，但月光已填满死水，歌声的回音突然在朦胧的森林里飘荡开来，迷失在不存在的时光里。

视野中的你是我的灵魂入眠之床，我像一个生病的孩子，再一次梦见另一片天空。如果你能说话呢？那太好了，但只有听到你听不到的，才能看到被月光照耀的昏暗的河上的美好桥梁，那座桥梁正通往远古的海洋，那里的小帆船永远是新的。

你笑了吗？我不知道，但我看到星星在我内心的天空中移动。你看着我睡觉。我没有注意到，而是看到那艘遥远的船，它的帆在月光下，沿着遥远的海岸航行。

少校

除了我最珍爱的白日梦，没有什么更能真切地显现和完美地表述我与生俱来的不幸的本质，我常常视其为我个人的香脂，用以消除我对我的存在的焦虑。我所渴望的本质很简单：在睡觉中生活。我过于热爱生活，以至于不想让生活结束；我过于不想去生活，以至于对生活没有积极向上的渴望。

这便是为什么在众多梦想中，我只想写下我最爱的那一个。有些夜里，当房东出去或安静下来，住处便归于宁静。我关上窗户，放下沉重的百叶窗，穿一套旧衣裳，窝进安乐椅，便不知不觉沉入梦中。梦里的我是一个退休的少校，待在一个镇上的小旅馆里，酒后与旅馆里其他几位比我清醒点的客人一起打发时间——一个无所事事的少校，漫无目的地待在那里。

我想象自己是那样的身世。我的兴趣既不在退休少校的少年时代，也不在他那我渴望得到的军衔。抛开时间与生活，我想象自己所成为的少校既没有什么过去，也没有或有过什么亲戚。他永远待在小镇旅馆的餐桌旁，已经厌倦了与其他逗留的客人聊天和开玩笑。

格言几则（续）

持有明确而清晰的观点、本能、激情和保持可靠、可辨识的性格——所有这些都会导致将我们的灵魂转变为现实、物质和外在事物的可怕结果。生活在一种对事对己都无知的舒畅、流动状态中，是适合智者的唯一生活方式，也给他带来温暖。

娴熟地站在自己和事物之间，是智慧和审慎的最高境界。

我们的个性即便对我们自己也应该是深不可测的。这就是我们应当不停做梦的原因，务必确保我们被包含在梦里，以便我们不能对自己持有什么看法。

我们尤其应当保护自己的个性不受外人侵犯。任何外人一旦对我们感兴趣，都是一种极大的不敬。“你好吗”这种平凡的招呼语之所以不是一种不可饶恕的粗俗语，是因为通常来说，这句话毫无内涵，而且缺乏诚意。

爱仅仅是厌倦孤独的表现。因此，爱是一种怯懦，一种对自我的背叛（不去爱对我们来说至关重要）。

给别人一个好的建议，是对上帝赋予人犯错误能力的轻蔑。不仅如此，我们应该对于别人不和我们一样而感到高兴。只有向别人索取建议才有意义，因为只有那样，我们才可以确定——做出相反的行动——我们是真正的自己，与他人完全格格不入。

学习的唯一好处就是从一切别人没有提到的事物中获取快乐。

艺术是一种疏离。一切艺术家应当设法使自己与他人疏离，用一种对孤独的渴望填满他们的心灵。写作的艺术家的最大成功在于，当读者读起他们的作品时，只是想拥有那些作品而非阅读它们。这必然不是对作者的赞美，但它是给作者的最大礼物……

保持清醒头脑是一种自我的身体不适。向内观省自身的正确思想状态，是一种神经过敏和优柔寡断的表现。

唯一配得上一个高等生物的理智态度，就是对不属于他的一切保持平静和冷淡的同情心。不是说这种态度有什么正当或真理的因子，而是说它如此令人艳羡，他必须接受它。

银河

……用精神上有害的词语摇摆着……

……仪式披着破烂的紫袍，神秘的仪式来自无人的时间……

……孤独的感情在身体里存在着，这身体不是我们有形的身体，然而这身体却以它自己的形式存在着，微妙的变化在复杂和简单之间交替……

……湖上悬停着一个清晰的思想，犹如一抹柔和的金色，朦胧地剥夺了人们曾经的思考，最确定的是，雪白的手中捧着一朵弯曲雅致的百合花……

……他们在麻木和痛苦之间签订了蓝黑色的乏味合同，疲惫的两侧是单调乏味的哨兵……

……珠母贝毫无作用，无足轻重。许多被浸软的雪花石膏——带有条纹的金紫色落日大受欢迎，却分散人的注意力。没有船只渡往更好的彼岸，没有桥梁通向更好的黎明……

……甚至没有抵达见解的池塘边缘。在遥远的地方，在一片杨树中，抑或是一片柏树中，有很多池子，依靠沉思时刻使用的音节说出它们的名字……

……敞开的窗户对着码头，波涛不停地拍打码头。一个疯狂且兴奋的随从，如同一片混乱的宝石，在那里，不凋花和橡树用清醒的失眠在能听见声音的模糊墙壁上写着……

……纯银线绳，把袍子拆散，把得来的线做成绳索。椴树下那份徒劳的感觉，古老的夫妻走在两侧安有静谧树篱的小路上，突然出现的扇子，朦胧的姿势……而且，毫无疑问，更好的花园在等待小路与散步场所出现平静的疲倦……

……凉亭、五点梅花状排列的树木、人造洞穴、雕刻花坛、喷泉……所有这些艺术品逃过了那些死去的艺术巨匠的魔掌，他们的不满与这些有形物互相冲突，而且他们把这些构成梦境的事物沿着感情的古老村庄里狭窄的街道排成完整的队列……

……美妙的音乐在遥远的大理石宫殿里回荡，古老的记忆把它们的手放在我们的手上，宿命天空里的日落犹如不确定性的偶尔一瞥，让位给笼罩着默默衰败的帝国的星光之夜……

让感觉变弱成为一门科学，让心理分析成为一种显微镜下的精确方法——这个目标就像是一种持续不断的焦渴一般，占据着我的生命之意志的核心。

我的生活里所有惨剧都是在我的感情以及我对感情的意识之间发生的。正是在那里，在那片昏暗模糊的虚无区域里，只有树林和各种各样的水声；在那里，我们的战争的喧嚣甚至都无从感觉，我的真实存在发生了，我为想象我的真实存在所付出的全部努力都是徒劳的。

我让我的生活平躺下来。（在我那死气沉沉的生命顶端，我的感觉是一段拖长的墓志铭。）我在死亡和幽暗之中过活。而我唯一能做的就是把我的内在美的坟墓雕刻得精美至极。

我的隐居之处的大门开启，通往无限的花园，可没人走进那扇大门，甚至是在我的梦境中都没有——然而那些门永远对无用的东西敞开着，对一切虚幻的东西永远敞开着……

在我内心之中那个辉煌花园之中，我采摘着私人荣耀的花瓣，在梦境中的树篱之间，我的脚用力地踏在通往困惑的小径上。

我让我的帝国陷入混乱，在沉默的边缘，在茶色的战争中，那将是精确的终结。

科学家意识到，对他来说唯一的事实就是他的自我，唯一真实的世界就是他的感觉为他构建的世界。他使用客观科学来尝试获得关于他的世界与个性的完美知识，而不是通过让他的感情去适应他人的感情这种荒谬的方式来完成。没有比他的梦境更加客观的东西了，没有什么比他的自我意识更不会犯错误的东西了。围绕着这两种现实，他使他的科学臻于完美。这样得来的科学与老派科学家践行的结果并不一样，这些老派科学家并不会研究他们自己个性的规律和他们梦境的构造，只会寻求“外界”的规律以及他们口中那个“自然”的构造。

我做梦的习惯和方式是我心中最原始的东西。自小时候我便既孤单又安静，我的生活中的情景，或许还有那些进一步倒退的力量，通过晦涩的遗传行为，按照他们那些阴险的规格把我塑造，使我的心智成了一条永不枯竭的白日梦洪流。我的一切都归结于这一点，甚至我内心深处似乎离做梦者最远的东西，也毫不含糊地属于一个只会做梦的人的灵魂，越强烈越好。

因为在自我分析时会感到快乐，我希望能尽我所能用文字表达我的心路历程。在我的内心，我的心路历程堪称将生命用来做梦的真正心路历程，是一个只知道如何做梦的灵魂的真正心路历程。

从外界来看我自己（我几乎经常这么做），就能看出，我并不适合行动，当我不得不跨出一步，或者动一动，我就会紧张不安；当我不得不和别人说话时，我就会结结巴巴。我没有享受这些事情所需要的清醒内心，而这需要我在心里付出努力，我也没有很好的体能让我自己通过机械劳动获得愉悦。

我会如此也是自然而然的事情。一个做梦的人本该如此。所有的现实都令我惊慌失措。其他人说的话将我抛进了巨大的苦恼境地。其他灵魂的现实总是令我震惊不已。那无意识行为的巨网是所有行动的根源，我看到这张网，感觉非常惊讶，仿佛看到了一种非常荒唐的幻象，这张网不存在任何可信的连贯性，虚无一片。

然而，应该让人们认为我对其他人的心理活动方式一无所知，还应该让他们觉得我并没有清晰地认识到他们的动机和思想，那么，人们就会对我是什么样的人这个问题更加困惑。

因为我不仅是个做梦的人，还是一个梦想家。我唯一的习惯——做梦——赋予我异常敏锐的内心洞察力。我不仅能够异常清晰地看到我梦境中的人物与场景，还能清清楚楚地看到我那些抽象的思想、我那份人类的感觉（残余的感觉）、我的秘密欲望和我对我自己的心理态度。我甚至可以看到在我的心中，我自己的抽象思想；凭借我真正的内心目力，我看到它们位于我内心的一个空间中。因此，它们迂回曲折的过程我都看得一清二楚。

我因此可以彻底了解我自己，而且彻底了解了我自己后，我便彻底了解了所有人。没有基本的冲动或高尚的意图，这些并不是我灵魂中的灵光闪现，而且我知道这两者的先兆动作。在邪恶思想所戴的善良或冷漠的面具之下，即便这面具隐藏在我们的心中，我也能通过它们的动作来认出它们。我知道是什么东西在我们心中迷惑着我们。因此，我对大多数人的了解程度都超过他们对自己的了解程度。我经常相当详细地对他们进行探索，这样我就能把他们变成我的。我征服了每一个我彻底了解的灵魂。因为对我而言，做梦就是占有，所以，作为梦想家的我自然而然就是我自称的那个分析家。

这就是为什么在我为数不多的喜欢阅读的东西之中，戏剧比较重要。每天我都在心里表演戏剧，我确切知道灵魂如何在墨卡托投影中铺陈。但这不能真正带给我快乐，因为剧作家总是写一些老套的东西，而且爱犯大错。没有一部戏剧能够令我满意。我带着闪电般的速度精确地了解人类的心理，只需一瞥，便能探索每一个裂缝。我发现剧作家粗糙的分析和构架非常无礼，我所读的这种流派的一点点东西就像是写有字的纸上的一个墨点，让我烦恼不已。

万事万物是我的梦境的原材料，所以我才会心烦意乱又超级细心地关注外界的某些细节。

为了让我的梦境拥有轮廓和慰藉，我不得不去理解生活的特点和现实的景物如何带着轮廓和慰藉出现在我们面前。因为做梦之人的目力并不像我们看真实之物时的目力。在梦境之中，我们并不会像在现实里那样，平等地聚焦一个物体重要与不重要的方面。做梦之人只要重要的方面。一个物体的真正现实只是这个物体的一部分，其余部分均是沉重的礼赞，物体把这赞美送给实质物体，以换取在宇宙空间内存在的权利。同样地，在梦境中明显真实的某些现象在宇宙空间里则并不真实。真正的日落不可称量，瞬间即逝。梦中的日落则是固定的，永恒存在。写作之人都知道如何极为清晰地看到他们的梦境，知道如何像看梦境那样看生活，知道如何在非物质的基础上看生活，用幻想的照相机给生活拍照，这种相机对沉重的、有用的和受限制的东西的射线无感，除了灵魂的摄影底片上一块黑乎乎的污迹，这些东西什么都贡献不出来。

这种态度在如此之多的梦境中被灌输进我的思想里，令我总能看到现实旁边的梦境。我的目力镇压着那些我的梦境用不着的物体的某些方面。我经常住在梦境中，而其实我是生活在真正的生活中。看着我内心的日落，或者看着外界的日落，对我而言全都一样，因为我用同样的方式看待它们，在这两种情况下，我的目力定格的都是同样的事物。

因此，对很多人来说，我有着一种扭曲的自我观。从某种意义上来说，我的自我观的确很扭曲。不过我梦到我自己，并且选择了我身上符合梦境的部分，以各种可能的方式塑造自我，直到最后，我现在的样子以及我摒弃的样子都很符合我的理想。有时候，看一个物体最好的方式就是将之删除，因为它存在的方式我不能解释得十分清楚，而这个物体包含着拒绝和删除的物质。这就是我应对我在真实生活中存在的巨大区域的方式，在把它们从我自己的画面中删除之后，完善我的真正存在，这个存在对我来说才是真实的。

当这些幻想的过程施加于我个人之际，我怎样才能让我的自我免受欺骗？如果一个幻想过程可以强迫这个世界的某一方面或梦境里的某个人物进入更为真实的现实，那么就可以强迫感情和思想进入更为真实的环境，剥掉它们所有虚假的、高尚的和纯粹的装饰（只有在绝少的情况下算不上虚假）。应该注意到，我的客观已经十分绝对，因为我把每一个物体都创造得非常绝对，这些物体全都带着绝对的品质，具有具体的形式。我不曾真正从生活中逃离，为我的灵魂寻找一张更加柔软的床；我只是改变我的生活，在我的梦境中找寻我在生活中发现的相同的客观现实。我的梦境——在另一篇文章中我已经讨论过了——独立于我的意志成形，而且它们经常令我震惊，令我感觉不愉快。我在内心发现的事物经常让我感到沮丧、惭愧（或许是因为我内心残余的人性——惭愧是什么？）以及惊恐。

在我的内心，不间断的白日梦替代了注意力。除了我在现实中看到的一切事物，也包括我在梦境中看到的事物，我已经把我所拥有的其他梦境添加到我的内心之中。我已经足够漫不经心了，以至于非常熟悉我口中的所谓的事物的“梦中情景”。即便如此，随着梦境的演变，因为这种漫不经心受到永恒白日梦和全神贯注（同样地，并非过于专心）的驱使，我把我的梦添加到我在周围的真实世界中看到的梦之中，把已经摆脱了物质实体的现实和绝对的无形之物融合在一起。

这解释了我为什么会得到能力，可以同时聚焦不同思想，可以在观察某些事情的同时还能梦到另外一些事情，可以同时梦到真实塔霍河上的真实日落以及我心中太平洋上的清晨，而且这两个我梦中的事物交织在一起，不必混合。所有的一切都不必混合，除了会互相引发的不同情感状态。这就仿佛我看到几个人在街上走，感觉到他们的灵魂都到了我的身体里（只有在感觉统一时才能做到），与此同时我又能看到他们各自的身体（我只能逐个看到他们的身体）走在路上，而街上都是在移动的腿。

毫米

（轻微之物的感情）

当下即远古，因为一切都在当下存在。我就像个古董商人一样，非常爱好这些东西，因为它们属于当下。我还拥有一个打败对手的收藏家的愤怒，生气的对象是每一个人，他们试图用貌似真实甚至是可以证明的、基于科学的理由来取代我那些关于事物的错误概念。

一只蝴蝶连续地在空间里占据着不同的点，在我惊愕的双眼中，它一直清晰可见。我的回忆是如此清晰……

但是，对最微小事物的最微妙感觉是我赖以生存的东西，或许这是因为我喜欢毫无意义的事情，或许是因为我注重细节。不过我倾向于相信——我不能说我了解，因为我从没有费神去分析它们——这是因为微小事物绝对不会拥有社会重要性和现实意义。因为这个，微小事物绝对不会与现实有肮脏的关联。对我而言，微小事物有着非现实的意味。没有用代表美好，无用之物比有用之物欠缺真实感，有用之物持续存在、不断延伸。不可思议的琐碎之事和光荣的微小事物在它们该在的地方存在，自由与独立地存在。在我们的真实生活里，无用之物和琐碎之事谦卑地开创了美的插曲。在我的灵魂之中，梦境和爱好带来的乐趣被丝带里的别针这微不足道的存在所激发。那些意识不到微小事物重要性的人是多么可怜啊！

在众多于内心之中折磨我们到令人愉快地步的感觉中，被这个神秘世界激起的不安是最普通也最复杂的感觉。当我们就这些微小事物沉思之际，这份神秘最为明显，这些微小事物一动不动，因此呈现出半透明状态，允许它们的神秘之处呈现出来。相比思考路边的一块小石头，思考一场战争（然而，可以思考一个荒唐之处，人、社会和战争可以在我们的心里展开一面战胜神秘的旗帜）更难感受到神秘，因为看到小石头，我们只会想到它的存在，也就自然而然地去考虑其存在的神秘之处——如果我们能不停地思考这一点的话。

赞美瞬间、毫米和微小事物的阴影，它们比事物本身还要卑微！瞬间……毫米——对于它们大胆地在卷尺之上如此近距离地并列存在，我感觉震惊极了。有时候这些事物令我痛苦抑或高兴，随后我感受到一种发自内心深处的骄傲。

我是一张超灵敏的照片底片。刻在我身上的所有细节都比例失调，不成整体。这张底片上只有我。我看到的外界是一种纯粹的感觉。我永远不会忘记我的所感所觉。

我们的静默夫人

有时，我会感到灰心丧气、萎靡不振，就连做梦的能力也像秋天的树叶一样枯萎了，唯一可以做的梦就是回味以前的梦。我像翻阅一本书一样一遍遍地浏览它们，除了肯定会出现的文字，找不到别的东西。于是我问自己，你是谁，你这个穿越过我无精打采的视野中所有未知的风景、古代的内陆和盛装的游行的形象，到底是谁呢？你出现在我所有的梦中，以梦的形态，或作为一个虚假的现实伴随着我。跟你在一起，我可能进入了你梦境的领域，土地也许是你们的躯体，由缺憾组成，没有人性，你们的基本躯体变形为一片平静的平原，一座坐落在某个秘密宫殿地面上的荒凉的小山。也许，除了你，我没有梦。也许，正是我靠近你的脸时，从你眼中看到的，我看到的这些不可能的风景，这些不真实的沉闷，这些藏于疲劳的阴影下和不安的洞穴之中的感觉。也许，我梦中的风景是我不梦见你的方式。我不知道你是谁，但我确实知道自己是谁，我真的知道做梦意味着什么。我能因此得知把你称作我的梦意味着什么吗？我怎么知道你不是我的一部分？也许你还是我最真实、最基本的一部分呢。我怎么能知道其实我只是个梦，而你才是真实，你不是我的梦，而我才是你的梦呢？

你的生活是怎样的？我该从何种角度看你？你的侧面？从不相同，但也永不改变。我之所以这样说，是因为我知道，却并不知道自己知道。你的身躯？无论是否穿衣都没有差别，或坐或站或躺也是同样的状态。这毫无意义的意义又在哪里？

我的人生如此悲哀，我甚至都不想为其哭泣；我的日子如此不真实，我甚至都不想试图改变。

我怎么能不梦见你？逝去的青春时光的女士，停滞不前的水和死了的海草的圣母，无垠的沙漠和荒山峭壁的守护女神，请救我脱离我的青春。

忧郁者的慰藉，从不哭泣的人的眼泪，从不敲响的钟——请救我脱离快乐和幸福。

所有静默的鸦片，未曾弹奏过的七弦琴，远方和放逐的彩色窗户——让我被男人憎恨，受女人鄙视。

临终者涂油礼上的钹，感觉不到的抚摩，在阴影下死去的鸽子，做梦时刻燃掉的灯油，请救我脱离宗教，因为它太甜蜜，请救我脱离无信仰，因为它太强大。

午后无力的百合，纪念品盒里枯萎的玫瑰，祈祷者之间的静默——请让我厌恶自己活着，憎恨自己健康，鄙视自己年轻。

哦，所有朦胧的梦的避难所呀，让我变得无能无用吧！哦，悲伤的经验的流水呀，让我变得没有缘由地纯洁、冷淡地虚伪吧！哦，不安的连祷啊，厌倦的大弥撒啊，花冠啊，圣水啊，升天啊，让我的嘴巴变成一幅风景画，让我的双眼变成两塘死水，让我的姿态变成慢慢枯萎的树木吧！

太可惜了，我必须像对一个女人那样向你祈祷，不能像热爱男人一样爱你，也不能用梦中之眼，像那些从未进过天堂的、没有真实性别的黎明天使一样尽情地看你。

我向你祈祷就是在爱你，因为我的爱本身就是祈祷，但我不把你看作我的至爱，也不把你当作圣人。

希望你的行为成为被舍弃的雕塑，你的姿态成为冷漠的基座，你的言语成为被否认的彩色玻璃窗。

一无所有的光辉，起自万丈深渊的名字，来自遥远天界的宁静……

永恒的纯女，存在于诸神之前，存在于诸神之父之前，存在于诸神之祖父之前。所有世界的不孕处女，所有灵魂的不孕处女……

我们向你举起所有时光和万事万物，星星是你神庙的供品，疲惫的诸神像鸟儿回到无意中筑成的巢一样回到你的胸脯上。

站在高高的痛苦上，愿我们能看到青天白日映入眼帘，若我们看不到白日，那就让那天成为出现的任意一天吧。

闪耀吧，缺席的太阳；发光吧，褪色的月亮……

只有你，暗淡的太阳，才能照亮洞穴，因为洞穴是你的女儿。只有你，失落的月亮，才能赋予山洞，因为山洞……

你的性是梦的形式，是各种形象的不孕的性。只要一个模糊的侧面，一个单纯的站姿，甚至有时只需要一个懒懒的手势……你是精神化的属于我的时刻和姿态。

啊，内心静默的圣母呀，我梦见你，并非被你的性——你永恒的袍子下的肉体所吸引。你的乳房不会让人想要亲吻。你的身体是灵魂一样的肉体，不过，它仍是肉体，不是灵魂。你肉体的物质不是精神的，它本身就是精神性的。你是堕落之前的那个女人，仍旧是那个天上的泥土捏成的雕塑。

对有性别的真实的女人的恐惧引领我来到你这里。尘世的女人必须承受男人的体重才能……这样的女人，人们怎么能爱上她？如果预见到了疯狂的肉体性爱，一个人的爱怎么可能不枯萎？谁能尊重一个妻子而不去想她会和配偶发生关系？想到我们灵魂的肉欲起源，想到带我们的躯体来到这个世界的不安的行为，我们又怎能不鄙视自己呢？无论这躯体多么美丽，它的起源本质是丑陋的。

那些愚蠢地把现实生活理想化的人把诗歌献给妻子，向母亲的概念下跪……他们的理想主义是伪装的披风，而非创造的梦境。

只有你是纯洁的，梦境的夫人。我可以不想任何污点而把你当作情人，因为你是虚幻的。我可以把你当作母亲，爱慕你，因为你从未被可怕的受精所玷污。

只有你自己是如此可爱的时候，我怎么能不爱慕你？只有你自己是如此值得被爱的时候，我怎么能不爱你？

也许我是在梦境中创造的你，你在另一种现实中真实地存在。也许就是在那里，一个与众不同的纯洁的世界里，你是我的，我们不需要有形的躯体就可以深爱彼此，我们用另一种拥抱、别样的理想占有彼此。也许我没有创造你，也许你早已存在，我只是以一种不同的视角看到了你——纯洁的、内在的——在另一个完美的世界。也许我梦见你只是意味着我找到了你，我爱你仅表明我想念你。也许我蔑视肉体，憎恨爱恋，只是因为我有模糊的欲望，想要执着地等你，尽管不清楚你的存在。也许这就是我不确定的希望，在我还不认识你的时候，就已经爱上了你。

也有可能是我在某个模糊的地方早已爱上了你，我对那份爱恋的怀念，让我在现在生活中显得烦闷不已。也许你只是我对某物的怀念，是某种缺失的化身，是某个远方的存在。也许你只是由于一些与女性无关的原因而具备了女性的气质。

我可以把你当作处女，也可以将你视作母亲，因为你不属于这个世界。你从来都只是你，不是别人，所以你怎么可能不是一个处女？我既可以爱你，又可以爱慕你，因为我的爱不会占有你，也不会让你远离。

请成为永恒的白昼，用你太阳的光线做我的日落，让我与你永不分离。

请成为看不见的黄昏，让我的不安和渴望成为你迟疑不决的暮色，成为你不确定的色彩。

请成为绝对的黑暗，唯一的夜晚，让我在那里面迷失，遗忘自己，让我的梦像星星一样在你远方和否定的身体上发光。

让我成为你罩袍上的褶皱、你花冠上的珠宝、你指上戒指那抹奇异的金色。

我能否成为你壁炉里的灰烬？如果我只是尘埃呢？我能否成为你房间里的一扇窗——如果我只是空间呢？我能否成为你漏壶里的一个小时——如果我流逝而过，同时还知道因为我是你的，而我会一直存在；如果我死了，同时还知道因为我是你的，而我将依然活着；如果我失去你，同时还知道失去你就是找到你，那该怎么办？

荒谬的主人，废话的信徒，希望你的静默成为我的摇篮，催我入眠。希望你纯真的存在抚摩我、安慰我。啊，天界的先驱夫人啊，“缺失”的女王啊，静默的母亲啊，冰冷的灵魂的炉底石啊，荒凉的守护天使啊！啊，悲伤永恒但完美得不真实的人间风景啊！

你不是一个女人。你在我心中连一丁点女性的感觉都没有。只有在我说起你的时候，称呼你为女性的措辞才能勾画出一个女性的轮廓。当我忍不住温柔且爱慕地讲起你时，只有将你称作“女人”，这个词语才能算名副其实。

但是你，那模糊的实体中，其实是虚空。你没有现实，甚至没有一个只属于你的现实。严格说来，我看不见你，甚至感觉不到你。你像一种客体是自己的感觉，被完全包含在自己存在的心里。你一直都是我想要看的那片风景，是我没看到的罩袍上的褶边，迷失在路边弯道外永恒的时光里。你的轮廓就是你的虚空，你不真实的躯体变成散落的珍珠，成为那个轮廓的项链。你早已远去，你早已离开，我早已爱过你，这就是我感受你的存在时的感觉。

你占据了我思想的空白和感官的缺口，因此我从未想过你或感觉到你。但我的思想充斥着对你的感觉，在你崇高的召唤下，我的感觉很野蛮。

失去记忆的月亮笼罩着我那黑色且异常朦胧的不完美的自我意识。我的存在隐约感觉到了你，好似是你的一条腰带在感觉你。我俯身在你苍白的脸庞上方，看着你的脸在我不安的夜间的水中漂动，但我永远不知道你是不是我天空中的月亮，还是水下奇怪的假月亮。

要是有人能创造一双“新眼”，然后用它来看你，用“新思想”和“新感觉”来思考你和感觉你，那……

当我触摸你的罩袍时，我的表情变得疲惫，言语也僵硬，劳累，痛苦不堪，因为我要努力伸直它们的手。一只飞鸟盘旋在我希望说出的对你的评论之上，看似在靠近，却从未到达过，因为我的话语的主旨根本不能模仿你轻轻落下的脚步、慢慢的一瞥以及你从未做过的姿态那苍白悲伤的色彩所具有的主旨。

若我能与远方的人谈话，若你今天是一片可能的云彩，明天化作现实的雨滴洒落大地，那么千万不要忘记你神圣的起源——我的梦。无论你在现实生活中为何，做一个孤独者的梦吧，不要成为一个情人的避难所。履行你作为一艘纯粹的船的职责。实现你作为一个无用的细颈瓶的愿望。不要让任何人用河流的灵魂谈及河岸的话语来谈论你——河岸的存在是为了限制河流。最好不要在生活中随波逐流，最好让梦想干枯。

希望你的本质在于充盈丰富，希望你的生活是注视自己生活的艺术，是被注视的艺术，永不雷同。不要再为其他……

今天，你只是这本书创造的一个轮廓，一个具象化的与其他时间分开的时刻。如果我能确定这就是你，我会在爱你的梦中创造一个宗教。

你是万物缺失的那个东西，你是每件事物上遗失的那部分，这让我们永远爱你。你是圣庙遗失的门钥，你是通往圣殿的秘道，你是遥远的岛，永远隐藏在迷雾的后面。

圣佩特罗堡的田园曲

我不知道我何时何地见过你。我不知是在图画里，还是在真正的乡村，看到鲜活的草木环绕着你的身体。也许就是在图画里，你在我记忆中充满诗情画意，栩栩如生。尽管我不知道与你是在何时邂逅的，也不知道我们是否真的见过（因为有可能我连图画中的你也没见过），但我真心实意地感到那是我生命中最平和的时刻。

你是一位优雅的牧民，牵着一头温顺的公牛顺着宽宽的道路缓步走来。我好像记得从远处就能看见你，你向我走来，从我身边经过。你似乎没有注意到我。你慢慢地走着，丝毫不在意那头大公牛。你执着的眼神忘记了所有的记忆，看来你的内心生活有大片的空白：你的自我意识抛弃了你。那一刻，你只是……

看着你，我记起城市一直在变，田野却永恒不变。若是我们说山石与《圣经》一致，那是因为它们确实一如《圣经》时代那个样子。

我把田园风光在我心中唤起的感觉，跟你一闪而过的无名的身影相联系；当我想到你时，从未体验过的宁静充斥我的心灵。你走路时步履轻快，身姿轻盈，举手投足间有鸟儿的欢快；无形的藤蔓绕着你胸前的……你的沉默——天色渐晚，戴着铃铛的羊群在逐渐变暗的山坡上疲惫地叫着——你的沉默是最后一个牧羊人的歌，他从没被写入维吉尔从没写过的田园诗，所以他一直没有被传唱，成为一个永远游荡在田野的轮廓。可能你在微笑——对你自己，对你的灵魂，在心里看你自己微笑——但你的嘴唇像群山的轮廓一样静止不动，你打手势的粗糙的手（我不记得）围绕着田野的花朵。

是的，我是在一幅图画里见过你。但是，我从哪里得到这样的想法的？我看到你靠近我，从我身边走过，而我却一直在走，从来没有回头，因为我仍然可以看到你，然后一直……时间突然停止，让你过去。当我试图让你进入生活，或进入它的外表时，我误会你了。

圆柱列

我的爱啊，在我不安的静寂中，在风景渲成生活的光晕、梦就只是梦的这个时刻，我举起这本奇怪的书，像是一间弃舍洞开的门。

我收集每一朵花的灵魂去写它，用每只鸟儿每首歌那稍纵即逝的瞬间编织永恒和静止。我是一个坚定的织工，坐在生命的窗前，忘记了自己在那里生活，也忘记了自己曾经存在过，我用为静寂的圣坛编织的贞洁亚麻布包裹自己的烦闷。

我给你这本书，因为我知道这书让你赏心悦目却毫无用处。它不能传道授业，不能鼓励信仰，也不能激发感情。这书仅仅是一条小溪，流向灰烬的深渊，风将灰烬吹得四下飞扬，于土壤无利亦无害。我用我的全部灵魂写这本书，书写之时却从未考虑过它，因为我只在考虑悲伤的自己和独一无二的你。

我喜爱这本书，因为它荒唐。我想将其赠送出去，因为它无用；我想将其送你，因为将其赠予你不带任何目的性……

当你读它的时候，请为我祈祷，请为我爱它，那便是给我的祝福。请忘记它，就像今天的太阳忘记昨天的太阳一样，就像我忘记那些只是梦的女人，那些我从未知道如何去做的梦……

我渴望的静寂之塔啊，愿这书像“古代奥秘”之夜一样变成你的月光！

痛苦的不完美之河啊，愿这书像一艘小船，顺着你的河水漂流直下，一直漂到无梦的海中。

“疏远”和“放逐”的风景啊，愿这书像你的“时间”一样属于你，无限地包含着你和那虚幻的紫色的时刻。

永恒的河流在我的静寂之窗下流过。我一直注视着远方的河岸，不知为何从未梦到过自己身处那里，做一个不同的人，过快乐的生活。可能因为只有你能安抚慰藉我，也只有你能涂抹油膏和主持仪式。

你打断了什么白色的弥撒，给我祝福，让我知道你的存在？你在舞会的哪个旋转的时刻停下脚步？和你在一起的时间，把你突然的停顿变成通向我灵魂的桥梁，把你的微笑变成我壮丽的皇家紫袍？

节奏不安的天鹅，不朽的七弦琴，神秘遗憾的微弱的竖琴声——你既在等待，又已离开。你既是受到伤害的那个人，又是抚慰伤害的那个人。你用忧伤粉饰快乐，用玫瑰装点悲恸。

什么上帝创造了你？什么上帝会被创造世界的上帝所憎恨？

你不知道，你不知道你不知道，你不想知道，又不想不知道。你把所有的目的从生活中剥离，你用非现实的光晕渲染你的存在，你用完美和无形包装自己，这样“时间”就无法触碰到你，“白天”也不会对你微笑，“黑夜”也不会来临，更不会把百合花一样的月亮放入你的手中。

我的爱啊，请为我撒下更好的玫瑰花瓣，撒下更可爱的百合花的花瓣，撒下飘着动听名字的香气的菊花的花瓣吧。

哦，圣处女呀，没有张开的双臂拥抱你，没有甜蜜的亲吻渴望你，没有思想会玷污你，我会在你那里终结自己的生命。

所有希望的大厅，所有渴望的门槛，所有梦境的窗户……站在观景台上，面对无边的景色：夜晚的森林，远处在月光下闪闪发亮的河流……

我很清楚你不存在，但是我确定自己存在吗？我让你存在我之中，但是我会比你、比在你之中的那死气沉沉的生命活得更真实吗？

火焰变成了光晕，缺失的存在，抑扬顿挫的旋律，女性的静寂，脆弱肉体的暮色，宴会留下的高脚杯，画家梦里另一个“地球”的中世纪的彩绘玻璃……

贞洁优雅的杯子和主人，为尚在人世的圣徒而设的废弃圣坛，梦中一个从未有人涉足的花园中的百合花冠……

你是唯一从不让人烦闷的形态，因为你总是根据我们的感觉进行改变，亲吻我们的欢欣，也抚慰我们的痛苦和疲劳。你是缓解我们沉闷的鸦片，是让人重新焕发活力的睡眠，是让我们在胸前画十字、把双手合十的死亡。

天使，你的翅膀是什么物质做成的？你从不高高飞翔，只是静止上升，这是极乐和休憩的姿态。是什么生命让你情系这片土地？

我对你的梦将是我的诗，当我的散文描述你的美时，它将有诗歌的旋律、诗节的曲线和不朽诗句的突然辉煌。

不是用来写作的诗歌和散文，它们只是用来做梦的……

啊，因为你的存在，因为我看到你的存在，让我们创造一种前所未有的艺术。

无用的双耳瓶是你的身体，希望我能从中提取新诗的灵魂！在你如波浪一样徐徐的、静静的旋律中，希望我颤抖的手指能够找到人类从未听过的新散文。

愿你逐渐暗淡的美妙笑容成为我的标志——这是整个世界的徽章，当它意识到抽噎既不完美又不正确的时候。

在我为创造你奉献生命而死亡的时候，愿你能用竖琴师的双手合上我的双眼。哦，至高无上又独一无二的你，纵然寂寂无名，却会成为从不存在的众神珍爱的艺术品，成为永不存在的众神的母亲。

杂乱无章的日记

每一天，我都受到天地万物的虐待。我的情感如同在风中摇曳的火焰。

走在街上，在那些从我身边走过的人身上，我看到的不是他们真正拥有的脸部表情，而是他们在知道我是什么人以及我过着怎样的生活之后即将露出的表情，以及在我的脸和我的姿态泄露了我害羞的灵魂那份荒谬的畸形之后，他们会有的表情。我怀疑，在那些看也不看我的眼睛里，蕴藏着一抹假笑（我怀疑这是自然而然的事儿），他们是在笑我，在这个人人都知道如何行动、如何享受生活的世界里，我是个令人尴尬的例外；在我本人的干预和叠加下，一张张面孔都透着一个认知，这些面孔似乎因为我生活中的胆怯姿势而大声窃笑。我为此陷入了沉思，试图说服我自己，我感受到的傻笑和轻微的责怪都来自我，只来源于我，可一旦我那看上去有些荒谬的形象具体化成为另一个人，我便不能再说那些傻笑和责怪都属于我。我突然感觉我自己置身于一间充满嘲笑和敌意的温室里，窒息不已，摇摆不定。他们在他们的灵魂最深处用手指冲我指指点点。所有经过的人都用他们那愉快和轻蔑的表情打击我。我走在穷凶极恶的幻影之中，我那病态的想象力创造出了这些幻影，并将之置于真正的人之间。万事万物都在掌掴我的脸，嘲笑我。有时候，在街道中间——在那里，其实没有人注意到我——我突然停下脚步，看着周围，仿佛是在搜索全新的维度空间，搜索一扇通往内在空间的门，通往空间另一面的门，在那里，我可以摆脱我对其他人的意识，远离我那把属于其他活生生的灵魂的现实过度具体化的直觉。

我习惯于把我自己置身于他人的灵魂之中，这真的会让我按照他人注意我时看待我抑或即将看待我的方式来看待我自己吗？会的。我能意识到如果他们认识我之后会怎样看我，这就仿佛他们真的会那样看待我，仿佛就在那一刻他们的确对我产生了那样的看法，并且将他们的看法表达了出来。和他人联系在一起，于我而言是不折不扣的折磨。其他人都存在于我体内，我被迫和他们联系在一起，即便他们不在附近。周围全是人，我则孤身一人。我逃不掉，除非我要逃离我自己。

啊，那暮色中壮丽的群山！啊，月光下那狭窄的街道！如果我能像你们那样没有意识该有多好，如果我能拥有你们的灵性该有多好！你们的灵性什么都不是，只是天地万物，没有任何内在维度空间，没有一丝感情，没有位置留给感受，留给思考，抑或留给不安的灵魂。树木是如此纯粹，树木只是树木，你的绿色看上去令人如此愉悦，与我的麻烦和担心无关，可以如此准确地消除我的焦虑。因为你没有眼睛来看我的麻烦、担心与焦虑，也没有那抹灵魂，而那抹灵魂透过那些眼睛，可能会误解与取笑我的麻烦、担心与焦虑。路上有很多石块，木头随处可见，到处都是无名的尘埃，你们是我的同类，因为你们没有意识到我的灵魂正处于安逸且平静的长眠之中……阳光与月光笼罩着尘世万物，尘世是我的母亲，我温和体贴的母亲，甚至不会像我的生身之母那样随便责怪我。因为你没有灵魂，所以不能出于本能地把我分析；你也没有漂移的眼神，所以不会泄露你对我的想法，而你甚至从不曾向你自己承认你有这样的想法……浩瀚的海洋，咆哮的你是我童年的伙伴，你抚慰着我，让我平静下来。因为你的声音不是人类的声音，所以从不曾把我的弱点和短处告诉人们……广阔蔚蓝的天空，如此贴近于神秘的天使……你不会用虚伪的绿色眼睛看着我。如果你把太阳抱在胸前，你就不会用这种方式来引诱我。当你用星辰盖住你自己，你也不会试图向我展示你的轻蔑……平静大自然如慈母一般，因为你并不认识我。遥远宁静的恒星和太阳系，和你一样无法了解我的任何事情……我希望向你的浩瀚和平静祈祷，以此作为标志，表示我很感激能拥有你，能没有任何怀疑和不安地爱着你；我希望倾听你不能倾听的事物，尽管你始终听不到；我希望注视你那令人崇敬的失明的眼睛，尽管你始终看不见；我希望成为你通过这些未知的耳朵和眼睛所关注的对象；我希望能感觉到在你那虚无的关注下的那种舒适，仿佛那是终极的死亡，距离很远很远，带着天地万物灵魂的色彩，超越了重生的希望，超越了上帝与其他可能的存在，超越了逸乐懒散的虚无……

占有的河

根据人性的规律，我们所有人都是不同的。只有从远处看我们才彼此相像，因此，我们都不是我们自己，而是别人。所以，生活才是不确定的。与别人合得来的人都是那些从来不曾限制自身的人以及那些与任何人都不一样的人。

我们每个人都有两面，当两个人相遇、打交道或互相认识，这两个人的四面很少能和平相处。如果一个行动派的另一面爱做梦，那么这两面就互相矛盾，他与另外一个既爱做梦又善于行动的人格格不入。

每个人的生活（因为是生活）都是截然不同的力量，我们每个人都会自然而然地倾向于自己，沿途为了其他人而停下来。如果我们有足够的自尊来发现自己有意思，该有多好……每一次相遇都是一次冲突。对于那些寻找之人，他人都是障碍。只有那些不去寻找的人才是幸福的，因为只有他们才能找到；因为他们什么也不追求，他们已经拥有了，而且已经拥有的东西——不管拥有的是什么——是幸福的本质，正如不需要任何东西是富有的最好部分。

我在我内心看着你这位想象出来的新娘，于是，在你还没有存在的时候，我们之间就开始出现冲突了。我爱做梦的习惯向我生动地描绘了对现实的准确概念。过度做梦的人必须让现实融入他的梦中。让现实和梦境融合的人必须把现实的平衡代入梦中。在梦中注入现实平衡的人，会因为梦境中的现实而承受痛苦，就像因为生活里的现实受苦一样；还会因为梦境的虚幻而承受痛苦，就像因为他感觉生活即虚幻而受苦一样。

我在幻想之中等待着你，我在我们的卧室里，这里有两扇门。我梦见我听到你来了，在我的梦中，你从右边的门里进来。而当你真的走进来时，你却站在左边的门边，你和我的梦境就已经有差别存在了。人类的整体悲剧都在这个小例子中被总结出来，即我们想象的人从来不是他们真正的样子。

爱需要认同某些不同的事物，而这些事物甚至可能不符合逻辑，在现实生活中不那么真实。爱想要占有。它想把那些必须留在它外面的东西变成它自己的东西，以免它自己的本质和它变成的样子之间的区别消失。爱是屈服。屈服的程度越高，爱就越伟大。可屈服的整体程度也会使得其丧失对他人的意识。因此，伟大的爱就是死亡、遗忘或放弃——所有能吸收爱的爱。

在古老的海边宫殿的平台屋顶上，我们将在沉默中沉思我们之间的差别。在海边的平台屋顶上，我是王子，你是王妃。在我们相遇之际，我们的爱诞生，和月亮与波涛相遇之际美的诞生一样。

爱是占有，可它并不知道什么是占有。如果我不是我自己的，那么我怎么能成为你的，而你又怎么能成为我的呢？如果我都不占有我自己，那么我怎么能占有一个外在的存在呢？如果我甚至与我同一的自我不同，那么我怎么能和一个彻底不同的自我相同呢？

爱是神秘，想要被物质化，这是不可能的，但我们的梦境始终觉得这是可能的。

我说的是形而上学，不过所有的生活就是黑暗中的形而上学，有神明在窃窃私语，声音十分模糊，而且只有一条路可以走，即我们不去了解真相。

我堕落的最阴险的一面就是我对健康和澄明的爱。我始终有种感觉，相比我内心的梦境，一个好看的身体和年轻的步伐传出的无忧无虑的节奏在这个世界里更加有用。带着老人精神上的快乐，我有时候会既不羡慕也不渴望地去观察那对悠闲的夫妇，他们手挽着手走向年轻的无意识的意识中。我喜欢他们，就像我喜欢真理，而不会去考虑其是否适合于我。如果我拿他们和我自己相比较，我依旧会喜欢他们。对于一个享受会造成伤害的事实的人来说，伤害所带来的痛苦会被对神明的了解所产生的骄傲所取代。

我反对柏拉图式的象征主义者，对他们而言，每一个存在、每一件事情都是影子或仅仅是现实的影子。对我而言，万事万物并非是要到来，而是要离开。对于神秘学者而言，万事万物在万事万物中终结；对我而言，万事万物从万事万物中开始。

我通过对比和建议继续进行，那座小花园对他们而言代表了灵魂的秩序和美好，对我而言仅仅是一座更大的花园，那里远离人类，这里不快乐的生活到了那里或许可以快乐起来。对我而言，每件事并非现实，只是阴影，而这个现实就是一条路。

午后的埃什特雷拉公园对我而言就是一座古时的花园，存在于几个世纪以前，存在于灵魂不再抱有幻想的几个世纪前。

自我检验

人在梦中不真实地生活，不过也是在过生活。舍弃是一种行为，做梦是人想要生存的告白。梦中，虚幻的生活替代真实的生活，以此来弥补想要生活的不可压抑的欲望。

这一切不就是为了追求幸福吗？还有人在找寻其他东西吗？

连续不断的白日做梦和无休无止的分析带给我的，与生活所能带给我的东西有何本质区别吗？

遁世没有帮我找到自己，也不能……

这本书是一种单一的精神状态，从各个方面分析，从各个方面探索。

这种特殊的状态至少能带给我一些新的东西吧？就连这种慰藉我都没得到。赫拉克利特和《传道书》在很久以前就曾说过："生活就是儿童玩沙子……精神的空虚和忧虑……"而且可怜的约伯也曾说过："我的灵魂厌倦了我的生活。"

在帕斯卡：……

在维尼：你的不断的遐想扼杀了行动。

在阿密叶，在阿密叶是如此彻底……（这样的短语）

在魏尔伦和象征主义者……

这么多像我这样的病人……我甚至不能说我的病是独一无二的……我做的事情，无数人在我之前已经做过……我忍受着古老的痛苦……为什么我还要想这些事情，毕竟已经有这么多的人思考并经历过了？

不过我毕竟还是带来了一点新的东西，尽管它不是由我创造的。它从黑夜而来，在我心中像星星一样闪闪发光……我穷尽所有力量也不能创造它，更不能将其消灭……我是两种玄秘之间的桥梁，却并不知晓自己是如何建造的。

我倾听自己的梦。我用我梦中的声音使自己平静，它们逐渐变成亲密的旋律……

一个形象短语的声音是值得这么多行动的！隐喻可以弥补很多事情！

我倾听自己……在我的内心有仪式，队列……在我的沉闷中闪耀……化装舞会……对我自己的灵魂，我是一个惊奇的旁观者……

片段序列的万花筒……

强烈感受的光辉……废弃城堡里的皇家之床，死去的公主的珠宝，透过城堡的漏洞看到的海湾……毫无疑问，船只将会到达，最幸福的灵魂也许会在他们的流放中遇到同行者……沉睡的管弦乐队，丝线绣着……

感觉论者

在精神学科的衰退时期，信仰逐渐衰亡，各种教派也日渐式微，我们留下的唯一真实就是感觉。此时，我们唯一的顾虑，也是唯一能满足我们的科学，便是我们的感觉。

我越发确信，拙劣的修饰是我们所能赋予自己灵魂的最高、最开明的命运。倘若我的人生在精神的挂毯里度过，我便没有极大的绝望去哀叹。

我属于这样一代人——或者说，我属于这样一部分人——对过去的尊重和对未来的信仰或希望散失殆尽。因此，我们和那些无家可归的人一样，饥肠辘辘、满腹渴望地活在当下。由于在我们的感觉里，尤其是在我们梦中的微弱而无用的感觉中，当前的我们既没有昔日的回忆，也没有未来的怀想，当我们对可量化的现实事物嗤之以鼻时，我们在内心世界却宽容地付之一笑。

或许我们并非完全不同于那些在现实生活中一门心思找乐子的人。然而，自我中心的风气已渐渐过去，蒙上衰微和矛盾的色彩，享乐主义热潮也在减退。

我们处在恢复时期。大多数人从未学过一门艺术或一种贸易知识，甚至连享受生活的艺术也丝毫不懂。我们打心底憎恶冗长的社交活动，甚至是与最好的朋友打上半个小时的交道，我们都会感到厌烦。我们只在想到要见他们的时候才渴望见到他们，我们只在梦里与他们共度最好的时光。我不知道这样说是不是在暗示友谊的虚假性，或许并非如此。我只知道，我们钟情的事物或我们以为我们钟爱的事物，只在梦里才算是真正有意义和价值的。

我们不喜欢表演。我们蔑视演员和舞者。每一场表演不过是一次拙劣的模仿，而模仿对象本应当只出现在梦里。

我们对别人的观点漠不关心——这种冷漠并非与生俱来，而是因为一些情感教育常常通过各种痛苦的体验强加在我们头上。但我们待人彬彬有礼，甚至带着一种类似冷漠的兴趣去喜欢他们，因为每个人都很有趣，都可以化入梦境或转变成其他人……

由于没有爱的能力，为了被爱而不得不说一些话，仅仅是这样的想法就令我们厌倦。此外，我们中间又有谁渴望被爱呢？“恋爱使人疲惫”这句话对我们而言是一句不大恰当的箴言。一想起被爱我们就感到厌烦，甚至达到恐慌的程度。

我的生活是一场无情的炽热，一种无法熄灭的渴望。现实生活像酷暑天气一样，用一些卑劣的方式折磨着我。

情感教育

对于那些选择在生活中做梦的人，以及像培育温室植物一样通过培养感觉获得一种宗教信仰和政治思想的人，他们成功迈出第一步的标志就是，用一种夸张而又异乎寻常的方式去感受最微不足道的事情。这是迈出第一步的关键。要知道如何从小酌一杯淡茶中获得极大的快感，而正常人只有在他的勃勃雄心突然得到实现，或恼人的怀乡病突然痊愈，或将鱼水之欢行至极致时，才会有这样的感觉。在观看夕阳或注视着一个装饰细节时，我们的强烈感情不是通过视觉或听觉产生的，而是其他感官——触觉、味觉和嗅觉——将感觉之物刻进我们的意识中的。将我们的内在视角、梦中的听觉——一切想象的感觉和感觉的想象力——转移到如五种感官这样的有形受体上，来接受外部世界。受过训练的自我感觉的栽培者，他们可以从这些感觉中（类似的例子不难想象出来）体验到一种强烈的激情。我提及这些，以便将我想要表达的东西用一种粗糙而具体的观念表达出来。

然而，感觉达到这种程度，使得感觉的爱人带着同样的强烈意识去感受悲伤——一种内外皆有的悲伤。当他认识到——又因为他认识到——极其强烈的感受不仅意味着极度快乐，还意味着强烈的痛楚，在这种感受的指引下，做梦者会迈出自我提升的第二步。

姑且不去论他是否会走这一步。如果他去做，并且做到了，那么这一步将决定他的某种态度，并且影响他的下一步行动——而我所指的这一步是他完全将自己与现实世界隔离开来。当然，除非是很富有的人才能做到。因为我认为，做梦者显然应该领悟言外之意，根据相对可能的自我隔绝和自我牺牲，集中更多或更少的注意力去做那些工作，它们在病理上能刺激他对事物和梦想做出反应。积极地生活和与人交往的人——即便在这种情况下，将与他人的亲密行为减少到最低限度也是有可能的（亲密行为不仅仅是一种身体接触行为，还是有害的）——将不得不冻结社会自我的整个表层。因此，他将忽略掉别人的每一个友好亲昵的手势，这些手势不会给他留下长久的印象。这看似很难，实则并非如此。摆脱别人很容易，我们只需远离他们就行。不管怎样，我将忽略这一点，回到阐释的问题上。

对最简单常见的感觉产生下意识的很强和复杂的意识，不仅使我们从感觉中获得更多的愉悦，还使由感觉引起的疼痛加剧。因此，做梦者第二步要做的就是避开痛苦。他不必像斯多葛派或早期伊壁鸠鲁派那样，通过抛弃安乐窝来避开痛苦。因为那样会使他对快乐和对痛苦一样麻木不仁。与此相反，他应当苦中求乐，然后学会假装痛苦——换而言之，每当他感到痛苦时，就从中找到一些乐子。这样的目标可以通过很多途径去实现。第一种就是强化分析我们的痛苦（但我们首先要训练自己通过独一无二的感受对快乐做出反应，但不做出分析）。至少对于上等灵魂来说，这种方法要比看起来更容易做到。分析痛苦，然后养成分析所有痛苦的习惯，直到我们不假思索地去做，这种习惯变成我们的本能，带着快乐去分析每一个可以想象出来的痛苦。一旦我们的分析能力和本能增长到一定程度，我们将接受一切，那么痛苦除了变成有待分析的模糊物质，什么也不会留下来。

另一种方法更微妙，也更难做到。这种方法就是，形成一种将痛苦化身到一个理想人物身上的习惯。首先，我们需要塑造另一个我们，赋予这个我们以苦难，使这个我们遭受我们所遭受的一切。然后，我们需要在内心塑造一个受虐狂，形成一种彻底的受虐心理，享受这种苦难，就好像是别人在受苦。这种方法乍一看似乎是不可能的，而且并不容易，但很明显是可以实现的。对于那些有说谎经验的人来说，这并没有什么特别的困难。一旦做到这一点，苦难便获得了撩人至极的血和病的味道，一股不可思议的、和着颓废满足感的异样辛辣味。痛苦的感觉类似于极度苦恼、不安至极的抽搐，苦难——一种漫长的慢性痛苦——是一种亲切的黄，给深度恢复期的感觉涂上一层模糊的幸福色彩。带有不安和愁思的极度疲惫感唤起复杂的苦恼，一想到快乐会消失，我们的快乐感就油然而生。正如当我们去想象感官乐趣将带来的倦怠感，我们便预先感受到感官乐趣带来的悲伤倦怠。

第三种方法就是将痛苦稀释并变成快乐，将怀疑和忧虑转变成一张柔软的床。这种方法主要在于，将所有注意力集中在我们的焦虑和痛苦上，强烈感受到它们，过度的悲伤会带来极大的快乐，通过这种强力激发的快乐，我们心情舒畅、心满意足，带着点受伤流出的血液的味道。当然，只有出于习惯和通过受训致力于快乐的人，才会做到这一点。

就像在我体内，当——一个精练自我的荒唐精练者，一个致力于经过智力稀释的感觉建造自我的建筑师，通过放弃生活、通过分析以及通过痛苦本身——三种方法同时被使用，不假思索地对每一种痛感（这种感觉来得很快，让人猝不及防）进行彻底分析，然后无情强加给外在的我，将极大的痛苦埋在内心，进而感到自己像一个胜利者和英雄。生活因我而停止，艺术在我脚下卑躬屈膝。

我所描述的这一切仅仅是做梦者实现梦想所要做的第二步。

除了我，还有谁能做到通往神殿的华丽门槛的第三步呢？诚然，这一步很难做到，它需要我们付出一种内在努力，这种努力比我们在生活中所做的任何努力还要巨大得多，但它带给我们的回报直抵灵魂的高度和深度，这是生活永远无法给予我们的。这一步就是——当同时进行一切时，三种微妙的方法被应用到极致——直接通过纯粹的智力过滤感觉，通过高级分析进行过滤，使之获得文学形式，具有自己的实质内容和人物角色。然后，我彻底固化感觉。接着，我获得了虚幻的现实，赋予不可企及的东西以永恒的基座。然后，在我内心，我成为加冕之王。

不要以为我写作仅仅是为了写作，或是为了发表，或为了创作艺术。我写作是因为这是我的终极目标，是最高境界的升华，是气质上不合逻辑的升华，是我对精神和情感状态的培养。如果我取出其中一种感觉，将它拆散开来，用以编织被我命名为《隔离的森林》或《从未做过的旅行》的内在现实，你可以确定，我并非为了写一篇思路清晰的出色散文才这么做，甚至也并非为了从散文中获得愉悦才这么做——尽管我很高兴能将它当作一种额外的最后接触，就像我梦中的舞台布景被挂上精美华丽的幕布——将绝对的外在事物内在化，从而使我认识到事物是无法实现的，将对立物联结起来，使梦具体化，将它当作纯粹的梦，赋予它最生动的表现方式。是的，这就是我扮演的角色，我是一个生活滞后者，不断犯错的凿工，我的灵魂和女王的生病的小听差。但是我虚构的诗歌，我假装读过，她假装听过，而在某个地方，在某种程度上，夜在软化——在我心中升起的这个隐喻变成了绝对的现实——夜在软化神秘的精神世界的最后朦胧的光芒。

不安之夜交响曲（一）

古城的黎明，大型建筑物的黑石上刻着流失的传统；颤动的晨光笼罩着被水淹没的田野，松软潮湿，像日出前的空气；狭窄的小巷里什么事都可能发生；

古老起居室的笨重储物柜；月夜农舍屋后的水井；从未见过的祖母的初恋情书；储存着往昔时光的房间里的霉味；再也没人会用的来复枪；窗外炙热的午后；空无一人的街道；时断时续的睡眠；荒芜的葡萄园；教堂的钟声；孤独生活的悲伤……祈福时刻：你柔软虚弱的手……得不到的爱抚，你戒指上的宝石在越来越暗的夜色中渗出血来……对灵魂没有信仰的宗教庆典：物质的丑陋之美，粗野的圣徒，栖居心灵的浪漫情怀，冷空气使城市码头变得潮湿，夜幕垂落时透着海水的气息……

你的纤纤细手，像一双羽翼，在遁世者的头上拂过。长廊，窗户上的裂缝，窗户即便是关着也是敞开的，墓石般冰冷的地板，对爱的怀念，像尚未起程的旅行，去往不完整的国度……古代女王的芳名，描画着健壮伯爵的彩绘玻璃……迷蒙散乱的晨曦，像弥漫在教堂里的冷却的熏香，凝集在地面密不透风的黑暗中……干枯的手紧握彼此。

在古书的古怪密码中，那个修道士发现神秘教派大师的训诂和入教仪式的插图时心生疑惑。

阳光下的海滩——心中的狂热……在焦虑中闪着微光的大海使我窒息……远处的帆船是如何在我的狂热中航行的……阶梯在我的狂热里通向海滩……凉风中夹杂一丝暖意拂过海面，贪婪的海，吓人的海，黑暗的海……阿尔戈英雄遥远的黑夜，我的前额因远古的帆船在灼灼发热……

一切都是属于别人的，除了我的遗憾，它不属于我。

把针给我……如今，这所房子里已听不到她轻柔的脚步声。她身在何处？她可能正在用褶裥、彩带和针绣些什么，都是一个谜……今天，她的针线活永远被锁在衣柜的抽屉里，是多余的，也没有梦中的温暖的双臂搂住我母亲的脖子。

不安之夜交响曲（二）

万物都已入眠，仿佛宇宙是个错误。风变幻莫测地吹打，仿佛一面插在军队哨岗上的随风飘扬、不断变换形状的旗帜。一阵狂风刮过一片虚无，窗棂摇晃着玻璃，咯咯作响。在万物的陪衬下，寂静之夜是上帝之墓（我的心灵为上帝感到难过）。

突然，万物在这座城市组成一个新秩序，风渐渐平息，天空那无穷无尽的喧嚣声归于一片宁静。然后，夜像一扇门关闭。无边无际的寂静催我入眠。

视觉性情人

安忒洛斯[1]

对于至深的爱和它的用处，我有一个矫饰而肤浅的概念。我更喜欢视觉性情感，为了更虚幻的命运，我使我的心保持着完好无损。

除了人的“画像”，我想不起自己曾经爱过什么人。那种“画像”和画布上的画像不同，它是一种纯粹的外表，而灵魂的作用仅仅在于赋予它生命和活力。

这就是我爱的方式：我将注意力集中在一幅画像上，这幅不管是男是女的画像（这里不存在欲望和性取向）要么美丽、要么有魅力、要么可爱，他（她）吸引我、诱惑我，使我着迷。但我只想看到它，没有什么比在这个可见的人物背后与真实的人见面和交谈更让我恐惧的了。

我用自己的目光而不是幻想去爱。因为对于那个吸引我的画像，我没有什么好去幻想的。我不会去想象自己用任何方式与它产生关联，因为我矫饰的爱没有心理深度。对于那个外表让我看见的人，我对他（她）是谁、做了什么或想了什么毫不感兴趣。

这个人物和事件层出不穷的世界对我来说就是一条没有尽头的画廊，我对它的内涵并不感兴趣。之所以如此，是因为每个人都有着同样单调的灵魂。只有它的个人表现各不相同，灵魂最好的部分渗透到面部、举止和手势中，从而进入这幅吸引我的画中，我对这幅画有一种永恒而多方面的喜爱。

[1]安忒洛斯是相爱之神，阿佛洛狄忒之子，厄洛斯之兄弟。——英译者注

据我所知，人类没有灵魂。灵魂是它自己的事。

我用这种纯粹的视觉去体验事物或生命的生动外表，就像来自异世的神一样，我对他们的精神内涵漠不关心。我只钻研表面和外在。当我想进一步深入时，我从自己的内心和我对事物的概念中去寻找。

我不过是将所爱的人当作饰物去爱，那么对个人的了解会带给我什么呢？由于我对他们没有幻想，只爱他们的外表，他们的愚蠢或平庸不会影响到我，所以我不会感到幻灭。除了外表，我对他们别无所求，而外表已经存在，并将长期存在。然而，对个人的了解因为无用，所以有害。在本质上无用的事情总是有害的。知道一个人的名字有意义吗？然而，我们在做介绍时，免不了先要介绍自己的名字。

个人的认识也剥夺了我思考的自由，这是我爱的方式。但我们不能随便去观察或凝视我们已了解的人。

对艺术家来说，多余的内容毫无用处，因为这只会干扰他，进而削弱他想要达到的效果。

我天生的命运，就是成为一个只爱形状和形式的视觉情人，一个把梦具体化的人，一个对人物外表和事物表现形式充满无限热情的沉思者。

这不是被精神病学家称作精神手淫的个案，甚至也不是被他们称作色情狂的东西。我并没有像精神手淫者一样幻想。我没有将自己想象成我凝视和想起的那个人的肉欲情人，或者他（她）的一个普通朋友。我也没有像色情狂那样，将他（她）理想化后，再将他（她）从具体的审美领域中移除。除了我的所见及其带给我的纯粹的、直接的记忆，我对那个人没有任何想法或欲求。

*

我也避免在闲暇时围绕着我想象的人物编织幻想的网。我看着他们，对我而言，他们唯一的价值就在于被看见。任何可能被我附加在他们身上的东西都将贬低他们，因为这贬低了他们的“可见性”。

无论我要怎样去幻想他们，我都会瞬间感到，这显然不真实。梦里的东西令我快乐，然而，虚假的东西使我厌恶。我喜欢纯粹的梦，它们与现实无关，甚至没有与现实的接触点。但不完美的梦有它们的生活根基，令我满心憎恶，或者说我满心憎恶自己沉湎于这样的梦。

我将人性看作一幅巨大的装饰图形，既通过我们的眼睛和耳朵生活，也通过我们的心理情感生活。生活中我最想做的就是去观察人性。对于生活，对我自己，我想要的就是成为生活的观察者。

我就像一个来自其他存在物（他只是路过）的存在者，在这个存在者身上，我有着诸多的兴趣。我在各方面与他不相容。在我和他之间隔着一块玻璃板。我希望那块玻璃板足够透明，以便一点也不会挡住我去观察玻璃后面是什么，但我总是不能没有那块玻璃。

对于每一个有着科学思想的心灵，看到的比实际存在的多就意味着看得更少。物质的增加意味着精神的减少。

毫无疑问，正是出于这种观点，我才会对博物馆感到厌恶。对我来说，唯一的博物馆就是生活的全部，那里的图画总是绝对精确，任何不精确的存在者都归因于旁观者的自身缺陷。我努力克服自己的缺陷，如果我什么也做不了，那么我对他们的这种存在方式感到满意。因为，正如其他一切事物，除此之外别无其他选择。

从未实现的旅行

在秋意浓浓的黄昏时分，我起程去做从未实现的旅行。

我无法回忆起的天空蒙上一层暗金销蚀后的淡紫，群山的线条清晰而凄惨，死气沉沉的余晖将它们裹住，穿透群山鲜明的轮廓，使那些线条变得柔和起来。船的另一侧，甲板的天棚下，夜色更冷，向更远的地方蔓延。在那里，茫茫大海颤巍巍地伸向越来越悲伤的东方地平线，越来越暗的天空，将入夜的阴影投向大海那遥遥的边缘昏暗的水线中，像暑天的薄雾徘徊不去。

我记得，海的梦幻色调夹杂着幽暗光线笼罩的波纹——一切是那么神秘，像快乐时刻的一个忧伤的念头，预示着某种我不知道的事情。

我从不知道的港口起程。即便今天，我仍然不知道那个港口叫什么，因为我从未到过那里。此外，我旅行的既定目标是探寻不存在的港口——那些港口不过是入港口，是被遗忘的河口，河水流过无懈可击的虚幻城市的海峡。毋庸置疑，读着我的文字，你会认为我的话很荒谬，那是因为你从未像我一样做过这样的旅行。

我起程了吗？我不会向你发誓我已起程。我发现自己在别的地方、别的港口，我经过的城市不是我出发的城市，那里和其他地方一样，根本就不是城市。我不能向你发誓，起程的（那个人）就是我，而不是沿途的风景，是我游历那些地方，而不是它们游历我。我不知道生活是什么，也不知道是我在过生活，还是生活在过我（不管“生活”这个空洞的词有什么含义），我也没打算要发什么誓。

我做了一次旅行。我觉得，没有必要去解释为什么我的旅行没有持续数月或数天，或持续了一段可衡量的时间。诚然，我适时旅行了一段时间，但不是在这个按小时、天和月计算的时间里。我的旅行发生在另一段时间里，它无法去计算，但也会流逝，而且与我们生活的时间相比，它似乎流逝得更快。在你心里，你无疑在问我这些话是什么意思。不要犯这样的错误，向孩子似的错误（追问话语和事情是什么意思）说再见。一切皆无意义。

我乘坐什么船去旅行？“任何”号轮船。你笑了。我也是，或许我在笑你。你（或者我）怎么知道我不是在写只有神才能读懂的符号？

没关系。我在黄昏时分起程。我的耳边仍然响起铁锚的叮声。在我记忆的余光中，我仍能瞥见起重机的悬臂——起航前数小时，数不清的板条箱和木桶折磨着我的视觉——它们缓缓移动着，直到最后将货物装上船。这些板条箱和木桶被锁链拴住，先砰的一声撞到舷缘，接着发出刮擦声。然后，它们摇晃着被推进舱口，在那里猛地降下去……直到一阵沉闷的木头声，才被装进储物舱的某些看不见的地方。下方传来锁链解开的声音，然后锁链独自升了上去，一切又从头开始，看起来徒劳无功。

为什么我要告诉你这些呢？前面我说过要谈谈我的旅行，而现在却对你说起这些东西，这显得很荒谬。

我游历了一些新欧洲地区，在驶入一条条伪泊士弗若丝海峡的港口时，映入眼帘的是君士坦丁堡式的各种宜人风光。我的驶入使你困惑不解吗？你看对了。我乘坐的轮船像帆船一样驶入港口……你说这不可能。正因为如此，它发生在我身上。

其他轮船带来的消息，是发生在不存在的印第安地区的想象中的战争。当我们听到关于那些土地的事情时，我们对自己的故土产生了一种痛楚的怀念，当然，这仅仅是因为那里根本没有什么土地。

*

我躲在门后面，因此“现实”进来时看不见我。我躲在桌子底下，我可以从那儿跳出来，突然吓“可能性”一跳。然后，我从紧紧钳住我的两个巨大的单调中挣脱，像是挣脱了两只胳膊——那两个单调是只能生活在现实中的单调和只能相信可能的单调。

我用这种方式战胜了一切现实。你说我的胜利是沙子建造的城堡？那些不是沙子建造的城堡是由什么样的神圣物质建造的呢？

你怎么知道我的这种旅行不能用某种鲜为人知的方式使我焕发活力呢？

作为一个荒唐可笑的孩子，我重温了我的童年时代，那时我对事物的想法就像对玩具士兵一样，而这些玩具士兵在我幼小的手里却做着不是士兵该做的事情。

被错误灌醉，我迷失了一会儿，不再有活着的感觉。

*

海难？不，我没有经历过。但我有个印象，那就是我让我所有的航行都失败了，而每次我都是在无意识的间歇中获救。

朦胧的梦，模糊的光线，混乱的风景——所有旅行在我的灵魂中只留下这些东西。

我有这样的印象：我有过色彩斑斓的时刻，各种风味的爱和大大小小的渴望。在我的一生中，我超越了所有的界限，我从来没有满足过，即使在我的梦里也是如此。

我必须向你解释，我确实旅行过。一切似乎在表明，我在旅行中并没有真的活着。从一端到另一端，从北到南，从东到西，我厌倦了拥有过去的疲惫、活在当下的不安和不得不拥有将来的单调。我拼尽全力，所以我完全停留在现在，在心里抹去了过去和未来。

我沿着河岸漫步，突然发现我不知道那条河的名字。我坐在外国城市的咖啡厅的桌旁，渐渐发现一切被梦幻般的朦胧气氛笼罩。有时候我甚至在想，自己是否仍然坐在旧宅的桌旁，凝视着天空，沉浸在梦里。我不确定是不是真的这样，我是否还在那里，这一切——包括和你的这段对话——是不是纯粹的假象。你到底是谁？同样荒谬的事实是，你也无法解释……

*

从不靠岸的扬帆航行没有靠岸处。永远不去抵达意味着从未抵达过。

附录一：文森特·格德斯的引用

如译者序所叙，文森特·格德斯多年来被当作《不安之书》的虚构作者，后来被贝尔纳多·索阿雷斯所取代（和合并）。或许是为了避免出现混淆，佩索阿并未将以下三篇文章放进装有《不安之书》书稿的大信封里。

一

我认识文森特·格德斯完全出于一个偶然的机会。我们经常在同一家僻静而廉价的餐馆吃饭。见得多了，就自然开始点头打招呼。有一天，我们碰巧用同一张桌子，便交谈了几句，随后就攀谈起来。后来，我们每天午饭和晚饭都在那里碰面。有时候，我们吃过晚饭后会一起离开，一边散步一边聊天。

文森特·格德斯在一个主人的漠不关心下度过了完全灰暗的人生。奴役弱者的斯多葛主义[1]构成了他的整个世界观的基础。

天性使他注定不能有任何可能的渴望；命运驱使他放弃所有的一切。我想不出还有什么人更令我惊诧。这个人并没有受到任何禁欲主义的影响，但他与

[1] 斯多葛主义是古希腊的四大哲学学派之一，也是古希腊流行时间最长的哲学学派之一。斯多葛主义主张通过宿命和禁欲实现理性。斯多葛主义对弱者和受欺压者毫无怜悯之心。——中译者注

生俱来的天性使他放弃了所有目标。虽然生来雄心勃勃，但他却胸无大志，苟且偷安。

二

……这本措辞温和的书。

这是世界上迄今为人所知的最敏感消极的灵魂和最纯粹、最恣意放荡的做梦者所留下的和将要留下的一切。我怀疑，任何只在外在生活的人以一种更复杂的方式活在自我意识中。作为一个精神上的花花公子，他在散漫随意的存在中漫步在做梦的艺术里。

这是一本自传，自传的主人公从不曾存在。

没有人知道文森特·格德斯是谁，做过什么，也不知道他……

这本书不是他的作品，这本书是他自己。但是，让我们永远记住，无论这些纸页讲述了什么，它们的阴影中总是浮动着神秘。

对于文森特·格德斯而言，自我意识是一门艺术、一种美德；做梦是一种宗教。

他是精神贵族的定义者——灵魂的姿态与真正贵族的身体姿态最接近。

三

在豪华别墅的露台上忍受烦闷生活的痛苦是一种痛苦；另一种就是像我这类人的痛苦，我不得不在里斯本市中心的这间五楼的出租屋里，看着外面的风景陷入沉思，不能忘记我的助理会计身份。

“每个公证人都向往自己的葡萄干。”[1]

每次，我的职业状态使我不得不公事公办时，当我自称为“办公室职员”时，

[1] 摘自福楼拜《包法利夫人》。——英译者注

人们没觉得这有什么奇怪之处，我不免对着这不应有的讽刺自嘲一番。我不知道我是怎么来到这里的，而我的名字又是如何出现在专业记录手册上的。

文森特·格德斯

办公室职员，道拉多雷斯大街，17号，4楼

葡萄牙专业记录手册

附录二：两封信

佩索阿计划将以下两封信中的短语和观点收入《不安之书》中。这种意图在第二封信中已经明确指出，而第一封信——更确切地说是佩索阿用打字机打出来的版本——在顶端标注了“不安之书”的字样。

给母亲的信

1914 年 6 月 5 日

我的身体状况一直不错，而且奇怪的是，我的心态大为改善。尽管如此，我一直被一种无法言明的焦虑所困扰，我不知该如何称呼，只能称其为“理智之痒”，像是我的灵魂出了水痘。我只能用这种荒唐的语言来表述自己的感觉。不过，我现在的感觉并不跟我有时跟你诉说的忧思愁绪完全一致，那些愁绪产生得无缘无故，但我今日的心境却有因有据。我周围的事物，或是离去，或是崩塌，采用这两个词并非我很悲观。我只是想说，与我交往的人，或是正在经历改变，为他们生命的特定阶段画上句号；或是将要这么做。这一切让我有所感想，就像一位老人，他目睹身边的儿时伙伴一个个逝去，也会感到自己大限将至；我感觉自己的生活也应该并会发生神秘的变化。我也并非说这个变化一定是坏的，而是恰恰相反。但是，这毕竟是一次改变，对我而言，改变——从一个阶段过渡到另一个阶段——是一次部分死亡，我内心的某种东西死去了，死亡和过渡产生的悲伤不能自已，深深地触及我的灵魂。

明天，我最要好、最亲密的朋友要起程去巴黎——不是旅行，而是移居。阿妮卡阿姨（从她信中可得知）可能不久就会跟她要出嫁的女儿去瑞典。我的另一个好友要去加利西亚省待很长一段时间；我第二要好的朋友要移居波尔图。由此可见，在社会上，我周围的人合起来（或用各奔东西这样的方式）迫使我要么陷入孤立境地，要么踏上一条不确定的新道路——即便出版我第一本书也会改变我的生活。我会失去某种东西：未出版时我的状态。因为变化总是坏的，所以本来好的变化最终也是向坏的方向演变。我会失去一些消极的东西，无论是个人缺点或不足，还是被拒绝的事实，都是损失。想象一下，母亲，一个有如此感觉的人，整天被这些痛苦的感觉所淹没，要怎么生活！

10年之后，或者是5年之后，我会是什么样子？我的朋友们说我会是当代最伟大的诗人之一——他们之所以这么说，是基于我已经写出的东西，而非我将要写的东西（否则我也不会提及他们所说……）。即便他们所言不假，我也不知这意味着什么。我不知这会是何感觉。也许荣誉近于死亡和徒劳，胜利则与腐朽相似。

给马里奥·德·萨卡内罗的信

1916年3月14日

今天我写信给你，是出于情感的需要——与你谈话的渴望让我痛苦不堪。换句话说，我没什么特别想说的，只有这一点：我跌进了无尽忧伤的谷底。这个荒谬的句子体现了我的心境。

今天我又感到未来暗淡，无路可走。我经常会有这种感觉。当下如一潭死水，被焦虑的围墙所环绕。河流的彼岸，只要它是彼岸，就不是此岸，这是造成我所有痛苦的根源。许多小船注定要驶向各自的港口，但是没有一艘生命之船会停止伤害，也没有哪个码头能让我们忘记所有。这一切发生在很久以前，我的悲伤更是久远。

在那些心境如此的日子里，在我对身上每一个毛孔的意识中，我感觉自己像是个被生活痛打一通的悲伤小孩。我被扔到一个角落，在那里我能听到其他正在玩耍的人的声音。我手里拿着一个破烂不堪的玩具，这是对我卑鄙的讽刺。今天，3 月 14 日，晚上 9 点 10 分，这好像是我生命全部的价值。

我被关的这个地方孤寂无人，从窗户可以看到公园里本来吊在树下的秋千，被高高地甩到了树上。尽管我时常神游，但这个时刻像秋千一样在我想象中摆动，让我无法忘记。

不需用文学风格加以渲染，这就是我此刻的心情。就像《水手》里的守望女，每每念及哭泣，我的眼睛就剧痛不已。生活将我困在夹缝中，用痛苦一点一点地啮噬我。这一切，都用极小的字母印在一本开了线的书里。

如果我不写信给你，我就不得不发誓这封信所说的都是真实的，信中一系列的疯狂想法是我的感觉的自然流露。你很了解，这种无法上演的悲剧就跟一个茶杯或是衣架一样真实地充满现时感，像绿色在树叶中存在过一样存在于我的心灵。

这就是王子从不统治国家的原因。这个句子荒谬至极，但现在，我感觉这荒谬的句子让我想失声痛哭。

如果今天我不寄这封信，可能明天我会重读一遍，然后用打字机打一份，如此可将其中一些句子和谬论囊括进《不安之书》中。但这并不会减少我写这封信时注入的真挚情感，也不会缓解隐藏在其中的不可避免的痛苦。

近况大致如此，还有就是我们国家与德国开战了。不过，苦痛带给我的折磨远多于此。从生活的另一面看，这必定是某些政治漫画的标题。

我的感觉不是真正的疯狂，可是，疯狂无疑对人的痛苦最深的根源产生一种类似的作用，敏锐地感受灵魂的颠簸碰撞。

我想知道感觉是什么颜色。

数千次的拥抱，你的朋友

费尔南多·佩索阿

另外，这封信由我一气呵成，重读之时我决定，一定要在明天寄给你之前用打字机打出一份。我很少能如此完整地表达我的心理，表达它所有的情感和智力态度，表达它所有的基本神经衰弱，表达它所有的自我意识的如此独特的角落和十字路口……

你不这么觉得吗?

附录三：关于佩索阿作品选编《不安之书》的沉思

两个说明

关于实际版本的说明（哪些文字可以作为前言）

后来，我曾经误认为应收录进《不安之书》的多首诗作，已另外编撰成书。这本诗集应该选取一个合适的标题，从而说明该诗集中收录了如同废物一般的诗作，或应该加旁注——可以使人联想到超然的文字。

此外，本书可以成为最后的废物全集的组成部分，不宜出版的文字可以存储在已出版的书中——允许作为一个悲惨的例子而存在。这有一点像英年早逝的诗人未完成的诗集，或与伟大作家的书信有些相似。不过在我心里，此书不仅包含低劣的题材，而且题材有所不同，而正是这种不同证明此书值得出版。很显然，本书不应该出版这个事实不能证实此书值得出版。

《不安之书》说明

这本书的架构基于对所写文章的严格甄选，使那些旧有文章——缺乏贝尔纳多·索阿雷斯的心理特点——适用于时下真正的心理学。此外，需要对风格进行整体修改，但不要放弃其深刻表达方式所具有的梦幻状态和逻辑上的支离破碎特点。

还必须决定是否将具有过分华丽标题的长篇文章收录在内，如《巴伐利亚国王路德维希二世的丧礼进行曲》和《不安之夜交响曲》。《丧礼进行曲》不应收录其中，或者可以将之编入另一本书中。

信件摘录

致若昂·德·利博利·勒·里马——1914年5月3日

烦闷的主题令我想起我有个问题要问你……你是否看过去年出版的一期《鹰》中一篇我写的名为《隔离的森林》的文章？如果你没看过，请告诉我，我可以寄给你。我非常希望你能读一读这篇文章。这是我唯一出版过的、将烦闷以及枯燥乏味的梦，甚至是开始做梦之前，这些梦就对自身感到厌烦了——作为主题和主旋律的文章。我不知道你是否喜欢我的写作风格。这是一种非常自我的风格，很多朋友都将之戏称为“疏远体”，因为这种风格最先出现于那篇文章之中。他们还总说出“隔离的文字”“隔离的讲话”等等。

这篇文章属于我所写的另一本书，这本书还没有出版，我还需要很久才能完成这本书。这本书名为《不安之书》，因为不安和不确定性是这本书的主要基调。这一点在那篇已经出版的文章中表现得非常明显。很明显，对于纯粹的梦境或白日梦的叙述其实就是——读者一开始就会感觉到这一点，而且如果我成功做到的话，他们会在整个阅读过程中都有这种感觉——一种梦境的自白书，关乎痛苦与枯燥乏味的愤怒以及毫无用处的梦境。

致阿尔曼多·科尔特斯·罗德里格斯——1914年9月2日

……我所写的文章都不值得邮寄给你。里卡多·雷斯和未来主义者阿尔瓦罗一向沉默。卡埃罗写了一些文字，或许能收录进未来的书里。我现在主要写一些社会学和关于不安的文章。你已经猜到了，最后这个字指的是那本“书”。事实上，关于这本病态的著作，我已经写了很多篇文章，因此，这本书得以在复杂与曲折基础上充实起来。

致阿尔曼多·科尔特斯·罗德里格斯——1914 年 10 月 4 日

我没有寄给你我近来写的不值一提的文章。很多文字都不值得寄给你，而其他文章则尚未完成,其余的文章则是《不安之书》中支离破碎、并不连贯的文章。

……

我现在的心理状态是一种深切而平静的忧愁。现在，很多天以来，我一直在写《不安之书》。光是今天这一天我就写了将近一章。

致阿尔曼多·科尔特斯·罗德里格斯——1914 年 11 月 19 日

我的精神状态迫使我在违背意愿的情况下奋力写作《不安之书》，可全都是些片段、片段、片段。

致若昂·加斯珀·西蒙斯——1932 年 7 月 28 日

我原本打算把我的作品分成三本书出版，顺序如下：（1）第一部分是一本葡萄牙语的小诗集（共 41 首诗），第二部分是《葡萄牙的海》（发表于《当代》4 中）；（2）《不安之书》（作者贝尔纳多·索阿雷斯，但这只是个次要问题，因为贝尔纳多·索阿雷斯并不是一个异名，而是一个文学人物）；（3）阿尔伯特·卡埃罗之完整诗集（包括里卡多·雷斯所作的前言，书的最后是阿尔瓦罗·德·坎普斯所作的《我的主人卡埃罗的回忆之说明》）。在这些书出版一年之后，我计划出版（单独出版或与其他文章合订出版）《歌谣集》（或者其他难以言传的标题），这本书收录（一到三卷，或一到四卷）多首我所写的杂诗，这些诗作各色各样，很难分类，只能用这种难以言传的方式编撰。

不过《不安之书》中有很多内容需要修改和调整，老实说，我预计我需要花费不到一年的时间来完成这项工作。至于卡埃罗，我还没有决定……

致阿道夫·卡萨伊斯·蒙泰罗——1935年1月13日

我怎么才能用这三个名字写作？卡埃罗，因为纯粹和意料不到的灵感，不知道甚至没有怀疑我要用他的名字写作。里卡多·雷斯，在深奥的思考于颂诗之中突然成形后出现。坎普斯，当我突然有一种写作的冲动时，却不知道该写什么。（我的半异名贝尔纳多·索阿雷斯在很多情况下都与阿尔瓦罗·德·坎普斯很相像，总是在我睡觉或昏昏欲睡的时候出现，以至于我的心理抑制作用和理性思维都被搁置了；他的散文就是没完没了的幻想。）他是个半异名，是因为他的个性——虽然不是我自己的个性——与我的个性没有区别，然而却是残缺的个性。他就是我，但没有我的理性和感情。他的散文和我的散文一样，只是存在某种程度的严格约束，即理性思维强加于我自己的文章之上。他的葡萄牙语则和我的完全一样——而卡埃罗的葡萄牙语很差，坎普斯的葡萄牙语相当好，却会出现一些错误，如写成“me myself”而不是“I myself”等等，而雷斯的葡萄牙语比我好，可他有语言纯正癖，我觉得程度太过了……

从未完成的前言到小说的插曲

我把某些文学形象放在故事里，或放在某些书的副标题里，在他们所说的话后面签上我的名字；对于其他一些形象，我计划附上我唯一的签名，以便确认是我创造了这些形象。这两种角色或许可以区分如下：那些与众不同的角色，他们的写作风格与我的风格不同，而且当有需要之际，他们的写作风格甚至与我的风格相反；那些我在他们的作品上签了我的名字的角色，他们的写作风格与我的风格只区别于那些不可避免的细节，通过这些细节，他们之间的差别得以显现。

通过举例，我会比较这些形象，以便表明他们之间存在哪些差异。助理会计员贝尔纳多·索阿雷斯和特伊夫男爵——两个没有关系的角色——基本写作风格相似，语法相同，而且都措辞小心。换句话说，不论好坏，他们的写作风格都与我的写作风格一样。我比较他们，是因为他们属于同一现象的两个例子——不能适应真正的生活——而且都是出于同样的原因。然而，特伊夫男爵和贝尔纳多·索阿雷斯的葡萄牙语水平相当，但性格却不相同。贵族男爵非常理性，不会想象，有一点儿——该怎么说呢——死板和局促不安；而他的中产阶级朋友十分灵活，喜欢音乐和绘画，但不懂建筑。那位贵族清晰地思考，清晰地写作，控制他的情感，尽管不能控制他的感觉；会计员则既不能控制情感也不能控制感觉，他的思考依赖于他的感觉。

贝尔纳多·索阿雷斯和阿尔瓦罗·德·坎普斯之间也有明显的相似之处。可在阿尔瓦罗·德·坎普斯的文字里，我们会立刻被他那漫不经心的葡萄牙语以及夸张使用想象所吸引。相比索阿雷斯的作品，他的作品更为个人化，但不那么具有深远意义。

在我努力使他们有所区别的过程中，总会有一些过失令我的心理洞察力降低。比如说，当我努力区分贝尔纳多·索阿雷斯的音乐文字和我自己的一篇类似文字时……

有时候我会下意识地加以区分，完美程度让我自己都感觉惊讶。我的惊讶之中没有任何虚夸，这是因为我不相信人类具有哪怕是一点点自由。相比于别人的内心变化，我不会因为自己内心的变化而吃惊——我自己与别人都是彻彻底底的陌生人。

唯有令人惊叹的直觉能够充当苍茫灵魂的指南针。只有心怀这样一种情感——在这份情感中，可以自由利用智慧，又不致受到智慧影响，尽管情感和智慧往往是一回事儿——才有可能把独立的现实和这些想象的角色区分开。

这些被引申出来的人物或这些被创造出来的不同人物性格可分为两类或两级，心细的读者通过他们截然不同的个性可以很容易地辨认出来。在第一类中，这些人物可以通过我所不具有的感觉和观念加以区分。在较低等级中，人物仅通过理念来区分，这些理念被设置于理性的阐述或内容中，而且很显然并不是我自己的理念，至少不是我所知道的理念。“无政府主义银行家”就是属于这个较低等级里的例子；《不安之书》以及贝尔纳多·索阿雷斯这个角色则属于较高等级中的例子。

虽然《不安之书》被冠以贝尔纳多·索阿雷斯（里斯本的一位助理会计员）这个名字出版，但读者还是会注意到，在“小说的插曲”中，我从未使用过贝尔纳多·索阿雷斯这个名字。这是因为，贝尔纳多·索阿雷斯一边与我有着不同的理念、感觉和看待与理解事物的方式，一边用着与我相同的方式表达他自己。他是一个不同的人物，通过我的自然风格表达出来，具有一个截然不同的特点，即他特殊的语气。因为他具有特殊的情感，所以具有这一特点也是必然的结果。

关于“小说的插曲”的各位作者，不光他们的理念和感觉与我的不同，就连他们的创作技巧和风格也与我的不同。我不仅对这些作者的构想不同，而且还将他们创造成了一个个完全不同的存在。所以，诗歌在此才占主导地位。而在散文之中，更加难以区分。

英文译本出版手记

去世前，佩索阿把350多篇手稿放在一个大信封里，信封贴着标签，上书“不安之书”，里斯本国家图书馆佩索阿档案馆保存的头五个信封里装的手稿也在其中，不过他们还藏有其他几十份手稿——非常散乱，涵盖了作者其余所有作品——并且非常明确地标有“L.”和“D.”的字样。在后面的注释中，葡萄牙语手稿都在方括号内标注了官方档案参考编号（信封上的编号位于斜线之前），有的编号为打印字体，有的为手写（ms.）或者半打印半手写（混合）字体。那些并非真正由佩索阿本人确认属于《不安之书》（由此可知，被收录进《不安之书》的手稿都是他人推测的）的手稿被标为 a^{+}。在这些手稿里，空白处和各行之间有600余个替换词句，不过只有最重要的词句被引用到了注释之中，而这些注释的主要关注点在于提供文学、历史和地理等方面的参考。

序文

佩索阿为《不安之书》撰写了多篇序文，本书收录了其中一篇。这篇序文无疑写于20世纪头10年中期，序文描写了一个虚构的作者，他住在两间出租屋内，而不是一间，而且此人似乎比其他文章里描述的助理会计员更为成功。在《不安之书》的前期创作阶段，作者/叙述者被称为文森特·格德斯（详见译者序）。或许此人在佩索阿的心里依旧是个模糊的形象，不过在一篇以第一人称而写的文章里，格德斯不仅提到了他在五楼的出租屋（一个房间），还说起他的职业是助理会计员。另外两篇提到格德斯名字的序文收录在附录一中，而其他几篇序文——从讲述者的角度写成的，而不是从佩索阿的角度来写的——均被收录进了《没有材料的自传》章节中。1915 年，费尔南多·佩索阿、马里奥·德·萨卡内罗和路易斯·德·蒙塔尔沃创立了刊物《奥菲欧》。虽然这本刊物只出版了两期，但其中的评论文章对于 20 世纪葡萄牙文学的发展起到了至关重要的作用。

异名表

在写作散文和诗歌时，佩索阿使用了很多署名，他称这些署名为“异名”，而不是“笔名”，因为这些名字不仅是假名，而且是被创造出来的人物的名字，他们都是虚构的作者，有着自己的观点和文学风格，与佩索阿的观点和文学风格不尽相同。其中诗歌方面的三个主要异名——阿尔伯特·卡埃罗、里卡多·雷斯和阿尔瓦罗·德·坎普斯——诞生于 1914 年。不过佩索阿使用的异名有几十个之多，最初的一些异名可以追溯到他的童年时代。有些异名，如玛丽亚·何塞，只是辉煌一时，只有一篇作品署的她的名字；有些异名，如文森特·格德斯，这个人物不停变换观点，时而光辉灿烂，时而暗淡无光，最后才消失在人们的视线之中；而坎普斯等极少的几个异名属于佩索阿宇宙中的“恒星”（不过从来不是静止不变的）。下面将介绍一些重要的署名，根据这些异名在佩索阿作品中出现的大致顺序（根据推测的顺序）排列。

切瓦利尔·德·帕斯骑士，被佩索阿称为“我的第一个异名，或者说我的第一个虚构朋友”。据称，在佩索阿 6 岁时，这位友好的骑士就给他写信，信可能是用法语写成的。

爱德华多·兰卡于 1902 年被创造出来，当时佩索阿和他的家人正在葡萄牙进行为期一年的旅行。兰卡在虚构的报纸上“出版”了几首诗。费尔南多在快

14 岁的时候把纸分成各种专栏，里面放满了真实的和想象的新闻、笑话、素描和诗歌——所有的署名都是虚构出来的记者兼作家。兰卡是唯一一位写过传记的作家，1875 年 9 月 15 日出生在巴西。他上的是商学院，后来移民到了葡萄牙，在那里他发掘了自己的诗歌天赋。

卡尔·P. 埃菲尔德出生于波士顿，是一位环球旅行家。他本打算把他在远东的冒险经历写成一本书，名为《从香港到古达》。然而，他没有完成这项任务，但在澳大利亚，他在金矿工作了一段时间，写了《矿工之歌》。这是佩索阿发表的第一首英文诗，发表在 1903 年 7 月 11 日的南非德班主流报纸《纳塔尔水星报》上。当时，佩索阿 15 岁。

查尔斯·罗伯特·安农，佩索阿的第一个相当多产的异名，于 1903 年被创造出来，比卡尔 .P. 埃菲尔德晚几个月。他的英文诗歌和散文主要与哲学问题有关，比如存在与不存在、自由意志与决定论，还描写了刚刚成年的年轻人（是他自己还是佩索阿？）的焦虑感。这个人物在署名时把自己称作 C.R. 安农。从根本上来说，他是个反基督教主义者，有时候还很暴力，在他的诗歌《天主教会的墓志铭》和散文中，他颁布“命令，革除世界上所有宗教的所有牧师和所有在教人员的教籍”。

亚历山大·舍奇，佩索阿甚至为这个英文异名印制了名片，这个人物生于里斯本，与他的创造者在同一天诞生：1888 年 6 月 13 日。这个人物写了将近 100 多首诗歌，其中大部分都是佩索阿于 1905 年返回里斯本后的三年内完成的，尽管有一首诗可以追溯到 1910 年。舍奇直到 1906 年才出现，他的许多诗歌可以追溯到 1903 年至 1905 年。从文学创作方面来说，他的诗作不能和冠有卡埃罗、坎普斯和雷斯之名的葡萄牙语诗歌比较，不过他的诗涵盖了后面这三个主要人物所作诗歌的全部主要主题。舍奇还创作了散文，其中包括一篇名为《一顿非常原始的晚宴》的故事。

福斯蒂诺·安特纳医生，1907 年夏天，这位异名精神病学家写信给身在德班的佩索阿的一位前老师和一位前同学，请求他们提供一些信息，帮助他了解精神病人（佩索阿）的问题。这位医生还写了一篇未完成的文章，名为《论直觉》。

查尔斯·詹姆斯·舍奇，1886年4月18日诞生，是亚历山大的哥哥。作为专职翻译的他主要把葡萄牙文学作品译成英文。他的大部分译作，如埃萨·德·克罗兹所作的《满洲官员》的英译本从未取得进展，可他的确把哲学派诗人安特洛·德·肯塔尔（1842—1891）的多首十四行诗翻译成了英文。他还翻译了何塞·德·埃斯普龙塞达（1808—1842）所著的长篇西班牙语诗剧《萨拉曼卡的学生》的一部分内容。

让·瑟尔·德·梅鲁莱特，手稿上的证据表明，佩索阿的这个法语异名在1908年浮现在他的脑海中。让·瑟尔生于1885年8月1日，他留下了三篇未完成的文章，其中一篇是《暴露狂》，写的是年轻女性半裸身体在巴黎音乐厅表演的现象，另外两篇是道德讽刺文章。在讽刺文章《法兰西1950》（又名《2000年法兰西》）中，未来主义叙述者注意到了一些奇怪的事情，比如“睡在四个女人的床上的吉罗先生”因“拒绝接受乱伦罪”被送进监狱。

文森特·格德斯，这个多才多艺的异名在1909年被创造出来，使用葡萄牙语写作。除了创作诗歌、小说以及日记体文章外，还翻译其他作品。《不安之书》的作者署名曾经一度就是这位格德斯。他的生平——助理会计员，孤独的单身汉，住在里斯本位于五楼的一间出租屋内——和贝尔纳多·索阿雷斯的生平十分相像，而索阿雷斯似乎就是他的化身。

阿尔伯特·卡埃罗，1889年4月16日生于里斯本，一生大部分时间住在乡下，1915年因罹患肺结核在里斯本去世。然而，起码是在1930年前，他都一直通过佩索阿创作诗歌。这位牧羊人自称为“唯一的自然诗人”，他在第一首诗中承认，“我从不养羊 / 可好像我是在养羊”。在1914年3月构思之时，卡埃罗最初被设计成一位折中的现代主义者，不仅创作了淳朴的反形而上学诗歌《牧羊人》，还创作了多首长篇未来主义颂诗，这些诗归到了坎普斯名下。此外，他完成的几首立体主义诗歌最终由佩索阿本人署名。摆脱了这些较为具有自我意识的文学特色后，卡埃罗回到了乡下，此时的他没有任何野心，只希望不带任何哲学思想来真真实实地看待万事万物。

阿尔瓦罗·德·坎普斯，佩索阿最吵闹的一个异名，1890年10月15日生于塔维拉，在格拉斯哥学习海洋工程，因为一次东方航海之旅而中断学业。曾在伦敦住过一段时间，最后定居里斯本。作家坎普斯是个花花公子，戴着当时非常时髦的单片眼镜，抽鸦片，喝苦艾酒，对年轻男子和年轻姑娘都很有吸引力。一开始，作家坎普斯都是写一些激昂的长篇感觉主义颂诗，令人想起沃尔特·惠特曼，可随着时间的推移，他写起了短诗，风格也更为感伤。然而，他却从未改掉顽皮的脾性，频繁地干预他的创造者在真实世界里的生活。让佩索阿的朋友们非常生气的是，这位海洋工程师有时候会代替他赴约。1929 年，坎普斯自作主张，写信给佩索阿的心上人奥菲莉娅·奎罗斯，劝她把她对爱人的思念扔进“马桶里”冲走。

里卡多·雷斯于1889年9月19日出生在波尔图，与阿尔瓦罗·德·坎普斯一样，这位古典主义者兼训练有素的医生比阿尔伯特·卡埃罗晚了几个月。雷斯是一个同情君主制的人（1910 年，葡萄牙的君主制被废，共和国建立），1919 年，在一场浩大的保皇派叛乱被彻底镇压后，雷斯搬到了巴西——尽管佩索阿在其他地方称他是“美国一所著名高中的拉丁语（人文）老师”。档案馆中还记录了雷斯医生在秘鲁的地址。佩索阿说雷斯是“用葡萄牙语写作，秉承希腊风格的贺拉斯”。他创作了多首短篇颂诗，在诗中提倡带着禁欲主义精神面对生活里微小且稍纵即逝的快乐、不可避免的痛苦，而且生活里没有任何意义可供发现。

弗雷德里科·雷斯，里卡多的兄弟，写过一本关于所谓的里斯本派诗歌（主要人物包括阿尔伯特·卡埃罗、阿尔瓦罗·德·坎普斯和里卡多·雷斯）的小册子，并称之为葡萄牙唯一真正的国际化文学运动。他与他的兄弟很有共鸣，评论他兄弟的诗歌为“清醒且有条理地尝试获得平静”。

拉斐尔·巴尔达亚，在佩索阿的一封信中被描述成一位留着长胡子的占星家，他于 1914 年末或 1915 年被创造出来。除了星相图和他关于星象的作品，他还创作了几部哲学著作，其中包括一篇《否定论》，他在其中断言“存在本质上是幻觉和谬误，上帝是弥天大谎”。

安东尼奥·莫拉，新帕格主义的主要理论家。新帕格主义是一种旨在取代病态颓废的基督教的运动。莫拉热情地阐述了阿尔伯特·卡埃罗的天才，他认为他是异教的直接诗意表达。他还留下了数十份机打和手写的文章，均是连续出刊物，如《神的回归》（与里卡多·雷斯联合创作）、《异教改革前言》、《异教的基础》（被认为是在“反驳康德的《纯粹理性批判》，并试图重建异教的客观主义”）。

托马斯·克罗斯，散文家、翻译。他把葡萄牙文化推向了讲英语的国家，特别致力于推广阿尔伯特·卡埃罗的作品。在为这位假冒牧羊人的诗歌全集所撰写的前言中，他评价卡埃罗“十分新奇，古怪，可怕，令人毛骨悚然”，而且他还打算将这本诗集翻译成英文。然而，就像佩索阿和他的虚构朋友提出的很多计划一样，这项非常有意义的工作永远只是一个好想法而已。

I.I. 克罗斯，很可能是托马斯·克罗斯的兄弟，写了很多赞扬卡埃罗（称赞他的“客观神秘主义”）和坎普斯（有史以来最伟大的通晓韵律者）的评论文章。

A.A. 克罗斯，这第三位克罗斯先生致力于获得英文报纸上的字谜游戏现金奖。

贝尔纳多·索阿雷斯，《不安之书》最终的虚构作者，他似乎是在 1929 年成了该书的作者。同年，他搬到了道拉多雷斯大街。在 1920 年，他做过一段时间的短篇小说作家。佩索阿和索阿雷斯之间非常紧密的关系——他称他为半异名，因为他并非一个不同的人物，而是一个残缺不全的费尔南多——体现在他俩名字的相似之处上，“Bernardo（贝尔纳多）”和“Soares（索阿雷斯）”所含的字母几乎与“Fernando（费尔南多）”和“Pessoa（佩索阿）”中的字母一模一样。

特伊夫男爵，1928 年夏天，他的第一部散文诗问世。他与贝尔纳多·索阿雷斯（佩索阿在附录“小说的插曲”里比较了这两个人物）有很多相似之处。特伊夫也可能被视为半异名，被当成残缺或扭曲的佩索阿。他具有佩索阿那种唯理主义倾向，还体现了他的创造者的那份贵族式的自命不凡（佩索阿因父系一边具有非常远的贵族血统而十分骄傲）。和佩索阿一样，男爵因为无法完成任何作品而备觉苦恼，并且选择了理性且符合逻辑的道路，以自杀结束了自己的性命。

玛丽亚·何塞，佩索阿唯一已知女性人物角色，是一篇写给安东尼奥先生的感伤长篇情书的作者（写于 1929 年或 1939 年），这位英俊的金属加工工人每天上下班时都会经过她的窗前。玛丽亚·何塞只有 19 岁，有点儿驼背，微微有些跛脚，最后患肺结核去世。她从不打算把她这封充满绝望的信寄出去。“我的日子所剩无几，”她在信的最后写道，“我写这封信就是为了能把它捧在胸前，仿佛这是你写给我的信，而不是我写给你的信。”

图书在版编目（CIP）数据

不安之书 /（葡）费尔南多·佩索阿著；刘勇军译
.—北京：中国友谊出版公司，2019.12
书名原文：The Book of Disquiet
ISBN 978-7-5057-4570-4

Ⅰ. ①不… Ⅱ. ①费… ②刘… Ⅲ. ①随笔—作品集—葡萄牙—现代 Ⅳ. ①I552.65

中国版本图书馆CIP数据核字（2018）第262510号

The Book of Disquiet by Fernando Pessoa
First published in Portuguese as Livro do Desassossego by Assírio & Alvim 1998
The revised and updated English edition published by Penguin Books Ltd.
This Simplified Chinese edition was translated from Richard Zenith's English translation©2015

书名 不安之书
作者 [葡]费尔南多·佩索阿
译者 刘勇军
出版 中国友谊出版公司
发行 中国友谊出版公司
经销 新华书店
印刷 天津旭丰源印刷有限公司
规格 880×1230毫米 32开
14.5印张 400千字
版次 2019年12月第1版
印次 2019年12月第1次印刷
书号 ISBN 978-7-5057-4570-4
定价 58.00元
地址 北京市朝阳区西坝河南里17号楼
邮编 100028
电话 （010）64678009

如发现图书质量问题，可联系调换。质量投诉电话：010-82069336